Ai miei straordinari e dolcissimi figli,
assolutamente eccezionali,
Beatrix, Trevor, Todd,
Nick, Samantha, Victoria,
Vanessa, Maxx e Zara.
Rendete la mia vita degna di essere vissuta,
siete tutto ciò che ha dato
un significato alla mia vita.
Siete la mia vita e il mio cuore.
Con tutti i miei ringraziamenti e il mio amore,
e le scuse per il dolore
che posso avervi dato
con questa cosa cattiva
chiamata «fama».
Se sapeste quanto, quanto, vi voglio bene

d.s.

1

Le note armoniose dell'organo si levarono verso il cielo azzurro. Gli uccelli cinguettavano fra i rami degli alberi e, in lontananza, si udì un bambino chiamare un amico, nell'aria di quella pigra mattina d'estate. Le voci nell'interno della chiesa si innalzarono possenti, all'unisono, mentre intonavano gli inni che Grace aveva sempre cantato, fin dall'infanzia, con la sua famiglia. Ma quella mattina si rese conto di non riuscire neppure ad aprire la bocca e a fare il più piccolo gesto mentre, in piedi, immobile, fissava la bara di sua madre, proprio di fronte a sé.

Tutti sapevano che Ellen Adams era stata una buona mamma, una buona moglie, una cittadina degna di ogni rispetto fino al giorno della sua morte. Prima che Grace nascesse, aveva insegnato nella scuola locale e le sarebbe piaciuto avere altri bambini. Invece non erano arrivati. La sua salute era sempre stata cagionevole e a trentotto anni si era ammalata di cancro. Il cancro si era manifestato all'utero e, dopo una isterectomia, l'avevano sottoposta alla chemioterapia e a un ciclo di radiazioni. Purtroppo il male si era diffuso ugualmente ai polmoni e ai nodi linfatici e, alla fine, anche alle ossa. La sua battaglia con la morte era durata quattro anni e mezzo. E adesso se n'era andata per sempre.

Si era spenta a casa e Grace l'aveva accudita e assistita sempre da sola fino a un paio di mesi prima, quando suo padre aveva finalmente deciso di assumere due infermiere perché l'aiutassero. Ma Grace aveva continuato ad andare a sedersi accanto al suo letto non appena tornava da scuola. E rimaneva lì per ore. Di notte era sempre lei che accorreva quando sua madre si lamentava perché i dolori si facevano insopportabili, e l'aiutava a girarsi, la accompagnava in bagno, le faceva prendere le medicine. Le infermiere erano presenti soltanto di giorno. Di notte, suo padre non le voleva; e tutti avevano capito quanto fosse difficile per lui arrendersi all'evidenza e rassegnarsi alla gravità delle condizioni della moglie. Adesso, in piedi nel banco della chiesa vicino a Grace, piangeva come un bambino.

John Adams era un bell'uomo. Aveva quarantasei anni ed era considerato uno dei migliori avvocati di Watseka, e sicuramente era anche il più amato. Dopo essersi laureato all'università dell'Illinois e aver combattuto nella seconda guerra mondiale, era tornato a Watseka, una cittadina a circa centocinquanta chilometri a sud di Chicago, amministrata con rigore, dove regnavano ordine e pulizia e la popolazione era composta da persone oneste, con un profondo senso dell'onore. John Adams si occupava di tutte le loro questioni legali, ed era sempre disponibile ad ascoltare i loro problemi. Li seguiva nella richiesta di separazione e nel conseguente divorzio, oppure li assisteva nelle cause patrimoniali, e portava la pace fra persone della stessa famiglia fra le quali era sorto qualche dissenso. Era sempre giusto e corretto e, proprio per questo, stimato da tutti. Insieme al più popolare medico della città — naturalmente un amico per lui — John Adams poteva essere praticamente considerato uno degli uomini più amati e rispettati di tutta Watseka.

Da ragazzo era stato uno dei campioni cittadini di football, e anche al college aveva continuato a giocare. Fin da piccolo aveva saputo attirarsi la simpatia di tutti. Suo padre e sua madre erano morti in un incidente d'auto quando lui aveva sedici anni e poiché non aveva più neppure i nonni, né materni né paterni, scomparsi ormai da molti anni, più di una famiglia aveva chiesto di poterlo accogliere in casa propria, e mantenere, fino a quando non avesse terminato gli studi alle superiori. Era sempre stato così simpatico, così pronto ad aiutare gli altri! Alla fine, John era andato a vivere con due differenti famiglie — e sia l'una sia l'altra gli avevano dato grande affetto.

Conosceva praticamente tutti per nome, in città, e già più di una divorziata o giovane vedova gli aveva messo gli occhi addosso da quando Ellen aveva cominciato a peggiorare, in quegli ultimi anni. Ma lui si limitava a mostrarsi cordiale, e a uno scambio di saluti molto formale. Non era uno di quei tipi che amano corteggiare le donne e questo era un altro dei tanti motivi per cui la gente lo apprezzava. «E lo sa Dio se non ne avrebbe il diritto», ripeteva sempre uno degli anziani della città che lo conosceva molto bene. «Con Ellen così malata e tutto il resto, sarebbe logico se cominciasse a guardarsi attorno... ma John, no... lui, no... è proprio un bravo marito.» Era un uomo perbene, gentile e corretto, e aveva sempre ottenuto grandi successi. Non si occupava mai di casi clamorosi, ma aveva un numero incredibile di clienti. Perfino il suo socio dello studio legale, Frank Wills, faceva qualche battuta su questo di tanto in tanto. Diceva che gli sarebbe piaciuto sapere per quale motivo tutti chiedevano subito di John non appena entravano, e soltanto in seguito si informavano se c'era in ufficio anche Frank! Era il beniamino di tutti.

«Mi vuoi spiegare che cosa fai? Offri generi alimentari gratis per un anno alle mie spalle?» gli domandava sempre Frank in tono burlesco. Avvocato anche lui, ma senza l'abilità di John, era tuttavia preciso nella stesura dei contratti, e attento ai dettagli. Era sempre Frank che passava al setaccio tutti i contratti per un ultimo controllo. Ma era John che raccoglieva la gloria, John con cui tutti volevano parlare quando si presentavano nello studio legale, John che i clienti conoscevano per fama anche in altre città, a chilometri e chilometri di distanza. Frank era un ometto che passava inosservato, senza il fascino né l'aspetto piacente di John; però lavoravano bene insieme e si conoscevano fin dai tempi dell'università. Frank adesso aveva preso posto qualche fila di banchi più indietro e provava una infinita tristezza per John e per sua figlia.

Ma John se la sarebbe cavata e avrebbe superato con successo anche quella prova. Così era sempre accaduto, Frank lo sapeva. Anche adesso, per quanto John continuasse a ripetere che non ci pensava neppure, Frank sarebbe stato disposto a scommettere la testa che nel giro di un anno il suo partner avrebbe preso di nuovo moglie. Era Grace, invece, che appariva completamente sconvolta, letteralmente distrutta dal dolore, mentre teneva gli occhi fissi davanti a sé, sui fasci di fiori dell'altare.

Era una ragazza graziosa, o meglio, lo sarebbe stata se si fosse curata un po'. A diciassette anni, era alta e snella, con spalle ben fatte e braccia lunghe e sottili, gambe lunghe e perfette, la vita stretta e il seno florido. Ma nascondeva il suo splendido corpo sotto indumenti ampi e informi e lunghi maglioni sformati che comprava negli spacci dell'Esercito della Salvezza. John Adams non si poteva considerare un uomo ricco, però avrebbe certo potuto permettersi di comprarle qualcosa di meglio, se solo lei avesse voluto. Invece, a differenza delle altre ragazze della sua età, Grace non manifestava nessun interesse per i vestiti, o per i ragazzi, e si sarebbe detto addirittura che cercasse di nascondere quello che poteva esserci di appariscente nel suo aspetto e nella sua figura, invece di metterlo in risalto. Senza un filo di trucco, portava i lunghi e lisci capelli ramati sciolti sulle spalle, con una folta frangia che arrivava fin sugli occhi, grandissimi e azzurri come fiordalisi. Sembrava che evitasse di guardare direttamente in faccia le persone e non pareva interessata a scambiare qualche parola con nessuno. In genere, quando la si osservava con un po' di attenzione, si rimaneva meravigliati di fronte a tanta bellezza; eppure, a volte, passava quasi inosservata. Quel giorno indossava un vecchio abito nero di sua madre, un po' logoro, che le penzolava addosso come un sacco. Sembrava avesse trent'anni, con i capelli raccolti in una austera crocchia e il viso pallidissimo, mentre, in piedi, accanto a suo padre, assisteva alla funzione.

«Povera creatura», bisbigliò la segretaria di Frank mentre Grace si incamminava lentamente verso l'uscita della chiesa, insieme al padre, dietro la bara. Povero John... povera Ellen... povera gente. Quanto, troppo, avevano sofferto!

A volte la gente faceva qualche commento sulla timidezza di Grace, e sul fatto che era così poco socievole! Qualche anno prima era perfino corsa voce che fosse un po' ritardata, ma tutti quelli che erano andati a scuola con lei sapevano perfettamente che era più intelligente e brillante di buona parte dei suoi compagni, anche se preferiva parlare poco. Era un'anima solitaria e di rado a scuola la si vedeva scambiare qualche parola con qualcuno, o ridere in corridoio. Quando succedeva, scappava via subito, come se avesse paura di uscire dal proprio guscio e comportarsi come gli altri. Non si poteva definire un tipo strano, e gli altri studenti della sua classe lo sapevano, ma certo non era cordiale e amante della compagnia. Ed era quasi incredibile, considerando il carattere estroverso dei suoi genitori. Invece Grace fin da piccola era stata una bambina solitaria. E più di una volta aveva dovuto interrompere le lezioni e tornare a casa perché era stata colpita da un attacco d'asma.

John e Grace rimasero fuori, sotto il sole del mezzogiorno, stringendo la mano agli amici, ringraziandoli per essere venuti al funerale, abbracciandoli — e anche in quei momenti, mentre salutava e ringraziava, Grace appariva più che mai impietrita dal dolore e stranamente distaccata. Quasi fosse lì soltanto fisicamente, mentre il suo spirito, la sua anima, erano altrove. E con quel vestito nero, troppo largo per lei, sembrò a tutti più patetica che mai.

Perfino suo padre aveva fatto qualche commento in proposito, mentre raggiungevano il cimitero, vedendo che aveva delle scarpe vecchie e sciupate. Ne aveva scelto un paio di Ellen, nere, con il tacco alto. Ma erano fuori moda e decisamente logore. Era quasi come se, adesso, volesse essere più vicina a sua madre, indossando gli abiti e le scarpe che aveva portato, forse per camuffarsi, o mimetizzarsi... Ma certo quell'abbigliamento non donava a una ragazza della sua età, e John glielo disse con molta sincerità. Grace assomigliava molto alla madre, tutti lo avevano sempre notato, anche se Ellen era stata più florida e robusta prima di ammalarsi e quell'abito era almeno di tre misure troppo grande per la figurina esile e snella della figlia.

«Non potevi metterti addosso qualcosa di decente, una volta tanto?» le domandò suo padre con tono irritato mentre si dirigevano verso il cimitero di St. Mary, alla periferia della città, seguiti da tre dozzine di altre automobili. John Adams era un uomo rispettato, aveva una reputazione da mantenere.

«La mamma non voleva mai vedermi vestita di nero. E così ho pensato... ho pensato che avrei dovuto...» Lo fissò impotente, rannicchiata con aria infelice nell'angolo della vecchia limousine che l'impresa di pompe funebri aveva messo a loro disposizione per le esequie. Era una Cadillac e qualcuno dei ragazzi l'aveva noleggiata per il ballo studentesco di un paio di mesi prima; ma Grace non aveva voluto andarci, e nessuno l'aveva invitata. Con la madre così grave, avrebbe quasi preferito non partecipare neppure alla festa per la cerimonia di consegna del diploma. Ma, naturalmente, l'aveva mostrato a Ellen appena tornata a casa. Avevano accettato la sua domanda di iscrizione all'università dell'Illinois, ma lei aveva chiesto di poter rimandare di un anno l'inizio della frequenza ai corsi, in modo da continuare ad assistere la madre. E suo padre aveva approvato quella decisione; anche lui intuiva che la moglie preferiva le cure amorevoli di Grace a quelle delle infermiere, e aveva praticamente imposto alla figlia di rinunciare a partire in settembre per il college. Lei non aveva obiettato. Sapeva che sarebbe stato inutile. Suo padre otteneva sempre quello che voleva. Era sempre stato troppo bello e simpatico, aveva avuto molto successo per lungo tempo e tutto era sempre andato come lui voleva, perciò si aspettava che le cose continuassero così. Sempre. In particolare con la propria famiglia. Grace lo aveva capito. Così come lo aveva capito Ellen.

«È tutto pronto a casa?» le domandò, lanciandole un'occhiata, e lei annuì. Malgrado la timidezza e la naturale ritrosia, sapeva occuparsi delle faccende domestiche in modo perfetto. Da quando aveva tredici anni ci aveva sempre pensato lei. E negli ultimi quattro aveva anche accudito sua madre.

«Sì, certo», rispose a bassa voce. Aveva già disposto ogni cosa sul buffet prima di recarsi in chiesa. E il resto era pronto nel frigorifero. Nei giorni precedenti molte persone avevano portato cibo e piatti pronti. Quanto a lei, aveva cucinato un arrosto e un tacchino la sera prima. La signora Johnson aveva portato un prosciutto e c'erano insalate e pasticci di carne e di pesce, un po' di salsicce, due piatti di hors-d'oeuvre, verdura fresca per insalate e ogni genere di torte e pasticcini. Grace sapeva già che si sarebbero presentate al ricevimento funebre almeno un centinaio di persone, se non il doppio, in segno di rispetto per John e per quello che lui significava per l'intera popolazione di Watseka.

La gentilezza della gente era stata incredibile. Il numero delle corone e degli omaggi floreali aveva superato di gran lunga tutti quelli che fino ad allora si erano visti nel salone dell'impresa di pompe funebri. «Come per un personaggio della casa reale», aveva commentato l'anziano signor Peabody, consegnando a suo padre l'albo pieno zeppo di firme.

«Era una donna come ce ne sono poche», aveva risposto John sottovoce; e adesso, pensando a lei, scrutò di sottecchi sua figlia. Che splendida creatura; e come sembrava determinata a nascondere la propria bellezza! D'altra parte era fatta così, e lui si era rassegnato, gli sembrava più facile non mettere in discussione le sue scelte. Aveva molte altre doti, e durante tutti gli anni della malattia di Ellen si era comportata in modo eccezionale. Adesso la vita sarebbe stata diversa per loro, eppure in un certo senso — doveva confessarlo — tutto sarebbe stato anche più facile. Ellen era stata malata così a lungo, e aveva sofferto talmente tanto! Che cosa inumana!

Guardò fuori del finestrino e poi fissò di nuovo sua figlia. «Stavo proprio pensando che sarà strano, adesso, diverso dal solito, senza la mamma... eppure, forse...» Si accorse che non sapeva bene come esprimere ciò che provava senza turbarla più di quanto fosse sua intenzione «...sarà anche più facile per noi due. Ha sofferto talmente tanto, poverina!» e sospirò. Grace non disse niente. Sapeva quali erano state le sofferenze di sua madre meglio di chiunque altro, perfino meglio di suo padre.

La cerimonia al cimitero fu breve; il parroco pronunciò poche frasi parlando di Ellen e della sua famiglia, poi lesse qualche brano dei Proverbi e dei Salmi vicino alla fossa e infine tutti tornarono indietro. Nella piccola e confortevole casa degli Adams si accalcò una folla di almeno centocinquanta persone Era una villetta bianca, con le imposte verde scuro e uno steccato che delimitava lo spiazzo antistante. Il prato era ben rasato, con folti cespugli di margherite e un piccolo roseto, che Ellen aveva molto amato, davanti alle finestre della cucina.

A giudicare dall'animato chiacchierio dei loro amici, si sarebbe detto che gli Adams avessero organizzato un cocktail party; Frank Wills teneva banco nel soggiorno, mentre John si intratteneva con gli ospiti fuori, sotto il caldo sole di luglio. Grace servì limonata e tè freddo e John stappò qualche bottiglia di vino. Il buffet era comunque talmente ricco e abbondante che, nonostante la folla di invitati, molti piatti non furono neppure toccati. Erano le quattro quando anche gli ultimi ospiti finalmente se ne andarono, e Grace cominciò a girare per la casa raccogliendo i piatti vuoti su un vassoio.

«Quanti buoni amici abbiamo», osservò suo padre con un caloroso sorriso. Era orgoglioso delle persone che dimostravano di voler bene a lui e alla sua famiglia. Nel corso degli anni aveva fatto molto per buona parte di loro e adesso, nell'ora del bisogno, tutti si erano raccolti intorno a lui e a sua figlia. Osservò Grace che si muoveva in silenzio per il soggiorno e pensò che ormai erano proprio soli. Ellen se n'era andata per sempre, le infermiere erano state mandate via, non rimaneva più nessuno all'infuori di loro due. Ma John Adams non era un uomo disposto a piangere troppo sulle proprie disgrazie.

«Vado fuori a vedere se è rimasto qualche bicchiere», disse, e rientrò mezz'ora più tardi con un vassoio carico di piatti e bicchieri, la giacca sul braccio, il nodo della cravatta un po' allentato. Se fosse stata in grado di accorgersi di cose del genere, Grace avrebbe notato che suo padre era più bello che mai. A qualcun altro questo fatto non era sfuggito. Nelle ultime settimane John aveva perduto un po' di peso, com'era comprensibile, e adesso era snello e aitante come un giovanotto. Non solo, ma sotto la luce viva del sole era difficile distinguere se i suoi capelli fossero grigi o biondi. In realtà erano un po' l'uno e un po' l'altro, e i suoi occhi avevano lo stesso colore azzurro intenso di quelli della figlia.

«Devi essere stanca», le disse, ma Grace alzò le spalle mentre infilava nella lavastoviglie bicchieri e piatti. Aveva un nodo alla gola e stava tentando disperatamente di non scoppiare in lacrime. Che giornata orribile... e che anno orribile... che orribili quattro anni... A volte aveva provato una gran voglia di scomparire, dissolversi... Se avesse potuto sciogliersi in una piccola pozza d'acqua! Ma non era possibile. C'erano sempre un altro giorno, un altro anno, un altro dovere da compiere. Rimpianse di non essere stata seppellita lei quel giorno, al posto di sua madre. E mentre stava fissando con aria infelice i piatti sporchi che sistemava meccanicamente nel cestello della lavapiatti, avvertì la presenza di suo padre accanto a sé. «Hai bisogno di aiuto?» le chiese.

«Va bene così», gli rispose. «Vuoi cenare, papà?»

«Non credo che riuscirei a inghiottire un solo boccone. Non

ci pensare. Hai avuto una giornata molto faticosa. Perché non cerchi di rilassarti un po'? Riposati un momento...» Lei fece cenno di sì con la testa e ricominciò a infilare i piatti sporchi nella lavastoviglie. John se ne andò, ritirandosi nel retro della casa, nella sua camera da letto, e passò un'altra ora prima che Grace avesse finito. Tutto era stato rimesso in ordine e la cucina appariva immacolata. La lavastoviglie ormai era carica e in soggiorno ogni cosa era di nuovo a posto. Grace era molto efficiente e in breve aveva spostato i mobili, risistemando quadri e fotografie. In fondo, era un modo come un altro per non pensare a quanto era successo.

Quando entrò nella sua camera, la porta di quella di suo padre era chiusa e le sembrò di sentirlo parlare al telefono. Si domandò se avesse intenzione di uscire, mentre richiudeva la porta e si sdraiava sul letto completamente vestita. C'era qualche macchiolina d'unto sull'abito nero e mentre lavava i piatti si era anche schizzato di acqua saponata. Grace si sentiva i capelli appiccicosi, la bocca come se fosse piena di cotone, il cuore di piombo. Chiuse gli occhi, senza muoversi, in preda all'angoscia, mentre le lacrime prendevano a scorrere irrefrenabili.

«Perché, mamma? Perché... perché mi hai lasciato?...» Era il tradimento finale, l'abbandono definitivo. Che cosa avrebbe fatto adesso? Chi l'avrebbe aiutata? L'unica cosa positiva era che avrebbe potuto andarsene e cominciare a frequentare il college a settembre. Forse. Se l'avessero ancora accettata. E se suo padre glielo avesse permesso. D'altra parte, adesso non aveva più alcun motivo di rimanere.

Sentì suo padre che apriva la porta della camera e usciva nel vestibolo. La chiamò per nome, ma lei non gli rispose. Era troppo stanca per aver voglia di parlare, perfino con lui, e rimase sdraiata sul letto a piangere pensando alla mamma. Sentì la porta della camera da letto di suo padre che si richiudeva, ma lasciò passare ancora un bel po' di tempo prima di decidersi ad alzarsi e andare in bagno. Era il suo unico lusso, un bagno tutto per sé. Ellen le aveva permesso di dipingerlo di rosa, nella piccola casa con tre camere da letto di cui era stata così orgogliosa. Avevano voluto una terza camera da letto per il secondo figlio che avevano sperato di avere, quel figlio maschio che non era mai arrivato; allora Ellen aveva cominciato a usarla come stanza per cucire e come guardaroba.

Riempì la vasca di acqua calda e andò a chiudere a chiave la porta della camera da letto prima di togliersi l'abito nero, spiegazzato e macchiato, che lasciò cadere sul pavimento dopo essersi liberata delle scarpe.

Poi si infilò lentamente nella vasca e vi si stese chiudendo gli occhi. Non immaginava neppure lontanamente di essere tanto bella, con quelle gambe lunghe e affusolate, i fianchi perfetti, il seno morbido e seducente. Non vedeva niente di tutto questo, non gliene importava nemmeno. Rimase lì distesa, semplicemente, continuando a tenere gli occhi chiusi, lasciando che i suoi pensieri andassero alla deriva. Le sembrava di avere la testa piena di sabbia. Niente immagini, nemmeno volti di persone che le facesse piacere contemplare con gli occhi della mente, niente che volesse fare o essere. La sua massima aspirazione era rimanere come sospesa nello spazio senza pensare.

Si rese conto di essere lì da un bel po' quando l'acqua diventò fredda; e sentì suo padre che bussava alla porta della camera. «Che cosa stai facendo lì dentro, Gracie? Stai bene?»

«Sì, sto bene», rispose lei, riscuotendosi da quella specie di trance. Fuori cominciava a far notte e non aveva avuto voglia di accendere le luci.

«Vieni fuori. Ti sentirai sola.»

«Sto bene», ripeté con voce monotona, gli occhi fissi su un punto lontano, cercando di tenere tutto e tutti distanti dal luogo dove lei sentiva di vivere veramente, nel profondo del proprio io, dove nessuno poteva rintracciarla, ritrovarla o farle del male.

Sentiva che suo padre era ancora fermo fuori della porta, nel tentativo di convincerla a uscire di lì e a parlargli; così gli rispose che sarebbe uscita nel giro di qualche minuto. Si asciugò e si infilò un paio di jeans e una maglietta. E sopra la maglietta mise anche uno di quei golf larghi e sformati che la infagottavano. Quando fu completamente vestita, girò la chiave nella serratura per aprire la porta e si avviò verso la cucina con l'intenzione di vuotare la lavastoviglie. John era lì e stava contemplando dalla finestra le rose del giardino. Si voltò quando sentì Grace che entrava, e le sorrise.

«Hai voglia di andare a sederti un po' fuori? È una bella sera. Di questo puoi occuparti dopo.»

«Va bene così. Tanto vale vuotarla subito e non pensarci più.» Lui si strinse nelle spalle e andò a prendersi una birra, poi uscì e andò a sedersi sui gradini della cucina e rimase a guardare le lucciole in lontananza. Lei sapeva che, fuori, la serata doveva essere uno splendore, ma non voleva guardare dalla finestra, così come non voleva ricordare né quel giorno né qualcosa di tutto quanto era successo. E non voleva ricordare il giorno in cui la mamma era morta e il modo commovente e penoso in cui l'aveva supplicata di essere buona con suo padre. Ecco tutto quello a cui teneva... suo marito... tutto quello che le era sempre importato era renderlo felice.

Dopo aver riposto i piatti, Grace tornò nella sua camera e si distese di nuovo sul letto, senza accendere la luce. Non riusciva ancora ad abituarsi a quel silenzio. Continuava a sentire la sua voce, ormai erano due giorni che tendeva l'orecchio nell'illusione di sentirla, come se dormisse ma da un momento all'altro potesse risvegliarsi per il dolore. Ma Ellen Adams non soffriva più, non avrebbe mai più sofferto. Finalmente era in pace. A loro, adesso, non rimaneva altro che il silenzio.

Alle dieci Grace si infilò la camicia da notte, lasciando cadere jeans, golf e maglione in un mucchio sul pavimento. Chiuse a chiave la porta della camera e si mise a letto. Non c'era nient'altro da fare. Non aveva voglia né di leggere né di guardare la televisione; la casa era perfettamente in ordine e non c'era più nessuno di cui occuparsi. Il suo unico desiderio era dormire e dimenticare tutto quanto... il funerale... le cose che la gente aveva detto... il profumo dei fiori... le parole del parroco accanto alla fossa, al cimitero. E, comunque, nessuno conosceva sua madre, così come non conosceva lei e — in fondo — nessuno aveva alcun interesse a saperlo. Tutto quello che sapevano e che interessava loro, erano apparenze, illusioni.

«Gracie...» Sentì suo padre che bussava piano alla porta. «Gracie... tesoro, sei sveglia?» Lo sentiva, ma non voleva rispondere. Che cosa c'era da dire? Che provavano dolore per la sua mancanza? E quanto lei aveva significato per i suoi cari? Perché fare quella fatica? Non sarebbe comunque servito a riportarla indietro. Grace rimase immobile, distesa sul letto al buio, con la vecchia camicia da notte rosa addosso.

A quel punto sentì che lui tentava di girare la maniglia della porta, ma non si mosse. L'aveva chiusa a chiave. Come sempre. A scuola le altre ragazze la prendevano in giro e si burlavano di lei perché era così pudica, così vergognosa. Chiudeva ogni porta, ovunque. Soltanto a quel modo poteva essere sicura di star sola, di non essere infastidita. «Gracie?» Era ancora fermo fuori, ben deciso a non lasciarla piangere e disperarsi da sola; la sua voce aveva un suono dolce, era piena di calore, ma lei continuò a fissare la porta, rifiutandosi di rispondere. «Su, da brava, bambina... lasciami entrare e parleremo... adesso soffriamo tutti e due... tesoro... lascia che ti aiuti.» Grace non si mosse, e a questo punto John provò a scuotere rumorosamente la maniglia. «Tesoro, non costringermi a forzarla; sai benissimo che posso farlo. E adesso, fammi entrare.»

«Non posso. Non sto bene», mentì lei. Era stupenda e pallidissima al chiaro di luna, il viso di cera e le braccia morbide, ma lui non poteva vederla.

«Non è vero.» La conosceva troppo bene per crederci. E mentre continuava a parlarle, aveva cominciato a sbottonarsi la camicia. Anche lui era stanco, ma non voleva lasciarla sola, in quella stanza, dietro la porta chiusa a chiave, sola con il suo dolore. A consolarla avrebbe pensato lui. «Gracie!» Il suo tono stava diventando più autoritario, e lei balzò a sedere sul letto e rimase a fissare la porta con gli occhi sbarrati, quasi potesse vederlo al di là del pannello di legno. Adesso sembrava impaurita.

«Non entrare, papà», replicò e la sua voce tremò mentre continuava a fissare la porta. Come se sapesse che lui era onnipotente, e lo temesse. «Papà, non farlo.» Mentre posava i piedi sul pavimento, sentì che lui già tentava di forzare la porta. Rimase lì, seduta sulla sponda del letto, in attesa di vedere se ci sarebbe riuscito. Quando lo sentì allontanarsi, rimase immobile dov'era, scossa da un lungo tremito. Lo conosceva fin troppo bene. Non rinunciava mai a niente con tanta facilità, e sarebbe stato così anche adesso.

Dopo un momento lui tornò. Lo sentì manovrare chissà quale attrezzo per forzare la serratura e un istante più tardi era lì, davanti a lei, a petto nudo e scalzo. Indossava soltanto i calzoni e sul suo viso c'era un'espressione irritata e indispettita.

«Non occorre che tu faccia così. Adesso ci siamo soltanto noi due. E sai che non ti farò male.»

«Lo so... io... io non ho potuto farne a meno... mi dispiace, papà...»

«Oh, così va meglio.» Si avvicinò a lei e, dall'alto della sua statura, la fissò con aria severa. «Non ha senso che tu rimanga qui a crogiolarti nella disperazione. Vieni nella mia camera, così parliamo un po'. Vuoi?» Aveva un'aria benevola, paterna e sembrava deluso per quella reticenza. Ma quando Grace alzò gli occhi a guardarlo, lui si accorse che tremava da capo a piedi.

«Non posso... Ho... ho mal di testa.»

«Su, da brava.» Si chinò ad afferrarla per un braccio e la costrinse ad alzarsi in piedi. «Parleremo in camera mia.»

«Non voglio farlo... io ... *no!*» gli rispose brusca e con uno strattone liberò il braccio che lui le stringeva. «*Non posso!*» gli gridò in faccia. E questa volta lui andò in collera. Non aveva più nessuna intenzione di fare certi giochetti. Non adesso. E non quella sera. Non aveva senso, non ce n'era bisogno. Grace rammentava quello che la mamma le aveva detto. Gli occhi di lui si abbassarono a fissarla, lampeggianti, e la morsa della sua mano si fece più stretta.

«Sì, che puoi, e lo farai, accidenti. Ti ho detto di venire in camera mia.»

«Papà, ti prego...» La voce della ragazza si era trasformata in un fievole lamento mentre lui la sollevava dal letto a viva forza. Dovette seguirlo riluttante in camera sua. «Per favore, mamma...» Le pareva di avere il petto stretto in una morsa. Mentre lo supplicava, sentì quell'ansito, quel respiro affannoso, che conosceva così bene.

«Sai quello che ha detto tua madre prima di morire», esclamò lui in tono velenoso. «Sai che cosa ti ha detto...»

«Non me ne importa.» Era la prima volta in vita sua che osava sfidarlo. In passato aveva piagnucolato e gridato, però non si era mai ribellata come stava facendo adesso; lo aveva supplicato, ma senza mai cercare di respingerlo. E quella novità non gli piaceva affatto. «Adesso non c'è la mamma», gli disse, tremando dalla testa ai piedi, mentre lo fissava con gli occhi sbarrati, cercando di trovare finalmente il coraggio di lottare e combattere contro il padre.

«No, la mamma non c'è più, vero?» Lui sorrise. «Ecco, qui sta il punto, Grace. Non dobbiamo più nasconderci, tu e io. Possiamo fare quello che vogliamo. È la nostra vita adesso... il nostro tempo... e non è necessario che nessuno lo sappia...» Avanzò verso di lei, con gli occhi che luccicavano. Grace tentò di fare un passo indietro, ma lui l'afferrò per le braccia; dopo un attimo, con una sola mossa, le aveva lacerato la camicia da notte di nailon rosa, facendogliela scivolare dalle spalle. «Ecco... così va meglio... vero?... non ci occorre più questa... non ci occorre più niente... tutto quello di cui ho bisogno sei tu, piccola Gracie... tutto quello che mi occorre è la mia bambina che mi vuole tanto bene e che io amo...» Con una mano si abbassò i calzoni, si liberò di tutto con un solo movimento e rimase nudo, in piena erezione davanti a lei.

«Papà... ti prego...» Fu un lungo, triste ansito di dolore e di vergogna, mentre abbassava la testa e girava gli occhi dall'altra parte, cercando di evitare quella vista che le era anche troppo familiare. «Papà, non posso...» Adesso aveva le guance rigate di lacrime. Ma lui non capiva. Lo aveva fatto per lei, perché la mamma l'aveva pregata di farlo. Lo aveva fatto per anni, da quando ne aveva tredici... subito dopo che Ellen si era ammalata e l'avevano sottoposta al primo intervento. Prima ancora, lui l'aveva picchiata e Grace aveva sentito tutto, una notte dopo l'altra, dalla sua camera, singhiozzando. E ogni volta, al mattino, sua madre aveva tentato di darle qualche spiegazione per i lividi e le ecchimosi; aveva raccontato che era caduta, oppure che era andata a sbattere contro la porta del bagno, o era scivolata — ma non era mai stato un segreto per loro tre. Nessuno avrebbe mai creduto che John Adams fosse capace di fare una cosa simile, eppure era la verità. Sapeva fare questo, e altro. Avrebbe anche picchiato Grace, ma Ellen si era sacrificata al posto della figlia, in ogni occasione, e si lasciava malmenare raccomandando a Grace di chiudere a chiave la porta della sua camera.

Per ben due volte Ellen aveva abortito in seguito alle botte ricevute, la seconda volta al sesto mese di gravidanza. Da allora non c'erano più stati altri bambini. Quelle botte, per quanto brutali e terrorizzanti, erano sempre state date con sottile astuzia in modo che i lividi potessero venire nascosti o avessero una spiegazione logica, ammesso che Ellen fosse stata disposta a darla. E lei l'aveva sempre data. Si era innamorata di John quando andava ancora a scuola. Lui era il più bel ragazzo della città e poteva considerarsi molto fortunata. Suo padre e sua madre erano poverissimi, tanto che lei aveva interrotto a metà gli studi, senza poter neppure finire le superiori. Era una ragazza splendida, ma senza John non avrebbe mai avuto nessuna buona occasione da sfruttare nella vita. Così lui le aveva detto, e lei ci aveva creduto. Suo padre la picchiava; e quando anche John aveva cominciato ad alzare le mani, non le era sembrato né insolito né così terribile. Purtroppo la situazione era peggiorata con il passare degli anni e John aveva spesso minacciato di lasciarla perché era una creatura indegna. In questo modo otteneva che facesse tutto quello che lui voleva. E quando Grace crebbe diventando ogni giorno più bella, non fu difficile capire che cosa John desiderasse, che cosa Ellen avrebbe dovuto fare se non voleva essere abbandonata. Poi, quando si ammalò e il suo corpo fu devastato dalla chemioterapia e dalle radiazioni e la penetrazione, durante il rapporto, non fu più possibile, John le disse chiaro e tondo, senza perifrasi, che, se voleva continuare a essere sua moglie, doveva trovare una soluzione per soddisfare le sue esigenze. Ormai era chiaro che Ellen non poteva più dargli ciò che lui voleva. Ma Grace, sì. Aveva tredici anni ed era una creatura incantevole!

La mamma glielo aveva spiegato, affinché non si spaventasse. Si trattava di qualcosa che lei avrebbe potuto fare per loro, una specie di dono che avrebbe contribuito a far felice papà e aiutato la mamma. In un certo senso sarebbe stata ancor più unita a loro, e il suo papà le avrebbe voluto più bene di prima. Dapprima Grace non aveva capito, poi si era messa a piangere... che cosa avrebbero pensato le sue amiche se lo avessero saputo? E come poteva fare *quella cosa* con suo padre? Ma la mamma le aveva spiegato quanto fosse importante aiutarli, quasi un dovere nei loro confronti, e le aveva detto che lei stessa avrebbe rischiato di morire se qualcuno non l'aiutava. Inoltre c'era il pericolo che lui le abbandonasse, e allora sarebbero state sole, senza nessuno che le proteggesse e si occupasse di loro. Le delineò un quadro terrificante, e scaricò la responsabilità sulle spalle di Grace come un mantello di piombo. La ragazzina si sentì schiacciata, perché le pareva un peso insostenibile, e provava orrore al pensiero di quello che ci si aspettava da lei. Ma loro non attesero di sentire la sua risposta. Quella sera stessa vennero nella sua camera e fu proprio Ellen ad aiutare il marito. Tenne ferma la figlia e intanto le mormorava parole dolci e consolatrici, le diceva che era proprio una brava ragazzina, e quanto papà e mamma le volessero bene. E dopo, quando tornarono nella loro camera, John prese la moglie fra le braccia e la ringraziò.

Da quel giorno, per Grace, la vita diventò un pozzo di solitudine. Lui non veniva a cercarla ogni notte, ma quasi. A volte credeva che sarebbe morta per la vergogna e a volte lui le faceva male sul serio. Ma non lo confidò mai a nessuno e a un certo punto Ellen smise di accompagnarlo. Grace sapeva che cosa ci si aspettava da lei, sapeva di non avere altra scelta, di essere costretta a farlo. Quando provava a discutere e a ribellarsi, lui la picchiava senza pietà, e ormai aveva capito che non esisteva soluzione, non esisteva altra scelta. Così accettò di farlo per Ellen, non certamente per lui. Si rassegnò perché non picchiasse più la mamma, perché non le abbandonasse. Ma ogni volta che Grace non collaborava abbastanza, o non faceva tutto quello che le chiedeva, lui tornava nella sua camera e si sfogava sulla moglie, e non aveva importanza quanto fosse malata o quanto soffrisse. Era un messaggio, questo, che Grace capiva sempre, e allora si precipitava correndo da loro e giurava e spergiurava di essere pronta a fare tutto quello che lui voleva. E lui la costrinse a dimostrarglielo con i fatti, e non una sola volta... Erano quattro anni, ormai, che lui faceva con Grace tutto quello che gli passava per la testa, tutto quello che la fantasia gli suggeriva. E lei, sua figlia, era diventata dunque la sua unica e sola schiava d'amore. L'unica cosa che Ellen aveva fatto per proteggere la figlia, per difenderla da lui in qualche modo, era stato procurarle le pillole anticoncezionali in modo che non rimanesse incinta.

Una volta che suo padre cominciò a far l'amore con lei, non ebbe più amiche. Ne aveva già avute poche prima, perché temeva sempre che qualcuno scoprisse che lui picchiava la moglie, e capiva di dover proteggere non soltanto lei ma anche se stessa. Ma quando cominciò ad andare a letto con suo padre, si rese conto che non avrebbe più potuto parlare con una qualsiasi delle sue compagne di scuola, perfino con le insegnanti. Era convinta che avrebbero capito tutto, che le avrebbero letto in faccia la verità, o l'avrebbero intuita guardando il suo corpo, come un segno, come un tumore maligno che, a differenza della mamma, lei si portava addosso, non dentro ma fuori. Ma il male era in lui e Grace non l'aveva mai capito. Fino a quel momento. Adesso era consapevole che, scomparsa la mamma, non sarebbe stata più costretta a farlo. Adesso non poteva più farlo. Nemmeno per sua madre. Era troppo... soprattutto lì, in quella camera. Lui era sempre andato in camera di Grace, l'aveva costretta a farlo entrare. Non si era mai azzardato a portarla nella camera matrimoniale. Ma adesso era come se si aspettasse di vederle assumere il ruolo di sua madre, di vederglielo interpretare come neppure Ellen era mai stata in grado di fare. Come se si aspettasse che lei fosse la sua sposa, adesso. Perfino il modo in cui le parlava era cambiato. Ormai si doveva fare tutto apertamente, senza segreti. Si aspettava che lei diventasse la sua donna.

Così, mentre fissava quel corpo splendido, John si rese conto che le suppliche e le obiezioni di Grace ottenevano soltanto lo scopo di eccitarlo ancora di più. Sembrava spietato e minaccioso, così eretto e imponente, mentre la stringeva con forza. Con una sola mossa la scaraventò sul letto, nel posto che sua moglie, inferma, aveva occupato fino a due giorni prima e per tutti gli anni del loro matrimonio.

Questa volta, però, Grace cominciò a lottare contro di lui e si divincolò perché aveva già deciso che non si sarebbe arresa, non si sarebbe sottomessa di nuovo... Ma nello stesso tempo si rese conto di essere stata pazza a illudersi di poter vivere sotto lo stesso tetto con suo padre, senza che quell'incubo continuasse. Avrebbe dovuto fuggire il più lontano possibile; prima, però, doveva resistere e sopravvivere a quello che lui le stava facendo. Non poteva più permetterglielo... no, non poteva sopportare che tutto si ripetesse come sempre. Anche se la mamma le aveva chiesto di essere buona con lui, pensò di essere stata buona abbastanza. Non se la sentiva di farlo più, no, mai più... mai e poi mai... Ma mentre agitava le braccia, impotente, lui la immobilizzò con la sua stretta decisa e il peso del suo corpo. Le fece allargare subito le gambe, forzandola ad aprirle con le proprie, e con la disinvoltura di chi compie gli stessi gesti di sempre, senza difficoltà, la obbligò a ricevere il suo membro dentro di sé, la penetrò facendole provare un dolore straziante, più intenso che mai. Grace non immaginava che fosse possibile soffrire tanto. Per un attimo credette quasi che ne sarebbe morta. Mai, prima, era stato così; mai, prima, le aveva fatto tanto male. Era come se volesse colpirla con un pugno da dentro, e dimostrarle che lui era il suo padrone, e poteva farle tutto ciò che voleva. Grace si accorse di essere al limite della sopportazione e per un istante credette di svenire, mentre vedeva girare la stanza intorno e lui continuava a penetrarla, un colpo dopo l'altro, graffiandole i seni, mordicchiandole le labbra, entrando dentro di lei con violenza... fino a quando Grace ebbe la sensazione di sentire la morte vicina e si augurò che, quasi per un atto di pietà, lui l'uccidesse.

E, mentre lui continuava a farle violenza, seppe di non poterlo più sopportare. No, non poteva farle una cosa simile. Capiva di essere ormai sull'orlo di un baratro; improvvisamente, mentre lottava con le unghie e con i denti, si rese conto di combattere per la propria sopravvivenza. Poi si accorse che erano rotolati più vicino al comodino della mamma. Erano anni che su quel comodino c'erano pastiglie e pillole, bene in fila, insieme a un bicchiere e a una caraffa piena d'acqua. Avrebbe potuto rovesciargli addosso quell'acqua, o colpirlo con la caraffa, ma vide che non c'erano più. Non c'erano più né le pastiglie né l'acqua né il bicchiere, perché non c'era più nessuno che ne avesse bisogno. Tuttavia, d'istinto, allungò la mano sul piano del comodino, mentre suo padre continuava ad accanirsi sul suo corpo, gridando e ansimando. L'aveva già presa a schiaffi, con violenza, parecchie volte, e adesso sembrava solamente interessato a punirla con il suo sesso, non più con le mani. Grace aveva la vista offuscata per gli schiaffi che aveva ricevuto. Si rese conto che il cassetto del comodino si era aperto quando vi si aggrappò; poi le sue dita toccarono l'acciaio levigato e freddo della rivoltella che Ellen vi teneva sempre nascosta, come arma di difesa contro gli intrusi. Non avrebbe mai osato servirsene contro il marito, neppure per minacciarlo. Non aveva importanza quello che aveva fatto a lei, oppure a Grace; lo aveva amato sinceramente.

Grace sentì che la sua mano si chiudeva intorno a quell'arma gelida, riuscì a impugnarla e la brandì sopra la testa di suo padre, provando per un attimo una gran voglia di colpirlo, se non altro per farlo smettere. Lui, ormai, aveva quasi finito, ma Grace aveva deciso che doveva fermarlo, e non aveva importanza come, prima che si arrivasse all'estremo. Capiva che non sarebbe sopravvissuta a un'altra esperienza del genere. Ciò che stava succedendo, le aveva rivelato chiaramente quale sarebbe stato il suo destino per il resto della vita. Lui non l'avrebbe mai lasciata andar via, non le avrebbe mai permesso di partire per il college, o fare qualsiasi altra cosa. E lei non avrebbe avuto altra vita all'infuori di questa, non sarebbe mai stata altro che la sua schiava... E capì che, a qualunque costo, doveva impedirglielo. Poi, mentre impugnava la rivoltella con mano tremante, lui raggiunse l'orgasmo lasciandosi sfuggire un grido prolungato, che fece sussultare Grace di dolore e di disgusto. Le bastò solo quello — udire il suo grido — per odiarlo. Poi, mentre gli puntava contro l'arma, lui alzò gli occhi e vide ogni cosa.

«Piccola carogna schifosa!» le urlò, ancora scosso dalla violenza dell'orgasmo. Nessuno era mai riuscito a eccitarlo come Grace. Avrebbe voluto prenderla con la forza, e possederla di dentro e di fuori, straziarla, divorarla. Niente lo eccitava di più della propria carne — era un istinto oscuramente primordiale. E si sentiva oltraggiato per il solo fatto che lei continuasse a divincolarsi, a respingerlo, a lottare. Si mosse per strapparle la rivoltella e Grace capì che cosa meditava di farle. L'avrebbe colpita con violenza, l'avrebbe percossa... Pestarla a sangue aveva sempre il potere di eccitarlo ancora di più. Ma non poteva permetterglielo, non poteva permettere che la prendesse un'altra volta. Doveva salvarsi. John aveva ancora il membro dentro di lei quando si allungò verso l'arma per strappargliela. Grace, presa dal panico, premette il grilletto. Lui la fissò allibito mentre il colpo partiva con un fragore assordante, e poi le crollò addosso di schianto schiacciandola con il proprio peso. Grace l'aveva colpito alla gola e adesso sanguinava abbondantemente. Non si muoveva. Grace cercò di sollevare il corpo del padre che la schiacciava, ma non ci riuscì. Era troppo pesante e lei si sentiva soffocare e adesso aveva la bocca e gli occhi pieni di sangue. Ansimando, cercò disperatamente di respirare; poi, facendo appello alle ultime energie che le rimanevano, finalmente fece rotolare il corpo sul letto. Lui si lasciò sfuggire un orribile suono gorgogliante mentre la fissava... Niente più si muoveva e i suoi occhi erano spalancati.

«Oh, mio Dio... oh, mio Dio...» mormorò Grace, stringendosi la gola con una mano mentre lo guardava. Le pareva ancora di sentire sapore di sangue sulla lingua. Era sporca di sangue dalla testa ai piedi, e anche il letto era tutto macchiato. E lei non faceva altro che pensare alle parole della mamma... «Sii buona con papà, Grace... sii buona con lui... occupati di lui... ricordati di voler sempre bene a tuo padre...» E così era stato. Gli aveva sparato. Lui girò lo sguardo per la camera, ma sembrava paralizzato, mentre la fissava con espressione terrorizzata. Grace a quel punto indietreggiò fino all'angolo della camera e fissò suo padre. Poi cominciò a tremare da capo a piedi e vomitò sul tappeto. Quando si fu ripresa, si impose con uno sforzo di raggiungere il telefono e compose il numero del centralino.

«Mi occorre un'ambulanza... un'ambulanza... mio padre è stato colpito... Ho sparato a mio padre...» Si sentiva mancare il respiro, ansimava, ma riuscì a dare l'indirizzo di casa e poi rimase immobile, continuando a fissarlo. Lui non si era più mosso da quando era ricaduto sul letto; e il suo membro adesso era diventato flaccido. Quella cosa che l'aveva tanto terrorizzata, che l'aveva torturata tanto a lungo, improvvisamente sembrava così piccola e innocua. E anche lui. Le appariva terrificante e patetico, con il sangue che gli sgorgava a fiotti dalla gola. Di tanto in tanto gli sfuggiva un lamento. Grace capiva di aver commesso un'azione orribile, ma non provava rimorso. Teneva ancora, stretta nella mano, la rivoltella, ed era rannicchiata, completamente nuda, in un angolo, quando arrivò la polizia. Era senza fiato per l'asma.

«Mio Dio...» mormorò il primo poliziotto appena entrò; poi vide Grace e le tolse di mano l'arma mentre altri agenti arrivavano. Fu il più giovane a pensare di buttarle addosso una coperta, avvolgendovela, ma aveva visto i segni sul suo corpo, il sangue dappertutto e l'espressione dei suoi occhi. Grace sembrava fuori di sé. Come impazzita. Sembrava scesa all'inferno, ma senza essere più capace di venirne fuori e ritornare indietro.

Suo padre era ancora vivo quando arrivarono l'ambulanza e i paramedici. La pallottola aveva attraversato il midollo spinale e i paramedici non nascosero il sospetto che fosse finita in un polmone. Era completamente paralizzato e non poteva pronunciare neppure una parola. Mentre lo portavano via, non vide nemmeno Grace. Teneva gli occhi chiusi. Gli stavano somministrando l'ossigeno e respirava a stento.

«Ce la farà?» domandò il più anziano dei poliziotti agli infermieri mentre infilavano la lettiga nell'ambulanza e mettevano subito in azione la sirena.

«È difficile dirlo», gli risposero, e poi, a voce più bassa: «Poco probabile». A quel punto uscirono e l'anziano poliziotto scrollò il capo. Conosceva John Adams fin da quando frequentavano insieme le superiori. Era stato John a occuparsi del suo divorzio. Un uomo straordinario; chissà perché diavolo la sua bambina gli aveva sparato? Aveva visto la scena, al suo arrivo, e si era subito accorto che nessuno dei due era vestito, ma questo non voleva dire niente. Era chiaro che doveva essere successo dopo che se ne erano andati a letto, ognuno nella propria camera, e probabilmente John era abituato a dormire senza il pigiama. Perché la ragazza fosse nuda, era tutt'altra storia. Ovvio che non doveva avere il cervello del tutto a posto; forse la morte della madre era stato un colpo troppo duro per lei. Non era escluso che ritenesse il padre responsabile della morte della mamma! Di qualsiasi cosa si trattasse, lo avrebbero scoperto durante le indagini.

«Come sta la ragazza?» domandò a uno dei suoi giovani assistenti. Sulla scena del delitto c'era almeno una dozzina di poliziotti. Si trattava del caso più clamoroso che fosse successo a Watseka da quando il figlio del pastore, sotto l'effetto dell'LSD, si era suicidato, dieci anni prima. Quella era stata una tragedia, ma questo sarebbe stato uno scandalo. Un uomo come John Adams, colpito a morte dalla sua stessa figlia... era davvero un autentico crimine, una perdita per l'intera città. Nessuno ci avrebbe creduto. «Era in pieno sballo? Drogata?» domandò mentre il fotografo scattava una serie di inquadrature della camera da letto. La rivoltella si trovava già in un sacchetto di plastica nell'automobile di ronda.

«Così, a prima vista, non si direbbe», rispose il giovane poliziotto. «Perlomeno, non risulta in modo evidente. Non sembrerebbe il tipo della tossica; e poi, è terrorizzata. Non solo, ma fa anche fatica a respirare, soffre di attacchi di asma.»

«Se tu sapessi quanta pena mi fa!» fu la risposta, piena di sarcasmo, del funzionario di polizia più anziano mentre si guardava attorno. Era stato in quell'elegante e confortevole soggiorno appena poche ore prima, al termine della cerimonia funebre. Non riusciva quasi a capacitarsi di essere di nuovo lì. Magari la ragazza era semplicemente pazza. «Suo padre si è beccato qualcosa di molto peggio dell'asma.»

«Che cos'hanno detto?» Il giovane agente sembrava preoccupato. «Se la caverà?»

«I pronostici non sono buoni. Sembra proprio che la nostra piccola tiratrice abbia fatto un bel lavoretto con il suo babbo. Midollo spinale, forse anche un polmone. Dio solo sa che cos'altro può aver colpito, o perché.»

«Che cosa ne pensa? Secondo lei, se la stava facendo?» domandò ancora il ragazzo, che trovava intrigante quella situazione. Ma il poliziotto più anziano sembrò indignato.

«John Adams? Sei diventato matto? Ma lo sai chi è? Il miglior avvocato della città. E l'uomo più onesto e perbene che io conosca! Credi proprio che un tipo come lui farebbe una cosa del genere alla sua bambina? Sei fuori di testa come lei, e poco in gamba come poliziotto, se puoi arrivare a una conclusione del genere.»

«Non so... la prima impressione è stata un po' questa... nudi tutti e due... e lei sembrava spaurita... e ha un brutto livido sul braccio... e...» Esitò, vista la reazione del collega più anziano, ma sapeva di non poter nascondere quelle che erano prove sacrosante... E poco gli importava se la vittima godeva di tanto rispetto. Le prove erano prove. Di fronte alle prove non si scappa. «C'era liquido seminale sulle lenzuola, e sembrava come se...» Avevano trovato sangue, tanto sangue dappertutto, ma anche macchie di qualcos'altro. E il giovane poliziotto le aveva viste.

«Me ne frego di quella che può essere stata la prima impressione, O'Byrne. Il liquido seminale può finire sulle lenzuola di un uomo per molti motivi. Sua moglie è appena morta, magari soffriva di solitudine, magari si stava divertendo un po' da solo quando lei è entrata con l'arma in mano... Può anche darsi che la ragazzina non abbia capito quello che lui stava facendo e si sia spaventata. Ma togliti dalla testa l'idea di venire a raccontare proprio a me che John Adams stava facendo quello che sai con la propria figlia. Scordatelo.»

«Chiedo scusa.» Gli altri agenti stavano già arrotolando le lenzuola, che sarebbero comunque servite come prove, e le infilavano in sacchi di plastica. Un altro stava parlando con Grace nella sua camera. Lei era seduta sul letto, ancora avvolta nella coperta che le avevano dato quando erano arrivati. Aveva trovato l'inalatore e adesso respirava più facilmente, ma era pallida come una morta tanto che il poliziotto che la stava interrogando cominciò a domandarsi fino a che punto fosse cosciente di quello che era successo. Sembrava talmente scioccata che gli venne il sospetto che non capisse neanche quello che le stava domandando. Diceva di non ricordare come avesse trovato quell'arma, che se l'era vista improvvisamente in mano e ne era partito un colpo. Ricordava il fragore dello sparo e poi suo padre che le crollava addosso sanguinando. Tutto qui.

«In che senso ti crollava addosso sanguinando? Dov'eri?» Anche lui aveva avuto la stessa impressione di O'Byrne quando si era trovato davanti a quella scena, benché gli sembrasse assolutamente incredibile che John Adams avesse potuto fare una cosa simile.

«Non ricordo», rispose lei con aria vacua. Parlava meccanicamente, si muoveva come un automa, respirava ansimando, come se avesse il fiato corto, e doveva essere ancora sofferente per quell'attacco improvviso di asma.

«Non ricordi dov'eri quando hai sparato a tuo padre?»

«Non lo so.» Adesso lo fissava come se neppure lo vedesse. «Sulla porta», mentì. Ecco quello che doveva fare. Era un impegno che aveva preso con la mamma e sapeva di doverlo proteggere.

«Gli hai sparato dalla porta?» Impossibile. Continuando così, non avrebbero cavato un ragno dal buco. «Pensi che sia stato qualcun altro a sparare a tuo padre?» Intanto si stava domandando se la ragazza, con la sua versione dei fatti, volesse arrivare proprio a quello. All'intruso penetrato in casa di nascosto. Ma era ancor meno credibile della storia che aveva tentato di raccontargli: cioè di avergli sparato dalla porta.

«No. Gli ho sparato io. Dalla porta.»

Il poliziotto sapeva — e senza ombra di dubbio — che il padre della ragazza era stato colpito a distanza ravvicinata, forse da non più di tre o cinque centimetri, da una persona che si trovava esattamente di fronte a lui. Dalla figlia, evidentemente. Ma dov'erano in quel momento?

«Eri a letto con lui?» le domandò di punto in bianco, e Grace non rispose. Adesso fissava il vuoto davanti a sé, come se il poliziotto non esistesse. Poi si lasciò sfuggire un lieve sospiro. «Eri a letto con lui?» le domandò di nuovo, e lei esitò a lungo prima di rispondere.

«Non sono sicura. Non credo.»

«Come vanno le cose qui?» si informò il poliziotto più anziano, facendo capolino. Ormai erano le tre del mattino e tutti i rilievi sulla scena del delitto erano stati effettuati.

Il suo collega, che stava interrogando Grace, si strinse nelle spalle: non aveva ottenuto un bel niente. L'interrogatorio andava di male in peggio. La ragazza diceva cose senza senso, era scossa da un tremito violento e sembrava talmente inebetita che lui cominciava a domandarsi se si fosse resa conto di quello che era successo. «Adesso ti portiamo in camera di sicurezza, Grace. Rimarrai agli arresti per qualche giorno. Dobbiamo parlarti ancora un po' di quello che è successo.» Lei fece cenno di sì con la testa, e non rispose. Rimase semplicemente seduta dov'era, immobile, sporca di sangue e avvolta nella coperta. «Forse è meglio se cerchi di ripulirti un po' e ti metti qualcosa addosso.» Fece un cenno al poliziotto che aveva cercato di farla parlare, ma Grace non si mosse e rimase seduta dov'era. «Ti portiamo con noi, in guardina, Grace. Per un interrogatorio», le spiegò di nuovo, domandandosi se non fosse un po' squilibrata. John non aveva mai accennato a niente di simile. D'altra parte non era una di quelle cose che si vanno a raccontare ai propri clienti.

«Per ora ci limitiamo a un fermo di settantadue ore, mentre

iniziamo le indagini sul ferimento.» C'era stata premeditazione? Lei aveva avuto davvero l'intenzione di spararargli? E se si fosse trattato di una disgrazia, invece? Si domandò anche se, per caso, Grace non fosse una tossicodipendente e decise che l'avrebbe fatta sottoporre ai test necessari.

Grace non chiese per quale motivo l'arrestavano. Non chiese niente. Ma non cominciò neppure a vestirsi. Sembrava completamente disorientata e fu proprio questo a convincere sempre di più il funzionario incaricato dell'investigazione che non avesse il cervello del tutto a posto. Alla fine, chiamarono una donna poliziotto perché venisse ad aiutarli. Fu lei a vestire Grace come se fosse una bambina, prendendo nota, però, dei lividi, delle ecchimosi e dei segni che aveva un po' su tutto il corpo. Le consigliò di lavarsi per ripulirsi dalle macchie di sangue e Grace si dimostrò straordinariamente pronta a ubbidire. Fece tutto quello che le veniva detto, ma non diede spontaneamente alcuna ulteriore informazione sull'accaduto.

«Avete litigato, tu e tuo padre?» provò a chiederle la donna poliziotto mentre Grace si infilava un vecchio paio di jeans e una maglietta. Continuava ancora a essere scossa da un tremito, come se si trovasse completamente nuda al Polo Nord. E non le diede nessuna risposta. «Eri arrabbiata con lui?» Niente. Silenzio. Non che fosse ostile. Non era niente. Diede l'impressione di essere in trance quando la fecero passare per il soggiorno, e non domandò mai, neppure una volta, notizie di suo padre. Non voleva sapere dove fosse andato, dove lo avessero portato o che cosa gli potevano avere fatto. Si soffermò solamente un istante mentre attraversavano il soggiorno, e guardò una fotografia. Era chiusa in una cornice d'argento e raffigurava Grace, vicino alla madre. Doveva avere due o tre anni, ed entrambe sorridevano. La ragazza la fissò a lungo, ricordando com'era all'epoca Ellen, e quello che aveva voluto da sua figlia. Troppo. Adesso avrebbe voluto dirle che le dispiaceva. Che capiva di averla delusa. Non aveva pensato a proteggere papà, a circondarlo di affetto. Non ce l'aveva più fatta. E adesso lui se n'era andato. Ma non riusciva a ricordare dove fosse andato. Però era andato via. E lei non avrebbe più dovuto occuparsi di lui.

«È proprio fuori di testa», disse la donna poliziotto che le era vicino. Grace stava fissando la fotografia; voleva imprimersi quell'immagine nella mente. Chissà perché, sentiva che forse non l'avrebbe mai più riveduta, anche se non sapeva spiegarsene il motivo. Capiva solamente che stavano andando via, usci vano di casa.

«Ha intenzione di chiamare uno psichiatra?» domandò poi il poliziotto al superiore.

«Sì, probabilmente sì», rispose quest'ultimo. Era sempre più convinto che la ragazza fosse una ritardata mentale. O forse no. Magari era solo una scena e c'era sotto chissà che cosa. La verità non era tutta lì. Difficile dirlo. Chissà che cos'aveva combinato.

Quando Grace uscì nell'aria della notte, il prato davanti a casa era pieno di agenti di polizia. E parcheggiate fuori c'erano sette auto di ronda. Qualcuna apparteneva agli agenti responsabili dei controlli da eseguire sulla scena del delitto, le altre — la maggioranza — erano di agenti accorsi a vedere che cosa era successo. Ovunque si vedevano luci lampeggianti e uomini in uniforme. Il giovane poliziotto di nome O'Byrne aiutò Grace a salire sul sedile posteriore di un'autopattuglia. Accanto a lei prese posto la donna poliziotto la quale, fra l'altro, non si sentiva particolarmente ben disposta nei suoi confronti. Aveva già visto ragazze come lei, drogate o simulatrici che fingevano di essere fuori di testa per non essere incolpate di ciò che avevano commesso. Aveva visto una quindicenne che, dopo aver massacrato la sua famiglia, sosteneva che a incitarla al crimine erano state le voci alla televisione. Per quanto ne sapeva lei, Grace era una piccola carogna, una furbacchiona che fingeva di essere pazza. Tuttavia, in quella storia c'era qualcosa che non la convinceva del tutto; forse la ragazza non era proprio fuori di testa, però in lei c'era qualcosa che non andava. E poi, continuava a trattenere il fiato, e a volte sembrava che soffocasse. Sì, c'era indubbiamente qualcosa di strano. D'altra parte, aveva sparato a suo padre riducendolo in fin di vita; e questo poteva bastare a far uscire di testa chiunque. In ogni caso, non toccava a loro decidere se fosse o no sana di mente. Ci avrebbero pensato gli strizzacervelli.

Il tragitto fino alla stazione di polizia non fu lungo, soprattutto a quell'ora, ma quando arrivarono Grace diede l'impressione di stare peggio di prima. Le luci erano accecanti, e quando la fecero entrare in camera di sicurezza sembrava quasi livida in faccia. Rimase lì ad aspettare fino a quando un corpulento poliziotto non la raggiunse.

«Sei Grace Adams?» le domandò in tono brusco, e la ragazza si limitò a far cenno di sì con la testa. Le sembrava di essere sul punto di svenire ed ebbe quasi un conato di vomito. Magari sarebbe morta. Del resto, non desiderava altro. Morire era un'ottima soluzione. La sua vita era un incubo. «Sì o no?» domandò ancora lui, gridandoglielo in faccia.

«Sì, sono io.»

«Tuo padre è morto poco fa all'ospedale. Ti arrestiamo per omicidio.» Poi cominciò a leggerle i suoi diritti, e affidò alcune carte a una donna poliziotto che nel frattempo lo aveva raggiunto. Poi, senza aggiungere un'altra parola, uscì richiudendo con un tonfo sordo la massiccia porta di ferro. Ci fu un momento di silenzio; la donna poliziotto ordinò a Grace di spogliarsi completamente.

«Perché?» domandò con voce roca.

«Perquisizione», le spiegò la donna, mentre la ragazza cominciava lentamente a spogliarsi con mani tremanti. Tutta quella procedura fu terribilmente umiliante. Poi le presero anche le impronte digitali e le fecero le foto segnaletiche.

«L'accusa è gravissima», disse gelida un'altra donna poliziotto mentre porgeva a Grace un asciugamano di carta perché si ripulisse le dita sporche d'inchiostro. «Quanti anni hai?» domandò con indifferenza mentre la guardava. Ma Grace stava ancora cercando di assorbire mentalmente quanto le avevano detto. Lo aveva ucciso. Lui era morto. Era tutto finito.

«Diciassette.»

«Non hai avuto fortuna. Se hai già compiuto i tredici anni, nell'Illinois puoi essere processata e condannata come un'adulta per omicidio. E se ti giudicano colpevole ti becchi almeno quattordici, quindici anni. C'è anche la pena di morte. Roba da grandi, bambina.» Nulla parve più reale a Grace, mentre veniva ammanettata e accompagnata fuori da quella stanza. Cinque minuti dopo era in una cella con quattro altre donne; c'era una latrina, aperta, da cui sprigionava un tanfo di urina e di escrementi umani. C'era un gran chiasso, lì dentro, e molta sporcizia; le donne erano distese sui nudi materassi e avvolte in una coperta. Due erano sveglie, ma nessuna parlava. E nessuna pronunciò una sola parola mentre toglievano le manette a Grace, le consegnavano una coperta e la mandavano a sedersi sull'unico paglierıccio libero della piccola cella.

Grace si guardò intorno incredula. Ecco a che cosa si era arrivati. D'altra parte non esisteva alternativa. Lei non ce la faceva più a sopportarlo. Era stata obbligata a farlo... anche se non ne aveva avuta nessuna intenzione... non l'aveva premeditato prima... ma adesso che l'aveva fatto non provava alcun rimorso. Aveva dovuto scegliere: la sua vita o quella di suo padre. Per lei non avrebbe fatto alcuna differenza e forse avrebbe preferito morire, ma le cose erano andate in un modo diverso. Ed era successo senza che lei ne avesse l'intenzione. Non le era rimasta altra scelta. L'aveva ucciso.

2

Grace rimase sdraiata sul nudo paglericcio per tutta la notte, e non sentì neppure le molle di metallo, dure e pungenti, sotto di sé. Non sentiva più niente. Non tremava più. Se ne stava semplicemente lì distesa. Non aveva più una famiglia. Non aveva più nessuno. Né genitori né parenti o amici. Si domandò quale sarebbe stata la sua sorte se l'avessero giudicata colpevole di omicidio. L'avrebbero condannata alla pena di morte? Non riusciva a dimenticare quello che le aveva detto la donna poliziotto: l'accusa era stata formulata come se lei fosse una persona adulta, e si trattava dell'accusa di omicidio. Forse la pena di morte era lo scotto che doveva pagare. In tal caso, lo avrebbe pagato. Se non altro lui non poteva più toccarla, non poteva più farle male. Quei quattro anni d'inferno che aveva vissuto per colpa sua erano finiti.

«Grace Adams?» una voce chiamò il suo nome poco dopo le sette del mattino. Ormai si trovava in cella da tre ore e non aveva chiuso occhio tutta la notte, ma non si sentiva più inebetita come la sera prima. Si rendeva conto di quello che le stava succedendo. Ricordava di avere sparato a suo padre. Sapeva che lui era morto e perché. Lo sapeva meglio di chiunque altro. E non provava il minimo dispiacere.

Venne condotta in una squallida stanzetta con porte massicciamente sbarrate alle due estremità. Fu lasciata lì, senza che nessuno le desse una spiegazione. C'erano un tavolo e quattro seggiole, e una lampada, appesa sopra il tavolo, che irradiava una luce fortissima. Grace rimase immobile e, cinque minuti dopo, la porta in fondo alla stanzetta si aprì. Entrò una donna alta e bionda. Aveva l'aria gelida, impassibile, quando si fermò un momento a osservarla. Non sorrise, non disse niente e si limitò soltanto a fissare la ragazza per un lungo momento. Anche Grace non disse niente e rimase dov'era, in fondo alla stanza, come una cerbiatta impaurita, pronta a fuggire di lì. Ma non le sarebbe stato possibile. Purtroppo era in gabbia. Si sentiva tranquilla ma spaventata. E perfino in jeans e maglietta aveva un'aria incredibilmente serena e piena di dignità. Come se avesse sofferto e toccato il culmine della sopportazione, pagato un prezzo altissimo per la sua libertà e si rendesse conto che ne era valsa la pena: il suo atteggiamento era inequivocabile. In lei non si intuiva la collera, ma piuttosto una specie di lunga e paziente capacità di sopportazione. Aveva visto molto, troppo, nei brevi anni della sua esistenza: la vita, la morte e il tradimento... Lo si leggeva nei suoi occhi. Molly York intuì tutto questo nell'istante in cui la guardò, e rimase toccata e commossa dalla sofferenza che lesse in quegli occhi.

«Sono Molly York», la informò a bassa voce, tranquillamente. «Sono una psichiatra. Sai perché sei qui?»

Grace scrollò la testa, e non si spostò di un millimetro. Rimasero così una di fronte all'altra, alle due estremità della stanzetta.

«Ti ricordi di quello che è successo la notte scorsa?»

Grace annuì lentamente.

«Perché non ti siedi?» Le indicò le seggiole e presero posto ai lati opposti del tavolo. Grace non riusciva bene a capire se la giovane donna appena entrata provasse comprensione per lei oppure no; ma era chiaro che non poteva trattarsi di un'amica. Evidentemente faceva parte della polizia e il motivo della sua presenza riguardava le indagini sul suo caso — il che significava che, potenzialmente, poteva essere una persona che voleva farle del male. Comunque, non le avrebbe mentito. Avrebbe detto la verità in risposta a qualsiasi domanda, fintanto che non avessero cercato di indagare troppo a fondo sul conto di suo padre. Quelli non erano affari loro. Non erano affari di nessuno. Gli doveva almeno questo: non poteva denunciarlo e mettere a nudo la verità, come non poteva farlo per quanto riguardava la mamma. Del resto, che differenza poteva fare, ormai? Lui se n'era andato per sempre. Non le balenò, neppure per un momento, l'idea che avrebbe potuto chiedere l'assistenza di un avvocato, o cercare di salvarsi. In fondo, quello non aveva nessuna importanza.

«Che cosa ti ricordi della notte scorsa?» le domandò la psichiatra, attenta a cogliere ogni sua espressione, valutare ogni suo gesto.

«Ho sparato a mio padre.»

«Ricordi perché ?»

Grace esitò prima di rispondere, e alla fine non disse niente.

«Eri arrabbiata con lui? Stavi già pensando da un po' a sparargli?»

Grace si affrettò a scrollare la testa. «Non ci avevo mai pensato. Solo che mi sono trovata la rivoltella in mano. Non so nemmeno come ci sia arrivata. La mamma la teneva nel comodino. È stata ammalata per molto tempo e, a volte, aveva paura quando noi eravamo fuori, così preferiva tenerla vicino. Però non l'ha mai usata.» Sembrava molto giovane e innocente mentre spiegava tutto questo, e alla prima occhiata non dava affatto l'impressione di essere una pazza, tantomeno una ritardata mentale come avevano insinuato i poliziotti che l'avevano arrestata. E nemmeno pericolosa. Era molto gentile e beneducata, e stranamente controllata per una persona che, come lei, era passata attraverso un'esperienza sconvolgente, non aveva chiuso occhio la notte e si trovava in un mare di guai.

«Era tuo padre a impugnare la rivoltella? Avete lottato per strapparvela di mano? Hai cercato di portargliela via?»

«No. Ero io che la tenevo in mano, che gliela puntavo contro. Ricordo la sensazione che ho provato stringendola fra le dita. E...» Non voleva raccontarle che lo aveva colpito. «Poi gli ho sparato.» E soltanto a quel punto chinò gli occhi a guardarsi le mani.

«Sai perché? Eri arrabbiata con lui? Ti aveva fatto qualcosa che ti ha mandato in collera? Avete litigato?»

«No... be'... più o meno... » Era stata una lotta... una lotta per la sopravvivenza... «Io... non era importante.»

«E invece sì. Dev'essere stato qualcosa di molto importante», le fece notare la psichiatra in tono significativo. «Abbastanza importante per spararigli, Grace. Abbastanza importante per ucciderlo. Cerchiamo di essere onesti su questo punto. Ti era mai capitato, in vita tua, di sparare con una rivoltella, prima?»

Lei fece cenno di no con la testa, con aria triste e stanca. Forse avrebbe dovuto farlo anni prima, ma a quell'epoca avrebbe spezzato il cuore a sua madre. A modo suo, tristemente, tragicamente, lo aveva amato. «No. Non ho mai sparato con un'arma da fuoco in vita mia.»

«E perché ieri notte è stato differente?»

«Mia madre è morta due giorni fa... anzi, ormai sono passati tre giorni, credo. Ieri c'è stato il suo funerale.» Evidentemente era stata molto tesa, agitata. Ma a che cosa attribuire il litigio? Mentre osservava Grace, Molly York si sentì più che mai incuriosita. Era chiaro che quella ragazza nascondeva qualcosa, ma non sapeva esattamente di che cosa si trattava. Non capiva se fosse stato qualcosa che poteva essere pericoloso per lei stessa, oppure per suo padre. Fra l'altro, non era compito della psichiatra strapparle le risposte che avrebbero stabilito la sua innocenza o la sua colpevolezza. A lei toccava verificare se la ragazza era sana di mente o no, se era consapevole di quello che aveva fatto. Ma che cosa esattamente *aveva fatto*? E che cosa aveva fatto *lui* per spingerla a spararigli?

«Avete litigato a causa della mamma? Ha lasciato a lui del denaro o qualcosa che avresti voluto tu?»

Grace sorrise a quella domanda e sembrò infinitamente saggia per l'età che aveva e niente affatto ritardata mentalmente. «Non credo che avesse niente da lasciare a nessuno. Non ha mai lavorato e non possedeva niente. Era mio papà che guadagnava per tutti. È avvocato... o meglio, era...» rispose tranquillamente.

«Erediterai qualcosa da lui?»

«Non so... può darsi... immagino di sì...» Ancora non sapeva che, quando si commette un omicidio, non si può ereditare dalla propria vittima. Se l'avessero giudicata colpevole, non avrebbe ereditato niente da suo padre. D'altra parte, non era certo quello il suo movente.

«E allora, qual è stato il motivo della vostra discussione?» Molly York insistette, ma Grace non si fidava di lei. C'era qualcosa di implacabile nel modo in cui le poneva le domande, un lampo di intelligenza nei suoi occhi che metteva a disagio. C'era il rischio che intuisse troppo, che capisse troppo. E non aveva nessun diritto di sapere. Non era affar suo, né di nessun altro, quello che suo padre le aveva fatto in tutti gli anni passati, e lei non voleva che si sapesse. Anche se parlarne avrebbe significato la salvezza. Non voleva che l'intera città sapesse quello che le aveva fatto. Che cosa avrebbero pensato di loro, e di lei, o di sua madre? Era un pensiero insopportabile.

«Non abbiamo litigato.»

«E invece, sì», replicò Molly York con la massima calma. «Dovete aver litigato. Non sei entrata, come se niente fosse, nella sua stanza e gli hai sparato... o invece è andata così?» Grace, per tutta risposta, scrollò la testa. «Gli hai sparato da meno di cinque centimetri di distanza. Che cosa stavi pensando quando gli hai sparato?»

«Non so... Non stavo pensando a niente. Stavo semplicemente cercando di... io... non importa.»

«Importa, invece.» Molly York si protese verso di lei, attraverso il tavolo, con aria molto seria. «Grace, stai per essere accusata di assassinio. Se lui ti ha fatto qualcosa, se ti ha fatto del male in qualche modo, è legittima difesa oppure omicidio preterintenzionale, non assassinio. E anche se tu pensi che sia un grave tradimento il tuo, devi dirmelo.»

«Perché? Perché devo dire qualcosa a qualcuno? Perché dovrei farlo?» Sembrava una bambina mentre pronunciava queste parole. Ma era una bambina che aveva ammazzato suo padre.

«Se non lo dici a nessuno, Grace, rischi di finire in prigione e di rimanerci per chissà quanti anni, e ciò non sarebbe giusto se cercavi di difenderti. Che cosa ti ha fatto, Grace, per spingerti a spararargli?»

«Non lo so. Forse ero soltanto sconvolta per la morte della mamma.» Adesso si agitava sulla sedia e, mentre rispondeva, evitò di guardare in faccia la donna.

«Ti ha violentato?» Grace sgranò gli occhi e istintivamente sollevò la testa a quella domanda.

«No. Mai.»

«Ha avuto qualche rapporto sessuale con te? Non hai mai avuto rapporti sessuali con tuo padre?» Grace sembrava inorridita. La psichiatra stava avvicinandosi alla verità... troppo. Quanto la odiava! Che cosa stava cercando di fare? Peggiorare la situazione? Crearle altri guai? Svergognarli tutti? Non erano affari che la riguardassero. Non riguardavano nessuno.

«No. Naturalmente, no!» le rispose, quasi con un grido. Ma sembrava molto nervosa.

«Sei sicura?» I loro sguardi si incrociarono. Rimasero a fissarsi a lungo e alla fine Grace fece cenno di no con la testa.

«No. Mai.»

«È durante un rapporto sessuale che gli hai sparato?» chiese fissando Grace con aria significativa, ma la ragazza scrollò di nuovo la testa. Però sembrava agitata. E Molly York se ne accorse.

«Perché mi fa queste domande?» le domandò preoccupata e mentre pronunciava queste parole il suo respiro si fece ansante, al limite dell'attacco d'asma.

«Perché voglio sapere la verità. Voglio sapere se ti ha fatto del male, se avevi un motivo per sparargli.» Grace si limitò di nuovo a fare cenno di no con la testa. «Eravate amanti, tu e tuo padre, Grace? Ti piaceva andare a letto con lui?» Questa volta, quando sollevò lo sguardo per fissare Molly, la sua risposta fu totalmente onesta.

«No.» *Lo detestavo*. Ma non poteva dirlo.

«Hai un ragazzo?» Grace scrollò la testa. «Hai mai avuto un rapporto sessuale con un ragazzo?»

Grace sospirò, ben sapendo che non l'avrebbe mai avuto. E come poteva? «No.»

«Sei vergine?» Un silenzio. «Ti ho domandato se sei vergine.» Eccola di nuovo a insistere! E a Grace questo non piaceva.

«Non so. Credo di sì.»

«Che cosa vuol dire? Hai fatto un po' la civetta? Ti sei divertita con qualcuno? È questo che significa la tua risposta?»

«Magari.» Sembrava di nuovo molto giovane, una bambina, e Molly sorrise. A sbaciucchiarsi, e magari a fare anche qualcosa di più non si perdeva la verginità!

«Non hai mai avuto un innamorato? Possibile? Hai diciassette anni.» Sorrise di nuovo, ma Grace, per tutta risposta, fece cenno di no.

«C'è qualcosa che vuoi raccontarmi a proposito della notte

scorsa, Grace? Ti ricordi quello che hai provato prima di premere il grilletto di quella rivoltella?» Grace scrollò ancora la testa, senza aprir bocca subito.

«Non lo so.»

Molly York capiva che Grace non si stava comportando onestamente con lei. Per quanto sconvolta fosse stata nel momento in cui aveva sparato, adesso non lo era più. Si mostrava sveglia, attenta, e assolutamente determinata a non raccontare quello che era successo. La bella donna alta, bionda e attraente, fissò a lungo la ragazzina; poi chiuse lentamente il taccuino sul quale aveva preso qualche appunto.

«Vorrei che tu fossi onesta con me. Posso aiutarti, Grace. Davvero. Sono sincera.» Se avesse potuto convincersi che Grace era stata costretta a difendersi, o che c'erano alcune circostanze attenuanti, tutto sarebbe stato più facile. Purtroppo Grace non le stava offrendo niente su cui lavorare. Era strano, eppure — a dispetto della situazione e del fatto che Grace si rifiutava di collaborare — Molly York la trovava simpatica. Era un splendida ragazza, aveva grandi occhi schietti, sinceri. Molly vi lesse tanto dolore e tanta sofferenza, ma non sapeva che cosa fare per aiutarla. Chissà, forse in seguito. Meglio non disperarsi. Ma adesso Grace era troppo occupata a respingere tutti, a nascondersi...

«Le ho detto tutto quello che mi ricordo.»

«No, proprio per niente», replicò Molly con la massima tranquillità. «Ma può darsi che tu sia disposta a farlo in seguito.» E porse alla ragazza il suo biglietto da visita. «Se vuoi che venga di nuovo a trovarti, telefonami. Ma ricorda che anche se non lo farai io verrò ugualmente. Tu e io dovremo passare insieme un po' di tempo in modo che io possa stendere il mio rapporto.»

«Su che cosa?» chiese Grace in tono preoccupato. La dottoressa York la spaventava. Era troppo furba e faceva troppe domande.

«Sulle tue condizioni mentali. Sulle circostanze dell'omicidio, almeno come lo interpreto io. Non mi dai molto su cui lavorare al momento, lo sai?»

«Non c'è altro da dire. Mi sono trovata la rivoltella in mano e gli ho sparato.»

«Già, così, semplicemente.» Non le credeva... assolutamente.

«Appunto.» Sembrava quasi che cercasse di convincere se stessa. Ma non sarebbe mai riuscita a ingannare Molly.

«Io non ti credo, Grace.» E dicendo queste parole la guardò dritto negli occhi.

«Be', è successo così, che lei ci creda o no.»

«E adesso? Mi vuoi spiegare quello che provi per aver perduto tuo padre?» Nel giro di tre giorni aveva perso entrambi i genitori. Un colpo durissimo per chiunque, specialmente se era stata lei a ucciderne uno.

«...Mi sento triste per mio padre... e la mamma. Però la mamma era talmente malata e soffriva così tanto che forse adesso, per lei, è meglio così.»

E per Grace? Fino a che punto di sofferenza era arrivata? Ecco la domanda che continuava a tormentare Molly. Quella non era la solita ragazzina corrotta e perversa, la classica balorda che aveva fatto fuori il suo vecchio. Quella era una creatura intelligente, con un cervello lucido, brillante, che continuava a fingere di non avere la minima idea del motivo per cui aveva sparato a suo padre. Era talmente esasperante sentirglielo ripetere per l'ennesima volta che Molly si scoprì ad avere una voglia matta di prendere a calci il tavolo.

«E per tuo padre? È meglio anche per lui essere morto?»

«Mio padre?» Grace sembrò meravigliata di quella domanda. «No... lui... lui non soffriva... credo che questo non sia meglio per lui», rispose senza guardare Molly. Nascondeva qualcosa e Molly lo capì perfettamente.

«E per quanto ti riguarda? Per te è meglio così? Preferiresti rimanere sola?»

«Forse.» Per un attimo fu di nuovo sincera.

«Perché? Per quale motivo preferiresti essere sola?»

«È più semplice, ecco.» Ma sembrava, e si sentiva, vecchia di secoli dicendolo.

«Io non credo, Grace. Il mondo che c'è fuori è complicato. Non è facile per nessuno essere soli. Specialmente per una ragazzina di diciassette anni. La tua vita a casa doveva essere abbastanza difficile se adesso dici che preferisci ritrovarti sola. Che cos'era la tua vita *in casa?* Come ti sembrava?»

«Buona.» Era più chiusa di un'ostrica.
«Andavano d'accordo tuo padre e tua madre? Prima che lei si ammalasse, voglio dire?»
«Sì, certo.»
Molly non le credette, ma si guardò bene dal dirglielo. «Erano felici?»
«Certamente.» Fintanto che lei faceva contento papà come voleva la mamma.
«E tu?»
«Certo.» Ma, nonostante tutti i suoi sforzi, le lacrime brillarono nei suoi occhi mentre rispondeva. Quella psichiatra le poneva domande troppo penose. «Ero molto felice. Volevo bene ai miei genitori.»
«Volevi bene abbastanza a tutti e due per riuscire a mentire per loro? E fingere? Per proteggerli? Fino al punto di non volerci raccontare per quale motivo hai sparato a tuo padre?»
«Non c'è niente da raccontare.»
«Va bene.» Molly diventò di colpo brusca e scostante, e si alzò in piedi. «A proposito, oggi ho intenzione di mandarti all'ospedale.»
«Perché?» chiese subito Grace, allarmata, e questo fatto suscitò l'interesse di Molly. «Perché?» ripeté la ragazza.
«Perché è la routine. Per essere sicuri che sei sana. Niente di drammatico.»
«Ma io non voglio.» Grace sembrava davvero in preda al panico e Molly cercò di osservarla con attenzione.
«E per quale motivo non vuoi?»
«E perché dovreste costringermi?»
«Non hai molte scelte in questo momento, Grace. Sei in una situazione piuttosto difficile. E le autorità competenti hanno il diritto di farlo. Hai già chiesto un avvocato?»
Grace la guardò come se non avesse capito quella domanda. Qualcuno le aveva detto che poteva chiedere l'assistenza di un legale, ma lei non ne conosceva nessuno, a meno di non chiamare Frank Wills, il socio dello studio di suo padre. Ma non era neppure sicura di volerlo. Che cosa poteva raccontargli? Era più facile rinunciare.
«Non ho un avvocato.»
«Tuo padre aveva un socio? O un assistente?»

«Sì... ma... è un po' imbarazzante chiamarli... o meglio chiamare lui, sì, aveva un socio.»

«Secondo me, invece, dovresti farti viva con lui, Grace», disse Molly con fermezza. «Hai assolutamente bisogno di un avvocato difensore. Puoi anche chiedere che te ne forniscano uno d'ufficio. Ma ti troveresti in una situazione migliore se del tuo caso si occupasse qualcuno che ti conosce.» Era un buon consiglio.

«Già. Lo penso anch'io.» Annuì, ma sembrava sopraffatta. Quante cose stavano succedendo contemporaneamente! E tutte così complicate. Perché non le sparavano subito, direttamente, o non l'impiccavano, o le facevano quello che dovevano farle, senza costringerla a tirar fuori tutta la storia, o forzarla ad andare all'ospedale! Era terrorizzata al pensiero di quello che avrebbero trovato, una volta che fosse stata sottoposta a visite o esami.

«Ci vediamo più tardi, al massimo domani», disse Molly gentilmente. La ragazza le piaceva e provava compassione per lei. Che cosa doveva aver passato! Certo, non era giusto quello che aveva fatto, eppure Molly si stava sempre più convincendo che doveva essere successo qualcosa di veramente terribile per spingerla a un gesto così estremo. E aveva intenzione di fare tutto il possibile per scoprirlo.

Lasciò Grace e andò a cercare Stan Dooley, il funzionario incaricato delle indagini. Dooley era un detective anziano e ormai non c'era più niente che riuscisse ancora a meravigliarlo. Ma questo caso sì. Nel corso degli anni gli era capitato di incontrare John Adams parecchie volte, e non avrebbe saputo immaginare persona più buona e simpatica. Sentire che era stato ammazzato dalla figlia era qualcosa che continuava a lasciarlo letteralmente sbalordito.

«È fuori di testa? O è drogata?» domandò a Molly quando lei lo raggiunse, alle otto del mattino. Aveva passato un'ora con Grace e si era dovuta rassegnare: con quella ragazza non aveva cavato un ragno dal buco. Grace era decisa a non confidarsi con lei. Però c'erano varie cose che le interessava sapere e che avrebbero potuto scoprire, che Grace lo volesse o no.

«Né l'uno né l'altro. È impaurita, e molto scossa, ma lucida. Anzi lucidissima. Voglio che venga mandata in ospedale oggi stesso, per una visita. Anzi, vorrei che ci andasse subito.» Preferiva che non passassero troppe ore.

«Per quale motivo? Un test per la droga?»

«Se crede. Ma non penso che con quello risolveremo il nostro problema. Voglio un esame ginecologico.»

«Perché?» Dooley non nascose la sua sorpresa. «A che cosa sta pensando?» Conosceva la dottoressa York e di solito si comportava con molto buon senso; a volte le capitava di arrabbiarsi e perdere le staffe, ma di solito questo succedeva quando il caso di uno dei suoi pazienti l'appassionava più del dovuto.

«Avrei un paio di ipotesi in quella direzione. Voglio sapere se stava difendendosi. Le ragazzine di diciassette anni, di solito, non vanno in giro sparando al proprio padre. O perlomeno non lo fanno quelle che provengono da famiglie come la sua.»

«Sono panzane, e lo sa benissimo anche lei, York,» ribatté lui, cinico. «Che cosa mi dice, allora, di quella piccola tiratrice di quattordici anni che abbiamo avuto l'anno scorso, quella che ha fatto fuori l'intera famiglia, incluse la nonna e le quattro sorelline minori? Non verrà a raccontarmi che l'ha fatto per legittima difesa, eh?»

«Era diverso, Stan. Ho letto i rapporti John Adams era nudo, e anche la ragazza, e c'era liquido seminale ovunque sulle lenzuola. Non vorrà negare che sia una possibilità.»

«Sì che lo nego, invece, con uno come lui. Lo conoscevo. Di un'onestà a tutta prova! Non ci sono più uomini di quello stampo! Era la persona più a modo e simpatica che mi sia mai capitato di incontrare! Sarebbe piaciuto anche a lei.» Le lanciò un'occhiata significativa, che Molly York decise di ignorare. Stan si divertiva a stuzzicarla. Molly era molto bella e proveniva da un'ottima famiglia di Chicago. Gli piaceva accusarla di divertirsi a frequentare gli ambienti dei bassifondi. Però, sul lavoro, Molly era serissima, a parte il fatto che aveva anche già un compagno con il quale usciva regolarmente. Un medico. Ma non c'era niente di male a prenderla un po' in giro. Molly era sempre di buon umore e con lei si lavorava bene. Non solo, ma Dooley la conosceva come una persona seria e intelligente, e la rispettava per questo. «Lasci che le dica una cosa, dottoressa: mai e poi mai quest'uomo si sarebbe scopato la figlia. Non lo avrebbe fatto. Non poteva. Si fidi di me. Magari si stava masturbando. Che cosa ne sappiamo noi?»

«Non è quello il motivo per cui lei gli ha sparato», replicò, gelida, Molly York.

«Magari lui le aveva appena detto che non le avrebbe dato le chiavi della macchina. Anche i miei ragazzi diventano rabbiosi quando gli dico una cosa del genere. Magari lui odiava il suo boy-friend. Si fidi di me, non si tratta di quello che pensa. Qui non si sta parlando di legittima difesa. L'ha ammazzato.»

«Vedremo, Stan. Vedremo. Comunque, la mandi al Mercy General nel giro di un'ora. Adesso le scrivo la richiesta.»

«Lei è formidabile. E noi l'accompagneremo. Va bene? Contenta?»

«In estasi, addirittura. Lei è un grand'uomo.» E gli sorrise.

«Vada a raccontarlo al mio capo», replicò divertito Dooley. Gli era simpatica anche se non credeva assolutamente all'assurda tesi della legittima difesa. Molly York si stava aggrappando alle pagliuzze. John Adams non era quel tipo di persona, insomma! Nessuno a Watseka ci avrebbe creduto, indipendentemente dall'opinione di Molly York o da quello che all'ospedale le avrebbero detto.

Due donne detective vennero a prendere Grace nella sua cella, mezz'ora più tardi, le misero di nuovo le manette e l'accompagnarono all'ospedale con un piccolo furgone munito di inferriate ai finestrini. Non le rivolsero la parola. Si limitarono a chiacchierare fra loro delle carcerate che avevano trasferito da una prigione all'altra il giorno prima, del film che avevano intenzione di vedere quella sera e della vacanza in Colorado che una delle due voleva prendersi e per la quale stava mettendo da parte i quattrini. Grace fu contenta di essere ignorata. In ogni caso non aveva niente da dire a nessuna delle due. Si stava soltanto domandando che cosa le avrebbero fatto all'ospedale. La fecero salire in ascensore e direttamente dal garage raggiunse un reparto speciale, sbarrato e diviso dal resto; quando arrivarono, le tolsero le manette e la lasciarono con un medico interno e un'infermiera. Ma prima di andarsene le fecero capire, senza mezzi termini, che se non si fosse comportata bene l'avrebbero ammanettata di nuovo e chiamato una guardia perché la sorvegliasse.

«Ci siamo capite?» le domandò bruscamente l'infermiera, e Grace fece cenno di sì.

Il medico e l'infermiera non si degnarono neppure di spiegarle quello che l'aspettava. Eseguirono semplicemente la lista degli esami ordinati dalla dottoressa York. Per prima cosa le misurarono la temperatura, poi la pressione sanguigna, le esaminarono occhi, orecchie e gola, e infine le auscultarono il cuore.

Effettuarono l'esame dell'urina, un esame del sangue approfondito per controllare se avesse qualche malattia oppure se fosse tossicodipendente, e poi le dissero di spogliarsi completamente e controllarono con attenzione in cerca di lividi o ammaccature o ferite. Ne aveva parecchi che attirarono il loro interesse, due sui seni, altri sulle braccia, uno sulle natiche e, per quanto lei facesse ogni sforzo per nasconderlo, un brutto livido anche nell'interno della coscia, nel punto dove suo padre l'aveva afferrata e stretta con forza. Era molto in alto e servì a metterne in evidenza un altro che li lasciò ancora più meravigliati. Li fotografarono dal primo all'ultimo, malgrado le sue proteste. A quel punto, Grace era ormai scoppiata a piangere. Cercò anche di ribellarsi.

«Perché mi state facendo questo? Non siete obbligati. Ho ammesso di avergli sparato, e allora perché fare queste fotografie?» Ne avevano scattate anche alcune, molto dettagliate, dell'inguine, ma dal momento che c'erano lividi anche lì, meno visibili, e qualche lesione, le spiegarono che se si fosse rifiutata di collaborare l'avrebbero legata al lettino e quelle fotografie sarebbero state scattate in ogni caso. Grace lo trovò indicibilmente umiliante, ma capì di non poter fare niente per impedirlo.

Poi, una volta messa da parte la macchina fotografica, il medico le ordinò di sdraiarsi sul lettino. Fino a quel momento non le aveva quasi rivolto la parola. E tutte le indicazioni su quello che doveva fare le erano state date dall'infermiera, una donna estremamente antipatica. Comunque, tutti e due avevano praticamente ignorato Grace, riferendosi alle varie parti del suo corpo come se si fosse trattato di un animale da macello.

Intanto il dottore si stava infilando i guanti di gomma e cospargendo le dita di gelatina sterile. Le indicò le staffe e le offrì un lenzuolino di carta per coprirsi. Lei lo accettò con gratitudine, ma non si distese sul lettino.

«Che cosa vuole fare?» gli domandò terrorizzata.

«Non sei mai stata sottoposta a un esame ginecologico?» Il dottore sembrava sorpreso. In fondo aveva diciassette anni ed era una bella ragazza. Gli pareva impossibile che fosse vergine. Comunque l'avrebbe saputo di lì a un momento.

«No, io...» La mamma le aveva procurato le pillole anticoncezionali quattro anni prima, però non era mai stata da un dottore per un esame di quel genere. Nessuno sapeva con assoluta sicurezza che lei non era vergine; e poi, non capiva che differenza questo potesse fare, ormai. Suo padre era morto, e lei aveva confessato di avergli sparato. E allora, perché sottoporla a tutto questo? Che diritto avevano di farle una cosa del genere? Le pareva di essere un animale, che la trattassero come un animale, e ricominciò a piangere mentre si stringeva convulsamente addosso il lenzuolino di carta e li fissava con gli occhi sbarrati. L'infermiera minacciò a questo punto di legarla al lettino. Non aveva altra scelta, non le rimaneva che rassegnarsi e ubbidire. Grace si distese con le gambe tremanti, e strinse forte, insieme, le ginocchia mentre infilava i piedi nelle staffe. Considerato tutto quello che le era successo, rifletté, questo non era sicuramente il peggio!

Il dottore prese numerose annotazioni e le infilò le dita in vagina almeno quattro o cinque volte, illuminando anche la parte con una lampadina e mettendogliela talmente vicino che lei ne sentì il calore sulle natiche. Poi inserì nella vagina uno strumento e ripeté lo stesso procedimento di prima. Questa volta eseguì un prelievo e andò a deporre il vetrino su un tavolo. Ma con Grace non fece commenti sui risultati della visita.

«Va bene», le disse in tono distratto, «adesso puoi rivestirti.»

«Grazie», rispose lei con voce rauca. Non riusciva a immaginare quello che il medico poteva aver scoperto e scritto sul referto; comunque, non aveva detto niente sul fatto che lei fosse o no vergine. Quanto a Grace, era ancora talmente ingenua e innocente da non essere del tutto sicura che lui potesse davvero capire la differenza.

Nel giro di cinque minuti si rivestì e fu pronta ad andarsene. Questa volta furono due uomini a riaccompagnarla alla sua cella, dove venne lasciata in compagnia delle altre donne che già aveva incontrato la sera prima. Rimase lì fino dopo l'ora di cena. Due detenute erano state rilasciate su cauzione; le avevano rinchiuse in camera di sicurezza per spaccio di droga e prostituzione e il loro protettore era venuto a prenderle; quanto alle altre, una era lì perché accusata del furto di un'automobile e l'altra perché trovata in possesso di una grossa quantità di cocaina. Grace era l'unica in stato di fermo per aver commesso un omicidio. Le sue compagne la lasciarono in pace, come se si fossero subito accorte che non aveva voglia di essere infastidita.

Aveva appena finito di mangiare un piccolo hamburger stracotto che galleggiava in un mare di spinaci bolliti, cercando di non badare al tremendo tanfo di urina che appestava l'aria nella cella, quando arrivò una guardia, aprì la porta e la invitò a seguirlo nella stanzetta dove aveva parlato con Molly York il mattino.

La giovane dottoressa era di nuovo lì, dopo una lunga giornata passata nell'ospedale dove lavorava e le visite nel suo ambulatorio privato. Erano trascorse dodici ore esatte dal loro primo colloquio.

«Salve», disse Grace, guardinga. Era bello vedere un volto familiare, anche se continuava ad avere l'impressione che la giovane psichiatra rappresentasse un pericolo.

«Come sono andate le cose oggi?» Grace si strinse nelle spalle, abbozzando un pallido sorriso. Come potevano essere andate? «Hai telefonato al socio di tuo padre?»

«Non ancora», rispose Grace con voce quasi impercettibile. «Non so bene che cosa dirgli. Lui e mio padre erano buoni amici!»

«Non pensi che voglia aiutarti?»

«Non so.» Ma non credeva che fosse possibile.

Molly la fissò con espressione significativa mentre le poneva la domanda successiva: «Ma non hai proprio nessun amico, Grace? Non una sola persona a cui poterti rivolgere?» Ma già prima che la ragazza le rispondesse, sapeva che era così. Se avesse avuto qualche amicizia, probabilmente niente di tutto questo sarebbe successo. Molly aveva capito, senza bisogno di chiederglielo, che viveva nell'isolamento. Non aveva avuto nessuno, al mondo, tranne suo padre e sua madre. E sia l'uno sia l'altra avevano fatto il possibile e l'impossibile per rovinarle la vita — il padre, in modo particolare. Perlomeno quello era il suo sospetto. «I tuoi genitori avevano qualche buon amico che frequentavi anche tu?»

«No», rispose Grace pensosa. In fondo, non avevano amici intimi, non avevano mai voluto che qualcuno potesse anche solamente sospettare il loro torbido segreto. «Mio padre conosceva tutti. E la mamma era gentile e timida...» E aveva sempre fatto il possibile perché nessuno scoprisse che veniva picchiata e malmenata in continuazione. «Tutti volevano bene a mio padre, ma lui non aveva nessun amico intimo.» Già questo fatto in sé e per sé suscitò curiosità e stupore in Molly.

«E di te, che cosa mi racconti? Nessuna amica del cuore, a scuola?» Grace scrollò la testa per tutta risposta.

«No? E perché?» chiese la dottoressa.

«Non so. Non ne avevo il tempo, credo. Dovevo tornare a case per assistere la mamma ogni giorno», le spiegò Grace, sempre sfuggendo il suo sguardo.

«È proprio questo il motivo, Grace? Oppure avevi qualche segreto?»

«No, naturalmente.»

Molly, però, non si accontentò di quelle risposte. La sua voce finalmente cominciò a far presa sull'attenzione di Grace, costringendola ad ascoltare. «Ti ha stuprato quella notte, vero?» Grace sbarrò gli occhi, di colpo, e la guardò augurandosi che non si accorgesse del tremito che la scuoteva da capo a piedi.

«No... no, affatto...» Ma aveva il fiato mozzo e si scoprì a pregare in cuor suo che non le venisse un attacco di asma. La dottoressa sapeva già troppo sul suo conto... non c'era bisogno di un attacco d'asma in quel momento! «Come può dire una cosa del genere?» Tentò di fingersi scandalizzata e riuscì soltanto a sembrare in preda a un terrore folle. E se l'avesse capito? Che cosa sarebbe accaduto? Tutti avrebbero saputo il loro orribile segreto. Perfino adesso, dopo che erano morti, lei continuava a sentirsi in obbligo di difenderli. Era anche colpa sua. Che cosa avrebbe pensato di lei la gente?

«Hai lividi e lacerazioni in tutta la vagina», disse Molly a bassa voce, con calma. «E questo non succede durante un normale rapporto sessuale. Il dottore che ti ha visitato dice che ha avuto l'impressione che tu potessi essere stata violentata da una mezza dozzina di uomini, oppure anche solamente da uno, molto brutale, che ti ha procurato molti danni. È per questo che gli hai sparato, vero?» Grace non rispose. «Quella è stata la prima volta, dopo il funerale di tua madre?» Guardò la ragazza con aria molto esplicita, come se si aspettasse una risposta, e gli occhi dell'adolescente si colmarono di lacrime che presero a scorrerle sulle guance malgrado gli sforzi per ricacciarle indietro.

«Io non... no... mai e poi mai avrebbe fatto una cosa simile... tutti volevano bene al mio papà...»

Lo aveva ucciso, e adesso non le restava altro da fare che difendere la sua memoria in modo che nessuno sapesse mai chi era realmente stato.

«Ti voleva bene, tuo padre, Grace? Oppure ti usava soltanto?»

«Certo che mi voleva bene», esclamò lei con durezza, in collera con se stessa per tutte quelle lacrime.

«Ti ha stuprato quella notte, vero?» Ma questa volta Grace non rispose. Non lo negò nemmeno. «Quanto spesso l'aveva fatto prima? Devi dirmelo.» Ormai era da questo che dipendeva la vita di Grace; ma Molly non voleva dirglielo.

«No, non devo. E non ho nessuna intenzione di dirle qualcosa. E lei non può provarlo», ribatté Grace, in collera.

«Perché continui a difenderlo?» le domandò Molly, sentendosi frustrata. «Non ti rendi conto di quello che sta succedendo? Sei stata accusata di averlo ammazzato, possono addirittura decidere che l'imputazione nei tuoi confronti diventi di omicidio di primo grado, se ci riescono, e sono convinti che tu ne avessi il movente. Devi fare tutto quello che puoi per salvarti, Grace. Non intendo dirti, con questo, di mentire, anzi ti chiedo di raccontare solo la verità. Se ti ha violentato, se ti ha fatto del male, se ha abusato di te, allora ci sono le circostanze attenuanti. Potrebbe servire a trasformare l'imputazione in omicidio preterintenzionale o addirittura in legittima difesa, e tutto cambierebbe. Vuoi davvero finire in prigione e passarci i prossimi vent'anni per salvare la reputazione di un uomo che ti ha fatto tanto male? Grace, pensaci, devi ascoltarmi...» Ma Grace sapeva che sua madre non l'avrebbe mai perdonata se avesse gettato quell'onta sulla memoria di suo padre. Quel padre, quel marito che Ellen aveva ciecamente amato e del quale aveva avuto un disperato bisogno. L'uomo che aveva sempre cercato di proteggere, anche se ciò aveva voluto dire sacrificare la figlia di tredici anni, lasciando che lui ne abusasse. Aveva voluto essere amata da lui a qualsiasi prezzo.

«Non posso dirle niente», rispose Grace impassibile.

«Perché? Lui è morto. Non puoi più fargli del male dicendo la verità. Puoi soltanto fare del male a te stessa se non la dici. Voglio che tu pensi a questo. Non puoi mostrarti leale nei confronti di un morto, o di qualcuno che ti ha fatto molto, molto male. Grace...» Si protese attraverso il tavolo a sfiorarle una mano. Doveva farle capire, doveva tirarla fuori da quella specie di nascondiglio in cui tendeva a rinchiudersi. «Voglio che stasera tu pensi a questo. E domani tornerò a farti visita. Prometto che non riferirò a nessuno quello che mi racconterai. Ma voglio che tu sia onesta con me e mi riveli quello che è veramente successo. Ci rifletterai?» Grace rimase immobile a lungo, poi fece cenno di sì con la testa. Ci avrebbe pensato, ma non le avrebbe raccontato niente.

Quella sera, quando la lasciò, Molly si sentiva un macigno sul cuore. Sapeva perfettamente quello che stava succedendo, ma aveva l'impressione che niente l'avrebbe aiutata a gettare un ponte sull'abisso che la divideva da Grace. Aveva lavorato per anni con bambini e mogli maltrattati e sapeva che non erano disposti a «tradire» chi li maltrattava e li faceva soffrire. Era difficilissimo spezzare quel legame di omertà, ma di solito lei ci riusciva. Con Grace, invece, non aveva fatto il minimo progresso.

Passò nell'ufficio del detective che si occupava del caso per dare un'altra occhiata al referto ospedaliero e alle foto; quando le vide, provò nausea e disgusto. Stan Dooley rientrò mentre lei stava leggendo il referto e si meravigliò di vederla ancora al lavoro, dopo quattordici ore filate.

«Ma non ha proprio nient'altro da fare la sera?» le domandò affabilmente. «Una ragazza come lei dovrebbe essere fuori con un uomo!»

«Già, proprio!» E Molly rise, guardandolo, mentre faceva ondeggiare i lunghi capelli biondi sulle spalle con aria invitante. «Magari con un tipo come lei, eh, Stan? Non eravamo qui alla stessa ora, stamattina, sì o no?»

«Io ci sono costretto. Lei, no. Io voglio andare in pensione fra dieci anni. Lei può rimanere una strizzacervelli fino a quando toccherà il secolo!»

«Grazie per il voto di fiducia.» Molly richiuse la cartelletta e la posò di nuovo sulla scrivania con un sospiro. Non aveva ottenuto nessun risultato. «Ha letto il referto dell'ospedale sulla ragazza Adams?»

«Certo. E allora?» Sembrava che lo avesse lasciato indifferente.

«Oh, andiamo, non venga a dirmi che non ha capito che cosa significa», reagì indispettita vedendo che lui alzava le spalle con aria noncurante.

«Che cosa c'è da capire? Si è presa una sbattuta, nessuno dice che è stata stuprata. E poi, perché dovrebbe essere stato il padre?»

«Balle. Chi se l'è scopata, secondo lei? Sei gorilla usciti dallo zoo? Non ha visto i lividi, non ha letto quello che il medico dice di aver rilevato internamente?»

«E con questo? Si vede che a lei piace un po' di brivido nel rapporto. Ascolti, non c'è stata nessuna lamentela da parte della ragazza. Non ha neppure detto di essere stata violentata. Che cosa vuole da me?»

«Un po' di buon senso, per amor di Dio!» ribatté lei, infuriandosi. «È una ragazzina di diciassette anni, e lui era suo padre. Lo sta proteggendo, oppure si è fatta qualche idea sbagliata e si illude di poter salvare la sua reputazione. Io però le posso dire una cosa: quella ragazza si stava difendendo, e lei lo sa benissimo.»

«Lo sta proteggendo? *Gli ha sparato!* L'ha fatto fuori. Di che razza di protezione mi sta parlando? Penso che la sua ipotesi sia originale, dottoressa, ma fa acqua da tutte le parti. Tutto quanto sappiamo è che può aver fatto un po' di sesso non proprio delicato, ecco. Ma niente ci dimostra che l'abbia fatto con il padre o che sia stato lui a seviziarla a quel modo. E anche se, Dio mi aiuti! si faceva una scopata con il suo vecchio, non vedo per quale motivo avrebbe dovuto spararagli. Con tutto questo, non siamo ancora alla legittima difesa, e lei lo sa bene quanto me. Non c'è nessuna prova che il padre le abbia fatto del male. La ragazza non ha lanciato alcuna accusa. E lei, dottoressa York, lo sa bene!»

«Come diavolo fa a sapere quello che ha fatto lui?» gli gridò Molly in faccia. Ma il detective rimase imperturbabile. Non credeva a una sola parola di quello che gli stava dicendo.

«È quello che la ragazza le ha raccontato, oppure sono soltanto le sue supposizioni? Io guardo all'evidenza e vedo una ragazza di diciassette anni talmente isolata, talmente fuori del mondo, che è come se vivesse su un altro pianeta», replicò Molly.

«Mi consenta di raccontarle un piccolo segreto, dottoressa York. Qui non si sta parlando di una marziana ma di una ragazza che ha sparato, e ammazzato. Molto semplice. E vuole proprio sapere che cosa ne penso di tutti i suoi esami e delle sue ipotesi di fantasia? Probabilmente, secondo me, lei è uscita a farsi scopare quella sera, dopo il funerale della madre, e il suo vecchio ha pensato che non fosse giusto. Così, quando è tornata a casa, lui gliene ha dette di cotte e di crude, e magari l'ha anche picchiata, e a lei questo non è andato a genio. Allora lo ha ammazzato. Quanto al fatto che lui si masturbasse a letto, è una pura e semplice coincidenza. Non può prendere un individuo che l'intera comunità giudica un brav'uomo e convincere tutti che ha stuprato la figlia e lei gli ha sparato per legittima difesa. Anzi, se vuole saperne di più, oggi ho parlato con il suo socio e lui è arrivato, più o meno, alle stesse conclusioni. Certo, non l'ho informato delle prove che abbiamo raccolto, però gli ho chiesto che cosa poteva essere successo, a suo giudizio. L'idea che John Adams potesse far del male alla sua bambina, e non ho neppure provato ad accennare che cosa lei crede sia successo, dottoressa, l'ha lasciato inorridito. Mi ha detto che John adorava la moglie e la figlia. Che viveva per loro, non aveva mai tradito la moglie, passava tutte le sere in casa con loro e ha dimostrato una dedizione ammirevole per la moglie fino al giorno della sua morte. Ha anche aggiunto che la ragazza è sempre stata un po' strana, scostante e chiusa, e non aveva molti amici. E non manifestava neppure un grande affetto per suo padre.»

«Così va a pallino la sua teoria che la ragazza fosse fuori con l'amichetto.»

«Non è obbligatorio avere un ragazzo fisso perché ti venga voglia di darla via per una mezz'ora, non le pare?»

«Ma come fa a non vedere?» esclamò Molly, sempre più furibonda. Come poteva essere tanto cieco e testardo? Accettava senza discutere che la reputazione di quell'individuo fosse immacolata, ma senza prestare attenzione a quello che poteva invece esserci dietro le apparenze.

«Che cosa si suppone che dovrei vedere, Molly? Qui abbiamo una ragazza di diciassette anni che ha sparato al padre ammazzandolo. Magari era un tipo un po' strano, magari era matta. Magari aveva paura di lui, che cosa accidenti ne so? Ma resta il fatto che gli ha sparato. E non dice che l'ha stuprata; non dice un bel niente. È *sempre lei, dottoressa York,* a dirlo!»

«È troppo terrorizzata, ha troppa paura che qualcuno possa scoprire il loro segreto.» Le era capitato di vedere almeno cento volte qualcosa di simile. Lo sapeva, e senza ombra di dubbio.

«Non le è mai passato per la testa, neppure per un momento, che possa non avere un segreto? Magari sono tutte invenzioni sue, Molly, perché la ragazza le fa compassione e vorrebbe vederla venir fuori senza guai da questa storia... che cosa ne so?»

«Non molto, a quanto mi pare di capire», gli rispose lei in tono acido. «Non sono stata io a inventare quel referto medico, o le fotografie dei lividi sulle cosce e le natiche della ragazza.»

«Magari è caduta dalle scale. Io so solamente una cosa: che lei è l'unica ad affermare che c'è stato uno stupro, e questo non basta. Non basta a uno come me. Non ce la farà a convincermi, ecco.»

«E che cosa può dirmi del socio del padre? La difenderà?»

«Ho i miei dubbi. Ha chiesto della cauzione e gli ho risposto che probabilmente non la concederanno, a meno che non riducano l'imputazione a omicidio preterintenzionale, ma ne dubito. Lui ha risposto che forse è meglio così, perché in ogni caso la ragazza non avrebbe un posto dove andare. Non ha altri parenti e lui non vuole assumersi una responsabilità del genere. È scapolo, e non se la sente di ospitarla. Mi ha anche detto che si sentirebbe a disagio se dovesse difenderla. È meglio se le troviamo un difensore d'ufficio. Non posso criticarlo per questo. Mi è sembrato piuttosto scosso per la perdita del socio.»

«Perché non può usare i fondi del padre per pagarle un difensore privato?» Tutta quella storia le piaceva poco; d'altra parte

Grace aveva sospettato che Frank Wills non l'avrebbe aiutata. E la ragazza non aveva sbagliato. Molly, invece, voleva che Wills l'aiutasse, che Grace avesse un avvocato in gamba a difenderla.

«Non si è neppure offerto di trovarle un difensore», le spiegò Stan Dooley. «Ha detto che John Adams era il suo più caro amico ma, a quel che sembra, gli doveva un mucchio di soldi. La lunga malattia della moglie li aveva ridotti quasi sul lastrico. Tutto quanto gli rimaneva erano la sua quota dello studio legale e la casa, che però è stata comprata con un mutuo in gran parte ancora da pagare. Secondo lui, del patrimonio degli Adams non è rimasto molto e mi ha fatto capire di non avere la minima intenzione di tirar fuori un solo centesimo per pagare la parcella di un avvocato. Domattina telefonerò per trovargliene uno d'ufficio.»

Molly rispose con un cenno di assenso, sempre più sconvolta rendendosi conto di quanto sola fosse Grace. Non era certo inconsueto quando si trattava di giovani accusati di qualche crimine, ma con una ragazza come lei tutto sarebbe dovuto essere diverso. Proveniva da una buona famiglia della classe media, suo padre era un cittadino rispettato, avevano una bella casa, erano ben conosciuti nella comunità in cui vivevano. Le pareva incredibile che Grace si ritrovasse completamente abbandonata. E anche se si trattava di un atto che non le competeva, decise di telefonare lei stessa a Frank Wills, quella sera, e si segnò il suo numero.

«E che cosa sta combinando di bello il bravo dottor Kildare di questi tempi?» le domandò Dooley in tono scherzoso, alludendo al suo compagno.

«È indaffaratissimo a salvare vite umane. Lavora molto più di me.» Sorrise a Dooley, sia pure controvoglia. A volte aveva il potere di esasperarla, ma di solito si mostrava un uomo di buon cuore e le era simpatico.

«Peccato, perché le eviterebbe di cacciarsi in un sacco di guai se riuscisse ad avere un po' di tempo libero di tanto in tanto.»

«Già. Lo so!» Molly sorrise e se ne andò buttandosi su una spalla la giacca di tweed. Era una bella ragazza e, cosa ancora più importante, molto coscienziosa e competente. Perfino i poliziotti che la conoscevano dovevano ammettere che era in gamba, e molto abile come strizzacervelli, anche se a volte tirava fuori qualche ipotesi un po' azzardata.

Qualche ora dopo, quando telefonò a Frank Wills da casa, Molly rimase sbalordita di fronte alla sua mancanza di sensibilità e di pietà. Per quanto lo riguardava, era convinto che Grace Adams meritasse la forca per aver ucciso suo padre.

«L'uomo più simpatico del mondo», disse Wills, profondamente commosso, e Molly, senza sapersene spiegare il perché, non gli credette. «Lo chieda a chiunque. Non esiste una sola persona in questa città che non gli volesse bene... all'infuori di *lei*... ancora adesso non riesco a credere che gli abbia sparato.» Aveva trascorso la mattinata organizzando una cerimonia funebre in sua memoria. Vi avrebbe assistito sicuramente l'intera cittadinanza. Ma non ci sarebbe stata, dopo, una riunione in casa, e nessun famigliare a piangerlo. La voce di Wills tremava di commozione, quando spiegò tutto questo a Molly.

«Lei pensa che ci sia qualche motivo per cui Grace potrebbe avergli sparato, signor Wills?» gli domandò Molly cortesemente, quando lui ebbe riacquistato il suo autocontrollo. Non voleva metterlo in agitazione più di quanto già non fosse... ma chissà che non potesse aiutarla con il suo intuito!

«Soldi, probabilmente. È presumibile che abbia pensato che le avrebbe lasciato tutto; e, anche se non aveva fatto testamento, sarebbe andato tutto a lei come unica superstite della famiglia. Quello che Grace non ha calcolato, naturalmente, è che, da un punto di vista legale, non poteva ereditare da lui se lo uccideva. Suppongo che non lo sapesse.»

«Ed era molto quello che avrebbe potuto lasciarle?» domandò Molly con tono noncurante, senza alludere a quanto aveva saputo dal detective Dooley. «Immagino che la sua parte dello studio legale abbia notevole valore. Siete tutti e due avvocati molto apprezzati.» Sapeva che questa frase gli avrebbe fatto piacere e, infatti, fu proprio così. Wills, a quel punto, si rianimò e parve compiaciuto di poter approfondire l'argomento. Al punto che finì per raccontarle molto più di quanto avrebbe dovuto.

«Sì, non c'è male. Ma, in ogni caso, lui era in debito con me, tanto da dovermela cedere quasi tutta. Diceva sempre che mi avrebbe lasciato la sua quota dello studio alla sua morte, anche se evidentemente non aveva nessuna intenzione di andarsene così presto da questo mondo, povero diavolo.»

«L'ha messo per iscritto?»

«Non lo so. Ma si trattava di un accordo fra noi, e io gli prestavo dei soldi di tanto in tanto per pagare le spese di Ellen.»

«E la casa?»

«Aveva fatto un mutuo, è una bella proprietà. Ma non abbastanza per morire ammazzato.»

«Lei è sinceramente convinto che una ragazzina di quell'età sparerebbe al padre per ucciderlo in modo da entrare in possesso di una casa, signor Wills? Non le sembra una ipotesi un po' inverosimile?»

«Magari no. Magari aveva calcolato che valesse abbastanza per pagarsi qualche università di quelle alla moda, da ricconi, nell'Est.»

«Era davvero la sua aspirazione?» Molly non nascose la propria meraviglia. Chissà perché, Grace non le aveva dato l'impressione di essere così ambiziosa; anzi, sembrava un tipo casalingo — forse perfino troppo.

«Non so che cosa volesse fare, dottoressa. So soltanto che ha ucciso suo padre e dovrebbe pagare per questo. In ogni caso, penso che non dovrebbe assolutamente ricavarne qualche profitto, la legge è giusta e chiara su questo punto. Adesso non avrà un centesimo dei suoi soldi, né dello studio né della casa, niente.» Molly rimase sbalordita di fronte a tanto sottile cinismo e cominciò a chiedersi se i motivi che lo spingevano a comportarsi così fossero completamente puri e onesti, o se invece avesse i suoi buoni motivi per rallegrarsi che Grace, adesso, si fosse tolta di mezzo da sola.

«E chi erediterà tutto questo, se per Grace non è possibile? Ci sono altri parenti?»

«No, soltanto quella figlia. Però a me doveva un mucchio di soldi. Gliel'ho già detto, l'ho sempre aiutato appena mi era possibile, ed erano più di vent'anni che lavoravamo insieme. Non sono cose, queste, sulle quali si può passar sopra come se niente fosse.»

«No di certo. Capisco perfettamente», rispose Molly in tono affabile, per calmarlo. In realtà, capiva molto meglio di quanto lui non credesse, o volesse — e tutta la faccenda le piaceva sempre meno. Comunque lo ringraziò per il tempo che le aveva dedicato e rimase a riflettere a lungo su Grace, quella sera. Quando il suo compagno rientrò dall'ospedale gli raccontò tutta la storia. Lui era esaurito dopo ventiquattr'ore di servizio nell'ambulatorio del pronto soccorso, ma le prestò ascolto ugualmente. Molly era agitatissima e profondamente sconvolta da quel caso.

«Se vuoi sapere come la penso, quella ragazzina ormai è sistemata per le feste, perché non c'è una sola persona disposta a prendere le sue parti. Anche il socio del padre non vede l'ora di averla fuori dai piedi, così si mette in tasca tutti i soldi che sono rimasti — se ce ne sono, poi! Non mi sembra proprio una situazione delle più rosee! E se lei non vuole ammettere che il vecchio la violentava, che altro puoi dire tu in merito?» fu la sua conclusione mentre la guardava, stanchissimo. Lei, sorseggiando una tazza di caffè, si mise a fissarlo, amareggiata e delusa.

«Ancora non lo so. Ma sto cercando di pensare a qualcosa. Vorrei riuscire a convincerla che deve raccontarmi che cosa è realmente successo. Voglio dire, non può essersi svegliata, per caso, nel cuore della notte, essersi ritrovata con una rivoltella in mano e aver deciso di ammazzarlo. Hanno trovato la sua camicia da notte strappata da cima a fondo, ridotta a un cencio, sul pavimento, ma lei non ha voluto dare spiegazioni neppure su questo. Tutte le prove sono lì, per amor di Dio! Il fatto è che lei non vuole aiutarci a usarle.»

«Alla fine ci riuscirai», disse lui, pienamente convinto. Ma questa volta Molly sembrava inquieta, preoccupata. Non le era mai capitato di incontrare tante difficoltà. La ragazza sembrava letteralmente fossilizzata in quello stato di autodistruzione. Suo padre e sua madre l'avevano praticamente rovinata, eppure lei continuava a non volerli tradire. Era incredibile. «Non ti ho ancora visto perdere uno dei casi di cui ti sei occupata.» Le sorrise sfiorandole con una carezza i lunghi capelli biondi mentre andava in cucina a prendersi una birra. Lavoravano come dannati tutti e due, ma avevano un buon rapporto ed erano felici insieme.

Alle sei della mattina dopo, quando si alzarono, Molly aveva già in mente Grace. Mentre andava al lavoro, guardò l'orologio e pensò di passare di nuovo a trovarla. Prima, però, c'era qualcos'altro che voleva fare. Raggiunse l'ambulatorio e scrisse qualche appunto per l'archivio; infine si presentò nell'ufficio incaricato di scegliere gli avvocati difensori per i detenuti che non erano in grado di pagarne uno. Erano le otto e mezzo.

«David Glass è già arrivato?» domandò alla ragazza della reception. Era il legale più giovane del gruppo, ma Molly aveva lavorato con lui in un paio di casi e lo riteneva un tipo straordinario. Anticonformista, deciso, abile e intelligente. Proveniva da una modestissima famiglia e si era fatto strada con le unghie e con i denti per uscire dai ghetti del South Bronx, e adesso non era disposto a cedere di fronte a nessuno e per nessun motivo. Al tempo stesso aveva un cuore d'oro e si batteva come un leone per i suoi clienti. Era proprio quello di cui Grace Adams aveva bisogno.

«Credo che ci sia, ma non so dove esattamente», le rispose la ragazza e le indicò con un gesto un po' vago il *sancta sanctorum*.

Molly girellò per qualche minuto per i corridoi e finalmente scovò David nella stanza adibita a biblioteca, seduto di fronte a un mucchio di libri e intento a sorseggiare una tazza di caffè. Alzò gli occhi sentendola avvicinarsi e quando vide che era lei sorrise.

«Ehi, la dottoressa! Salve! Come ti vanno gli affari?»

«Al solito. E a te?»

«Sono sempre qui a lavorare nel tentativo di salvare la pelle agli ultimi assassini. Insomma, la solita vecchia storia...»

«Vuoi una causa?»

«Sei tu, adesso, ad assegnarle?» Sembrava divertito. Non era molto alto di statura, aveva i capelli ricci e neri e gli occhi castano scuro. A modo suo, era un ragazzo simpatico e attraente. Ma, soprattutto, aveva carattere e personalità, e anche sex appeal. E dal modo in cui il suo sguardo si illuminò, mentre parlava con Molly, era evidente che gli piaceva. «Da quando hanno cominciato a permetterti di distribuire le cause?»

«Va bene, va bene! Volevo soltanto sapere se eri disposto ad accettarne una. Ci sto lavorando io, e vogliono designare oggi stesso un difensore d'ufficio. Ti confesso che sarei felicissima di potermene occupare insieme a te.»

«Sono lusingato. È così difficile?»

«Abbastanza. Probabilmente omicidio di primo grado. Si potrebbe perfino arrivare alla pena di morte. Una ragazza di diciassette anni ha sparato al padre e lo ha ammazzato.»

«Carino. Adoro i casi di questo genere. Che cos'ha fatto? Gli ha fracassato il cranio con una doppietta, oppure ha convinto il suo ragazzo ad ammazzarlo per lei?» Aveva visto anche troppi orrori del genere a New York, mentre in provincia, di solito, non si arrivava quasi mai a tanta violenza.

«Niente di tanto pittoresco.» Molly lo guardò corrugando le sopracciglia. Pensava a Grace. «È una storia complicata. Non possiamo andare a parlarne in qualche posto?»

«Certamente.» Non le nascose di essere incuriosito. «Se sei disposta a sederti sulle mie spalle, si potrebbe andare nel mio ufficio.» Si trattava di uno stanzino poco più largo della sua scrivania, ma perlomeno aveva una porta e offriva un minimo di riservatezza. «Dunque, com'è questa storia?» le domandò non appena lei ebbe preso posto sospirando sull'unica seggiola a disposizione del visitatore. Voleva a tutti i costi che lui accettasse. Per il momento Grace non stava facendo assolutamente niente per aiutarsi. Aveva proprio bisogno di qualcuno in gamba, qualcuno come David.

«Gli ha sparato a una distanza che risulta inferiore ai cinque centimetri, con una rivoltella che dice di essersi trovata in mano. Ne è partito un colpo e l'ha fatto secco. Stando a quello che dice, senza nessuna ragione al mondo. Erano semplicemente una famiglia felice, a parte il fatto che proprio quel giorno avevano seppellito la mamma. All'infuori di quello, nessun problema.»

«È sana di mente?» Sembrava interessato, ma solo blandamente. Più di tutto gli piaceva la sfida. E gli piacevano, in particolare, i giovani. Tutte ragioni per le quali Molly voleva che accettasse di occuparsene. Era l'unica possibilità per Grace. Senza di lui era perduta — ma c'era da domandarsi se gliene importasse qualcosa. A Molly, invece, importava, e molto, anche se non sapeva bene il motivo. Forse perché Grace le sembrava già sconfitta, e così indifesa! Aveva già rinunciato a ogni cosa, a qualsiasi speranza, perfino la sua stessa vita le pareva insignificante. E Molly voleva che tutto questo cambiasse.

«Sì, certo», gli confermò, «profondamente depressa e di sicuro con qualche nevrosi, ma credo che abbia dei buoni motivi. Penso che lui la violentasse, e non solo sessualmente.» Gli descrisse le lesioni interne e i lividi che le avevano scoperto, e il suo stato mentale la prima volta che lei l'aveva incontrata. «Giura che non l'ha mai toccata. Io non le credo. Secondo me, l'ha stuprata quella notte, e sono convinta che l'abbia fatto anche altre volte, in precedenza, anni fa e forse, adesso che non c'era più la madre con loro, lei ha avuto la sensazione di non essere più protetta da nessuno e si è lasciata prendere dal panico. Lui l'ha fatto di nuovo, e lei ha perduto la testa e gli ha sparato. Doveva esserle proprio addosso se gli ha sparato da quella distanza. Adesso che ci penso, se fosse stato sdraiato su di lei, mentre la violentava, e lei aveva in mano la rivoltella, sì... quella dev'essere proprio stata la distanza da cui poteva spararigli.»

«C'è qualcun altro che ha fatto la tua stessa riflessione?» le chiese, con interesse e curiosità, David. «Che cosa pensare aila polizia?»

«Ecco il problema. Non ne vogliono neppure sentir parlare. Suo padre era il classico Mister Perfettino, «l'avvocato di tutti, amato dalla sua comunità». Nessuno vuol credere che magari quel bel tipo dormiva con sua figlia o, peggio, la costringeva con la forza a farlo. Magari è stato lui a minacciarla con la rivoltella, per quel che ne sappiamo, e lei gliel'ha strappata. Dev'essere successo qualcosa nella vita di quella ragazza, qualcosa di grave, di sbagliato, ma lei non me ne vuole parlare. Non ha amici, non ha una vita fuori della scuola. Sembra che nessuno sappia molto sul suo conto. Andava a scuola, tornava a casa e assisteva la madre in fin di vita. La madre è morta qualche giorno fa, e adesso anche il padre se ne è andato per sempre. Tutto qui. Niente parenti, niente amici, soltato un'intera città che giura e spergiura che quell'individuo era l'uomo più onesto e perbene del mondo, e quindi è assolutamente impossibile che abbia potuto fare del male a sua figlia.»

«E tu non credi a questa gente? Perché?» Dopo aver lavorato in due cause con lei, aveva imparato a fidarsi del suo istinto.

«Perché lei non vuole dirmi niente, e so che mente. È terrorizzata. E continua ancora adesso a difenderlo, come se lui potesse resuscitare e fargliela pagare.»

«Non vuole proprio dire niente?»

«Proprio no! È impietrita dal dolore, basta guardarla per capirlo. Qualcosa di terribile è successo a quella ragazza, ma lei non vuole arrendersi.»

«Non ancora», esclamò David, «ma si arrenderà. Ti conosco. Figuriamoci! È ancora presto.»

«Grazie per la fiducia, ma non abbiamo molto tempo. La contestazione dell'accusa è stata fissata per oggi, e stamattina stessa le assegneranno un difensore d'ufficio.»

«Niente avvocato di famiglia, e neanche il socio del suo vecchio che sia disposto a occuparsene? Pensavo che qualcuno si sarebbe fatto avanti.» Non nascose il proprio stupore quando Molly fece cenno di no con la testa.

«Il socio del padre, che lavorava con lui nello stesso studio legale, afferma di essere un amico troppo intimo della famiglia per poterla difendere, dato che l'assassina è lei. Non solo, ma sostiene che non ci sono più soldi in seguito alla malattia della madre. Solamente la casa e lo studio. E potrebbe essere lui a ereditare tutto, visto che per la ragazza non è più possibile. Fra l'altro, sostiene che il socio gli doveva un mucchio di soldi. Non ha offerto un centesimo per contribuire alla difesa di Grace ed è per questo che sono venuta da te. Quel tizio non mi piace e non mi fido di lui. Continua a descrivere il defunto come un santo e sostiene che non riuscirà mai a perdonare alla figlia quello che ha fatto. Secondo lui, dovrebbe essere condannata a morte.»

«A diciassette anni? Simpatico, quell'individuo!» Adesso David sembrava interessato seriamente. «E che cosa dice lei di tutto questo? Sa che il socio del padre non vuole aiutarla e c'è addirittura il pericolo che incameri tutto quello che il padre possedeva, magari per rivalersi di qualche presunto debito?»

«Non proprio. Però sembra pronta al sacrificio estremo, come una martire, per difendere la sua causa, decisa a tenere la bocca chiusa. Secondo me, è convinta che sia un dovere nei confronti dei genitori.»

«A me sembra che a questo punto non le serve soltanto un avvocato difensore ma anche uno psichiatra.» Sorrise a Molly.

Gli piaceva l'idea di lavorare a un altro processo con lei. Era molto abile e in gamba; non solo, ma di tanto in tanto si era ritrovato a nutrire una piccola speranza che fra loro nascesse un rapporto più stretto, magari una storia romantica. Purtroppo non era mai successo e ormai non si illudeva più. Tuttavia, fantasticare era divertente, a volte. E queste innocenti speranze non intralciavano mai il loro lavoro comune.

«Che cosa ne pensi?» domandò Molly, lanciandogli un'occhiata preoccupata.

«Penso che sia in un brutto pasticcio. Di che cosa la accusano effettivamente?»

«Con sicurezza, ancora non lo so. Parlano di omicidio di primo grado, ma credo che abbiano qualche difficoltà a provarlo. Non esiste un'eredità vera e propria che potrebbe fornire un movente per la premeditazione, soltanto una casa sulla quale era stato stipulato un mutuo piuttosto consistente, e lo studio legale, che il socio sostiene sia stato, comunque, promesso a lui.»

«Già, ma lei non era obbligata a saperlo. Come non era affatto obbligata a sapere che non avrebbe ereditato niente dal padre se fosse stata la sua assassina. Potrebbero accusarla di omicidio premeditato, se proprio vogliono!»

«Se lei nega qualsiasi intenzione di averlo voluto uccidere, potrebbero offrirle una scappatoia e accusarla di omicidio di secondo grado», osservò Molly piena di speranza. «Il che comporterebbe quindici anni di carcere. Ma si potrebbe anche arrivare a una condanna a vita. Nel primo caso tornerebbe in libertà a trent'anni, o anche più. Ma perlomeno non sarebbe una condanna a morte. Se ci raccontasse quello che è veramente successo, potresti perfino riuscire a far accettare l'omicidio preterintenzionale.»

«Cavolo. Mi hai proprio portato un bel regalino, eh? E su un piatto d'argento, per di più!»

«Credi che potresti fartelo assegnare?»

«Forse, sì. Probabilmente calcolano che è una causa persa comunque! Visto che suo padre era un pezzo grosso, qui non riuscirebbe mai ad avere un processo equo e imparziale. Quasi quasi varrebbe la pena di chiedere che la causa venga rinviata e discussa davanti ad altra corte. A dire la verità, vorrei tentare.»

«Vuoi conoscerla, prima?»

«Stai scherzando?» Rise. «Non hai visto chi difendo qui? Non ho bisogno di presentazioni. Vorrei soltanto sapere che ho qualche buona possibilità. Sarebbe bello se fosse disposta a parlare con noi, a raccontarci quello che è realmente successo. In caso contrario, rischia di vedersi appioppare l'ergastolo, o peggio. Deve dirci come sono andate le cose», ripeté David, con aria molto seria, e Molly annuì.

«Può darsi che lo faccia, se si fida di te», aggiunse lei in tono pieno di speranza. «Avevo intenzione di tornare a parlarle questo pomeriggio. Devo ancora completare il giudizio scritto e la valutazione del suo caso, per stabilire se sia o no nelle condizioni di affrontare un processo. Ma in effetti non ci sono dubbi in merito. La verità è che sto cercando di prendere tempo perché volevo incontrarla qualche altra volta. Secondo me ha un enorme bisogno di qualche vero contatto umano.» Molly sembrava sinceramente preoccupata per lei.

«Vengo anch'io con te, oggi, se mi affidano la causa. Ma prima lascia che veda quello che posso fare. Telefonami all'ora di pranzo.» Prese nota in fretta del nome di Grace e del numero della sua pratica, e Molly lo ringraziò prima di andarsene. Si sentiva enormemente sollevata al pensiero che David potesse diventare l'avvocato difensore di Grace. Se esisteva una probabilità, anche una sola, di salvarla, David avrebbe sicuramente trovato il modo di servirsene.

Molly non ebbe più un momento per richiamarlo fino alle due passate e, quando finalmente telefonò, lui era fuori. Arrivarono le quattro prima che potesse provare di nuovo, tutto quello che era successo nel frattempo l'aveva tenuta impegnata. Era stata una giornataccia, con le visite in reparto, all'ospedale, i rapporti da preparare per il tribunale, il colloquio con un quindicenne che aveva tentato il suicidio ma aveva fallito nel suo intento e adesso si ritrovava quadriplegico. Si era buttato da un viadotto su una piattaforma di cemento ed era stato tradito dalla incredibile vitalità della giovinezza. Perfino lei non poté fare a meno di domandarsi se non sarebbe stato meglio morire, in quel caso, piuttosto che essere costretto a passare il resto della vita nell'immobilità più totale, a parte qualche impercettibile movimento con il naso e le orecchie.

Richiamò David alla fine della giornata, scusandosi per il ritardo.

«Sono appena rientrato anch'io», le spiegò lui.

«Che cos'hanno detto?»

«Ti auguro tutta la fortuna possibile! Sostengono che il caso è di quelli senza problemi, aperto e chiuso. Lei voleva i soldi, perlomeno quei pochi che il padre possedeva — secondo loro — ma non immaginava fino a che punto la malattia della madre avesse prosciugato i risparmi della famiglia e non sapeva che non avrebbe ereditato un centesimo se lo avesse ucciso. Insistono sulla tesi dell'omicidio premeditato o, in alternativa, che c'è stato un violento litigio, lei ha perduto il lume della ragione e l'ha fatto fuori in un accesso di collera. A dar retta a loro, sembra tutto molto semplice. Omicidio premeditato, nel peggiore dei casi. Omicidio preterintenzionale, nel migliore. Possono darle qualsiasi condanna, da vent'anni all'ergastolo, o addirittura decidere per la pena di morte se si lasciano prendere dall'entusiasmo... per così dire.»

«Ma se è una bambina... così giovane...» Molly aveva le lacrime agli occhi, pensandoci. Poi si rimproverò di essersi lasciata coinvolgere eccessivamente da quel caso. Ma capiva di non poterci far niente. In tutta quella storia c'era qualcosa che non funzionava. I conti non tornavano. «E per la difesa?»

«Ancora non lo so. Non esistono prove che lui l'abbia aggredita o abbia messo in pericolo la sua vita, a meno che la tua teoria dello stupro non risulti quella giusta. Dammi un po' di respiro, figliola! Mi hanno assegnato questa causa soltanto due ore fa, e non ho ancora visto la ragazza. Se non altro mi hanno concesso di incontrarla prima di fissare l'udienza per l'accusa ufficiale. L'hanno rimandata a domattina. Alle nove. Vuoi venire? Magari potrebbe servire ad accelerare un po' le cose, visto che lei ti conosce.»

«Però non sono convinta di esserle simpatica. Continuo a insistere per farla parlare del padre e a lei questo non piace.»

«Una condanna a morte le piacerà ancor meno. Ti proporrei di trovarci là alle cinque e mezzo. Ce la farai?»

«Ci sarò. E... David?»

«Sì?»

«Grazie per aver accettato la causa.»

«Faremo del nostro meglio. Allora ci vediamo alle cinque e mezzo alla centrale di polizia.»

Mentre riagganciava Molly si disse che non solo avrebbero dovuto fare del loro meglio, ma sperare in un miracolo, se volevano aiutare Grace.

3

Molly York e David Glass si incontrarono fuori del carcere alle cinque e mezzo in punto e salirono di sopra per la visita a Grace. David era riuscito a ottenere tutti i rapporti della polizia e Molly aveva portato i suoi appunti e i referti dell'ospedale. Il giovane li lesse rapidamente mentre salivano in ascensore e inarcò un sopracciglio osservando le fotografie.

«Si direbbe che qualcuno l'abbia picchiata con una mazza da baseball», commentò, poi lanciò un'occhiata a Molly.

«Lei sostiene che non è successo niente.» Molly scrollò la testa e si augurò che la ragazza fosse disposta a confidarsi con David. Era in gioco la sua vita, ma Grace non se ne rendeva probabilmente conto.

Vennero introdotti nella stanzetta dei colloqui: c'erano le due porte alle estremità, un tavolo e quattro seggiole. Era lo stesso locale in cui Molly aveva già fatto un primo colloquio con Grace; se non altro, la ragazza non si sarebbe trovata in un ambiente totalmente nuovo.

Presero posto e rimasero ad aspettarla per qualche minuto. David accese una sigaretta e ne offrì anche a Molly, ma lei rifiutò. Passarono cinque minuti prima che la guardia apparisse nel riquadro di vetro della massiccia porta comunicante con la prigione, mentre veniva fatta scattare la serratura che la chiudeva. Poi Grace si soffermò sulla soglia fissandoli, esitante. Indossava gli stessi jeans e la stessa maglietta della volta precedente. Non c'era nessuno che potesse portarle un cambio d'abiti e lei non aveva portato nient'altro con sé. Aveva addosso ancora i vestiti che si era messa in fretta e furia al momento dell'arresto, la notte in cui aveva ucciso suo padre.

David la osservò attentamente mentre avanzava lentamente nella stanzetta; Grace era alta, snella, con una figura elegante e aggraziata. Dapprima gli parve giovane e timida ma, quando lei si voltò a guardarlo, si rese conto che i suoi occhi erano quelli di una persona più matura, più vecchia di almeno dieci anni. Erano occhi pieni di tristezza, rassegnati alla sconfitta. Grace si fermò stupita, non sapendo il motivo della loro visita. Quello stesso giorno aveva già trascorso quattro ore con gli agenti di polizia che l'avevano interrogata, ed era esausta. L'avevano avvertita che avrebbe potuto chiedere al suo avvocato di essere presente — era un suo diritto — ma lei aveva già confessato di aver sparato al padre e si era convinta che non ci fosse niente di male nel rispondere alle loro domande.

Aveva ricevuto un messaggio con il quale la informavano che David Glass era stato nominato suo avvocato difensore e che sarebbe venuto a visitarla al più presto. Non aveva avuto notizie di Frank Wills ma, del resto, neppure lei gli aveva telefonato. Non c'era nessuno da chiamare, nessuno a cui rivolgersi. Quel giorno aveva letto i giornali; la prima pagina e parecchi articoli erano dedicati all'assassinio, alla vita esemplare di suo padre, al suo studio legale e a ciò che la sua presenza nella comunità aveva significato per molte persone. Di lei si parlava relativamente poco. Informazioni essenziali, cioè che aveva diciassette anni, frequentava le superiori alla Jefferson e lo aveva ucciso. Parecchie ipotesi erano state fatte sull'accaduto, ma nessuna si avvicinava lontanamente alla realtà dei fatti.

«Grace, questo è David Glass.» Molly spezzò il silenzio con la sua presentazione. «È uno dei difensori d'ufficio, e ti rappresenterà in tribunale.»

«Ciao, Grace», disse David a voce bassa. La stava scrutando, non le aveva staccato gli occhi di dosso dal momento in cui era entrata nella stanzetta. E non aveva avuto difficoltà a rendersi conto che doveva essere terribilmente spaventata. Eppure, malgrado questo, si mostrò cortese e beneducata quando gli strinse la mano. Anche se David si accorse, quando gli sfiorò le dita, che era scossa da un tremito. Poi, quando cominciò a parlare, notò che sembrava le mancasse spesso il respiro e ricordò quanto Molly gli aveva detto a proposito dell'asma di cui soffriva. «Oh, dunque, qui c'è da lavorare sodo.» Grace si limitò ad annuire per tutta risposta. «Ho letto il tuo dossier, questo pomeriggio. Per ora la tua posizione non mi sembra molto buona. Ma, soprattutto, quello di cui ho bisogno da te sono tutte le informazioni possibili. Che cosa è successo e perché; tutto quello che tu sei in grado di ricordare. Dopo, naturalmente, ci procureremo un investigatore perché esegua alcuni controlli su certe cose. Insomma, provvederemo a tutto quello che sarà necessario.» Stava cercando di sembrare incoraggiante e sperò che lei non fosse talmente spaventata da non riuscire neppure ad ascoltarlo.

«Non c'è niente da controllare», si affrettò a rispondergli, tranquillissima, seduta ben eretta su una delle quattro seggiole. «Ho ucciso mio padre.» E, mentre pronunciava queste parole, fissò dritto negli occhi David.

«Lo so», rispose lui, con l'aria di non essere rimasto particolarmente colpito da quella confessione, mentre continuava a osservare attentamente Grace. Adesso capiva quello che Molly aveva visto in lei. Sembrava una ragazza graziosa e simpatica, ma si sarebbe detto che qualcuno, a suon di botte, le avesse tolto tutta la voglia di vivere. Aveva un'aria così distaccata... al punto che c'era da domandarsi se si poteva toccarla, se al contatto con la mano si sarebbe scoperto che era proprio di carne e ossa come tutti gli altri... una persona viva e reale, insomma. Sembrava un fantasma. Non c'era niente di logico in lei. Niente che lasciasse pensare di trovarsi di fronte a un'adolescente, una ragazza di diciassette anni con la vitalità e l'entusiasmo tipici dei giovani. «Ti ricordi quello che è successo?» le domandò pacatamente.

«In gran parte», ammise lei. Qualcosa continuava ad apparirle ancora un po' vago, per esempio il momento in cui aveva tirato fuori la rivoltella dal cassetto del comodino. Però ricordava la sensazione di tenerla stretta in mano, e poi di avere premuto il grilletto. «Gli ho sparato.»

«Dove ti sei procurata l'arma?» Le domande di David sembravano molto banali e stranamente poco inquietanti, per niente minacciose. Lui aveva un metodo semplice e disinvolto di condurre l'interrogatorio, e Molly ringraziò ancora una volta il cielo che fosse riuscito a farsi assegnare quella causa. Adesso non le restava che sperare che David potesse aiutare in qualche modo Grace.

«Si trovava nel comodino della mamma.»

«Come hai fatto a prenderla? Semplicemente allungando una mano e impugnandola?»

«Più o meno. Non saprei dire com'è andata. L'ho tirata fuori.»

«E tuo padre è rimasto meravigliato quando hai fatto quel movimento e l'hai afferrata?» Dal tono della sua voce si sarebbe detto che fosse una delle domande più naturali del mondo, e Grace annuì.

«Al primo momento non se n'era accorto, ma quando l'ha vista è rimasto meravigliato... poi ha cercato di strapparmela ed è partito un colpo.» Aveva gli occhi vitrei, ricordando quel momento. Poi abbassò le palpebre.

«Be', allora dovevi trovarti proprio molto vicino a lui. Più o meno così?» E indicò lo spazio che li separava, all'incirca un metro. Aveva capito che Grace doveva essere stata molto più vicina al padre di quanto le stava mostrando in quel momento, ma voleva sentire la sua risposta.

«No... un po'... più vicino.» David annuì, come se quella risposta non lo meravigliasse in modo particolare e Molly tentò di non mostrare interesse per quella conversazione mentre, a dire la verità, era sbalordita per la rapidità con la quale Grace aveva cominciato a confidarsi con David. Sembrava che avesse fiducia in lui. Quasi avesse capito di potergliela concedere. Non era più sulla difensiva come durante il colloquio che aveva avuto con lei.

«Quanto più vicino, secondo te? Magari una trentina di centimetri? O di più?»

«Abbastanza vicino... più vicino...» disse Grace a bassa voce, e poi girò gli occhi dall'altra parte perché aveva capito quello che lui sicuramente stava pensando. Era chiaro che Molly gli aveva parlato dei propri sospetti. «Molto vicino.»

«Come mai? Che cosa stavate facendo?»

«Stavamo parlando», rispose lei con voce roca, e di nuovo un po' ansante. E lui capì che mentiva.

«Di che cosa stavate parlando?»

La domanda, e la semplicità con la quale le venne posta, la colsero di sorpresa, tanto che rispose balbettando. «Io... be'... della mamma, credo.» David fece cenno di sì con la testa, come se la ritenesse la cosa più logica del mondo, poi, abbandonandosi contro la spalliera della seggiola, si mise a fissare il soffitto con aria meditabonda. Solo a quel punto le rivolse di nuovo la parola, senza guardarla. Ma mentre formulava la domanda si accorse di avere il cuore in gola.

«La tua mamma sapeva quello che lui ti stava facendo, Grace?» Lo domandò con una tale dolcezza che Molly si sentì le lacrime agli occhi. Poi David abbassò lentamente la testa per guardare Grace. Anche lei aveva gli occhi lucidi. «Con me puoi parlare, Grace. Nessuno lo saprà mai all'infuori di noi, però io devo conoscere la verità per poterti aiutare. Lo sapeva?»

Grace lo fissò con gli occhi sbarrati. Avrebbe voluto negarlo di nuovo, e nasconderlo anche a loro, ma non ce la faceva più. Non ne aveva più la forza. Fece cenno di sì con la testa, mentre le lacrime le rigavano le guance. David le prese una mano e gliela strinse. «Va bene così, Grace. Va bene così. E tu non potevi fare nulla per impedirlo.» Lei avrebbe voluto trovare il coraggio di non dire niente, ma la stavano assillando, non le davano un momento di pace... il dottore, la polizia e adesso lui... e continuavano a fare troppe domande. Non solo, ma per qualche motivo che non sapeva spiegarsi, di David si fidava. Anche Molly le piaceva, ma era con David che sapeva di potersi confidare.

«Lo sapeva.» Furono le parole più tristi che avessero mai udito e, senza aver mai conosciuto John Adams, David provò una voglia incredibile di ammazzarlo.

«Era molto arrabbiata con lui? E con te?»

Ma Grace li lasciò allibiti quando fece cenno di no con la testa. «Lei voleva che lo facessi... diceva che era un dovere...» mormorò a fatica quelle parole, anche perché stava combattendo contro una crisi d'asma «...che dovevo volergli bene e aver cura di lui, ed essere gentile con lui... e... e lei voleva che lo facessi», ripeté di nuovo, con gli occhi pieni di lacrime e la voce supplichevole perché voleva che le credessero. David e Molly, ormai, non avevano più dubbi e, guardandola, si sentirono il cuore stretto dall'angoscia.

«Da quanto tempo andava avanti?» le chiese David con voce sommessa.

«Da molto tempo.» Grace, adesso, sembrava come svuotata, stanca e fragile al punto che David si chiese se avrebbe avuto la forza di sopravvivere a quell'incubo che stava vivendo. «Quattro anni... è stata lei a costringermi a farlo la prima volta.»

«Che cosa c'è stato di diverso quella sera?»

«Non lo so... non ce la facevo più a sopportarlo... lei se n'era andata per sempre. Così non dovevo più farlo per amore della mamma... e lui voleva che lo facessi nel suo letto... una cosa che prima non avevo mai fatto... e... e lui... mi ha picchiato... e mi ha fatto altre cose.» Non voleva descrivere tutto quello che era successo, ma David e Molly lo sapevano. Avevano visto le foto e letto il referto del medico. «Mi sono ricordata della rivoltella...volevo soltanto farlo smettere... volevo che non mi stesse così addosso... non volevo assolutamente spararagli... non so. Volevo soltanto farlo smettere. Fermarlo.» E così era stato. L'aveva fermato per sempre. «Non sapevo di averlo ucciso.» Adesso, finalmente, aveva spiegato quello che era successo. In fondo si sentiva sollevata. E anche esausta. Non sarebbe mai riuscita a parlare con i poliziotti. Sapeva che Molly e David non lo avrebbero raccontato a nessuno, e che le credevano. Mentre la polizia, mai. Perché tutti consideravano suo padre un uomo perfetto. Alla polizia lo conoscevano personalmente e c'era perfino qualche detective che giocava a golf con lui, al suo club. Sembrava che tutti in città lo stimassero e gli volessero bene.

«Sei una ragazza coraggiosa», disse piano David, «e sono contento che tu me l'abbia detto.» In conclusione, Grace gli aveva confermato esattamente, dal principio alla fine, tutto quello che Molly gli aveva già riferito, ma era ancora peggio di quanto non avesse immaginato, perché era stata la madre a convincerla a farlo. A tredici anni, quando tutto era cominciato. Al solo pensiero si sentiva assalire dalla nausea. Quell'individuo era un autentico bastardo, un pervertito. E meritava di essere ammazzato. Adesso, però, il grosso interrogativo era un altro: sarebbe riuscito a convincere una giuria che Grace non aveva fatto altro che difendersi dopo tutto quello che aveva sopportato, per quattro anni d'inferno, da parte di suo padre? A Molly nessuno aveva creduto; i poliziotti erano tutti troppo legati all'immagine che John aveva sempre dato di sé, come uomo pubblico. David non poté fare a meno di domandarsi se anche una giuria non sarebbe stata influenzata dalle stesse considerazioni.

«Saresti disposta a raccontare alla polizia quello che hai raccontato a me?» le domandò David pacatamente, ma Grace fu pronta a fare cenno di no con la testa.

«E perché no?»

«Non mi crederebbero, in ogni caso, e... non posso fare una cosa simile ai miei genitori.»

«I tuoi genitori sono morti, Grace», ribatté David in tono fermo. E lei avrebbe fatto la stessa fine se non si fosse decisa a raccontare la verità. La legittima difesa era la sua unica speranza. Adesso dovevano provare che lei aveva avuto l'impressione di essere in pericolo di vita. E anche se non le avessero creduto, nella peggiore delle ipotesi l'imputazione avrebbe potuto essere ridotta a omicidio preterintenzionale, non premeditato. «Bisognerà parlarne. Dovrai dirlo anche a qualcun altro, non solo a me, o alla dottoressa qui presente. Dovrai raccontare quello che è realmente successo.»

«Non posso. Che cosa penseranno di me? È talmente orribile.» Ricominciò a piangere e Molly si alzò immediatamente, per abbracciarla.

«Fa sembrare orribili loro, Grace, non te. Dimostra veramente quello che sei, cioè una vittima. Non puoi pagare per le loro colpe tacendo. Devi raccontare tutto, David ha ragione.» Ne discussero ancora a lungo, e la ragazza promise che ci avrebbe riflettuto, ma continuava a non sembrare convinta che rivelare l'intera verità fosse davvero la soluzione migliore. Quando, alla fine, la lasciarono, Molly era ancora sbalordita per la rapidità con cui David era riuscito a ottenere che Grace si aprisse e parlasse liberamente.

«Magari dovremmo scambiarci i ruoli, se non fosse che io non sono capace di fare l'avvocato», gli disse Molly avvilita. Si sentiva un autentico fallimento per non essere riuscita a ottenere che Grace si fidasse di lei.

«Non essere così dura con te stessa. L'unico motivo per cui

si è aperta con me, e ha parlato, è perché tu, prima, sei riuscita a calmarla e a smontare le sue difese. Aveva bisogno di buttar fuori quello che teneva chiuso nel cuore, e che l'avvelenava, da anni. Adesso dev'essere un gran sollievo per lei.» Molly annuì, pienamente d'accordo; poi David scrollò il capo, rattristato. «Naturalmente, anche ucciderlo dev'essere stato un sollievo Peccato che non si sia decisa a farlo prima. Che carogna doveva essere, che figlio di puttana! L'intera città lo considera un santo, il marito, il padre perfetto. Ti fa venir voglia di vomitare, non è vero? C'è da meravigliarsi che sia rimasta sana di mente.» David preferì non pensare che cosa avrebbero potuto significare, per lei, vent'anni di carcere. Ma la mattina dopo, quando la fece chiamare per un colloquio prima che si presentasse all'udienza, Grace insistette nel rifiutarsi di rivelare alla polizia quello che era realmente successo. Il massimo che David poté ottenere fu convincerla a non dichiararsi colpevole. Era accusata di omicidio premeditato, e quindi poteva essere condannata al massimo della pena, perfino a morte, se la giuria era di quel parere.

Il giudice si rifiutò di fissare una somma per la richiesta di libertà dietro cauzione, ma del resto poco importava, dal momento che non ci sarebbe stato nessuno disposto a pagarla. Poi David diventò il difensore d'ufficio di Grace.

Per parecchi giorni fece tutto quanto era in suo potere per cercare di convincerla a rivelare alla polizia che il padre l'aveva violentata e lo faceva da anni. Ma Grace si rifiutò. E dopo due settimane incredibilmente frustranti, David minacciò di gettare la spugna. Molly andava spesso in carcere a trovare Grace, ma non in veste ufficiale. Il suo rapporto per il tribunale era praticamente completato. Aveva stabilito che Grace era sana di mente e, quindi, nella piena capacità di intendere e di volere, nonché in grado di affrontare un processo.

David l'assistette durante l'udienza preliminare. Intanto aveva chiesto all'unico investigatore di cui disponeva di parlare con quanta più gente possibile in città, augurandosi che qualcuno avesse, sia pur vagamente, sospettato quello che John Adams stava facendo a sua figlia. Le reazioni della gente furono diverse. Chi si mostrò sorpreso, chi indignato di fronte a un'insinuazione del genere. Nessuno, assolutamente nessuno, credeva John Adams capace di qualcosa di simile, e glielo dissero chiaro e tondo. Quasi tutti giudicarono la tesi dello stupro strampalata, anzi addirittura pazzesca; una teoria inventata dalla difesa per giustificare quello che molte delle persone interrogate continuarono a definire un assassinio a sangue freddo.

David andò personalmente a parlare con i suoi insegnanti, a scuola, per cercar di capire se avessero sospettato qualcosa; ma anche loro caddero dalle nuvole. Gli descrissero Grace come una ragazza goffa, impacciata e timida, molto chiusa in se stessa, anche quando era più piccola, al punto da essere considerata asociale. Non aveva mai avuto amici. Fin da quando il padre aveva cominciato ad avere rapporti sessuali con lei, viveva nel terrore che qualcuno venisse a saperlo e quindi si teneva in disparte e non frequentava nessuno. Era evidente che gli insegnanti la giudicavano un'adolescente un po' strana, anche se beneducata e cortese, oltre che una buona allieva. Quasi tutti erano al corrente della gravità della malattia della madre e pensavano che questo fatto avesse lasciato un segno anche su di lei. Verissimo, ma certamente non grave come quello delle richieste sessuali da parte del padre. Parecchi, comunque, allusero all'asma, dalla quale era stata colpita quando la malattia della madre aveva cominciato a manifestarsi.

Per quanto strano potesse sembrare, nessuno di loro si mostrò particolarmente meravigliato che lei avesse fatto qualcosa di tanto scandaloso e deplorevole. L'avevano sempre giudicata strana e quindi era chiaro che — così si espressero — qualcosa doveva essere scattato in lei, quando la madre era morta.

Era certo più facile questa interpretazione degli avvenimenti; così come il giudizio della polizia secondo il quale Grace mirava all'eredità, oppure, in preda a un accesso di collera furiosa o a un attacco di nervi, si era messa a litigare violentemente con il padre e l'aveva ucciso. Nessuno poteva credere che John Adams avesse condotto un'esistenza segnata da una tale perversione, una perversione totale, per quattro anni, a spese della moglie e della figlia. Ed era ancora più impossibile credere che, ancora prima, avesse avuto l'abitudine di picchiare la moglie. Comunque, benché le prove a confermarlo fossero quasi inconsistenti, David non dubitò mai, neppure per un momento, di Grace. La sua versione dei fatti gli suonava completamente veritiera e così per tutta l'estate lavorò con lei cercando di trovare le prove necessarie e studiando quali fossero le possibilità di mettere insieme una valida difesa. Alla fine Grace aveva accettato di raccontare la sua storia alla polizia, ma tutti si erano rifiutati di crederle. Erano convinti che si trattasse di un'abile strategia studiata dal suo avvocato, e anche i tentativi di patteggiamento con il pubblico ministero, che David aveva tentato, fallirono miseramente. Come la polizia, anche nell'ufficio del pubblico ministero nessuno le aveva creduto. In un momento di disperazione David era andato a parlare con il procuratore distrettuale perché temeva che potessero condannarla all'ergastolo, se non addirittura a morte, ma anche lui non aveva ceduto di un millimetro. Come tutti, non credeva alla versione dei fatti raccontata da Grace. Perciò non rimaneva che aspettare quelle che sarebbero state le reazioni della giuria. Il processo venne fissato per la prima settimana di settembre.

E Grace compì i diciotto anni in carcere.

Ormai aveva una cella tutta per sé e i cronisti dei quotidiani non avevano fatto che assillarla per tutta l'estate. Si presentavano in carcere e chiedevano di farle un'intervista. Di tanto in tanto i guardiani lasciavano che qualcuno le scattasse una fotografia. I reporter allungavano qualche biglietto di banca, nuovo di zecca, ed ecco che lei se li trovava fuori della cella. Una volta le scattarono perfino una foto mentre era sul water. Ormai, da molto tempo la versione che lei aveva raccontato alla polizia era stata pubblicata sui giornali. Proprio quello che lei non avrebbe voluto. Sentì di aver tradito non solamente se stessa, ma anche i suoi genitori. David, però, l'aveva convinta che quella era la sua unica speranza per venir fuori di prigione, o almeno per non rischiare la pena di morte. Ma tutto ciò non era servito a niente e adesso Grace si stava rassegnando all'idea del carcere a vita anche se, a volte, si ritrovava a chiedersi se non l'avrebbero invece condannata a morte. Era possibile, perfino David l'aveva ammesso, anche se l'idea gli dava i brividi. Tutto, ormai, era nelle mani della giuria. David era ancora sicuro che sarebbe riuscito a convincere la giuria che lei aveva ucciso il padre per impedirgli di continuare a violentarla, se non addirittura a ucciderla. Era giovane, era bella, era vulnerabile e diceva la verità — impossibile dubitarne. Per David e per Molly, non c'erano dubbi in proposito.

Invece il primo, vero colpo arrivò quando si rifiutarono di far discutere la causa di fronte a un'altra corte. David aveva inoltrato la richiesta partendo dal presupposto che a Watseka Grace non avrebbe potuto avere un processo imparziale in quanto la gente era troppo prevenuta nei suoi confronti. Era da mesi, ormai, che i giornali lasciavano chiaramente capire come l'opinione pubblica esigesse a tutti i costi la sua testa, arricchendo di particolari inutili e falsi la storia che lei aveva raccontato. Quando arrivò settembre, Grace era ormai diventata una specie di strega, un'adolescente avida di sesso che aveva meditato per mesi sul modo di far fuori il padre e mettere le mani sui suoi soldi. Sembrava che a tutti fosse sfuggito un fatto ormai assodato — cioè che quel denaro era praticamente inesistente. Si alludeva a lei come a una di quelle ragazze che vanno a letto con tutti, e si parlava con velate allusioni delle sue mire sessuali sul padre, che poi aveva ucciso in un accesso di gelosia furiosa. Della storia erano state date mille versioni differenti, ma nessuna vera. E tutte non avevano fatto altro che danneggiare Grace. David si stava sempre più convincendo che non sarebbero riusciti neppure a ottenere una giusta valutazione dei fatti da parte della giuria — certamente non in quella città, e magari neanche altrove.

La scelta dei giurati richiese un'intera settimana. E proprio in base alla gravità del caso e a una petizione, tanto calorosa quanto appassionata, di David, il giudice acconsentì a chiedere per la giuria l'isolamento totale. Quanto al giudice, era un vecchio ringhioso e di pessimo carattere, che sbraitava contro tutti, e aveva giocato spesso a golf con John Adams. Comunque si era rifiutato di farsi ricusare per quel processo, adducendo il pretesto che fra lui e la vittima non c'era mai stata un'intima amicizia e che sentiva di poter essere imparziale. L'unica speranza per David, qualora non fossero riusciti a ottenere un processo equo o un verdetto favorevole, era che avrebbe sempre potuto impugnare la sentenza e far dichiarare nullo il procedimento giudiziario. Stava già anticipando gli eventi e faceva piani per il futuro, senza nascondere la propria preoccupazione.

Il pubblico ministero enunciò il caso; e il modo in cui i fatti vennero presentati non mise certo Grace in buona luce. Secondo l'accusa, la ragazza aveva meditato di uccidere il padre quella sera stessa, dopo il funerale della madre, per ereditare quel poco che ancora rimaneva dei loro beni prima che lui potesse spenderlo, o risposarsi. Non immaginava neppure lontanamente che, se lo avesse ucciso, non avrebbe potuto ereditare un centesimo. Le fotografie presentate come prove mostrarono che John Adams era un uomo attraente e il pubblico ministero insinuò ripetutamente che Grace fosse innamorata di lui... del suo stesso padre. A tal punto che non soltanto aveva tentato di sedurlo quella sera, stracciandosi la camicia da notte per mostrarglisi completamente nuda, ma era arrivata perfino al punto di accusarlo di stupro dopo averlo ucciso. Esistevano le prove che lei aveva avuto un rapporto sessuale quella sera, così spiegarono, ma niente poteva fornire il minimo supporto alla tesi che lo avesse avuto con il padre. Il pubblico ministero sospettava piuttosto che lei fosse uscita di casa di soppiatto per incontrare qualcuno e, quando il padre l'aveva rimproverata, avesse cercato allora di sedurlo. Dopo essere stata respinta, l'aveva ammazzato.

Il pubblico ministero chiedeva un verdetto di assassinio premeditato, che poteva comportare una condanna all'ergastolo e perfino la pena di morte. Il suo era stato un crimine nefando, così sostenne il pubblico ministero rivolgendosi alla giuria e al pubblico presente nell'aula — c'era anche un vero e proprio esercito di cronisti arrivati da ogni parte del paese — e Grace doveva pagare fino in fondo, per quello che aveva fatto. Nessuna pietà per una ragazza capace di assassinare con volontà perversa il proprio padre, anche perché, poi, aveva tentato di macchiarne la reputazione in modo infamante nel tentativo di salvarsi dalla prigione.

Fu atroce ascoltare quello che dicevano sul suo conto. Sembrava parlassero di un'altra persona, mentre si sprecarono gli elogi su suo padre. I giudizi più pietosi su Grace la definirono timida, o strana. Il socio dello studio legale, Frank Wills, rilasciò la testimonianza peggiore in senso assoluto. Arrivò a sostenere che il giorno del funerale Grace gli aveva chiesto ripetutamente quale fosse la situazione finanziaria del padre, e che cosa rimanesse del suo patrimonio dopo la lunga malattia della madre.

«Io non ho voluto spaventarla spiegandole quanto avesse speso in parcelle mediche, o quanto dovesse a me. Perciò le dissi che aveva soldi in abbondanza.» Poi guardò la giuria, come se si sentisse in colpa. «Capisco che non avrei mai dovuto parlare a quel modo. Se non l'avessi fatto, forse oggi lui sarebbe vivo», mormorò guardando Grace con aria di rimprovero... mentre lei lo fissava inorridita e sbalordita.

«Ma io non gli ho mai chiesto niente», bisbigliò a David, seduto accanto a lei al tavolo della difesa. Non riusciva a capacitarsi che Frank potesse affermare una cosa del genere. Mai gli aveva domandato qualcosa sul conto di suo padre o del patrimonio di cui disponeva!

«Non ne dubito affatto», le rispose David, inquieto e insoddisfatto. Molly aveva visto giusto. Quell'individuo era un serpente e stava cercando con ogni mezzo di liberarsi di Grace. Ormai, David aveva capito che John Adams aveva avuto l'intenzione di lasciare tutto a Frank se Grace fosse morta, oppure fosse stata per qualche motivo incapace di intendere e di volere — la casa, lo studio legale e tutto il denaro liquido che possedeva. Non doveva esserci molto, eppure David sospettava che fosse comunque ben più di quello che Frank voleva lasciar credere a tutti. A lui adesso interessava soltanto avere la sicurezza che Grace non potesse ereditare niente. In caso di assoluzione c'era il rischio che lei potesse ricorrere in appello e magari riuscire a ereditare una parte della sostanza di John. Frank Wills voleva essere sicuro che questo non accadesse. «Ti credo», David si affrettò a rassicurare Grace. Il problema era che nessun altro sembrava disposto a farlo. E perché avrebbero dovuto? Aveva ucciso suo padre, e l'aveva anche confessato. Non solo, ma Frank Wills era stato un testimone convincente.

Finalmente il pubblico ministero concluse l'esame della situazione e venne il turno di David, che presentò una serie di testimoni che rilasciarono le proprie dichiarazioni sul carattere e sul comportamento di Grace. Erano davvero poche le persone che la conoscevano veramente! Qualche insegnante della scuola, qualche vecchio amico di famiglia. Quasi tutti affermarono che era timida, chiusa in se stessa, ritrosa. E David provò a spiegarne il perché: cercava di tenere nascosto un torbido segreto della sua vita famigliare, e viveva un'esistenza di terrore.

Poi chiamò sul banco dei testimoni il medico interno del Mercy General Hospital — quello che l'aveva visitata. E lui fornì una descrizione molto accurata e precisa dell'estensione dei danni subìti dalla ragazza e da lui stesso constatati.

«Lei è in grado di poter affermare con sicurezza che la signorina Adams era stata stuprata?» gli domandò il pubblico ministero durante il controinterrogatorio.

«Con certezza assoluta, no. Nessuno può affermarlo. Bisogna tener conto, almeno in una certa misura, di quello che la vittima afferma. Però si potrebbe affermare senza ombra di dubbio che esistevano le prove di violenza sessuale ripetuta, e su un lungo arco di tempo. C'erano vecchie cicatrici di lacerazioni e danni subìti in passato, e naturalmente anche di ferite più recenti, e in misura notevole.»

«Non si tratta di danni che potrebbero verificarsi anche durante un rapporto sessuale normale, magari troppo energico o pervertito? In altre parole, se la signorina Adams era in un certo senso masochista, oppure le piaceva venire 'punita' da uno degli svariati amici che si presume avesse, si potrebbero avere più o meno gli stessi effetti?» gli domandò il pubblico ministero in tono significativo, ignorando il fatto che chiunque conoscesse Grace aveva appena affermato che lei non usciva mai con nessuno e non aveva mai avuto un ragazzo fisso.

«Sì, immagino che se le fosse piaciuto un po' di sesso forte, si potrebbero forse notare danni più o meno simili...» rispose il medico, poco convinto, e il pubblico ministero rivolse un sorrisetto maligno alla giuria.

«Mi pare di capire che c'è gente alla quale piace così.»

David sollevava obiezioni di continuo. Fu addirittura eroico nel dare tutto se stesso alla causa che voleva difendere... ma la sua era una battaglia già perduta in partenza di fronte alla evidente determinazione di tutti nell'accusare Grace di omicidio premeditato. Chiamò anche Molly sul banco dei testimoni e, alla fine, anche Grace, che fu davvero commovente. In qualsiasi altra città avrebbe convinto anche un cuore di pietra. Ma non a Watseka. Lì la gente stimava John Adams, e quindi non voleva credere a lei. Del processo si discuteva dappertutto. Nei negozi, nei ristoranti. Se ne scriveva costantemente sui giornali. Perfino il telegiornale locale trasmetteva un rapporto giornaliero sul processo e mandava in onda fotografie di Grace in ogni occasione. Non c'era scampo.

La giuria si chiuse in camera di consiglio per tre giorni. Grace, con David e Molly, aspettò il verdetto nell'aula del tribunale. Quando erano stanchi di rimanere chiusi lì dentro, passeggiavano per ore nei corridoi seguiti da una guardia che li sorvegliava con discrezione, da lontano. Grace ormai si era abituata alle manette; non ci badava quasi più quando gliele mettevano, tranne quando gliele stringevano troppo. E a stringerle troppo, in genere, erano quei poliziotti che avevano conosciuto suo padre e lo rispettavano. Era molto strano, adesso, pensare che se la giuria avesse emesso un verdetto di assoluzione lei si sarebbe ritrovata di nuovo libera. Ma a mano a mano che le giornate passavano lentamente, sembrava sempre meno probabile che avrebbe riacquistato la libertà. David si tormentava pensando agli ostacoli che non aveva saputo aggirare. E Molly, seduta vicino a Grace, le teneva la mano. Erano diventati molto amici, tutti e tre, durante quei mesi. Del resto, per Grace erano anche gli unici amici che avesse mai avuto nella sua breve esistenza, e lentamente aveva cominciato non soltanto a fidarsi di loro ma anche a voler bene a entrambi.

Il giudice aveva spiegato alla giuria che avevano quattro scelte per il verdetto. Omicidio con premeditazione, per cui poteva anche essere richiesta una condanna a morte, se erano veramente convinti che lei avesse preparato un piano per uccidere il padre e fosse consapevole che, con la sua azione, gli avrebbe dato la morte. Omicidio volontario con attenuanti, se aveva realmente avuto l'intenzione di ucciderlo ma non l'aveva premeditato ed era falsamente convinta di avere una giustificazione perché credeva che lui, in quel momento, volesse farle del male. L'omicidio volontario con attenuanti poteva comportare una condanna fino a vent'anni. Omicidio preterintenzionale, se lui le stava facendo del male e se la sua intenzione era stata di ferirlo o resistergli o causargli grave danno materiale, ma non ucciderlo, e solamente a causa di un comportamento «sconsiderato» gli aveva causato la morte. L'omicidio preterintenzionale poteva comportare una condanna da uno a dieci anni. Omicidio per legittima difesa, se credevano alla sua versione dei fatti, cioè che il padre l'aveva violentata quella sera e anche durante i quattro anni precedenti, e lei si stava difendendo da un attacco contro la sua persona che potenzialmente poteva metterne a rischio la vita. L'arringa di David era stata molto forte e incisiva. Lui aveva domandato giustizia sotto la forma di un verdetto di «omicidio per legittima difesa» per una ragazza innocente che aveva sofferto tanto e vissuto un'esistenza di torture per mano dei suoi stessi genitori. L'aveva costretta a raccontare tutto alla giuria. E questa, adesso, era la sua unica speranza.

Era la fine di un pomeriggio di settembre quando la giuria entrò finalmente in aula. Grace si sentì quasi svenire quando venne pronunciato il verdetto.

Il portavoce della giuria si alzò solennemente in piedi e annunciò che un verdetto era stato raggiunto L'avevano riconosciuta colpevole di omicidio volontario con attenuanti. Erano convinti che John Adams le avesse fatto qualcosa, anche se non sapevano con sicurezza di che cosa si trattasse, ma non credevano che l'avesse stuprata, né in quell'occasione né mai. Però era possibile che lui le avesse fatto del male, l'avesse ferita, e due donne, che facevano parte del gruppo dei giurati, avevano insistito nel ripetere che anche gli uomini migliori, a volte, hanno i loro torbidi segreti. Ma avevano nutrito dubbi sufficienti per respingere un verdetto di omicidio premeditato e quindi di condanna a morte. Si erano trovati concordi sull'accusa di omicidio volontario con attenuanti. Erano convinti, come il giudice aveva spiegato prima che la giuria si ritirasse in camera di consiglio, che Grace avesse creduto *falsamente* — ecco il nocciolo della questione — di essere giustificata se uccideva suo padre. Data l'ottima reputazione di cui godeva suo padre nella comunità, non erano riusciti ad accettare l'idea che volesse realmente farle del male, ma erano convinti che Grace l'avesse creduto, sia pure erroneamente. Un omicidio volontario con attenuanti poteva portare, a discrezione del giudice, a una condanna fino a vent'anni.

A motivo dell'estrema giovinezza e del fatto che Grace aveva ritenuto di dover ricorrere a un atto di violenza per legittima di fesa, il giudice la condannò a due anni di carcere e altri due di libertà vigilata. Considerate le altre alternative, c'era da ritenersi fortunati, ma Grace, ascoltando il verdetto, si sentì come se l'avessero condannata addirittura all'ergastolo. Cercò di farsene una ragione. Eppure, sotto un certo aspetto, una condanna a morte sarebbe stata più facile da accettare. Il giudice si era anche dichiarato d'accordo nel rifiutare a chiunque l'accesso agli atti e ai verbali del processo, a motivo della sua giovane età e nella speranza di non rovinarle ulteriormente la vita quando fosse uscita dal carcere.

Grace, però, non poté fare a meno di domandarsi quale sarebbe stata, adesso, la sua sorte. Che cosa le avrebbero fatto in prigione? In camera di sicurezza aveva vissuto qualche momento di paura, ma si era sempre trattato di piccole cose — per esempio qualcuna delle compagne di cella l'aveva minacciata o le aveva portato via un rotocalco o il dentifricio. Era sempre stata Molly a procurarle ciò di cui aveva bisogno. Frank Wills, fra l'altro, aveva accettato di malavoglia di passarle qualche centinaio di dollari del denaro di suo padre, e solo in seguito a una precisa richiesta di David.

Durante il periodo in cui era stata in custodia cautelare, aveva cambiato spesso compagne di cella e non si era mai sentita veramente in pericolo. Ma in una prigione avrebbe trovato donne che avevano commesso omicidi, vere criminali. Alzò verso il giudice due occhi asciutti, colmi di dolore. Era una persona la cui vita da tempo poteva considerarsi finita — e lo sapeva. Fin dal principio non aveva mai avuto un'opportunità di salvarsi. Per lei il destino era segnato. A Molly quello sguardo non sfuggì, e le strinse la mano. Quando Grace uscì dall'aula del tribunale, le misero non solo le manette ma anche le catene alle caviglie. Adesso non era soltanto un'imputata, ormai, ma una criminale condannata.

Quella stessa sera Molly chiese di farle visita mentre si trovava ancora nella camera di sicurezza, prima che la trasferissero al Dwight Correctional Center. C'era ben poco da dirle! Ma non voleva che Grace rinunciasse alla speranza. Un giorno, per lei sarebbe cominciata una nuova vita. Se ce l'avesse fatta, naturalmente, ad arrivare fino a quel giorno. Anche David era stato a visitarla. Sembrava fuori di sé per quel verdetto e si rimproverava di averla delusa, per esserle mancato nei momenti più difficili, ma Grace non nutriva nessun rancore nei suoi confronti. Non era certo una situazione nuova per lei. La sua vita era sempre andata così. David le promise anche di ricorrere in appello. Aveva preso contatti con Frank Wills al quale aveva fatto una proposta abbastanza insolita. Dopo lunghe insistenze Wills aveva accettato di far avere a Grace cinquantamila dollari del patrimonio paterno. In cambio lei doveva impegnarsi a non mettere mai più piede a Watseka o ad avanzare pretese su quello che lui poteva aver ereditato da suo padre. Del resto, Frank stava già facendo i suoi piani per trasferirsi in casa Adams nel giro di qualche settimana. Ma a David disse che Grace non doveva assolutamente saperlo. Secondo lui, erano affari che non la riguardavano. Non voleva fastidi e la sua intenzione era mettere le mani su tutto quanto gli Adams avevano posseduto, sull'arredamento e tutti gli oggetti che la casa conteneva. Aveva già buttato via quasi tutte le cose di Grace e adesso, per cinquantamila dollari, esigeva che non si facesse mai più vedere a Watseka. Non voleva essere assillato da Grace in futuro, non voleva discussioni con lei. David aveva acconsentito, ben sapendo che un giorno, quando fosse tornata in libertà, avrebbe fatto buon uso di quel denaro. Ormai era tutto quello che le rimaneva.

Molly tentò di farle coraggio, quella sera, quando andò a visitarla. «Non puoi arrenderti, Grace. Non puoi e basta. Finora ce l'hai fatta. Adesso devi continuare fino in fondo. Due anni non sono un'eternità. Al momento di uscire, ne avrai venti. Potrai iniziare una vita tutta nuova, e lasciarti alle spalle quello che è successo.» David le aveva detto più o meno le stesse cose. Bastava che tirasse avanti alla bell'e meglio e cercasse di non correre rischi in prigione. Ma sapevano che non era affatto facile.

Doveva essere forte. Ormai non aveva alternative. Ma era stata forte per talmente tanto tempo che a volte provava quasi il desiderio di non essere sopravvissuta fino a quel giorno. Morire sarebbe stato meglio di quello che aveva passato finora, meglio anche di una condanna alla prigione. E a Molly disse che si pentiva di non aver puntato la rivoltella contro se stessa, quella sera, invece che contro suo padre. Tutto sarebbe stato molto più semplice.

«Si può sapere che cosa diavolo vuol dire?» La giovane psichiatra sembrava offesa. Cominciò a camminare avanti e indietro per la stanza, innervosita, con gli occhi che mandavano lampi. «Che cosa vuoi fare? Sdraiarti per terra e aspettare di morire proprio adesso? D'accordo, ti hanno dato due anni. Ma non sono una vita intera. Poteva andare infinitamente peggio. Così, invece, hai qualcosa di definito davanti. Sai esattamente quanto durerà e quando sarà finita. Con tuo padre, invece, non lo sapevi mai.»

«Come sarà?» domandò Grace terrorizzata, mentre i suoi occhi si riempivano di lacrime. Molly avrebbe dato qualsiasi cosa per poter cambiare la situazione; purtroppo, adesso, non poteva più fare niente. Poteva soltanto offrirle il suo affetto, il suo appoggio e la sua amicizia. Come lei, anche David si era affezionato moltissimo a Grace. A volte parlavano per ore e ore di lei e dell'ingiusta sorte che le era toccata. Adesso ci sarebbero state altre dure prove da affrontare. E lei avrebbe dovuto essere molto, molto forte. Molly, quella sera, la prese fra le braccia, pregando in cuor suo che riuscisse a trovare la forza di sopravvivere a quello che l'aspettava. Soltanto a pensarci, Molly si sentiva tremare.

«Verrai a trovarmi?» le chiese Grace con voce fievole, mentre Molly le sedeva vicino, tenendole un braccio intorno alle spalle. Da qualche tempo non faceva che parlare di lei. Perfino Richard cominciava a essere stanco di ascoltare quella storia, come del resto tutte le sue amiche e i suoi colleghi. Al pari di David, ne era letteralmente ossessionata. E soltanto il giovane avvocato pareva fosse in grado di comprendere quello che provava. Le ingiustizie di cui era stata vittima Grace, il dolore, e adesso i pericoli che avrebbe corso giorno e notte stavano diventando un tormento costante per Molly e David, che si sentivano quasi due genitori per la ragazza.

Anche Molly scoppiò in lacrime quando dovette lasciarla, ma le promise di andare a trovarla a Dwight durante il successivo fine settimana. David stava già pensando di prendersi una giornata di vacanza per fare una scappata a Dwight per una visita, discutere le probabilità di ricorrere in appello e assicurarsi che Grace si fosse ambientata nel migliore dei modi, almeno per quanto era possibile. Non sembrava un posto dei più accoglienti, da quello che aveva sentito dire, e anche lui — come Molly — avrebbe fatto qualunque cosa perché la situazione fosse diversa. Disgraziatamente i loro sforzi non erano bastati, nonostante tutto l'impegno che vi avevano dedicato e l'affetto che provavano nei suoi confronti. L'abilità di David non era bastata; tutto aveva giocato contro Grace fin dal principio.

«Grazie di tutto», disse sottovoce a David la mattina dopo, quando lui si presentò per salutarla un'ultima volta, alle sette del mattino. «Hai fatto quanto potevi. Grazie», gli sussurrò, e poi gli diede un bacio su una guancia mentre lui l'abbracciava forte, augurandosi che riuscisse a cavarsela e a conservare la speranza. Sapeva che, se lo avesse voluto, Grace ci sarebbe riuscita. Aveva una forza d'animo straordinaria, che le aveva permesso di non impazzire durante gli anni da incubo vissuti con il padre e la madre.

«Vorrei aver potuto far di più», mormorò David amareggiato. Ma, se non altro, il verdetto non era stato di omicidio premeditato. Non avrebbe sopportato che la condannassero a morte. Poi, guardando Grace ancora una volta, si rese conto di qualcosa a cui non si era mai permesso di pensare, e cioè che se avesse avuto più di diciotto anni si sarebbe innamorato di lei. Perché era la persona giusta, e c'era qualcosa di molto bello dentro di lei, e anche una straordinaria forza segreta. Se ne sentiva attirato come da una calamita. Ma sapendo quello che aveva passato, e quanto era giovane, non poteva dare libero sfogo ai propri sentimenti. Meglio continuare a pensare a lei come a una sorellina minore

«Non preoccuparti, David. Me la caverò», gli rispose Grace con un pallido sorriso, cercando di confortarlo. Sapeva che una parte di sé era già morta da molto tempo, e adesso doveva tirare avanti fino a quando una forza superiore non avesse deciso che la sua vita poteva considerarsi conclusa. Morire sarebbe stato così facile! In fondo aveva tanto poco da perdere, tanto poco per cui continuare a vivere! Ma dentro di sé si sentiva di dover sopravvivere a ogni costo. Doveva farlo per David, e per Molly. Avevano lavorato molto per lei; erano state le prime persone, in tutta la sua vita, che le fossero state sempre vicino. Non poteva deluderle proprio adesso. No, non poteva rinunciare a vivere, se non altro per amor loro.

Poco prima che la conducessero via, sfiorò dolcemente con una carezza il braccio di David e per un attimo, guardandola, lui ebbe l'impressione di scorgere in lei qualcosa di santo, di sublime. Aveva accettato serenamente il suo destino, con dignità. Gli parve incredibilmente bella mentre la conducevano via, ammanettata. Si voltò una volta per fargli un gesto di saluto, e lui rimase a guardarla allontanarsi con gli occhi velati dal pianto. Poi, non appena Grace lo ebbe lasciato, lasciò che le lacrime scorressero sulle sue guance e non fece niente per ricacciarle indietro.

4

ALLE otto la fecero salire sul furgone in partenza per Dwight. Era ammanettata e con le catene a bloccarle le caviglie. Si trattava solo di routine e non aveva niente a che fare con il suo caso in particolare. Poi accadde una cosa strana: una volta «incatenata», per così dire, le guardie smisero di rivolgerle la parola. Per loro aveva cessato di essere una persona reale. Nessuno la salutò, nessuno le augurò buona fortuna. Molly era venuta la sera precedente, e David quella mattina stessa, prima della partenza; quanto ai suoi agenti di custodia, la osservavano senza dire una parola. Non aveva dato fastidio, non aveva creato problemi, ma per loro si trattava soltanto di un'altra detenuta, una faccia che presto avrebbero dimenticato.

L'unica cosa degna di nota, almeno agli occhi degli agenti di custodia, era il fatto che del suo caso si erano ampiamente occupati i giornali. Ma, in sostanza, non rappresentava qualcosa di speciale. Aveva ucciso il padre, così come moltissimi altri criminali prima di lei. E l'aveva passata liscia. Secondo loro doveva ritenersi fortunata, considerando che era stata condannata per omicidio non premeditato. Ma fino a quel momento la fortuna non era certo stata dalla parte di Grace.

Il percorso da Watseka a Dwight durò un'ora e mezzo; ogni volta che il furgone sobbalzava sulla strada le catene di Grace tintinnavano. Si sentiva dolere caviglie e polsi. Fu un viaggio spiacevole e scomodo verso una destinazione che incuteva paura. Rimase sola per gran parte del tempo; a un'ora di distanza da Dwight presero a bordo altre quattro donne che si trovavano in un carcere locale. Una di esse venne incatenata al sedile vicino al suo. Era un tipo volgare, dall'aria dura e scostante, che doveva avere almeno cinque anni più di Grace e la scrutò da capo a piedi con evidente interesse.

«Mai stata a Dwight, prima?» Grace fece cenno di no. Non aveva nessuna voglia di mettersi a chiacchierare. Aveva già capito che più stava per conto proprio ed evitava di fraternizzare con le altre donne, meglio si sarebbe trovata durante il periodo di detenzione. «Per che cosa ci vieni?» La ragazza andò subito al sodo mentre valutava Grace. Fin dalle prime occhiate aveva comunque capito che doveva trattarsi di una nuova. Si era subito resa conto che Grace non doveva essere mai stata in prigione, e che — molto probabilmente — non sarebbe sopravvissuta a un'esperienza del genere. «Quanti anni hai, ragazzina?»

«Diciannove», mentì Grace, nella speranza di convincere la sua inquisitrice che era una persona adulta. Diciannove anni le sembravano tanti.

«Hai provato a giocare con le ragazze più grandi di te? Che cos'hai fatto? Rubato le caramelle?»

Grace si limitò a stringersi nelle spalle e per un po' continuarono il viaggio in silenzio. Ma non c'era niente né da vedere né da fare. I finestrini del furgone erano coperti e così non si poteva guardare fuori; ma si evitava, anche, che qualcuno guardasse dentro. Però si soffocava.

«Hai letto della retata che hanno fatto a Kankakee? Una questione di droga», domandò la ragazza a Grace dopo un po', scrutandola di nuovo. Ma Grace non aveva niente di misterioso. Era esattamente quella che appariva: una ragazza molto giovane che in quel mondo era fuori posto. Quello che l'altra detenuta non poteva né vedere né valutare era quanto avesse sofferto per ritrovarsi lì. Ma il volto di Grace non rivelava niente di tutto ciò: era come se la sua anima fosse stata piombata dopo che aveva lasciato David e Molly. Nessuno poteva vedere quello che c'era dentro. Ed era ben decisa a far sì che tutto rimanesse così. Con un po' di fortuna, una volta arrivata in prigione, forse l'avrebbero lasciata in pace.

Aveva sentito raccontare storie atroci, di stupri e accoltellamenti, mentre era in custodia cautelare, ma si sforzò di non pensarci. Se era riuscita a sopravvivere, bene o male, in quegli ultimi quattro anni, ce l'avrebbe fatta anche nei prossimi due. Qualcosa di ciò che Molly e David le avevano detto, le dava speranza e, malgrado tutte le disgrazie che aveva sopportato, se non altro per amor loro, era ben decisa a superare anche questa prova. Perché adesso era diverso. Qualcuno le voleva bene. Aveva due amici, i primi. Due alleati.

«No, non ho letto niente di quella retata», rispose a bassa voce, e l'altra ragazza alzò le spalle, indispettita. Aveva capelli biondi, ossigenati, lunghi fino alle spalle. Sembravano tagliati con l'accetta e avrebbero avuto bisogno di una buona strigliata. Gli occhi erano freddi e duri; quando le osservò di sottecchi le braccia, Grace si accorse che erano sode, muscolose.

«Hanno cercato di convincermi a diventare testimone per l'accusa contro tutti i pezzi grossi, ma io non faccio la spia. Ho la mia morale, sai? E poi, non mi piace neanche un po' l'idea che vengano a cercarmi anche a Dwight. Chissà che cosa sono capaci di farmi! Hai capito quello che sto dicendo? Sono stata chiara?» Dall'accento si capiva che era di New York, e Grace pensò che era esattamente il tipo di persona che si aspettava di trovare in prigione. Sembrava dura, spietata, e aveva l'aria di una che avrebbe sicuramente saputo come cavarsela. Pareva anche ansiosa di parlare, e cominciò a descrivere a Grace la palestra che aveva aiutato a costruire e il lavoro che svolgeva nella lavanderia l'ultima volta che era stata in prigione. Le raccontò anche la storia delle due evasioni che c'erano state, mentre era lì a scontare una condanna: le detenute erano state catturate tutte nel giro di una giornata. «Non ne vale la pena; ogni volta che ti ci provi ti becchi altri cinque anni oltre a quelli che devi già scontare. A te quanti ne hanno dati? A me dieci, ma fra cinque dovrei uscire.» Cinque... dieci anni... a Grace, che l'ascoltava, sembravano una vita intera! «E tu?»

«Due anni», rispose Grace e non aggiunse altro. A lei parevano già un'eternità, anche se non erano niente a confronto dei dieci della sua compagna o di quelli che avrebbe potuto scontare anche lei, se il verdetto della giuria fosse stato diverso.

«Roba da niente, bambina; passeranno in un momento. E così», rise, e Grace poté notare che le mancavano tutti i denti ai lati, «così sei vergine, eh?» Grace le lanciò un'occhiata nervosa, sentendosi fare quella domanda. «Voglio dire che per te questa è la prima volta, giusto?» Proprio il classico tipo della novellina, e l'idea divertì la ragazza. Lei, invece, era la terza volta che tornava a Dwight, e aveva ventitré anni. Un buon primato, insomma, niente da dire!

«Sì», rispose Grace sommessamente.

«Che cos'hai fatto? Furto, spaccio di droga? Io, sì. Sniffavo coca a nove anni. Ho cominciato a spacciare a undici, a New York. Ho passato un po' di tempo in una casa di correzione, sempre lì; uno schifo di posto, sai? Ci sono finita quattro volte. Poi mi sono trasferita da queste parti.» Doveva aver passato una vita nei riformatori. «Dwight non è male.» Ne parlava come se fosse un albergo dove stava per tornare. «C'è qualche buona ragazza, ma anche gruppi e bande, tutte quelle cazzate della Fratellanza Ariana. Gira alla larga da quelle lì, e da certe ragazze nere che le odiano. Vere stronze, sai! Non pestare i piedi a loro e potrai vivere tranquilla, senza problemi.»

«E tu?» Grace le lanciò un'occhiata guardinga, ma non priva di curiosità. Di sicuro, solo tre mesi prima non avrebbe immaginato neppure lontanamente che potessero esistere tipi del genere. «Che cosa farai quando sarai lì?» Cinque anni da passare in prigione erano un'eternità. Doveva pur esserci qualcosa che si poteva fare. Grace voleva andare a scuola. Aveva già sentito dire che ci si poteva iscrivere a diversi corsi, oltre a quelli per estetiste oppure dove si imparava come fabbricare scope e targhe per automobili. Se gliene avessero offerta la possibilità, a lei sarebbe piaciuto seguire i corsi per corrispondenza di un college locale.

«Non lo so ancora», rispose l'altra. «Aspettare che passi il tempo, immagino. Non ho niente da fare. Avevo un'amica che è lì da giugno. Andavamo abbastanza d'accordo.»

«Buon per te.» Poteva essere simpatico avere un'amica in prigione.

«Già, proprio così.» L'altra ragazza rise e finalmente si decise a presentarsi. Disse che il suo nome era Angela Fontino. Le presentazioni, in prigione, sono una cosa rara. «Certo che il tempo passa più in fretta se nella tua cella hai un bel bocconcino che ti aspetta quando torni a casa dal lavoro in lavanderia.» Quelle erano le storie che Grace aveva sentito e che la terrorizzavano. Rispose solamente con un cenno della testa alla sua interlocutrice ed evitò di continuare la conversazione, ma Angela era visibilmente divertita dalla sua timidezza. Le piaceva prendersi gioco delle novelline. A furia di entrare e uscire dai riformatori era diventata molto «aperta» per quel che riguardava la sua vita sessuale.

«È troppo per le tue caste orecchie, bambina?» Angela scoppiò a ridere mettendo in mostra, senza preoccuparsene, quegli orribili vuoti fra i denti. «Ci si abitua a tutto. Aspetta un po', e chissà che alla fine dei tuoi due anni non capiti anche a te di scoprire che preferisci le ragazze.» Non c'era niente che Grace potesse risponderle, e non voleva né incoraggiarla né offenderla. Poi Angela scoppiò in un'altra fragorosa risata, mentre cercava di massaggiarsi un po' i polsi dove le manette avevano lasciato il segno. «Oh, Dio mio! Magari sei vergine sul serio, piccola? Non hai mai avuto un ragazzo? In tal caso non hai dovuto scondinzolare, facendo andare di qua e di là il culetto per interessarlo. Chissà! Potrebbe anche piacerti questa strada, una volta che l'hai presa. Non è niente male», e sorrise, mentre Grace provava un senso di nausea. Non poté fare a meno di ricordare quei pomeriggi in cui tornava a casa già sapendo che cosa c'era in serbo per lei, la sera. Avrebbe dato chissà cosa per non tornare, ma sapeva che toccava a lei occuparsi della mamma e sapeva quello che sarebbe successo dopo. Era inevitabile, come lo era che il sole tramontasse. Non aveva scampo. In quel momento provò la stessa sensazione. L'avrebbero stuprata? Oppure si sarebbero servite di lei, usandola come aveva fatto suo padre? E come avrebbe potuto difendersi? Lottando? Se erano dieci o dodici, o anche solamente due, che speranza di salvezza poteva avere? Si sentì mancare a quel pensiero, e le tornarono in mente le promesse che aveva fatto a Molly e David di essere forte e lottare per uscire a ogni costo da quell'esperienza. Giurò a se stessa che avrebbe fatto il possibile, ma se si fosse rivelato troppo inaccettabile, insopportabile... se... Abbassò gli occhi mentre il furgone lasciava l'autostrada e si avvicinava ai cancelli del Dwight Correctional Center. Le altre sue compagne stavano facendo sberleffi, urlando e fischiando, pestavano i piedi... Grace, invece, rimase immobile al suo posto, con gli occhi fissi davanti a sé, cercando di non pensare a quello che Angela le aveva appena detto.

«Okay, piccola. Eccoci a casa.» Angela si voltò a guardarla con una risata. «Non so dove ti metteranno, ma fra un po' di tempo verrò a cercarti. Ti presenterò a qualcuna delle ragazze. Sono sicura che piacerai. Ti troveranno di loro gusto.» Le strizzò l'occhio e Grace si sentì accapponare la pelle.

Due minuti dopo venivano fatte scendere dal furgone. Quando si alzò in piedi, Grace si accorse che non riusciva quasi a muovere un passo, tanto aveva le gambe intorpidite.

Quello che si trovò di fronte, appena scese dal furgone, era un edificio dall'aspetto cupo e squallido, con una torre di guardia e quella che le parve una recinzione di filo spinato che si prolungava a perdita d'occhio, e dietro la quale si intravedeva una marea di donne senza volto che indossavano una specie di pigiama di cotonina blu. Doveva essere un'uniforme, Grace lo sapeva, ma non ebbe il tempo di osservare meglio quello che la circondava perché, insieme alle altre, venne immediatamente spinta verso l'ingresso, attraverso un lungo corridoio e una serie interminabile di cancelli e massicce porte di ferro. Procedettero facendo tintinnare le loro catene, avanzando a passi irregolari e saltellanti, a causa dei ceppi alle caviglie, con i polsi sempre doloranti per le manette.

«Bentornata in paradiso», disse una delle donne, in tono pieno di sarcasmo, mentre tre imponenti guardiane nere le sospingevano, fra borbottii e grugniti, senza ulteriori commenti, verso il cancello successivo. «Grazie, sono felice di essere tornata, che piacere rivedervi...» continuò, e qualcuna delle sue compagne si mise a ridere.

«Sempre così, quando si arriva!» mormorò a mezza voce una nera a Grace. «Ti trattano come merda per un paio di giorni, ma dopo ti lasciano stare. Si dimenticano della tua esistenza per quasi tutto il tempo. Vogliono soltanto farti capire chi comanda qui dentro.»

«Già. Io dico», interloquì una ragazzona nera, «che se si arrischiano anche solo a toccare questo mio bel culo nero, chiamo la NAACP (National Association for the Advancement of the Coloured People), la Guardia Nazionale e il presidente. So quali sono i miei diritti. Me ne importa un cazzo se sono una detenuta o no, a me non mi si tocca neanche con un dito.» Era alta più di un metro e ottanta e pesava probabilmente più di cento chili. Grace non riuscì a immaginare chi avrebbe avuto il coraggio di fare qualcosa del genere, ma sorrise ugualmente vedendo l'espressione sulla faccia della ragazza.

«Non darle retta, figliola», disse l'altra nera. Grace non poté fare a meno di meravigliarsi che molte di loro sembrassero così cordiali. L'atmosfera era comunque sempre carica di minaccia. Le guardie erano armate e dappertutto c'erano grandi cartelli in cui erano elencati i pericoli, le ammende e le punizioni per l'evasione, l'aggressione a un guardiano o per le infrazioni ai regolamenti. Le detenute arrivate con lei erano un gruppetto piuttosto male in arnese, anche perché indossavano gli abiti che avevano al momento dell'arresto. Grace portava un paio di jeans puliti e un maglioncino azzurro che Molly le aveva regalato. Sperò che non glieli confiscassero.

«Bene, ragazze.» Si sentì un fischio stridulo e sei guardiane in uniforme e armate di pistola si presentarono mettendosi in fila lungo un lato della stanza. Sembravano le istruttrici di una squadra femminile di lotta libera. «Spogliatevi. Tutto quello che avete addosso ammucchiatelo ai vostri piedi. Spogliatevi completamente.» Il fischietto trillò una seconda volta per farle tacere. Poi la donna che lo impugnava si presentò: era il sergente Freeman. Metà delle guardiane erano nere, le altre bianche — il che era già un'indicazione abbastanza precisa di quella che doveva essere la popolazione del carcere.

Grace si tolse il maglioncino e lo piegò con cura prima di deporlo ai propri piedi. Una delle guardie aveva già tolto a tutte le manette e adesso girava fra loro per liberarle anche del cerchio di acciaio intorno alla vita al quale erano attaccate le catene e i ceppi alle caviglie, in modo che potessero togliersi i jeans. Che sollievo! Poi Grace si tolse le scarpe e si stupì di sentire di nuovo il trillo del fischietto: questa volta ricevettero l'ordine di deporre sul mucchietto anche quello che avevano fra i capelli, elastici o mollette. Dovevano lasciarli sciolti. Lei fece scivolare dalla coda di cavallo l'elastico e i capelli ramati le ricaddero sulle spalle in onde morbide come la seta.

«Bei capelli», mormorò una donna dietro di lei, ma Grace non si voltò per vedere chi avesse parlato. Si sentì a disagio, però, al pensiero che potesse osservarla anche mentre si toglieva il resto degli indumenti. Nel giro di pochi minuti rimasero tutte completamente nude. Le sei guardiane cominciarono a camminare fra le detenute, esaminandole, ordinando di tenere allargate le gambe, alzare le braccia, o spalancare la bocca. Affondarono le mani nelle loro capigliature, frugandovi dentro per controllare che non vi tenessero nascosto niente, ed erano mani rozze e brutali che tiravano le ciocche senza riguardo, costringendo a piegare la testa da una parte o dall'altra. Poi le infilarono un bastoncino in bocca, muovendolo da una parte all'altra e facendole venir voglia di vomitare; e infine Grace ricevette l'ordine di dare qualche colpo di tosse e di saltare su e giù per vedere se cadeva a terra qualcosa. Poi, a una a una, dopo averle fatte mettere in fila, le costrinsero a sdraiarsi su un lettino fornito di staffe. Usando strumenti sterili e un'enorme torcia elettrica, controllarono che non avessero nascosto niente nella vagina. Mentre aspettava il suo turno, in fila con le altre, Grace non voleva credere che l'avrebbero sottoposta anche a quell'umiliazione. Ma con le guardiane non si poteva obiettare niente, non si poteva discutere. Una delle sue compagne, impaurita, tentò di opporsi a quella visita, ma le dissero che se non avesse collaborato l'avrebbero legata al lettino. Per loro era indifferente. Però, dopo, l'avrebbero spedita nella cella di isolamento per trenta giorni, al buio, nuda come un verme.

«Benvenuta nel Paese delle Fate», disse una delle detenute, che sapeva già tutto e non si meravigliava più di niente. «Carino qui, vero?»

«Smettila di fare la lagna, Valentine, arriverà anche il tuo turno.»

«'fanculo, Hartman.» Erano vecchie amiche.

«Mi piacerebbe. Vuoi guardare quando tocca a me?»

Grace aveva il cuore in gola quando dovette distendersi sul lettino, ma si trattava di un esame medico non certo peggiore di quelli che aveva già affrontato; era umiliante, invece, doverlo affrontare in pubblico, anche perché una mezza dozzina delle sue compagne le diede l'impressione di osservarla con un certo interesse.

«Carina, la piccola... sei una nuova, eh? Un pesciolino appena arrivato... da brava, nuota qui, dalla mamma... giochiamo al dottore... posso dare una sbirciata anch'io?» Ma Grace le ignorò, mentre seguiva le altre che si spostavano all'estremità opposta della stanza, in attesa di ulteriori istruzioni.

Poi le condussero alle docce, dove furono fatte passare sotto un getto di acqua quasi bollente. Usarono insetticidi per tutte le parti del corpo coperte di peli, e uno shampoo contro i pidocchi e poi le fecero passare di nuovo sotto la doccia. Alla fine puzzavano di prodotti chimici. Grace si sentiva come se fosse stata messa a bollire in una pentola piena di disinfettante.

Tutto quanto era di loro proprietà venne infilato in sacchi di plastica contrassegnati con i loro nomi; ogni cosa proibita doveva essere rimandata indietro a loro spese, o eliminata e distrutta sul posto, come i jeans di Grace. Ma le consentirono di tenere il maglioncino, e questo le fece molto piacere. Poi vennero consegnate le uniformi, un paio di ruvide lenzuola — molte delle quali erano macchiate di orina o di sangue — e un foglietto di carta con il numero del blocco e della cella a cui ciascuna era destinata. Infine furono condotte a una breve seduta di orientamento durante la quale vennero spiegati i regolamenti. Quanto all'assegnazione di un lavoro, era rimandata alla mattina seguente. A seconda dell'occupazione assegnata, avrebbero ricevuto da due a quattro dollari al mese. Chi non si fosse presentata al lavoro sarebbe stata spedita immediatamente in cella di rigore e ci sarebbe rimasta una settimana. In caso di recidiva, cioè mancata presenza al lavoro per la seconda volta, la punizione sarebbe stata un mese intero in cella di rigore. Il rifiuto a collaborare poteva essere punito con la cella di isolamento per sei mesi; e lì non avrebbero avuto niente da fare e nessuno con cui parlare.

«Cercate di non complicarvi la vita, ragazze», disse la guardiana incaricata del sermoncino alle detenute durante la seduta di orientamento. «Adattatevi a fare quello che vogliamo noi. È l'unico modo per tirare avanti qui a Dwight.»

«Già, tutte balle», sussurrò una voce alla destra di Grace.

In un certo senso, sembrava tutto semplice. Bisognava soltanto stare al loro gioco, andare al lavoro, andare al refettorio, non cacciarsi nei guai, rientrare in tempo nella propria cella, e così non sarebbero sorte difficoltà e la vita carceraria avrebbe continuato con il solito ritmo, la solita cadenza. Litiga con tutti, entra in una banda, minaccia una guardia, non tener conto dei regolamenti, e non ne vieni più fuori. Provare a evadere voleva dire diventare «carne di cadavere appesa alla palizzata», o almeno questa era la voce che si sentiva in giro. Certo, nella seduta di orientamento erano state molto chiare, ma c'era ben altro. Non bastava accontentare loro, bisognava anche vivere a contatto con le altre detenute. Era sufficiente guardarle per capire quanto fossero dure e crudeli, come le guardiane, o peggio, e che il metodo da loro usato per la sopravvivenza era ben diverso.

«Ci può dire qualcosa della scuola?» domandò una ragazza dal fondo, e tutte le altre scoppiarono in una risata canzonatoria, sbeffeggiandola.

«Quanti anni hai?» si informò la sua vicina, in tono derisorio.

«Quindici.» Dunque minorenne, come Grace, che era stata processata alla stessa stregua di una maggiorenne. Ma costituivano una rarità a Dwight, dove la popolazione interna era composta quasi interamente da adulte. E sicuramente avevano commesso crimini da adulti. Come Grace, la ragazza era stata accusata di omicidio, ma aveva patteggiato con il pubblico ministero per ottenere uno sconto della pena; era così riuscita a ottenere un verdetto di omicidio colposo, evitando la pena di morte Aveva ucciso il fratello, dopo che lui l'aveva stuprata. Ma adesso voleva andare a scuola e uscire dal ghetto.

«Di scuola ne hai fatta abbastanza», fu il commento della donna che aveva vicino. «A che cosa credi che ti serva, la scuola?»

«Puoi inoltrare la domanda dopo essere stata qui novanta giorni», rispose la guardiana e poi passò a spiegare quale sarebbe stata la loro sorte nella disgraziata ipotesi che avessero pensato di prendere parte a una sommossa. Bastò soltanto quell'idea a sconvolgere Grace, mentre la guardiana spiegava che l'ultima volta avevano ucciso quarantadue recluse. Ma... e se vi fosse stata coinvolta suo malgrado? Se l'avessero presa come ostaggio? E se fosse stata ammazzata da un'altra detenuta o, magari, da una guardia mentre se ne stava in disparte e badava soltanto ai fatti propri? Come avrebbe potuto sopravvivere a tutto questo?

Le sembrava che le girasse la testa quando, finalmente, l'accompagnarono alla sua cella Si avviarono in fila indiana, sorvegliate da una mezza dozzina di guardiane fra i lazzi e gli sberleffi della maggior parte delle altre detenute che le guardavano dall'alto dei diversi piani sui quali si trovavano le loro celle. Mandavano baci, urlavano. La ragazza che stava davanti a lei si vide arrivare addosso un Tampax volato da chissà dove, e Grace, quando se ne accorse, provò una gran voglia di vomitare. Non aveva mai immaginato niente di simile. Una specie di viaggio all'inferno dal quale non riusciva a immaginare come sarebbe potuta tornare indietro. Le pareva di sentire ancora l'odore dell'insetticida sulla faccia e sui capelli, quando si arrestarono davanti alla porta della cella alla quale era stata destinata si rese conto che stava per avere un attacco di asma.

«Adams, Grace. B-214.» La guardia fece scattare la chiave nella serratura, chiamò Grace con un cenno facendole capire che doveva entrare, e non appena lei ebbe ubbidito la porta si richiuse con un tonfo sonoro e la chiave scattò di nuovo. Si ritrovò in un locale di poco meno di sei metri quadrati, con un paio di letti a castello e le pareti ricoperte di fotografie di donne nude. Ce n'erano di ritagliate dalle pagine di *Playboy* e *Hustler* e di altri rotocalchi che Grace non immaginava potessero essere letti dalle donne Il letto in basso era già stato rifatto con cura; con mani tremanti Grace si mise subito a preparare quello di sopra dopo aver appoggiato su una piccola mensola lo spazzolino da denti nel bicchiere di carta che le avevano consegnato. Era stata avvertita che avrebbe dovuto comprarsi con i suoi soldi sigarette e pasta dentifricia. Comunque, lei non fumava.

Una volta preparato il letto, vi salì e rimase lì seduta, con gli occhi fissi sulla porta, domandandosi che cosa l'aspettava adesso e come sarebbe stato il primo incontro con la sua compagna di cella. Era evidente quali fossero le sue preferenze, almeno a giudicare dalle fotografie che costellavano le pareti. Quindi si fece coraggio, preparandosi al peggio, ma rimase sbalordita quando, una paio d'ore più tardi, venne riaccompagnata nella cella una donna dall'aria arcigna e bisbetica, sulla cinquantina. Dopo aver lanciato uno sguardo a Grace, non aprì bocca. Grace era innegabilmente bella, molto bella, ma la sua compagna non diede l'impressione di esserne rimasta colpita in modo particolare. Fu solamente dopo che era passata una buona mezz'ora che si decise a salutarla e ad annunciarle che lei si chiamava Sally.

«Qui non voglio porcherie», le disse, andando subito al sodo. «Niente stranezze, niente visite dalle ragazze delle varie bande, niente pornografia, niente droga. Sono qui da sette anni. Ho le mie amiche e sto alla larga dai guai. Non mi caccio nei pasticci. Fai lo stesso e andremo d'accordo; ma se mi rompi, sono capace di spedirti a calci fino al blocco D. Hai capito bene?»

«Sì», rispose Grace con un filo di voce. Era già dalla mattina che provava un terribile senso di oppressione al petto, e all'ora di cena si sentiva quasi mancare il fiato. Aveva il respiro affannoso e le avevano confiscato l'inalatore.

«Se hai bisogno di aiuto, chiama una guardia», l'avevano avvertita, ma lei non voleva farlo a meno di non esserci proprio costretta. Preferiva morire piuttosto che richiamare l'attenzione su di sé; quando, però, suonarono il fischietto per la cena e fu costretta a scendere dal letto, Sally si accorse che stava male.

«Oh, Cristo... guarda un po', mi hanno affibbiato una bambina in fasce. Senti, odio i ragazzini. Non ho mai avuto figli. Né li ho mai desiderati e non ne voglio adesso. Qui devi imparare a badare a te stessa da sola.» Mentre Sally si metteva una camicetta pulita, Grace notò che la schiena, il petto e le braccia erano coperti di tatuaggi. Ma in un certo senso le parole della donna le diedero un po' di sollievo. Era pronta a starsene per conto proprio e a badare soltanto ai fatti suoi.

«Sto bene... davvero...» mormorò con il fiato corto, ma non riusciva quasi più a respirare e Sally rimase a osservarla con attenzione. Era chiaro che Grace stava male. Le occorreva assolutamente l'inalatore, ma purtroppo non l'aveva più.

«Già, figuriamoci. Resta lì seduta, adesso. Ci penso io... per questa volta...» mormorò infastidita, mentre si abbottonava la camicetta. Ma continuò a tenere d'occhio Grace, che era ormai diventata addirittura cianotica. Quando un guardiano venne ad aprire la porta perché andassero a cena, Sally lo chiamò con un cenno prima che se ne andasse e gli indicò con un gesto un po' vago Grace, in piedi in un angolo «La mia novellina ha un piccolo problema», disse a mezza voce. «A me sembra asma o roba del genere. Posso accompagnarla in infermeria?»

«Sicuro, Sally. Se vuoi. Non credi che finga?» Ma quando si voltarono di nuovo a guardarla, Grace era pallidissima ed era evidente che doveva soffrire molto. Perfino le sue labbra erano bluastre. «Carino da parte tua fare la balia, Sal», la canzonò la guardia. Sally aveva fama di essere una delle donne più dure e arcigne della prigione. Voleva essere rispettata da tutti, anche se scontava la condanna non per uno, bensì per ben due omicidi. Aveva fatto fuori la sua amica e la donna con la quale costei la tradiva. «Così la gente si fa subito un'idea di come la penso», spiegava sempre alle donne con cui aveva una relazione. Ormai da tre anni aveva sempre la stessa amante, una detenuta del blocco C. E tutti, lì dentro, sapevano che era come se fossero sposate; perciò nessuno si azzardava a contraddire Sally o a farla andare in collera.

«Su, vieni», disse a Grace, voltandosi appena a guardarla; poi la spinse fuori dalla cella con aria infastidita. «Adesso ti porto dall'infermiera, ma guai a te se mi combini un altro pasticcio del genere. Se hai un problema, te la sbrighi da sola. Io non sono qui a pulirti il culo, bambina, soltanto perché stiamo nella stessa cella.»

«Mi dispiace», rispose Grace con le lacrime agli occhi. Come partenza non era granché, e quella donna doveva già avercela con lei. E molto. Perlomeno queste furono le conclusioni di Grace. Non poteva sapere che la compagna più anziana provava quasi compassione nei suoi confronti. Perfino lei doveva aver capito che lì dentro era come un pesce fuor d'acqua.

Cinque minuti più tardi affidò Grace all'infermiera. L'attacco di asma continuava. L'infermiera le diede un po' di ossigeno, ma alla fine si mostrò meno inflessibile e arrivò alla decisione di riconsegnarle l'inalatore. Le somministrarono anche dei farmaci, perché l'attacco era ormai talmente forte che non riuscivano più a controllarlo. Grace sapeva fin troppo bene che, senza la sua solita medicina, poteva anche correre il rischio di morire soffocata. Forse sarebbe stata la soluzione migliore.

Arrivò a cena con mezz'ora di ritardo, ancora un po' scossa e pallida; ormai quasi tutto quanto c'era di commestibile era finito; il resto era grasso e ossa con qualche brandello di carne attaccato, o quello che nessun'altra aveva voluto. Comunque, lei non aveva più fame; un attacco d'asma le dava sempre un senso di nausea e anche le medicine le toglievano l'appetito. In ogni caso, si sentiva anche molto sconvolta. Avrebbe voluto ringraziare Sally perché l'aveva accompagnata in infermeria, ma non si azzardò a rivolgerle la parola quando la scorse in mezzo a un gruppo di detenute più anziane, dall'aspetto arcigno e bellicoso, coperte di tatuaggi. Quanto a Sally, non mostrò di averla riconosciuta.

«Allora, che cosa vuoi? Filet mignon o anatra arrosto?» le domandò una graziosa ragazza nera da dietro il banco, e poi le sorrise. «Veramente avrei anche un paio di tranci di pizza avanzata nel retro. Non ti interesserebbe?»

«Sì, grazie», rispose Grace con un sorriso, ma aveva l'aria estenuata. «Mille grazie.» La giovane andò a prenderle la pizza e rimase a osservarla mentre si avviava verso uno dei tanti tavoli.

A quello dove prese posto erano già sedute altre tre ragazze, ma nessuna la salutò né diede l'impressione di essersi accorta della sua presenza. In fondo alla stanza Grace scorse Angela, la sua compagna sul furgone, impegnata in una animatissima conversazione con altre detenute. Nessuna la degnò di un'occhiata. Ben felice di passare inosservata, Grace cominciò a mangiare la sua fetta di pizza. Continuava ad avere ancora qualche difficoltà a respirare.

«Guarda un po' che bella novellina avete oggi al vostro tavolo, ragazze», esclamò una voce alle sue spalle, mentre lei sorseggiava il caffè. Grace non si mosse quando udì quelle parole, ma sentì le gomitate di qualcuno che si trovava proprio dietro di lei. Cercò di ignorare quello che succedeva e continuò a tenere gli occhi fissi davanti a sé, ma si avvide che le altre donne sedute al suo tavolo cominciavano a diventare nervose. «Non c'è nessuno che abbia voglia di parlare da queste parti? Cristo, che branco di carogne maleducate!»

«Scusa», mormorò una di loro e scappò via. Grace sentì improvvisamente un corpo caldo appoggiato contro la nuca. Adesso non era più possibile fingere di non essersi accorta di niente. Allora provò a spostarsi un po' in avanti e poi si voltò.

E si ritrovò con gli occhi fissi su una bionda dal fisico spettacoloso. Era truccatissima e indossava una canottiera da uomo che lasciava trasparire tutto. Sembrava una delle pin-up di Sally. Anzi, quasi la caricatura della detenuta sexy.

«Che bella ragazzina», mormorò la bionda, squadrandola dall'alto. «Ti senti sola, bambina?» La sua voce suonò calda e sensuale mentre, senza spostarsi dalla posizione di prima, premeva il suo corpo contro di lei. Grace vide che la canottiera era umida e lasciava intravedere i seni e i capezzoli. Era come se non avesse niente addosso. «Perché non vieni a trovarmi una volta o l'altra? Mi chiamo Brenda. Lo sanno tutti dove sto», aggiunse ridendo.

«Grazie.» Grace aveva ancora la voce tremante e ansimava, dopo l'attacco d'asma. La bionda le sorrise.

«Come ti chiami? Marilyn Monroe?» le chiese in tono ironico, alludendo alla voce roca e sommessa con cui le aveva risposto.

«Mi dispiace... l'asma...»

«Oh, povera piccola... Ma non prendi niente per fartela passare?» Sembrava preoccupata e Grace pensò che fosse meglio mostrarsi cortese ed evitare di farla andare in collera. La bionda aveva un'aria poco raccomandabile, pareva molto sicura di sé ed era sulla trentina.

«Sì... ho l'inalatore.»

«Bene, vedi di tenerlo da conto.» Poi scoppiò in una risata e diede una strizzatina alla punta di un seno di Grace prima di allontanarsi a passo lento, ancheggiando, per raggiungere le sue amiche.

Grace aveva cominciato a tremare mentre l'altra se ne andava; poi rimase con gli occhi fissi sul caffè che aveva davanti, pensando a tutte quelle donne che sarebbero state le sue compagne. Sì, era come trovarsi in una vera giungla.

«Stai attenta a quella lì», le sussurrò una delle ragazze sedute al suo tavolo, e poi scappò via anche lei. Brenda era il classico tipo da prendere con le molle.

Grace tornò subito nella sua cella. C'era il cinema quella sera, ma lei non aveva nessuna voglia di andarci. Non vedeva l'ora di sdraiarsi sul lettino e rimanerci fino alla mattina dopo. Ma durante la sera fu costretta a fare uso dell'inalatore altre due volte prima di riuscire a calmarsi e riprendere a respirare normalmente. Ed era ancora sveglia quando Sally tornò dal cinema, alle dieci.

Non le rivolse la parola. Grace, però, si voltò verso di lei e la ringraziò per averla accompagnata in infermeria. «Mi ha restituito l'inalatore.»

«Non farlo vedere a nessuno», le consigliò saggiamente Sally. «Si divertono a dar fastidio alla gente per cose come quello. Cerca di tenerlo nascosto e usalo soltanto in privato.» Non sarebbe stato sempre possibile, ma Grace intuì che era un buon consiglio e fece cenno di sì con la testa. Poi, mentre spegnevano le luci, Sally, infilandosi sotto le coperte, le disse ancora: «Ho visto Brenda Evans che ti parlava nel refettorio. Stai in guardia. È pericolosa. Caro il mio pesciolino arrivato fresco fresco, dovrai imparare a nuotare in fretta qui dentro. E stai attenta. Ci vuole prudenza, ricordati, finché non hai imparato a cavartela da sola. Qui non siamo al campo-giochi.»

«Grazie», sussurrò Grace nel buio, poi rimase sveglia a lungo, distesa nel letto, mentre lacrime cocenti le scendevano sulle guance e bagnavano il cuscino. Non si mosse per ore, tendendo l'orecchio ai tonfi, al rumore di passi, a qualche grido di tanto in tanto, con il sottofondo quasi tranquillizzante del sommesso russare di Sally.

5

DOPO due settimane Grace si era ormai adattata a Dwight e aveva un lavoro nel magazzino degli approvvigionamenti, dove distribuiva asciugamani e pettini e contava gli spazzolini da denti da fornire alle nuove arrivate. Era stata Sally a procurarglielo, anche se fingeva di non avere nessuna intenzione di aiutarla. Comunque, sembrava che la tenesse sempre d'occhio, da lontano.

Molly era già venuta a trovarla e non le aveva nascosto di essere rimasta letteralmente sconvolta per tutto quello che aveva sentito dire e aveva visto con i suoi stessi occhi. Grace, però, l'aveva rassicurata, ripetendole che stava bene. In fondo doveva ammettere che nessuno le aveva dato fastidio. La chiamavano novellina appena se ne presentava l'occasione e Brenda si era fermata qualche volta a parlare con lei durante i pasti, ma niente più. Non si era neppure azzardata ad allungare una mano per darle una strizzatina ai capezzoli come la prima volta. Quindi, almeno per il momento si considerava abbastanza fortunata: non si sentiva in pericolo e aveva un lavoro decente. Aveva una compagna di cella taciturna, ma fondamentalmente gentile. Nessuno l'aveva minacciata, nessuno le aveva proposto di entrare a far parte di una banda o di un gruppo. Sembrava che le cose andassero discretamente. Se la situazione non fosse cambiata, Grace era sicura che ce l'avrebbe fatta a sopportare i due anni che doveva scontare. Perciò era abbastanza di buon umore e si sentiva su di morale quando David venne a visitarla.

Il giovane ripartì rassicurato. Non sopportava l'idea di saperla lì dentro e continuava a essere sempre più convinto che quella condanna fosse terribilmente ingiusta, però, se non altro, non le era ancora successo nulla di spiacevole e Grace stessa continuava a ripetere di non essere in pericolo. Per tutto il tempo del colloquio non fecero che parlare del futuro.

Grace aveva già preso una decisione: non appena scontata la condanna a Dwight, sarebbe partita per Chicago. Doveva infatti soggiornare due anni in quello stesso stato, nel periodo di libertà vigilata, ma Chicago era comunque il posto perfetto per lei. E i cinquantamila dollari del patrimonio di suo padre che Frank Wills le aveva dato, rappresentavano un bel gruzzolo. Voleva trovarsi un lavoro, una volta fuori dal carcere, ma prima era necessario che imparasse a scrivere a macchina e seguisse i corsi del college. Non vedeva l'ora di cominciare a studiare.

David le accennò anche al ricorso in appello, e si mostrò fiducioso, ma era difficile arrischiare una qualsiasi previsione.

«Non preoccuparti troppo. Qui sto bene», gli disse lei gentilmente. Quando la seguì con lo sguardo mentre usciva dalla sala delle visite, quel pomeriggio, David si meravigliò per il modo dignitoso in cui si comportava. Era molto bella, pulita e in ordine, e gli parve impossibile, osservandola, che potesse essere una detenuta, chiusa in un carcere. Aveva piuttosto l'aria di una studentessa del college. Nessuno certo avrebbe mai immaginato il suo passato, tranne, forse, osservando i suoi occhi. Perché la sofferenza che vi si leggeva raccontava ben altra storia. E David, sapendo quello che aveva sopportato, si sentiva disperato.

Quando dovette lasciarla, le fece un saluto con la mano, ma era davvero molto triste. Grace rimase a lungo a fissare la sua automobile che si allontanava. Quelle separazioni, forse, erano più dolorose per lei che per David.

«E quello, chi era?» domandò una voce dietro di lei. Quando Grace si voltò, vide Brenda. «Il tuo amichetto?» insistette la bionda.

«No», rispose Grace pacatamente, con dignità. «Il mio avvocato.»

Brenda le rise in faccia. «Non perdere il tuo tempo. Sono tutti coglioni. Ti raccontano quello che vogliono fare e come pensano di salvarti il culo, ma non fanno un cazzo di niente all'infuori di fotterti, letteralmente se glielo lasci fare, e anche in ogni altro modo. Io non ne ho mai incontrato uno che valesse una cicca. Anzi, a dire la verità», e rise di nuovo, «non ho mai incontrato nessun uomo che valesse qualcosa. E tu?» Intanto la fissava in modo molto esplicito. Anche quel giorno portava una delle sue solite canottiere, e Grace notò che aveva un tatuaggio su un braccio — una grossa rosa con un serpente nascosto sotto — e anche altri, più piccoli, agli angoli degli occhi, come tante minuscole lacrime. «Ce l'hai il ragazzo?» Grace capì che quella era una domanda pericolosa perché, qualsiasi risposta avesse dato, si sarebbe messa in una situazione difficile. Alzò le spalle con aria vaga. Stava imparando. Poi, dal momento che l'ora delle visite era terminata, si avviò verso la porta, incamminandosi lentamente. «Dove scappi? Che fretta hai?»

«Nessuna... ma stavo pensando di scrivere qualche lettera.»

«Oh, che carina!... Proprio come al campeggio.» E Brenda rise. «Hai un paparino e una mammina a casa che aspettano notizie? Non ti ho ancora sentito rispondere alla mia domanda. Hai il ragazzo?»

«Quello è soltanto una buon amico.» Grace aveva intenzione di scrivere a Molly per raccontarle la visita di David.

«Fatti vedere un po' in giro. I divertimenti non mancano da queste parti. Ammesso che ti interessino. Altrimenti è una noia mortale. Sei tu che devi decidere, bambina.»

«Io sto bene», rispose lei cercando una via d'uscita senza mandare Brenda su tutte le furie. Ma la bionda non si arrese.

«La tua compagna di cella è di quelle che fanno venire la pelle d'oca. E anche la sua amica del cuore. L'hai già conosciuta?» Grace scrollò la testa. Sally era molto riservata e non aveva mai raccontato niente a Grace della sua vita privata, né tantomeno cercava la sua compagnia quando erano fuori della cella. Badava ai fatti propri, e basta. «Vecchia baldracca nera! Sono due rompicoglioni, quelle. E tu, che cosa mi racconti di te? Ti piace spassartela un po'? Un pizzico di polverina magica, un po' d'erba da fumare?» Negli occhi di Brenda passò un lampo, al pensiero, ma Grace tentò di assumere un'aria vaga e poi scrollò il capo di nuovo.

«No, grazie. Ho l'asma. Abbastanza forte.» E nessun interesse per la droga. Ma questo non lo disse. L'ultima cosa che desiderava al mondo era offendere Brenda. Si era già resa conto che quella donna era un tipo pericoloso. Aveva una relazione con un'altra detenuta che faceva parte di una delle solite bande, e non solo sniffava droga ma la spacciava anche. Un giorno o l'altro si sarebbe certo cacciata in guai grossi.

«L'asma? E che diavolo c'entra? Avevo una compagna di stanza, a Chicago, con un polmone solo, ma quella lì appena poteva...»

«Non so...» replicò Grace con aria vaga. «Non mi faccio, io.»

«Scommetto che ci sono un sacco di cose che non hai ancora fatto né provato, vero, bellezza?» E Brenda rise di nuovo. Grace se ne andò facendole un segno di saluto e rientrò in fretta in cella perché le mancava il respiro. Si toccò la tasca e si sentì rassicurata: l'inalatore era a portata di mano. A volte il solo fatto di sapere che l'aveva con sé le facilitava la respirazione.

Quella sera c'era ancora il cinema e Sally non mancò di andarci. Era l'unica sua debolezza, oltre le pin-up. E più i film erano violenti più si divertiva. Grace, invece, non c'era ancora andata; le piaceva starsene un po' da sola, nella cella, dopo aver cenato. Il locale era piccolo e si sentiva soffocare lì dentro, ma qualche volta provava un tale sollievo quando poteva rientrarvi e rimanere lì, lontano da tutto e da tutti, che le pareva quasi intimo e accogliente.

Dopo la cena le celle non venivano chiuse a chiave, a meno che una delle detenute non lo chiedesse esplicitamente. In questo modo era possibile fare e ricevere visite, andare a trovare un'amica o passare il tempo giocando a carte, soprattutto, anche se qualcuna preferiva gli scacchi oppure Scarabeo. Perciò, per un tacito accordo, dalle sei alle nove le celle rimanevano aperte e le detenute potevano andare e venire liberamente, sia pure entro i limiti approvati dalla direzione.

Quella sera Grace, sdraiata sul letto, stava scrivendo a Molly quando sentì la porta che si apriva. Non alzò neppure la testa. Era convinta che fosse Sally, di ritorno dal cinema; del resto la donna che entrò non aprì bocca. Poiché accadeva di rado che Sally le rivolgesse la parola quando rientrava, Grace non si meravigliò di quel silenzio. E solamente quando le parve di avvertire una presenza vicino a sé tirò su la testa. E si trovò di fronte Brenda. La bionda si era scoperta un seno, che adesso teneva appoggiato alla sua cuccetta, e appena dietro di lei c'era un'altra donna.

«Salve, bambolina», mormorò con voce accattivante e sensuale, accarezzandosi distrattamente il capezzolo, mentre Grace si rizzava a sedere di scatto. L'altra detenuta non era alta come lei e aveva un aspetto molto più rozzo e brutale. «Questa è Jane. Voleva fare la tua conoscenza.» Ma Jane non aprì bocca. Si limitò a fissarla. Intanto Brenda si allungò verso Grace e questa volta le accarezzò lungamente un seno. La ragazza tentò di scostarsi, ma Brenda l'afferrò per un braccio, tenendola ferma. Per un attimo le tornò alla mente suo padre e si accorse di avere il petto come chiuso in una morsa che la soffocava. «Vuoi venire fuori a giocare?» Non era una proposta, ma un ordine. Alta e imponente, lì in piedi vicino al letto a castello in tutto il suo biondo splendore, Brenda sembrava un'amazzone.

«Veramente, no... sono un po' stanca.» Grace non sapeva che cosa dirle; non era matura né abbastanza forte e decisa e non aveva ancora imparato a cavarsela in una prigione per sapere come liberarsi di Brenda.

«Perché non vieni a riposarti un po' da me? Abbiamo almeno un'oretta prima che chiudano tutto.»

«Non credo», rispose Grace nervosamente, mentre si sentiva mancare sempre più il respiro. «Preferirei di no.»

«Come sei gentile.» Brenda scoppiò in una risata sguaiata e allungò la mano per stringerle con forza un seno. Poi le pizzicò il capezzolo. «E se ti dicessi una cosa, tesoro? Non me ne frega un cazzo di quello che tu vuoi o non vuoi. Adesso vieni con noi.»

«Io... non credo... io... per favore...» Non voleva mettersi a piagnucolare, ma la sua voce suonò fievole come un lamento. Poi, mentre guardava Brenda, sentì uno strano rumore stridente e vide Jane accostarsi a lei. Teneva un coltello a serramanico nascosto nel palmo della mano e glielo mostrò, facendolo lampeggiare con aria minacciosa.

«Non è carino?» E Brenda sorrise. «Un invito inciso da parte di Jane. Di lavoretti del genere ne fa un sacco. E a volte certe incisioni sono proprio magnifiche.» Scoppiarono a ridere tutte e due; poi Brenda sbottonò la camicetta di Grace e le leccò un capezzolo. «Bello, eh? Senti, mi spiacerebbe che Jane si eccitasse troppo e cominciasse a fare qualche lavoretto di incisione proprio qui... sai, a volte le capita qualche piccolo incidente, e allora sì che succede un pasticcio. Perciò, perché non salti giù dalla tua cuccetta e non vieni con noi? Credo proprio che ti piacerà.» Ecco quello di cui aveva sempre avuto paura. Di essere violentata da un gruppo di donne, che avrebbero usato chissà che cosa... e magari erano pronte anche a sfregiarle la faccia con un coltello. Niente, nella sua vita, l'aveva preparata a questo, neppure suo padre.

Ansimava quando dovette saltare giù dal letto, ancora con la penna e il foglio stretti in mano. Poi, con un movimento disinvolto, mentre si voltava come se volesse deporli — e fu quello che effettivamente fece — lasciò il foglio sul letto di Sally. Sopra ci aveva scritto una sola parola: *Brenda*. Forse sarebbe stato troppo tardi. Forse Sally non avrebbe potuto aiutarla; oppure si sarebbe ben guardata dal farlo. Ma non le rimaneva alternativa; poi uscì dalla cella affiancata da Brenda e Jane. Era più o meno alta come loro, ma al confronto sembrava una bambina — e sotto molti aspetti, lo era davvero! Non sapeva niente di donne del genere.

Si meravigliò quando si accorse che non l'accompagnavano nella loro cella, ma continuavano a camminare passando davanti alla palestra. Poi uscirono, come se volessero prendere una boccata d'aria. I guardiani le tenevano d'occhio, ma per loro erano semplicemente tre detenute che volevano fare quattro passi prima dell'ora di chiusura delle celle. Molte avevano quell'abitudine, o per prendere un po' d'aria o per farsi una fumatina o anche soltanto per rilassarsi un po' prima di andare a letto. Brenda scambiò addirittura qualche frase scherzosa con i guardiani, mentre passavano. Jane rimase vicino a Grace. Il coltello che aveva in mano sembrava scomparso, ma in realtà glielo teneva puntato contro il collo dopo averle appoggiato con aria noncurante il braccio intorno alle spalle. Sembravano grandi amiche. E disgraziatamente nessuno si accorse dell'aria terrorizzata di Grace.

Non appena si ritrovarono fuori Brenda si incamminò senza

fretta verso un piccolo capanno che Grace non aveva mai notato. Le guardie sulla torre non badavano a loro. Del resto, quella specie di baracca cadente e senza finestre che serviva come magazzino per il materiale di manutenzione non costituiva certo un pericolo. Brenda ne possedeva la chiave; appena la porta fu aperta, il gruppetto sgusciò rapidamente nell'interno. Dentro c'erano altre quattro donne, appoggiate qua e là ai macchinari e ai vari attrezzi, che fumavano sigarette alla luce di un'unica torcia elettrica. Era il posto perfetto per qualsiasi cosa volessero farle, perfino ucciderla.

«Benvenuta nel nostro piccolo ritrovo segreto», esclamò Brenda con una risata. «Sì, aveva proprio una gran voglia di venir fuori a giocare», spiegò poi alle altre. «Non è vero, Gracie... oh, bella bambina... bella, bella bambina...» continuò con voce dolce e carezzevole, cominciando a sbottonarle la camicetta mentre Grace cercava inutilmente di impedirglielo. Se appena era possibile, Brenda e le sue amiche preferivano non lasciare segni troppi evidenti sulle loro vittime — per esempio, qualche capo di vestiario strappato — ...a meno che, naturalmente, non vi fossero costrette. In caso di aperta ribellione, potevano essere invece molto crudeli; ma se lei era furba e intelligente, avrebbe capito che era meglio non rivelare a nessuno chi l'aveva conciata per le feste.

Grace sentì il coltello di Jane sul collo; la sua camicetta rimase sbottonata mentre Brenda, adesso, le tirava giù il reggiseno. «Bella carne fresca, vero, ragazze?» Risero tutte e una le consigliò di non perdere tempo. Meglio darsi da fare perché mancava meno di un'ora al coprifuoco. Non avevano tutta la notte a disposizione, purtroppo!

«Dio, come odio che mi facciano fretta quando mangio», esclamò Brenda, e tutte risero in coro. Poi Grace vide che due detenute si facevano avanti con un pezzo di corda e uno straccio. Evidentemente avevano intenzione di legarla e imbavagliarla. «Su, piccola. Facciamo cominciare lo spettacolo», la invitò una delle più anziane. L'afferrò per un braccio e una sua compagna la prese per l'altro. Grace si sentì scaraventata per terra con tale violenza da rimanere senza fiato. Poi si diedero da fare tutte insieme — un perfetto lavoro di équipe! Due donne le legarono le braccia ai macchinari, poi le sfilarono senza troppi complimenti i pantaloni, le strapparono la biancheria e buttarono tutto da una parte, mentre altre due le legavano le gambe. Le ultime due riuscirono a sedersi a cavalcioni su di lei e Jane si intrufolò in mezzo al gruppo e le puntò il coltello contro lo stomaco. Non aveva senso lottare, dibattersi o urlare — Grace se ne rese subito conto. L'avrebbero ammazzata. Ma non riusciva quasi più a respirare; mentre lanciava un'occhiata ansiosa alla camicetta buttata in un angolo — era lì, in una tasca, che teneva sempre l'inalatore — anche Brenda se ne ricordò. Lo trovò e lo tese verso Grace con aria invitante e beffarda. Ma la ragazza aveva le mani legate, e Brenda lo lasciò cadere in terra. Fu Jane ad allungare una gamba e lo mandò in pezzi schiacciandolo sotto una delle sue grosse scarpe.

«Spiacente, piccola.» Brenda sorrise, maligna. «Tutto bene? Allora, conosci le regole di questo gioco?» le domandò scuotendo i lunghi capelli biondi che le scendevano fino alle spalle; poi si rialzò per togliersi i pantaloni. «Prima ti facciamo godere noi, e poi tocca a te... a una a una... e ti diremo noi in che modo... quando e dove, e anche come ci piace. E dopo questo», continuò con voce ringhiosa, mordendole un capezzolo fino a farle male, mentre si toccava l'inguine, «tu ci appartieni. Sei nostra. Ci siamo capite? Verrai qui tutte le volte che noi vorremo, quando ci farà comodo, con chiunque ti diremo, e dovrai fare esattamente quello che noi ti ordineremo di fare. Afferrato il concetto? E se ti azzardi a fare la spia, carognetta, ti tagliamo la lingua e le tette. Capito? Ti spiego, una specie di mastectomia, ecco.» Le altre sghignazzarono di fronte a tutte quelle spiritosaggini, mentre Grace tremava da capo a piedi e ansimava, distesa sul pavimento gelido, terrorizzata al pensiero di quello che le avrebbero fatto.

«Perché? Perché dovete farmi questo?... non avete bisogno di me... per favore...» Le supplicava, ma quelle donne la trovarono soltanto divertente. E basta. Era così nuova, fresca e giovane... E poi, sapevano che se non l'avessero costretta a diventare una di loro, ci avrebbe sicuramente pensato qualche altra a farlo. In carcere, chi tardi arriva...

«Perché tu sarai il nostro tesorino, vero, Grace?» mormorò Brenda inginocchiandosi lentamente in mezzo alle sue gambe. A quel punto, Grace era nuda. Brenda cominciò a leccarla piano piano. Come le piaceva quel ruolo, quando si trattava di soggiogarle, domarle, possedere qualcuno che nessun altro aveva mai posseduto, eccitarle, spaventarle, usarle, dimostrare fino a che punto fossero indifese, costringerle a fare tutto quello che lei voleva. Si arrestò per un attimo, il tempo di tirar fuori una sottile fialetta dalla tasca della giacca. L'aprì e aspirò in fretta la polvere bianca, poi se ne passò un po' sulle gengive, ne depose un pizzico sulla punta di un dito e lo sparse sul corpo di Grace, leccandolo via subito con vigore. «Bello...» gemette, in preda a un delirio di piacere, penetrando Grace con le dita mentre le altre la incitavano a fare in fretta. Ormai Brenda le era entrata dentro con tutta la mano; e Grace sussultò per il dolore. Le altre, intanto, si stavano lamentando aspettando il loro turno. Non avevano a disposizione tutta la notte! Quella non era la sua luna di miele... «Forse sì, scema!» rispose Brenda a una di quelle che brontolavano. «Chissà che non me la tenga tutta per me, se mi va bene.» Grace, intanto, cercava di divincolarsi e di allontanare da sé quella donna e quel pugno che sentiva spingere, inesorabile, ma con le gambe legate poteva fare ben poco. Avrebbe voluto mettersi a urlare, ma non ne aveva il coraggio per paura del coltello di Jane. Comunque, non l'avevano imbavagliata. Avevano bisogno della sua bocca, perché desse piacere a ciascuna di loro una volta che avessero finito di spassarsela tutte, a una a una.

Così Grace chiuse gli occhi, cercando di fingere di non essere lì, di convincersi che non stava succedendo a lei; a un tratto sentì un rumore e un tonfo, come se una porta venisse chiusa energicamente. Le parve che Brenda si lasciasse sfuggire un'esclamazione; poi tirò fuori di colpo la mano e si spostò di lato. Quando aprì gli occhi, Grace vide una bella ragazza nera, dalla figura alta e slanciata, immobile sulla soglia della baracca. Non sapeva se facesse anche lei parte del gruppo, ma a giudicare dall'espressione delle altre non doveva essere una visita gradita.

«E va bene, stupide, adesso slegatela.» La nera era molto alta e molto sicura di sé. Alla luce della torcia elettrica che impugnava, i suoi occhi sembravano enormi. «Avete cinque secondi per portarla fuori di qui, altrimenti Sally va da *Lui*. Se non mi vede uscire di qui fra tre minuti andrà a cercarlo, e credo che voi, mie care ragazze, finirete in cella di isolamento fino a Natale.»

«Balle, Luana. Alza i tacchi e porta fuori di qui quel tuo culo nero prima che ti facciamo a pezzi.» Fu Jane a rivolgerle la parola, facendo lampeggiare la lama del coltello a serramanico. Brenda, per quanto lasciasse capire di essere furiosa, sembrava stranamente assorta, svagata. La cocaina cominciava a fare effetto. A lei sarebbe piaciuto divertirsi con Grace senza tante stramaledette interruzioni.

«Perché voi due stronze non andate a litigare altrove?» esclamò lasciandosi sfuggire un gemito sommesso mentre si staccava da Grace per un attimo.

«Vi rimangono due minuti», ribatté Luana, in tono gelido. «Ho detto di slegarla.» Faceva paura, così immobile sulla porta mentre le fissava alla luce della torcia elettrica. Aveva una muscolatura quasi maschile e le gambe lunghe e vigorose di un corridore olimpionico. Era la campionessa femminile di karate e pugilato, a Dwight, quindi nessuno aveva voglia di litigare con lei. Jane aveva sempre giurato e spergiurato di non aver paura e aveva affermato più di una volta che le sarebbe piaciuto sfigurarla con qualche colpo di coltello ben assestato. Ma le sue amiche sapevano che erano tutte chiacchiere e non si sarebbe mai azzardata a fare niente di simile. Luana aveva molte conoscenze importanti e potenti.

Ci fu un lungo momento di esitazione, poi una delle donne slegò mani e braccia a Grace, un'altra le gambe, mentre Brenda si lamentava ad alta voce, delusa.

«Carogna che non sei altro. La vuoi per te, vero? Avanti, confessa!»

«Io ho già quello che voglio. Da quando ti sei messa a farti le bambine?» Ma Luana, come tutte le altre, sapeva che Grace era una bellezza. Distesa per terra, legata, con braccia e gambe allargate, aveva fatto fremere di voglia tutto il gruppetto.

«È grande quanto basta», esclamò Brenda, livida di furore, rivolgendosi alla ragazza nera. «E tu, adesso, che parte ti sei messa a recitare? Quella del Cavaliere Solitario? 'fanculo, Luana.»

«Grazie.»

Intanto Grace si era alzata in piedi e si stava rivestendo in fretta; poi tentò inutilmente di allacciarsi i bottoni della camicetta con le mani che le tremavano. Non osava neppure guardare le sue aguzzine per paura che le saltassero addosso e l'ammazzassero.

«La festa è finita, ragazze», annunciò Luana con un sorriso. «Se la toccate un'altra volta, vi faccio fuori.»

«Si può sapere che cosa cavolo vuoi dire?» le domandò Brenda, che adesso sembrava soprattutto enormemente infastidita.

«È mia. Mi hai sentita bene?»

«Tua?» Brenda era davvero sbalordita. Nessuno le aveva mai detto qualcosa del genere. La faccenda, quindi, assumeva un aspetto decisamente diverso.

«E Sally, allora? Spiegami un po'!» domandò Brenda, insospettita.

«Non ti dobbiamo nessuna spiegazione», ribatté Luana in tono gelido, mentre sospingeva verso la porta Grace, che in quel momento tremava tanto che non riusciva quasi a camminare. Luana le diede una spinta talmente forte che per poco non la mandò lunga distesa per terra. Non era una donna con la quale ci si potesse arrischiare a discutere. E neppure con le altre. Grace viveva in un mondo completamente diverso, e in quel momento si rese conto fino a che punto fosse stata pazza a pensare di potersi sentire al sicuro lì dentro! Tutte le storie che aveva sentito raccontare erano vere. Con lei, avevano semplicemente aspettato il momento opportuno.

«Cristo, adesso volete provarci in tre?» piagnucolò Brenda.

«Mi hai sentito. Lei è mia. Gira al largo. Altrimenti sono guai. Ci siamo capite?» Nessuno le rispose, ma il messaggio era stato chiaro. Per di più, Luana era un personaggio troppo importante nel complesso gioco politico che esisteva all'interno del carcere per azzardarsi a darle fastidio. Bastava una sua parola, una sola, e sarebbe scoppiata una sommossa. Due dei suoi fratelli erano fra i più potenti Black Muslims dello stato, e altri due avevano organizzato e fomentato le peggiori rivolte nella storia di Attica e di San Quentin.

Dopo aver avvertito il gruppo di tenersi alla larga da Grace, Luana aprì rapidamente la porta e spinse fuori la giovane. Poi la prese per un braccio borbottandole con voce bassa e rauca di camminare accanto a lei chiacchierando come se non fosse successo niente. Cinque minuti dopo erano in palestra. Grace, pallidissima, ansimava. E adesso non aveva più l'inalatore. Sally le stava aspettando. Aveva l'aria preoccupata. Quando vide Grace, si infuriò.

«Che cosa diavolo stavi facendo con Brenda?» le domandò sottovoce, arrabbiatissima. Luana le osservava.

«È venuta nella nostra cella. Credevo che fossi tu e non ho neppure alzato la testa fino a quando non ci siamo trovate naso contro naso, e Jane mi minacciava con un coltello.»

«Hai ancora molto da imparare.» Ma era rimasta colpita dalla prontezza di spirito dimostrata da Grace decidendo di lasciarle un messaggio sul letto — quel foglio sul quale aveva scarabocchiato una sola parola, *Brenda*. «Stai bene?» Intanto si domandava fino a che punto fossero arrivate. Lanciò uno sguardo a Luana per avere la risposta.

«Sta bene. È una stupida, ma sta bene. Non hanno fatto in tempo a fare troppi danni. Brenda era troppo occupata a farsi di coca per combinare guai seri.» Nel corso degli anni avevano visto ragazze stuprate e rovinate per sempre con mazze da baseball e manici di scopa. Ma Luana era ancora di cattivo umore perché quella ragazzina aveva quasi costretto Sally a farsi coinvolgere in quello che era successo. Era stata Luana a insistere per andare di persona nella baracca, lasciando Sally pronta ad avvertire i guardiani, se fosse stato necessario. Da anni erano insieme, e nessuno si arrischiava a infastidirle perché i fratelli di Luana venivano a trovarla ogni volta che potevano. Due vivevano nell'Illinois, uno a New York e l'altro in California. Erano in libertà vigilata, ma tutti sapevano chi fossero e cosa avrebbero potuto fare se fosse successo qualcosa di grave. Perfino Brenda e le sue amiche non avrebbero mai osato mettersi contro di loro, tantomeno contro Luana e Sally. Adesso Grace sarebbe rimasta sotto la loro protezione.

«Che cosa hai detto a quelle là?» domandò Sally a Luana mentre ritornavano verso la cella che divideva con Grace.

«Che adesso è nostra», rispose Luana sottovoce, guardando Grace con espressione di fastidio. Aveva raccomandato a Sally di badare a quella ragazzina. Era talmente ingenua e talmente acerba che, senza volerlo, poteva combinare chissà quanti guai! Quando si ritrovarono al sicuro, nella cella, Luana glielo disse chiaro e tondo. E Grace scoppiò in lacrime. Era sconvolta, e per di più sapeva che non avrebbe mai avuto il coraggio di chiedere subito un altro inalatore. Sarebbe stato meglio aspettare fino al giorno dopo. Ma l'attacco d'asma la soffocava.

«Non me ne importa un cazzo se hai paura e stai male», disse Luana con aria minacciosa. «Ricordati che se ti arrischi a fare qualcos'altro che metta Sally nei guai, ti ammazzo. Guai a te se le lasci altri messaggi, guai a te se osi dirle chi ti ha portato via. E non venire a piagnucolare da lei perché hai finito la medicina o qualcuno ti ha pizzicato il culo mentri eri in fila al refettorio. Se hai un problema, vieni da me. Non capisco che cosa cavolo puoi avere fatto per essere stata mandata qui, e nemmeno voglio saperlo. Però posso dirti una cosa: di sicuro non ti hanno mandato qui perché sei un genio! Di cervello non ne hai neanche un briciolo, ma se non te lo fai venire, e in fretta, finisci male. È la morte, lo sai? Molto semplice. E allora, cerca di svegliarti un po'. E presto. Chiaro? Nel frattempo fai ogni stramaledetta cosa che Sally ti dice. Ti dice di leccare il pavimento o di pulire le latrine con le sopracciglia? Tu ubbidisci. Mi hai sentito bene, ragazzina?»

«Sì, sì, certo... e grazie...» Capiva che con loro sarebbe stata al sicuro. Sally glielo aveva già dimostrato. E da quel giorno in poi, se fosse stata fedele alle due compagne, l'avrebbero protetta. Da lei non volevano niente, né sesso né soldi; provavano solo compassione e avevano capito che era come un pesce fuor d'acqua in quell'ambiente.

Da allora in poi le cose cambiarono. Tutte cominciarono a girarle al largo e a trattarla con rispetto. Nessuno la stuzzicò più, nessuno la derise. Era come se non esistesse. Cominciò per lei una strana vita, che aveva qualcosa di magico e di irreale, perché adesso poteva andare per la sua strada nella giungla senza correre pericoli, in mezzo a leoni, serpenti e alligatori. E le sue uniche amiche diventarono Sally e Luana.

Durante quel periodo si avvicinò anche alla religione. E le crisi d'asma si fecero meno violente e frequenti. Seguiva un corso per corrispondenza organizzato dal college locale. Avrebbe potuto finirlo in due anni e poi frequentare i corsi serali per arrivare alla laurea, una volta uscita dal carcere. Seguiva anche un corso per il diploma di segretaria, perché le avrebbe permesso di trovare lavoro più facilmente non appena, scaduto il periodo di detenzione, fosse partita per Chicago.

Perfino David si accorse che, a poco a poco, stava cambiando. Quando veniva in visita, la trovava più tranquilla e più sicura di sé, e stranamente in pace con se stessa. Tutto questo le permise di accogliere con filosofia la notizia che il ricorso in appello era stato respinto e che avrebbe dovuto rassegnarsi a scontare i due anni di carcere. Ormai era passato un anno da quando era entrata a Dwight, e David non riusciva a rassegnarsi all'idea di essere stato sconfitto anche in appello; Grace, invece, accolse l'annuncio con molta calma. Anzi, fu lei a consolarlo quando le confidò che si sentiva molto avvilito per averla delusa una seconda volta, e gli ricordò che non era colpa sua. Aveva fatto del suo meglio. Ora non le rimaneva che cercare di sopravvivere per un altro anno. Non era certo facile, ma adesso poteva almeno cominciare a pensare al futuro. David rimase profondamente commosso ascoltandola, e anche addolorato. Aveva diradato le sue visite a Dwight perché ogni volta che si trovava di fronte Grace non poteva fare a meno di sentirsi in colpa per non essere stato capace di farla uscire di lì. Continuava a pensare a lei con ossessione. Era così bella, così giovane, così pura, e aveva avuto tanta sfortuna nella sua vita... e lui, nonostante il profondo affetto che provava per lei, non era riuscito a fare nulla per cambiare la sua sorte. Si sentiva impotente e inadeguato. A volte si chiedeva se le cose sarebbero andate diversamente, nel caso fosse riuscito a vincere il ricorso in appello. Perché a quel punto avrebbe forse avuto il coraggio di confessarle che l'amava. Fino a quel momento non glielo aveva mai detto, e Grace non aveva mai sospettato quali fossero i suoi sentimenti.

Molly, invece, lo aveva già capito da un po', anche se si era ben guardata dal farne cenno. Non così aveva fatto la giovane donna — un avvocato come lui — con la quale David aveva cominciato a uscire negli ultimi tempi. Lei gliene aveva parlato, e senza mezzi termini. Aveva subito intuito che era ossessionato da Grace. Infatti parlava di lei in continuazione. E la ragazza glielo aveva fatto notare più di una volta, definendo il suo interesse quasi «morboso». Gli diceva che aveva il «complesso dell'eroe» e molte altre cose, alcune delle quali sgradevoli ma vere. David, invece, vedeva la situazione molto lucidamente, ma da tutt'altra posizione: secondo lui aveva fallito in pieno con Grace. Quindi, ogni volta che la vedeva, e ci pensava, si sentiva peggio. Fu per questo motivo che, durante il suo secondo anno di detenzione a Dwight, andò a visitare Grace sempre meno di frequente. Del resto non aveva motivi per farlo. Non c'erano più appelli. Non c'era più niente che potesse fare per lei, tranne mostrarle la sua amicizia. E inoltre anche la sua ragazza continuava a ripetergli che non doveva pensarci più e continuare a vivere la propria vita.

Grace, invece, sentiva la mancanza delle sue visite, ma capiva che David non poteva più fare niente per lei. Non solo, sapeva anche che aveva cominciato a frequentare una ragazza che per lui sembrava molto importante. Glielo aveva accennato le ultime volte che era andato a trovarla e lei aveva avuto la netta sensazione che, quando veniva a Dwight, David si sentisse in colpa. Tanto che finì per domandarsi se la sua ragazza non fosse per caso gelosa.

Molly continuava a venire, anche se non tanto spesso come avrebbe desiderato. E Grace si sentiva sempre meglio e più sollevata dopo le sue visite. All'infuori di Molly, non aveva nessun altro con cui parlare, a parte Luana e Sally. Passò con loro il secondo Natale a Dwight, in cella, dividendo i cioccolatini e i dolci mandati da Molly.

«Sei mai stata in Francia?» le domandò Luana, e Grace, scrollando la testa, sorrise. A volte le facevano strane domande, come se fosse arrivata lì da un altro pianeta. Del resto, in un certo senso era così. Luana proveniva dai ghetti di Detroit, e Sally dall'Arkansas.

«No, non sono mai stata in Francia», rispose Grace alle sue compagne. Costituivano un curioso terzetto, ma erano buone amiche. Per quanto strano potesse sembrare, Luana e Sally erano quasi diventate quei genitori che lei non aveva mai avuto. La proteggevano, la tenevano d'occhio, la rimproveravano e le insegnavano tutto ciò che era indispensabile sapere per sopravvivere lì dentro. E, forse, in un modo un po' buffo, le volevano anche bene. Per loro era una bambina — ma una bambina che poteva avere qualche speranza. E un giorno avrebbe anche avuto una vera vita. Erano orgogliose di lei quando prendeva buoni voti. E Luana non faceva che ripeterle che un giorno sarebbe diventata una persona importante.

«Non credo proprio», rispondeva Grace, ridendo.

«Che cosa hai intenzione di fare una volta fuori di qui?» era la domanda consueta, e lei rispondeva sempre allo stesso modo: «Andare a Chicago e trovare un lavoro».

A Luana piaceva parlare di quell'argomento; lei aveva una condanna a vita, mentre Sally sarebbe uscita di lì a tre anni. Grace, invece, se ne sarebbe andata presto e avrebbe avuto davanti una vita, un futuro. «Dovresti fare l'indossatrice, come quelle che si vedono alla TV. O magari una di quelle vallette dei giochi a premio.» Grace rideva sempre di fronte a quelle proposte. Sapeva già che cosa avrebbe voluto fare. Si interessava moltissimo di psicologia, e qualche volta aveva pensato di studiare per aiutare le ragazze che avevano vissuto esperienze come la sua, o donne come sua madre. Non era facile decidere, comunque, e aveva solamente diciannove anni e un altro anno di prigione da scontare.

Poi, poco dopo l'inizio dell'anno, David Glass venne a farle visita. Non la vedeva da tre mesi e si scusò per non averle mandato un dono a Natale. Sembrava a disagio, quasi in imbarazzo. Subito Grace si domandò se fosse successo qualcosa di grave; temette che avessero deciso di spostare la data in cui dovevano dimetterla dal carcere. Ma David si affrettò a rassicurarla.

«Quelle sono cose che non possono cambiare», le spiegò con gentilezza, «a meno che tu non provochi una sommossa o picchi un guardiano. E mi pare poco probabile. No, niente del genere.» Ma capiva di doverglielo dire. Esitò ancora per un lungo momento, assorto nei propri pensieri. Poi, guardandola, si rese conto che la sua fidanzata aveva ragione. La sua ossessione per Grace era assurda, pazzesca. In fondo era una ragazzina che era stata sua cliente e adesso scontava una condanna in carcere. «Mi sposo», annunciò, quasi come se le dovesse delle scuse; e poi si sentì uno stupido ricordando i sentimenti che aveva provato in silenzio per lei per tanto tempo.

Grace si rallegrò con lui e si mostrò sinceramente felice. Da qualche suo accenno aveva capito già da un po' che aveva intenzioni serie con la ragazza che frequentava in quel periodo. «Quando?» gli chiese.

«Non prima di giugno.» Ma c'era dell'altro, e Grace lo intuì, guardandolo. «Il padre della mia fidanzata ci ha proposto di entrare come suoi collaboratori nello studio che ha in California. Partirò il mese prossimo. Voglio stabilirmi a Los Angeles e fare l'esame di abilitazione alla professione legale in California. Pensiamo di comprarci una casa, e ho tantissime cose da sistemare prima del matrimonio.»

«Oh!» esclamò con voce fievole Grace, consapevole che probabilmente non lo avrebbe riveduto mai più. «Immagino che sarà tutto molto bello per te, laggiù.» Di colpo parve rattristata al pensiero di perdere un buon amico. Ne aveva talmente pochi, ed erano così importanti per lei!

Guardandola, David le afferrò una mano stringendola fra le proprie. «Sarò sempre a tua disposizione se avessi bisogno di me, Grace. Ti darò il mio numero di telefono prima di partire. Non ti preoccupare. Andrà tutto bene.» Lei annuì, ma rimasero seduti a lungo in silenzio, uno di fronte all'altra, stringendosi le mani. Pensavano anche al passato di Grace, e al futuro che l'aspettava. A un tratto, per un momento, la ragazza che stava per sposare non sembrò più tanto importante a David.

«Mi mancherai», gli disse Grace molto sinceramente, e David provò una stretta al cuore. Voleva dirle che non l'avrebbe mai dimenticata, che gli sarebbe sempre rimasta impressa nella memoria, così com'era adesso, giovane, bellissima, con gli occhi immensi e la pelle tanto perfetta da sembrare quasi trasparente.

«Anche tu. Non riesco proprio a immaginare come sarà la mia vita in California. Tracy sembra convinta che mi piacerà moltissimo.» Ma adesso non ne era più tanto sicuro.

«Deve essere una ragazza straordinaria se è riuscita a farti venir voglia di trasferirti così lontano», commentò Grace guardandolo dritto negli occhi. David dovette farsi forza per non commuoversi.

Anzi, scoppiò in una risata. L'idea di lasciare l'Illinois non gli spezzava certo il cuore, ma per Grace provava sentimenti ben diversi! Per quanto fosse andato a trovarla meno frequentemente, gli piaceva sapere di essere sempre abbastanza vicino da poter correre in suo aiuto in caso di necessità. «Puoi telefonarmi a Los Angeles, nel caso avessi bisogno di qualsiasi cosa.

E Molly continuerà a venire a trovarti.» Le aveva parlato proprio quella mattina.

«Lo so. Anche lei sta pensando di sposarsi.» Per David non era una novità. Forse era venuto per tutti il momento di sistemarsi definitivamente. Ancora otto mesi e anche per Grace sarebbe iniziata una nuova vita. Quanto a lui e a Molly, ormai avevano preso ciascuno la propria strada. Avevano una carriera e un partner. Per Grace, una volta uscita di prigione, tutto sarebbe cambiato.

Quel pomeriggio David rimase con lei più a lungo del solito e le promise di tornare prima di lasciare definitivamente la città. Ma, quando lui la salutò, prima di andarsene, Grace ebbe la strana sensazione che non l'avrebbe più visto. Ebbe sue notizie ancora un paio di volte, poi David partì e le scrisse una lettera da Los Angeles scusandosi di non avere avuto il tempo di recarsi a Dwight. Sapevano invece tutti e due che non gli era mancato il tempo, bensì il coraggio. Sarebbe stato troppo doloroso. E poi, in fondo, era venuto il momento di staccarsi da lei. La sua fidanzata lo esigeva, e glielo aveva lasciato capire senza troppi complimenti. Ma questo Grace non poteva saperlo. Gli scrisse qualche lettera durante la primavera, poi smise. Aveva capito d'istinto che i suoi rapporti con David Glass ormai appartenevano al passato.

Un paio di volte, parlandone con Molly, accennò al fatto che si sentiva triste quando pensava a lui. Aveva talmente pochi amici che perderne anche uno era qualcosa che le faceva male al cuore. E David era stato molto importante per lei.

«A volte bisogna lasciare che le persone vadano per la loro strada», disse Molly pacatamente. «Io so quanto ti fosse affezionato, Grace, e credo che abbia sofferto parecchio per non essere riuscito a farti assolvere né a far accettare il ricorso in appello.»

«Ha fatto un buon lavoro», ammise Grace lealmente. A differenza di buona parte delle altre detenute, non se la prendeva con il suo avvocato per la condanna che stava scontando. «Sento la sua mancanza, tutto qui. Hai mai conosciuto la sua fidanzata?»

«L'ho vista una o due volte.» Molly sorrise. Sapeva che Grace non immaginava neppure lontanamente quali fossero stati i sentimenti di David nei suoi confronti dopo il processo. Sotto certi aspetti l'aveva considerata un po' come una sorellina minore ma, sotto altri, lei aveva rappresentato un sogno — qualcosa che sapeva di non poter mai ottenere. Ma la sua fidanzata aveva capito e Molly era convinta che la proposta di trasferirsi in California fosse il frutto di un calcolo ben preciso. «È una ragazza brillante», le rispose con molta diplomazia. Non voleva farle capire di non provare nessuna simpatia per lei. Comunque, probabilmente era la donna adatta per David — furba, decisa e ambiziosa e, a detta di chi la conosceva bene, molto in gamba come avvocato.

«E di te, che cosa mi dici? Vi siete decisi a sposarvi tu e Richard?» le chiese Grace in tono affettuoso.

«Presto.» Poi, finalmente, in aprile, fissarono la data. Si sarebbero sposati il primo di luglio e avrebbero trascorso la luna di miele alle Hawaii. Richard e Molly avevano impiegato sei mesi per trovare il modo di far combaciare l'epoca delle loro vacanze. E, due mesi e mezzo dopo, Grace sarebbe tornata in libertà. Sembrava quasi incredibile che fossero passati quasi due anni. A volte le pareva fossero volati; in altri momenti, invece, le sembravano un'eternità.

Il giorno prima del matrimonio Molly andò a trovare Grace e la invitò a casa sua per qualche giorno, non appena fosse stata messa in libertà, prima della partenza per Chicago. Grace aveva già promesso che sarebbe andata da loro per la Festa del Ringraziamento, e magari anche per le vacanze di Natale. Il giorno delle nozze Grace rimase nella propria cella a lungo, pensando a Molly e a Richard, augurando loro ogni felicità. Aveva visto le fotografie dell'abito da sposa di Molly e sapeva chi sarebbero stati gli invitati alla cerimonia. Sapeva perfino l'ora di partenza del volo per le Hawaii. Sarebbero partiti alle quattro da Chicago e l'arrivo a Honolulu era previsto per le dieci, ora locale. Avrebbero alloggiato all'*Outrigger*, a Waikiki. Grace conosceva ogni dettaglio e, pensando a tutto questo, le parve perfino di essere stata presente anche lei alla cerimonia. Alle nove, appena prima che le celle venissero sbarrate per la notte, prese posto insieme alle altre detenute davanti alla TV per guardare il telegiornale.

Stava discutendo con Luana su come organizzare il lavoro

nel pomeriggio del giorno dopo quando sentì la notizia di un incidente aereo: un velivolo della TWA era esploso in volo ed era precipitato sulle Montagne Rocciose. Non si conoscevano ancora i particolari del disastro, ma non c'erano superstiti.

«Che cosa è successo?» domandò Grace, rivolgendosi alla donna che le stava seduta vicino. «Dov'erano?»

«Sopra Denver, credo. Dicono che l'aereo è stato fatto saltare da un gruppo di terroristi. Era il volo da Chicago a Honolulu, via San Francisco.» Grace si sentì agghiacciare e provò un tuffo al cuore. No, era impossibile. Perché pensare che si trattasse proprio di quello che avevano preso loro? Non doveva essere il destino di Molly e Richard... dopo tutti quegli anni. Non tutti e due... e proprio durante la luna di miele... la sua unica amica... l'unica persona sulla quale fare affidamento, presso la quale trovare ospitalità... una casa! Diventò pallidissima e cominciò a sentirsi mancare il fiato. Sally si accorse che tirava fuori di tasca l'inalatore e intuì subito a che cosa Grace stava pensando.

«Probabilmente non si tratta del loro aereo, sai. Ci sarà almeno una dozzina di voli al giorno per Honolulu.» Sally era al corrente della luna di miele di Molly. Si era annoiata a morte nel sentirsi raccontare tutti i particolari della cerimonia — e la faccenda durava ormai da varie settimane! — però adesso stava cominciando a preoccuparsi e voleva rassicurare Grace. In fondo, era estremamente improbabile che si trattasse del loro aereo. Ma una settimana più tardi, dopo sette notti insonni e sette giorni che parvero non finire mai, ne ebbe la conferma. Aveva scritto all'ospedale per chiedere se Molly stava bene e si era vista arrivare in risposta una lettera in cui le annunciavano, con vivo dispiacere, che la dottoressa York e il dottor Haverson erano deceduti nel disastro aereo del quale lei aveva certo avuto notizia, mentre erano in viaggio per la luna di miele. La lettera diceva anche che l'intero ospedale era in lutto per loro.

Grace si mise a letto e non si alzò più per tre giorni. Sally fece il possibile perché nessuno sapesse che cosa era successo. E anche Luana. Sostennero che soffriva di un forte attacco di asma da cui non riusciva a riprendersi malgrado i farmaci e l'inalatore. Ormai l'inalatore non era più un mistero per nessuno, e Grace non aveva più paura di usarlo liberamente, ogni volta che era necessario. Con Lu che la teneva d'occhio, nessuna delle altre detenute si sarebbe azzardata a prenderglielo o, addirittura, a rubarlo. Ma questa volta l'infermiera che andò a visitarla in cella capì immediatamente che non era l'asma a farla soffrire. Grace non volle neppure rispondere alle sue domande. Era distesa sul letto, con lo sguardo fisso sul muro, e si rifiutò di alzarsi, o anche solo di aprire bocca.

Molly era stata la sua unica amica, e adesso che David era tanto lontano non aveva davvero più nessuno a cui rivolgersi o chiedere aiuto. Era di nuovo sola, a parte le due amiche che aveva lì, in prigione.

L'infermiera l'aveva avvertita che, il giorno dopo, sarebbe dovuta tornare al suo posto di lavoro e che poteva considerarsi fortunata che non l'avessero già spedita in cella di isolamento. L'indomani Grace non fece neppure lo sforzo di alzarsi, e ignorò le suppliche e le minacce di Sally e Luana. Continuò a rimanere a letto, augurandosi di essere morta, come Molly.

Quel giorno la condussero in cella di isolamento, dove la lasciarono, al buio, senza vestiti e con un solo pasto al giorno. Quando ne uscì, era ridotta pelle e ossa, pallida come un cencio. Ma a Sally bastò guardarla negli occhi per capire che era tornata alla vita e, anche se soffriva ancora, la crisi era stata superata.

Da quel giorno non pronunciò mai più il nome di Molly. Così come non parlò più di nessuna delle persone che appartenevano al suo passato, David, Molly o i genitori. Adesso viveva soltanto per il presente e parlava soltanto di quando sarebbe andata a vivere a Chicago.

Finalmente quel giorno arrivò, e Grace si rese conto di non essere tanto sicura né, tanto meno preparata per affrontarlo. Non aveva progetti, né vestiti, né amicizie, e solo un po' di denaro che doveva durarle il più a lungo possibile. Aveva il diploma ottenuto alla fine del corso per corrispondenza, ed era diventata saggia, paziente e forte in prigione. Era alta, magra, bellissima e più robusta di prima. Luana l'aveva convinta a fare un po' di ginnastica, a esercitarsi nel sollevamento pesi — ma senza esagerare — e nella corsa; in questo modo era riuscita a dare un buon tono al proprio fisico. Era davvero splendida, con i capelli ramati raccolti in una coda di cavallo, quando venne dimessa dalla prigione. Indossava una camicia bianca e un paio di jeans. Sembrava una studentessa qualsiasi, così giovane e fresca, ma il suo spirito era segnato dalle esperienze di una vita intera, e nel suo cuore era chiuso il ricordo di persone indimenticabili, come Molly, Luana e Sally.

«Mi raccomando, abbiate cura di voi», mormorò con voce spezzata al momento di andarsene. Aveva abbracciato le due amiche e Luana le aveva dato un bacio su una guancia come se fosse stata una bambina che mandavano fuori a giocare.

«Anche tu, Grace. E stai attenta. Sveglia, eh? Guardati bene attorno, fidati del tuo istinto... e va' avanti, figliola. Cerca di fare strada nella vita. Diventa qualcuno! Ce la puoi fare.»

«Ti voglio bene», bisbigliò lei. «Voglio bene a tutte e due. Non immaginate neppure quanto! Non ce l'avrei mai fatta senza di voi.» Era sincera. L'avevano salvata.

Diede un bacio su una guancia anche a Sally, che non nascose il proprio imbarazzo. «Non fare stupidaggini, eh?» le disse.

«Vi scriverò», promise Grace, ma Sally scrollò la testa. Non si faceva illusioni. Quante amiche aveva visto arrivare e poi andarsene. Quando si usciva di lì, era tutto finito, fino alla volta successiva.

«No.» Luana fu più brutale. «Non vogliamo sapere più niente di te. E tu non vuoi sapere niente di noi. Dimenticati della nostra esistenza. Rifatti una vita. Grace, buttati dietro le spalle tutto questo. Ricomincia da capo, perché tutto dev'essere nuovo e pulito... esci nel mondo e non voltarti mai più a guardare indietro. Non devi portare con te niente di quello che è stato.»

«Siete le mie amiche», ripeté ancora Grace con gli occhi colmi di lacrime, ma Luana scrollò la testa.

«No, niente affatto, ragazza mia. Siamo fantasmi. Siamo soltanto ricordi. Pensa a noi, se proprio vuoi, una volta ogni tanto e ringrazia Dio di non essere più qui. E guai a te se ci torni, sai?» La minacciò con un dito e Grace rise fra le lacrime. Qualcosa di quello che Luana le aveva detto era un buon consiglio, ma lei capiva di non poterle dimenticare. Oppure era davvero la cosa giusta da fare? Doveva cancellarle dai suoi ricordi per andare avanti? Si rammaricò di non poterlo chiedere a Molly. «E adesso, via... sparisci!» Luana le diede una piccola spinta perché si staccasse da loro, e pochi minuti più tardi Grace salì sul furgone, diretta alla stazione degli autobus, in città. Le altre erano dietro la palizzata, a salutarla, e anche lei continuò a voltarsi indietro e ad agitare la mano fino a quando non riuscì più a vederle.

6

Il viaggio da Dwight a Chicago durò poco meno di due ore. Al momento di lasciare la prigione a Grace erano stati consegnati cento dollari in contanti e David le aveva aperto un piccolo conto corrente prima di trasferirsi all'Ovest, sul quale aveva versato cinquemila dollari. Quanto al resto, era stato investito in un deposito fruttifero che lei aveva giurato a se stessa di non toccare.

Non aveva idea di dove sarebbe andata una volta arrivata a Chicago. Ma era stata obbligata a informare le autorità competenti su quello che intendeva fare e dove aveva intenzione di stabilirsi; per questo motivo le avevano fornito il nome di un funzionario di Chicago, un assistente sociale che si occupava delle persone in libertà vigilata e al quale lei si sarebbe dovuta presentare nel giro di due giorni. Adesso, dunque, aveva il suo nome — Louis Marquez — l'indirizzo e il numero di telefono. E una delle altre ragazze, a Dwight, le aveva spiegato dove trovare alberghi a buon mercato.

La stazione degli autobus, a Chicago, si trovava all'incrocio fra Randolph e Dearborn Street. E gli alberghi di cui le avevano parlato erano distanti qualche isolato. Ma quando Grace vide che genere di persone frequentava quella zona, provò addirittura ripugnanza all'idea di entrare in quei posti. C'erano parecchie prostitute che si aggiravano nei dintorni, gente che affittava le camere a ore, e in un albergo vide perfino un paio di scarafaggi sul banco della reception quando vi si accostò per suonare il campanello e chiamare il portiere.

«Al giorno, alla notte o all'ora?» le domandò l'uomo scacciando gli scarafaggi con una manata. Perfino a Dwight le condizioni erano migliori. E c'era più pulizia.

«Avete anche un prezzo a settimana?»

«Come no! Sessantacinque dollari», le rispose l'uomo senza batter ciglio. A Grace sembrò eccessivo, ma non aveva altro posto in cui andare. Perciò fissò una camera singola con bagno al quarto piano per sette giorni e poi uscì per cercare un ristorante dove mangiare qualcosa. Due mendicanti la fermarono per chiederle qualche spicciolo, una puttana sull'angolo la squadrò dalla testa ai piedi domandandosi che cosa ci facesse una ragazzina come quella in un quartiere simile. Non poteva certo immaginare che «una ragazzina come quella» fosse appena uscita da Dwight. E nonostante il quartiere fosse squallido e miserabile, Grace si sentì felice di essere libera. Felice di poter girare per le strade, alzare gli occhi verso il cielo, entrare in un ristorante, un grande magazzino, comprare un giornale o un rotocalco, salire su un autobus. Quella sera fece perfino un giro per Chicago, e rimase sbalordita di fronte alla sua bellezza. E si permise addirittura il lusso di prendere un taxi per tornare in albergo.

Le prostitute erano sempre lì, al solito posto, come i loro protettori, ma lei non prestò attenzione a nessuno. Si fece dare la chiave e salì in camera. Poi, dopo aver ben chiuso la porta, cominciò a leggere i giornali che aveva comprato, cercando gli indirizzi delle agenzie di collocamento. Il giorno dopo iniziò la sua ricerca.

Provò con tre agenzie; le domandarono quale fosse la sua esperienza di lavoro, se fosse stata impiegata prima e da dove venisse. Lei rispose di essere originaria di Watseka, di avere un diploma — oltre ad aver seguito corsi di segretariato, dattilografia e stenografia. Ammise di non avere esperienze precedenti, e quindi di non poter offrire referenze di nessun genere, e si sentì rispondere che in tal caso non potevano aiutarla a trovare nessun impiego come segretaria. Magari come receptionist, o cameriera di ristorante, o commessa. A vent'anni, senza esperienza e senza referenze, non aveva molto da offrire — e glielo dissero chiaro e tondo.

«Non ha mai pensato, per esempio, a fare l'indossatrice?» le chiesero nella seconda agenzia. E più che altro per mostrarsi gentile con lei, l'impiegata le scrisse due nomi su un foglietto. «Queste sono agenzie di modelle. Magari potrebbe presentarsi. Perché lei è proprio il tipo di cui quella gente ha bisogno», le disse sorridendo e promettendole di chiamarla in albergo nel caso si fosse presentata qualche possibilità di lavoro che non richiedesse una specifica esperienza precedente. Ma non le diede molte speranze.

Grace andò poi a presentarsi all'assistente sociale che doveva occuparsi di lei durante il periodo di libertà vigilata — e al solo vederlo ebbe la sensazione di tornare a Dwight. Se non peggio. Quell'incontro fu terribilmente deprimente e questa volta non aveva Luana e Sally a proteggerla.

Louis Marquez era un ometto dall'aria viscida, con gli occhi che sembravano due palline lucenti, una calvizie incipiente e un folto paio di baffi. Quando la vide entrare interruppe di colpo ciò che stava facendo e rimase a osservarla sbalordito. Nel suo ufficio non era mai entrata una creatura come lei. In genere era costretto a dedicare gran parte del suo tempo ai tossicodipendenti, alle prostitute e, di tanto in tanto, a qualche spacciatore di droga. Gli capitava raramente di occuparsi di casi di delinquenza giovanile, e ancora di più di trovarsi davanti persone che avevano scontato condanne per crimini gravi come quello di Grace, ma che avessero un aspetto come il suo e sembrassero giovani, sane e moralmente integre.

Grace aveva già pensato a comprarsi un paio di gonne, un abito blu da indossare in occasione di eventuali colloqui di lavoro, e un tailleur nero con un colletto di satin rosa.

Quando andò da Marquez indossava l'abito blu, perché era stata in giro tutto il giorno a cercare un impiego e il mal di piedi le faceva vedere le stelle dopo aver camminato così a lungo con i tacchi alti.

«In che cosa posso esserti utile?» le domandò Marquez, perplesso e sconcertato. Era convinto che la ragazza fosse finita nell'ufficio sbagliato. In ogni caso, era ben felice di quell'errore.

«Il signor Marquez?»

«Sì?» Intanto la scrutava da capo a piedi con occhi avidi e bramosi, non riuscendo a convincersi di aver avuto un simile colpo di fortuna. E la fissò con gli occhi sgranati quando Grace aprì la borsetta e tirò fuori i moduli, a lui così familiari, per l'affidamento al servizio sociale nei casi di libertà vigilata. Li scorse rapidamente e poi ricominciò a fissare Grace. Non riusciva a credere che tutto quanto stava leggendo fosse vero. «Sei stata a Dwight?» Lei fece cenno di sì, tranquillissima. «Non è un posto tanto da ridere, quello», commentò Marquez, senza nascondere la propria meraviglia. «Come hai fatto a cavartela per due anni?»

«Senza difficoltà. Tranquillamente.» Gli sorrise. Sembrava molto saggia, e matura, per i suoi anni. Anzi, osservandola meglio, inguainata in quell'abito blu, pensò che era difficile credere che avesse soltanto vent'anni. Ne dimostrava almeno venticinque. Ma rimase ancora più sbalordito quando cominciò a leggere le annotazioni relative alla sua condanna.

«Omicidio volontario, eh? Che cos'hai fatto? Litigato con il tuo ragazzo?»

A Grace non piacque molto il tono con il quale le fece quella domanda, e gli rispose il più freddamente possibile. «No. Mio padre.»

«Capisco.» Marquez cominciava a divertirsi. «Meglio girare al largo da un tipo come te, vero?» Grace non gli rispose. Adesso lui la stava soppesando con gli occhietti tondi e lucenti e si chiedeva fino a che punto potesse spingersi senza rischiare. «E adesso ce l'hai, il ragazzo?»

Grace non sapeva che cosa dire e non capiva perché glielo chiedesse. «Ho degli amici.» Stava pensando a Luana e a Sally. Ormai erano le uniche amiche che avesse al mondo. E naturalmente a David, così lontano, in California. Continuava a sentire terribilmente la mancanza di Molly. Erano le sole persone che le rimanessero. Ma non voleva che Marquez la pensasse sola e abbandonata, senza amici.

«Hai qualcuno di famiglia, qui?»

Questa volta lei scrollò la testa. «No, nessuno.»

«Dove abiti?» Marquez aveva il diritto di farle quelle domande, lo sapeva benissimo. Così gli disse il nome dell'albergo, e lui ne prese nota. «Non è proprio il quartiere più adatto per una ragazza come te. Prostitute a dozzine. Forse te ne sarai accorta.» Poi, con un lampo maligno negli occhi aggiunse: «Se finisci in una retata, ti spediscono di nuovo a Dwight per un altro paio di anni. Non farti venire qualche idea... nel caso volessi arrotondare un po' i tuoi guadagni». Grace provò una gran voglia di prenderlo a schiaffi, ma la prigione le aveva insegnato a dominare certe reazioni e a essere paziente. Perciò non gli rispose.

«Stai cercando lavoro?»

«Sono stata in tre agenzie e guardo gli annunci dei giornali. E poi ho anche qualche altra idea. Domani verificherò se possono funzionare, ma prima ho preferito presentarmi a lei.» Aveva deciso che era meglio recarsi subito dal suo assistente sociale, perché lui — in caso contrario — avrebbe potuto metterla nei guai. Ma Grace non aveva nessuna intenzione di tornare a Dwight. Né per due anni né per due minuti.

«Potrei darti qualcosa da fare qui», disse Marquez, con aria meditabonda. Gli piaceva l'idea di avere in ufficio un tipo come lei, e del resto la situazione era davvero ideale. Quella ragazza avrebbe certo avuto una paura matta di lui e avrebbe fatto tutto quello che lui avesse voluto. Più ci pensava, più l'idea gli andava a genio. Ma Grace era troppo smaliziata per cadere nella trappola. Tutti i Louis Marquez del mondo non le facevano più la minima impressione. Quei giorni erano finiti, lontani.

«La ringrazio, signor Marquez», gli rispose tranquillamente. «Se qualcuna delle opportunità alle quali sto pensando non dovesse realizzarsi, le telefonerò.»

«Se non trovi un lavoro, posso rimandarti indietro», ribatté lui in tono maligno, e Grace si sforzò di non ribattere. «Posso dimostrare che hai trasgredito i regolamenti... quando e come voglio. Non dimenticarlo. Posso dire che non sei in grado di trovare lavoro e quindi di mantenerti, o anche che non rispetti le regole della libertà vigilata. Ci sono un sacco di motivi per rispedirti da dove arrivi.» Qualcuno era sempre pronto a minacciarla, a cercare di rovinare tutto, a ricattarla per costringerla a fare quello che voleva. Mentre Grace lo fissava inquieta e preoccupata, pensando che era un'autentica carogna, lui infilò la mano in un cassetto e le consegnò un piccolo contenitore di plastica fornito di coperchio. «Dammi un campione d'orina. C'è il gabinetto per le donne proprio qui di fronte al mio ufficio, dall'altra parte del corridoio.»

«Adesso?»

«Sicuro. Perché no? Ti sei appena fatta?»

«No», rispose lei, furiosa. «Perché prendermi un campione? Non sono mai finita nei guai per la droga.»

«Sei finita nei guai per assassinio. E sei stata dentro. E adesso sei in libertà vigilata. Ho il diritto di chiederti tutto quello che mi sembra necessario. Esigo un'analisi dell'orina. Ti va bene o vuoi rifiutare? Posso rispedirti a Dwight anche per questo, e lo sai.»

«Va bene, va bene.» Grace si alzò con il contenitore in mano e di diresse verso la porta che dava sul corridoio pensando che Marquez era il classico bastardo.

«Di solito la mia segretaria dovrebbe assistere, ma oggi è uscita in anticipo. La prossima volta le chiederò che venga a controllare. Ma per oggi chiudo un occhio.»

«Grazie.» Lo fissò non malcelato furore. Purtroppo Marquez l'aveva messa con le spalle al muro. Era in suo potere; così come era successo con i genitori prima e poi con Frank Wills, la polizia di Watseka, le guardie carcerarie a Dwight, perfino quelle stronze di Brenda e delle sue amiche, fino a quando Luana e Sally non erano venute a salvarla. Ma adesso non c'era più nessuno disposto a farlo. Doveva salvarsi da sola, difendersi soltanto con le proprie forze da luridi personaggi come Louis Marquez.

Tornò, cinque minuti dopo, con il contenitore pieno fino all'orlo. Andò a deporlo in precario equilibrio sulla scrivania dell'assistente sociale, il coperchio chiuso a malapena. La sua speranza era che Louis finisse per rovesciarlo su tutte le sue carte.

«Torna fra una settimana», le disse lui in tono noncurante mentre la scrutava con evidente interesse. «E ricordati di avvertirmi se cambi indirizzo o trovi lavoro. Non uscire dallo stato. Non andare in nessun posto se prima non mi hai avvertito.»

«Bene. Grazie.» Si alzò dalla sedia per andarsene e lui continuò a seguirla con lo sguardo e un sorrisetto lascivo — ammirando i fianchi sottili e le gambe lunghe e affusolate — fino a quando Grace non scomparve oltre la porta dell'ufficio. Dopo un minuto si alzò per vuotare il campione di orina nel lavabo. Un test per la droga non lo interessava minimamente. Aveva voluto soltanto umiliarla e lasciarle capire che avrebbe potuto farle fare tutto quello che lui voleva.

Grace era ancora indignata e furibonda quando salì su un autobus per ritornare all'albergo. Louis Marquez rappresentava tutto quello contro cui aveva cercato di lottare nella sua vita, e non aveva nessuna intenzione di piegare la testa e rassegnarsi proprio adesso. Non gli avrebbe permesso di mandarla in nessun posto. Meglio morire, piuttosto.

Quella sera diede anche un'occhiata alle *Pagine Gialle* per vedere quali fossero le agenzie che procuravano lavoro alle indossatrici. Le era piaciuto il consiglio di quell'impiegata, e intendeva andarci, ma non per fare l'indossatrice. Pensò che potevano aver bisogno di una receptionist oppure di una persona che sbrigasse il lavoro di ufficio. L'elenco delle agenzie era lungo e lei, purtroppo, non era in grado di stabilire quale fosse la migliore. Non le restava che andarci e verificare di persona.

Il giorno dopo si alzò alle sette. Era ancora in camicia da notte e si stava lavando i denti quando sentì bussare energicamente alla porta della camera. Si meravigliò che qualcuno venisse a cercarla. Chi poteva essere? Probabilmente qualche prostituta, o uno dei loro protettori o qualcuno che aveva sbagliato camera. Si gettò un asciugamano sulla camicia da notte, e ancora con lo spazzolino in mano e i capelli sciolti sulle spalle andò ad aprire. Era Louis Marquez.

«Sì?» Per un attimo quasi non lo riconobbe. Poi ricordò.

«Sono venuto a vedere dove stai. Fa parte anche questo del mio lavoro.»

«Molto simpatico. Vedo che si alza presto anche lei», disse Grace senza nascondere la propria rabbia. Ma a chi credeva di far bere una fandonia come quella? Le sembrò che la storia si ripetesse e le bastò quel pensiero per sentirsi cogliere da un tremito.

«Non ti dispiace questa visitina, vero?» le domandò Marquez in tono mellifluo. «Volevo essere proprio sicuro che tu abitassi qui.»

«Sì, è proprio qui che abito», gli rispose gelida, spalancando la porta. Ma non aveva la minima intenzione di farlo entrare. «E il fatto che questa visita mi dispiaccia o no, dipende da quello che lei ha in mente di fare qui», aggiunse senza batter ciglio.

«Che cosa vuoi dire?»

«Sa perfettamente che cosa voglio dire. Perché è venuto qui? Per vedere dove vivo? Benissimo. Adesso l'ha visto. E allora? Non rientra nei miei piani servire la prima colazione.»

«Non azzardarti a fare la sfacciata con me, piccola stronza. Posso fare quello che voglio di una come te. Non dimenticarlo.»

Ma il tono con il quale glielo disse fece scattare improvvisamente qualcosa in Grace che, accostandosi di un passo, si avvicinò con la faccia a quella di Marquez. Stava per perdere il controllo, tanto era divorata dalla rabbia. «Ho sparato all'ultimo uomo che mi ha detto qualcosa del genere e poi ha cercato di fare quello che aveva in mente. Ci pensi bene, signor Marquez. E veda di non dimenticarlo. Siamo stati chiari, adesso?» Anche Marquez stava montando su tutte le furie, ma sapeva benissimo di essere andato al di là dei suoi compiti. La verità era che aveva deciso di andare a dare un'occhiata al posto dove Grace abitava più che altro per farsi un'idea di quanto lontano avrebbe potuto spingersi con quella ragazza, di quanto lei lo temesse. Ma Luana l'aveva ben addestrata e adesso Grace non si lasciava più intimorire da nessuno.

«Stai attenta a come parli, quando ti rivolgi a me», le rispose lui in tono malevolo mentre esitava sulla soglia della camera. «Non ho intenzione di sentirmi dire delle cazzate da una piccola stronza punk che ha fatto fuori il suo vecchio a colpi di rivoltella. Ti credi una che sa il fatto suo, ma non immagini nemmeno quanto può essere brutto finire a Dwight per un altro paio di anni... E non credere che io non possa farlo, sai?»

«Dovrà avere motivi molto più validi prima di azzardarsi a farlo, signor Marquez, perché io non mi muovo di qui solamente perché lei si presenta nel mio albergo alle sette del mattino!» Grace sapeva benissimo il motivo di quella visita, come lo sapeva Marquez. E lei gli aveva anche fatto capire chiaro e tondo di avere scoperto il suo gioco. Marquez non poteva fingere di ignorarlo. Ma, tutto sommato, Grace lo aveva stupito. Era convinto che sarebbe stato molto facile metterle un po' di paura e quella reazione lo aveva colto di sorpresa. Comunque non si pentiva di aver fatto quel tentativo; se poi, in seguito, avesse avuto la sensazione che Grace cominciasse a mostrarsi un po' più malleabile, l'avrebbe schiacciata come si fa con un insetto schifoso. «Posso esserle utile in qualcos'altro? Vuole che le faccia un po' di piscia in un bicchiere? Prontissima!» Lo guardava con aria di sfida adesso, e a lui non rimase che girare sui tacchi, senza aprir bocca, e filarsela giù per le scale. Purtroppo quello era solo l'inizio. Grace avrebbe dovuto sopportarlo per due anni e Marquez aveva tutto il tempo che voleva per torturarla.

Dopo che se ne fu andato, Grace indossò il tailleur nero con il collettino rosa e dedicò un'attenzione particolare al proprio aspetto. Voleva fare una buona impressione, visto che si trattava di agenzie per indossatrici. Naturalmente desiderava avere un'aria sicura di sé ed essere elegante, ma preferiva non apparire troppo vistosa. Non aveva nessuna intenzione di entrare in concorrenza con le modelle.

Nelle prime due agenzie dove si presentò le dissero che non avevano niente da offrirle ed ebbe addirittura la sensazione che non volessero prenderla in considerazione neppure per qualche possibilità futura. La terza si chiamava Swanson's e si trovava su Lake Shore Drive. La sala d'aspetto era lussuosa, tappezzata con gli ingrandimenti fotografici delle indossatrici. L'agenzia era stata affidata per la ristrutturazione a un importante arredatore e Grace si accorse di essere un po' nervosa quando la introdussero in uno degli uffici per un colloquio con Cheryl Swanson. Era lei, insieme al marito Bob, a intervistare personalmente tutti i potenziali impiegati, perché chi lavorava per l'agenzia doveva avere qualità e caratteristiche particolari. Le indossatrici degli Swanson erano le migliori della città, non solo per le sfilate e le fotografie, ma anche per gli spot pubblicitari. Nell'agenzia si respirava aria di successo, di stile, di bellezza. Guardandosi attorno, nell'ufficio, in attesa che Cheryl arrivasse, Grace fu contenta di aver messo il tailleur nero, una copia di un tailleur di Chanel prodotta in serie per i grandi magazzini.

Dopo un minuto una donna entrò nella stanza. Era alta, con i capelli neri raccolti in una crocchia sulla nuca; portava grossi occhiali e indossava un abito nero, dalla linea scivolata, semplicissimo. Non si poteva definire graziosa, ma era un tipo singolare, che faceva colpo.

«La signorina Adams?» Sorrise a Grace, squadrandola. La sua valutazione fu immediata: era giovane, impaurita, ma sembrava intelligente e aveva un aspetto accattivante. «Sono Cheryl Swanson.»

«Salve. Grazie per aver voluto ricevermi.» Grace le strinse la mano attraverso il piano della scrivania e tornò a sedersi. Ma si sentiva il respiro affannoso e pregò in cuor suo che non le venisse un attacco d'asma. Era terrificante buttarsi allo sbaraglio a quel modo — entrare in uffici sconosciuti, chiedere un colloquio e poi fare di tutto per essere assunta. Da una settimana ormai non faceva altro, ma finora non aveva ottenuto nessun risultato. E sapeva che se non fosse riuscita a trovare un impiego entro la settimana seguente, il suo assistente sociale le avrebbe creato sicuramente qualche difficoltà.

«Mi dicono che sarebbe interessata a un impiego come receptionist», disse Cheryl lanciando un'occhiata all'appunto che le aveva consegnato la sua segretaria. «Da noi è una figura importante. La receptionist è la prima faccia che ogni persona vede, entrando, la prima voce che sente. Il primo contatto con la Swanson's. È importante che la sua immagine faccia subito capire chi e che cosa siamo. Conosce la nostra agenzia?» le domandò Cheryl Swanson, togliendosi gli occhiali per osservare Grace più attentamente. Quella ragazza aveva una bella pelle, occhi grandissimi e capelli stupendi. Cheryl ebbe il vago sospetto che avesse presentato quella richiesta di un impiego nei loro uffici per entrare nel mondo delle modelle dalla porta di servizio. Ma perché mai? Non ne aveva certo bisogno. «È interessata al lavoro di indossatrice, signorina Adams?» Chissà, forse era soltanto un trucco... Ma Grace si affrettò a fare cenno di no con la testa in risposta a quella domanda. Era l'ultima cosa al mondo che desiderasse, uomini pronti ad allungare le mani, a toccarla, illudendosi che fosse un tipo facile perché faceva la modella, oppure fotografi che le davano la caccia per scattarle foto in costume da bagno, o magari senza. No, grazie.

«Assolutamente no! Vorrei un lavoro d'ufficio.»

«Magari potrebbe aspirare a qualcosa di più...» Abbassò gli occhi di nuovo sull'appunto della sua segretaria e si decise a darle del tu. «...Grace ...potresti pensare a fare l'indossatrice. Alzati in piedi.» La giovane ubbidì, riluttante, e Cheryl rimase molto soddisfatta notando la sua statura. Quanto a Grace, aveva le lacrime agli occhi e avrebbe voluto andarsene di corsa.

«Non voglio fare l'indossatrice, signora Swanson, ma semplicemente rispondere al telefono, scrivere a macchina, fare commissioni per lei, o qualsiasi altra cosa mi venga chiesta... tutto tranne l'indossatrice.»

«Perché? Quasi tutte le ragazze aspirano soltanto a una carriera come quella.» Ma Grace no. Lei voleva una vera vita, un lavoro vero, una vera famiglia. Non le interessava cominciare la sua nuova esistenza rincorrendo sogni irrealizzabili.

«Non è quello che voglio. A me interessa qualcosa di più... più... più...», cercava la parola giusta e finalmente la trovò, «... solido.»

«Bene», disse Cheryl con rammarico, «qui abbiamo una posizione disponibile, ma secondo me è un gran peccato! A proposito, quanti anni hai?» le domandò.

In un primo momento Grace pensò di mentire. Ma poi decise che era meglio non correre rischi. «Venti. E ho un diploma. So anche scrivere a macchina, ma non sono molto veloce. E lavorerò sodo, mi impegnerò a fondo, glielo garantisco.» Praticamente la stava supplicando di darle quell'impiego e Cheryl non poté trattenere un sorriso. Grace era una ragazza fantastica, sensazionale... e le pareva davvero sprecata a rispondere al telefono, seduta dietro una scrivania! D'altra parte, non c'era dubbio che bella com'era sarebbe stata un biglietto da visita perfetto per l'agenzia. Sembrava una delle loro indossatrici.

«Quando puoi cominciare?» Cheryl la guardò con un sorriso materno. Quella ragazza le piaceva.

«Oggi. Subito. Quando vuole. Sono arrivata da poco a Chicago.»

«Da dove vieni?» le domandò Cheryl con interesse. Grace, però, non voleva dirle che era originaria di Watseka temendo che avesse sentito parlare, due anni prima, dell'assassinio di suo padre. Ma non voleva neppure raccontarle che era arrivata fresca fresca da Dwight, nel caso Cheryl sapesse che lì c'era una prigione.

«Da Taylorville», mentì. Si trattava di una piccola località a duecentocinquanta chilometri circa da Chicago.

«I tuoi genitori vivono lì?»

«Mio padre e mia madre sono morti quando studiavo alle superiori.» Era quasi la verità, sufficiente per non trovarsi nei guai.

«Ma qui non hai nessuna persona di famiglia, proprio nessuna?» le domandò Cheryl Swanson, sinceramente preoccupata per lei. Ma Grace fece cenno di no con la testa.

«Nessuno.»

«In genere chiedo le referenze, ma se non hai mai avuto esperienze di lavoro non avrebbe molto senso, vero? Tutto quello che potrei ottenere sarebbe una bella lettera della tua insegnante di ginnastica... e io posso vedere con i miei occhi come sei fatta, Grace. Dunque, benvenuta nella nostra famiglia.»

Cheryl Swanson si alzò in piedi e le allungò un colpetto su un braccio in segno di affettuoso benvenuto. «Spero che qui sarai felice per molto, molto tempo, almeno fino a quando non ti deciderai a fare l'indossatrice», esclamò ridendo. Invece aveva preferito un impiego come receptionist con uno stipendio di cento dollari la settimana. Ma a lei bastava.

Cheryl la condusse nella hall, presentandola a tutti. C'erano sei agenti e tre segretarie, due addetti alla contabilità e un paio di altre persone che Grace non capì bene quali mansioni avessero. Poi, in fondo al corridoio, entrarono in un lussuoso ufficio caratterizzato da un arredamento tutto in cuoio e camoscio grigio, perché Cheryl voleva farle conoscere suo marito. Grace giudicò che avessero entrambi quarantacinque anni; Cheryl le aveva già spiegato che erano sposati da vent'anni e non avevano figli. Le indossatrici sono le nostre figlie, le aveva detto. Le nostre bambine.

Bob Swanson valutò Grace con un'occhiata, rimanendo dietro la scrivania. Poi le rivolse un caldo sorriso che le diede immediatamente la sensazione di essere veramente entrata a far parte di una famiglia, e infine si alzò per farsi avanti e stringerle la mano. Era alto più di un metro e ottanta e aveva la classica bellezza rude di un divo del cinema, soprattutto per il contrasto tra i capelli neri e gli occhi azzurri. Da ragazzino aveva recitato a Hollywood, era stato un piccolo divo, e poi aveva fatto l'indossatore a New York insieme a Cheryl. Infine si erano trasferiti a Chicago, dove avevano aperto la loro agenzia.

«Hai detto 'receptionist'?» domandò a sua moglie. «O non, piuttosto, una nuova indossatrice? Ho capito bene?» Le rivolse un sorriso raggiante e Grace ebbe l'impressione di avere finalmente trovato le persone e l'ambiente giusto. Erano davvero simpatici.

«Sì, hai capito benissimo.» Cheryl gli sorrise. Bastava guardarli per capire immediatamente che andavano molto d'accordo e lavoravano bene insieme. «Ma è testarda, la ragazza! Dice di volere un lavoro di ufficio.»

«Come fai ad aver afferrato subito il concetto? Non ti sbagli, sai?» rise guardando Grace. Era proprio una gran bella ragazza, sua moglie aveva ragione. Sarebbe stata un'ottima indossatrice. «Noi ci abbiamo messo anni a capirlo. E abbiamo imparato con l'esperienza, sulla nostra pelle!»

«Mi rendo semplicemente conto che non ci riuscirei mai. Sono contenta di stare dietro le quinte, di far funzionare le cose.» Esattamente come aveva fatto prendendo il posto di sua madre per dirigere la casa, e a Dwight come addetta al magazzino per gli approvvigionamenti. Era una brava organizzatrice, era pronta a lavorare più del necessario, anche oltre l'orario d'ufficio, e a fare qualsiasi cosa le venisse chiesta purché tutto funzionasse a dovere.

«Bene, benvenuta a bordo, Grace. E buon lavoro.» Bob tornò a sedersi dietro la scrivania, la salutò con un cenno della mano mentre se ne andavano e rimase a fissarle mentre si allontanavano per il corridoio. C'era qualcosa di interessante in quella ragazza, fu la conclusione alla quale arrivò dopo averla osservata attentamente, ma ancora non sapeva spiegarsi di che cosa si trattasse. Eppure si vantava sempre di avere una specie di sesto senso nel giudicare le persone.

Cheryl pregò due delle segretarie di prendere Grace sotto la loro protezione e di mostrarle come funzionava il centralino e le varie macchine di cui l'ufficio era dotato. Quando arrivò mezzogiorno Grace ebbe la sensazione di essere sempre stata lì a lavorare. La receptionist precedente se n'era andata da una settimana e nel frattempo avevano cercato di cavarsela con qualche sostituzione temporanea. Fu un sollievo per tutti avere di nuovo una persona efficiente a prendere le telefonate, fissare gli appuntamenti, registrare le prenotazioni. Il lavoro era abbastanza complicato ma alla fine della prima settimana Grace aveva ormai imparato.

Quando andò a presentarsi a Louis Marquez, alla fine della settimana, lui non trovò nessun motivo di lamentela. Grace aveva un buon impiego e uno stipendio decente. Conduceva una vita rispettabile e stava già pensando di trasferirsi altrove appena avesse trovato un piccolo appartamento. Le sarebbe piaciuto abitare un po' più vicino al posto di lavoro, ma intorno a Lake Shore Drive gli alloggi erano incredibilmente costosi. Stava scorrendo gli annunci del giornale per cercarne uno, quando quattro indossatrici si presentarono in ufficio, un pomeriggio, per fissare un appuntamento per un'intervista. Grace rimaneva sempre incantata da quanto erano belle, da come tutto era perfetto e armonioso in loro. Avevano capelli magnifici, unghie perfette, un trucco impeccabile e abiti che non poteva fare a meno di ammirare e invidiare. Eppure continuava a non aver nessuna voglia di fare quel genere di lavoro. Non voleva guadagnare sfruttando il proprio aspetto fisico, o il sex appeal, tantomeno attirare su di sé quel genere di attenzione. Era troppo, per lei, dal punto di vista emotivo. Capiva che non sarebbe stata in grado di affrontarlo. Dopo tutto quello che aveva passato nella vita, pensava di essere sempre riuscita a cavarsela, in qualche modo, e a sopravvivere proprio grazie alla sua abilità nel non attirare mai l'attenzione. E anche se aveva solo vent'anni, ormai era troppo tardi per cambiare. Le indossatrici, però, erano gentili e cercavano sempre di chiacchierare con lei. Quel giorno parlavano di affittare una casa che avevano appena visitato. A Grace parve qualcosa di favoloso, ma anche di irraggiungibile, visto che avevano appena detto che costava mille dollari al mese. Aveva cinque camere da letto, però, e a loro ne bastavano quattro. Forse anche tre, considerato che una del gruppetto stava pensando di sposarsi.

«Abbiamo bisogno di trovare una persona in più», disse una delle ragazze, che si chiamava Divina. Era davvero splendida ed era brasiliana. «Non ti interesserebbe?» domandò a Grace quasi per caso, e lei si accorse di non riuscire neppure a immaginare come fosse possibile vivere con loro, o poter pagare certe cifre.

«Anch'io sto cercando casa», rispose sinceramente, «ma non posso pagare gli affitti che potete permettervi voi», concluse un po' depressa.

«Se dividiamo per cinque quello che ci chiedono, diventano soltanto duecento dollari a testa», osservò in tono pratico Brigitte, che aveva ventidue anni ed era tedesca. «Puoi permettertelo, Grace?»

«Sì, se salto i pasti.» Duecento dollari erano praticamente metà dello stipendio, quindi non le sarebbe rimasto molto né per mangiare né per divertirsi, o per qualsiasi altra necessità si fosse presentata. E non aveva intenzione di intaccare i suoi risparmi, anche se sapeva che, in caso di bisogno, avrebbe potuto farlo senza difficoltà. E vivere in un bel posto, in un buon quartiere, con persone piacevoli, forse era un motivo valido. «Lascia che ci pensi un momento», disse.

Una delle due ragazze americane scoppiò a ridere e guardò l'orologio che aveva al polso. «Ottimo. Hai tempo fino alle quattro per decidere. Dobbiamo tornare a vedere quell'appartamento un'altra volta e per le quattro e mezzo bisogna dare una risposta. Vuoi venire?»

«Mi piacerebbe moltissimo. Bisogna che chieda a Cheryl se posso lasciare l'ufficio.» Quando andò a domandarglielo, Cheryl non le nascose che quella notizia la rendeva felice. Era rimasta inorridita nel sentire che Grace viveva in un alberguccio sporco, addirittura di infimo ordine. Le aveva perfino proposto di ospitarla nel suo appartamento in Lake Shore Drive, fino a quando non avesse trovato un alloggio decente, ma Grace non aveva voluto saperne.

«Finalmente! Dio sia ringraziato!» esclamò e cacciò praticamente Grace fuori dalla porta insieme alle altre ragazze. Erano simpatiche e pensò che forse Grace, se fosse andata ad abitare con loro, avrebbe deciso di diventare indossatrice. Cheryl non aveva ancora rinunciato completamente a quell'idea; d'altra parte si era anche resa conto che il grande senso dell'organizzazione dimostrato da Grace si era rivelato un vero e proprio dono del cielo per lei e per l'ufficio!

La casa che andarono a visitare era addirittura spettacolosa. Aveva cinque camere da letto abbastanza grandi, tre bagni, una cucina di discrete dimensioni, un patio e un soggiorno a un livello un po' più basso del resto, con vista sul lago. Aveva davvero tutto quello che le ragazze potevano desiderare, e così firmarono il contratto di affitto quel pomeriggio stesso. Grace rimase lì, a lungo, a guardarsi attorno, perché ancora non riusciva a credere che adesso quella sarebbe stata la sua casa. I locali erano parzialmente arredati, con un divano, qualche poltrona e un tavolo con le sedie per la zona pranzo. Per quello che mancava avrebbero provveduto le ragazze. Grace doveva soltanto comprarsi un letto e qualche mobile per la sua camera. Era incredibile. Aveva un lavoro, aveva una casa e aveva delle amiche. Si ritrovò immobile a fissare il lago con gli occhi colmi di lacrime; poi si voltò subito dall'altra parte e fece finta di voler andare a vedere di nuovo il patio perché nessuno si accorgesse della sua commozione.

Marjorie, una delle sue nuove compagne, l'aveva seguita fuori. Si era accorta, dall'espressione della sua faccia, che Grace doveva essersi commossa per qualche motivo, ed era preoccupata. Le altre la consideravano un po' come la chioccia del gruppo e bonariamente si burlavano di lei accusandola di essere troppo «materna» con loro. Aveva soltanto ventinove anni, ma era la maggiore di sette figli. «Tutto bene?» le chiese. Grace si voltò a guardarla, vedendola avvicinarsi con aria preoccupata, e sospirò sorridendo fra le lacrime. Non riusciva più a nasconderle, adesso.

«È solo che... mi sembra un sogno... è tutto quello che ho sempre desiderato. E anche qualcosa di più.» Come le sarebbe piaciuto poter mostrare a Molly la nuova casa! Tutto sembrava incredibile. Adesso aveva una nuova vita, un nuovo mondo. Come in un sogno. David e Molly avevano avuto ragione. Se fosse riuscita a stringere i denti e tirare avanti quel tanto necessario, avrebbe potuto buttarsi dietro le spalle gli orrori del passato, e per sempre. Adesso, finalmente, aveva superato tutto. Era una creatura nuova.

Aveva spedito una cartolina illustrata a Luana e a Sally soltanto pochi giorni prima, dicendo che stava bene e Chicago era magnifica. Ma ormai le conosceva e sapeva che non le avrebbero risposto. Comunque ci teneva ugualmente a far sapere a tutte e due che era sana e salva, e aveva finalmente raggiunto un porto sicuro. E che non le aveva dimenticate.

«Sembravi così sconvolta, poco fa.» Marjorie insistette, voleva sapere... ma Grace, adesso, sorrideva.

«È soltanto la gioia. Questo, per me, è come un sogno diventato realtà.» Marjorie non poteva assolutamente immaginare fino a che punto! L'unica cosa che Grace non voleva far sapere a nessuno era che aveva ucciso suo padre e scontato una condanna in prigione. Voleva buttarsi dietro le spalle ogni cosa.

«È un sogno anche per me», le confessò Marjorie. «I miei genitori erano così poveri che dovevo dividere il mio unico paio di scarpe buone con due delle mie sorelle. Ma loro avevano i piedi di due misure più piccoli e la mamma le comprava sempre della misura che andava bene per loro. Anch'io non ho mai abitato in un posto come questo, fino a quando non sono venuta qui. E adesso me lo posso permettere, grazie agli Swanson.» A dire la verità era soprattutto grazie alla sua bellezza, e lo sapeva benissimo! Aveva già in mente di trasferirsi a New York, alla scadenza del contratto, e di lavorare come indossatrice in quella città, oppure a Parigi. «È strano, vero?»

«È meraviglioso.»

Chiacchierarono per un po' e a un certo punto Grace si decise a tornare all'albergo a fare la valigia. Era disposta persino a dormire per terra in attesa che le arrivassero i mobili nuovi, ma non aveva la minima intenzione di passare un'altra notte in quell'albergo squallido, ad ammazzare scarafaggi e ad ascoltare vecchi catarrosi che tossivano. Si trasferì nella casa nuova il giorno dopo e vi depositò i bagagli andando in ufficio. Durante l'intervallo per il pranzo andò a comprare un letto e qualche mobile da *John M. Smythe*, in Michigan Avenue. E scelse perfino due piccoli quadri. Le promisero di consegnarle tutto il sabato successivo. Nel frattempo lei aveva già deciso che avrebbe dormito sulla moquette.

Non era mai stata tanto felice in vita sua. Anche in ufficio il lavoro andava a meraviglia. Ma il venerdì, quando si presentò come al solito da Louis Marquez, scoprì di essere nei guai. E Marquez non le nascose che la cosa lo divertiva enormemente.

«Hai cambiato alloggio», l'accusò, puntandole contro un dito appena Grace entrò nel suo ufficio. Erano diversi giorni che l'aspettava. Sapeva del trasferimento solo perché aveva fatto di nuovo una capatina a cercarla in albergo e lì gli avevano detto che aveva lasciato la camera definitivamente il martedì precedente.

«E, allora, qual è il tuo indirizzo, adesso?» le domandò brontolando, preparandosi a scriverlo. E Grace, guardandolo, intuì che cosa sarebbe successo.

«Questo significa che lei di tanto in tanto passerà da me?» gli domandò, non nascondendogli di essere preoccupata. Louis Marquez si stava divertendo. Godeva nel metterla a disagio, nel prenderla in contropiede e spaventarla, se possibile. Era una ragazza che risvegliava tutti i suoi istinti sessuali più bassi.

«Non lo escludo. Ho il diritto di passare a controllarti, sai? Avresti qualcosa da nascondere?»

«Sì. Lei.» Grace lo guardò dritto negli occhi e Marquez arrossì fino alla radice dei pochi capelli che ancora gli coprivano il cranio.

«E questo che cosa vorrebbe dire?» Buttò sulla scrivania la penna e la squadrò con irritazione.

«Vuol dire che ho quattro compagne con le quali divido la casa. Non c'è nessun bisogno che sappiano dove sono stata in questi ultimi due anni. Ecco che cosa vuol dire!»

«Cioè in carcere per omicidio?» La fissò con occhi scintillanti di collera. Adesso aveva scoperto una crepa nella sua armatura. Poteva minacciarla di rivelare alle sue compagne quello che lei aveva fatto.

«Sì, è proprio questo che intendo. E a sentirlo dire da lei è una vera delizia.»

«Sì, carino, eh? Sono sicuro che rimarrebbero incantate se venissero a sapere la tua storia. E, a proposito, fammi capire meglio... mi parli di quattro compagne con le quali adesso abiti. A sentirti si direbbe che sono un gruppetto di ragazze squillo.»

«Le piacerebbe, eh?» Non aveva nessuna paura di lui, però si sentiva un po' preoccupata. E continuava a trovarlo sempre più antipatico. «Sono indossatrici.»

«Già. Ma lo dicono loro!»

«Sono iscritte all'agenzia dove lavoro.»

«Che guaio. Comunque, l'indirizzo mi occorre... a meno che tu non voglia che ti denunci perché hai trasgredito i regolamenti.» Continuava a non perdere la speranza di poterla mettere nei guai.

«Oh, per amor di Dio, Marquez!» Ma alla fine gli diede l'indirizzo e lui inarcò subito un sopracciglio con aria minacciosa.

«Lake Shore Drive? E come te lo paghi, un alloggio simile?»

«Diviso per cinque mi costa duecento dolari esatti.» Non aveva la minima intenzione di parlargli dei soldi che aveva da parte. Non c'era motivo che Louis Marquez fosse messo al corrente anche di quello. La verità era che, con lo stipendio che guadagnava, e facendo qualche piccola economia, poteva permettersi senza problemi il nuovo alloggio in città.

«Dovrò venire a dare un'occhiata a questo posto», bofonchiò Marquez, e Grace alzò le spalle.

«Immaginavo che avrebbe detto qualcosa del genere! Vuole che fissiamo un appuntamento?» gli chiese speranzosa. Ma lui le lasciò capire che non aveva la minima voglia di mostrarsi così accomodante.

«Farò una capatina, ecco. Una volta o l'altra.»

«Magnifico. Ma mi faccia il favore di non dire alle ragazze chi sono», e lo guardò, turbata.

«Be', che cosa diavolo dovrei raccontare?»

«Non importa. Qualsiasi cosa. Per esempio che mi sta vendendo una macchina. Ma non dica che sono in libertà vigilata.»

«Bada di comportarti come si deve, Grace», e la fissò facendole capire molto esplicitamente a che cosa alludeva, «altrimenti potrei essere costretto a farlo.» Grace lo osservò attentamente e, per motivi che non riuscì a individuare con chiarezza, si accorse che quell'odioso ometto le ricordava Brenda, la detenuta. Marquez le aveva legato le gambe. E questa volta non c'era nessuna Luana che venisse a salvarla.

7

Il quintetto occupò l'appartamento e le ragazze iniziarono la coabitazione in perfetta armonia. Nessuna discuteva sui conti, tutte pagavano la loro parte e si mostravano gentili. Si scambiavano regalini e si aiutavano l'un l'altra. Insomma, era la sistemazione perfetta. Quanto a Grace, non era mai stata tanto felice. Ogni giorno si domandava sbalordita se viveva nella realtà o se stava sognando.

Le altre ragazze cercarono perfino di combinarle un incontro con qualcuno dei loro amici, ma Grace si ribellò e mise il veto. Un conto era accettare qualche piccolo dono, ma di uomini non ne voleva sentir parlare. Non aveva voglia di uscire con nessuno o di complicarsi la vita. A vent'anni era felicissima di rimanere a casa a leggere un libro oppure a guardare la televisione, la sera. Ogni piccola libertà di cui poteva disporre era per lei un regalo magnifico, e dalla vita non desiderava altro. In ogni caso, all'amore oppure a una relazione romantica con un ragazzo non pensava assolutamente. Anzi, al solo pensiero si sentiva terrorizzata. Non aveva voglia di uscire con nessuno, né ora né mai.

All'inizio le sue compagne si presero gioco di lei, ma poi arrivarono alla conclusione che doveva avere una vita segreta. Due di loro si convinsero che frequentasse un uomo sposato, soprattutto quando lei cominciò a rimanere fuori regolarmente tre volte la settimana, il lunedì e il giovedì sera e tutto il giorno la domenica. Durante la settimana si cambiava addirittura in ufficio, senza passare neppure da casa, e molto spesso rientrava soltanto a mezzanotte passata.

A dire il vero Grace aveva anche pensato di raccontare la verità, ma poi si era convinta che lasciar credere che si incontrasse di nascosto con qualcuno era la soluzione migliore. Così l'avrebbero lasciata tranquilla e non avrebbero più cercato di trovarle un accompagnatore, e magari un innamorato, fra i loro amici. Il che era esattamente ciò che lei voleva.

In realtà l'impegno al quale si dedicava puntualmente tre volte la settimana era diventato il centro della sua esistenza. Non appena si era sistemata nell'appartamento con le altre ragazze, aveva cominciato a cercare un posto dove lavorare tre volte la settimana. Non certo dietro compenso, ma per dare qualcosa di quanto aveva ricevuto dalla vita. Si sentiva troppo fortunata per non pensare di poter fare qualcosa per gli altri. Se lo era ripromessa fin da quando, sdraiata sul suo letto a castello, chiacchierava con Sally oppure faceva progetti con Luana.

Ci era voluto un mese prima che trovasse il posto adatto in cui svolgere la sua opera di volontariato. Non aveva chiesto niente a nessuno, ma aveva letto un certo numero di articoli e visto un programma speciale alla televisione sul St. Mary's. Si trattava di un centro di accoglienza per donne e bambini maltrattati. La prima volta che aveva messo piede in quel vecchio edificio di arenaria, era rimasta sconvolta di fronte alle condizioni miserabili in cui si trovava. Muri scrostati, lampadine nude che penzolavano dal soffitto. E bambini, tanti bambini, che correvano e gridavano dappertutto, e dozzine di donne. Quasi tutte sembravano molto povere, alcune erano incinte, tutte disperate. L'unica cosa che avessero in comune era la violenza a cui erano state sottoposte. Molte di loro erano rimaste profondamente segnate, traumatizzate al punto di dare segni di squilibrio mentale o di dover essere ricoverate in case di cura specializzate.

A dirigere il centro c'era il dottor Paul Weinberg, un giovane psicologo che le ricordò subito David Glass. Dopo la prima prova di volontariato lì dentro, Grace si ritrovò a sentire più che mai la mancanza di Molly. Avrebbe tanto voluto parlarle, descriverle tutto ciò che aveva davanti agli occhi! Il solo fatto di trovarsi in quel posto era stata un'esperienza molto commovente. Il centro funzionava soprattutto per merito dei volontari che vi lavoravano; i dipendenti che ricevevano uno stipendio erano pochissimi, in maggioranza medici che facevano l'internato per la specializzazione in psichiatria, e qualche infermiera diplomata. Le donne e i bambini che venivano accolti avevano bisogno di cure mediche, aiuto psicologico, un posto dove vivere, oltre che vestiti, affetto, premure e assistenza; ma soprattutto avevano bisogno di qualcuno che desse loro una mano per uscire dall'abisso in cui erano caduti. Perfino per Grace, il St. Mary's costituiva una luce che splendeva nell'oscurità. Era un luogo in cui si cercava di guarire le anime, dove le persone ritrovavano la propria identità e riscoprivano di avere una personalità.

Il solo fatto di aiutarli era d'aiuto anche per lei. E andare al St. Mary's rendeva la sua esistenza degna di essere vissuta. Grace aveva chiesto di lavorare come volontaria per tre turni di sette ore ciascuno, ogni settimana — ed era un impegno non indifferente. Ma in quel luogo di dolore Grace si sentiva in pace e capiva di poter dare pace anche agli altri. Quelle donne avevano vissuto esperienze molto simili alla sua, come i bambini. C'erano quattordicenni incinte, che erano state violentate dal padre, dai fratelli o dagli zii, bambine di sette anni con lo sguardo perduto nel vuoto, donne che non riuscivano a convincersi che, un giorno, avrebbero potuto tornare di nuovo libere. Erano vittime di violenze, e molto spesso anche di mariti maneschi e brutali. In qualche caso erano state anche picchiate e violentate da piccole, e adesso continuavano a perpetuare il ciclo per i loro stessi figli, senza sapere come fare a spezzarlo. Era quello che il personale del centro cercava di insegnare loro con affetto e pazienza.

Quando era lì, Grace si mostrava instancabile. A volte lavorava con le donne, ma le piaceva soprattutto occuparsi dei bambini. Li teneva vicini, se li metteva sulle ginocchia, raccontava storie di sua invenzione oppure leggeva favole per ore e ore. Alla sera li accompagnava negli ambulatori per le visite, se avevano subìto qualche danno fisico, oppure per iniezioni ed esami clinici. Tutto questo dava alla sua vita un significato infinitamente più profondo. Ma a volte la faceva anche soffrire. E in modo terribile. Era come rivivere il passato.

«Fa male al cuore, vero?» fu il commento di una delle infermiere, una settimana prima di Natale. Grace aveva appena messo a letto una bimba di due anni, cerebrolesa in seguito alle botte del padre che adesso era finito in carcere. Che strano pensare che quell'uomo stava scontando una condanna, mentre suo padre, che le aveva fatto cose quasi altrettanto orribili, era stato considerato un martire!

«Sì, davvero. E anche gli altri. Ma sono fortunati.» Le sorrise. Conosceva bene quella storia. Anzi, troppo bene. «Sono qui. Mentre potrebbero essere ancora là fuori, a farsi ammazzare di botte. Se non altro, per ora è finita.» Quello che faceva soffrire di più era che qualcuna di quelle donne tornava indietro. Non riuscivano a stare lontano dagli uomini che le maltrattavano e, quando tornavano a casa, portavano anche i figli con sé. Alcuni venivano malmenati, alcuni ammazzati, e altri non guarivano più e rimanevano segnati nell'anima. Per fortuna c'erano anche quelle che reagivano, che riuscivano a cominciare una vita nuova e a recuperare la sanità fisica e mentale. Grace passava ore a parlare con loro, delle scelte che potevano avere, della libertà che era lì a portata di mano. Erano tutte così spaventate, così accecate dalle sofferenze, così disorientate da quello che avevano passato! E questo inevitabilmente le riportava alla mente le condizioni in cui si era trovata anche lei quasi tre anni prima, quando era finita in prigione e Molly aveva fatto il possibile per trovare un punto di contatto, per stabilire un rapporto con lei. In un certo senso Grace faceva tutto questo anche per Molly, per restituirle un po' di quell'amore e di quell'affetto che le aveva dato.

«Come andiamo?» Paul Weinberg, il loro psicologo e direttore del programma di assistenza, si fermò a fare quattro chiacchiere con lei una sera tardi. Aveva lavorato a fianco a fianco con volontari e dipendenti, all'accettazione. Quasi tutte quelle povere donne arrivavano la sera, o di notte. Erano ferite, doloranti, spaventate, dopo aver subìto una violenza nel corpo e nello spirito, e avevano bisogno di tutto quanto l'équipe del St. Mary's poteva dare.

«Non male.» Grace gli sorrise. Non lo conosceva bene, ma quello che faceva era ammirevole. E lo rispettava perché lavorava sodo. Quella sera avevano ricoverato due donne in ospedale e lui stesso le aveva accompagnate in macchina, affidando a Grace i bambini. Sia l'una sia l'altra avevano quattro figli, che adesso erano ormai stati messi a letto. «Una serata impegnativa.»

«È sempre così, prima di Natale. Quando ci sono di mezzo le vacanze, tutti perdono la testa. E, se hanno in mente di picchiare moglie e figli, è il momento più opportuno per farlo.»

«Possibile? Ma come fanno? Magari lo leggono sugli annunci pubblicitari del giornale: 'Picchia adesso tua moglie, hai ancora sei giorni di tempo per farlo prima di Natale'.» Grace era stanca, ma di buon umore. Le piaceva quello che stava facendo.

«Sì, qualcosa del genere.» Le sorrise versandole una tazza di caffè. «Non hai mai pensato che potrebbe essere un vero lavoro quello che stai facendo adesso? Voglio dire, dietro un compenso in denaro?»

«Veramente, no», rispose lei onestamente, ma si accorse di sentirsi lusingata da quella domanda, mentre cominciava a sorseggiare lentamente il caffè. Paul aveva gli stessi capelli ricci di David Glass, e gli stessi occhi pieni di dolcezza, ma era più alto e più bello. «C'è stato un momento in cui ho pensato di laurearmi in psicologia. Ma non sono sicura di poter riuscire bene in quel campo. Però mi piace quello che faccio qui. Mi piace la gente, e sono felice di pensare che possiamo cambiare qualcosa per loro. Penso che il volontariato per ora sia la soluzione migliore. Non ho bisogno di essere pagata.» Gli sorrise di nuovo. Lui continuò a osservarla con attenzione. La trovava intrigante.

«Sei brava in quello che fai, Grace. Ecco perché te l'ho domandato. Secondo me, dovresti riflettere ancora su quell'idea della laurea in psicologia.» Grace gli aveva fatto colpo, e la trovava simpatica, interessante.

Aveva lavorato fino alle due del mattino; erano arrivate alcune donne e c'era stato talmente tanto da fare che non aveva potuto andarsene via prima. Quando tutte furono sistemate, Paul Weinberg le propose di accompagnarla a casa con la sua macchina, e Grace gli fu grata di quell'offerta perché si sentiva stanca da morire.

«Sei stata magnifica stasera», le disse lui, senza risparmiare gli elogi, e Grace lo ringraziò. Paul rimase sorpreso nel vedere dove lei abitava. La maggior parte della gente che viveva in Lake Shore Drive non si prendeva certo il fastidio di dedicarsi a un lavoro di volontariato tre giorni la settimana al St. Mary's! «Questo è un quartiere di lusso, Grace. Chi sei? Un'ereditiera?» Lei rise a quella domanda, rendendosi conto che Paul stava scherzando, ma era evidente che era anche un po' curioso.

«Divido un appartamento con altre quattro ragazze.» Lo avrebbe invitato a entrare, ma era molto tardi. Le due e mezzo passate. «Dovrai venire un'altra volta, se riesci a staccarti dal St. Mary's.» Grace si mostrava cordiale, ma Paul aveva già capito che non aveva nessuna voglia di flirtare con lui. Lo trattava piuttosto come un fratello. Invece l'interesse che lui provava nei suoi confronti non aveva assolutamente niente di fraterno, anzi!

«Be', di tanto in tanto anch'io riesco a staccarmi dal St. Mary's, sai?» e le sorrise. «Ma non mi racconti niente di te? Che cosa fai quando non aiuti donne e bambini in difficoltà?» Voleva sapere qualcosa di più sul suo conto, anche se era tardi ed erano stanchissimi tutti e due.

«Lavoro in un'agenzia per indossatrici», gli rispose lei con la massima tranquillità. Quell'impiego le piaceva e ne era orgogliosa. Ma lui inarcò un sopracciglio con aria interrogativa.

«Fai l'indossatrice?» Non sembrava affatto meravigliato, ma trovava abbastanza insolito che una persona abituata a dedicare quasi tutto il suo tempo a se stessa trovasse anche il modo di occuparsi degli altri. In fondo, Grace dava moltissimo a quelle donne e ai loro bambini. Se n'era accorto, osservandola.

«Io lavoro negli uffici», spiegò Grace con un sorriso, «ma le mie compagne, le ragazze con le quali abito, sono indossatrici, tutte e quattro. Sarai il benvenuto se verrai un'altra volta a conoscerle.» Stava cercando di dirgli che non provava il minimo interesse per lui. Perlomeno, non come uomo. E Paul si chiese se non avesse un innamorato. Ma preferì non domandarglielo.

«Sarà un piacere tornare un'altra volta, ma vorrei venire a trovare te», le rispose cercando di essere un po' più esplicito.

Grace si offrì come volontaria per un turno extra la vigilia di Natale e rimase sbalordita nel vedere quante donne arrivarono quella sera e quella notte. Lavorò senza sosta e poté tornare a casa solo alle quattro del mattino. Ma riuscì ugualmente a recarsi dagli Swanson il giorno dopo, per la festa natalizia annuale alla quale partecipavano tutti i fotografi e le indossatrici. Fu molto divertente e Grace, quando arrivò insieme agli altri, scoprì con grande meraviglia che tutto le piaceva moltissimo. Avvertì però un vago senso di fastidio quando Bob la invitò a ballare e le parve che la stringesse un po' troppo. A un certo momento, anche se non avrebbe potuto giurarlo, si accorse che le sfiorava il seno con le dita mentre allungava il braccio per prendere una tartina. Ma poi si convinse che quel gesto doveva essere stato involontario. Invece una delle sue compagne, quella sera, fece un commento che la lasciò un po' perplessa e preoccupata. Era stata Marjorie a notarlo, la solita chioccia che riversava sulle altre tutta la sua tenerezza, che le teneva sempre sotto controllo. Ma lei conosceva benissimo tutti i trucchi di Bob, anche perché ne aveva un'esperienza diretta.

«Sbaglio o stasera lo zio Bobby si stava un po' riscaldando?» domandò a Grace, che rimase interdetta.

«Ma che cosa stai dicendo? Voleva soltanto essere gentile. È Natale.»

«Oh, Dio, che santa innocenza!» esclamò Marjorie. «No, per favore, non dirmi che ci credi, vero?»

«Non fare l'idiota.» Grace, adesso, lo difendeva. Non voleva credere che Bob ingannasse Cheryl. Anche se bisognava ammettere che, circondato com'era da belle ragazze, le tentazioni non dovevano mancargli!

«E tu non fare l'ingenua. Non penserai che le sia fedele, per caso?» Anche Divina, adesso, si era unita alla conversazione. «L'anno scorso mi ha dato la caccia per tutto l'ufficio per almeno un'ora. E mentre cercavo di sfuggirgli mi sono quasi rotta un ginocchio andando a sbattere contro quello stramaledetto tavolino basso che ha nello studio! Oh, sissignora, zio Bobby è un tipo che si dà molto da fare e mi sembra proprio che tu sarai il suo prossimo bersaglio.»

«Oh, accidenti!» esclamò Grace guardandola con sgomento. «Mi era sembrato che ci fosse qualcosa, non capivo bene... e poi ho pensato che era solo frutto della mia immaginazione.»

«In questo caso, me lo sono immaginato anch'io.» E Marjorie le rise in faccia. «A un certo momento ho creduto addirittura che volesse strapparti i vestiti di dosso!»

«Ma Cheryl sa che lui fa queste cose?» domandò Grace, inquieta e ansiosa. L'ultima cosa che desiderava era trovarsi coinvolta in una storia del genere; non aveva nessuna intenzione di accettare le proposte galanti di Bob Swanson o di avere una relazione con lui. Come non ne voleva avere con nessuno. Non per il momento, comunque. E forse mai.

Paul Weinberg le aveva telefonato parecchie volte per invitarla a uscire a cena, ma lei aveva sempre rifiutato. Però la sera di Capodanno, quando la ritrovò di nuovo a lavorare al St. Mary's, insistette perché si sedesse almeno per dieci minuti a mangiare con lui un sandwich imbottito di carne di tacchino.

«Perché mi stai evitando?» l'accusò mentre Grace, seduta al suo fianco, aveva la bocca piena. Così ci volle un minuto buono prima che potesse rispondergli.

«Ma io non ti evito», replicò lei molto francamente. Non ricambiava le sue telefonate, tutto qui. Ma era felicissima di mangiare un sandwich con lui.

«E invece, sì!» insistette Paul. «Hai già qualcuno?»

«Eccome!» rispose lei felice, e Paul ci rimase male. «Ho il St. Mary's, il mio lavoro e le mie compagne, le ragazze con le quali abito. Tutto qui, ma è abbastanza. Più che abbastanza. Non trovo quasi il tempo di leggere un giornale o un libro e non vado al cinema. Però mi piace.»

«Forse avresti bisogno, di tanto in tanto, di prenderti un po' di libertà.» Le sorrise, sollevato al pensiero che non avesse accennato a un uomo, a un innamorato. Era una ragazza straordinaria e gli sarebbe piaciuto conoscerla meglio. Non gli era mai successo di incontrare una persona come lei, brillante, spiritosa, comprensiva e infinitamente tenera e piena di premure, ma nello stesso tempo così timida e così distaccata, almeno apparentemente! Sotto certi aspetti, quasi all'antica — e gli piaceva anche per questo. «Almeno dovresti andare al cinema.» Ma neppure lui ci andava più, ormai, e da mesi. Per un po' aveva frequentato una delle infermiere del centro, ma la loro storia era finita in niente. E aveva cominciato a provare un certo interesse per Grace subito, fin da quando lei aveva cominciato a frequentare il St. Mary's.

«Non voglio prendermi un po' di libertà. Mi piace quello che faccio.» Gli sorrise, poi finì di mangiare il sandwich.

«Ma, insomma, si può sapere come mai sei finita proprio qui, in questo posto, la sera di Capodanno?» le domandò, e Grace gli rispose con un altro sorriso.

«Potrei fare anche a te la stessa domanda, o sbaglio?»

«Io, qui, ci lavoro», rispose Paul con il tono di chi dice una cosa ovvia.

«Anch'io. Solo che non vengo pagata per quello che faccio.»

«Continuo a essere convinto che dovresti pensare sul serio alla possibilità di farla diventare la tua vera professione, sai?» Ma prima che potesse aggiungere altro, vennero a chiamarli e corsero via tutti e due in direzioni opposte. Per Grace fu di nuovo una serata molto impegnativa, che finì più tardi del solito. E non rivide Paul fino al martedì successivo. Anche quella sera lui le offrì un passaggio, ma Grace preferì chiamare un taxi. Non voleva incoraggiarlo. La domenica, però, al St. Mary's, Paul riuscì a metterla alle strette.

«Vuoi uscire a pranzo con me?»

«Adesso?» Grace non gli nascose la propria perplessità. Avevano quattro nuove famiglie di cui occuparsi.

«Non adesso. La settimana prossima. Il giorno che preferisci. Mi farebbe piacere vederti.» Sembrava un ragazzino goffo e impacciato quando le fece questa proposta.

«Perché?» Quella parola le sfuggì dalle labbra quasi senza che lei lo volesse. E Paul rise.

«Vuoi scherzare? Da quanto tempo non ti guardi allo specchio? E inoltre sei anche intelligente e spiritosa, e mi piacerebbe conoscerti meglio.»

«Non c'è molto da conoscere. Anzi, a dire la verità, sono un tipo abbastanza noioso», gli rispose subito. E Paul scoppiò in un'altra risata.

«Dimmi la verità, vuoi che mi tolga dai piedi?»

«Forse», rispose lei molto schiettamente. «Ecco, veramente, io non esco con nessuno.»

«Lavori soltanto?» Sembrava divertito, e lei fece cenno di sì per tutta risposta. «Perfetto. Dovremmo andare magnificamente d'accordo. Anch'io non faccio che lavorare, ma stavo pensando che uno dei due dovrebbe perdere quest'abitudine.»

«Perché? A noi va bene così.» Improvvisamente sembrò voler prendere le distanze da Paul, quasi spaventata. Lui si meravigliò. Continuava a non capirla.

«Vuoi uscire a pranzo con me una volta, per amor del cielo? Almeno prova. Dovrai pur mangiare, no? Verrò io in centro se preferisci, durante la settimana. Insomma, decidi tu quello che vuoi!» Ma Grace non aveva voglia di decidere niente. Paul le era simpatico, ma non voleva uscire con un uomo, con nessun uomo, e non sapeva come dirglielo.

Alla fine accettò l'invito per il sabato seguente. Era una giornata freddissima. Andarono al *La Scala*, dove si mangiava ogni genere di pasta.

«E adesso dimmi un po' la verità. Che cosa ti ha portato al St. Mary's?»

«Un autobus», gli rispose Grace con un sorriso. In quel momento sembrava incredibilmente giovane e allegra, un po' burlona.

«Molto spiritosa», ribatté Paul, e poi, di colpo, gli venne un dubbio. «A proposito, quanti anni hai?» Aveva calcolato che ne avesse venticinque o ventisei, perché si era dimostrata molto attenta e matura nell'occuparsi dei problemi delle donne seviziate e dei bambini.

«Ne ho venti», disse Grace con orgoglio, come se si trattasse di un talento particolare, e lui si lasciò quasi sfuggire un gemito. «Ne compio ventuno l'estate prossima», specificò poi.

«Magnifico. Mi fai sentire il classico pervertito, quello che è abituato a frequentare le neonate in fasce! Io ne compio trentatré in agosto.»

«Mi ricordi una persona che conoscevo, un amico. È avvocato e sta in California.»

«E sei innamorata di lui?» le domandò Paul Weinberg con tristezza. Aveva intuito che doveva esserci, nella sua vita, una spiegazione del motivo per cui si mostrava così distaccata. In parte era certo dovuto alla sua estrema giovinezza, ma si rendeva conto che doveva esserci anche qualcos'altro, qualcosa di più.

Ma Grace stava già ridendo e gli fornì subito qualche chiarimento su David Glass. «No, è sposato e avrà presto un bambino.»

«E allora, chi è il fortunato?»

«Fortunato? Chi?» Grace sembrava sconcertata. «Te l'ho già detto, non c'è nessuno.»

«Ma i ragazzi ti piacciono?» La domanda era strana, Paul lo capiva, ma — visti i tempi che correvano — valeva la pena di farla.

«Non so», rispose Grace onestamente, guardandolo. E per un attimo Paul provò un tuffo al cuore. Poi, mentre la fissava con attenzione, vide qualcos'altro nei suoi occhi. «Non sono mai uscita con un ragazzo.»

«Mai?» Non le credeva.

«No. Mai.»

«È un vero record, a vent'anni!» Ma anche una magnifica sfida. «Non l'hai mai fatto per qualche ragione particolare?» Intanto era arrivata la pasta che avevano ordinato e, mentre Paul faceva tutte queste domande, si gustarono il pranzo. «Oh, sì, qualche ragione c'è, immagino. Ma credo soprattutto di non averne voglia.»

«Grace, ma è una pazzia!»

«Dici sul serio?» domandò lei guardinga. «Forse no. Forse è soltanto il modo in cui ho bisogno di vivere la mia vita. Nessun altro può giudicare quello che va bene per me.» E a quel punto Paul capì ogni cosa e si rese conto di essere stato un completo imbecille. Ecco perché era venuta al St. Mary's. Per aiutare altre come lei.

«Hai avuto una brutta esperienza?» le domandò con dolcezza, e Grace capì che si poteva fidare di lui. Ma solo fino a un certo punto. Non aveva intenzione di raccontargli tutti i suoi segreti.

«Diciamo di sì. Piuttosto brutta. Ma non peggiore di quello che vedi ogni giorno al St. Mary's. Ed è qualcosa che si paga, credo. E lascia il segno.»

«Non sempre. È qualcosa che si può anche superare. Non c'è nessuno che ti aiuti? Uno psicologo, voglio dire.»

«Sì, c'era. Eravamo buone amiche. Ma è morta in un incidente l'estate scorsa.» Paul provò compassione per lei. Dal tono della sua voce si capiva che doveva sentirsi molto sola.

«E la tua famiglia? Ti è stata vicina?»

Lei sorrise; si rendeva conto che Paul avrebbe voluto aiutarla, ma soltanto il tempo poteva farlo. Non solo, ma adesso sapeva che doveva aiutarsi da sola. «Non ho nessuno. Non ho una famiglia. Ma non è brutto come può sembrare. Ho degli amici, e un lavoro molto bello. E tutte le persone buone e simpatiche al St. Mary's.»

«Vorrei far qualcosa per te, se credi che sia utile.» Ma il genere di terapia che Paul aveva in mente la spaventava troppo. E poi, in fondo, lui voleva soltanto incontrarla, uscire con lei. E lei sapeva di non essere preparata a qualcosa del genere. Forse non lo sarebbe mai stata.

«Se avrò bisogno di aiuto, ti chiamerò.» Gli sorrise. Poi ordinarono il caffè. Passarono un pomeriggio molto piacevole, passeggiando lungo il lago e chiacchierando di tante cose. Ma ormai Paul si era reso conto che era inutile insistere a corteggiarla. Era troppo pericoloso per Grace. Il solo fatto di avere capito quello che lui provava nei suoi confronti l'aveva già convinta a prendere le distanze, a tirarsi indietro.

«Grace», le disse Paul lasciandola davanti a casa, «non voglio assolutamente farti del male, ma soltanto essere vicino a te, nel caso avessi bisogno di un amico», e le rivolse un caldo sorriso. Sembrava quasi bello in quel momento. «Non mi dispiacerebbe anche qualcosa di più, ma non voglio essere insistente.» E poi, Grace era così giovane! Anche questo aveva un certo peso. Non osava forzarla, se lei non si sentiva pronta.

«Grazie. È stato molto bello.» Ed era la verità. Tanto che, dopo quella volta, uscirono ancora a pranzo insieme. Paul non voleva rassegnarsi a rinunciare completamente al suo sogno, e Grace trovava piacevole la sua compagnia. Comunque, tutto rimase nei limiti di una calda amicizia. Sotto molti punti di vista Paul aveva preso, nella vita di Grace, il posto di David, se non addirittura di Molly.

Tutto procedette senza problemi fino alla primavera. Poi Louis Marquez ricominciò a perseguitare Grace. Lei non poteva saperlo, ma lui si era lasciato con la sua ragazza e adesso cercava qualche vittima su cui vendicarsi. Così cominciò a far visita a Grace, presentandosi all'improvviso, senza preavviso. Le ragazze, ovviamente, fecero commenti maliziosi. Lui non spiegò mai quale fosse la sua posizione e Grace si guardò bene dal rivelarlo. Raccontava semplicemente che era un amico di suo padre. Ma ogni volta che si presentava, Marquez faceva un mucchio di domande anche alle altre ragazze. Sniffavano? Erano tossiche? Come trovavano la professione di indossatrici? Capitava che conoscessero molti uomini per motivi di lavoro? Una volta si azzardò addirittura a chiedere un appuntamento a Brigitte, e Grace gli fece una sfuriata quando andò a presentarsi nel suo ufficio per il controllo abituale.

«Lei non ha il diritto di farmi una cosa simile. Non ha il diritto di venire a cercarmi a casa e di infastidire le mie amiche.»

«Io posso fare quello che mi pare e piace. A parte il fatto che è stata lei a farmelo capire, con certe occhiate, per una buona mezz'ora. Io me ne intendo. So che cosa vogliono le ragazze come quella. Non farti illusioni, bellezza. Quella non è sicuramente vergine.»

«No, però non è neppure cieca», rispose Grace senza troppi complimenti, e Marquez andò su tutte le furie. Adesso non aveva più paura di lui e gli teneva testa.

«Dovresti essermi grata, piuttosto, perché non ho ancora detto a nessuna delle tue amiche che sono il tuo assistente sociale e che ti trovi in libertà vigilata, e non ho neppure parlato della condanna e del tempo che hai passato in prigione.»

«Si azzardi a farlo, e la denuncio. Le faccio causa per avermi creato delle difficoltà con le persone con le quali abito e con quelle presso le quali lavoro.»

«Balle! Tu non fai causa a nessuno! Figuriamoci un po'!»

Grace sapeva perfettamente che non avrebbe mai osato fare una cosa simile, ma doveva in qualche modo difendersi. Come la maggioranza dei prepotenti e degli oppressori, non appena fosse stato messo alle strette Marquez si sarebbe tirato indietro. E infatti, da allora smise di farsi vedere così spesso, ma Grace continuò a presentarsi regolarmente, ogni settimana, nel suo ufficio.

Quando Brigitte, in maggio, accettò un lavoro a Tokyo che l'avrebbe tenuta lontana tre mesi, trovarono un'altra ragazza che prendesse il suo posto. Mireille, una francese. Veniva da Nizza, dal sud della Francia, e aveva diciannove anni. Fu subito simpatica a tutte. Aveva una vera passione per tutto quello che era americano, soprattutto i popcorn e gli hot dog. E i ragazzi americani, poi, le piacevano da morire... mai, però, quanto lei piaceva a loro! Dal giorno del suo arrivo non rimase mai in casa una sola sera. Così Divina, Marjorie, Allyson e Grace finirono per farsi sempre più spesso compagnia, quando non avevano niente da fare e nessun programma o impegno particolare.

Per il 4 luglio gli Swanson organizzarono un gran ricevimento nella loro casa di campagna, a Barrington Hills. La festa durò tutta la giornata, prolungandosi anche nella serata. Grace invitò Paul, che si divertì un mondo a lanciare occhiate infuocate a tutte le ragazze. Le sue amiche lo trovarono molto simpatico e cercarono di sapere se era con lui che si incontrava quando usciva la sera.

«Più o meno», rispose lei maliziosa, divertendosi a fare la misteriosa.

Poi le ragazze le offrirono una splendida festa il giorno del suo compleanno. Fu una vera sorpresa: avevano invitato tutti quelli che lavoravano per l'agenzia, e anche Paul, naturalmente. Grace compiva ventun anni. Quando la festa finì, andò a sedersi nel patio con Paul. Stava pensando a quanto era cambiata la sua vita in quell'ultimo anno. Aveva fatto passi da gigante! Paul non poteva saperlo, naturalmente, ma lei non dimenticava di aver passato gli ultimi due compleanni in prigione. E adesso era seduta accanto a lui nel patio dell'appartamento che divideva con le sue amiche. C'era da rimanere senza fiato a pensarci, a volte! Le tornarono alla mente Luana e Sally, e Molly e David. Spesso li rievocava, e pensava a loro con il cuore colmo di affetto, ma erano momenti fugaci. Dopo averli ricordati, ritornava alla propria vita. Purtroppo se n'erano andati tutti. Per sempre. Non aveva più avuto notizie di David da quando era nato il bambino, in marzo, e aveva definitivamente rinunciato a scrivere ancora a Luana e Sally, che non avevano mai risposto alle sue lettere.

Sollevò lo sguardo e vide una stella cadente; allora, senza aspettare, chiuse gli occhi e pensò a loro. Poi espresse un desiderio. Chiese che tutto ciò, un giorno, appartenesse per sempre al passato. Per il momento c'era Lou Marquez, che minacciava di rivelare i suoi segreti alle amiche. C'era ancora qualcuno che la teneva al guinzaglio. Non le rimaneva che sperare di poter essere finalmente libera, un giorno, senza aver più paura di nessuno.

«Hai espresso un desiderio poco fa? Non vuoi dirmi qual era?» le domandò Paul, osservandola con attenzione. Non l'aveva mai forzata a trasformare il loro rapporto in qualcosa di più intimo. Ma continuava a sperare che, prima o poi, Grace sarebbe stata pronta ad accettarlo. E sapeva perfettamente quale desiderio avrebbe formulato lui, guardando una stella cadente, e cioè che un giorno Grace si innamorasse di lui.

«Stavo semplicemente pensando a qualche antica amicizia», gli rispose con un sorriso triste. «E mi sono augurata che presto tutti i brutti momenti possano essere solo un lontano ricordo.» Paul, ascoltandola, si sentì commuovere profondamente.

«Non lo sono già, ormai?» Non sapeva se quei brutti momenti facessero parte di un passato lontano o fossero ancora vividi e vicini. Grace non glielo aveva mai confidato, né lui aveva insistito per saperlo. «Non sono scomparsi per sempre?» le domandò dolcemente.

«Quasi», e Grace gli sorrise, felice di averlo come amico. «Quasi... forse lo saranno, l'anno prossimo.»

8

Gli Swanson tentarono ancora di persuadere Grace a diventare indossatrice; ma tutto si risolse in un sostanzioso aumento di stipendio e in un piccolo avanzamento di carriera: la promozione a segretaria personale di Cheryl. Del resto gli Swanson dovevano riconoscere che ormai era Grace a mandare avanti l'agenzia per conto loro. Era efficiente, rapida, organizzata, intelligente e non perdeva mai la testa. Conosceva tutte le ragazze che lavoravano per l'agenzia, e anche molti degli indossatori, e tutti l'apprezzavano. A casa novità e cambiamenti non mancavano. Brigitte era rientrata da Tokyo ma era andata a vivere con un fotografo, lasciando così l'appartamento. Allyson era partita per Los Angeles perché le avevano offerto una parte in un film. E Divina lavorava a Parigi. Così rimanevano soltanto Marjorie e Grace, oltre a Mireille che, però, stava meditando di metter su casa con il suo ultimo innamorato. Altre ragazze occupavano immediatamente le camere lasciate libere. E a Natale Marjorie annunciò il suo fidanzamento. Comunque Grace non ebbe mai difficoltà a trovare nuove compagne con cui dividere l'appartamento. Infatti ne arrivavano in continuazione, a Chicago, a cercare lavoro nel campo della moda e, come sempre, avevano bisogno di un posto dove vivere.

Louis Marquez passava regolarmente a controllarla e, almeno una volta al mese, la costringeva a sottoporsi a un test antidroga. Lei ne veniva fuori sempre pulita, e questo lo deludeva enormemente. Gli sarebbe piaciuto metterla nei guai — e rovinarla — per pura cattiveria.

«È proprio una piccola carogna», commentò Marjorie quando Marquez si rifece vivo, dopo Natale, per dare un'occhiata alle nuove ragazze che vivevano nell'appartamento e controllare che tipi fossero. «Bisogna proprio dire che tuo padre aveva tipi poco raccomandabili come amici!» proseguì seccata. Marquez aveva infatti cercato di accarezzarle le natiche fingendo di allungare una mano per prendere un posacenere. Puzzava di sigaretta e di sudore e non indossava un solo capo di vestiario che non fosse di poliestere. «Ma perché non lo mandi fuori dai piedi?» esclamò, rabbrividendo, quando lui se ne fu andato. Ogni volta che lo si incontrava, veniva voglia di andare a farsi un bel bagno. Anche Grace avrebbe voluto dirgli di non comparirle più davanti, di non azzardarsi a mettere ancora il naso in casa sua... ma non aveva altra scelta. Le rimanevano ancora da scontare nove mesi di libertà vigilata; poi anche quell'incubo sarebbe finito.

In marzo, gli Swanson la invitarono ad accompagnarli a New York, e lei fu costretta a rispondere che non poteva muoversi da Chicago. Aveva chiesto a Marquez se le dava il permesso di fare quel viaggio, ma la sua risposta era stata un netto rifiuto. Così inventò una scusa e disse che aveva un altro impegno dal quale non aveva potuto liberarsi. Le era dispiaciuto non poter partire, ma per fortuna c'erano mille altre cose che la tenevano occupata. Continuava ancora a passare due sere la settimana e l'intera domenica al St. Mary's. Ogni volta vedeva Paul Weinberg, e gli era molto affezionata, ma ormai sapeva che lui aveva rinunciato ad aspettare e adesso usciva con una delle infermiere. Sembrava proprio che fosse una cosa seria.

Di tanto in tanto Cheryl tentava di combinarle un appuntamento con qualcuno, ma Grace continuava a non provare nessun interesse per quel genere di cose. Era troppo spaventata, segnata troppo profondamente da tutto quello che era successo. Uscire con un uomo le avrebbe sempre ricordato gli orrori che aveva sperimentato con suo padre.

Fino a giugno. Quando Marcus Anders entrò nell'agenzia per parlare con Cheryl. Era uno degli uomini più belli che Grace avesse mai visto, con folti capelli biondi, un sorriso da adolescente e le lentiggini. Era uno di quegli uomini che non perdono mai l'aria da adolescenti, tanto che al primo momento Grace pensò si trattasse di uno dei loro soliti indossatori.

Era appena arrivato da Detroit e aveva un'ottima reputazione come fotografo, specialmente in campo pubblicitario. Aveva pensato di trasferirsi a Los Angeles oppure a New York ma voleva arrivare in alto a poco a poco, per gradi, dimostrando molta intelligenza. Era freddo, distaccato, sicuro di sé, con uno straordinario senso dell'umorismo. Scherzò un po' anche con Grace, dopo il colloquio con Cheryl, e le domandò in che modo poteva trovare un appartamento. Lei gli raccomandò un certo numero di agenzie immobiliari e lo presentò a qualcuna delle indossatrici man mano che arrivavano. Ma lui non sembrò particolarmente interessato a quel tipo di ragazza; in fondo, ne vedeva in continuazione. Era Grace che l'aveva colpito, tanto che, prima di andarsene, le domandò se poteva fotografarla, non professionalmente ma, più che altro, per divertimento. Lei rise scrollando la testa. Le avevano già fatto altre volte proposte simili, ma lei non provava il minimo interesse per quel genere di cose.

«No, grazie. Mi tengo sempre alla larga dalle macchine fotografiche.»

«Come mai? Sei ricercata dalla polizia? Nascondi qualcosa?»

«Sicuramente. Sono ricercata dall'FBI», replicò lei con un sorriso. Era divertente parlare con lui, ma Grace non aveva nessuna voglia di lasciarsi incantare, né da lui né da nessun altro. «La verità è che non ci tengo a farmi fotografare.»

«Ragazza intelligente!» commentò, lasciando capire che l'ammirava, e andò a sedersi dall'altro lato della scrivania, di fronte a lei. Era così giovane, sano e bello da lasciare senza fiato! «Eppure saresti eccezionale come modella, perché hai una struttura ossea favolosa e occhi magnifici.» Poi, osservandola meglio, si accorse che in Grace c'era qualcosa di più di quello che aveva notato al primo momento. C'era sofferenza nei suoi occhi, e un dolore profondo, antico, che cercava di nascondere al mondo intero. Ma a lui non era sfuggito. Grace si voltò dall'altra parte ridendo, con un'alzata di spalle. Stava tentando con troppa insistenza di far crollare le sue barriere, e lei non voleva. «Perché non proviamo a farlo per divertirci, una volta o l'altra, e vediamo che cosa ne viene fuori? Potresti costringere tutte queste ragazze a rimanere senza lavoro, sai?» Era l'unica cosa che lui capisse, l'unica cosa che amasse veramente. Con la sua macchina fotografica aveva una vera e propria relazione amorosa che durava da una vita.

«Non vorrei spaventarle», rispose Grace in tono scherzoso, voltandosi di nuovo a guardarlo. Indossava una gonna nera, dritta, e un maglioncino nero. Aveva imparato a vestirsi in un modo abbastanza sofisticato, come si usa nelle grandi città, dopo quasi due anni di lavoro con gli Swanson.

«Prova a farci un pensierino ugualmente.» Marcus le sorrise e si alzò dalla poltrona di cuoio nero dove stava seduto con le gambe accavallate. «Torno lunedì.»

Invece le telefonò il giorno dopo, più che altro per fare due chiacchiere e raccontarle qualcosa degli appartamenti che era stato a visitare. Li aveva trovati decisamente brutti, le disse, e lui si sentiva molto solo. Grace lo prese un po' in giro, pur fingendo di mostrarsi comprensiva. Poi Marcus la invitò fuori a cena.

«Spiacente. Non posso», rispose Grace, brusca, perché ormai aveva imparato come liberarsi degli uomini. Non era mai stato un problema. «Stasera ho un impegno.» Dal suo tono di voce si sarebbe detto che nella sua vita ci fossero decine di uomini, mentre in realtà si trattava solamente di donne e bambini maltrattati.

«Domani, allora.»

«Devo lavorare fino a tardi. Stiamo girando un importante spot pubblicitario con nove delle nostre ragazze, e Cheryl vuole che io sia presente.»

«Non è un problema. Verrò anch'io.» Sembrava di nuovo un ragazzino, e Grace si lasciò quasi incantare, anche se si sentiva assolutamente decisa a non accettare proposte del genere. «Sono un ragazzo appena arrivato in città, non conosco nessuno. Sono solo.»

«Oh, andiamo... Marcus... non fare il bambino viziato.»

«Ma io sono un bambino viziato, credimi!» replicò lui orgoglioso, e risero insieme. In conclusione, e contro ogni logica, gli diede il permesso di essere presente mentre giravano quello spot, e Marcus si rivelò molto utile. C'era talmente tanta gente sul set che nessuno si accorse di una persona in più. Quanto alle indossatrici, non nascosero di trovarlo molto affascinante. Piaceva a tutti. Era spiritoso, divertente e non mostrava la solita arroganza tipica di molti fotografi. Sembrava un tipo straordinario, insomma, tanto che, dopo che si presentò regolarmente ogni giorno all'agenzia, per un'intera settimana, Grace finalmente si arrese e accettò un invito a cena. Era il primo appuntamento con un uomo da quando non era più uscita con Paul Weinberg.

Marcus non nascose la sorpresa quando Grace gli disse che aveva soltanto ventun anni. La trovava molto matura per la sua età, e aveva un'aria sofisticata che la faceva sembrare più vecchia. Continuava a tenere sciolti i folti capelli ramati, ma spesso li raccoglieva in uno chignon e aveva cominciato a scegliere il tipo di vestiti che vedeva indossare dalle modelle, quando poteva permetterseli. Marcus, del resto, era abituato a ragazze giovani che sembravano più vecchie di quanto non fossero realmente. Un paio di volte era stato perfino tanto stupido da uscire con indossatrici quindicenni, convinto che avessero tutt'altra età.

«E allora? Che cosa fai di bello quando non sei in ufficio?» le domandò con evidente interesse mentre erano a cena da *Gordon*. Aveva appena trovato uno studio, un attico magnifico, comunicante con un piccolo appartamento attrezzato con tutto quanto poteva servirgli.

«Sono abbastanza impegnata.» Da poco Grace aveva cominciato ad andare in bicicletta e una delle ragazze con le quali divideva l'appartamento le stava insegnando a giocare a tennis. Erano passatempi fino a quel momento completamente sconosciuti per lei. In prigione gli unici sport ai quali si era dedicata un po' erano stati jogging e sollevamento pesi, ma non aveva nessuna intenzione di parlare dei due anni passati a Dwight. Non lo avrebbe mai fatto con nessuno — e per il resto dei suoi giorni. Aveva preso molto sul serio i consigli di Luana e si era buttata tutti i ricordi dietro le spalle.

«Hai molte amicizie?» le domandò ancora lui, incuriosito. Grace era un tipo molto chiuso e riservato. Eppure Marcus intuiva che dietro quella facciata dovevano esserci tesori... Non aveva mai conosciuto nessuna donna che possedesse tutta la sua femminilità.

«Abbastanza», sorrise lei. Ma quella non era la verità. E Marcus lo sapeva perché si era informato sul suo conto. Quindi era già al corrente del fatto che non usciva mai con nessun uomo, che amava stare per conto proprio, che era timidissima e che si dedicava a non si sapeva bene quale opera di volontariato. Glielo domandò mentre bevevano il caffè e lei gli descrisse qualcosa della situazione al St. Mary's.

«Perché hai scelto proprio quello? Che cosa trovi di tanto intrigante nelle donne seviziate e maltrattate?»

«Hanno un bisogno disperato di aiuto», rispose Grace con aria seria. «Sono convinte di non avere vie d'uscita né altre scelte. È come se fossero bloccate sul tetto di una casa che brucia. Bisogna tirarle via di lì a ogni costo, perché non oseranno mai, da sole, spiccare il salto verso la libertà.» Lei lo sapeva meglio di chiunque altro. Anche lei non aveva mai pensato che ci fosse qualche mezzo per venir fuori, libera, dalla situazione in cui si era trovata. Aveva dovuto uccidere per ottenere la salvezza... Ma quanto le era costato! E adesso desiderava con tutto il cuore che altre non fossero costrette a dover ricorrere a mezzi estremi.

«Ma che cosa ti spinge a dedicarti tanto a loro, Grace?» Lo incuriosiva, anche perché rivelava così poco di sé. Fin dall'inizio della cena si era accorto che Grace era esageratamente guardinga, apparentemente cordiale ma cauta e molto riservata per quanto riguardava la propria persona.

«Niente. È solo qualcosa che voglio fare. Per me ha un grande significato, specialmente il lavoro con i bambini. Sono così indifesi e soffrono tanto per quello che hanno passato!» Proprio come era successo a lei, e lo sapeva. Era perfettamente consapevole di essere rimasta segnata da certi avvenimenti e non voleva che la stessa cosa succedesse anche a loro. Era il dono che offriva a quelle creature e rendeva la sua vita degna di essere vissuta. Il suo dolore e le sue sofferenze sarebbero almeno servite a qualcuno e avrebbero impedito che altri percorressero fino in fondo la strada faticosa e difficile che lei stessa aveva percorso. «Non so... Credo di avere talento per questo. E sto meditando di riprendere gli studi, magari per laurearmi in psicologia un giorno o l'altro... ma temo che me ne manchi il tempo, con l'ufficio e tutto il resto... Chissà, forse un giorno...»

«Tu non hai bisogno di una laurea in psicologia», rise Marcus e Grace si accorse di provare per lui qualcosa che non aveva mai provato prima. Ciò la spaventò. Quell'uomo era terribilmente affascinante. «Hai bisogno di un uomo», concluse.

«Che cosa te lo fa dire con tanta sicurezza?» Gli sorrise. Era come un bellissimo bambino, un bambino cresciuto... Intanto lui si era proteso attraverso il tavolo per prenderle una mano.

«Il fatto che sei disperatamente sola, malgrado tutto quello che racconti e tutte le tue bravate. E insisti troppo a ripetere che hai una vita splendida e piena. Credo di indovinare dicendo che non hai mai avuto un uomo vero...» e socchiuse gli occhi, scrutandola con esplicita ammirazione, mentre lei scoppiava a ridere. «E sono addirittura pronto a scommettere i miei ultimi dieci centesimi che sei vergine.» Lei non fece commenti e liberò delicatamente la mano. «Ho ragione, vero, Grace?» Quante cose non sapeva! Lei si strinse nelle spalle con aria vaga. «Sì, ho visto giusto», riprese lui, sicuro di sé, convintissimo di sapere di che cosa Grace avesse davvero bisogno. Sotto la guida dell'uomo giusto, intuiva che sarebbe diventata una donna straordinaria.

«Non esistono soluzioni uguali per tutti, Marcus», replicò lei, e in quel momento sembrò molto più matura dei suoi ventun anni. «Ci sono persone un po' più complicate delle altre.» Invece Marcus era convinto di conoscerla, ormai, e pensava che fosse semplicemente spaventata, timida e troppo giovane; probabilmente, poi, veniva anche da una famiglia molto rigida e severa.

«Parlami un po' della tua famiglia. Che tipi sono i tuoi genitori?»

«Morti», rispose lei con freddezza. «Sono morti quando frequentavo le superiori.» Questo bastò a chiarirgli qualcosa: Grace aveva subìto una dura perdita ed era sola da parecchi anni. Ecco il motivo, almeno in parte, dell'isolamento in cui viveva. Questa fu la sua conclusione.

«Niente fratelli o sorelle?»

«No. Soltanto io. Anzi, niente parenti, di nessun genere.» Non c'era da meravigliarsi, dunque, se sembrava così matura. Evidentemente da anni si era abituata a cavarsela da sola. Marcus si stava facendo un'idea molto personale di Grace.

«Mi meraviglio che tu non abbia sposato il ragazzo di cui eri innamorata quando andavi a scuola», commentò con un tono di rispetto nella voce. «Molte avrebbero fatto qualcosa del genere, trovandosi completamente sole alla tua età.» Grace era una ragazza forte. Anzi, era una donna matura e responsabile. E questo gli piaceva.

«Non avevo un ragazzo che mi sposasse», rispose Grace in tono pratico, con distacco.

«Che cos'hai fatto? Sei andata a vivere in casa di amici?»

«Più o meno. Ho vissuto con un gruppo di persone.» In prigione... Si domandò che cosa avrebbe detto Marcus se gli avesse rivelato la verità. Non riusciva neppure a immaginare la sua reazione. Chissà come sarebbe rimasto inorridito se gli avesse confessato di avere ucciso suo padre. E, senza saperselo spiegare, l'ironia di tutta quella situazione la divertì. No, Marcus non immaginava neppure lontanamente chi lei fosse e che cosa avesse fatto. Nessuno lo immaginava. Le persone che la conoscevano veramente, ormai per lei non esistevano più — Luana, Sally, Molly o David. A Luana e Sally aveva smesso di mandare cartoline e non aveva più notizie di David da molto tempo. In ogni caso, non aveva senso scrivergli. Avevano entrambi la propria vita da vivere, adesso. Tutto quello che poteva fare per le persone alle quali aveva voluto bene, e per le altre, era il lavoro che svolgeva al St. Mary's. Era un modo per ripagare le persone che erano state buone con lei nel corso degli anni. Com'erano poche! Ma proprio per ricordarle voleva aiutarne altre.

«Sarà duro per te, quando arrivano le vacanze!» osservò Marcus pieno di comprensione. «Per esempio, Natale.»

«Non più.» Gli sorrise. Non più, dopo Dwight. Nessun Natale poteva essere peggiore di quelli che aveva passato in prigione. «Ci si abitua.»

«Sei una ragazza coraggiosa, Grace.» Molto più coraggiosa di quanto non immaginasse. Molto, molto di più.

Dopo cena andarono a bere qualcosa in un locale che lui aveva appena scoperto, dove c'era un vecchio juke-box e suonavano musiche degli anni Cinquanta. La domenica, poi, fecero un giro intorno al lago in bicicletta. Era un caldo pomeriggio di giugno e il paesaggio era splendido. Malgrado tutti gli avvertimenti che continuava a dare a se stessa, Grace si accorse che le piaceva infinitamente stare con Marcus. Era paziente e non cercava di metterle fretta. Pareva che avesse capito che con lei ci voleva tempo; che erano necessari affetto e premure prima di azzardare qualsiasi passo avanti. Quanto a lui, era dispostissimo a passare del tempo con lei, e non si azzardò a fare nient'altro se non baciarla. Era il primo uomo dal quale Grace fosse mai stata baciata, a parte suo padre. E anche se al primo momento si sentì spaventata, poi dovette ammettere che le piaceva.

Come al solito, Marjorie si affrettò a farle mille raccomandazioni quando tornò a casa dopo aver passato tutto il pomeriggio del sabato con Marcus, che ormai si era stabilito in città da una ventina di giorni. Erano stati a comprare mobili e attrezzature di seconda mano per il suo studio. L'agenzia aveva già cominciato a dargli del lavoro e gli Swanson sembravano molto soddisfatti di lui. Aveva davvero talento. «Goditi la sua compagnia fintanto che puoi», le aveva detto Cheryl con un sorriso. «Qui non rimarrà a lungo. Sarei pronta a scommettere che nel giro di un anno finirà a New York, oppure a Parigi. È troppo bravo per rimanere da queste parti.»

Marjorie, invece, aveva tutt'altro da raccontarle. Conosceva un numero incredibile di ragazze, tutte indossatrici come lei, sparse per il mondo, che rappresentavano una utilissima fonte di informazioni. E da un'amica che lavorava a Detroit aveva avuto parecchie notizie niente affatto rassicuranti sul conto di Marcus.

«Mi ha detto che ha violentato una ragazza, qualche anno fa, Grace. Sta' attenta. Non mi fido di lui.»

«Ma è assurdo! Mi ha già raccontato tutta quella storia. Lei aveva sedici anni, ma ne dimostrava venticinque. E, secondo quello che mi ha detto, è stata la ragazza che lo ha praticamente violentato.» Marcus le aveva raccontato che era stata la ragazza a strappargli praticamente i vestiti di dosso. Era successo quattro anni prima e lui ammetteva apertamente di essersi comportato da ingenuo. Anzi, quando le aveva confessato tutta quella faccenda, il suo imbarazzo era sembrato sincero.

«La ragazza aveva tredici anni, e il padre ha cercato di farlo sbattere in prigione», spiegò Marjorie con aria severa. Storie del genere le piacevano molto poco. Non erano una novità nel mondo della moda; e le vittime erano di solito le indossatrici più giovani. «A quanto si dice in giro, Marcus se l'è cavata sborsando un bel po' di quattrini. E poi c'è stata qualche altra storia del genere, anche in seguito, forse quella della sedicenne di cui parli tu. Eloise dice che ha fatto un mucchio di foto porno per pagarsi l'affitto. A me non sembra proprio per niente un tipo simpatico.»

«Tutte frottole», ribatté Grace, difendendolo a spada tratta. No, Marcus non era un tipo del genere. Lei l'aveva capito. Se c'era qualcosa che aveva imparato per esperienza personale, oltre che lavorando nell'agenzia, era come giudicare le persone. «La gente racconta sempre storie simili quando è invidiosa. Probabilmente quella si era presa una sbandata per Marcus, e lui non la guardava neppure! Così adesso si vendica», continuò, sicura di sé. Ma le dava fastidio che Marjorie fosse così ingiusta nei confronti di Marcus. Non se lo meritava. A volte Marjorie era troppo severa, troppo rigida. Proprio la classica chioccia. E Grace riteneva di non aver bisogno di essere tenuta sotto tutela.

«Eloise non è quel tipo di ragazza», riprese Marjorie, decisa a difendere a ogni costo l'amica di Detroit. «Tu, piuttosto, stai attenta a quello che fai. Non sei furba come credi. E non esci abbastanza spesso con degli uomini per avere il fiuto necessario a capire quando uno è un tipo poco raccomandabile!»

«Non sai quello che dici.» Per la prima volta Grace era letteralmente furiosa con Marjorie. Aveva gli occhi scintillanti di collera. «Invece è proprio perbene, un gran bravo ragazzo e non ha mai fatto niente di più che baciarmi.»

«Fantastico. Sono contenta per te. Comunque io ti sto semplicemente dicendo che quel tizio ha una pessima reputazione. Dammi retta. Non fare la stupida.»

«Grazie dell'avvertimento», le rispose Grace, sempre risentita. Cinque minuti dopo si ritirava nella sua camera sbattendo la porta. Povero Marcus! Quante bugie dicevano sul suo conto! D'altra parte capitava, a volte, nel loro ambiente. Chi non riusciva a trovare lavoro dava la colpa ai fotografi, e i fotografi che volevano avere successo e facevano fiasco andavano a raccontare cose raccapriccianti sul conto delle modelle, sostenendo che erano tossicodipendenti oppure che avevano tentato di sedurli. Le indossatrici, invece, dichiaravano di essere state violentate. Correvano molte voci del genere, nel loro ambiente, e Grace lo sapeva. Ma anche Marjorie, che di solito non dava mai molto credito a quello che si sentiva raccontare in giro. Quanto alla faccenda delle foto pornografiche, era semplicemente una stupidaggine. Marcus le aveva raccontato che, a volte, non si era tirato indietro quando gli avevano offerto un posto di cameriere in un ristorante, pur di poter pagare l'affitto del suo studio a Detroit. Ma di pornografia non aveva mai parlato, e Grace sapeva, d'istinto, che per quanto fosse un argomento scottante non avrebbe taciuto. Era una persona molto schietta e aperta, e con lei era stato molto onesto, confessandole tutte le colpe e i peccati del suo passato. Da anni non si fidava più di nessuno come faceva, invece, con Marcus.

Il 4 luglio andarono insieme alla festa degli Swanson, a Barrington Hills, e Cheryl lo pregò di persuadere Grace a farsi fotografare da lui. Diventava ogni giorno più bella e lei era convinta che Marcus fosse l'uomo giusto per rompere il ghiaccio. Ma la ragazza rispose con una bella risata alla proposta e scrollò la testa, come sempre. Non provava assolutamente il minimo interesse per quella carriera.

Quel pomeriggio, alla festa, Marcus chiacchierò con molte delle altre ragazze; riusciva immediatamente a fare amicizia. La sera, Marjorie si affrettò a informare Grace che lui aveva combinato di vedersi con un paio delle sue colleghe, e lei considerava un dovere avvertirla di questo fatto.

«Non l'ho sposato, sai?» ribatté Grace, difendendolo. Dopo tutto, non andavano neppure a letto insieme. Marcus glielo aveva chiesto, ma lei gli aveva risposto di non sentirsi ancora pronta per un rapporto di quel genere. Ma sapeva che non sarebbe passato molto tempo. E gli aveva già dato la propria completa fiducia. Ormai era sicura che presto o tardi si sarebbe innamorata di lui. E, in un certo senso, il fatto che Marjorie le avesse parlato di quegli appuntamenti con le altre ragazze la spinse in qualche modo ad accelerare i tempi. Ma non ebbe il coraggio di domandargli se era vero, quando lo rivide l'indomani; fu lui, invece, a pregarla di lasciarsi fotografare.

«Da brava, Grace... non fai del male a nessuno... fallo soltanto per noi... per me... sei così bella... lascia che ti faccia qualche foto. Non le mostrerò a nessuno, se non dovessero piacerti. Prometto. Cheryl ha ragione. Saresti favolosa come modella.»

«Ma a me non interessa diventarlo», rispose lei, e ne era pienamente convinta.

«Ma perché non vuoi, santo cielo? Hai tutto quello che occorre. Altezza, bellezza, stile, sei magra a sufficienza, giovane quel che basta... chissà quante ragazze sarebbero pronte a dare chissà che cosa per avere quello che hai tu e vedersi offrire un'occasione come questa! Grace, abbi un po' di buon senso... o, se non altro, non rinunciare a fare una prova. Con me tutto sarà più facile. Fra l'altro, mi piacerebbe avere qualche tua fotografia. Ci frequentiamo da un mese e mi manchi quando non sono con te.» Scherzò, si burlò di lei e la baciò sul collo... e, stupitissima, alla fine del pomeriggio Grace acconsentì. Ma solo per farlo contento. E gli fece promettere che non avrebbe mostrato a nessuno le fotografie. Fissarono un appuntamento per il sabato successivo. Marcus le disse che non avrebbe accettato rinvii.

«Non capisco tutta questa timidezza», commentò ridendo mentre preparavano gli spaghetti nella cucina del suo attico. Mai come quella sera andarono vicini a fare l'amore, ma alla fine Grace disse che preferiva aspettare ancora un po'. In ogni caso, erano i giorni sbagliati del mese per lei e non voleva che la loro relazione cominciasse a quel modo. E poi sentiva il bisogno di guadagnare ancora un po' di tempo. Una settimana in più non sarebbe stata una tragedia. Anzi, a giudicare da quello che provava per Marcus, sarebbe stato ancora più bello.

Era preoccupata per la seduta fotografica e si sentì in ansia per tutta la settimana; detestava trovarsi al centro dell'attenzione, sentirsi un oggetto sessuale. Odiava tutto quello che ciò significava. Le piaceva lavorare con le modelle all'agenzia, ma non aveva mai desiderato diventare una di loro. Adesso si era arresa, ma soltanto per Marcus, e per divertirsi. Marcus era molto bravo a rendere divertente ogni cosa, soprattutto se la faceva con lui. Il sabato successivo, si presentò alle dieci in punto nel suo studio, come aveva promesso. La sera prima era stata al St. Mary's, aveva lavorato fino a tardi ed era stanca.

Non appena arrivò, Marcus le preparò il caffè. Aveva già

tutto pronto. C'era un'enorme poltrona di cuoio bianco con una splendida coperta di volpe bianca buttata sulla spalliera. Chiese a Grace di sdraiarvisi sopra, in jeans e T-shirt bianca. La convinse a sciogliersi lo chignon lasciando i capelli sciolti sulle spalle, e poi le propose di togliersi la maglietta e indossare la camicia bianca che portava lui. A poco a poco riuscì anche a fargliela sbottonare... Ma le foto che le scattò furono sempre tutte molto caste e pudiche. Grace rimase meravigliata scoprendo quanto tutto ciò fosse divertente. Marcus le fece un'infinità di foto, in pose diverse; aveva acceso il registratore e come sottofondo c'era una musica stupenda.

Erano ancora impegnati con le fotografie quando, verso mezzogiorno, Marcus le offrì un bicchiere di vino promettendole un pranzo succulento a base di pasta fatta in casa non appena la seduta fosse terminata.

«Bisogna proprio ammettere che sai come arrivare al cuore di una ragazza!» rise lei, e Marcus si fermò a pochi centimetri di distanza scrutandola al di sopra della macchina fotografica con aria triste.

«Oh, come vorrei... e mi ci sono anche messo d'impegno per riuscirci, sai?» le confessò mentre Grace arrossiva. Marcus ne approfittò per catturare un'immagine che lo fece fremere di eccitazione, tanto gli piaceva. Sì, Cheryl avrebbe apprezzato molto quelle foto. «Ci sto arrivando un po' più vicino, Grace? ...al tuo cuore, intendo», le bisbigliò con voce calda e sensuale. E lei si sentì avvolgere da un'ondata di calore. Il vino le dava una strana sensazione, si sentita intontita e confusa. Ricordò di avere saltato la colazione. Era stata sciocca a bere quel vino a stomaco vuoto! Marcus le aveva già riempito il bicchiere una seconda volta. E lei, senza rendersene conto, lo aveva quasi vuotato. Di solito non beveva vino, tranne la sera e quello, poi, era così forte! Fu a quel punto che Marcus, con aria quasi vergognosa, le domandò se fosse disposta a togliersi i jeans, facendole notare che la camicia era abbastanza lunga da coprirla completamente. A dire la verità li aveva già a metà ginocchia; ma di fronte all'idea di sfilarseli del tutto, Grace si irrigidì. Alla fine, quando Marcus le ebbe giurato e spergiurato che non avrebbe fatto vedere quelle foto neppure a Cheryl, se li tolse e tornò a sdraiarsi sulla poltrona, sopra la pelliccia di volpe, con le gambe e i piedi nudi, coperta solamente dalla camicia sbottonata fino alla vita. Ma anche così, non mostrava granché. Il seno rimaneva sempre coperto. Fu a quel punto che si accorse di avere un sonno tremendo e a poco a poco si addormentò. Quando si svegliò, Marcus la stava baciando. Le pareva che le sue mani si muovessero dappertutto. Poi continuò a sentire il contatto di quelle labbra, e di quelle mani, e a sentire click e vedere flash ma senza capire quello che stava succedendo. Si sentiva girare tutto intorno, continuava a cedere al sonno e a svegliarsi di colpo. Aveva uno strano senso di nausea e non riusciva a muoversi né ad alzarsi, e nemmeno ad aprire gli occhi, e lui continuava a baciarla. A un certo momento le sembrò che la toccasse e, per un attimo, credette di provare una sensazione a lei familiare, di terrore. Ma quando riaprì ancora gli occhi si rese conto che doveva aver sognato. Marcus era in piedi accanto a lei, e la stava guardando dall'alto della sua statura. Le sorrideva. Grace aveva la bocca asciutta, e uno strano senso di nausea.

«Che cosa sta succedendo?» Si sentiva spaventata, e stava male; le pareva addirittura di vedere strane macchie davanti agli occhi. E Marcus, sempre immobile vicino a lei, rideva.

«Credo che il vino abbia avuto uno strano effetto su di te.»

«Oh, come mi dispiace!» Era mortificata. Ma poi Marcus si inginocchiò vicino a lei e la baciò con un tale ardore da farle provare di nuovo quella curiosa sensazione di vertigine. Eppure le piaceva. Le dava un senso di esaltazione, di estasi, che non aveva mai provato; e non capiva bene se avrebbe voluto farlo smettere oppure no.

«A me non dispiace affatto, invece», bisbigliò Marcus con la bocca fra i suoi seni. «Ubriaca, sei una favola.» Allora Grace si abbandonò contro la spalliera della poltrona e chiuse gli occhi mentre la lingua di Marcus scivolava lentamente, in modo suadente ed eccitante, giù verso lo stomaco e il ventre, insinuandosi sotto la biancheria, leccando più in basso, sempre più in basso, finché — a un certo punto — qualcosa la fece sussultare. Sbarrò gli occhi e trasalì. Non poteva, no. «Su, piccola, da brava, per favore...» Quanto tempo pensava che lui fosse disposto ad aspettare? «Per favore, Grace... ho bisogno di te...»

«Non posso», mormorò lei rauca. Lo desiderava, ma aveva

troppa paura. In quel momento non riusciva a pensare a nient'altro se non alla notte in cui suo padre era morto. Le parve che la stanza girasse vorticosamente intorno a lei e si sentì cogliere da un'altra ondata di nausea... Tutta colpa del vino... Improvvisamente provò un gran bisogno di vomitare, ma si vergognò di dirlo. Marcus intanto la toccava là dove nessuno l'aveva più toccata dopo suo padre. «Non posso...» ripeté. Ma senza trovare la forza per respingerlo, farlo smettere.

«Oh, per amor di Dio, ma perché no?» Per la prima volta da quando lo conosceva vide Marcus perdere la pazienza. Poi, l'effetto del vino ebbe di nuovo il sopravvento e all'improvviso Grace scivolò nella poltrona, priva di sensi. Quando si riprese, sotto la coperta di pelliccia c'era anche Marcus, allungato di fianco a lei nell'ampia poltrona di cuoio bianco, completamente nudo. Grace aveva ancora addosso la sua camicia e la biancheria. Marcus le stava sorridendo. Lei si sentì invadere dal terrore. Non ricordava niente di quello che era successo; sapeva soltanto di essere svenuta. Non ricordava quanto tempo fosse rimasta priva di sensi né che cosa avevano fatto, anche se era evidente che qualcosa doveva essere successo.

«Marcus, vuoi spiegarmi? Che cosa è successo?» gli domandò in preda al panico. Si sentiva malissimo, mentre si stringeva addosso la camicia.

«Ti piacerebbe saperlo, vero?» Sembrava divertito e si prendeva gioco di lei. Grace era rimasta priva di sensi a lungo. «Sei stata favolosa, bambina. Indimenticabile», le disse, e dal tono della sua voce si sarebbe detto che Marcus fosse in collera.

«Come puoi dire una cosa simile?» Grace si mise a piangere. «Come hai potuto farlo mentre ero svenuta?» Si accorse di avere lo stomaco sottosopra e si sentiva una morsa al petto perché l'asma le mozzava il respiro, ma stava troppo male per andare a cercare l'inalatore che portava sempre con sé. Non riusciva neppure a sollevarsi a sedere nella poltrona.

«Come puoi sapere che cosa ho fatto?» le domandò Marcus in tono malevolo mentre attraversava la camera mostrandole il corpo nudo in tutta la sua bellezza. «Magari io sono abituato a lavorare sempre così. Sto molto più fresco.» Poi si voltò verso di lei e Grace, che in quel momento poteva vederlo perfettamente, voltò gli occhi dall'altra parte. No, non avrebbe voluto che la prima volta, fra loro, fosse così. Non sapeva se si sentisse più offesa o più in collera. Perché stava succedendo quello che era sempre successo nella sua vita. Uno stupro. E capiva che Marcus non aveva voluto che quello. «Veramente», continuò lui tornando lentamente verso di lei, «non è successo niente, Grace. Non sono un amante della necrofilia. Non mi piace farmi una scopata con un cadavere. Perché tu non sei altro che un cadavere, vero? Sei morta. Vai in giro pretendendo di essere viva, ecciti gli uomini, ma quando si arriva al sodo ti volti dall'altra parte e fai finta di essere morta, e tiri fuori un sacco di scuse.»

«Non sono scuse», replicò lei, cercando maldestramente di mettersi a sedere sulla poltrona. Aveva trovato i suoi jeans sul pavimento e dopo averli infilati si alzò in piedi, ma barcollava. Si sentiva malissimo. Poi si voltò dall'altra parte per togliersi la camicia e infilare di nuovo la sua T-shirt. Rinunciò a mettere il reggiseno per non perdere tempo. Stava troppo male. La testa le doleva atrocemente e aveva le vertigini. «Non posso spiegarlo, tutto qui», disse in risposta alle accuse di Marcus. Non aveva voglia di mettersi a discutere e non riusciva a liberarsi dalla sensazione che fosse successo qualcosa di terribile. Ricordava di averlo baciato, che lui le aveva detto qualcosa, e anche di essere rimasta sdraiata nella poltrona con lui, ma nient'altro. Continuava a sperare che si trattasse soltanto di un incubo — tutta colpa del vino bevuto a stomaco vuoto. Ma a tratti le tornava alla mente quel corpo nudo, seducente. Tuttavia non aveva impresso nella memoria il ricordo di qualche atto di violenza. Quindi finì per concludere che, quasi sicuramente, Marcus non l'aveva posseduta.

«Perfino le vergini, a un certo momento scopano. Che cosa ti fa pensare di essere un tipo tanto speciale?» Marcus era ancora in collera con lei. In fondo, quella ragazza non era altro che una stupida puttanella che eccitava gli uomini e poi si tirava indietro. Era stufo. C'erano in giro centinaia di ragazze che avrebbe potuto avere quando e come voleva. Anzi, stava già pensando che gli sarebbe piaciuto portarsele tutte a letto. Di Grace Adams ne aveva abbastanza.

«Sono semplicemente spaventata, e basta. È difficile spiegarlo.» Perché Marcus era così arrabbiato con lei? E perché continuava a ricordarlo in modo stranamente nitido e chiaro mentre le veniva vicino e le si mostrava nudo?

«Non sei spaventata», rispose Marcus, prendendo di nuovo fra le mani la macchina fotografica. «Sei una psicopatica. Quando mi sono azzardato a metterti una mano addosso sembrava che tu volessi ammazzare qualcuno! Ma vuoi spiegarmi perché ti comporti a questo modo? Sei lesbica, per caso?»

«No, niente affatto.» Eppure Marcus non era andato molto lontano dalla verità quando le aveva detto che sembrava pronta a uccidere... Grace lo sapeva. Forse sarebbe sempre stata così. Forse non sarebbe mai riuscita ad avere un rapporto sessuale con nessuno. In ogni caso, proprio per quel motivo adesso voleva sapere — più che mai e con certezza — che cosa era successo. Non si sentiva per niente convinta che lui non le avesse fatto qualcosa mentre era svenuta. Soprattutto non le piacevano quelle sensazioni che non riusciva a scacciare.

«Dimmi la verità. Che cosa hai fatto? Hai fatto l'amore con me?» gli domandò con gli occhi colmi di lacrime.

«Che differenza vuoi che faccia? Ti ho appena detto che non ho fatto niente. Non ti fidi?» Dopo quello che era successo non era più possibile. L'aveva indotta a spogliarsi, a rimanere quasi nuda, anche se non proprio del tutto, e si era spogliato anche lui. E quando lei aveva ripreso i sensi, aveva avuto la sensazione che ci fosse qualcosa che non andava, anche se non le pareva di aver subìto una violenza. Capiva che quell'impressione avrebbe dovuto esserle familiare. Le bastò ricordare questo per sentirsi un po' confortata. Forse Marcus non aveva fatto niente di più di quello che lei ricordava. L'aveva accarezzata, toccata e baciata. Le era piaciuto quasi tutto quello che le aveva fatto, però si era sentita ugualmente spaventata. Continuava a ripetersi che Marcus era stato sul punto di fare l'amore con lei, ma non era successo niente. Forse questo spiegava la sua rabbia. Era soltanto frustrazione, e più che comprensibile.

«Come posso fidarmi di te dopo quello che hai fatto?» gli domandò sottovoce, lottando contro la nausea.

«In che senso? E se avessi cercato di fare l'amore con te? Non è illegale, sai? Lo fanno tutti, ogni giorno... c'è perfino qualcuno che prova voglia e piacere a farlo... Fra l'altro hai ventun anni, o sbaglio? Che cosa avresti intenzione di fare, dimmelo un po'... Chiamare la polizia perché ti ho baciato e mi sono tolto i calzoni?» Ma Grace si sentiva violentata ugualmente. Le aveva scattato tutte quelle fotografie senza che lei ne avesse voglia, l'aveva abilmente convinta a mostrare del suo corpo più di quanto a lei piacesse, e aveva cercato di abusare di lei quando era ubriaca. Ma la cosa più strana era che, prima di allora, non le era mai capitato di ubriacarsi con un bicchiere e mezzo di vino. E poi continuava a sentirsi malissimo. «Sono stufo di fare certi giochetti con te, Grace. Ho investito un sacco di tempo, e di pazienza, per non parlare delle cene a base di pasta. Avremmo dovuto finire a letto almeno due settimane fa. Io non ho quattordici anni. Non mi piacciono certi giochetti. Qui fuori ci sono decine di ragazze, una più normale dell'altra.» Quelle parole cattive e meschine colpirono Grace che, osservandolo meglio e vedendolo così presuntuoso e pieno di sé mentre si decideva finalmente a infilarsi di nuovo i calzoni, si accorse di non averlo mai conosciuto veramente. Lo aveva creduto diverso. Aveva qualcosa di gretto, di spregevole, di squallido, oltre al fatto che non l'amava. Questo lo si capiva chiaramente. Era stato gentile con lei soltanto per ottenere quello che voleva.

«Sono dolente di averti fatto sprecare tanto tempo», rispose gelida.

«Anch'io», replicò lui in tono noncurante. «Manderò le prove di stampa all'agenzia. E potrai scegliere quelle che vorrai.»

«Non voglio nemmeno vederle. Quando ti arrivano, puoi gettarle nel fuoco!»

«Lo farò, credimi!» spose lui in tono acido. «E poi, avevi ragione. Come modella sei un fallimento completo, lo sai?»

«Grazie», rispose lei avvilita, mentre si infilava il golfino. Nel giro di pochi istanti erano diventati due estranei. Poi, presa la borsetta, si avviò alla porta. Ma prima di uscire voltò appena la testa a guardarlo. Era in piedi, davanti al tavolo, e stava tirando fuori la pellicola dalla macchina fotografica. Si domandò come avesse potuto sbagliarsi tanto sul suo conto! Poi, mentre lo osservava, ebbe un capogiro e le parve quasi di svenire. Magari erano i sintomi di un'influenza bella e buona, oppure era dovuto al fatto che si sentiva tanto sconvolta per quello che era appena successo. «Mi dispiace, Marcus», disse desolata. Lui si limitò ad alzare le spalle e si voltò dall'altra parte, comportandosi come se fosse offeso. Con Grace per un po' si era divertito, ma adesso era arrivato il momento di cambiare, e andare avanti. Nella sua vita, le belle ragazze non erano mai mancate. Ne aveva sempre avute quante voleva.

Lei uscì e scese le scale lentamente, barcollando, dall'attico fino alla strada. Chiamò un taxi e diede all'autista l'indirizzo. Quando arrivarono, l'uomo dovette quasi scrollarla perché si svegliasse e gli pagasse la corsa.

«Mi scusi», disse lei con la voce impastata, in preda alla nausea. Si sentiva di nuovo malissimo.

«Tutto bene, signorina?» L'uomo sembrava preoccupato quando lei gli mise in mano il denaro e rimase a sorvegliarla fino a quando non la vide entrare.

Appena in casa, Grace si richiuse la porta dietro le spalle. Marjorie, che era sdraiata sul divano e si stava facendo la manicure, alzò la testa e rimase inorridita. Grace era addirittura livida in faccia e bastava guardarla per capire che doveva essere sul punto di svenire. Forse non ce l'avrebbe fatta neppure ad arrivare fino alla camera da letto.

«Ehi!... Stai bene?» le domandò, alzandosi subito dal divano e correndole incontro. Grace le si accasciò fra le braccia. Marjorie l'aiutò a raggiungere il letto e a sdraiarsi. A Grace pareva di essere in punto di morte.

«Credo di avere l'influenza», le disse, sempre con voce impastata. «Oppure ho preso qualcosa che mi ha fatto male.»

«Credevo che fossi con Marcus», commentò Marjorie aggrottando la fronte. «Non dovevi farti fotografare da lui, oggi?» Almeno così le pareva di ricordare vagamente.

Grace si limitò a far cenno di sì. Stava troppo male per aver voglia di raccontarle tutto in modo più particolareggiato. E — in fondo — non era sicura di volerlo fare. Quando, però, provò a sdraiarsi sul letto, cominciò subito a sentirsi sprofondare in quella specie di sonnolenza, come le era già capitato nella poltrona bianca quando si era trovato Marcus vicino, completamente nudo. Forse anche adesso, se avesse riaperto gli occhi, le sarebbe successa la stessa cosa! Perché non pensare che si sarebbe ritrovata davanti Marjorie tutta nuda? Scoppiò a ridere forte, con gli occhi chiusi, e l'amica, dopo essere rimasta a guardarla per un momento, allibita, corse a prendere una torcia elettrica e una pezzuola umida. Due minuti dopo le posava la pezzuola sulla fronte. Grace aprì gli occhi, ma soltanto per un attimo.

«Che cosa è successo?» le domandò Marjorie, decisa ad andare a fondo alla faccenda.

«Non lo so bene», le rispose Grace con molta sincerità, sempre a occhi chiusi, e poi cominciò a piangere piano piano. «È stato orribile.»

«Non ne dubito affatto», esclamò Marjorie infuriata. Poi accese la torcia elettrica e ordinò a Grace di aprire gli occhi.

«Non posso», fece lei, avvilita. «Mi fa troppo male la testa. Sto morendo.»

«Aprili ugualmente. Voglio vedere una cosa.»

«Non c'è niente che non funzioni nei miei occhi... è lo stomaco... la testa...»

«Su, da brava, aprili... soltanto per un secondo.»

Grace si sforzò di ubbidirle e Marjorie le puntò contro gli occhi il cono di luce della torcia... Per Grace fu come se le trafiggessero la testa con lame acuminate, ma Marjorie aveva già visto quello che le interessava.

«Dove sei stata oggi?»

«Te l'ho detto... da Marcus...» Richiuse gli occhi, perché la camera le girava attorno vorticosamente.

«Hai mangiato o bevuto qualcosa?» Un silenzio. «Grace, dimmi la verità, ti sei fatta con qualche droga?»

«No, figurati!» Aprì gli occhi un attimo, per lanciarle uno sguardo indignato. Si sentiva offesa. Poi, con uno sforzo immenso si sollevò a sedere appoggiandosi a un gomito. «Non ho mai preso droghe di nessun genere in vita mia.»

«Be', adesso, sì», rispose Marjorie, ormai su tutte le furie. «Altroché! Devi aver preso una bomba, addirittura! »

«Ma che cosa stai dicendo? Una bomba... e di che?»

«Non lo so... coca... cantaride... sedativi... LSD... qualche miscuglio pazzesco. Lo sa Dio... ma che cosa ti ha dato?»

«Mi ha offerto soltanto due bicchieri di vino... e non ho neppure finito il secondo.» Si abbandonò di nuovo sul guanciale. Si sentiva troppo male per tentare di alzarsi. Ancora peggio di come si era sentita nell'attico di Marcus. Le sembrava perfino che l'effetto di quello che lui le aveva dato fosse diventato ancora più forte.

«Deve avere 'corretto' quel vino con qualcosa. Ti sei sentita strana mentre eri da lui?»

«Eccome...» Grace gemette. «È stato tutto tremendamente strano.» Poi alzò lo sguardo verso l'amica e si mise a piangere. «Non riuscivo più a capire che cosa stavo sognando e che cosa era vero... non distinguevo fra sogno e realtà... e lui si è messo a baciarmi e a fare delle cose... poi mi sono addormentata, e quando mi sono svegliata lui era nudo... ma ha detto che non era successo niente.»

«Che figlio di puttana! Quello ti ha violentato!» Marjorie provò una gran voglia di strozzarlo... Che bella vendetta sarebbe stata per Grace e per tutte le altre del loro sesso. Del resto, Marcus non le era mai piaciuto. Detestava i bastardi del suo genere, in modo speciale quelli che abusavano delle ragazzine ingenue o delle novelline. Era così facile, e doppiamente vergognoso. Ma Grace, mentre continuava a raccontare, le sembrò soprattutto confusa. «Non capisco neppure se è vero quello che dice... non credo... non me ne ricordo.»

«E allora vuoi spiegarmi perché si era spogliato?» domandò Marjorie sospettosa. «Hai fatto un po' di sesso con lui prima di svenire e sentirti male?»

«No, io l'ho baciato e basta... Non volevo... Avevo paura... ne avevo voglia... ma poi ho cercato di fermarlo. E lui era arrabbiato con me, addirittura furioso! Ha detto che ero una psicopatica e che mi divertivo a eccitare gli uomini... e poi ha detto che non avrebbe più voluto fare l'amore con me... ne aveva perduta la voglia perché sarebbe stato come... come farlo con un cadavere...»

«Però ti ha lasciato credere che qualcosa ci fosse stato fra voi, eh? Che bel tipo! Proprio simpatico.» Marjorie era invelenita contro Marcus. «Ti ha preso anche qualche fotografia mentre eri senza vestiti?»

«Avevo addosso le mutandine e la sua camicia quando sono svenuta», o perlomeno era quello che ricordava. E, a ben pensarci, era quello che aveva addosso anche quando aveva riacquistato i sensi. Non ricordava di essersi mai spogliata o lasciata spogliare.

«Sarà meglio che tu gli chieda di farti avere i negativi. Prova un po' a dirgli che sei pronta a chiamare la polizia se si rifiuta. Se preferisci, posso telefonargli a nome tuo.»

«No, ci penso io.» Era troppo mortificata per aver voglia che qualcun altro venisse coinvolto in quella storia. Trovava già abbastanza difficile e penoso raccontare a Marjorie quello che era successo. Però si sentiva confortata ad averla accanto a sé. Intanto l'amica era andata a prepararle una tazza di tè, che le portò insieme a un'altra pezzuola bagnata d'acqua fredda. Mezz'ora dopo Grace cominciava a sentirsi un po' meglio. Marjorie si era seduta sul pavimento vicino al letto e non la perdeva d'occhio un momento.

«Anche a me è capitato. Una volta avevo un ragazzo che mi ha fatto la stessa cosa. Avevo appena cominciato a lavorare. Mi ha versato di nascosto del sonnifero nel bicchiere e quando ho ripreso un po' i contatti con la realtà mi ha chiesto di lasciarmi fare qualche foto porno insieme a un'altra ragazza che era imbottita di droga esattamente come me!»

«E tu?»

«Mio padre lo ha denunciato alla polizia e poi ha minacciato di riempirlo di botte. Per fortuna noi non siamo mai arrivate al punto di posare per quelle fotografie, ma c'è un mucchio di ragazze che lo fa. Qualcuna accetta senza che ci sia neanche bisogno di drogarla. Hanno troppa paura di rifiutare. Quegli uomini le minacciano, dicono che non troveranno mai lavoro, o chissà che altro, se si rifiutano. E così loro accettano.»

A quelle parole Grace si sentì gelare il sangue nelle vene. E pensare che era stata lì lì per innamorarsi di Marcus! E gli aveva concesso tutta la sua fiducia. E se le avesse scattato qualche fotografia senza vestiti mentre era sotto l'effetto della droga?

«Credi che possa aver fatto qualcosa del genere?» domandò terrorizzata ricordando quello che aveva detto l'amica di Marjorie, la ragazza di Detroit, cioè che Marcus faceva anche fotografie pornografiche. E lei non ci aveva creduto.

«C'era qualcun altro nel suo studio con te?» domandò Marjorie, preoccupata.

«No, soltanto noi due. Di questo sono sicura. E credo di essere rimasta svenuta soltanto pochi minuti.»

«Sufficiente perché lui si togliesse i calzoni», obiettò Marjorie, che stava andando di nuovo su tutte le furie. «No, non penso proprio. Nel peggiore dei casi ti ha scattato un paio di foto mentre eri nuda. E non può far molto, qualora pensasse di servirsene, senza il tuo permesso, se sei facilmente riconoscibile. In foto come quelle non può far vedere anche il tuo viso, a meno che tu non gli abbia dato il benestare per iscritto. Altrimenti potrebbero servirgli soltanto per ricattarti, ma non credo che tu valga tanto! Che cosa pensi che possa ricavare?» le chiese sorridendo. «Duecento dollari? E poi ci vuole tempo e la collaborazione di qualcun altro per studiare le inquadrature delle foto porno. Di solito si servono di un paio di ragazze, di qualche maschio, uno come minimo, e anche se ti drogano devi avere un'aria abbastanza vivace per recitare la tua parte. Non credo, da quello che mi dici, che tu sia stata molto divertente dopo che ti ha fatto bere la sua pozione magica, non è così?» Marjorie scoppiò a ridere e Grace abbozzò un pallido sorriso. «Comincio a pensare che avesse sopravvalutato la sua vittima. Tu, invece, devi esserti afflosciata come un budino malriuscito.»

Risero insieme e per Grace fu un sollievo. La scena era stata ripugnante e odiosa, la sua delusione atroce... eppure non poté fare a meno di domandarsi se sarebbe stata capace di farlo, nel caso Marcus non l'avesse drogata o cercato di ottenerlo con la forza. Chissà! Forse non ci sarebbe mai più riuscita. Comunque, non aveva di sicuro nessuna voglia di riprovare. E certo non con Marcus.

«Non bevo molto, non ho mai preso droghe di nessun genere. E mi sono sentita male da morire.»

«Me ne sono accorta», rispose Marjorie sorridendole con aria comprensiva. «Non immagini neppure qual era il colore della tua faccia quando sei entrata.» Poi decise di darle un consiglio. «Riguardo le fotografie possiamo dire che la situazione è sotto controllo, o lo diventerà quando gli domanderai i negativi. Ma non vorresti anche un piccolo controllo su qualcos'altro? Perché non fare un salto dalla mia dottoressa per una visitina? È molto simpatica, e posso accompagnarti io, Grace. A me pare che dovresti sapere se lui ha fatto qualcosa. I medici possono capirlo. Sarà un po' imbarazzante, ma mi pare giusto che tu sia al corrente di quello che è successo. Magari si è soltanto divertito un po', ma potrebbe anche aver fatto di peggio mentre eri priva di sensi.»

«Credo che me ne ricorderei... Ricordo di aver avuto paura e di avergli detto di non farlo.»

«È quello che succede a ogni vittima di una violenza... È sempre stato così da che mondo è mondo! Ma anche dirlo non serve a fermarli, se loro non vogliono. Non ti sentiresti più tranquilla se potessi saperlo con sicurezza? Non solo, ma se c'è stata una violenza potresti anche fargli causa.» E poi, che cosa sarebbe successo? L'incubo sarebbe ricominciato? Il solo pensiero la riempiva di terrore: l'attenzione degli altri su di lei, gli articoli sui giornali. *Segretaria accusa fotografo di moda di averla stuprata... lui dice che lei ci stava: ha posato nuda per una serie di fotografie...* Grace si sentì accapponare la pelle. Però Marjorie aveva ragione. Meglio saperlo, in ogni caso.... e se fosse rimasta incinta?... non era impossibile... Bastò l'idea a terrorizzarla. Dopo qualche esitazione lasciò che Marjorie telefonasse alla dottoressa per un appuntamento, e alle cinque erano nel suo studio. A quel punto Grace si sentiva più lucida, con le idee più chiare. La dottoressa le confermò che era stata effettivamente drogata, chissà con che cosa!

«Bel tipo, davvero!» fu il suo commento. Grace si sottopose alla visita malvolentieri. Non riusciva a dimenticare gli esami umilianti che era stata costretta a subire dopo l'assassinio di suo padre. La dottoressa, però, rimase sbalordita da quello che si trovò davanti. Non c'erano tracce di un rapporto sessuale recente, ma molte cicatrici di vecchia data. Sospettò subito che cosa significassero e quando fece qualche domanda a Grace cercò di essere infinitamente gentile e discreta. E si affrettò a rassicurarla: se anche quell'individuo era stato un mascalzone a drogarla, poteva confermarle di non aver riscontrato alcun segno di penetrazione o eiaculazione.

«È già qualcosa.» Così, adesso, non le rimaneva che preoccuparsi per le fotografie. Comunque, si sentiva un po' rassicurata da quanto Marjorie aveva detto. Anche se le avesse scattato delle foto compromettenti e se fosse stato possibile riconoscerla, Marcus non avrebbe potuto utilizzarle senza il suo consenso scritto. E se lei non era disposta a rilasciarglielo, perché preoccuparsi? Non solo, ma se aveva un briciolo di fortuna, non si poteva escludere che fosse disposto addirittura a restituirgliele. Era ripugnante pensare che gliele avesse scattate — ammesso che l'avesse effettivamente fatto — ma stava convincendosi che avesse preparato quella messinscena per punirla dei continui rifiuti quando le proponeva di andare a letto con lui. Purtroppo la droga che le aveva somministrato non era servita a niente. Soltanto a terrorizzarla ancora di più.

«Grace, non sei mai stata violentata?» le domandò la dottoressa, anche se sapeva già la risposta quando Grace fece cenno di sì con la testa. «Quanti anni avevi?»

«Tredici... quattordici... quindici... sedici... diciassette...» La dottoressa restò sconcertata e non capì bene che cosa Grace volesse dire.

«Sei stata violentata cinque volte?» Indubbiamente era una cosa strana. Forse la ragazza aveva avuto qualche problema psicologico che l'aveva spinta a mettersi in situazioni a rischio ripetutamente, ma Grace fece cenno di no con la testa. Aveva l'aria avvilita, amareggiata.

«No, sono stata violentata praticamente ogni giorno per quattro anni... da mio padre...»

Ci fu un lungo momento di silenzio mentre la dottoressa rifletteva su quello che aveva appena sentito. «Mi dispiace», disse poi, a bassa voce. A volte le capitavano casi di quel genere e si sentiva spezzare il cuore, soprattutto se le vittime erano ragazzine giovani, o adolescenti, come lo era stata Grace. «Ma lui... non ha mai cercato un aiuto da parte di qualcuno... uno psicologo, per esempio? Non c'è mai stato nessuno che pensasse a intervenire?» Sì, disse Grace tra sé, io. Era intervenuta lei. E si era salvata. Nessun altro avrebbe potuto aiutarla.

«È morto. E così tutto è cessato.» La dottoressa annuì.

«Non hai mai più avuto un rapporto... normale con un uomo... da allora in poi?» Grace scrollò di nuovo la testa.

«Credo che sia quello che è successo oggi. Secondo me lui era troppo ansioso, e voleva essere sicuro che io ci sarei stata, così mi ha messo qualcosa nel vino. Uscivamo insieme da un mese e non era successo niente... io ero... io volevo essere sicura... avevo paura... lui ha detto che io... ha detto che io mi sono spaventata sul serio quando lui ha provato...»

«Non ne dubito affatto. Ma imbottirti di droga non è la risposta giusta. Tu hai bisogno di tempo, di metterti in terapia, e soprattutto dell'uomo giusto. In ogni caso non direi proprio che questo possa essere il più adatto per te, vero?» le rispose pacatamente la dottoressa.

«Mi pare proprio di averlo capito», sospirò Grace, ma era sollevata all'idea di non aver subìto violenze da parte di Marcus. Sarebbe stato come aggiungere il danno alla beffa.

La dottoressa le suggerì anche il nome di un terapeuta e Grace se lo fece dare anche se non intendeva consultarlo. Non voleva più parlare del suo passato, del padre, della sua vita d'inferno, dei due anni che aveva passato a Dwight. Ne aveva parlato a lungo, e a fondo, con Molly; poi Molly era morta. Non voleva più confidarsi con nessuno. Era contenta di quello che aveva. Poche amicizie, come Marjorie, le amiche con cui divideva l'appartamento, il suo lavoro, le donne e i bambini del St. Mary's ai quali si dedicava con tutto il cuore. Le bastava, anche se nessun altro riusciva a capirlo.

Ringraziò la dottoressa e tornò a casa con Marjorie; si mise a letto e con una buona dormita cercò di far passare l'effetto della droga. Si addormentò alle otto e si svegliò alle due del pomeriggio del giorno dopo, lasciando Marjorie sempre più sbalordita.

«Ma si può sapere che cosa ti ha dato? Roba per elefanti?»

«Forse.» Grace rise. Si sentiva meglio. Era stata un'esperienza terribile, ma lei ne aveva viste di peggio. Per fortuna era robusta. Nel pomeriggio andò a lavorare al St. Mary's e la sera telefonò a Marcus. Era quasi convinta che le avrebbe risposto la segreteria telefonica e invece provò un vero sollievo quando sentì la sua voce all'apparecchio. Parve meravigliato che gli telefonasse.

«Ti senti meglio?» domandò sarcastico.

«Non potevi farmi niente di più schifoso», gli disse semplicemente. «Sono stata veramente male per quello che mi hai dato.»

«Mi dispiace. Era soltanto qualche pastiglia di Valium e un pizzico di polverina magica! Ho pensato che poteva servire a renderti un po' più sciolta.»

Le sarebbe piaciuto domandargli fino a che punto era riuscito nel suo intento, ma preferì ribattere: «Non era il caso, mi sembra!»

«Me ne sono accorto. È stato un tentativo inutile. Comunque, mille grazie per avermi tenuto sulla corda per quasi un mese e mezzo. È stato un vero divertimento, te lo assicuro.»

«Non ho fatto niente del genere.» Grace sembrava indignata. «Per me è difficile. Non riesco neppure a spiegarlo, ma...»

«Lascia perdere, Grace, non è il caso. L'ho capito da solo. Non so quale sia la tua storia, ma è chiaro che gli uomini non c'entrano, o perlomeno non gli uomini come me. Ho afferrato il concetto.»

«E invece non hai afferrato un bel niente», esclamò Grace, che cominciava ad arrabbiarsi. Come avrebbe potuto capire, uno come Marcus?

«Be', forse non voglio nemmeno capire. A nessuno interessano le tue cazzate. Ho creduto che mi volessi fracassare il cranio quando ti ho messo una mano addosso!» Grace non ricordava niente del genere, ma non poteva escludere che fosse successo realmente. Ovviamente si era lasciata prendere dal panico! «Quello che ti occorre è un buon strizzacervelli, non un amichetto!»

«Grazie del consiglio. E l'altra cosa che mi occorre è la serie dei negativi delle fotografie che mi hai scattato. E li voglio indietro per lunedì, al massimo.»

«Ma davvero? Stai parlando sul serio? E chi ha detto che ti ho fatto delle fotografie?»

«Smettiamola con questi giochetti», rispose Grace senza perdere la calma. «Mi hai fatto un mucchio di foto mentre ero ancora sveglia, e quando ho cominciato ad avere la testa confusa e a sentirmi male ho sentito gli scatti della macchina e ho visto i lampi del flash. Voglio quei negativi, Marcus.»

«Vedrò se riesco a trovarli», rispose lui gelido. «Ho una tale quantità di materiale, qui!»

«Stammi a sentire: se voglio, posso chiamare la polizia e dire che mi hai violentato.»

«Davvero? Ho la sensazione che nessuno sia più entrato, e da anni, in quella specie di scatola di cemento che hai in quel posto. Anzi, forse non ci è mai entrato nessuno. Così credo che sarà duro convincere la polizia di una frottola del genere. Non ti ho fatto un cazzo di niente, tranne baciarti un po' e togliermi i vestiti. Roba da capogiro, cara la mia Signorina Guardatemi-Ma-Non-Toccatemi! Nessuno può finire in prigione per essersi spogliato in casa propria, sai? Quanto a te, non ti sei neppure tolta le mutandine!» Grace non riuscì a spiegarselo, ma gli credette. E provò un senso di sollievo nel sentirglielo dire.

«E le fotografie?»

«Già, e le fotografie? Te ne ho fatte un sacco mentre tenevi gli occhi chiusi, e avevi addosso una camicia da uomo. Roba da perdere la testa! Per tutti i diavoli dell'inferno, ma se non eri nemmeno nuda! Non ti sei nemmeno sbottonata la camicia. E per buona metà del tempo non hai fatto che russare.»

«Soffro di asma», rispose lei, indignata. «E me ne infischio altamente se quelle fotografie erano pulite o no. Le voglio. Comunque, non ti possono servire in nessun modo senza il mio consenso. Quindi, che utilità vuoi che abbiano?» Fu profondamente grata a Marjorie per i suoi consigli. Grazie a lei, adesso era in grado di difendersi e contrattaccare.

«Che cosa ti fa pensare che non abbia il tuo consenso scritto e firmato?» la burlò Marcus. E Grace provò un tuffo al cuore. «A parte il fatto che magari voglio tenerle per il mio album dei ricordi!»

«Non ne hai nessun diritto. Non mi starai dicendo, per caso, che ti ho rilasciato il mio consenso scritto mentre ero sotto l'influsso di chissà quale droga, vero?» replicò, lottando per non lasciarsi prendere dal panico.

«Non ti sto dicendo un cavolo di niente. Comunque, dopo tutte le fatiche che ho fatto, ho diritto a tutto quello che voglio. Non sei altro che una piccola stronza che si diverte a eccitare gli uomini. E... giù le mani dalle mie fottute fotografie. Non ti devo niente, io. Vai al diavolo, capito?» Aveva già un appuntamento per quella sera con una delle altre ragazze dell'agenzia. E Grace si sentì raccontare tutto per filo e per segno il lunedì mattina.

Ma qualche settimana dopo, il giorno del suo compleanno Bob Swanson la invitò fuori a pranzo per festeggiare. Cheryl era a New York per affari. Andarono al *Nick's Fishmarket*. Dopo averle riempito un calice di champagne, le rivolse un sorriso e un'occhiata colma di ammirazione. Aveva sempre provato interesse per Grace, era una ragazza che non finiva di stupirlo e continuava a ripetere, come sua moglie, che il suo arrivo era stato un autentico colpo di fortuna per l'agenzia.

«A proposito, l'altro giorno ho visto Marcus Anders.» Lei cercò di mostrarsi indifferente e continuò a sorseggiare lo champagne, mentre lui chiacchierava. Era un Dom Pérignon, la prima bevanda alcolica che si azzardasse a toccare da quando Marcus le aveva versato chissà quale miscuglio di droghe nel bicchiere. E anche quell'eccellente champagne francese le faceva provare un vago senso di nausea.

Poi Bob abbassò la voce, allungò una mano, la fece scivolare su quella di Grace e gliela strinse. «Mi ha fatto vedere tutta una serie di fotografie che ti ha scattato. Sono addirittura sensazionali, Grace. Ma perché ce lo hai sempre nascosto?... Secondo me, un grande futuro ti aspetta. Sono fra le più piccanti che mi sia capitato di vedere da anni... non sono molte le modelle che sanno stimolare l'immaginazione a quel modo. Ti assicuro che sono veramente mozzafiato.» Lei credette di sentirsi male, mentre lo ascoltava, e cercò di fingere di non capire assolutamente a che cosa alludesse. Ma era inutile. Che bastardo, Marcus, a mostrargliele! Fra l'altro non le aveva più mandato né le fotografie né i negativi, e adesso — quando provava a cercarlo al telefono — lui non solo non si faceva trovare ma non la richiamava neppure. Quanto alla questione del consenso scritto che lei avrebbe dovuto rilasciargli, non era mai stato chiaro. Eppure Grace era pienamente convinta di non avere firmato nulla del genere. Non si trovava nelle condizioni più adatte per firmare qualcosa e non ricordava di averlo fatto. Evidentemente Marcus aveva solo cercato di spaventarla.

«Non capisco che cosa vuoi dire, Bob», rispose gelida, continuando a sorseggiare lo champagne e cercando di non apparire né imbarazzata né preoccupata. «Me ne ha scattate soltanto pochissime e poi io mi sono sentita male. Avevo l'influenza, quel giorno.»

«Se è quello l'aspetto che hai quando hai l'influenza, dovresti ammalarti un po' più spesso.»

A quel punto Grace non riuscì più a dominarsi: quel giochetto non le piaceva affatto. Così fissò negli occhi il suo capo... ma si accorse che era come affrontare un leone affamato. Bob era un uomo grande e grosso, dai forti appetiti — lo sapeva perché erano state parecchie le indossatrici che glielo avevano raccontato.

«Si può sapere esattamente che cosa ti ha mostrato?»

«Sono sicuro che ricorderai le foto che ti ha scattato. Si sarebbe detto che tu avessi addosso una camicia da uomo, tutta aperta fino in fondo, e la testa buttata indietro... non ci giurerei, ma la tua era un'espressione piuttosto appassionata, proprio come se avessi appena fatto un po' di sesso con lui, o fossi pronta a farlo.»

«Ero vestita, vero?»

«Sì, più o meno. Comunque, avevi addosso la camicia, per quel che poteva valere... Non si vedeva niente che non si dovesse vedere, ma era la tua espressione a lasciar capire tutto.» Per fortuna Marcus non le aveva tolto la camicia. Un piccolo favore, una cosetta da poco, ma sempre meglio di niente.

«Probabilmente dormivo. Mi ha drogato.»

«A me non sembravi drogata, ma straordinariamente sensuale. Grace, dico sul serio. Ti giuro che dovresti deciderti a scegliere la carriera di indossatrice, o a fare del cinema.»

«Magari qualche filmetto porno?» ribatté lei infuriandosi.

«Certamente», rispose lui tutto allegro, «se è quello che ci vuole per eccitarti. Ti piacciono i film porno?» le domandò con evidente interesse. «Senti, Grace, mi è venuta un'idea.» A dire la verità l'aveva avuta prima di invitarla a pranzo. Aveva infatti già telefonato per fissare una suite in quello stesso albergo, e in quel momento c'era altro champagne ad attenderli in camera. Marcus gli aveva praticamente lasciato capire che, malgrado la sua aria così riservata, Grace era un tipetto facile, che non andava troppo per il sottile. Così Bob abbassò di nuovo la voce per riprendere il discorso e le diede un'altra strizzatina alla mano. «C'è una suite che ci aspetta, di sopra, la più grande e la più bella. Ho perfino chiesto che le lenzuola fossero di satin... e hanno anche un canale particolare alla TV, con qualsiasi film porno tu abbia voglia di vedere. Magari non guasterebbe se ne vedessi qualcuno prima di metterti a lavorare sul serio in questo campo.» Grace provò una gran voglia di vomitare mentre lo ascoltava e si accorse di avere le lacrime agli occhi. Dovette dominarsi per non allungargli uno schiaffo.

«Io non salgo di sopra con te, Bob. Né adesso né mai. E se questo significa che vuoi licenziarmi, benissimo. Me ne vado. Ma non sono una prostituta e neppure un'attricetta da film porno, o un bocconcino saporito che puoi assaggiare, magari come hors-d'oeuvre, ogni volta che te ne viene la voglia.»

«Mi vuoi spiegare che cosa vorrebbe dire tutta questa storia?» esclamò Bob, indispettito. «Marcus ha detto che sei la ragazza più calda e più scatenata della città, e così ho pensato che magari ti sarebbe piaciuto divertirti un po'... Ho visto quelle fotografie», proseguì incollerito. «A guardarti si sarebbe detto che stavi per avere un orgasmo sulla sua macchina fotografica. E allora che cos'è tutta questa sceneggiata da Maria Vergine? Hai paura di Cheryl? Non lo saprà mai. Non lo sa mai.» Verissimo, però tutto il resto della città lo sapeva. Ecco quello che aveva voglia di gridargli in faccia. E Marcus, poi! Come aveva osato raccontargli fandonie del genere?

«Stimo Cheryl e non ho intenzione di venire a letto con te. Quanto a Marcus, non sono mai andata a letto neppure con lui. Non capisco perché te l'abbia raccontato. Forse l'ha fatto semplicemente per vendicarsi di me. E poi, te l'ho già detto, mi ha drogato. Dormivo quando mi ha scattato gran parte di quelle fotografie.»

«Nel suo letto, si direbbe», replicò Bob seccatissimo. Non avrebbe mai pensato che Grace potesse fare tante difficoltà, dopo quello che Marcus gli aveva raccontato! Fino a quel momento era stato convinto che fosse un tipo abbastanza serio e riservato e proprio per questo l'aveva lasciata stare. Marcus, invece, gli aveva detto che si drogava e che le piaceva un tipo di sesso un po' osé. E lui gli aveva creduto.

«Ero in una poltrona nel suo studio.»

«Con le gambe a un metro e mezzo l'una dall'altra, avrei detto.» Si sentiva eccitato al solo pensiero.

«Senza niente addosso?» Grace parve inorridita a quelle parole, e Bob scoppiò a ridere.

«Non potrei dirlo, perché avevi il fondo della camicia che ti penzolava in mezzo alle gambe, ma mi pare che ci fosse poco da lasciare all'immaginazione... E allora, che cosa mi dici? Ti va l'idea di un regalino di compleanno qui, di sopra, fra te e lo zio Bob? Rimarrà il nostro piccolo segreto.»

«Mi dispiace.» Grace aveva gli occhi colmi di lacrime, che presto cominciarono a rigarle le guance. Aveva ventidue anni e a volte le pareva di essere ancora una bambina... Perché dovevano capitarle sempre cose di quel genere? Perché gli uomini la odiavano tanto da volerla soltanto sfruttare e usare? «Non posso e basta», disse, piangendo senza ritegno. E Bob parve più indispettito di prima perché stava attirando l'attenzione su di loro.

«Smettila!» esclamò brusco. Poi socchiuse gli occhi sporgendosi un poco di più attraverso il tavolo. «Lascia che ti spieghi meglio di che cosa si tratta, Grace. Adesso noi due saliamo di sopra e ci rimaniano un'ora o due, e festeggiamo il tuo compleanno, oppure sei licenziata a partire da questo preciso momento.» Se la situazione in cui si trovava non fosse stata orribile, Grace avrebbe avuto una gran voglia di ridere... Invece continuò a piangere e, guardandolo dritto negli occhi, gli rispose: «In tal caso mi pare di capire che sono disoccupata a partire da subito, vero? Domani passerò a prendere il saldo di quello che mi spetta». Poi si alzò da tavola e se ne andò senza aggiungere una sola parola. Tornò a casa in lacrime. E il giorno dopo passò dall'agenzia a ritirare la sua roba e a prendere l'ultimo assegno.

Cheryl era appena rientrata da New York. Quando vide Grace le rivolse un caloroso sorriso e la ragazza non poté fare a meno di domandarsi che cosa le avesse raccontato Bob. Ma ormai non aveva più importanza. Aveva preso la sua decisione. Per fortuna mancavano soltanto un paio di mesi alla scadenza del periodo di libertà vigilata; da quel giorno in poi avrebbe potuto fare quello che voleva.

«Ti senti meglio?» le domandò Cheryl con un altro radioso sorriso. A New York si era divertita, come sempre, e tutto era andato splendidamente. A volte provava quasi un po' di dispiacere di non poter vivere in quella città.

«Sì, sto bene», rispose Grace a bassa voce. Dopo aver lavorato ventun mesi per loro, era triste all'idea di lasciarli. Ma capiva di non avere alternativa.

«Bob ha detto che ieri, a pranzo, devi aver mangiato qualcosa di guasto e che sei stata così male da dover andare a casa. Povera bambina!» Cheryl le allungò un colpetto affettuoso su un braccio, prima di rientrare in fretta nel suo ufficio. Non immaginava lontanamente che Grace fosse stata licenziata. In quel preciso momento arrivò Bob, che la guardò con aria inespressiva.

«Ti senti meglio, Grace?» le domandò come se non fosse successo niente. E lei gli rispose sottovoce, perché nessuno potesse sentirli: «Sono venuta a ritirare lo stipendio e a prendere le mie cose».

«Non è necessario», rispose lui con la stessa aria inespressiva. «Mi pare che possiamo dimenticare tutto entrambi, no?» La guardò in modo molto esplicito e lei, dopo aver esitato, fece cenno di sì con la testa. Non aveva senso fare scoppiare uno scandalo, ma adesso sapeva quello che avrebbe dovuto fare. Ormai era venuto il momento.

Aspettò altre sei settimane e dopo la Festa del Lavoro diede un mese di preavviso. Cheryl non le nascose che quella sua decisione l'addolorava profondamente, e Bob fece finta di essere dispiaciuto. Marjorie scoppiò in lacrime quando Grace glielo disse. Ma mancavano solo venti giorni e poi il periodo di libertà vigilata sarebbe finito. Era venuto il momento di lasciare Chicago. A quel punto aveva praticamente la certezza che nelle foto scattate da Marcus non ci fosse niente di osceno, anche perché Bob Swanson stesso le aveva detto che era completamente coperta dalla camicia... Ma erano sempre qualcosa di sgradevole. E Marcus le aveva giocato davvero un brutto scherzo. Come Bob. Non solo, ma adesso aveva anche capito che Marcus era pronto a montagne di fandonie sul suo conto, facendola passare per una puttanella qualsiasi. Quanto a Bob, chissà che cosa sarebbe stato disposto a dire pur di proteggere se stesso e la propria reputazione — magari che era stata lei a cercare di sedurlo — se questo poteva essere utile ai suoi scopi. Non ne poteva più di gente come quella, fotografi convinti di essere i padroni del mondo e indossatrici sempre pronte — anche troppo! — a lasciarsi sfruttare. Non solo, ma stava anche convincendosi di aver dato al St. Mary's tutto quanto poteva dare. Era venuto il momento di andare avanti.

All'agenzia le organizzarono una festa di addio a cui parteciparono molti fotografi e indossatrici. Una di loro si era già messa d'accordo con lei per prendere il suo posto nell'appartamento. Finalmente arrivò l'ultimo giorno di lavoro e Grace, l'indomani, si presentò a Louis Marquez. Era in ritardo di due giorni perché aveva avuto molto da fare per passare le consegne in agenzia e preparare il bagaglio. Marquez non doveva più tenerla sotto controllo, perché i termini della libertà vigilata erano scaduti.

«E dove hai intenzione di andare adesso?» le domandò, come se volesse trattenerla a fare quattro chiacchiere. Sapeva che Grace gli sarebbe mancata e anche le visite che si era abituato a fare a casa sua.

«New York.»

Alzò un sopracciglio. «Hai già trovato lavoro?» Lei rise a quella domanda. Non gli doveva più spiegazioni, ormai. Non doveva più niente a nessuno. Non aveva più obblighi di nessun genere e Cheryl le aveva rilasciato delle referenze meravigliose, controfirmate da Bob.

«Non ancora, signor Marquez. Troverò un lavoro quando sarò là. Non credo che dovrebbe essere molto difficile.» Adesso aveva esperienza e referenze. Tutto quello che occorreva.

«Avresti fatto meglio a rimanere qui. E diventare indossatrice. Sei una gran bella ragazza, vali come tutte le altre, e sei anche molto più intelligente.» Glielo disse quasi con gentilezza.

«Grazie.» Avrebbe voluto mostrarsi almeno beneducata con lui, ma non ci riuscì. Per due anni l'aveva trattata in un modo vergognoso e si augurò di non vederlo mai più. Firmò tutti i documenti necessari e quando fece per restituirgli la penna, lui le afferrò improvvisamente la mano. Alzò gli occhi a guardarlo, meravigliata, e fece il gesto di tirarla indietro.

«Non avresti voglia... mi capisci... perché non ci facciamo una sveltina, in ricordo dei vecchi tempi, eh, Grace?» Era grondante di sudore e anche la sua mano era umida e appiccicosa.

«No, per niente», rispose lei calmissima. Marquez non la spaventava più. Non poteva più farle niente di male. Lei aveva tenuto fede ai suoi impegni, come doveva, e lui aveva appena finito di firmare le carte necessarie, che adesso Grace stringeva in mano. Era diventata una cittadina come tutti gli altri. Finalmente si era buttata il passato dietro le spalle. E quel piccolo bastardo non avrebbe potuto sicuramente fare niente perché esso risorgesse.

«Su, da brava, Grace, stai al gioco!» Girò intorno alla scrivania e, prima che lei facesse in tempo a scostarsi, l'afferrò e cercò di baciarla. Ma Grace lo respinse con tanta energia da mandarlo a sbattere con una gamba contro l'angolo della scrivania. «Hai sempre paura degli uomini, eh, Grace?» le gridò allora, andando su tutte le furie. «E che cosa pensi di fare, adesso? Di ammazzare il prossimo che cerca di farsi una scopata con te? Di ammazzarli tutti?»

Ma non aveva ancora finito di parlare che Grace gli si era avvicinata di nuovo afferrandolo per il bavero della giacca. Probabilmente Marquez era più forte di lei, ma non altrettanto alto; e inoltre Grace l'aveva colto di sorpresa.

«Ascoltami bene, piccolo stronzo. Se ti azzardi ancora a mettermi le mani addosso chiamo la polizia e lascio che siano loro ad ammazzarti. Io non mi prendo questo fastidio. Toccami e ti becchi una bella condanna per stupro. E non credere che io parli tanto per parlare. Sono capace di farlo, sai? E adesso, guai a te se ti arrischi a venirmi vicino.» Lo respinse, scaraventandolo il più possibile lontano da sé, e Marquez rimase a guardarla ammutolito mentre, afferrata la borsetta, usciva dal suo ufficio sbattendosi la porta dietro le spalle. Era finita. Ormai tutto questo apparteneva alla storia. Era arrivato il momento promesso da Molly tanti anni prima. Adesso la vita che aveva davanti era tutta sua.

9

LASCIARE Marjorie rattristò profondamente Grace; in fondo, era l'unica vera amica che avesse. E le dispiacque dire addio a tutti, al St. Mary's. Paul Weinberg le augurò buona fortuna e le confidò che a Natale si sarebbe sposato. Grace fu felice per lui. Ma per molte ragioni era contenta di lasciare Chicago e di andarsene dall'Illinois, con tutti i suoi terribili ricordi. Aveva sempre vissuto nella paura di incontrare qualcuno di Watseka che la riconoscesse.

A New York sapeva che questo non poteva succedere.

Questa volta partì in aereo. Basta con i viaggi in autobus, come quando, da Dwight, era arrivata a Chicago! I suoi risparmi non erano stati toccati. Non aveva mai speso molto e gli Swanson l'avevano sempre pagata bene. Era perfino riuscita a risparmiare qualcosa, tanto che adesso il gruzzolo ammontava a più di cinquantamila dollari. Aveva già provveduto al trasferimento dell'intera somma su una banca di New York. Non solo, ma sapeva anche dove alloggiare e aveva già fatto una prenotazione a proprio nome.

Una delle indossatrici le aveva parlato di quel posto, dove era vietato far salire uomini nella propria camera, e a Grace andava proprio a pennello. All'aeroporto prese un taxi che la portò direttamente al *Barbizon*, all'incrocio fra Lexington Avenue e la Sessantatreesima.

La zona le piacque subito, fin dal primo momento. C'erano negozi e condomini, era piena di vita e di animazione — nel complesso un buon quartiere residenziale. Si trovava ad appena tre isolati da *Bloomingdale's*, del quale sentiva parlare da anni. Qualcuna delle ragazze dell'agenzia aveva addirittura lavorato per il famoso grande magazzino; e inoltre era a un solo isolato di distanza da Park Avenue, e a tre da Central Park. Trovò tutto bellissimo e di suo gusto.

Passò la domenica passeggiando per Madison Avenue e guardando le vetrine; poi andò allo zoo, dove si comprò un palloncino. Era una splendida giornata autunnale. Stranamente, adesso le pareva di essere tornata a casa, di avere raggiunto un porto sicuro. Non si era mai sentita tanto felice in vita sua.

Il lunedì si presentò in tre agenzie di collocamento in cerca di un impiego. La mattina dopo la chiamarono perché le avevano fissato una mezza dozzina di colloqui.

Due erano in agenzie per indossatrici, ma lei rifiutò. Era stanca di quella vita e della gente che vi lavorava. Per il terzo colloquio si recò in una ditta di materie plastiche. Sembrava un lavoro noioso e lei non se la sentì di accettarlo. L'ultimo riguardava un grosso studio legale, Mackenzie, Broad e Steinway. Grace non ne aveva mai sentito parlare ma, a quanto pareva, a New York lo conoscevano tutti.

Per l'occasione decise di indossare un semplicissimo abitino nero, che aveva comprato l'anno prima a Chicago, e un cappotto rosso acquistato da *Lord and Taylor* quella mattina stessa. Le stavano benissimo; aveva un aspetto magnifico.

Ebbe un primo colloquio con il capo del personale, che poi la mandò al piano di sopra perché parlasse anche con il capoufficio, con la segretaria più anziana di grado e un paio dei partner più giovani. Aveva acquisito abilità ed esperienza nel corso degli anni, anche se non era bravissima nello stenografare sotto dettatura, ma ebbe la sensazione che fossero disposti ad assumerla purché si impegnasse a prendere appunti con rapidità e sapesse scrivere bene a macchina.

A Grace piacquero tutte le persone alle quali venne presentata, inclusi i due partner più giovani per i quali avrebbe lavorato, Tom Short e Bill Martin. Erano ragazzi molto seri, di poche parole; uno aveva studiato a Princeton e poi si era laureato in giurisprudenza a Harvard; l'altro aveva cominciato e finito gli studi a Harvard. Tutto sembrava molto rispettabile, molto trasparente e davvero nulla lasciava pensare che, una volta accettato l'impiego, per Grace potessero profilarsi problemi imprevisti; perfino l'ubicazione dell'importante studio legale era perfetta. Infatti era situato all'incrocio fra Park Avenue e la Cinquantaseiesima, a soli otto isolati dal suo albergo. Comunque, Grace si rese conto che sarebbe stata costretta a trovarsi presto un appartamento.

Lo studio legale occupava dieci piani; i dipendenti erano più di seicento. In fondo, tutto quello che Grace desiderava era diventare una faccia fra la folla. E lì non poteva essere diversamente. Si trattava del posto più impersonale che avesse mai visto. E quindi era perfetto per lei. Era pettinata con i capelli raccolti in un nodo, usava un trucco leggero e indossava in ufficio gli stessi abiti che si era abituata a portare nell'agenzia. Aveva forse un poco più di stile di quanto fosse necessario, ma il capo del personale pensò che con il tempo avrebbe potuto adeguarsi al tono più severo dell'ufficio, facendosi notare un po' meno. Era una ragazza brillante e intelligente, però, e gli piaceva.

L'avevano assunta come assistente segretaria di due dei partner più giovani. Si dividevano due collaboratrici e la collega di Grace, che aveva tre volte la sua età e pesava almeno il doppio, non le nascose di essere molto sollevata all'idea di avere un aiuto. Subito, fin dal primo giorno, raccontò a Grace che Tom e Bill erano simpatici e con loro si lavorava bene perché erano persone ragionevoli. Erano entrambi sposati e le loro mogli erano due belle bionde. Uno abitava a Stamford e l'altro a Darien, e avevano tre bambini ciascuno. In un certo senso, a Grace sembravano quasi due gemelli, ma la stessa cosa si poteva dire anche della maggior parte degli altri uomini che lavoravano lì dentro. Le sembrava che ci fosse una vera marea di giovanotti, impiegati nello studio, che sostanzialmente non erano molto diversi l'uno dall'altro. Non solo, ma pareva che parlassero esclusivamente delle cause di cui si stavano occupando.

Tutti facevano i pendolari e arrivavano dal Connecticut o da Long Island, per la maggior parte giocavano a squash, qualcuno era socio di un club e tutte le loro segretarie sembravano altrettanto anonime. Nessuno diede l'impressione di essersi accorto della sua presenza quando cominciò a lavorare lì dentro. Per fortuna, era proprio quello che Grace voleva. Un mondo di facce tutte uguali. Non ebbe difficoltà ad ambientarsi. Svolgeva il suo lavoro e nessuno le chiedeva chi fosse, dove era stata impiegata prima o da dove venisse. A nessuno interessava. Così era New York. E a Grace piaceva sempre di più.

Durante il fine settimana trovò anche casa. Un appartamento fra la Ottantaquattresima e la First Avenue. Poteva prendere la metropolitana per andare in ufficio, o un autobus; quanto all'affitto, con lo stipendio che le avevano offerto non costituiva certo un problema.

Aveva venduto il letto e gli altri pochi mobili alla ragazza che le era subentrata nell'appartamento di Chicago. Quando andò da *Macy's* per comprare il minimo indispensabile, si accorse, con una certa preoccupazione, che tutto era molto costoso.

Una delle ragazze dell'ufficio le aveva parlato di un altro posto, a Brooklyn, dove vendevano arredamenti a prezzi scontati, e una sera, dopo l'orario d'ufficio, provò ad andarci con la metropolitana. Da sola. Fu una sensazione bellissima. Mai come in quel momento si era sentita tanto adulta e tanto libera di sé, padrona del proprio destino. Per la prima volta nella vita non c'era nessuno a controllarla, o a minacciarla, o a cercare di farle del male. Nessuno voleva qualcosa da lei. Poteva fare tutto quello che le piaceva.

Il sabato pomeriggio si dedicava allo shopping, comprava generi alimentari o altro nel supermarket più vicino, frequentava le gallerie di Madison Avenue e del West Side, e di tanto in tanto si spingeva a fare un'incursione fino a SoHo. Adorava New York e tutto quello che offriva. Cominciò anche a visitare il quartiere italiano e andò a un paio di aste, rimanendone affascinata.

Era arrivata in città appena da un mese e aveva già un lavoro, una vita e un alloggio. Ormai aveva comprato quasi tutto il mobilio necessario, che non era né elegante né particolarmente di buon gusto, ma comodo e pratico. Il palazzo in cui aveva affittato l'appartamento era vecchio ma pulito. La casa era già fornita di tende e il pavimento era ricoperto di moquette beige, un colore che si intonava con tutto quello che aveva comprato.

L'appartamento era composto di soggiorno, cucinino abitabile con un angolo-pranzo, una piccola camera da letto e il bagno. Tutto quello che poteva desiderare, e tutto suo. Nessuno poteva portarglielo via o distruggerlo.

«Come ti trovi a New York?» le domandò il capo del personale quando lo incontrò un giorno, all'ora del pranzo, nel self-service dello studio. Consumava lì i suoi pasti soltanto quando il tempo era brutto o non aveva più soldi e aspettava lo stipendio. Altrimenti le piaceva girovagare per le strade del centro durante l'intervallo.

«Magnificamente.» E gli sorrise. Era piccolo di statura, vecchio e calvo; e le aveva raccontato di avere cinque figli.

«Mi fa piacere.» Le sorrise anche lui. «Mi hanno fatto un buon rapporto sul tuo conto, Grace.»

«Grazie.» La cosa migliore che lei sapesse sul suo conto, almeno per quanto la riguardava, era che voleva bene alla moglie e non provava assolutamente il minimo interesse per lei. Come tutti gli altri. Non si era mai sentita così a proprio agio! Tutti facevano il loro lavoro e pareva che il sesso fosse l'ultima cosa che avevano in mente. Nessuno dava l'impressione di accorgersi della sua esistenza, soprattutto Tom e Bill, i due avvocati dai quali dipendeva direttamente. Avrebbe potuto avere cent'anni e non se ne sarebbero neppure accorti. Erano gentili con lei, ma avevano in mente soltanto il lavoro. Capitava, a volte, che rimanessero in ufficio fino a tardi — le otto o le nove di sera — e lei finì per domandarsi quando trovavano il tempo di vedere i loro bambini. E, se avevano qualche verbale da preparare per i partner più anziani, venivano in ufficio anche durante il fine settimana.

«Hai qualche progetto per la Festa del Ringraziamento?» le domandò, verso la metà di novembre, l'altra segretaria. Era una donna di mezza età, simpatica, con un po' di pancetta e le gambe grosse, ma un viso gentile incorniciato dai capelli grigi. Non si era mai sposata. Si chiamava Winifred Apgard, ma per tutti era semplicemente Winnie.

«No, ma starò bene ugualmente», rispose Grace con la massima calma. Le vacanze non erano mai state il suo forte.

«Non torni a casa?» Grace fece cenno di no con la testa, senza specificare che non aveva parenti. La sua vera casa era l'appartamento dove abitava; e poi, ormai, si considerava autosufficiente.

«Io vado a Philadelphia a trovare mia madre, altrimenti ti avrei invitata da me», le rispose Winnie quasi con l'aria di scusarsi. Era il classico tipo della brava zia, adorava il suo ufficio e gli uomini per i quali lavorava. Li circondava sempre di mille premure, come una mamma, e loro la prendevano benevolmente in giro. Winnie si raccomandava che mettessero le soprascarpe di gomma quando nevicava e li avvertiva che stava per scoppiare un temporale, se dovevano tornare a casa in macchina più tardi del solito.

I rapporti che Bill e Tom avevano con Grace erano assolutamente diversi, perché era come se fingessero di non vederla neppure. Ignoravano la sua esistenza. A volte lei si domandava se consideravano un pericolo la sua giovinezza, oppure se le loro mogli avrebbero potuto non gradire la sua presenza, in ufficio, o se Winnie li faceva sentire più a proprio agio perché con lei non c'era niente da rischiare. Comunque non sembrava che fosse importante. A Grace non rivolgevano mai la parola per dire qualcosa che avesse un carattere personale, mentre scherzavano e ridevano con Winnie. Con Grace si mostravano sempre impassibili e distaccati — come se ci tenessero in modo particolare a non approfondire assolutamente la conoscenza. C'era una bella differenza con Bob Swanson... ma era proprio quello che a Grace piaceva del nuovo impiego.

La settimana precedente la Festa del Ringraziamento, dedicò una parte dell'ora di intervallo per il pranzo a fare qualche telefonata. Ci stava già pensando da un po', senza mai trovare il tempo necessario. Adesso, però, era venuto il momento di ricominciare a dare qualcosa a qualcuno. Si trattava di un impegno che intendeva non abbandonare per il resto della sua vita, perché lo considerava una specie di dovere nei confronti di tutte le persone che l'avevano aiutata. Un debito che non avrebbe mai cessato di ripagare.

Trovò finalmente quello che stava cercando.

Il luogo si chiamava Centro di accoglienza St. Andrew's ed era situato nel Lower East Side, in Delancey Street. Lo dirigeva un giovane sacerdote, che la invitò a presentarsi da loro, per un incontro, la domenica mattina successiva.

Grace prese la metropolitana in Lexington Avenue, cambiò treno e raggiunse la fermata di Delancey, percorrendo poi a piedi il resto del tragitto. Ma fu una passeggiata poco piacevole. C'erano barboni che vagavano apparentemente senza una meta precisa, ubriachi raggomitolati nel vano dei portoni o distesi sui marciapiedi. C'erano magazzini e casamenti decrepiti e miserabili, negozi squallidi muniti di massicci cancelli all'ingresso. E automobili abbandonate ovunque. Gruppi di teppisti giravano dappertutto con l'aria di chi va in cerca di guai o vuole attaccar briga con qualcuno. Occhieggiarono Grace mentre passava, ma non si azzardarono a infastidirla. Finalmente lei arrivò al St. Andrew's. Era un vecchio caseggiato cadente, in arenaria, con la vernice scrostata sulle porte e l'insegna che sembrava dovesse staccarsi dal muro da un momento all'altro tanto era sbilenca e ciondolante. Notò subito una certa animazione e si accorse che c'era un certo viavai di persone, quasi tutte donne e bambini. La colpì una ragazzina — doveva avere quattordici anni al massimo — che sembrava agli ultimi mesi di gravidanza.

Quando Grace entrò, al banco della reception trovò tre ragazze che chiacchieravano animatamente. Una si stava mettendo lo smalto sulle unghie. Il baccano era indescrivibile. Pareva che l'intera casa rimbombasse di voci; qualcuno stava litigando, poco distante... c'erano bianchi e neri, cinesi e portoricani... Si sarebbe detto un microcosmo di New York...

Chiese di poter parlare con il giovane sacerdote con il quale aveva appuntamento, e aspettò a lungo prima di vederlo arrivare. Intanto si guardò attorno. Quando lui si presentò, vide che indossava un paio di jeans e un vecchio maglione sformato, beige scuro.

«Padre Finnegan?» domandò incuriosita. Era un tipo vivace, con uno sguardo intelligente, e non sembrava affatto un sacerdote. Anzi, lo si sarebbe detto un ragazzo, con quel ciuffo di capelli rossi. Ma le fitte rughe intorno agli occhi, fra le lentiggini che punteggiavano la pelle chiara, rivelavano che doveva essere ben più vecchio di quanto potesse apparire al primo colpo d'occhio.

«Padre Tim», la corresse lui con un sorriso. «La signorina Adams?»

«Grace.» E gli sorrise. Impossibile non sorridergli. Pareva che irradiasse gioia e serenità.

«Andiamo in qualche posto a parlare», la invitò mentre si faceva strada fra una mezza dozzina di bambini che si rincorrevano nell'atrio. Quella in cui si trovavano sembrava una casa popolare, divisa in appartamenti, che lui utilizzava per offrire un alloggio a chi non l'aveva. Al telefono le aveva spiegato che il centro di accoglienza era aperto da soli cinque anni e aveva bisogno di un grande aiuto, specialmente da parte di volontari. Era rimasto emozionato e felice quando lei lo aveva cercato. La considerava uno dei molti miracoli dei quali diceva di avere estremo bisogno.

La condusse in una cucina dove c'erano tre lavastoviglie antidiluviane, tutti doni ricevuti, e un acquaio all'antica. Alle pareti erano attaccati manifesti, c'era un grosso tavolo rotondo, qualche sedia e due gigantesche caffettiere. Versò una tazza di caffè per tutti e due e precedette Grace in una stanzetta arredata con una scrivania e tre seggiole. Probabilmente in passato era uno sgabuzzino, e adesso fungeva da ufficio. Tutta la casa aveva urgente bisogno di una mano di pittura e di qualche mobile decente, ma dopo essersi seduti lì con lui, a parlare, si finiva per dimenticarsene. Padre Tim era una di quelle persone che si impongono con la sola presenza, ma non se ne rendeva assolutamente conto. Ecco perché tutti gli volevano bene.

«E allora... che cosa ti porta qui da noi, Grace? Oltre al buon cuore e a una certa semplicità di carattere?» Le sorrise di nuovo e bevve un sorso del caffè fumante, mentre i suoi occhi splendevano di letizia.

«Ho già fatto un po' di volontariato anche prima, a Chicago. In un centro più o meno simile, il St. Mary's.» E gli diede, come referenza, il nome di Paul Weinberg.

«Lo conosco bene. Sono anch'io di Chicago. Ormai, però, vivo qui da vent'anni. Ma conosco il St. Mary's e posso dire che, in un certo senso, ce ne siamo serviti come modello. Danno un'ottima assistenza.»

Lei gli riferì il numero di persone alle quali prestavano il loro aiuto, al St. Mary's, ogni anno, e spiegò che avevano sempre, come ospiti abituali, almeno una dozzina di famiglie. Per non parlare della gente che andava e veniva in continuazione durante il giorno, e ritornava di frequente al centro per usufruire delle piccole comodità e dell'accoglienza che sapeva di poter trovare.

«Qui offriamo più o meno lo stesso genere di aiuto», disse lui, pensieroso, guardandola e domandandosi per quale motivo una ragazza come lei volesse fare un lavoro di quel tipo. Ma già da molto tempo aveva preso l'abitudine di accettare senza porre domande i doni che Dio gli mandava, e di usarli nel migliore dei modi. Aveva tutte le intenzioni di mettere Grace al lavoro, al St. Andrew's. «Il numero delle persone che assistiamo qui è superiore. Magari da ottanta a cento al giorno, dozzina più dozzina meno, e quasi sempre questo significa che la dozzina bisogna aggiungerla, non sottrarla!» Sorrise di nuovo. «Ci è anche capitato di ospitare contemporaneamente un centinaio di donne, e a volte un numero doppio di bambini. Di solito, però, la media è un po' più bassa, e quindi ci ritroviamo ad avere quasi sempre una sessantina di donne e centocinquanta bambini. Dal St. Andrew's non viene mandato via nessuno. È la regola, qui. Si presentano alla nostra porta e si fermano, se è questo che vogliono. La maggior parte dei nostri ospiti non si ferma a lungo. O tornano da dove sono venuti, oppure cominciano una nuova vita. Direi che il periodo che passano con noi va da quindici giorni a due mesi, come massimo. Nella maggioranza, dopo due settimane tornano fuori. Tutto pressappoco come al St. Mary's.»

«Potete alloggiare un numero così alto di persone qui dentro?» Grace era meravigliata. Il caseggiato non sembrava tanto grande, e infatti non lo era.

«Una volta era suddiviso in venti appartamenti. Ce li facciamo stare, Grace, in ogni modo possibile e immaginabile. Li mettiamo ovunque. La porta è aperta per tutti, non soltanto per i cattolici», le spiegò. «Non domandiamo neppure qual è la loro religione.»

«Effettivamente...» E Grace gli sorrise; padre Tim irradiava un tale calore umano che lei si sentì toccata nel profondo del cuore. Era il vero uomo di Dio, e Grace si sentì immediatamente a proprio agio, considerandosi fortunata di poter lavorare per lui. «Il medico che dirigeva il St. Mary's era israelita», disse, e lui rise.

«Io non sono ancora arrivato a questo punto, ma non si sa mai!»

«Ma qui non c'è un dottore che assista chi si presenta?»

«Io, suppongo. Sono gesuita e ho una laurea in psicologia. Ma dottor Tim suona un po' strano, vero? A me pare che padre Tim suoni meglio.» Risero insieme e poi lui andò a riempire di nuovo le tazze versando il caffè da una delle grosse caffettiere.

«Abbiamo una dozzina di suore, che non portano l'abito del loro ordine, naturalmente, le quali lavorano qui. E a seconda dei periodi, una quarantina di volontari. Per mandare avanti questo posto ci occorrono tutti, te lo assicuro. Ci sono alcune infermiere specializzate in psichiatria che ci dedicano una parte del loro tempo, e vengono dall'università di New York, e molti ragazzi che fanno l'internato di psichiatria, e invece provengono per la massima parte dalla Columbia University. È un bel gruppo, e lavorano tutti come dannati... scusa, come angeli.» Grace si accorse di trovarlo simpaticissimo, con quelle lentiggini e gli occhi ridenti. «E di te che cosa mi racconti, Grace? Che cosa ti porta da noi?»

«Mi piace questo tipo di lavoro. Per me significa molto.»

«Te ne intendi un po'? Immagino di sì, dopo due anni al St. Mary's, vero?»

«Quanto basta, credo, per potermi rendere utile.» Com'era tutto familiare, ormai! Ma non si sentiva del tutto sicura che fosse opportuno dirglielo. Tuttavia le sarebbe piaciuto. Sentiva di potersi fidare di lui più di chiunque altro avesse mai conosciuto.

«Quante volte la settimana, o al mese, prestavi la tua opera di volontariato al St. Mary's ?»

«Due sere la settimana e ogni domenica... ed eventualmente anche nei giorni festivi.»

«Perbacco!» Era rimasto colpito, e meravigliato. Anche se era un sacerdote, si rendeva conto di quanto Grace fosse giovane e bella, troppo giovane per dedicare tanto tempo a una casa di accoglienza. Poi la guardò con maggiore attenzione. «Questa è per te una missione speciale, Grace?» Fu come se lo sapesse. Lo intuiva. E lei rispose facendo cenno di sì con la testa.

«Proprio come pensavo. Io... me ne intendo di queste cose.»

Grace si accorse che non sapeva bene che cos'altro aggiungere, ma lui annuì e le sfiorò gentilmente una mano.

«Va bene così. La guarigione arriva in molti modi. E dare aiuto agli altri è il migliore.» Grace annuì, con gli occhi lucidi. Lui sapeva. E capiva. Le parve di aver trovato un rifugio... era un po' come essere tornata a casa dopo tanto tempo. Le bastava trovarsi lì, vicino a lui. «Abbiamo bisogno di te, Grace. Qui c'è un posto per te. Puoi dare gioia e aiutare a guarire molte persone, e anche te stessa.»

«Grazie, padre», sussurrò lei asciugandosi gli occhi. E il prete le sorrise. Non volle indagare, né cercare di sapere altro. Ormai sapeva tutto quello che era necessario sapere. Nessuno poteva capire ciò che queste donne avevano passato meglio di chi aveva vissuto quell'esperienza già prima e — come loro — aveva subìto le sevizie e le violenze di padri e mariti, o madri o fidanzati.

«E adesso veniamo al sodo.» I suoi occhi erano tornati ridenti. «Quando puoi cominciare? Anche subito? Non vogliamo lasciarti andar via di qui troppo in fretta. Potresti riacquistare tutto il tuo buonsenso, ripensarci e pentirti!»

«Anche subito?» Era già pronta a lavorare, se lui la voleva. E padre Tim non aspettava altro. La precedette di nuovo in cucina, dove depositarono le tazze vuote del caffè in una delle lavastoviglie, e poi la riaccompagnò nell'atrio e cominciò a presentarla a tutti. Le tre ragazze all'ingresso erano state sostituite da un giovane sulla ventina, studente di medicina alla Columbia, e adesso c'erano due donne che stavano parlando con un gruppetto di bambine e che padre Tim presentò come suor Theresa e suor Eugene. Ma nessuna delle due sembrava una suora, almeno questa fu l'impressione di Grace. Avevano un'aria amabile e bonaria e dovevano aver passato da poco i trent'anni. Una indossava una tuta di felpa, l'altra un paio di jeans e un maglione piuttosto liso. Suor Eugene si offrì di accompagnare Grace di sopra per mostrarle le camere dove alloggiavano le donne e quella dove ospitavano i bambini le cui madri arrivavano al St. Andrew's troppo malridotte per avere la forza di occuparsene personalmente.

C'era anche l'infermeria dove era di servizio un'infermiera, una suora che indossava il camice bianco sui jeans. Le luci erano abbassate e suor Eugene fece entrare Grace camminando in punta di piedi, avvertendo con un cenno la suora-infermiera della loro presenza. Quando diede un'occhiata intorno a sé, ai letti occupati da quelle donne, Grace si sentì stringere il cuore nel riconoscere i segni che avevano accompagnato tutta la sua esistenza. Due di quelle donne avevano un braccio ingessato, una recava le cicatrici lasciate dalle bruciature di una sigaretta su tutta la faccia e un'altra si lamentava mentre l'infermiera stava cercando di bendarle di nuovo le costole rotte e le appoggiava un impacco di ghiaccio sugli occhi gonfi e pesti. Suo marito, adesso, era in carcere.

«Mandiamo all'ospedale i casi più gravi», le spiegò a mezza voce suor Eugene mentre uscivano dall'infermeria. Grace, istintivamente, si era fermata a sfiorare una mano con una carezza, ma la donna le aveva lanciato un'occhiata sospettosa. Ecco un'altra cosa che le era familiare. Quelle creature, a volte, erano così malridotte e avevano sofferto talmente tanto che non si fidavano più di nessuno e temevano sempre di essere picchiate o malmenate.

«Di solito, se appena è possibile, cerchiamo di tenerle qui. Rimangono meno sconvolte. A volte sono soltanto piene di lividi. Quando le loro condizioni sono gravi, le mandiamo al pronto soccorso.» Come quella donna che era arrivata due notti prima, sfregiata da un ferro rovente con il quale il marito l'aveva colpita in piena faccia dopo averle fracassato la testa. Per poco non l'aveva ammazzata, ma lei era talmente impaurita che aveva opposto un netto rifiuto quando le avevano chiesto se voleva denunciarlo. Le erano stati tolti i figli ed erano già stati dati in affidamento ad alcune famiglie. Le donne maltrattate dovevano mostrare la volontà di salvarsi, e molte non ne avevano più il coraggio. Essere picchiate e seviziate le portava a chiudersi in se stesse, a cercare l'isolamento più completo. Veniva voglia di nascondersi da tutti — Grace lo sapeva fin troppo bene — anche da chi avrebbe potuto aiutarle.

Suor Eugene l'accompagnò quindi a vedere i bambini e nel giro di pochi minuti Grace si ritrovò a raccontare fiabe, adornare con un nastro delle treccine, allacciare scarpe, mentre i bambini le dicevano i loro nomi e qualcuno le raccontava che cosa era successo e perché era venuto al St. Andrew's. Qualcuno non poteva. Perché era successo che i loro fratellini fossero stati uccisi dai genitori. Oppure la loro mamma era di sopra, troppo malridotta per muoversi, troppo piena di vergogna perfino per venire a vederli. Era come una malattia che distruggeva le famiglie e le persone che dovevano affrontarla. E Grace pensò, con il cuore stretto, che solamente pochi di loro, crescendo, sarebbero diventati adulti equilibrati e consapevoli o anche solo capaci di dare la loro fiducia a qualcuno.

Erano le otto passate, quella sera, quando andò via. In quel momento padre Tim si trovava sulla porta e stava parlando con un agente di polizia che gli aveva appena portato una bambinetta. Aveva due anni ed era stata violentata dal padre. Grace trovava particolarmente odiosi i casi come quello... almeno lei aveva tredici anni! Anche al St. Mary's aveva visto bambine molto piccole stuprate e sodomizzate dai padri.

«Brutta giornata?» le domandò padre Tim, pieno di comprensione, mentre l'agente se ne andava.

«Buona giornata», replicò lei, e gli sorrise. L'aveva trascorsa per la massima parte con i bambini; poi, nelle ultime ore, aveva cercato di parlare con qualcuna delle donne, o anche soltanto di far loro compagnia, ascoltarle, cercare di incoraggiarle a prendere la decisione giusta. Nessun altro poteva farlo per loro. La polizia poteva aiutare. Ma dovevano aver voglia di salvarsi. E, forse, se avesse trovato il modo di parlare abbastanza a lungo con loro, così si ripeteva, non sarebbero state costrette a ricorrere a rimedi estremi, come era capitato a lei. Non avrebbero dovuto scontare una condanna in prigione per poter essere libere. Quello era il mezzo scelto da Grace per ripagare un debito, e scontare un peccato per il quale sapeva che sua madre non l'avrebbe mai perdonata. Purtroppo lei non aveva avuto altra scelta, ma non rimpiangeva ciò che aveva fatto. Adesso, invece, sperava soltanto che altre donne non dovessero pagare l'altissimo prezzo da lei pagato.

«È un posto splendido», disse, complimentandosi. Le piaceva ancora più del St. Mary's. C'era più animazione e, sotto molti aspetti, anche maggior calore umano.

«Tutto merito di chi ci lavora. Posso cercare di convincerti a tornare? Suor Eugene dice che sei molto in gamba.»

«Anche lei.» La suora si era mostrata instancabile e aveva lavorato tutta la giornata senza fermarsi un momento. Come del resto gli altri. E lei aveva trovato simpatiche tutte le persone con le quali era venuta a contatto lì dentro. «Non credo che riuscirà a tenermi lontana da qui.» Aveva già firmato un impegno scritto, confermando la propria disponibilità a lavorare al centro due sere quella stessa settimana e la domenica successiva. «Posso anche venire per la Festa del Ringraziamento», disse con semplicità.

«Non vai a casa?» Sembrò meravigliato. Era incredibilmente giovane per avere tutto quel tempo a disposizione, tutta quella libertà!

«Non ho nessuna casa dove andare», gli rispose subito, senza esitazione. «Niente di straordinario, in fondo. Ci sono abituata.» Ma a lui non era sfuggita l'espressione dei suoi occhi. E fece un cenno di assenso. Quante cose Grace preferiva non raccontare! E lui l'aveva capito.

«Saremo felici di averti qui con noi.» Le giornate di festa erano sempre difficili per chi aveva una brutta situazione a casa, e a volte capitava che il numero delle persone che arrivavano al centro diventasse il doppio del solito. «Da noi è sempre un gran circo, sai?»

«Proprio quello che voglio. Ci vediamo la settimana prossima, padre», lo salutò mentre firmava il libro delle presenze giornaliere.

L'avevano affidata a suor Eugene. Quindi avrebbe sempre dovuto presentarsi a lei per svolgere la sua opera di volontariato. La suora era molto soddisfatta, perché Grace era esattamente la persona di cui aveva bisogno.

«Che Dio ti benedica, Grace», disse padre Tim mentre lei usciva.

«Anche a lei, padre», gli rispose, e si chiuse la porta alle spalle.

Il tragitto fino alla stazione della metropolitana fu lungo e in qualche momento Grace provò anche un po' di paura perché dovette passare fra barboni e alcolizzati e bande di teppisti che giravano per le strade. Ma nessuno la infastidì e mezz'ora più tardi rientrò a casa dopo aver percorso a piedi un pezzo della First Avenue. Era stanca dopo quella giornata così lunga, ma si sentiva di nuovo viva al pensiero di poter essere di conforto a qualcuno. L'aiutava a sopportare meglio il proprio dolore sapere che quell'esperienza terribile non era stata del tutto inutile.

10

GRACE passò la Festa del Ringraziamento al St. Andrew's, come aveva promesso. Aiutò addirittura a cucinare il tacchino. Dopo quel momento il volontariato diventò un'abitudine — ci andava il martedì e venerdì sera, e la domenica si fermava tutta la giornata. Il venerdì c'era da fare più del solito, perché cominciava il fine settimana e venivano pagati gli stipendi. I mariti brutali e maneschi di solito uscivano a ubriacarsi e, tornando a casa, picchiavano le mogli. Grace si rese conto che non riusciva mai a lasciare il St. Andrew's prima delle due del mattino, a volte anche più tardi. La domenica, invece, cercavano di affrontare e risolvere i problemi delle donne e dei bambini che erano arrivati durante il fine settimana. In genere era soltanto il martedì che aveva l'occasione di fare quattro chiacchiere con suor Eugene. A Natale erano diventate buone amiche. Suor Eugene aveva perfino domandato a Grace se non avesse mai pensato che la sua poteva essere una vocazione.

«Oh, mio Dio, no! Non riesco neppure a immaginarlo», aveva replicato Grace sbalordita.

«Non è molto differente da quello che stai facendo adesso, credimi.» E la suora le aveva sorriso. «Tu dai molto di te agli altri... e a Dio... e non importa come lo consideri, sai?»

«Non credo proprio che ciò sia tanto santo come dici», aveva detto Grace, sorridendo imbarazzata alle parole della suora. «Non faccio che ripagare vecchi debiti! C'è stato un momento in cui alcune persone sono state buone con me, e adesso mi piace pensare che posso restituire quel bene offrendolo ad altri.»

«Hai l'innamorato?» le aveva domandato una volta suor Eugene ridacchiando come una bambina, e Grace era scoppiata a ridere. La suora non nascondeva di essere curiosa e di voler sapere qualcosa di più sul suo conto, ma di rado Grace parlava di sé. Era molto riservata per quanto riguardava la sua vita, e solo così si sentiva più tranquilla. Al sicuro.

«Non valgo granché con gli uomini», aveva risposto Grace onestamente. «Non sono il mio forte. Preferisco venire qui a fare qualcosa di utile.»

Era la verità. Passò con quella gente il Natale e il Capodanno; a volte il suo viso aveva una strana espressione di pace e pareva irradiasse una luce particolare quando veniva via dal St. Andrew's. E Winnie se ne accorgeva, in ufficio, e finiva sempre per concludere che doveva esserci un uomo nella sua vita. Grace sembrava così felice, così in pace con se stessa! Ma era soltanto il frutto di una notte trascorsa a volte senza chiudere occhio, con un bambino pieno di lividi tra le braccia, a cantargli una ninnananna, a tenerlo amorevolmente stretto al cuore — come nessuno aveva mai fatto prima. Tutto ciò che desiderava era di cambiare qualche cosa, fare una differenza, per quanto piccola, nella vita di quelle creature. E ci riusciva.

Infine un giorno, quando lavoravano insieme da quasi cinque mesi, Winnie la invitò a pranzo per la domenica successiva. Grace ne rimase commossa, ma dovette spiegarle che aveva un impegno fisso, alla domenica, e non poteva rinunciarvi. Così combinarono di vedersi il sabato. Andarono da *Schrafft's*, in Madison Avenue, e poi, a piedi, raggiunsero il Rockefeller Center a guardare i pattinatori.

«Che cosa fai la domenica?» le domandò Winnie incuriosita, sempre più convinta che Grace avesse un uomo. Era una bella ragazza, e così giovane, poi! Impossibile che nella sua vita non ci fosse qualcuno.

«Lavoro in Delancey Street, in un centro di accoglienza, una specie di ricovero per donne e bambini maltrattati», le spiegò mentre ammiravano ragazze in minigonna che volteggiavano sul ghiaccio e bambini che cadevano e ridevano mentre cercavano di inseguire genitori e amici. Sembravano creature così felici!

«Davvero?» Winnie non riuscì a nascondere il proprio stupore di fronte alla confessione di Grace. «Perché?» Non riusciva a credere che una ragazza tanto giovane e bella potesse fare qualcosa di così difficile e angoscioso.

«Lo faccio perché sono convinta che sia importante. Ci vado tre volte la settimana. È un posto meraviglioso. Mi piace infinitamente», le rispose Grace con un sorriso.

«Hai sempre fatto cose del genere?» le domandò Winnie, sempre più sbalordita, e Grace fece cenno di sì con la testa, continuando a sorridere.

«Be', lo faccio già da tempo. Lo facevo anche a Chicago, ma devo confessare che preferisco questo centro di New York. Si chiama St. Andrew's.» E poi scoppiò in una risata e le raccontò che suor Eugene le aveva suggerito di farsi monaca.

«Oh, mio Dio!» Winnie sembrava inorridita. «Ma tu non ci pensi neppure, vero?»

«No. Per quanto... loro sembrano abbastanza contente. Ma non è cosa per me. Io sono felice di fare quello che posso andando avanti così.»

«Tre giorni la settimana! Mi sembra un bell'impegno. Non deve rimanerti molto tempo per fare qualcos'altro.»

«Infatti. Ma non ne ho neppure voglia. Mi piace il mio lavoro, mi piace l'impegno che ho preso al St. Andrew's. Mi resta il sabato, se voglio fare qualcosa, e un paio di sere ogni settimana. Non ho bisogno di nient'altro.»

«Non è sano», la rimproverò Winnie. «Una ragazza della tua età dovrebbe divertirsi di più. Con i ragazzi, capisci?» esclamò rimproverandola molto maternamente. E Grace rise, divertita. Winnie le era simpatica e le piaceva lavorare con lei. Era una persona responsabile ed efficiente e si impegnava a fondo per collaborare con i «suoi» capi, e con Grace, con la quale si comportava quasi come una mamma.

«Parlo sul serio. Credimi. Avrò tutto il tempo del mondo per gli uomini quando sarò grande», ribatté Grace in tono canzonatorio, ma Winnie scrollò il capo, minacciandola con un dito.

«Quel giorno arriverà molto in fretta, e senza che tu te ne accorga! Io mi sono occupata dei miei genitori per tutta la vita e adesso mia madre vive a Philadelphia, con una mia zia, mentre io sono qui sola soletta. Mio padre non c'è più e non mi sono mai sposata. Quando lui è morto e mia madre si è trasferita a Philadelphia per stare con zia Tina, ero troppo vecchia.» Sembrava talmente triste mentre le raccontava tutto questo, che Grace provò quasi compassione. Non solo, ma sospettava anche che si sentisse molto sola e l'avesse invitata a pranzo proprio per questo motivo. «Te ne pentirai un giorno, Grace, se non dovessi sposarti e avere una vita tutta tua prima che arrivi la vecchiaia.»

«Non ne sono del tutto sicura.» Già da qualche tempo era arrivata alla conclusione che, tutto sommato, non aveva voglia di sposarsi. Era stata scottata abbastanza, e anche i brevi incontri con Marcus, Bob Swanson e Marquez le avevano insegnato qualcosa. Non voleva più saperne di uomini come loro. E anche quelli gentili e simpatici come David e Paul non le avevano fatto cambiare idea. Bravi e buoni, sicuramente, però a lei, in fondo, non interessavano. Era contenta di stare sola. Non faceva il minimo sforzo per conoscerne altri o crearsi una vita diversa da quella che le permetteva la sua opera di volontaria al St. Andrew's.

Ecco perché rimase molto meravigliata quando uno degli altri partner più giovani, che lavorava nell'ufficio adiacente al suo, un giorno la invitò fuori a cena. Sapeva che era amico degli avvocati tributaristi dai quali lei dipendeva, che aveva divorziato di recente ed era piuttosto simpatico e piacente. Ma lei non aveva nessuna voglia di uscire né con lui né con nessun altro dell'ufficio.

Un giorno si era fermato davanti alla sua scrivania e sottovoce, con aria impacciata, le aveva chiesto se voleva uscire a cena con lui il venerdì successivo. Lei gli spiegò che la sera del venerdì era impegnata con un lavoro di volontariato e quindi non poteva accettare, e non si mostrò particolarmente entusiasta di quella proposta. Lui batté in ritirata, alquanto imbarazzato.

Ma rimase ancora più meravigliata quando uno dei suoi capi, il pomeriggio del giorno dopo, le chiese per quale motivo avesse respinto l'invito a cena di Hallam Ball. «Hal è un gran bravo ragazzo», le spiegò, «e tu gli piaci», come se questo fosse sufficiente per essere accettato come accompagnatore. Nessuno di loro riusciva a capire il suo rifiuto.

«Io... be'... è stato molto gentile da parte sua, e sono sicura che sia un tipo simpatico.» Grace si sentiva in imbarazzo nel trovarsi costretta a spiegare perché aveva rifiutato. «Non esco con le persone dell'ufficio. Non è mai una buona idea», aggiunse in tono fermo, e il giovane avvocato annuì.

«Gliel'ho detto anch'io. Ho immaginato che il motivo fosse quello. È intelligente da parte tua. Peccato, però, perché sono sicuro che ti piacerebbe. E poi, è proprio giù di corda da quando ha divorziato, l'estate scorsa.»

«Mi dispiace per lui», gli rispose Grace freddamente. Ma anche Winnie la rimproverò, facendole notare che Hallam Ball era uno dei migliori partiti, fra tutti gli impiegati dello studio legale, e che lei era una vera sciocca. E concluse la sua ramanzina avvertendola che sarebbe diventata una vecchia zitella.

«Bene.» E Grace le sorrise. «Non vedo l'ora che succeda. Così nessuno mi proporrà più di uscire con lui e io non dovrò lambiccarmi il cervello per trovare qualche scusa convincente.»

«Ma tu sei matta!» riprese Winnie, in tono di rimprovero. «Sciocchina», aggiunse scoppiando in una risatina chioccia, e continuò a brontolare. Ma quando un assistente legale le propose di uscire, il mese dopo, e Grace rifiutò anche quell'invito — adducendo sempre lo stesso motivo — andò letteralmente su tutte le furie. «Sei la ragazza più stupida che io conosca», strillò, indignata. «No, questa volta non te lo permetto, sai? È un tesoro di ragazzo... e, come se non bastasse, è anche alto come te!» Grace non poté fare a meno di ridere di fronte a un ragionamento simile e si rifiutò di accettare l'invito. In pochissimo tempo si sparse la voce che Grace Adams non concedeva appuntamenti e quindi non usciva con gli uomini dell'ufficio. Quasi tutti, del resto, si erano convinti che avesse un ragazzo o fosse fidanzata, ma qualcuno cominciò a considerarla una specie di sfida. Invece Grace non cambiò mai idea e non diede mai a nessuno una risposta diversa. Per quanto affascinanti fossero, o apparentemente interessati a lei, non accettò mai i loro inviti. Anzi, si sarebbe detta totalmente indifferente a tutti gli uomini. E cominciarono in molti a fare strane supposizioni sul suo conto.

«Be', allora mi vuoi dire come pensi che riuscirai a sposarti?» le domandò un giorno Winnie, esasperata, mentre stavano per uscire dall'ufficio.

«Il matrimonio non rientra nei miei piani, Win. Molto semplice.» Pur apprezzando il sincero interesse della collega, Grace le lasciò anche capire che non cambiava idea. Winnie era furibonda.

«Se è così, perché non ti fai monaca?» le gridò. «Praticamente ti comporti come se lo fossi!»

«Sissignora», le rispose Grace con un sorrisetto dolce e Bill, uno dei «loro» capi, inarcò un sopracciglio, stupitissimo. Proprio in quel momento stava passando di lì e aveva sentito tutto. Era pienamente d'accordo con Winnie: Grace stava perdendo un sacco di ottime occasioni. Gioventù e bellezza non durano in eterno.

«Qualche congiura di corridoio, mie belle signore?» domandò malizioso, infilando il soprabito e prendendo l'ombrello. Era marzo e continuava a piovere da settimane. Ma per fortuna non nevicava.

«Questa ragazza è una perfetta sciocca!» esclamò Winnie, alle prese con il cappotto. Grace corse ad aiutarla, mentre il giovane avvocato rideva guardandole.

«Grace, buon Dio, Grace! Ma che cosa hai fatto a Winnie?»

«Non vuole uscire con nessuno, ecco che cosa mi ha fatto!» E Winnie, sempre più furiosa, strappò letteralmente il cappotto dalle mani di Grace e cercò di infilarselo con tanta furia che finì per abbottonarlo nel modo sbagliato. Gli altri due la guardavano sforzandosi di non scoppiare in una risata. «Finirà per diventare una vecchia zitella come la sottoscritta, ma è troppo giovane e carina per un destino del genere!» Quando Grace si accorse che Winnie aveva le lacrime agli occhi l'abbracciò e la baciò su una guancia con sincero affetto. Certe volte si comportava come una mamma con lei; e sempre come una buona amica.

«Probabilmente ha un ragazzo, Winnie», mormorò il giovane avvocato in tono conciliante, rivolgendosi alla più anziana delle sue segretarie. Ma da un po' di tempo aveva cominciato a domandarsi anche lui se Grace non avesse una relazione con un uomo sposato. Sarebbe stato plausibile, visto il modo in cui rifiutava regolarmente di uscire con qualsiasi giovanotto dell'ufficio. «Magari è il suo segreto. Ce lo tiene nascosto.» Ormai aveva smesso di credere che tutte quelle reticenze da parte di Grace fossero unicamente il risultato di una decisione ponderata e di un contegno da persona virtuosa; doveva esserci sotto ben altro... Ed erano parecchi i giovani avvocati che si dichiaravano d'accordo con lui.

Winnie alzò gli occhi a guardarla e Grace le sorrise senza dire niente. Questo bastò perché l'anziana donna si convincesse che nella vita di Grace c'era un uomo sposato.

Poi le due donne si salutarono nell'atrio del palazzo, augurandosi la buona notte, e Grace andò in Delancey Street a passare la serata al St. Andrew's.

Quando, la mattina dopo, si presentò in ufficio con l'aria affaticata e stanca, Winnie decise che il loro capo aveva davvero ragione e che la notte precedente Grace doveva aver combinato chissà che cosa! La giovane, invece, stava covando una bella influenza. Era arrivata dal St. Andrew's bagnata fradicia, dopo il lungo tragitto sotto la pioggia battente. Quindi non era dell'umore più adatto per accettare la proposta che il capo del personale le fece all'ora di pranzo. Alle undici ricevette la sua chiamata. La pregava di passare dal suo ufficio. Lei si preoccupò subito, e anche Winnie non le nascose che quella convocazione improvvisa non le piaceva per niente. Non riusciva a immaginare quale potesse essere il motivo di una eventuale lagnanza nei suoi confronti, a meno che non si trattasse di uno degli uomini che aveva respinto e che aveva deciso di crearle qualche guaio. Le erano già capitate cose del genere, e non se ne sarebbe affatto meravigliata.

«Dammi retta! Non dirgli niente che non sia il minimo indispensabile», fu il consiglio di Winnie mentre Grace si preparava a salire al piano di sopra. Ma il capo del personale non l'aveva convocata per una lagnanza, tutt'altro. Voleva complimentarsi con lei.

Esordì dicendole che il suo modo di lavorare era molto soddisfacente e tutti, nel suo reparto, erano contenti di lei e la trovavano simpatica, a cominciare dai due giovani avvocati dai quali dipendeva direttamente.

«A dire il vero, Grace», cominciò in tono esitante il capo del personale, «ho un piccolo favore da chiederti. So benissimo quanto spiacevole può essere lasciare il proprio lavoro per un po' di tempo, e mi rendo conto che Bill e Tom non ne saranno per niente contenti. Ma la signorina Waterman ha avuto un incidente, ieri sera sulla metropolitana. È scivolata sulle scale e si è rotta un femore. Rimarrà assente dall'ufficio almeno per due mesi, forse anche tre. Sembra che sia una gran brutta frattura. Adesso è ricoverata al Lenox Hill. Ci ha telefonato sua sorella. La conosci, vero?» Grace stava lambiccandosi il cervello per ricordare chi fosse. Evidentemente una delle tante segretarie dello studio legale. Intanto si domandava anche quale posto occupasse e da chi dipendesse direttamente. Si augurò soltanto che non fosse uno degli uomini che l'avevano invitata fuori a cena. In tal caso si sarebbe trovata in un bel guaio!

«Non credo di conoscerla», rispose, guardandolo incerta.

«Lavora per il signor Mackenzie», le spiegò il capo del personale con voce solenne, come se questo bastasse a chiarire ogni cosa. Ma Grace parve confusa.

«Quale signor Mackenzie?» domandò, continuando a non capire.

«Il signor Charles Mackenzie», rispose lui, con il tono di chi parla con una ritardata mentale. Charles Mackenzie era uno dei tre partner più anziani dello studio legale.

«Vuole scherzare?» esclamò Grace. «Perché proprio io? Ma se non sono neppure capace di stenografare sotto dettatura.» La sua voce era diventata improvvisamente stridula. A lei andava bene il posto che aveva al momento; non se la sentiva di vivere sotto quel genere di continue pressioni!

«Sai prendere appunti velocemente, e le persone per le quali lavori adesso dicono che hai ottime qualità. E il signor Mackenzie ha spiegato molto chiaramente quello che gli occorre.» Certo non le avrebbe mai detto che Charles Mackenzie odiava le anziane segretarie brontolone che si lagnavano di dover fare gli straordinari e gli opponevano resistenza ogni volta che lui esigeva qualcosa che fosse un po' fuori dell'ordinario. Voleva una persona giovane, che sapesse tenere il suo ritmo e lo seguisse nel suo modo di lavorare, ma a Grace non poteva dirlo. E di regola Mackenzie preferiva le segretarie che avessero meno di trent'anni. Ma questo particolare perfino Grace lo conosceva. «Vuole una persona pronta, scattante, che lo segua nel suo metodo di lavoro. Naturalmente, appena la signorina Waterman torna tu puoi riprendere il tuo posto, Grace. Si tratta soltanto di un paio di mesi.» Probabilmente lui vorrà anche qualcuno da portarsi a letto, pensò la ragazza, avvilita. Conosceva il genere. E non voleva stare al gioco. Le piaceva il lavoro che faceva, andava d'accordo con Winnie. Quanto ai due giovani avvocati dai quali dipendeva, non le avevano mai creato il minimo problema. Quasi quasi non si ricordavano neppure della sua esistenza; proprio per questo le andavano a pennello.

«Ho un'alternativa?» domandò, mentre lo fissava accigliata.

«Non proprio, direi», ammise lui molto onestamente. «Gli abbiamo presentato il curriculum di tre persone, stamattina, e ha scelto il tuo. Sarebbe molto difficile spiegargli che ti rifiuti di lavorare con lui.» Non si era aspettato tutte quelle resistenze. Anche lui si sarebbe trovato in difficoltà se Grace avesse respinto la proposta. Charles Mackenzie non era uomo abituato a sentirsi dire che non poteva avere quello che voleva.

«Che bellezza!» Grace si abbandonò contro la spalliera della seggiola, sempre più depressa.

«Sono sicuro che potremmo venirti incontro con l'offerta di un aumento di stipendio compatibile con il posto che andrai a occupare.» Ma anche quella notizia non servì a tranquillizzare Grace. Più che altro, non aveva nessuna voglia di lavorare per un vecchio smanioso di dare la caccia a una giovane segretaria rincorrendola intorno alla scrivania. Del resto, se si fosse azzardato a farlo lei si sarebbe licenziata immediatamente. E avrebbe dovuto trovarsi un altro impiego. Pensò che avrebbe fatto la prova per qualche giorno e se quell'individuo era il classico imbecille presuntuoso, se ne sarebbe andata. Ma si guardò bene dal dirlo al capo del personale. Prese questa decisione tra sé, in silenzio.

«Bene», disse gelida. «Quando comincio?»

«Dopo l'intervallo per il pranzo. Il signor Mackenzie ha avuto una mattinata molto difficile, senza nessuno ad aiutarlo.»

«A proposito, quanti anni ha la signorina Waterman?» Aveva capito al volo.

«Venticinque, credo. Forse ventisei. Non sono sicuro. È bravissima. Ormai è con lui da tre anni.» Magari avevano una relazione, fu il primo pensiero di Grace, e c'era stato un litigio. Così adesso lei stava cercandosi un altro impiego. Qualsiasi cosa era possibile. Del resto, avrebbe verificato con i propri occhi la situazione. E nel giro di un'ora. Il capo del personale le raccomandò di presentarsi nell'ufficio del signor Mackenzie all'una. E quando tornò di sopra a prendere la sua roba, Grace diede la notizia a Winnie.

«Splendido!» esclamò quest'ultima. «Mi mancherai! Ma che magnifica occasione per te!» Grace non era affatto di quell'opinione e si sentì quasi le lacrime agli occhi quando arrivò una ragazza del servizio dattilografi a sostituirla. Andò a salutare i due avvocati per i quali aveva lavorato fino a quel momento e raccolse tutte le sue cose. Winnie promise di farle una telefonata nel pomeriggio, per sapere come andavano le cose.

«Dev'essere un cretino», le mormorò Grace. Ma Winnie si affrettò a rassicurarla.

«Niente affatto. Tutti quelli che lavorano per lui lo adorano.»

«Figuriamoci!» ribatté lei, acida, e baciò Winnie su una guancia prima di lasciarla. Era un po' come andarsene da casa, tanto che si sentì di umore pessimo mentre saliva al ventinovesimo piano. Soprattutto la indispettiva il modo con cui era stata presa una decisione che la riguardava. Non aveva avuto tempo di mangiare e le era venuto un mal di testa atroce. Oltre a tutto questo, continuava ad avvertire un vago senso di malessere. Forse erano i sintomi dell'influenza che si era presa dopo quella lunga camminata sotto la pioggia, la sera prima. Neppure quando la introdussero nel nuovo ufficio, con una vista spettacolosa su Park Avenue, si sentì un po' più rasserenata. Eppure la stavano trattando come se fosse un personaggio di una casa reale! E le tre segretarie che lavoravano negli uffici vicini si sentirono in dovere di presentarsi subito per fare la sua conoscenza. Lassù sembrava di essere in un piccolo club privato, e se fosse stata di umore migliore avrebbe finito anche lei per ammettere che era molto piacevole e accogliente.

Scorse rapidamente alcune carte che il capo del personale aveva lasciato lì per lei, e un elenco di istruzioni del suo nuovo superiore che riguardavano alcune cose che desiderava venissero fatte quello stesso pomeriggio. In gran parte si trattava di telefonate di ricerca, e alcune personali — un appuntamento con il sarto, un altro con il parrucchiere, e una prenotazione al *21* per due persone per la sera successiva. Molto attraente, pensò Grace mentre leggeva l'elenco delle cose da fare. Poi si attaccò al telefono.

Quando Mackenzie rientrò, dopo aver pranzato, alle due e un quarto, Grace aveva già fatto tutte le telefonate, era a metà delle ricerche e aveva preso nota di alcuni messaggi. Aveva già provveduto lei a informarsi su che cosa volesse la persona che lo cercava e quindi non occorreva che lui richiamasse nessuno. Mackenzie rimase enormemente sorpreso da tanta efficienza, ma il suo stupore non fu neppure paragonabile a quello che provò Grace quando se lo trovò davanti. Il «vecchiaccio» che si aspettava di incontrare aveva quarantadue anni, era alto, con le spalle larghe, profondi occhi verdi e capelli nerissimi che cominciavano a mostrare qualche filo bianco sulle tempie. Aveva lineamenti marcati, l'espressione decisa e la bellezza virile di un divo del cinema. Non solo, ma era assolutamente privo di arroganza. Anzi, sembrava che non fosse consapevole di essere tanto bello e pieno di fascino. Entrò senza fretta dopo un pranzo di lavoro con alcuni degli altri partner e si mostrò disinvolto e cordiale quando la salutò. Poi la elogiò subito per il lavoro che aveva svolto così in fretta.

«Sei proprio brava come mi hanno detto, Grace.» Le rivolse un caldo sorriso e lei giurò immediatamente a se stessa che non avrebbe ceduto al suo fascino. Non aveva nessuna intenzione di rimanere abbagliata dalla sua bellezza o di farsi incantare dalle sue belle maniere, indipendentemente da quello che la signorina Waterman aveva fatto per lui. Quindi si mostrò estremamente formale, e molto fredda.

Per le due settimane successive si occupò di tutti i suoi appuntamenti, sia di lavoro sia personali, ricevette e fece le sue telefonate, partecipò alle riunioni con lui prendendo accuratamente gli appunti necessari e si dimostrò praticamente perfetta.

«È brava, vero?» domandò Tom Short con aria possessiva quando, prima di una riunione, gli capitò di rimanere solo per qualche minuto con Mackenzie.

«Sì», gli rispose il partner anziano in tono cauto, ma senza particolare entusiasmo, e Tom lo notò.

«Non ti piace?» Non gli era sfuggita una certa esitazione.

«Vuoi che ti risponda sinceramente? No. È maledettamente scostante e cammina come se avesse un manico di scopa infilato nel sedere. Non mi era mai capitato di incontrare un altro essere umano che fosse sempre teso, brusco e di cattivo umore come lei. Mi fa venir voglia di buttarle addosso un secchio d'acqua.»

«Grace???» Tom era senza parole. «Ma se è sempre così gentile, compiacente e premurosa!»

«Magari le sono antipatico. Gesù, non vedo l'ora che torni la Waterman!» Ma quattro settimane dopo Elizabeth Waterman diede un annuncio che lasciò profondamente sconvolti tutti. Aveva avuto tempo di riflettere molto e adesso, dopo l'incidente e il modo in cui era stata trattata dalla gente quando si era ritrovata sulle scale della metropolitana con un femore rotto, aveva preso la decisione di andarsene per sempre da New York, e di ritornare in Florida, il suo paese d'origine.

«Ho il vago sospetto che non sia una buona notizia per nessuno dei due», disse Charles Mackenzie a Grace con molta franchezza, non appena venne a saperlo. Per un mese e mezzo Grace aveva lavorato in modo impeccabile, ma senza quasi rivolgergli una sola parola al di fuori di quello che la cortesia più elementare richiedeva. Eppure lui aveva cercato di mostrarsi sempre amichevole e cordiale, accomodante per quanto era possibile, ma ogni volta che Grace lo vedeva e si rendeva conto — ancora una volta — di quanto fosse bello e simpatico, di come sapesse trovare il tono giusto e il modo più adatto per comportarsi con lei e con gli altri, lo odiava un poco di più. Aveva finito per convincersi di conoscere molto bene il suo tipo, ed era sicura che stesse soltanto aspettando il momento opportuno per aggredirla e violentarla — né più né meno come aveva fatto Bob Swanson. E lei non voleva che succedesse mai più. In ogni caso, non lo avrebbe sopportato da lui. Ogni settimana vedeva le donne che arrivavano al St. Andrew's e questo bastava a rammentarle in continuazione fino a che punto gli uomini fossero corrotti, brutali e pericolosi, e in che guai potevano metterti se ti fidavi di loro.

«Non sei contenta qui, vero?» Charles Mackenzie si decise finalmente a domandarle con tutta la gentilezza possibile, mentre Grace, che gli sedeva di fronte, osservava quegli occhi verdi e pensava a tutte le donne che probabilmente avevano perduto la testa per lui, inclusa Elizabeth Waterman e chissà quante altre!

«Probabilmente non sono la segretaria adatta per lei», gli rispose con la massima calma. «Mi manca l'esperienza. Non avevo mai lavorato prima d'ora in uno studio legale come questo, e neppure per una persona così importante.» Mackenzie sorrise a questa risposta. Ma Grace continuava a sembrare tesa e in ansia.

«Che cosa facevi prima di venire qui?» Se n'era dimenticato.

«Ho lavorato per due anni in un'agenzia per indossatrici», gli rispose, domandandosi a che cosa mirasse. Magari era arrivato il momento... magari stava per tentare la solita mossa... Perché presto o tardi ci sarebbe arrivato. Capitava sempre. Con tutti.

«Come indossatrice?» le chiese, senza meravigliarsi affatto di quella possibilità, ma lei scrollò la testa.

«No, come segretaria.»

«Dev'essere stato molto più interessante di uno studio legale. Il mio lavoro non si può esattamente definire eccitante,vero?» Le sorrise, e parve incredibilmente giovane. Grace sapeva che era stato sposato con una famosa attrice e non avevano avuto figli. Ormai era divorziato da un paio d'anni e, secondo alcune voci, frequentava molte donne. Del resto, lei stessa si era occupata delle sue prenotazioni nei ristoranti, anche se a volte andava a cena con partner dello studio o con clienti.

«La maggior parte degli impieghi non è interessante», disse Grace con molto buon senso, sempre più meravigliata che un tipo come Charles Mackenzie fosse disposto a perdere tutto quel tempo per conversare con lei. «Anche quello che facevo all'agenzia non era niente di speciale. E se devo dire la verità», riprese, dopo aver riflettuto un momento, «preferisco questo. Qui le persone sono molto più simpatiche.»

«Allora si tratta soltanto di me», concluse lui quasi con tristezza, come se si sentisse addolorato e un po' offeso.

«Che cosa intende dire?» Non capiva.

«Be', è evidente che questo lavoro non ti va, e dal momento che lo studio legale ti piace, vuol dire che il colpevole sono io. Ho la sensazione che lavorare per me ti riesca odioso, Grace, te lo confesso con molta sincerità. Mi sembra quasi di darti fastidio e di farti diventare di cattivo umore ogni volta che entro in ufficio.» Lei arrossì imbarazzata.

«No... io... mi dispiace veramente... non intendevo darle questa impressione...»

«E allora, che cosa c'è?» Voleva avere un chiarimento con quella ragazza. Era la miglior segretaria che gli fosse mai capitata. «Posso fare qualcosa per migliorare la situazione fra noi? Visto che Elizabeth ci ha lasciato definitivamente, dobbiamo fare il possibile perché le cose si aggiustino, altrimenti è meglio rinunciare, non è così?» Grace annuì, imbarazzata, perché adesso era evidente che Mackenzie aveva capito di esserle antipatico. In fondo, non c'era niente di personale in quell'antipatia. E non sembrava per niente il tipo del dongiovanni, come lei si era messa in testa. A guadagnargli quella reputazione era stato il suo tanto strombazzato matrimonio con la famosa attrice, la sua ex moglie.

«Sono davvero dispiaciuta, signor Mackenzie. D'ora in avanti cercherò di facilitarle le cose.»

«È quello che farò anch'io», rispose lui con gentilezza. Mentre usciva dal suo studio Grace si sentì vagamente in colpa. Quella sensazione si accentuò quando Elizabeth Waterman venne a congedarsi definitivamente. Disse a Mackenzie che per lei lasciare l'ufficio era un grande dolore — come quando se n'era andata da casa — e che non aveva mai conosciuto un'altra persona gentile come lui. Scoppiò in lacrime salutandolo, e continuò a piangere accomiatandosi da tutti i colleghi. Elizabeth non aveva certo l'aria di chi sta concludendo una relazione amorosa: sembrava veramente desolata all'idea di dover lasciare un capo al quale si era sinceramente affezionata.

«Come vanno le cose di sopra?» le domandò Winnie un pomeriggio.

«È tutto okay.» Grace si vergognava un po' a confessarle di essere stata tanto antipatica con tutti, ma fino a quel momento non aveva fatto amicizia con nessuno al ventinovesimo piano; e i due giovani avvocati con i quali aveva collaborato in precedenza si sentivano ripetere di continuo che era un tipo scostante, anzi addirittura insopportabile e che tutti preferivano starle alla larga. Si era fatta una pessima reputazione in questo senso, ma del resto se l'era meritato, e lo sapeva. Rimase comunque imbarazzata quando Winnie le raccontò di aver sentito dire da parecchie persone che si mostrava scostante anche con il signor Mackenzie.

Dopo il discorso che lui le aveva fatto, si sforzò di essere un po' più gentile di prima e si accorse che, in fondo, quel lavoro le piaceva. Ormai si era rassegnata all'idea di non tornare più nell'ufficio con Winnie, e del resto trovava molto più gradevole il nuovo incarico che le era stato affidato e lavorare alle dipendenze di Charles Mackenzie cominciava a essere davvero interessante. Un giorno, senza che niente lo lasciasse prevedere, lui la informò che doveva partire in aereo per Los Angeles ed era necessario che lei lo accompagnasse. Grace si sentì quasi mancare quando lui le fece quella proposta; era ancora scossa da un tremito quando lo raccontò a Winnie, aggiungendo che aveva tutte le intenzioni di rifiutare.

«Perché, santo cielo? È un'opportunità, Grace!» Forse di andare a letto con il suo capo? No. Niente da fare. Non sarebbe partita. Ormai era convinta che fosse tutto combinato per farla cadere in trappola. E lei aveva mangiato la foglia! Ma quando si recò da lui, il giorno seguente, intenzionata a dirgli che non poteva partire, Mackenzie la precedette ringraziandola in modo talmente gentile e affabile per avere acconsentito a dedicargli il suo tempo e accompagnarlo in quel viaggio, che si lei sentì terribilmente in imbarazzo e non osò replicare che non ne aveva la minima intenzione. Stava addirittura pensando di licenziarsi, proprio per quel motivo, e si ritrovò a parlarne perfino con padre Tim, al St. Andrew's.

«Di che cosa hai paura, Grace?» le domandò lui con dolcezza. Grace era terrorizzata, bastava guardarla in faccia per capirlo.

«Ho paura... oh, non so...» Si sentiva a disagio al pensiero di doverglielo raccontare, ma sapeva di doverlo fare «...che sia anche lui come tutti gli altri che ho incontrato nella mia vita e hanno approfittato di me, o peggio. Finalmente ero riuscita a scrollarmi di dosso tutto questo, venendo qui... e adesso si ricomincia con questo stupido viaggio in California!»

«Ha lasciato capire in qualche modo, con qualche gesto o qualche accenno, che ha intenzione di approfittare di te?» le domandò padre Tim con la massima calma. «Oppure che prova un interesse sessuale nei tuoi confronti?» Aveva intuito, e chiaramente, di che cosa stavano parlando e qual era il motivo dei timori di Grace.

«Non proprio», ammise lei, ma aveva sempre l'aria afflitta.

«Neanche un po'? Sii onesta con te stessa. Sei l'unica che sappia la verità in questo caso.»

«Va bene. No, neppure un po'.»

«E allora, che cosa ti fa pensare che possa cambiare, così di punto in bianco?»

«Non so. Di solito non si porta la propria segretaria in viaggio con sé... a meno di non voler... lei mi capisce.» Padre Tim sorrise di fronte a tanto pudore. Aveva ascoltato storie ben peggiori nella sua esistenza, ben più scottanti e scandalose. Perfino la vera storia di Grace non lo avrebbe lasciato particolarmente sconvolto o scandalizzato.

«Ci sono persone che si fanno accompagnare dalla loro segretaria in un viaggio senza nessun... mi capisci. Magari ha effettivamente bisogno del tuo aiuto. E se dovesse comportarsi male, tu sei adulta, ormai! Prendi un aereo e te ne torni a casa. Fine della storia.»

«Già, credo che potrei fare qualcosa di simile.» Rifletté per un attimo e poi fece cenno di sì con la testa.

«Hai il controllo della tua vita, adesso, te ne rendi conto? È proprio quello che cerchiamo di insegnare alla gente qui da noi. E tu lo sai meglio di chiunque altro. Puoi andartene in qualsiasi momento, se vuoi.»

«Va bene. Allora, forse non è escluso che vada con lui.» Sospirò e lo guardò con gratitudine, anche se non si sentiva ancora completamente convinta.

«Fai quello che ritieni più giusto, Grace. Ma non prendere decisioni dettate dalla paura. Non servirebbe a niente. Fai soltanto quello che va bene per te.»

«Grazie, padre.» La mattina seguente informò Charles Mackenzie che non c'erano più problemi e poteva accompagnarlo nel viaggio in California. Continuava ad avere dei brutti presentimenti, ma non faceva che ripetersi che in qualsiasi momento avrebbe potuto tornarsene a casa se lui non si fosse comportato nel modo più corretto. Molto semplice. Fra l'altro, adesso aveva anche una carta di credito e quindi il problema denaro non esisteva.

Lui passò a prenderla con una limousine per andare all'aeroporto. Grace aveva con sé soltanto una valigetta e si sentiva nervosissima. Mackenzie aveva una cartella di documenti; dalla macchina fece qualche telefonata e le dettò una serie di appunti. Poi, dopo aver chiacchierato con lei per qualche minuto, si mise a leggere il giornale. Non sembrava che la sua compagnia lo interessasse particolarmente; e inoltre lei aveva capito che una delle sue telefonate l'aveva fatta a una donna. Sapeva che c'era una dama piuttosto nota nell'alta società che lo chiamava di frequente in ufficio e da come lui le rispondeva c'era da supporre che gli piacesse. Comunque Grace aveva la sensazione che al momento non fosse follemente innamorato di nessuna.

Durante il volo per Los Angeles lui lavorò per buona parte del tempo, mentre Grace guardava il film. Mackenzie doveva perfezionare un importante contratto cinematografico per un cliente della West Coast. Il cliente aveva già un legale, ma Mackenzie rappresentava i sostanziosi finanziamenti che avrebbero permesso all'affare di andare in porto, ed era interessante osservare il modo in cui operava.

E ancor più interessante fu tutto quello che accadde una volta arrivati a Los Angeles. Era mezzogiorno, ora locale, e raggiunsero immediatamente gli uffici del cliente. Grace rimase stupita assistendo alle riunioni che si susseguirono per tutto il giorno. Erano ancora lì alle sei di sera — in realtà le nove per lei e per Charles Mackenzie. Lui era poi atteso a una cena di lavoro, perciò la lasciò davanti all'albergo raccomandandole di far mettere sul suo conto tutto quello che avrebbe ordinato dalla camera. Avevano scelto il *Beverly Hills Hotel* e Grace si sentì un po' emozionata quando, passando per l'atrio, incontrò ben quattro divi del cinema.

Quella sera provò a cercare il numero di telefono di David Glass, ma non lo trovò né sull'elenco di Beverly Hills né su quello di Los Angeles. Rimase delusa. Erano anni che non aveva più sue notizie, ma le sarebbe piaciuto molto rivederlo. Comunque era ormai convinta che fosse stata sua moglie a obbligarlo a troncare ogni rapporto con lei. Lo aveva intuito da qualche accenno nelle sue lettere. Non aveva saputo più niente di lui dopo la nascita del suo primo bambino. Sarebbe stato bello raccontargli che adesso aveva un buon impiego, ed era felice della sua nuova vita. Sperava che tutto andasse per il meglio anche per lui e rimase delusa per non essere riuscita a rintracciarlo. A volte pensava ancora a lui, e di tanto in tanto ne sentiva la mancanza.

Ordinò la cena in camera e si mise a guardare la televisione scegliendo, fra quelli proposti, un film che da anni desiderava vedere. Era una commedia divertente e si ritrovò a ridere da sola. Poi andò a chiudere e a sbarrare porta e finestre. Anzi, alla porta mise addirittura il catenaccio. Continuava ad aspettarsi che lui, rientrando, venisse a bussare, cercando di entrare, e invece dormì profondamente fino alle sette della mattina dopo.

Lui la chiamò al telefono pregandola di raggiungerlo in sala da pranzo, e durante la colazione le spiegò quali sarebbero state le riunioni di quel giorno e che cosa si aspettava che lei facesse. Era molto ben organizzato, come Grace del resto, e amava il suo lavoro. Non solo, ma le rendeva sempre ogni cosa il più semplice possibile spiegandole esattamente quello che voleva da lei.

«Ieri hai lavorato molto bene», le disse, elogiandola apertamente. Aveva un aspetto quasi severo con il completo grigio e la camicia bianca. Grace aveva scelto un abito di seta rosa e aveva un golfino dello stesso colore sulle spalle. Lo aveva comprato un paio di anni prima, a Chicago, ed era un po' meno austero, e anche più elegante, della maggior parte dei vestiti che portava di solito in ufficio, a New York.

«Sei molto carina, oggi», commentò Mackenzie con aria quasi distratta, e Grace si irrigidì impercettibilmente. Ma lui non se ne accorse. «Non hai visto qualche divo del cinema ieri sera nell'atrio?» E allora, dimenticando il disagio di poco prima per il complimento, gli spiegò, tutta eccitata, che ne aveva incontrati ben quattro; e gli raccontò sommariamente anche il film che aveva visto e che l'aveva fatta tanto ridere. Per un attimo sembrò quasi che fossero diventati amici, e Mackenzie lo percepì. Grace sembrava un po' meno rigida e austera, e questo gli semplificava molto le cose. Era difficile stare con lei quando era tesa e scostante... A volte gli sarebbe piaciuto domandarle perché si comportava a quel modo, ma non ne aveva mai avuto il coraggio.

«Anche a me quel film è piaciuto molto», e rise, ripensandoci. «Quando era appena uscito, l'ho visto tre volte. Detesto i film deprimenti.»

«Anch'io», ammise Grace mentre arrivava la colazione. Lui aveva ordinato pancetta e uova strapazzate; Grace, fiocchi d'avena.

«Non mangi abbastanza», commentò lui in tono quasi paterno, osservandola.

«E lei dovrebbe stare attento al colesterolo», si affrettò a rimproverarlo Grace, anche se Mackenzie era molto magro. Ma uova e pancetta in effetti non erano i cibi più adatti per la salute delle arterie.

«Oh, Dio, abbi pietà! Mia moglie era vegetariana. E buddista. Come tutta Hollywood. Valeva la pena di divorziare se non altro per poter ricominciare a mangiare in pace gli hamburger al formaggio.» Le sorrise, e Grace non poté trattenere una risata.

«È stato sposato per molto tempo?»

«Anche troppo», e ridacchiò. «Sette anni.» E da due era divorziato. Per uscire da quella situazione aveva speso quasi un milione di dollari, ma gli era sembrato che ne valesse la pena anche se era stato un salasso dal punto di vista economico. Da allora in poi non c'era stata più nessuna donna che fosse riuscita a rubargli il cuore; l'unica cosa che gli dispiaceva era di non aver avuto figli. «Avevo trentatré anni quando mi sono sposato, e a quell'epoca ero convinto che il matrimonio con Michelle Andrews fosse l'unica risposta alle mie preghiere. Invece è risultato che essere il marito della star più provocante d'America non era facile come credevo. Quella è gente che paga a caro prezzo la celebrità. Molto più di quanto noi possiamo immaginare. La stampa non è mai gentile con loro, il pubblico vorrebbe possederli anima e corpo... non c'è mezzo di salvarsi e sopravvivere, all'infuori della religione e della droga, ma non sono comunque le soluzioni ideali, per quanto mi riguarda. Ogni giorno un nuovo scandalo, e titoli a caratteri cubitali sui giornali, qualsiasi cosa facessimo! Una vita impossibile! Alla fine se ne paga sempre lo scotto. Adesso siamo buoni amici, ma tre anni fa... no!» Grace aveva letto su *People* che lei si era già sposata altre due volte, con un giovane divo del rock e poi con il suo agente. «Inoltre, io ero un tipo troppo conservatore e conformista per lei. Troppo rigoroso. Troppo noioso.» Grace cominciava a sospettare che lui avesse offerto alla ex moglie l'unica stabilità che avesse, o avrebbe mai avuto nella sua esistenza. «E di te, che cosa mi racconti? Sposata? Fidanzata? Divorziata sette volte? A proposito, quanti anni hai? Me ne sono dimenticato. Ventitré?»

«Quasi», e Grace arrossì. «E non sono né sposata né fidanzata. Sono troppo furba per caderci. Grazie tante.»

«Oh, certo, certo! E brava la nonna! Potrebbe farmi una lezioncina in proposito, magari?» Rise e Grace cercò di non pensare che quando rideva era proprio affascinante. In fondo, non aveva nessun interesse a conoscerlo meglio. «A ventidue anni, sei perfino troppo giovane per uscire con qualcuno. Spero che tu non lo faccia.» Si burlava di lei, che invece aveva parlato sul serio. E Mackenzie l'aveva capito.

«No, non esco.»

«Noo? Sul serio?»

«Magari...»

«Stai meditando di farti monaca quando sarai diventata grande, dopo aver fatto carriera in uno studio legale?» La trovava divertente adesso che cominciava a mostrarsi un po' meno riservata. Era intrigante, come ragazza. Brillante e intelligente, ma anche spiritosa quando ne aveva voglia — e purtroppo non capitava molto spesso.

«A dire la verità, ho un'amica che sta cercando di convincermi a fare quella scelta.»

«E chi sarebbe? Bisognerà che dica io una parolina a quest'amica. Le suore sono assolutamente fuori moda di questi tempi. Non lo sapevi?»

«Credo di no», esclamò Grace ridendo. «Lei lo è. Suor Eugene. Un tipo formidabile.»

«Oh, Dio! Sei una religiosa fanatica. Dovevo immaginarlo. Ma perché devo essere sempre afflitto da persone come te... È una maledizione... mia moglie voleva che invitassi il Dalai Lama a lasciare il Tibet e a venire nostro ospite... Siete tutte matte!» E con un gesto della mano finse di volerla cacciar via. Intanto il cameriere era venuto a versare altro caffè nelle loro tazze. Grace rise divertita.

«Non sono una fanatica di un bel niente. Giuro! A volte è un'idea che non manca di attrattive. La loro esistenza è così semplice, serena.»

«E così lontana dalla realtà. Si può aiutare il mondo senza tuttavia rinunciarvi», disse lui con aria solenne. Ne era profondamente convinto. Gli piaceva aiutare le persone senza dover prendere posizioni estremiste. «E dove l'hai conosciuta, questa suora?» Era sempre più curioso. Del resto avevano ancora una decina di minuti prima di iniziare la giornata.

«Lavoriamo insieme nel centro dove io faccio un po' di volontariato.»

«E quale sarebbe questo centro?» Mentre parlavano, Grace si era accorta che era rasato alla perfezione e che tutto in lui era impeccabile. Ma cercò di non distrarsi con queste riflessioni. Con lui si lavorava, e basta.

«Si chiama Centro di accoglienza St. Andrew's, nel Lower East Side. È una specie di ricovero per donne e bambini maltrattati.»

«E tu lavori lì?» Sembrava stupito; evidentemente in Grace c'era più di quanto avesse mai sospettato, anche se era così giovane e, a volte, così scostante. Cominciò a trovarla più simpatica.

«Sì. Tre volte la settimana. È un posto straordinario. Accolgono centinaia di persone.»

«Non avrei mai immaginato che tu facessi qualcosa del genere», le confessò con molta onestà.

«E perché?»

«Perché è un impegno, e ci sarà da lavorare sodo. La maggior parte delle ragazze della tua età preferirebbe andare in discoteca.»

«Io non ci ho mai messo piede in vita mia.»

«Ti accompagnerei volentieri io, ma sono troppo vecchio e tua madre, probabilmente, non gradirebbe che tu ci andassi con me», le disse, in tono scherzoso. E Grace, stranamente, non reagì. Ma non gli disse neppure che lei non aveva i genitori.

La limousine venne a prenderli pochi minuti dopo le dieci. Il giorno seguente conclusero l'affare, giusto in tempo per tornare a New York con il volo delle nove di sera. Si ritrovarono quindi in città alle sei della mattina successiva. Mentre stavano per atterrare, lui le propose di prendersi un giorno di vacanza. Erano state due giornate molto intense, e in aereo non avevano dormito. Lui aveva lavorato e Grace lo aveva aiutato.

«Si prende un giorno di libertà anche lei?» gli domandò.

«Non posso. Alle dieci ho una riunione con la Arco e altre cose da fare. Non solo, ma abbiamo un pranzo con gli altri partner e voglio approfittarne per esporre certe mie lamentele...»

«Allora verrò in ufficio anch'io.»

«Non essere sciocca. Vedrò di cavarmela in qualche modo con la signora Macpherson o qualcuna del servizio dattilografia.»

«Se lavora lei, lavoro anch'io. Non ho bisogno di una giornata di riposo. Posso dormire stasera.» Sembrava molto decisa.

«Ah, i vantaggi della gioventù! Sei proprio sicura?» Intanto la scrutava pensieroso. Stava diventando come i due partner gli avevano detto: leale, gran lavoratrice, gentile e simpatica. Ma quanto tempo c'era voluto per arrivarci!

La lasciò davanti a casa e le raccomandò di prendersela comoda e di non precipitarsi subito in ufficio. E se avesse cambiato idea, non doveva preoccuparsi... lui avrebbe capito! Ma Grace era al suo posto prima ancora che lui arrivasse. Aveva già copiato a macchina tutti gli appunti presi in aereo e i suoi memorandum per la riunione delle dieci erano disposti in bell'ordine sulla scrivania insieme a una serie di dossier che lui voleva trovare sottomano. E gli preparò anche il caffè, esattamente come piaceva a lui.

«Accidenti!» Mackenzie le sorrise. «Che cosa ho fatto per meritarmi tutto questo?»

«Mi ha sopportato per tre mesi! Devo essere stata detestabile, credo, e mi dispiace.» Lui si era comportato da perfetto gentiluomo in California, e adesso Grace era pronta a offrirgli tutta la sua amicizia.

«Niente affatto. Immagino che toccasse a me dimostrarti che tipo ero. Quindi la tua osservazione vale per tutti e due.» Sembrava che avesse capito al volo la situazione, e non le nascose di esserle infinitamente grato per la enorme quantità di lavoro che sbrigava e per l'attenzione minuziosa che prestava a ogni minimo particolare.

Alle tre e mezzo del pomeriggio la obbligò a tornarsene a casa. Anzi, dichiarò che l'avrebbe licenziata se non avesse ubbidito. Ma qualcosa era cambiato fra loro, e l'avevano capito tutti e due. Ormai erano alleati, non più nemici; e Grace era lì per aiutarlo.

11

Il mese di giugno fu incredibile quell'anno, a New York. Deliziosamente caldo, con giornate piene di sole e di vento, e serate dolcissime. Un'atmosfera che invoglia la gente a sedersi sul gradino davanti a casa o stare alla finestra, e induce le persone a innamorarsi o a desiderare di avere qualcuno di cui innamorarsi.

In quel mese, due nuove donne entrarono nella vita di Charles Mackenzie. Grace non poté fare a meno di venirne a conoscenza, ma non era del tutto sicura che le piacessero, sia l'una sia l'altra.

Una delle due, le raccontò Charles, era un'amica di gioventù, era divorziata e aveva due figli che studiavano al college. L'altra si era occupata della produzione di una commedia che stava ottenendo grande successo a Broadway. Sembrava che Mackenzie dimostrasse una chiara preferenza per il mondo dello spettacolo. Aveva perfino regalato a Grace due biglietti perché andasse a teatro, e lei aveva invitato Winnie. Si erano divertite molto.

«Ma, in conclusione, mi vuoi dire che tipo è?» le domandò Winnie quando, dopo lo spettacolo, andarono da *Sardis'* a mangiare una fetta della famosa torta al formaggio.

«Simpatico... molto, molto simpatico...» ammise Grace. «Ci ho impiegato un bel po' di tempo a capirlo. Continuavo a pensare che il suo unico scopo fosse cercare di strapparmi i vestiti di dosso e ho cominciato subito a odiarlo, anche se lui non mi toccava neppure con un dito.»

«Be', e poi ci ha provato?» domandò Winnie piena di speranza. Non vedeva l'ora che Grace si innamorasse di qualcuno.

«No, naturalmente. È un perfetto gentiluomo.» E le raccontò quello che avevano fatto in California.

«Peccato.» Winnie non nascose la delusione. Grazie a Grace riusciva ancora a provare qualche piccolo brivido di eccitazione per quello che la vita poteva offrire; quella ragazza era il suo unico contatto con la gioventù, un po' come se fosse la figlia che non aveva mai avuto. Desiderava grandi cose per lei. E soprattutto un bel marito.

«Ha un mucchio di donne che gli corrono dietro. Ma non credo che ce ne sia una sola che gli interessi veramente. Comincio a pensare che l'esperienza con la sua prima moglie abbia lasciato il segno. Non ne parla molto, e quando lo fa è sempre abbastanza corretto, ma ho l'impressione che sia stata un'esperienza che l'ha lasciato come svuotato.» Non solo dal punto di vista finanziario, ma anche sentimentalmente. Gli aveva portato via un pezzo di cuore.

«Una delle ragazze che lavorava al quattordicesimo piano ha detto che gli è costato quasi un milione di dollari», disse sottovoce Winnie.

«Intendevo dal punto di vista emotivo», rispose Grace, quasi scandalizzata. «Comunque è un uomo simpatico. E lavora come un dannato. Rimane in ufficio fino a ore incredibili.» Le faceva sempre chiamare un taxi, o una limousine a noleggio, quando anche lei si fermava fino a tardi, ed evitava di chiederle di rimanere oltre l'orario d'ufficio nelle sere in cui sapeva che doveva andare al St. Andrew's. «È molto premuroso.» Ma non faceva che protestare da quando gli aveva parlato del St. Andrew's. Secondo lui era un quartiere troppo pericoloso da frequentare alla sera, e per di più... prendendo la metropolitana! Non gli piaceva neppure la domenica.

«Prendi un taxi, almeno!» borbottava. Ma le sarebbe costato un capitale. Del resto, ormai ci andava da mesi senza aver avuto problemi.

Poi Winnie le raccontò che la moglie di Tom aspettava un altro bambino. Scoppiarono a ridere domandandosi quanto ci sarebbe voluto prima che quella di Bill la seguisse a ruota. Quei due sembravano addirittura clonati!

Lasciato il ristorante, chiamarono un taxi e Grace, dopo aver accompagnato Winnie, rientrò a casa.

In giugno Charles tornò in California, ma questa volta senza farsi accompagnare da Grace. Doveva fermarsi un giorno solo, e quindi non valeva la pena che lei lo seguisse. Ma quando rientrò a New York per il fine settimana, Grace rimase con lui in ufficio, a lavorare, tutto il sabato. Smisero soltanto alle sei di sera e lui si scusò perché non poteva invitarla fuori a cena. Aveva un appuntamento ma si sentiva terribilmente in colpa per averla tenuta impegnata tutto il giorno senza offrirle un minimo di ricompensa al termine delle sue fatiche.

«La settimana prossima dovresti invitare qualcuno che conosci al *21* e far mettere la cena sul mio conto», le propose, «o magari stasera, se preferisci.» Grace pensò subito di invitare Winnie. L'anziana collega sarebbe certo andata in estasi.

«Non deve sentirsi obbligato», rispose Grace intimidita.

«È un piacere! Devi pur guadagnarci qualcosa, sai? Si ottiene sempre qualche piccola indennità accessoria quando si fa del lavoro extra per il capo. Non so bene quali potrebbero essere, ma sono sicuro che una cena al *21* può senz'altro costituire un premio adeguato. Quindi, fai subito una bella prenotazione.» Non aveva mai cercato di invitarla a uscire con lui, e Grace ne era contenta. Ormai si sentiva pienamente tranquilla e a proprio agio con lui. Lo ringraziò di nuovo, prima di andarsene. Era convinta che avesse un appuntamento con una nuova donna e pensava che si trattasse di un avvocato di uno studio legale con il quale erano in concorrenza. In quegli ultimi tempi avevano ricevuto una quantità incredibile di messaggi telefonici dagli uffici della Spielberg & Stein.

Quella sera rimase a casa a guardare la televisione, ma chiamò Winnie al telefono e le annunciò che presto sarebbero andate a cena al *21*. Winnie rimase emozionatissima dalla notizia e giurò che non sarebbe riuscita a chiudere occhio fino al giorno fatidico.

L'indomani, Grace si recò al St. Andrew's come al solito. Faceva sempre caldo, il tempo era bello e adesso c'era molta gente in giro per le strade il che, in un certo senso, rendeva il tragitto meno pericoloso.

La giornata fu lunga e pesante, perché dovette occuparsi dei nuovi arrivati. Il bel tempo li faceva affluire al centro di accoglienza addirittura a frotte. Chissà perché, sembrava che ci fossero sempre nuovi pretesti per picchiare e maltrattare bambini e donne.

Cenarono in cucina — Grace, suor Eugene e padre Tim — e lei ne approfittò per descrivere loro i divi del cinema che aveva incontrato nell'atrio dell'albergo quando era stata in California.

«È andato tutto bene?» le domandò padre Tim. Non avevano più avuto il tempo di parlarne dopo il suo ritorno, ma si era convinto che non fossero sorti problemi di nessun genere, altrimenti Grace glielo avrebbe detto.

«È stato magnifico.» Grace era raggiante.

Uscì dal centro verso le undici, cioè più tardi del solito. In genere la domenica tornava a casa prima. Pensò di chiamare un taxi, ma il tempo era bello e faceva caldo, perciò decise che poteva andare a piedi a prendere la metropolitana. Non aveva percorso un isolato intero quando qualcuno l'afferrò per un braccio e con uno strattone la spinse nel vano di una porta. Grace notò immediatamente che era un nero, alto e magro, e subito ebbe il sospetto che fosse un drogato o un ladruncolo. Si sentì stringere lo stomaco da una morsa di terrore, guardandolo. Poi lui la scrollò con violenza, mandandola a sbattere contro il pannello di legno della porta.

«Credi di essere una furbacchiona, eh? Brutta carogna. Credi di sapere tutto...» mormorò stringendole le mani intorno alla gola. Grace continuava a fissarlo con gli occhi sbarrati. Era chiaro che non gli interessavano i soldi che poteva avere con sé. Voleva soltanto insultarla, aggredirla.

«Io non so un bel niente», provò a dirgli senza perdere la calma, cercando di non spaventarlo... Era talmente fuori di sé dalla rabbia che stava quasi per strangolarla. «Lasciami andare... ti prego... sono sicura che tu non vuoi fare quello che adesso mi stai facendo...»

«Oh, sì che voglio», e poi, con un gesto improvviso, tirò fuori un coltello lungo e affilato e glielo appoggiò alla gola con una mossa da esperto. Senza muoversi di un millimetro, letteralmente impietrita, Grace ripensò ai giorni della prigione. Ma adesso non c'era nessuno a salvarla... né Luana... né Sally...

«Non farlo... basta che tu mi porti via la borsa... Dentro ci sono cinquanta dollari, tutto quello che ho... e il mio orologio.» Allungò il braccio per mostrarglielo, lo aveva al polso. Era il dono di addio che Cheryl le aveva fatto quando se n'era andata da Chicago.

«Chi se ne frega del tuo fottuto orologio, carogna... Io voglio Isella.»

«Isella?» Non aveva la minima idea di chi parlasse e che cosa dicesse... Sentì che puzzava di whisky da quattro soldi e di sudore mentre la teneva appoggiata contro il suo petto, puntandole quella lama contro la gola.

«Mia moglie... ti sei portata via mia moglie... e adesso lei non vuole più tornare... dice che vuole andarsene di nuovo a Cleveland...»

Dunque si trattava di qualcosa che riguardava il St. Andrew's e una delle donne che lei aveva accolto e aiutato.

«Non sono stata io a portarla via... non ho fatto niente... forse dovresti provare a parlarle... se ti farai aiutare anche tu da qualcuno, forse lei tornerà...»

«Mi hai portato via i bambini...» Stava piangendo, adesso, e pareva scosso da un tremito convulso. Intanto Grace cercava freneticamente nella memoria l'immagine di una donna di nome Isella, ma non riuscì a ricordarla. Ne vedeva talmente tante, al St. Andrew's! Anzi, finì quasi per convincersi che non doveva mai averla incontrata. In genere se le ricordava abbastanza bene. Ma Isella, no.

«Nessuno può portarti via i tuoi bambini... o tua moglie... devi parlare con loro... hai bisogno di aiuto anche tu... come ti chiami?» Chissà, se avesse provato a chiamarlo per nome, forse non l'avrebbe ammazzata.

«Sam... ma che cosa te ne importa?»

«Me ne importa, invece.» Poi le venne in mente un'idea: poteva essere la sua salvezza. «Sono una suora... ho dato la mia vita a Dio per la gente come te, Sam... Sono stata nelle prigioni... e in tanti altri posti... non sarà utile a nessuno se mi fai del male.»

«Tu, una suora?» Adesso l'uomo aveva alzato la voce, strillava quasi. «Cazzo... nessuno me lo aveva detto... cazzo...» Allungò un calcio alla porta dietro di lei, ma non venne nessuno. Nessuno li aveva visti. A nessuno importava niente di quello che poteva succedere in Delancey Street. «Perché hai cacciato il naso nei fatti miei? Perché le hai detto di tornarsene a casa?»

«Così tu non potrai più picchiarla. Ma tu non vuoi farle del male, vero, Sam? Non vuoi fare del male a nessuno...»

«Cazzo.» Adesso l'uomo piangeva sul serio. «Stronza di una suora», le gridò pieno di livore, «credi di poter fare quello che vuoi, per Dio. Dio fottuto... e tu... 'fanculo... e come te anche gli altri, tutti 'fanculo, carogna...» E a quel punto l'afferrò per la gola e cominciò a sbatterle la testa contro la porta.

Grace si sentì offuscare la vista e tutto divenne grigio davanti a lei; poi scivolò a terra e l'uomo le allungò un calcio allo stomaco, e poi un altro ancora. Le riempì la faccia di pugni e lei non sapeva come fare a farlo smettere. Non aveva la forza di gridarglielo. Non riusciva neppure a chiamarlo per nome. Sulla sua faccia, sulla testa, sullo stomaco e sulla schiena, si abbatté una gragnuola di colpi. Poi, all'improvviso, i pugni e i calci cessarono. Lo sentì correre via, sentì che le gridava ancora qualcosa, e infine si allontanò. Lei rimase con la bocca piena di sangue ripiegata su se stessa, come un fantoccio, nel vano di quella porta.

La notte fu la polizia a trovarla, durante una delle ultime ronde. La punzecchiarono con le mazze, come facevano sempre con gli ubriachi, ma a un certo momento uno di loro notò che il suo randello era macchiato di sangue, che luccicava alla luce di un lampione.

«Cavolo!» gridò al suo collega. «Presto, chiama un'ambulanza, in fretta!» Intanto si inginocchiava vicino a Grace e provava a sentirle il polso. Batteva appena, ma batteva. Quando la distese delicatamente sul dorso, si accorse subito con quanta violenza fosse stata picchiata. Aveva la faccia coperta di sangue e i capelli, impiastricciati di sangue, letteralmente incollati al cranio. Non poteva sapere se avesse qualche frattura o qualche emorragia interna, ma ansimava cercando aria disperatamente, nonostante fosse svenuta... Il suo collega arrivò dopo un minuto.

«Che cos'hai trovato?»

«Brutta faccenda... una donna, e non è vestita come quelle che vivono nel quartiere. Chissà da dove arriva!» Le aprì la borsetta e guardò nel portafogli mentre aspettavano l'ambulanza in arrivo dal Bellevue. «Abita nell'Ottantaquattresima. È un bel po' lontana da casa! Ma doveva saperlo che da queste parti non si viene a fare una passeggiata a piedi!»

«C'è un centro di accoglienza per i mendicanti in fondo alla strada», gli fece notare l'agente che aveva chiamato l'ambulanza, mentre tastava di nuovo il polso a Grace e le sistemava la borsetta sotto la testa. Poi, con la massima cautela, tentarono di sdraiarla sul marciapiede. «Magari lavora in quel posto. Se vuoi, vado a controllare quando tu sarai salito sull'ambulanza.» Uno dei due doveva accompagnarla all'ospedale per fare rapporto su quello che era successo, ammesso che fosse vissuta fino a quel momento. Sembrava che non se la sarebbe cavata, il suo polso diventava sempre più debole, e respirava a fatica.

L'ambulanza arrivò meno di cinque minuti dopo, accompagnata dal suono stridulo delle sirene, e i paramedici si affrettarono ad adagiare Grace su una lettiga mettendole la maschera dell'ossigeno. Poi spinsero la lettiga nell'ambulanza.

«In che condizioni è? Riuscite a capirlo?» domandò uno dei poliziotti al più anziano dei paramedici. Grace era completamente priva di conoscenza e non si era mai mossa da quando l'avevano trovata. Non faceva altro che ansimare, come se le mancasse l'aria.

«Non mi pare che si possa fare una prognosi favorevole», rispose l'uomo con molta franchezza. «È ferita alla testa. Potrebbe significare di tutto. Dalla morte al coma permanente.» Per il momento non potevano dire niente di più. Ma aveva un aspetto impressionante quando la osservarono bene alla luce, mentre l'ambulanza si metteva in moto per raggiungere il Bellevue Hospital.

Era praticamente irriconoscibile, tanto l'uomo l'aveva martellata di pugni in faccia, con gli occhi tanto gonfi e tumefatti che non poteva neanche aprirli, e una ferita di coltello al collo. E quando le slacciarono la camicia e le tirarono giù la lampo dei jeans, si accorsero che era coperta di lividi, uno più brutto dell'altro. Il suo aggressore l'aveva ridotta in fin di vita. «Brutta situazione», commentò il paramedico sottovoce. «A me sembra che siamo agli sgoccioli. Chissà se quel tizio la conosceva. Come si chiama?»

Il poliziotto aprì di nuovo il portafogli e lesse il nome ad alta voce. Dovevano darsi da fare, intanto. E cercare di tenerla in vita almeno fino all'arrivo all'ospedale.

«Su, da brava, Grace... apri gli occhi e prova a guardarci... tutto okay, sai?... non vogliamo farti del male... adesso ti portiamo all'ospedale, Grace... Grace... Grace... cavolo!...» Le avevano infilato subito nel braccio l'ago di una fleboclisi e contemporaneamente controllavano costantemente la pressione del sangue, che stava scendendo paurosamente. «Non ce la facciamo... Rischiamo di perderla, questa...» disse uno dei due al collega. La pressione scendeva, scendeva, scendeva... e poi, a un certo momento, l'apparecchio non la segnò più... Ma i paramedici reagirono con prontezza e mentre uno afferrava un defibrillatore l'altro le strappava, letteralmente, il reggiseno per metterglielo.

«Si tiri indietro», disse al poliziotto mentre imboccavano il viale d'accesso all'ospedale. «L'ho riacchiappata, però! Ce l'ho fatta», esclamò mentre il corpo di Grace veniva attraversato come da una scossa e il suo cuore ricominciava a battere. In quello stesso istante vennero spalancati in fretta gli sportelli posteriori, mentre due addetti al pronto soccorso arrivavano di corsa.

«Un attimo fa ha avuto un arresto cardiaco», spiegò il paramedico mentre le copriva il seno nudo con la propria giacca. «Potrebbe avere un'emorragia interna... e presenta una ferita alla testa...»

Li informò di tutto quello che sapeva e che aveva visto; poi tutti e cinque si precipitarono di corsa nella sala del pronto soccorso sospingendo la lettiga. Appena entrati, la pressione sanguigna di Grace scese di nuovo, improvvisamente, ma questa volta il suo cuore non si arrestò. Aveva già l'ago di una fleboclisi in vena. Il medico di guardia accorse con tre infermiere e cominciò a dare ordini. I paramedici e il poliziotto si ritirarono, trasferendosi al banco dell'accettazione per compilare i moduli necessari.

«Cristo, com'è conciata!» esclamò uno dei paramedici che era arrivato con Grace, rivolgendosi al poliziotto. «Non sa che cosa le è capitato?»

«Tentata rapina; è la norma qui da noi, a New York», rispose il poliziotto, turbato. Dai documenti aveva già constatato che si trattava di una ragazza di ventidue anni. Troppo giovane per vedersi togliere la vita a quel modo da un piccolo, miserabile ladruncolo. A nessuno sarebbe dovuto succedere, e in particolare a una ragazza di quella età. Era impossibile dire se fosse stata carina e se lo sarebbe rimasta nel caso fosse sopravvissuta, il che sembrava abbastanza improbabile.

«Si direbbe che è stata qualcosa di più di una tentata rapina», obiettò il paramedico. «Nessuno può pestare selvaggiamente una persona e ridurla in questo stato se non è provvisto di certi muscoli che non ve li immaginate neppure! Magari è stato il suo uomo.»

«Nel vano di una porta in Delancey Street? Non credo. Ha addosso un paio di jeans firmati e abita nell'Upper East Side. È stata un'aggressione.»

Ma quando il suo collega andò al St. Andrew's, padre Tim ebbe subito il sospetto che ci fosse altro dietro l'aggressione a Grace. Appena il giorno prima aveva ricevuto una visita della polizia, che lo aveva informato che una donna di nome Isella Jones era stata assassinata poche ore prima dal marito, insieme ai loro due bambini. Poi l'uomo si era dileguato. Il poliziotto gli aveva suggerito di mettere in guardia le sue infermiere, le assistenti sociali e i volontari che lavoravano per lui, in quanto quell'uomo era un tipo molto violento e per il momento era introvabile. Forse non si sarebbe mai azzardato ad avvicinarsi al St. Andrew's. O forse poteva succedere esattamente il contrario, se era convinto che fossero stati loro a incoraggiare Isella a lasciarlo e a cercare di tornare nella sua città d'origine, Cleveland.

Ma padre Tim non aveva pensato di parlarne a Grace, che si trovava in California quando Isella si era presentata al centro, pesta e terrorizzata, insieme ai suoi bambini. Padre Tim aveva avvertito tutti gli altri, pregandoli di stare in guardia se si fosse presentato un individuo che rispondeva al nome di Sam Jones. Anzi, avevano perfino pensato di mettere un avviso in proposito sul tabellone dell'ingresso, perché tutti lo sapessero... ma con tutto il daffare che avevano non aveva ancora fatto niente.

Quando venne a sapere che cosa era successo a Grace, padre Tim fu certo che ci fosse un nesso e fu sicuro che la polizia avrebbe subito diffuso un comunicato ed emesso un mandato di cattura per Sam Jones, facendo circolare la sua foto e la sua descrizione nei vari distretti. Si era già messo in un mare di guai anche prima e aveva una fedina penale lunga un chilometro, oltre a un passato di violenza. Se lo avessero rintracciato, colpevole com'era dell'assassinio della moglie e dei figli per non parlare dell'aggressione a Grace, poteva aspettarsi soltanto una condanna a vita.

Padre Tim impallidì paurosamente, come se si sentisse male, quando domandò: «In che condizioni è? Gravi?»

«Sì, molto, almeno quando l'ambulanza è partita di qui, padre. Mi dispiace.»

«Spiace anche a me.» Aveva le lacrime agli occhi mentre si toglieva la maglietta nera per infilare rapidamente una camicia nera e il collare bianco, da sacerdote. «Può darmi un passaggio fino all'ospedale?»

«Certamente.» Poi padre Tim informò con poche parole suor Eugene di quello che era successo, le disse dove stava andando e salì sull'autopattuglia con il poliziotto. Quattro minuti più tardi erano al Bellevue. Grace si trovava ancora nella sala del pronto soccorso, circondata da un'intera équipe di medici e infermiere che si affannavano intorno a lei. Ma fino a quel momento nessuno di loro aveva riscontrato miglioramenti. Era sempre tra la vita e la morte.

«Come sta?» domandò padre Tim all'infermiera dell'accettazione.

«Condizioni critiche. È tutto quello che so.» Lo osservò meglio e si accorse che era un sacerdote. Probabilmente la ragazza non ce l'avrebbe fatta a sopravvivere, così le aveva detto uno degli interni. Era talmente malridotta che c'erano ben poche speranze. «Vuole vederla?» chiese l'infermiera. Lui annuì, sentendosi responsabile di quello che era successo. Sam Jones aveva teso una trappola a Grace e adesso lei era in pericolo di morte.

Così padre Tim seguì l'infermiera nella stanza del pronto

soccorso, intorno al lettino di Grace c'erano tre infermiere, due interni e il primario, e ciò che vide lo lasciò sconvolto. La giovane era quasi nuda, coperta soltanto da un lenzuolo. Era piena di lividi e contusioni, con la faccia gonfia, irriconoscibile. Era coperta di borse di ghiaccio, bendata, circondata da sostegni per fleboclisi e strumenti di ogni genere. Padre Tim non aveva mai visto niente di più orribile. A un cenno del primario le impartì l'estrema unzione. Non sapeva neppure quale fosse la sua religione, ma in quel momento non aveva importanza. Era una creatura di Dio, e Dio sapeva quanto Grace avesse fatto per tutti. Poi si ritirò in un angolo, con le lacrime agli occhi, a pregare per lei. Passarono alcune ore prima che finissero di medicarla e di fare quanto era necessario. Quando le si avvicinò di nuovo, vide che aveva la testa completamente fasciata e che le avevano dato qualche punto di sutura sul volto e alla gola. Sam Jones si era servito del coltello soltanto per colpirla al collo; sulla faccia aveva una ferita lacero-contusa dovuta a un pugno. Aveva un braccio e cinque costole rotte. Non appena le sue condizioni fossero migliorate, l'avrebbero sottoposta a un intervento chirurgico. Dalle radiografie avevano infatti rilevato che aveva anche la milza spappolata, i reni danneggiati e la frattura del bacino.

«C'è qualcosa che quell'uomo abbia risparmiato?» domandò padre Tim desolato.

«Non molto.» Il primario era abituato a casi del genere, ma questa volta era chiaramente preoccupato. Grace era ancora in pericolo di morte. «I piedi sono in condizioni discrete, per esempio.» E sorrise. Anche il sacerdote tentò un sorriso.

Alle sei del mattino Grace fu trasferita in sala operatoria e l'intervento finì verso mezzogiorno. Nel frattempo anche suor Eugene aveva raggiunto padre Tim; seduti l'uno accanto all'altro, pregavano in silenzio. Il primario venne a cercarli.

«Siete i parenti più stretti?» domandò, un po' sconcertato dalla veste del sacerdote. In principio aveva creduto che si trattasse del prete dell'ospedale, ma adesso si rendeva conto che era lì per Grace, così come la donna in sua compagnia.

«Sì, certo», rispose padre Tim senza esitare. «Può dirmi come sta?»

«Ha superato l'intervento. Le abbiamo asportato la milza e

fatto il possibile per i reni. Per quanto riguarda il bacino, abbiamo provveduto inserendo un chiodo. È stata fortunata, siamo riusciti a rimetterla in sesto. Il chirurgo plastico assicura che anche sul viso non rimarranno cicatrici. Resta però un punto interrogativo: la ferita alla testa. Sembrerebbe tutto a posto a giudicare dall'elettroencefalogramma, ma non si può mai dire... Sembra che tutto vada per il meglio, tuttavia la ragazza potrebbe anche non svegliarsi mai più e rimanere in coma. Ancora non lo sappiamo. Dobbiamo aspettare i prossimi giorni, padre. Mi dispiace.» Gli sfiorò un braccio in un gesto pieno di comprensione e salutò con un cenno la giovane suora prima di andare a prendersi un meritato riposo. Quella ragazza era stata un caso difficile, ma se non altro ce l'aveva fatta a superare l'intervento. Era stata fortunata.

Prima che il medico si allontanasse, padre Tim aveva fatto in tempo a ringraziarlo e a domandargli quando potevano vedere Grace. Avrebbero dovuto aspettare qualche ora, quando fosse uscita dalla sala di rianimazione, per essere trasferita nel reparto di terapia intensiva. Suor Eugene e il prete andarono nel bar dell'ospedale a mangiare qualcosa; poi la suora invitò padre Tim a tornare al St. Andrew's e prendersi un po' di riposo. Ma lui non se la sentiva di andare via.

«Stavo pensando che forse bisognerebbe avvertire il suo ufficio. Nessuno è al corrente di quello che le è successo, all'infuori di noi. Si domanderanno perché non si è presentata al lavoro».

E infatti era proprio così. Charles Mackenzie aveva pregato una delle segretarie di chiamarla a casa e la ragazza aveva telefonato almeno una mezza dozzina di volte senza ottenere risposta. Non si poteva escludere che Grace si fosse trattenuta fuori città. Forse era partita per una breve vacanza romantica e l'aveva prolungata fino al lunedì, sebbene Mackenzie fosse convinto che Grace non avrebbe mai fatto una cosa del genere senza avvertire. D'altra parte, non sapeva chi altri chiamare. Per quanto ne sapeva, poteva essere scivolata in bagno, andando a sbattere la testa contro la vasca! Aveva persino pensato di rivolgersi al portiere della casa dove lei abitava; ma alla fine aveva deciso che era meglio aspettare dopo l'intervallo per il pranzo. Era appena rientrato quando gli arrivò la telefonata di un certo padre Timothy Finnegan. La segretaria che l'aveva ricevuta lo avvertì che riguardava Grace.

«Me la passi, per favore», disse, e sollevò il ricevitore con il cuore in gola. Aveva un brutto presentimento. «Pronto?»

«Il signor Mackenzie?»

«Sì, padre. Che cosa posso fare per lei?»

«Non molto, purtroppo. Si tratta di Grace.» Charles si sentì gelare il sangue nelle vene. Capì immediatamente che doveva esserle successo qualcosa di terribile. «Sta bene?»

Un silenzio interminabile dall'altra estremità del filo.

«No, purtroppo. La sera scorsa ha avuto proprio un brutto incidente. È stata aggredita dopo aver lasciato il Centro di accoglienza di St. Andrew's dove presta la sua opera come volontaria. Era tardi e... ancora non sappiamo tutti i particolari, ma abbiamo paura che sia stato il marito di una delle nostre assistite. Sabato scorso ha ammazzato la moglie e i figli. Non siamo comunque sicuri che sia lui l'aggressore di Grace. Ma di chiunque si tratti, l'ha picchiata a tal punto che l'ha ridotta in fin di vita».

«Dov'è?» A Charles tremava la mano mentre afferrava la penna e un blocco di carta per prendere nota.

«Al Bellevue. È uscita adesso dalla sala operatoria.»

«In che condizioni è? Molto gravi?» Che ingiustizia! Grace, così giovane, così piena di vita, così carina...

«Sì, piuttosto gravi. Le hanno dovuto asportare la milza, anche se il medico dice che può continuare a vivere anche senza. Ha i reni danneggiati, il bacino e le costole fratturati. Anche la faccia è piena di lividi e piccole ferite; quell'individuo ha perfino tentato di tagliarle la gola, ma per fortuna si tratta di una ferita soltanto superficiale. Il problema maggiore è la ferita alla testa, adesso. Dicono che non resta che aspettare. Mi dispiace di doverle dare tutte queste brutte notizie, ma pensavo che lei avrebbe voluto sapere qualcosa...» E poi, senza sapere perché, ma sentendo di doverlo fare, aggiunse: «Ha un'opinione così alta di lei, signor Mackenzie! La considera una persona straordinaria».

«Anch'io ho la massima considerazione per Grace. C'è qualcosa che possiamo fare per lei a questo punto?»

«Pregare.»

«Lo farò, padre. E la ringrazio. Mi faccia sapere se si verificasse qualche cambiamento nelle sue condizioni, vuole?»

«Certamente.»

Subito dopo aver riagganciato, Charles Mackenzie chiamò il direttore del Bellevue e un neurochirurgo che conosceva bene, chiedendo che visitassero immediatamente Grace. Gli assicurarono che in seguito sarebbe stata trasferita in una camera singola, e assistita da infermiere private. Ma per il momento doveva restare nel reparto di terapia intensiva.

Charles non faceva che pensare a Grace. Quante volte le aveva detto che quella era una zona pericolosa e che avrebbe dovuto decidersi a usare il taxi. E adesso, ecco che cosa le era successo! Rimase sconvolto per il resto del pomeriggio; alle cinque richiamò l'ospedale per sapere se c'era stato qualche miglioramento. Grace era ancora nel reparto di terapia intensiva, ma non c'erano novità. La prognosi era ancora riservata. Alle sei Mackenzie era ancora in ufficio quando il suo amico neurochirurgo gli telefonò.

«Non puoi immaginare che cosa le ha fatto quell'individuo, Charles. Una cosa disumana.»

«Ma guarirà?» gli domandò Charles in ansia. Non sopportava l'idea che una cosa simile fosse successa proprio a Grace. E si stupì, rendendosi conto di essersi affezionato a lei in quel poco tempo. Era così giovane! Poteva essere sua figlia, rifletté... E rimase un po' sconcertato da questo pensiero.

«È possibile», rispose il medico. «Ma ancora non possiamo dirlo. Le altre ferite guariranno abbastanza bene. La testa è tutt'altra faccenda. Potrebbe cavarsela, oppure no. Tutto dipende da come reagirà nei prossimi giorni. Non c'è stato bisogno di un intervento chirurgico al cervello, e questa è già una fortuna, ma per qualche tempo dovremo tenere sotto controllo l'ematoma. Insomma, bisogna avere pazienza. È una tua amica?»

«La mia segretaria.»

«Che peccato! E poi, è proprio una ragazzina, da quel che ho letto nella cartella clinica. E non ha nessun parente, non è così?»

«A dire la verità, non lo so con sicurezza. Lei non ne parla. Non mi ha mai detto niente.» Ma non poté fare a meno di domandarsi quale fosse in realtà la sua situazione. Grace non aveva mai accennato né alla sua vita privata né alla sua famiglia. E lui non sapeva quasi niente sul suo conto.

«Ho parlato un po' con una suora che è rimasta ad assisterla. Il sacerdote che era venuto prima dev'essere andato a casa a riposare un po'. Secondo la suora la ragazza non ha nessuno al mondo. È molto triste per una ragazza così giovane. La suora dice che è molto bella, per quanto al momento sia un po' difficile capirlo. Il nostro chirurgo plastico ha fatto un buon lavoro e quindi non dovrebbero esserci problemi in quel senso. Adesso ci preoccupa la testa.» Charles si sentì cogliere da un'ondata di nausea quando riagganciò. Era un colpo troppo duro. Ma com'era possibile che non avesse una famiglia? Che fosse sola a ventidue anni? Per lui tutto questo non aveva senso. Con Grace c'erano soltanto un sacerdote e una suora. Gli pareva inconcepibile che non avesse nessuno. Forse non era vero.

Rimase seduto alla scrivania per un'altra ora, cercando di lavorare, ma non concluse nulla e alla fine capì di non riuscire a resistere un minuto di più.

Alle sette prese un taxi e si fece portare al Bellevue, dove raggiunse immediatamente il reparto di terapia intensiva. Suor Eugene se n'era andata, ma dal St. Andrew's continuava a telefonare con regolarità per avere notizie. Quanto a padre Tim, aveva detto che sarebbe tornato più tardi, in serata, non appena al centro non avessero avuto più bisogno di lui. Con Grace c'erano solamente le infermiere, ma per il momento non avevano registrato nessun cambiamento.

«Ciao, Grace, sono venuto a trovarti.» Provò a parlarle a bassa voce, per non disturbare nessuno, ma sentiva un gran bisogno di dirle qualcosa nella speranza che lei potesse sentirlo. Era abbastanza improbabile, visto lo stato in cui si trovava. «Tutto andrà a posto, sai... e non dimenticare quella cena al *21*. Ti porterò io, se guarisci in fretta... e poi, sai, sarebbe bello se ti sforzassi di aprire gli occhi per noi... così non è proprio piacevole... apri gli occhi... da brava, Grace... apri gli occhi...» Continuò a parlarle con voce dolce, tranquillizzante, e proprio quando stava pensando che era venuto il momento di lasciarla si accorse che le sue ciglia avevano avuto un fremito e fece un cenno alle infermiere. Aveva il cuore in gola per l'emozione. Voleva che Grace si salvasse. Voleva che vivesse, a ogni costo. La conosceva appena, ma non voleva perderla. «Mi pare che abbia battuto le ciglia», spiegò.

«Probabilmente è solo un riflesso», rispose l'infermiera con un sorriso pieno di comprensione. Ma il movimento si ripeté e a questo punto anche lei si avvicinò per osservarla meglio.

«Muovi di nuovo gli occhi, Grace», disse Mackenzie a bassa voce. «Su, da brava, so che puoi farlo.» E lei ubbidì. Poi aprì gli occhi per un attimo, si lasciò sfuggire un lamento e li richiuse. Lui avrebbe voluto mettersi a urlare per la gioia. «Che cosa significa?» domandò all'infermiera.

«Che sta riprendendo conoscenza.» E gli sorrise. «Vado a chiamare il dottore.»

«Bravissima, Grace», la lodò Mackenzie, accarezzandole di nuovo le dita. Voleva aiutarla a vivere, non poteva permettere che un delinquente togliesse la vita a una creatura come quella. «Da brava... non puoi rimanere immobile su un letto, a dormire... ci aspetta un mucchio di lavoro... e quella lettera che mi avevi promesso di prepararmi...» Stava dicendole tutto quello che gli passava per la mente e gli vennero le lacrime agli occhi quando notò che Grace corrugava la fronte, apriva di nuovo gli occhi e lo fissava come se non capisse quello che le aveva appena detto.

«...quale ...lettera?...» mormorò con una voce tanto rauca da essere irriconoscibile, socchiudendo appena le labbra tumefatte e richiudendo subito gli occhi. Questa volta Mackenzie non resse e scoppiò in lacrime. Aveva ascoltato e capito quello che lui le aveva detto. Poi arrivò il dottore e Charles gli spiegò quanto era successo. Le fecero subito un altro elettroencefalogramma, dal quale risultò che ricominciava ad avere qualche reazione, per quanto lenta. Tentò di girare la testa dall'altra parte quando cercarono di puntarle una luce negli occhi e si lamentò prima piano e poi ad alta voce quando la toccarono. Soffriva, e questo era un ottimo segno. E l'aspettavano ancora disagi e dolore prima di poter migliorare.

A mezzanotte Charles era ancora lì con lei e non sapeva rassegnarsi a lasciarla. Comunque, adesso tutto faceva sperare che non avesse riportato nessuna lesione cerebrale. Naturalmente sarebbe stata sottoposta ad altri esami per assicurarsi che non ci fossero traumi non evidenziati dalle analisi, ma era quasi certo che si sarebbe ripresa, e senza danni permanenti.

Nel frattempo anche padre Tim era tornato e si trovava nel reparto di terapia intensiva insieme con Charles quando il dottore li avvertì che la prognosi sembrava abbastanza favorevole. I due uomini uscirono in corridoio, mentre una delle infermiere medicava Grace e le faceva un'iniezione calmante.

«Mio Dio, dunque ce la farà!» esclamò padre Tim illuminandosi di gioia, emozionatissimo. Aveva pregato tutto il giorno e aveva detto due messe. Quella sera anche tutte le suore avrebbero pregato per lei. «Che ragazza straordinaria!» Fra l'altro, appena poche ore prima avevano catturato Sam Jones, accusandolo dell'assassinio della moglie e dei due bambini, oltre che del tentato omicidio di Grace Adams. Lui aveva confessato di averla aggredita perché era stata la prima persona a uscire dal St. Andrew's. Quel luogo, secondo lui, era all'origine di tutti i suoi guai. «Lei non immagina neppure tutto quello che Grace ha fatto per noi, signor Mackenzie. Quella creatura è una santa», disse padre Tim a Charles, quando si ritrovarono in corridoio.

«Ma perché lo fa?» Charles sembrava sconcertato, e non glielo nascose, quando andarono a sedersi sorseggiando una tazza di caffè. Improvvisamente si sentivano come due fratelli, uniti dalla gioia che Grace fosse migliorata e potesse guarire!

«Credo che ci siano molte cose di Grace che noi non sappiamo», disse piano padre Tim. «Ho la sensazione che la vita delle donne e dei bambini maltrattati non costituisca una novità per lei. Credo che sia una ragazza che ha sofferto molto ma è riuscita a venirne fuori, e adesso vuole aiutare gli altri. Sarebbe una splendida suora», e rise mentre Charles lo minacciava con un dito.

«Guai a lei se le mette in testa un'idea del genere, sa? Grace dovrebbe sposarsi e avere dei bambini.»

«Non credo che lo farà mai», rispose padre Tim, ed era sincero. «Non credo che lo desideri, glielo confesso francamente. C'è qualcuno che guarisce, come è guarita Grace, ma molti dei bambini che soffrono non riusciranno mai a imboccare, nella vita, la strada giusta, cioè ad avere fiducia negli altri, in modo da tornare a essere persone veramente complete e integre dal punto di vista psichico. Secondo me, è già miracoloso che arrivino fin dove Grace è arrivata e, come lei, riescano a dare tanto agli altri. Forse desiderare qualcosa di più sarebbe chiedere troppo.»

«Se può dare tanto come lei dice, perché non darlo a un marito?»

«È molto più difficile.» E padre Tim sorrise con aria saggia; poi si decise a confidargli qualcosa. Forse poteva servire. «Era letteralmente terrorizzata all'idea di venire in California con lei. E piena di gratitudine quando lei non le ha fatto del male, non l'ha usata.»

«Usarla ? Perché non si spiega meglio?»

«Credo che abbia visto molto dolore. Ci sono tanti uomini che fanno cose indicibili. Lo abbiamo sotto gli occhi ogni giorno. Credo che Grace si aspettasse, anzi ne era quasi sicura, che lei le avrebbe fatto qualche proposta sconveniente.» Charles Mackenzie sembrò imbarazzato al solo pensiero, e sconvolto che Grace potesse avere un'opinione simile di lui e fosse arrivata al punto di confidarlo a un'altra persona.

«Ecco perché era così agitata e inquieta quando si è presentata per la prima volta nel mio ufficio. Non si fidava di me.»

«Probabilmente. In effetti non si mostra mai molto fiduciosa con nessuno. E non credo che questo l'aiuterà. Ma, se non altro, non c'è niente di personale, mi creda. È molto diverso! Succede quando qualcuno a cui vuoi bene ti fa talmente male da distruggerti l'anima... come una madre con il suo bambino, o un uomo e una donna.» Era un uomo saggio, e Charles rimase ad ascoltarlo con interesse chiedendosi fino a che punto quello che gli diceva poteva essere applicato a Grace. Sembrava che neppure padre Tim fosse bene al corrente della sua storia e Charles si chiese se, per caso, non si sbagliasse sul suo conto. Eppure sembrava che conoscesse Grace molto meglio di lui. Chissà che cosa le era successo di così terribile da segnarla tanto profondamente, come donna. Non riusciva neppure a immaginare che cosa nascondesse quella sua maschera di imperturbabilità e di gentilezza.

«Non sa proprio niente sui genitori di Grace?» Charles era molto incuriosito.

«Non ne parla mai. So solamente che sono morti. Non ha una

famiglia. Ma non credo che questo le crei qualche problema. È arrivata qui da Chicago e non accenna mai a parenti o amici. Credo che sia una ragazza molto solitaria, ma ormai si è abituata all'isolamento. Il suo unico interesse è il lavoro. E il volontariato al St. Andrew's. Qui è impegnata da venticinque a trenta ore la settimana.»

«Non le rimane molto tempo, tranne per dormire.»

«È tutto qui, signor Mackenzie.»

Charles, adesso, moriva dalla voglia di poterle parlare, domandarle tante cose sulla sua vita, il motivo per cui si impegnava tanto al St. Andrew's. Improvvisamente non era soltanto una ragazza che lavorava per lui. Aveva risvegliato il suo interesse ed erano tanti gli interrogativi ai quali avrebbe voluto dare una risposta.

Poi l'infermiera venne a chiamarli. Potevano rientrare. Padre Tim si tenne un po' in disparte, lasciando che fosse Charles a chiacchierare, a parlare di argomenti non impegnativi. Intuiva che il suo interesse nei confronti di Grace era molto più profondo di quanto Mackenzie stesso immaginasse.

Grace aveva di nuovo un'espressione vaga e confusa quando Charles tornò a sedersi al suo capezzale; l'iniezione le dava un po' di sonnolenza, ma almeno non soffriva.

«Grazie... di essere venuto...» Tentò di sorridere ma aveva le labbra troppo gonfie e dolenti.

«Mi dispiace per quello che ti è successo, Grace.» Aveva intenzione di farle un lungo discorso sul suo volontariato al St. Andrew's ma riteneva opportuno rimandarlo a dopo... sempreché Grace volesse ascoltarlo! «Hanno preso l'uomo che ti ha ridotto così.»

«Era... in collera... per sua moglie... Isella.» Non avrebbe mai dimenticato quel nome.

«Spero che lo impiccheranno!» esclamò Charles furioso, e lei aprì gli occhi e lo guardò di nuovo. Questa volta riuscì perfino ad abbozzare un sorriso, anche se aveva sempre l'aria intontita e semiaddormentata. «Perché non provi a dormire un po'... io tornerò domani.»

Grace fece cenno di sì e anche padre Tim si accomiatò da lei. Poi i due uomini uscirono. Charles, che aveva chiamato un taxi, accompagnò il giovane sacerdote davanti al St. Andrew's e poi proseguì fino in centro dopo avergli promesso di rimanere in contatto con lui. Lo trovava simpatico e si era addirittura impegnato ad andare a visitare il St. Andrew's, un giorno. Non solo, ma aveva intenzione di sapere qualcosa di più sul conto di Grace, e quello era un modo come un altro per farlo.

Nei tre giorni seguenti Charles tornò a far visita a Grace, annullando qualche impegno a pranzo e perfino quello che aveva preso con la produttrice dello spettacolo di Broadway. Quando la trasferirono in una camera privata, Charles accompagnò anche Winnie a trovarla. L'anziana donna scoppiò in lacrime vedendo com'era ridotta, e la baciò sull'unica zona della guancia che non era coperta di bende o di lividi. Ormai l'aspetto di Grace era migliorato, gran parte della tumefazione era scomparsa, ma aveva dolori dappertutto e non poteva praticamente muoversi a causa delle fratture al bacino e alle costole. Anche la testa le doleva. Quanto ai reni il dottore l'aveva rassicurata, e le aveva spiegato che avrebbe potuto continuare a vivere anche senza la milza. Ma Grace si sentiva terribilmente a disagio e impacciata nel compiere il minimo gesto.

Il sabato, quasi una settimana dopo l'aggressione, l'infermiera che Charles aveva insistito per assumere riuscì a persuaderla a scendere dal letto per arrivare fino al bagno. Fu difficile e doloroso e si sentì quasi svenire; quando tornò a letto, però, decise di celebrare quella specie di vittoria concedendosi un bel bicchiere di succo di frutta. Era pallidissima ma sorridente quando Charles arrivò con un mazzo enorme di fiori primaverili. Le portava fiori ogni giorno, giornali illustrati, dolci e libri. Voleva tirarla su di morale, anche se non sapeva bene come.

«Ma che cosa fa qui, lei?» Sembrava imbarazzata da quella visita, ed era anche arrossita. «Oggi è sabato, non ha niente di meglio da fare?» lo rimproverò. Sembrava tornata la solita Grace, a parte i lividi sulla faccia che stavano ormai assumendo tutti i toni del blu e del verde. Il gonfiore era invece scomparso e le ferite si erano perfettamente rimarginate. Quello che Charles non capiva ancora, era come si sentisse moralmente; continuava a riflettere sui motivi che dovevano averla spinta al volontariato al St. Andrew's, soprattutto dopo la conversazione con padre Tim. Ma era troppo presto per farle qualche domanda in tal senso.

«Non doveva andare fuori città per il fine settimana?» Grace si ricordava di aver organizzato tutto perché potesse assistere a una regata a Long Island, gli aveva anche affittato una piccola casa a Quogue.

«Ho annullato tutto», le rispose lui; poi fissandola con attenzione, commentò: «Direi che stai benino». Sorrise porgendole un fascio di giornali illustrati che le aveva portato. Per tutta la settimana non aveva fatto che mandarle piccoli regali, gingilli, una giacchettina da letto, un paio di pantofole, un guanciale per il collo, un'acqua di colonia. Era imbarazzante, eppure Grace non poteva fare a meno di ammettere che le faceva molto piacere. Ne aveva accennato con Winnie, al telefono, e l'anziana collega era scoppiata in una risatina molto significativa. Grace era scoppiata a ridere e l'aveva rimproverata dicendole che vedeva storie d'amore dappertutto! «Certamente! E non ho intenzione di smettere!» aveva ribattuto Winnie. Poi le aveva promesso di andare a trovarla la domenica successiva.

«Voglio tornare a casa», disse Grace a Charles con aria triste.

«Non credo che ci siano prospettive del genere, perlomeno nell'immediato futuro», le rispose Charles con un sorriso. Le avevano parlato di una ventina di giorni di degenza, proprio il giorno prima, e Grace non ne era rimasta per niente soddisfatta. Ciò significava che sarebbe stata in ospedale anche il giorno del suo compleanno.

«Voglio tornare in ufficio.» Le avevano spiegato che avrebbe dovuto camminare con le stampelle per un mese o due, ma lei non vedeva altro che il suo lavoro. Non aveva nient'altro da fare. E poi, appena glielo avessero consentito, aveva intenzione di riprendere il volontariato al St. Andrew's.

«Non avere fretta, Grace. Anzi, perché non ti prendi un periodo di convalescenza e non vai a divertirti in qualche posto?»

Ma a quel suggerimento lei rispose soltanto con una risata. «E dove? In Riviera, magari?» Non poteva permettersi di andare in nessun posto, e per molto tempo. Magari un fine settimana ad Atlantic City. Non aveva neppure diritto a molti giorni di ferie. Da troppo poco tempo lavorava nello studio e quindi aveva già calcolato che le avrebbero potuto concedere una settimana, non di più. Considerava già un enorme favore che la ditta pagasse tutto quello che l'assicurazione non poteva coprire, come Charles le aveva detto. I venti giorni di degenza al Bellevue, compresi gli interventi, le cure e l'assistenza, probabilmente sarebbero costati almeno cinquantamila dollari.

«Perché no? Perché non farti una bella vacanza sulla Riviera francese? Noleggiati uno yacht, magari», le rispose Charles, prendendosi gioco di lei. «Fa' qualcosa di divertente, almeno una volta!» Grace non poté fare a meno di ridere e rimasero a chiacchierare ancora per un po'. Lei era sempre più stupita che fosse così facile parlare con Charles; quanto a lui, gli pareva di non avere la minima voglia di andarsene. Quando arrivò l'infermiera con il pranzo, era ancora lì. Così fu Charles che l'aiutò a raggiungere zoppicando la poltrona, aggrappata al suo braccio, e che le mise un guanciale dietro le spalle quando ci arrivò, vittoriosa ma pallida e stremata.

«Come mai non ha avuto figli?» gli domandò di punto in bianco, mentre chiacchieravano e lui le versava premurosamente un bicchiere di ginger ale. Sarebbe stato meraviglioso, come padre, stava pensando Grace. Ma non glielo disse.

«Mia moglie odiava i bambini», rispose lui sorridendo. «Anzi, voleva essere lei stessa una bambina. Capita con le attrici. E io ho sempre ceduto, facendo quello che voleva», rispose Charles, non senza una punta di imbarazzo.

«E le dispiace? Di non avere bambini, voglio dire...» Con quella domanda lei gli fece capire che lo considerava ormai troppo vecchio per avere figli e lui, dopo averci riflettuto seriamente per un attimo, rise.

«A volte. Ma pensavo che mi sarei risposato e avrei avuto dei figli. O forse, no. Sono convinto di stare troppo bene come sto adesso per fare una scelta così radicale.» In quegli ultimi due anni si era impigrito e non aveva più voglia di impegnarsi in una relazione seria. Gli piacevano le storie d'amore che non duravano troppo, adorava la sua libertà, la sua indipendenza. Quella domanda, però, gli permetteva di affrontare un argomento che lo interessava molto, il mondo e la vita di Grace. «E tu? Che cosa mi racconti? Perché non vuoi un marito, dei figli?» le chiese, lasciando Grace stupita per tanta curiosità.

«Che cosa glielo fa dire?» Imbarazzata, voltò la testa dall'altra parte. La domanda la intimoriva. Ma quando tornò a fissarlo negli occhi, intuì che poteva fidarsi di lui. «Come ha fatto a sapere quello che provo? Quali sono le mie idee in proposito?»

«Una ragazza della tua età non passa tutto il suo tempo come volontaria in un centro di recupero, oppure in compagnia di una vecchia zitella come Winnie, a meno che non abbia molto poco interesse a cercare marito. Suppongo di non sbagliare, vero?» le domandò, osservandola con aria molto significativa, anche se sorrideva.

«Infatti, non sbaglia.»

«Perché?»

Grace attese a lungo prima di rispondere. Non voleva mentirgli, ma non era neppure preparata a raccontargli la verità. «È una storia lunga.»

«Ha qualcosa a che vedere con i tuoi genitori?» Charles adesso la fissava intensamente, ma con dolcezza. Le aveva già dimostrato che poteva fidarsi di lui, ed era preoccupato per il suo bene.

«Sì.»

«È stato qualcosa di molto brutto?» Lei fece cenno di sì, e Charles provò una stretta al cuore. Soffriva pensando che qualcuno potesse averle fatto del male. «Non c'è stato nessuno che potesse aiutarti?»

«Per moltissimo tempo, no. E a quel punto era troppo tardi. Ormai era tutto finito.»

«Non c'è mai niente che sia veramente finito, non è mai troppo tardi. Non devi vivere con un simile dolore per tutto il resto della tua vita, Grace. Hai il diritto di liberartene, di avere un futuro con un uomo degno di te.» Si sentiva quasi possessivo nei suoi confronti, adesso, e voleva che avesse un buon futuro, sereno e sicuro.

«Ho un presente, e per me è molto più importante. C'è stato un tempo in cui non avevo neppure questo. Non chiedo troppo per il futuro», rispose Grace a bassa voce, con gli occhi colmi di dolore.

«Invece dovresti», la incitò Charles. Voleva che guardasse avanti. «Sei così giovane... hai praticamente la metà dei miei anni. La tua vita è appena cominciata.»

Ma lei scrollò la testa con un sorriso saggio e malinconico al tempo stesso. «Mi creda, Charles» — lui aveva insistito perché lo chiamasse per nome da quando era ricoverata in ospedale — «la mia vita non sta cominciando. Ormai per una buona metà è già finita.»

«Non dire sciocchezze. Non sarà finita ancora per chissà quanto, ed è proprio questo il motivo per cui hai bisogno di riempirla con qualcos'altro che non sia soltanto il lavoro che fai per me, e quello al St. Andrew's.»

«Sta forse cercando di trovarmi un fidanzato?» Grace rise, stendendo le lunghe gambe davanti a sé. Era un uomo gentile, Charles, e lei era certa che fosse animato dalle migliori intenzioni del mondo, ma certo non sapeva che lei non era una delle solite ragazze con qualche brutto ricordo e un roseo futuro. Lei si sentiva, piuttosto, la sopravvissuta di un campo di sterminio — e in un certo senso lo era. Charles Mackenzie non aveva mai incontrato nessuno come lei e non sapeva bene come aiutarla.

«Vorrei conoscere qualcuno che fosse degno di te, e proportelo come fidanzato», le rispose con un sorriso. Tutti gli uomini che gli venivano in mente erano troppo vecchi o troppo imbecilli. Non la meritavano.

Poi cambiarono discorso e parlarono di altre cose, per esempio andare a vela, che a lui piaceva moltissimo, le estati a Martha's Vineyard quando era ragazzo, e i posti dov'era stato. Aveva ancora una casa a Martha's Vineyard, anche se non ci andava praticamente più. Evitarono, invece, gli argomenti dolorosi e, verso la fine del pomeriggio, Charles la lasciò raccomandandole di riposare. Il giorno seguente, l'avvertì, sarebbe andato a trovare degli amici nel Connecticut. Grace era commossa che le dedicasse tanto tempo!

Il pomeriggio della domenica arrivarono Winnie e, poi, padre Tim. Grace stava preparandosi a guardare la televisione prima di addormentarsi, la sera, quando Charles entrò, in pantaloni kaki e camicia azzurra. Sembrava uscito da una raffinata rivista di moda maschile, e odorava di campagna.

«Stavo rientrando in città e ho pensato di passare a vedere come stavi», le disse, felice di averla davanti agli occhi. E Grace, suo malgrado, gli rivolse uno sguardo radioso. In fondo aveva sentito la sua mancanza, quel pomeriggio, e questo fatto l'aveva un po' preoccupata. Dopo tutto, lui era soltanto il suo capo, non un amico d'infanzia, e quindi non aveva nessun diritto di aspettarsi che venisse a farle visita. Era così, eppure quando se lo trovò di fronte provò una grande gioia, più di quanta avesse immaginato.

«Si è divertito in campagna?» gli domandò, sollevata al pensiero che adesso fosse lì con lei.

«No», rispose lui con sincerità. «Ho pensato a te per tutto il pomeriggio. Sei molto più divertente di tutta quella combriccola con la quale sono stato.»

«Adesso devo pensare che lei sia impazzito.» Charles nel frattempo era andato a sedersi in fondo al letto e cominciò a raccontarle una serie di buffe storie su quello che gli era successo nel pomeriggio. Anche se le pareva assurdo, Grace provò dispiacere quando se ne andò. Ormai erano le dieci e Charles decise che doveva dormire, anche se non aveva nessuna voglia di lasciarla.

Poi, più tardi, mentre aspettava il sonno e pensava a lui, Grace cominciò a farsi prendere dal panico. Che cosa stava facendo con un uomo come Charles? Che cosa voleva da lui? Se avesse ceduto e si fosse confidata, raccontandogli qualcosa di sé, Charles avrebbe finito soltanto per farle del male. Con uno sforzo cercò di ricordare l'angoscia e la vergogna provate con Marcus, che era stato così buono con lei in principio, così paziente — e poi l'aveva tradita. Solamente pensare a Charles la impauriva. Forse, anche per lui non era altro che una conquista. Le parve di avere il cuore stretto da una morsa quando ci rifletteva... e, come se lui le avesse letto nel pensiero, il telefono che aveva sul comodino squillò. Non sapeva chi potesse essere... Era Charles, e sembrava turbato.

«Voglio dirti una cosa... penserai che sono diventato matto, ma te la dico ugualmente... Voglio essere un amico per te, Grace. Non ti farò del male; ero soltanto preoccupato perché ho cercato di immaginare quello che stavi pensando. Non capisco quello che sta succedendo. So soltanto che continuo a pensare a te, e mi angoscio per quello che deve esserti successo in passato, anche se non riesco neppure a immaginarlo... Ma non voglio perderti... non voglio impaurirti e farti scappare, o che ti preoccupi per il lavoro. Cerchiamo, almeno per un po', di essere soltanto due esseri umani, due persone che provano affetto l'un per l'altro, e ripartiamo a poco a poco, senza fretta, di lì.»

Grace non riusciva a credere alle proprie orecchie. Era stupita, ma, in un certo senso, si sentì sollevata a quelle parole.

«Che cosa stiamo facendo, Charles?» domandò inquieta. «E il mio lavoro? Non possiamo fingere che io non ho un impiego nel tuo ufficio, che non sono una tua dipendente. Che cosa succederà al mio ritorno?» Quasi senza rendersene conto aveva cominciato anche lei a dargli del tu.

«Non tornerai ancora per un po', Grace. E allora sapremo molto, molto di più l'uno dell'altro. Ho la sensazione che adesso non siamo ancora in grado di comprenderlo. Forse siamo soltanto amici, forse l'incidente che ti è successo ci ha fatto prendere un grosso spavento. Forse è qualcosa di più. O magari non potrà mai succedere. Ma tu hai bisogno di sapere chi sono io, e io voglio sapere chi sei tu... voglio capire il tuo dolore... voglio capire che cosa ti fa sorridere. Voglio esserci sempre, per te... voglio aiutarti...»

«E poi, che cosa succederà? Mi lascerai e te ne andrai? Per trovare un'altra segretaria che ti diverta per qualche settimana e che finisca per confessarti tutti i suoi segreti?» Provava un gran sollievo per quella telefonata, ma aveva troppa paura per affidarsi a lui.

Charles, intanto, stava ricordando le parole di padre Tim, cioè che chi riesce a sopravvivere alle proprie tragedie non è mai capace di liberarsene completamente. Lui, invece, voleva che Grace lo facesse, e non aveva importanza come o in quanto tempo ci sarebbe arrivata.

«Non è giusto, questo», la rimproverò Charles. «Non mi sono mai trovato in una situazione simile. Non ho mai invitato fuori nessuna ragazza dell'ufficio, né una delle mie segretarie.» Poi sorrise, anche se non ne aveva voglia. «Del resto, non mi pare proprio che tu possa dire che esco con te! Non riesci neppure ad andare dal letto alla poltrona. Non avrei certo il cattivo gusto di aggredirti...»

Grace rise, ascoltandolo; la sua voce era calda, profonda, molto sexy quando gli rispose. Voleva fidarsi di lui, lo voleva con tutto il cuore, ma capiva di non poterlo fare... oppure sì?

«Insomma, non so», disse infine, con la voce carica di nervosismo.

«In questo preciso momento non devi sapere niente... se non

che sei d'accordo se vengo a farti visita. È tutto quello che devi decidere adesso. Avevo soltanto paura che ti lasciassi prendere dal panico e cominciassi ad arrovellarti, non appena rimasta sola, e a riflettere...»

«È successo proprio così... stasera...» gli rispose molto sinceramente. Intanto sorrideva, proprio come una bambina.

«Non stiamo facendo niente di niente, adesso, quindi sta' tranquilla e cerca di guarire. Uno di questi giorni», riprese Charles con una voce dolce come una carezza, «quando ti sentirai forte abbastanza, voglio che tu mi racconti quello che c'è stato nel tuo passato. Altrimenti non puoi pretendere che io ti capisca a fondo. Non ne hai mai parlato con nessuno?» Ecco quello che lo turbava. Come poteva continuare a vivere, con tutti quei terribili segreti?

«Con due persone», ammise lei. «Una donna meravigliosa che conoscevo, una psicologa... è morta in un incidente aereo durante la luna di miele, quasi tre anni fa. E con il mio avvocato, ma anche con lui è moltissimo tempo che non parlo più.»

«Non hai avuto molta fortuna, vero, Grace?»

Lei fece cenno di no con la testa, amareggiata, e poi si strinse nelle spalle. «Non so... ultimamente sì. Non posso lamentarmi.» E a quel punto decise di fare il classico salto nel buio, di non rimanere nell'incertezza. «Sono stata fortunata quando ti ho conosciuto.» Ma le morì la voce in gola mentre pronunciava quelle parole, e Charles se ne accorse.

«Mai come me, in ogni caso! E adesso fai un bel sonno, tesoro...» le mormorò dolcemente. «Verrò all'ora di pranzo. E magari tornerò anche per l'ora di cena. Chissà che non ti porti qualcosa dal *21*.»

«Avevo in programma di portarci Winnie la settimana prossima», rispose lei, sentendosi in colpa.

«Avrai tutto il tempo per farlo quando sarai guarita. E adesso, da brava, fai la nanna», le sussurrò, con una gran voglia di stringerla fra le braccia e proteggerla. Grace gli faceva provare qualcosa di diverso da quello che aveva provato per qualsiasi altra donna. Gli pareva di non desiderare altro che prendersi cura di lei e tenerla lontano da ogni male. Quante cose terribili dovevano esserle successe... oltre all'aggressione della settimana prima! E lui adesso voleva che tutto cambiasse.

Si augurarono la buona notte e riagganciarono. Grace rimase distesa nel letto a pensare a lui per molto tempo. L'avevano spaventata le cose che le aveva detto, e le sue persistenti attenzioni, eppure, anche se le sembrava strano, le piacevano. E nel profondo del cuore avvertì una strana eccitazione, uno strano languore che non aveva mai provato per nessun uomo fino a quando non aveva conosciuto Charles Mackenzie.

12

Charles andò a trovarla due volte il giorno dopo, e una o due volte ogni giorno per le tre settimane successive, fino a quando fu dimessa dal Bellevue. Ormai poteva muoversi con le stampelle senza troppe difficoltà, e fare praticamente tutto, ma non aveva ancora recuperato completamente le forze come avrebbe voluto. Il dottore le consigliò di aspettare ancora quindici giorni prima di tornare al lavoro.

In ufficio Charles dovette ricorrere a sostituzioni temporanee. Anche per quel motivo Grace si sentiva terribilmente in colpa, ma lui era stato uno dei primi a raccomandarle di tornare solo quando si fosse sentita pronta.

Mentre era ancora ricoverata in ospedale cominciarono a passare ore e ore insieme. Grace sapeva che Charles aveva annullato quasi tutti i suoi impegni per stare con lei; e lui faceva finta di non ricordare neppure di averli presi. Ridevano, chiacchieravano, giocavano a carte. Non la forzava a confidarsi, l'aiutava a fare qualche passo nel corridoio, le giurava che non le sarebbe rimasta neanche una sola cicatrice e quando lei cominciò a lamentarsi che le camicie dell'ospedale erano orribili, gliene portò di bellissime e raffinate, comprate da Pratesi. In un certo senso, tutto questo la metteva in imbarazzo; continuava a sentirsi terrorizzata al pensiero di ciò che tutto questo significava, ma ormai pareva che non fosse più capace di tornare indietro. Di mettere la parola fine. Se Charles non si faceva vedere nell'ora del pranzo, lei non toccava cibo, e se era costretto a saltare la sua solita visita della sera, la solitudine le riusciva insopportabile. Ogni volta che lo vedeva far capolino nella camera, si illuminava in volto, come una bambina che ha ritrovato l'amico del cuore, o il suo orsacchiotto o addirittura la mamma. Ormai Charles pensava a tutto per lei, parlava con i medici, convocava specialisti per un consulto, inoltrava i documenti richiesti dall'assicurazione. Nessuno, in ufficio, sapeva fino a che punto i loro rapporti fossero diventati stretti e perfino Winnie non immaginava quanto tempo Mackenzie passasse con lei. Del resto, Grace in tutta la sua vita aveva imparato molto bene a conservare certi segreti.

Ma quando tornò a casa ebbe paura che tutto cambiasse. La paura durò un paio d'ore, cioè fino a quando Charles non comparve alla porta del suo appartamento con champagne e coppe e uno spuntino prelibato. Erano passate appena due ore da quando l'aveva riaccompagnata a casa dall'ospedale su una limousine noleggiata appositamente. L'aveva lasciata dicendo che aveva qualche commissione da sbrigare.

«Che cosa penseranno tutti?» gli aveva domandato lei durante il tragitto. Immaginava che chiunque, in ufficio, fosse al corrente del fatto che passava con lei ore e ore, di giorno e di sera, e che la notizia si sarebbe propagata fulmineamente, facendo scalpore.

«Non credo che a nessuno interessi veramente, se vuoi che ti dica la verità. Tranne a noi due. Tutti gli altri sono troppo impegnati a complicarsi l'esistenza. Ma, e voglio essere molto sincero, credo invece che a noi stia succedendo proprio il contrario. Tu sei la cosa migliore che mi sia mai capitata.» Glielo ripeté presentandosi alla sua porta carico come Babbo Natale. E tra i tanti pacchetti c'era anche un astuccio blu che conteneva un sottile braccialetto d'oro.

«E questo? Per che cosa sarebbe?» chiese Grace, stupita di fronte a tanta generosità. Era di Tiffany ed era bellissimo, ma lei non era sicura di poterlo accettare.

Charles, guardandola, rise divertito. «Non sai che giorno è oggi?» Lei fece cenno di no con la testa. Aveva perduto il conto delle date da quando era stata ricoverata in ospedale. «È il tuo compleanno, sciocchina. Ecco perché ho chiesto che ti dimettessero oggi e non lunedì! Non ti avrei certo lasciato in un letto d'ospedale proprio il giorno del tuo compleanno.» Gli occhi di Grace erano lucidi di lacrime adesso che capiva che cosa Charles avesse fatto per lei. Aveva persino pensato di portarle una piccola torta di compleanno tutta di cioccolata, delicatissima e squisita.

«Come puoi fare tutto questo per me?» A un tratto si sentì stranamente intimidita, ritrovandosi sola con lui, ma era felice! Dal giorno in cui era rimasta vittima di quell'atroce aggressione, Charles non aveva fatto altro che viziarla. Viziarla ed essere gentile con lei, e dedicarle il suo tempo. Nessuno le aveva mai mostrato tanta bontà e premura.

«Credo che sia facile», le rispose. «Non ho bambini. Magari dovrei adottarti. Che bella idea! Non ci avevo mai pensato. Sì, indubbiamente ti semplificherebbe molto le cose, vero?» Lei rise a quella proposta. Sarebbe stato sicuramente più facile e comodo invece di dover affrontare i sentimenti e le paure che poteva comportare un legame, di tutt'altro genere, con Charles.

Una volta che Grace fu tornata a casa, i loro rapporti subirono un impercettibile cambiamento. Diventarono subito più intimi, più stretti. Adesso, però, era anche più difficile fingere di essere soltanto amici. Di colpo si ritrovavano soli, senza infermiere e assistenti a fare da chaperon. All'inizio Grace rimase intimidita, ma lui finse di non accorgersene. Insieme alla torta di compleanno, al suo regalo e al raffinato spuntino, Charles aveva portato anche una buffa cuffietta da infermiera, che volle mettersi a tutti i costi. Poi le ordinò di andare a letto a riposare. Rimase a guardare la televisione con lei e le preparò la cena nel cucinino. Grace provò a seguirlo, zoppicando faticosamente, per aiutarlo, ma Charles le impose di sedersi e di stare a guardarlo. Invano lei cercò di protestare.

«Non sono un'invalida, sai!» esclamò in tono offeso.

«Invece, sì. E non dimenticare che sono io a comandare qui dentro!» ribatté lui, e Grace scoppiò a ridere. Si trovava davvero bene con Charles, si sentiva completamente a proprio agio. Dopo aver cenato si sdraiarono sul letto di Grace a chiacchierare e lui le prese una mano, ma senza fare un solo gesto in più, perché aveva una gran paura di quello che sarebbe potuto succedere se avesse osato. Poi, alla fine, accorgendosi di non riuscire più a sopportarlo, si girò su un fianco e le fece una domanda che da settimane, ormai, lo tormentava.

«Hai paura di me, Grace? Voglio dire da un punto di vista fisico... non voglio fare niente che possa impaurirti o addolorarti.» Lei rimase commossa. Charles era lì, sdraiato sul letto vicino a lei, da almeno due ore, e le teneva stretta una mano nella sua. Erano come vecchi amici, ma doveva anche ammettere che tra loro c'era innegabilmente un'attrazione, una specie di corrente... Adesso era Charles ad avere paura. Non voleva far niente che mettesse a rischio la loro amicizia, che gli facesse perdere Grace.

«Qualche volta ho paura degli uomini», rispose Grace con sincerità.

«C'è stato qualcuno che ti ha fatto qualcosa di brutto, è così?» Lei annuì senza parlare. «Un estraneo?» Lei scrollò la testa e ci fu una lunga pausa.

«Mio padre.» Ma c'erano anche altre cose e lei capì che doveva spiegare anche quelle. Sospirò, gli prese di nuovo una mano e cominciò a baciargli le dita a una a una. «In tutta la mia vita, la gente non ha cercato che di farmi del male o di abusare di me. Dopo... dopo che lui non c'era più... il mio primo capo, l'uomo per il quale lavoravo, ha tentato di sedurmi. Era sposato... che cosa sordida... Evidentemente era convinto di avere il diritto di usarmi. E un altro uomo con il quale ero entrata in contatto per questioni di affari ha fatto la stessa cosa.» Alludeva a Louis Marquez, ma non voleva ancora spiegare a Charles di chi si trattasse, anche se sentiva che sarebbe stato un dovere nei suoi confronti, se la loro relazione fosse diventata una cosa seria. «Quell'uomo continuava a minacciarmi. Diceva che mi avrebbe fatto perdere l'impiego, se non avessi dormito con lui. Aveva preso l'abitudine di presentarsi di punto in bianco a casa mia. Una cosa disgustosa... e poi c'è stato anche un altro. Avevo cominciato a uscire con lui. Ha fatto più o meno quello che avevano fatto tutti, mi ha usato, mi ha imbrogliato e... non gli importava nulla di me. Mi ha messo qualcosa nel bicchiere di vino che mi aveva offerto e io sono stata malissimo. Ma almeno non mi ha violentata! Ho avuto paura che l'avesse fatto, dopo avermi drogato a quel modo, invece non era successo niente. Ha solamente cercato di farmi passare per una poco di buono, dopo. Era un vero bastardo.»

Charles era inorridito. Non riusciva a immaginare che ci fossero persone capaci di commettere azioni del genere. Era spaventoso. «E come hai fatto a capire che non ti aveva violentata?» le domandò con voce piena di angoscia, pensando a quello che Grace doveva aver passato.

«Una delle ragazze con le quali dividevo l'appartamento mi ha accompagnato da una dottoressa che conosceva. Ma lui mi aveva fatto credere di essersi approfittato di me, e poi è andato in giro a raccontarlo. Lo ha detto al mio capo, che da allora ha cominciato a perseguitarmi. Perciò ho immaginato il motivo per il quale si aspettava che andassi a letto con lui. Ecco la ragione per la quale ho lasciato quell'impiego e sono venuta via da Chicago.»

«Che colpo di fortuna per me!» Charles le sorrise e le mise un braccio intorno alle spalle, stringendola un poco di più a sé.

«Quelli sono stati gli unici uomini con i quali ho avuto dei contatti. Sono uscita una sola volta, a Chicago, con quell'individuo che poi si è preso gioco di me in quel modo così crudele. Ma anche quando andavo a scuola, alle superiori intendo, non sono mai uscita con nessuno, perché mio padre...»

«Dove hai frequentato il college?» le domandò Charles, e lei sorrise a quei ricordi.

«A Dwight, nell'Illinois», gli rispose onestamente.

«E quando eri là, con chi uscivi?» Lei non poté fare a meno di ridere, ricordando quali fossero le sue scelte.

«Non sono mai uscita con anima viva. Era una scuola solo per ragazze, diciamo...» Ma sapeva che presto avrebbe dovuto dirglielo. Comunque non aveva voglia di confessargli tutto proprio il giorno del suo compleanno. Era terribilmente difficile da affrontare, quel discorso, ed era così felice, adesso. Non aveva mai avuto un compleanno più bello, nonostante le sue fratture, i lividi e le stampelle. Charles l'aveva ricompensata di tutto, anche dei compleanni precedenti, con la sua cenetta, il suo dono, la sua gentilezza.

Lui preferì non insistere per saperne di più; gli pareva di aver già esagerato, ma voleva capire meglio. «Allora... devo credere che non sei più vergine?»

«Sì, esatto», e Grace alzò gli occhi a guardarlo. Era bella da togliere il fiato nella vestaglia di raso azzurro che lui le aveva comprato.

«Me lo chiedevo... semplicemente... ma non c'è più stato nessuno da molto tempo, vero?»

Lei fece cenno di sì. «Prometto che ne parleremo una volta o l'altra... ma stasera, no...» Neppure Charles aveva voglia di parlarne proprio in un giorno di festa. Sospettava — e sapeva di non sbagliarsi — che per lei sarebbe stato difficile; e non voleva rovinarle quella serata.

«Quando ti sentirai pronta... Volevo solamente saperlo... Ma ti giuro che non intendo assolutamente fare qualcosa che possa spaventarti.» Mentre le diceva tutto questo lei alzò gli occhi a guardarlo e lui si sentì infinitamente commosso e pieno di tenerezza, che non riuscì a trattenersi. Le prese delicatamente il volto fra le mani e, con dolcezza, la baciò. In principio Grace sembrò quasi incerta, guardinga; ma poi Charles si accorse che non si tirava indietro, anzi gli rispondeva. Tornò a sdraiarsi vicino a lei, la strinse a sé e la baciò di nuovo, desiderandola appassionatamente. Ma si impose di trattenersi, anche se ardeva dal desiderio di accarezzarla.

«Grazie», bisbigliò Grace, e questa volta fu lei a dargli un bacio. «Di essere così buono con me, così paziente.»

«Non approfittare troppo di tutta questa fortuna», mormorò lui, lasciandosi sfuggire un gemito dopo averla baciata ancora. No, non sarebbe stato facile. D'altra parte era deciso ad aiutarla a risalire l'abisso in cui era precipitata. Voleva salvarla, e non aveva importanza come ci sarebbe riuscito o quanto tempo ci avrebbe messo.

Quella sera se ne andò molto tardi, dopo aver costretto Grace a mettersi a letto. Quando le rimboccò le coperte, lei era quasi addormentata. La baciò di nuovo e uscì. Si era fatto prestare una chiave in modo che lei non dovesse alzarsi ad accompagnarlo. La mattina dopo Grace andò in bagno, aiutandosi con le stampelle, e mentre stava spazzolandosi i capelli sussultò sentendo qualcuno entrare in casa. Era Charles, con succo d'arancia, croissant al formaggio e il *New York Times*. Poi andò in cucina a prepararle pancetta e uova strapazzate.

«Colesterolo a più non posso... Proprio quello che ci vuole

per te, fidati!» E Grace rise. Poi le ordinò di vestirsi e la condusse a fare una passeggiatina per la First Avenue. Quando lei si sentì stanca, la riaccompagnò a casa. Nel pomeriggio rimase a guardare una partita di baseball alla televisione, mentre Grace dormiva fra le sue braccia. Come gli sembrava bella, e serena! Quando si svegliò, lei lo fissò con gli occhi pieni di stupore. Continuava a ripetersi che era proprio fortunata. Non riusciva ancora a crederci.

«Ma che cosa ci fa qui, lei, signor Mackenzie?» gli rivolse un sorriso assonnato e lui si chinò a baciarla.

«Sono venuto da te perché pensavo che potresti lavorare un po'. Avrei qualcosa da dettarti.»

«Spero che starai scherzando, vero?»

Ordinarono una pizza, quella sera; Charles aveva portato del lavoro da sbrigare, ma rifiutò di farsi aiutare da Grace. Quando ebbe finito, lei lo guardò con aria colpevole.

«Sto pensando che dovrei raccontarti certe cose, Charles», disse a voce bassa, dopo qualche minuto. «Hai il diritto di saperle. E può darsi che cambi qualcosa in quello che provi per me dopo che le avrai sapute.» Ormai era venuto il momento di parlare, prima che la situazione diventasse più definita. Non tutti erano disposti ad accettare una donna che aveva commesso un assassinio. Anzi, Grace aveva il sospetto che quasi nessuno ne avrebbe voluto sapere. Forse neppure Charles.

Lui le prese le mani, gliele strinse prima che lei cominciasse a parlare e la guardò dritto negli occhi. «Voglio che tu sappia che, qualsiasi cosa sia successa, qualsiasi cosa ti abbiano fatto, qualsiasi cosa tu abbia fatto, ti amo. Voglio che tu lo sappia adesso... e dopo.» Era la prima volta che le diceva di amarla, e Grace scoppiò in lacrime. Adesso più che mai, però, voleva che lui la ascoltasse, voleva vedere come avrebbe reagito dopo aver saputo tutto. Forse sarebbe cambiata ogni cosa.

«Anch'io ti amo, Charles», mormorò, stringendosi a lui con gli occhi chiusi, mentre le lacrime le rigavano le guance. «Ma ci sono moltissime cose che non sai sul mio conto.» Respirò a fondo, cercò a tentoni l'inalatore che teneva in tasca, e cominciò dal principio. «Quando ero ancora una bambina, mio padre non faceva che picchiare mia madre... voglio dire sempre, proprio sempre... ogni notte... con violenza... ormai ero abituata a sentire i suoi urli e il tonfo dei pugni quando la colpiva... poi, al mattino, vedevo i lividi... e lei mentiva e faceva finta che fossero cose di poco conto. Ma ogni sera, quando tornava a casa, lui gridava e lei si metteva a piangere... e lui la picchiava di nuovo. Dopo un po' ci si accorge di non avere più una vita vera quando succedono cose del genere. Non puoi avere amici, perché potrebbero scoprirlo. Non puoi raccontarlo a nessuno, perché potrebbero fare qualcosa a tuo padre», gli spiegò con tristezza. «Mia madre non faceva che supplicarmi di non parlare, di non dirlo a nessuno... e allora ci si abitua a nascondere quello che è successo, a fingere di non sapere niente, a comportarsi come se tutto andasse nel migliore dei modi, e a poco a poco si diventa come uno zombi. Ecco tutto quello che ricordo della mia infanzia.» Grace sospirò di nuovo. Com'era difficile aprirsi! Eppure sapeva di doverlo fare. Lui le strinse più forte la mano.

«Poi mia madre si è ammalata di cancro», continuò Grace. «Avevo tredici anni. Aveva un cancro all'utero e l'hanno curata con le radiazioni e...» esitò, cercando le parole più adatte. «Credo che sia stato quello a cambiarla... e allora...» Aveva gli occhi colmi di lacrime e l'asma che le toglieva il respiro, ma non voleva smettere. Doveva dirgli tutto, assolutamente. Era in gioco la sua sopravvivenza adesso, come quando aveva aperto di nuovo gli occhi al Bellevue. «E allora mia madre è venuta da me e mi ha detto che avrei dovuto 'occuparmi' di mio padre, essere 'buona' con lui, diventare 'la sua figliolina speciale' e lui mi avrebbe voluto bene più di prima, più che mai.» Charles era diventato molto serio ascoltandola. «In principio non ho capito che cosa volesse dire; poi lei e papà una sera sono entrati nella mia camera e lei mi ha tenuto... mi ha tenuto ferma sul letto... per lui.»

«Oh, mio Dio!» esclamò Charles, con gli occhi lucidi.

«E lei ha cominciato a tenermi ferma sul letto ogni sera, finché ho capito che non avevo altra scelta. Ero obbligata a farlo. Se non l'avessi fatto, lui l'avrebbe picchiata, anche se era malata. Non avevo amici, non potevo dirlo a nessuno. Mi odiavo, odiavo il mio corpo. Ho cominciato a mettere vecchi vestiti larghi e sformati perché non volevo che nessuno mi guardasse, o si accorgesse di me. Mi sentivo sporca, mi vergognavo. Capivo che era sbagliato quello che stavo facendo, ma se non l'avessi fatto lui avrebbe picchiato lei, e anche me. Era sempre uno stupro. Lui amava la violenza. Gli piaceva farmi male, e fare male a mia madre. Una volta che non l'ho fatto, perché...» arrossì, e fu come se avesse di nuovo quattordici anni «...perché avevo... il ciclo... l'ha picchiata talmente che lei ha pianto per una settimana. A quell'epoca aveva già il cancro alle ossa, e ha sofferto terribilmente. Ha sofferto da morire. Da allora ho sempre fatto tutto quello che voleva, e non aveva importanza se mi faceva male.» Respirò profondamente. Ormai era arrivata in fondo. Ormai Charles aveva sentito il peggio, o quasi. E non riusciva a controllare il pianto. Con dolcezza infinita Grace asciugò le sue guance rigate di lacrime e lo baciò.

«Oh, Grace, come mi addolora tutto questo!» Avrebbe voluto far scomparire tanto dolore, cancellarlo, farle dimenticare il passato e cambiare il suo futuro.

«Non importa... adesso va tutto bene...» Poi continuò. «Mia madre è morta dopo quattro anni. Siamo andati al funerale e, dopo la funzione, un mucchio di gente è venuta a casa nostra. Centinaia di persone. Tutti stimavano mio padre, gli volevano bene. Faceva l'avvocato ed era amico di tutti. Giocava a golf con loro, andava ai pranzi del Rotary con loro... Era l'uomo più simpatico della città, diceva la gente. Era una persona che tutti amavano, della quale si fidavano. Nessuno sapeva come fosse veramente. Era un uomo malato, molto malato, un autentico bastardo.

«Il giorno del funerale, tutti passarono il pomeriggio mangiando, chiacchierando e bevendo, cercando di distrarlo, di consolarlo. Ma a lui non importava. Aveva sempre me. Non capisco come, eppure in qualche modo, nel mio cervello, collegavo tutto a mia madre. Mi ero sacrificata per lei, perché non la picchiasse e non le facesse del male. Però avevo immaginato che, una volta scomparsa lei, mio padre avrebbe trovato un'altra donna. E invece lui non ci pensava neppure. Aveva me. Per quale motivo doveva cercare un'altra? Perlomeno, non subito. Così, quando tutti se ne sono andati, io ho pulito e riordinato ogni cosa, ho lavato i piatti e poi sono andata in camera mia e ho chiuso a chiave la porta. Lui è venuto a cercarmi, ha minacciato di buttar giù la porta, è andato a prendere un coltello e ha fatto saltare la serratura. Mi ha trascinato nella sua camera, e questo non l'aveva mai fatto prima. Di solito veniva sempre nella mia stanza. Andare nella loro camera era un po' come prendere il posto della mamma, era come accettare che tutto sarebbe continuato così per sempre, fino a quando non fosse morto mio padre o non fossi morta io. Così, a un tratto, ho capito che non potevo farlo.» Le mancava di nuovo il respiro e Charles era sconvolto per tutto quello che gli stava raccontando. «Poi, non so che cosa è successo. Quella sera mi ha fatto male, molto male, non aveva pietà, mi ha preso con la forza, mi ha preso a pugni, mi ha soggiogata. Ormai ero una cosa sua, da picchiare e stuprare, torturare per sempre. Poi mi sono ricordata della rivoltella che mia madre teneva sempre nel comodino. Non sapevo che cosa ne avrei fatto: colpirlo, spaventarlo, magari addirittura sparargli. Non capivo più niente se non che lui mi faceva male da morire ed ero così terrorizzata e quasi impazzita per l'angoscia, il dolore e la paura. Lui ha visto la rivoltella e ha cercato di togliermela dalle mani. Non saprei dire quello che è successo dopo, solamente che c'è stato uno sparo e l'ho visto coperto di sangue. L'avevo colpito alla gola. Mi è crollato addosso e sanguinava in un modo spaventoso, e dopo non ricordo più niente finché non è arrivata la polizia. Non so bene che cosa ho fatto. Ho chiamato la polizia, credo, e poi ricordo soltanto che stavo parlando con loro, avvolta in una coperta.»

«Non hai spiegato che cosa ti aveva fatto?» le domandò in tono ansioso Charles. Avrebbe voluto poter cambiare il corso degli eventi per lei, e soffriva terribilmente al pensiero di non poter più fare niente.

«No, assolutamente. Non potevo fare una cosa del genere alla mamma. O a lui. Pensavo che fosse un dovere mantenere il silenzio più totale. È quello che succede ai bambini, e anche alle donne quando si trovano in una situazione del genere. Non parlano mai. Preferiscono morire prima di aprire bocca! Perciò hanno fatto intervenire una psichiatra, affinché mi parlasse, e lei mi ha mandato all'ospedale. Lì hanno scoperto che lui mi aveva violentato o che qualcuno aveva avuto un rapporto sessuale con me, come ha detto poi il pubblico ministero.»

«Non hai mai raccontato la verità?»

«No, almeno per un po' di tempo. Molly, la psichiatra, non mi lasciava un momento di pace e ha fatto l'impossibile perché glielo confidassi. Aveva capito tutto. Io, invece, le raccontavo soltanto bugie. Lui era sempre mio padre. Ma alla fine il mio avvocato mi ha messo letteralmente con le spalle al muro e a loro ho confessato tutto.»

«E poi? Che cosa è successo? Immagino che a quel punto ti avranno lasciato andare, no?»

«Non proprio. L'accusa ha sostenuto la tesi che volevo mettere le mani sui soldi di mio padre e che l'avevo ucciso per ereditare tutto. In effetti, si trattava solo di una casa per la quale c'era ancora un grosso mutuo da pagare, e una metà del suo studio legale, che era molto, ma molto più piccolo del vostro. In ogni caso, io non potevo ereditare niente perché lo avevo ucciso. Non avevo amici. Non davo confidenza a nessuno. Secondo i miei insegnanti ero una ragazza strana, chiusa e riservata; i miei compagni dicevano di non conoscermi affatto. È stato facile credere che mi avesse dato di volta il cervello e che avessi assassinato mio padre. Il suo socio nello studio legale ha sostenuto che io gli avevo chiesto informazioni sul patrimonio dopo il funerale. Mentiva, naturalmente! E poi ha anche dichiarato che mio padre gli doveva un mucchio di soldi. Alla fine è stato lui che ha ereditato tutto, offrendomi cinquantamila dollari perché non mettessi più piede in città e lo lasciassi in pace. Io ho accettato; fra l'altro, quel denaro, ce l'ho ancora. Chissà perché, non so decidermi a spenderlo.

«Ma il pubblico ministero continuò a sostenere che avevo ammazzato mio padre per ereditare e che, probabilmente, ero stata in giro con qualche ragazzo a divertirmi. Quando sono rientrata a casa mio padre è andato su tutte le furie e mi ha rimproverato, così io l'ho fatto fuori.» Sorrise amareggiata, ricordando ogni particolare. «Hanno perfino detto che non si poteva neppure escludere che avessi tentato di sedurre mio padre, addirittura! Avevano trovato la mia camicia da notte per terra, dove lui l'aveva buttata dopo avermela tolta strappandola, e hanno sostenuto la tesi che fossi stata io a togliermela e a mettermi nuda davanti a lui. Poiché lui non mi aveva voluto, quando mi ero vista respinta gli avevo sparato. Mi hanno accusato di omicidio di primo grado, che prevede anche la condanna a morte. Avevo diciassette anni, ma mi hanno processato come se fossi un'adulta. A parte Molly e David, il mio avvocato difensore, non c'è stato nessun altro che fosse disposto a credermi. Mio padre era troppo buono, troppo perfetto, troppo benvoluto nella nostra comunità. Tutti mi hanno odiato per averlo ucciso. Perfino dire la verità non mi ha salvato. E quando mi sono decisa a parlare ormai era troppo tardi.

«Mi hanno giudicata colpevole di omicidio volontario con attenuanti, e mi hanno dato due anni di carcere e due anni di libertà vigilata. Ho scontato i due anni nel Dwight Correctional Center dove», spiegò rivolgendogli un pallido sorriso pieno di tristezza, «ho seguito un corso per corrispondenza e ho preso il diploma. Tutto sommato mi sono fatta una buona istruzione. Ma se non fosse stato per due donne che erano lì con me, Luana e Sally, che erano amanti, probabilmente adesso sarei morta. Una sera sono stata praticamente rapita da una banda, che aveva intenzione di violentarmi e di usarmi come se fossi stata una loro schiava. Sally, che era la mia compagna di cella, e Luana, la sua amica, glielo hanno impedito. Sono le donne più dure, brutali e violente che abbia mai conosciuto, ma anche le più gentili e affettuose... e mi hanno salvato. Da quel giorno in poi nessuna si è più azzardata a toccarmi. Non so nemmeno dove siano finite adesso. Luana, probabilmente, è ancora a Dwight, ma Sally dovrebbe aver già finito di scontare la condanna, a meno che non abbia commesso qualche sciocchezza pur di non lasciare Luana. Quando me ne sono andata via, mi hanno detto di dimenticarle e di buttarmi dietro le spalle tutto quello che era successo.

«Non sono più tornata a casa e ho deciso di partire per Chicago. Anche lì l'assistente sociale a cui dovevo presentarmi nel periodo di libertà vigilata non ha fatto che minacciarmi: diceva che mi avrebbe rispedito in prigione se non fossi andata a letto con lui. Non so come ho fatto, ma sono riuscita a evitarlo. Quanto al resto, sai più o meno tutto. Te l'ho raccontato ieri sera. Ho lavorato a Chicago per due anni. Nessuno ha mai saputo chi ero né da dove venivo. Non sapevano che ero stata in prigione o che avevo ucciso mio padre. Non hanno mai saputo niente. Tu sei la prima persona alla quale ho raccontato tutto questo, dopo David e Molly.» Quando finì, si sentiva infinitamente più leggera. Che sollievo, confessargli tutto!

«E padre Tim? Lui sa tutto questo?»

«Credo che sospetti qualcosa, ma io non gli ho mai detto niente. Non credevo di essere obbligata a farlo. Però ho lavorato al St. Mary's, a Chicago, e poi al St. Andrew's perché quello è il modo che ho scelto per scontare ciò che ho fatto. E chissà che non riesca a impedire a qualche povera creatura di vivere le terribili esperienze che ho passato io!»

«Mio Dio, mio Dio, Grace... come hai fatto a sopravvivere... a venirne fuori?» La strinse a sé, facendole appoggiare la testa contro il proprio petto, incapace di immaginare tutto il dolore, l'infelicità e il tormento che aveva sopportato. Adesso non desiderava altro che tenerla fra le braccia, per sempre.

«Bene o male ce l'ho fatta a sopravvivere, credo», gli rispose Grace. «Ma sotto certi aspetti, sono come morta. Sono uscita soltanto con un uomo. Non ho mai avuto rapporti sessuali con nessuno, a parte mio padre. E non sono sicura che potrei averne. L'uomo che mi ha drogato ha detto che ho cercato quasi di ucciderlo quando ha tentato di mettermi le mani addosso. E non escludo che avrei potuto farlo. Non credo che il sesso potrà mai far di nuovo parte della mia vita.» Eppure... aveva baciato Charles, e lui non le aveva mai, neppure per un momento, messo paura. Grace si domandò se avrebbe potuto imparare a fidarsi di lui. E se lui l'avrebbe ancora voluta, dopo tutto quello che lei gli aveva raccontato. Osservò i suoi occhi, pensando di leggervi la condanna, ma vide solamente dispiacere e compassione.

«Vorrei averlo potuto uccidere io per te! Ma come hanno potuto mandarti in prigione per una cosa del genere? Come hanno potuto essere così ciechi, così ignobili?»

«Qualche volta, succede», commentò Grace in tono sereno. Ormai da molto tempo aveva imparato ad accettarlo. Ma si rendeva conto che se lui adesso l'avesse tradita, rivelando ad altri il suo passato, la sua vita a New York sarebbe stata completamente rovinata. Sarebbe stata costretta a trasferirsi di nuovo altrove, e non voleva. Raccontare tutto a Charles aveva richiesto un'enorme dimostrazione di fiducia da parte sua, ma era convinta che fosse giusto farlo.

«Che cosa ti fa pensare che non potresti affrontare mai più un rapporto intimo con un uomo? Ci hai mai provato?»

«No. Ma non riesco neppure a immaginarlo senza rivivere quell'incubo.»

«Eppure ti sei lasciata alle spalle tutto quanto ti era successo, sei andata avanti. Perché non dovresti riuscirci? È un dovere che hai verso te stessa, Grace, e verso chi ti ama. In questo caso, io», e le sorrise. Poi le fece un'altra domanda.

«Saresti disposta ad andare da uno psichiatra, se fosse necessario?» provò a chiederle gentilmente, ma lei non ne era sicura. Le sembrava quasi un tradimento nei confronti di Molly.

«Forse», disse poco convinta. Perfino una psicoterapia di quel genere sarebbe stata troppo dura da affrontare.

«Ho l'impressione che tu sia più sana ed equilibrata mentalmente di quanto credi. Non so perché, ma non penso che ce l'avresti fatta a superare tante prove, se non avessi un notevole equilibrio psichico. Secondo me sei soltanto spaventata... E chi non lo sarebbe? Fra l'altro, non sei esattamente centenaria, vero?»

«Ho ventitré anni», gli rispose lei, come se fosse chissà quale conquista essere arrivata a quell'età... e Charles rise, baciandola.

«Non mi fai nessuna impressione, bambina. Io ne ho quasi venti più di te.» In autunno ne avrebbe compiuti quarantatré, e Grace lo sapeva.

Ma a quel punto lo stava osservando con aria molto seria. «Dimmelo sinceramente. Questa storia non è un po' troppo perché tu sia disposto ad accettarla?»

«Non vedo perché non dovrei. Non è stata colpa tua, esattamente come non sei colpevole dell'aggressione in Delancey Street. Sei stata una vittima, Grace, di due persone molto malate, psichicamente parlando, che si sono servite di te. Tu non hai fatto niente. Anche quando hai avuto quei rapporti sessuali con lui, non ti restava altra scelta. Chiunque si sarebbe comportato come te, qualsiasi ragazzina sarebbe stata terrorizzata a quel modo e convinta che comportandosi così poteva essere di aiuto alla mamma che stava per morire. Come avresti potuto opporre resistenza, o ribellarti? Impossibile. Sei stata una vittima dal principio alla fine. E da quello che mi racconti, a me pare che hai continuato a essere una vittima fino a quando, lasciando Chicago, sei arrivata a New York nell'ottobre scorso. Non credi che sia il momento di dare una svolta alla tua vita e di mettere fine a tutto questo? Ormai quell'incubo è cominciato dieci anni fa. Quasi metà della tua vita. Non ti pare di aver diritto a un'esistenza migliore, adesso? Credo che te la meriti», disse Charles, baciandola con passione. Ormai era impossibile sbagliare. Aveva capito quali sentimenti provava per Grace. Era profondamente innamorato di lei ed era disposto ad accettare il suo passato in cambio del suo futuro. «Ti voglio bene. Sono innamorato di te. Ti amo. Non mi importa quello che hai fatto, o quello che ti è successo; mi addolora soltanto, e molto, che tu abbia dovuto sopportare tanta angoscia, tanta infelicità. Vorrei poter cancellare tutto questo e cambiare i tuoi ricordi, ma non mi è possibile. Ti accetto così come sei, ti amo così come sei, e tutto quanto voglio è quello che possiamo darci, adesso, reciprocamente. Voglio ringraziare la mia buona stella per il giorno in cui sei entrata nel mio ufficio. Non riesco a credere alla fortuna che ho avuto quando ti ho trovato.»

«La fortunata sono io», esclamò Grace, incantata e stupita di fronte alla reazione di Charles. «Perché mi dici tutte queste cose?» gli domandò, con il pianto nella voce. Le pareva inconcepibile.

«Te le sto dicendo perché non ho voglia di scherzare. Parlo sul serio. E tu, piuttosto, perché non la smetti di torturarti, almeno per un po', e non cerchi invece di goderti quello che hai? Non hai fatto che angosciarti e preoccuparti per tanto tempo. Adesso tocca a me. Sono io che dovrò preoccuparmi per tutti e due. D'accordo?» le domandò avvicinandosi di nuovo a lei con un sorriso e asciugandole le lacrime. «Ci siamo capiti?»

«Ci siamo capiti, Charles... Ti amo.»

«Mai quanto ti amo io», le rispose, prendendola di nuovo fra le braccia e stringendola forte mentre la baciava. Poi si lasciò sfuggire una risatina soffocata.

«Che cosa c'è di tanto buffo?» sussurrò Grace, accarezzandogli le labbra con la punta delle dita, ottenendo, così, soprattutto lo scopo di eccitarlo ancora di più. Charles la desiderava, ma sapeva che ancora per un po' di tempo non ci sarebbe stato niente fra loro.

Le rispose sorridendo. «Stavo solamente pensando che, malgrado tutta la tua delicata psicologia, l'unica cosa che ti salva dall'essere aggredita e violentata dal sottoscritto è quel chiodo che ti hanno appena messo nelle ossa del bacino. Ti confesso che è soltanto quello a fermarmi!»

«Vergognati!» lo burlò Grace, mentre si domandava se voleva proprio che Charles fosse così pieno di premure e pronto a non toccarla... Sì, quella domanda era interessante.

Nelle due settimane successive Charles pensò a tutto. Veniva in continuazione a trovarla, appena gli era possibile, e durante i fine settimana dormiva vicino a lei, nel suo letto. Era una sensazione piacevole sentirselo vicino e trovarsi fra le sue braccia al mattino. Poi lui cominciò a raccontarle storie sulla sua infanzia, sui suoi genitori, che ormai non c'erano più ma ai quali aveva voluto molto bene e che erano stati buoni con lui. Figlio unico, aveva avuto una vita fortunata, e lo sapeva. Lei, invece, gli raccontò aneddoti divertenti su Luana e Sally. Fu uno strano assortimento di memorie e di scambi, il loro. Dopo la prima settimana, Charles noleggiò una limousine e la condusse a fare un lungo giro nel Connecticut durante il fine settimana. Si fermarono a pranzare al *Cobbs Mill Inn* di Weston, un posto delizioso, e tornarono a New York sereni, tranquilli e stanchissimi.

I medici rassicurarono Grace che il miglioramento era continuo e una settimana dopo dichiararono che poteva tornare in ufficio. Charles, invece, riuscì a convincerla a stare ancora a casa qualche giorno. Nel corso dell'ultima visita Grace volle fare ai medici una domanda che per lei era di importanza vitale. E si sentì soddisfatta della risposta. Andò anche a trovare gli amici del St. Andrew's, in taxi e in pieno giorno, e tutti furono felici di vederla. Promise che avrebbe ripreso al più presto il volontariato, ma non prima di settembre, con ogni probabilità, quando avrebbe finalmente potuto fare a meno delle stampelle.

Il fine settimana successivo Charles la portò a Hampton. Alloggiarono in un alberghetto simpatico, fornito di ogni comodità e accogliente, e il profumo del mare era tonificante. Arrivarono nella tarda serata di venerdì e Grace obbligò Charles ad accompagnarla a fare una lunga passeggiata sulla spiaggia, nonostante le stampelle. A un certo momento si sdraiò sulla sabbia ad ascoltare il rumore del mare, e Charles sedette accanto a lei.

«Non immagini neppure che meraviglia sia, per me. Sai che, prima di venire a New York, non avevo mai visto il mare?»

«Aspetta quando sarai a Martha's Vineyard.» E le promise di condurla là per il lungo fine settimana del Labor Day. Ma Grace non gli nascose di essere preoccupata per il loro futuro. Che cosa avrebbero fatto quando lei sarebbe tornata in ufficio? Dovevano tenere segreta la loro relazione? Era strano anche soltanto pensarlo! Perché non si poteva ancora definire un vero e proprio rapporto amoroso, quello che era nato fra loro, ma indubbiamente era anche qualcosa di più di una semplice amicizia.

«A che cosa stavi pensando poco fa?» le domandò lui tranquillamente, mentre sedevano sulla spiaggia, al buio.

«Pensavo a te», rispose Grace in tono vagamente canzonatorio, e a Charles piacque moltissimo.

«In che senso?»

«Mi stavo chiedendo quando abbiamo intenzione di dormire insieme», spiegò con aria di finta ingenuità, e lui sgranò gli occhi, fissandola senza capire.

«Che cosa significa? A parte che», e rise, «mi pareva di averlo già fatto. A volte ti metti a russare, perfino.»

«Sai benissimo che cosa intendo», e gli diede una lieve gomitata. Lui rise. Era incantevole.

«Vuoi dire...» Alzò un sopracciglio, fingendosi molto meravigliato. «Stai forse proponendo...»

«Credo di sì.» E diventò rossa. «Ho parlato con l'ortopedico, il chirurgo che mi ha operato, e pare che non ci siano problemi... così adesso dobbiamo soltanto preoccuparci per la mia testa, e non per il bacino.» Grace rise, spiegandogli tutto questo, e Charles pensò con sollievo che, fortunatamente, avevano avuto il tempo di imparare a conoscersi senza le complicazioni di un rapporto sessuale. Ormai era più di un mese che si frequentavano ed era come se fossero sempre stati insieme.

«È un invito, il tuo?» le domandò con un sorriso che avrebbe commosso anche un cuore di pietra... Del resto, quello di Grace ormai si era intenerito da molto tempo. E anche adesso provò un tremito di commozione mentre lo guardava. «Oppure stai semplicemente giocando con me?» insistette lui.

«L'uno e l'altro, magari.» Ma ormai ci stava pensando da parecchi giorni, e voleva provare. Riteneva assolutamente essenziale sapere che cosa sarebbe potuto succedere e se avevano qualche possibilità per il futuro.

«A questo punto, visto che mi hai dato la battuta d'attacco, per tutta risposta dovrei forse trascinarti nella nostra camera, tirandoti per i capelli e lasciando qui le stampelle?»

«Abbastanza attraente come programma!» Lo faceva sentire così giovane, Grace! E malgrado quel drammatico passato, riusciva sempre a farlo ridere. Era una cosa che gli piaceva moltissimo. Com'era diversa dalla sua prima moglie! Sempre così tesa, chiusa in se stessa e interessata soltanto a se stessa, così nervosa! La vita con Grace era completamente differente. Per quanto avesse passato momenti terribili, era sempre dolce e gentile. E non aveva mai perduto il senso dell'umorismo.

«Su, rientriamo in albergo.» L'aiutò a rimettersi in piedi e poi si incamminarono lentamente. Ma si fermarono per un gelato.

«Ti piace quel gelato grosso grosso, con tutti i sapori, le fettine di banana, la panna e tutto il resto?» gli domandò Grace distrattamente mentre leccava il suo cono. Charles sorrise. A volte sembrava una bambina, in altri momenti era una perfetta donna di mondo. E lui trovava affascinante il contrasto e la combinazione. Era il vantaggio della sua giovinezza, alla quale si univano infinite possibilità, e un futuro molto attraente. Voleva avere dei figli da lei, una vita con lei, fare l'amore con lei... Prima, però, Grace doveva finire di mangiare il suo gelato.

«Sì, certo che mi piace», le rispose con un sorriso. «Perché?»

«Piace anche a me. Domani ne mangiamo uno.»

«D'accordo. E adesso possiamo rientrare in albergo?» Avevano impiegato quattro ore per arrivare, in mezzo al traffico in uscita da New York, ed era quasi mezzanotte.

«Sì, adesso sì.» Gli sorrise ancora, misteriosa e incredibilmente femminile. Guardarla era un po' come veder apparire e sparire creature differenti da dietro le nuvole. Gli piaceva che fosse così pronta a divertirsi e a scherzare e che in fondo non fosse ancora diventata completamente adulta.

La loro camera, nel piccolo albergo, era arredata con mobili vittoriani e tende e copriletto erano in chintz con motivi di rose. C'era anche un delizioso lavabo in marmo rosa, nella camera, e il letto, molto bello, era a baldacchino. Charles aveva ordinato dello champagne, chiedendo che lo portassero subito in camera, nel secchiello del ghiaccio, in modo da trovarlo ben freddo, e anche un enorme mazzo di lillà e rose, i fiori che Grace preferiva.

«Pensi proprio a tutto.» Lo baciò mentre chiudevano la porta, appena entrati in camera.

«Sì», rispose lui, orgoglioso. «E non posso neppure chiedere alla mia segretaria di occuparsene.»

«Guai a te se lo fai!» Lo guardò felice mentre Charles versava lo champagne e gliene porgeva una coppa, ma ne bevve soltanto un piccolo sorso e poi la posò subito. Era troppo emozionata per bere. Era un po' come una luna di miele, e la tensione era terribile per entrambi, soprattutto perché non sapevano quali fantasmi li aspettavano.

«Paura?» le bisbigliò Charles mentre si infilavano a letto. Grace fece cenno di sì. «Anch'io», le confessò, e allora Grace gli nascose la faccia contro il collo abbracciandolo. Charles aveva spento le luci. Solamente una candela illuminava la camera. L'atmosfera era molto romantica. Qualcosa di indimenticabile.

«E adesso? Che cosa facciamo?» gli sussurrò Grace nell'orecchio dopo un minuto.

«Mettiamoci a dormire», le sussurrò lui di rimando.

«Dici sul serio?» gli domandò, lasciandogli capire che quella risposta la lasciava un po' sconcertata. Charles rise.

«No... non proprio...» Poi la baciò. Aveva una gran voglia che tutto fosse già finito, ma non osava fare il minimo gesto perché non sapeva bene in che modo affrontare la situazione. E aveva anche paura di farle male, dopo quello che aveva passato. Tutto era più difficile di quanto si fosse aspettato. Quanto a Grace, gli orrori del passato lentamente svanirono dalla memoria. Non ci furono più né i ricordi né il tempo né la presenza di qualche antico fantasma, ma solamente Charles con la sua straordinaria gentilezza, l'infinita passione e l'amore che aveva per lei. E si avvicinava sempre più, piano piano, la stringeva sempre più fino a unirsi a lei tanto che, improvvisamente, fu come se fossero diventati una persona sola. Grace ebbe la sensazione di fondersi addirittura con lui, e fu incredibilmente bello. Tutto diventò stupendo; poi, di colpo, esplosero insieme nell'orgasmo. Dopo, Grace si abbandonò fra le braccia di Charles, attonita e sbalordita. Non aveva mai provato niente che fosse anche solo lontanamente simile a questo. Non assomigliava nel modo più assoluto a quello che le era successo prima, non esistevano né ricordi né sofferenza... C'era soltanto Charles, adesso, e l'amore che li univa... e dopo un po' fu proprio Grace ad avere ancora voglia di lui, a stuzzicarlo, eccitarlo e giocare finché lui non seppe più resistere.

«Oh, Dio», le disse dopo. «Sei troppo giovane per me, sarai la mia morte... ma che splendido modo di morire!» Di colpo si rese conto di quello che aveva detto e temette di averla offesa. La guardò preoccupato, ma lei gli rispose soltanto con una risata. Ormai ogni cosa andava per il meglio, e tutto continuò a essere meraviglioso.

Il giorno seguente Grace lo costrinse a comprarle quel famoso gelato con la banana e la panna montata. Passarono uno splendido fine settimana. Rimasero quasi sempre in camera, e fu una continua scoperta reciproca; e il resto del tempo sulla spiaggia, al sole. Quando tornarono a New York, la domenica sera, fecero ancora l'amore nel letto di Grace, quasi per assicurarsi che fosse altrettanto bello anche lì, in quell'appartamento di città. Charles arrivò addirittura a concludere che era perfino meglio.

«A proposito», le bisbigliò scivolando insonnolito accanto a lei, dopo. «Sei licenziata, Grace.» Lui era semiaddormentato, ma Grace balzò a sedere sul letto. Che cosa le stava dicendo? Che storia era quella? Sembrava terrorizzata.

«Come?» gridò quasi, nel buio, e lui aprì un occhio, meravigliatissimo. «Che cosa vuoi dire?» chiese, fissandolo, con gli occhi sgranati.

«Mi hai sentito. Sei licenziata.» E sorrideva felice.

«Perché?» Grace aveva le lacrime agli occhi. Le piaceva lavorare per lui, specialmente adesso, e sarebbe dovuta rientrare in ufficio proprio quella settimana. No, non era giusto. Che cosa aveva in mente?

«Io non dormo con le mie segretarie», le spiegò, e poi, disteso di fianco a lei, scoppiò a ridere. «Non avere quell'aria così preoccupata. Ho in mente un nuovo lavoro per te. Un gradino più su, magari, ma tutto dipende da come la vedi tu. Ti piacerebbe essere mia moglie?» Adesso era perfettamente sveglio. Grace rimase sbalordita. Tremava da capo a piedi quando gli rispose: «Stai parlando sul serio?»

«No. Scherzavo. Che cosa ne pensi? È logico che parli sul serio. Vuoi?»

«Davvero?» Non riusciva a crederci. Seduta sul letto, lo fissava stupita. E Charles rise, guardandola.

«Ma certo! Sul serio!»

«Uauh!»

«Be'? E allora?»

«Mi piacerebbe da morire.» Poi si chinò a baciarlo. E lui la strinse a sé.

13

Grace non tornò più in ufficio e si sposarono un mese e mezzo più tardi, con una cerimonia civile, in settembre. Poi raggiunsero in aereo Saint Bart dove trascorsero i quindici giorni della luna di miele. Al ritorno Grace trasportò le poche cose di sua proprietà nell'appartamento di Charles, che abitava sulla Sessantanovesima Est, in una palazzina piccola ma molto elegante. Erano tornati a casa da una settimana esatta quando litigarono violentemente per la prima volta. Una burrasca in piena regola. Lei voleva riprendere il lavoro di volontariato al St. Andrew's e rimase stupita e delusa quando lui cercò di proibirglielo.

«Sei impazzita? Non ricordi quello che ti è successo l'ultima volta che ci sei stata? Non se ne parla assolutamente!» Charles si mostrò irremovibile. Grace poteva fare quello che voleva, ma del St. Andrew's non si doveva neppure parlare.

«Ma quello è stato un caso sfortunato», continuò a insistere; ma Charles stava rivelandosi ancora più testardo di lei.

«Caso sfortunato un corno! Ognuna di quelle donne ha un marito pericoloso. E tu, quando sei là, le consigli di andarsene e lasciarli; chissà a quanti potrebbe venir voglia di darti la caccia come ha fatto Sam Jones!» Il suo aggressore era riuscito a patteggiare con il pubblico ministero ottenendo una condanna meno pesante. Ma per quanto ne sapevano, al momento si trovava a Sing Sing. «Tu non andrai mai più al St. Andrew's. Se è necessario, parlerò con padre Tim, Grace. Te lo proibisco.»

«Be', e allora mi vuoi dire che cosa dovrei fare? Come occuperò il mio tempo?» gli rispose, quasi in lacrime. Aveva ventitré anni e non aveva nulla da fare tutto il giorno, fino a quando lui non rientrava dall'ufficio, verso le sei. Non solo, ma Charles non voleva neppure che tornasse a lavorare nello studio legale. Di tanto in tanto lei usciva a pranzo con Winnie, ma non si poteva dire che quella fosse un'occupazione a tempo pieno. Per di più Winnie sembrava avesse intenzione di trasferirsi a Philadelphia per stare vicino a sua madre.

«Vai a far spese. Vai a scuola. Cercati un'opera pia che ti piace ed entra a far parte del comitato benefico. Vai al cinema. Vai a mangiare quei famosi gelati con le fettine di banana e la panna montata», ribatté Charles con fermezza. Faceva il possibile per tornare a casa ogni giorno nell'intervallo per il pranzo, ma non sempre ne aveva il tempo; e quando Grace provò a rivolgersi a padre Tim per avere il suo appoggio, anche lui si rifiutò di aiutarla. Malgrado gli dispiacesse perdere una collaboratrice così brava, non poté che approvare incondizionatamente la decisione di Charles. Per il St. Andrew's Grace aveva già pagato un prezzo troppo alto. E adesso aveva la sua vita da vivere.

«Goditi tuo marito, sii buona con te stessa, Grace. Te lo sei guadagnato», le disse molto saggiamente il giovane sacerdote, ma Grace continuava a essere insoddisfatta e irrequieta e a cercare qualche progetto cui dedicarsi. Stava pensando di iscriversi a qualche corso di studi quando, in novembre, un mese e mezzo esatto dopo le nozze, la questione si risolse da sola.

«Si può sapere perché hai quell'aria così gongolante? Sembri un gatto che ha appena mangiato un canarino.» Charles era appena rientrato dall'ufficio per pranzare con lei. Ormai era diventato famoso per la lunghezza dei suoi pranzi; i suoi partner, poi, scherzavano su questo fatto dicendo che avere una moglie giovane era un impegno praticamente a tempo pieno. Lui, però, sapeva che erano soltanto invidiosi e avrebbero dato chissà che cosa per essere al suo posto... «Che cosa hai combinato?» le domandò, mentre gli nasceva il vago sospetto che avesse finalmente trovato qualcosa con cui occupare le giornate. Dopo il divieto assoluto di tornare al St. Andrew's, gli era apparsa triste e malcontenta. «Dove sei stata oggi?»

«Dal dottore.» E sorrise.

«Come va il bacino?»

«Bene. È guarito perfettamente», spiegò con un sorriso radioso. Era deliziosa quando aveva un segreto. «Però c'è qualcos'altro», aggiunse.

Charles ridiventò serio. «Qualcosa non va?»

«No.» Grace scoppiò a ridere e lo baciò sulle labbra mentre gli tirava giù la lampo dei pantaloni. Considerando le difficoltà dell'inizio, bisognava ammettere che adesso stavano cercando in tutti i modi di rifarsi del tempo perduto! «Avremo un bambino», gli bisbigliò mentre lui, travolto dalla passione, la stava già portando sul letto. La guardò, letteralmente sbalordito. «Noi? Adesso?»

«Non adesso, sciocchino. In giugno. Credo di essere rimasta incinta quando eravamo a Saint Bart.»

«Evviva!» Sarebbe diventato padre per la prima volta a quarantatré anni, e quella notizia lo aveva colto impreparato. Ma sapeva di non essere mai stato tanto felice in vita sua. Non vedeva l'ora di annunciarlo a tutti... Il mondo intero doveva saperlo. «Possiamo sempre fare l'amore oppure è vietato?»

«Vuoi scherzare? Possiamo fare l'amore fino a giugno.» E Grace rise, divertita.

«Sei sicura che non combineremo guai?»

«Giuro.» Fecero l'amore, come ormai era diventata un'abitudine, invece di mettersi a tavola a pranzare; poi Charles comprò in fretta e furia un panino con wurstel e senape in un chiosco lungo la strada e tornò a precipizio in ufficio. Non aveva mai avuto una vita migliore, era molto più bello che essere sposato con una diva del cinema, molto meglio di qualsiasi storia d'amore avesse avuto da ragazzo. Grace era la donna perfetta per lui, e l'adorava.

Passarono il Natale a St. Moritz e a Pasqua Charles avrebbe voluto condurla alle Hawaii, ma preferì Palm Beach perché era più vicina. Ormai Grace era incinta di sette mesi.

La gravidanza proseguiva nel migliore dei modi, e tutto andava liscio. Il dottore era soltanto un po' preoccupato per eventuali problemi che avrebbe potuto creare il bacino al momento del parto. In ogni caso, l'aveva già avvertita che, se avesse notato qualche segno di tensione o sforzo eccessivo, l'avrebbe sottoposta a taglio cesareo. Se invece non fossero sorte complicazioni, Charles aveva promesso di essere presente alla nascita. Perciò in maggio seguirono insieme un corso di preparazione al parto al Lenox Hill. Grace aveva ormai arredato la stanza del bambino e alla sera faceva lunghe passeggiate con Charles, risalendo Madison Avenue oppure ridiscendendo Park Avenue. Intanto parlavano della loro vita, della fortuna che avevano, del bimbo in arrivo. Tutto ciò continuava a lasciarli felici e meravigliati, come il fatto che — quando facevano l'amore — gli antichi fantasmi non li avevano mai tormentati, per fortuna!

Una volta Charles le aveva chiesto che cosa avrebbe provato se la sua storia fosse tornata alla luce — l'uccisione del padre, la condanna e gli anni di carcere — e lei gli aveva risposto con molta onestà che le avrebbe dato un enorme fastidio e il suo dispiacere sarebbe stato immenso.

«Perché me lo chiedi?» gli aveva chiesto lei meravigliata.

«Perché a volte succede», le aveva risposto lui in tono filosofico. L'aveva imparato con la sua prima moglie, che si era ritrovata sempre più spesso in prima pagina sulla stampa popolare e sui giornali scandalistici. Il loro divorzio aveva suscitato enorme scalpore; su di lei avevano detto di tutto ed erano corse voci di ogni genere. Qualcuno aveva insinuato che lei fosse tossicodipendente o lesbica, oppure che il gay fosse lui. Poi, finalmente, si erano stancati di loro e della loro storia, e lui e sua moglie se n'erano andati ciascuno per la propria strada. Ma se fosse trapelata la storia di Grace avrebbe provocato uno scandalo ben maggiore. Per fortuna, nessuno dei due era un personaggio pubblico e quindi le vicende della loro vita non avevano grande importanza. Adesso Charles era diventato un cittadino come tutti gli altri, e Grace era semplicemente sua moglie. La situazione perfetta.

Le doglie cominciarono una sera, mentre tornavano a casa dopo la solita passeggiata. Si erano soffermati a guardare le vetrine dei negozi di Madison Avenue, e all'inizio lei non se ne era quasi accorta. Fu soltanto dopo un po' che si rese conto di quello che stava succedendo. Chiamarono il dottore e lui le raccomandò di prendersela con calma perché il primogenito, di solito, non aveva mai fretta di nascere.

«Come ti senti? Tutto bene?» le domandò Charles almeno mille volte mentre, sdraiati sul letto, guardavano la televisione.

«Sei proprio sicura che è questo che devi fare?» le chiedeva di continuo, nervoso e preoccupato. Guardando Grace, gli pareva di essere un centenario; e aveva paura che il parto fosse troppo difficile oppure che il bambino nascesse prima che raggiungessero l'ospedale. In quegli ultimi tempi Grace era diventata enorme. Ma pareva tranquillissima mentre continuava a guardare i suoi programmi preferiti, bere ginger ale e divorare gelato. Era quasi mezzanotte quando cominciò a mostrarsi a disagio e sofferente, tanto che fra una contrazione e l'altra non riusciva quasi a parlare. Allora Charles intuì che era arrivato il momento di accompagnarla all'ospedale e avvertire il dottore.

Quando gli telefonò di nuovo, il medico lo rassicurò e gli disse che li avrebbe aspettati all'ospedale. Mentre Charles l'aiutava a scendere le scale, si sentì rimbrottare aspramente da Grace più di una volta. Sorrise. Sì, era un buon segno. Prestissimo avrebbero avuto un bambino. Era la cosa più emozionante che gli fosse mai accaduta. Quando, finalmente, venne ricoverata, Grace si era calmata, ma continuava ad avere contrazioni dolorose e frequenti. Verso le due del mattino, ansimando, ammise di non riuscire più a sopportarle.

Charles, intanto, stava facendo tutto quello che gli avevano insegnato, ma si rese conto che serviva a ben poco. Allora cominciò a preoccuparsi e a temere che forse avrebbero dovuto intervenire con un taglio cesareo. Poi i dolori si fecero più acuti e Grace cominciò a urlare, ad aggrapparsi a lui... Charles pensò che era pronto a fare qualsiasi cosa pur di far smettere quelle grida spaventose. E chiamò tutte le infermiere affinché le somministrassero qualche calmante.

«Va tutto bene, signor Mackenzie. Sua moglie sta comportandosi magnificamente.» A dire la verità, si sarebbe piuttosto detto che fosse in agonia, tanto erano strazianti i suoi lamenti; ma a quel punto la trasferirono in sala parto. Quando Grace cominciò a spingere, Charles pensò di non aver mai visto niente di così penoso, e quasi si pentì di aver voluto mettere al mondo un figlio. Non desiderava altro che prenderla fra le braccia e far cessare il dolore. Ma in quel momento niente poteva aiutarla; il medico, poi, non voleva sentir neppure parlare di calmanti. Secondo lui il parto naturale era la cosa migliore, sia per la madre sia per il bambino. Charles, invece, provò una gran voglia di ammazzarlo, vedendo quello che Grace stava passando.

Lei continuò con le spinte per un'ora. Ormai erano quasi le cinque del mattino. Le pareva di non capire più niente e quando parlava diceva cose senza senso. Charles giurò a se stesso che non avrebbero mai più avuto figli, e avrebbe voluto chiederle perdono per tutte quelle sofferenze. Poi, proprio quando stava per prometterle che non l'avrebbe mai più toccata neppure con la punta di un dito, Grace si lasciò sfuggire un grido straziante, accompagnato da un lamento lungo e fievole... E improvvisamente Charles si trovò a fissare il faccino del suo primo nato, che avevano già deciso di chiamare Andrew Charles Mackenzie. Aveva grandi occhi celesti, come Grace, e capelli rosso scuro, ma per il resto assomigliava al padre, perfino nella forma delle minuscole dita. Per Charles fu come guardarsi in uno specchio, tanto che scoppiò a ridere e poi si sciolse in un lungo pianto.

«Oh, mio Dio... com'è bello!» Sembrava addirittura incantato. Poi si chinò a baciare la moglie, distesa nel letto, immobile, dopo quella lunga fatica. Ma subito Grace si mise a ridere, al settimo cielo, guardando suo marito.

«Com'è il bambino? Tutto a posto?» non faceva che domandare, tanto che — dopo averlo lavato e pulito, dopo aver controllato i polmoni e la respirazione — lo consegnarono a lei che se lo appoggiò al petto, e lo coprì di piccoli baci. Charles li osservava incantato.

«Grace... come potrò mai ringraziarti?» le mormorò mentre si domandava come avesse fatto a vivere tanta parte della sua vita senza quel figlio che adesso aveva sotto gli occhi. E com'era stata coraggiosa sua moglie ad affrontare una prova così atroce per lui! Mai si era sentito tanto commosso e tanto innamorato come in quel momento.

Poi la riportarono nella sua camera e le lasciarono il piccolo Andrew vicino. Con grande meraviglia di Charles, la mattina del giorno dopo furono dimessi. Grace era giovane e sana, il bambino stava bene e pesava quasi quattro chili, e il parto era stato naturale. L'ostetrica spiegò che quindi non c'era motivo di trattenerli ancora in ospedale. Ma Charles si stava accorgendo di avere un mondo intero da scoprire. Era terrorizzato all'idea di portare a casa il bambino così presto, ma Grace si stava comportando come se tutto fosse semplice e sembrava perfettamente a proprio agio nel ruolo di mamma. Charles, invece, ebbe bisogno di qualche giorno per abituarsi. Non faceva che parlare con orgoglio del bambino appena nato e l'unica cosa che gli amici non gli invidiavano erano le notti insonni. Ogni giorno, quando usciva di casa per andare in ufficio, si sentiva esausto. Il piccolo Andrew si svegliava ogni due ore reclamando il suo pasto, e ci metteva più o meno un'altra ora ad addormentarsi... e Charles appena un poco di più! Ormai aveva calcolato di dormire a tappe di un quarto d'ora l'una, raggiungendo un totale approssimativo di due ore e mezzo per notte, mentre avrebbe avuto bisogno di almeno otto ore di sonno. Ma era bello ugualmente. Del resto, era pazzo di felicità e adorava sua moglie e suo figlio.

Per il mese di luglio affittarono una casa a East Hampton e trascorsero lì anche la festa di compleanno di Grace. Charles faceva il pendolare due o tre volte la settimana; e anche Grace andava e veniva da New York per stargli vicino il più possibile. In agosto Charles si prese quindici giorni di vacanza e andarono tutti nella vecchia casa di Martha's Vineyard. Grace non si era mai sentita più felice. Poi, in ottobre, scoprì di essere di nuovo incinta e Charles si sentì al settimo cielo.

«Perché non mettiamo al mondo un paio di gemelli, questa volta, così non ci pensiamo più?» le domandò scherzosamente. Il piccolo Andrew era fonte di grande gioia, e adesso era meno esigente e gli concedeva di dormire da quattro a cinque ore per notte, il che era già un passo avanti. Charles si ritrovava spesso a pensare ai cambiamenti straordinari che erano avvenuti nella sua vita, ed era felice.

La secondogenita ci mise un po' di più a venire al mondo e Charles si ritrovò a giurare e spergiurare che non avrebbe mai più fatto l'amore con sua moglie, ma questa volta il medico cedette alle sue preghiere e diede un calmante a Grace. Non servì a molto, ma fu meglio di niente. E diciannove ore dopo che erano cominciate le doglie, Abigail Mackenzie vide la luce e guardò suo padre con occhi pieni di stupore. Quanto a Charles, si commosse profondamente quando se la trovò davanti. Sembrava la versione in miniatura di sua madre, ma aveva i capelli neri del papà. Un'autentica bellezza. Per di più, era nata lo stesso giorno in cui la mamma compiva venticinque anni. Charles ne aveva quasi quarantacinque. Che vita felice era stata la loro!

Adesso Grace era indaffaratissima con i figli. Si dedicava completamente a loro, tanto che cominciò a preoccuparsi per Charles, temendo che trovasse la loro vita troppo monotona. Invece a lui piaceva. Era tutto così nuovo! E quanti gli invidiavano quella moglie giovane e bella e quella splendida famiglia! Gli pareva di essere diventato il padrone del mondo.

Grace non aveva più ripreso il lavoro di volontariato, anche se continuava a parlarne. Ma subito dopo la nascita di Andrew fece un dono al St. Andrew's a nome di suo figlio. Offrì al centro tutto il denaro che Frank Wills le aveva lasciato, fino all'ultimo centesimo. Le pareva che non potesse essere usato in modo migliore. In un certo senso lo considerava una specie di penale pagata in memoria di una vita che le aveva portato soltanto dolore. Era sicura che padre Tim avrebbe trovato il modo di usare bene quella somma. Poi fece un'altra offerta, anche se non così sostanziosa, dopo la nascita di Abigail. Ma non tornò in visita al St. Andrew's per molto tempo, perché era sempre troppo impegnata con il marito e i figli.

Per i tre anni successivi Grace non li lasciò mai, neppure un momento, durante la giornata, mentre le serate erano dedicate a Charles. A volte erano invitati a cena da amici oppure uscivano con gli altri avvocati dello studio. Andavano anche a teatro; Charles volle condurla a sentire qualche opera e Grace scoprì che quel tipo di musica le piaceva molto. Per lei si stavano aprendo nuovi orizzonti e a volte si sentiva colpevole al pensiero che in altri luoghi c'erano persone meno fortunate, che soffrivano come lei un tempo aveva sofferto.

Di tanto in tanto si chiedeva quale fosse stato il destino di Luana e di Sally e delle donne che aveva cercato di aiutare al St. Andrew's. Ma le pareva di non avere più tempo per queste cose. Pensava anche a David, in California, e si domandava dove fosse e che cosa facesse. Ma la sua vita, adesso, era così diversa, così lontana da quegli anni tormentati! A volte dimenticava perfino che aveva avuto un'altra esistenza, completamente diversa, prima di sposare Charles. Come se fosse nata di nuovo il giorno che l'aveva conosciuto.

Quando Abigail cominciò a frequentare la scuola materna Grace avrebbe voluto un altro figlio, ma questa volta sembrava che il suo desiderio non dovesse realizzarsi. E aveva soltanto ventotto anni. Il dottore le spiegò che era difficile capire perché ci fossero momenti in cui era più facile rimanere incinta. Del resto lei si rendeva conto che, dopo tutto quello che aveva passato, poteva considerarsi fortunata per essere riuscita a mettere al mondo due figli. Le capitava, a volte, di rimanere a lungo a osservarli con un sorriso. Poi si riscuoteva e andava in cucina con Andrew a impastare e far cuocere un po' di dolcetti, oppure a ritagliare bamboline di carta con Abigail, o a infilarle collane o a comporre quadri con gli spaghetti. Le piaceva infinitamente stare con loro, non si annoiava mai, non si stancava mai della loro compagnia.

Poi, una mattina, mentre aspettava di andare a prenderli alla scuola materna, si sedette in cucina a leggere il giornale bevendo una tazza di caffè. E quando le capitò sotto gli occhi un titolo del *New York Times* provò un tuffo al cuore. Con lo stomaco sconvolto dalla nausea, lesse l'articolo in cui si parlava di uno psichiatra che aveva ucciso la figlioletta adottiva, di sei anni, mentre sua moglie, picchiata a sangue e sull'orlo della crisi isterica, era rimasta a guardarlo senza fare un gesto. Si sentì salire le lacrime agli occhi. Sembrava una cosa inconcepibile! Lui era un uomo istruito, aveva uno studio avviato e insegnava anche in una importante facoltà universitaria di medicina. Eppure aveva ucciso la sua bambina. L'avevano adottata quando era appena nata, dopo che il loro figlio naturale era morto, due anni prima, in un incidente che adesso stava suscitando molti sospetti. Grace pianse a lungo, immaginando i lamenti di quella bambina, le sue sofferenze mentre il padre la picchiava. Non parlò molto mentre tornava a casa con i bambini e Andrew le domandò se fosse successo qualcosa.

«Niente», rispose lei, ma poi cambiò idea. Voleva essere sincera con suo figlio e perciò disse: «Sono triste».

«Perché, mammina?» Aveva quattro anni ed era un bambino delizioso. Assomigliava moltissimo a Charles, a parte i capelli rosso scuro e gli occhi celesti. Grace provava sempre una gran voglia di sorridere solo a guardarlo; ma quel giorno perfino la vicinanza dei figli le fece provare una stretta al cuore perché pensava alla povera creatura che era stata così brutalmente uccisa. «Perché sei triste?» Andrew voleva saperlo, e Grace si sentì salire le lacrime agli occhi mentre cercava una risposta.

«Qualcuno ha fatto del male a una bambina piccola, e mi sono sentita triste quando l'ho saputo.»

«È andata all'ospedale?» le domandò il figlio con aria seria. Gli piacevano le automobili della polizia, le ambulanze e le sirene. Gli incutevano un po' di paura, ma ne rimaneva sempre affascinato. Era un bambino molto vivace, pieno di interessi.

Grace si rese conto di non sapere che cosa dirgli, né se fosse opportuno raccontargli che era morta. Le pareva un po' troppo per un bambino di quattro anni. «Credo di sì, Andrew. Penso che sia molto malata.»

«Facciamole un bel disegno.» Grace rispose con un cenno della testa, ma voltò la faccia dall'altra parte perché lui non si accorgesse che stava piangendo. No, non ci sarebbero più stati disegni per quella bambina... né mani amorose... nessuno a salvarla.

La notizia suscitò scandalo in tutta New York nei giorni successivi. La gente era scioccata, indignata. Gli insegnanti della scuola privata dove la piccola frequentava la prima elementare si difesero affermando che non avevano mai sospettato niente. Spiegarono che era una bambina delicata, che si faceva facilmente qualche contusione, qualche brutto livido, ma non aveva mai aperto bocca su quello che succedeva a casa. Bastò quello a far infuriare Grace. I bambini non parlavano mai delle violenze che subivano in casa, e se venivano picchiati difendevano sempre chi li maltrattava. Gli insegnanti lo sapevano e dovevano stare sul chi vive, data l'epoca difficile in cui si viveva!

Per parecchi giorni la gente lasciò mazzi di fiori davanti alla casa di Park Avenue dove la bambina aveva vissuto. Una sera, mentre con Charles passava di lì in macchina per andare a cena con amici, Grace si sentì un nodo alla gola vedendo, in mezzo agli altri fiori, un grande cuore rosa composto di roselline con il nome della bambina scritto su un nastro rosa.

«Non riesco a sopportarlo», esclamò, asciugandosi gli occhi con il fazzoletto che Charles le aveva offerto. «Io so che cosa vuol dire», sussurrò... Come faceva la gente a non capire? Perché nessuno vedeva? Perché nessuno li fermava, li faceva smettere? Perché nessuno sospettava quello che succedeva dietro certe porte chiuse, o quali atrocità vi accadevano? La vera tragedia era che a volte la gente sapeva, ma non alzava un dito! Era quell'indifferenza che lei avrebbe voluto far cessare. Scuotere la gente, perché si svegliasse.

Charles le circondò le spalle con un braccio. Era addolorato quando pensava a quello che lei aveva dovuto passare, e desiderava sempre essere buono con lei, giorno dopo giorno, per ricompensarla di tutto ciò che aveva sofferto.

«Voglio tornare a lavorare», disse Grace mentre si allontanavano, e lui la fissò sconcertato.

«In un ufficio?» Non riusciva a immaginare il motivo per cui volesse farlo. Era così felice a casa con i bambini!

Ma lei gli sorrise mentre scrollava la testa e si soffiava il naso. «No, naturalmente... a meno che tu non abbia bisogno di una nuova segretaria», rispose facendo una buffa smorfia. E Charles rise.

«Non direi... E allora, che cosa avresti in mente?»

«Stavo pensando a quella bambina... vorrei tornare a occuparmi di donne e bambini maltrattati.» Quella tragedia le aveva ricordato nuovamente il suo debito e voleva aiutare chi aveva vissuto in quella specie di inferno che lei conosceva tanto bene. Adesso era serena e aveva tutto, ma non poteva dimenticare. Capiva che, in qualche modo, avrebbe sempre sentito il bisogno di tendere una mano a chi soffriva.

«Non al St. Andrew's», rispose Charles in tono fermo. Non le aveva mai più permesso di svolgere lì la sua opera di volontariato, dopo che si erano sposati. Vi si era recata solo in visita. Quanto a padre Tim, era stato trasferito a Boston l'anno prima, per aprire un altro centro di accoglienza. Avevano ricevuto un suo biglietto di auguri a Natale. Ma Grace aveva in mente qualcosa di diverso. Qualcosa di più complicato e di ben più vasta portata.

«E se si trattasse, invece, di fondare una specie di organizzazione?» Ci stava pensando da un paio di giorni, riflettendo sul modo in cui avrebbe potuto dare aiuto a quegli infelici. «Un'organizzazione in grado di occuparsi anche di altra gente, non solo di chi vive nei ghetti ma anche nei quartieri della borghesia, della classe media, dove le violenze e i maltrattamenti rimangono nascosti. Perché non coinvolgere anche gli educatori, i genitori, e chi si occupa dei bambini durante il giorno, per esempio alla scuola materna. Insomma, chiunque abbia a che fare con queste creature deve sapere che cosa cercare e osservare, e come affrontare il problema quando si accorge che esiste... arrivare alle persone come te e me, ai nostri vicini e a tutta quella gente che vede ogni giorno bambini maltrattati, e non lo sa.»

«Mi sembra un impegno molto pesante», rispose lui gentilmente. «Però l'idea è splendida. Ma non esiste già qualche programma del genere al quale potresti aderire?»

«Può darsi.» Ma cinque anni prima non c'era. Esistevano soltanto centri di accoglienza come il St. Andrew's. Quanto ai vari comitati sorti per prestare aiuto alle vittime di violenza e dei quali lei aveva sentito parlare, erano inefficienti e male organizzati. «Non so bene da dove cominciare. Forse dovrei documentarmi un po'.»

«Forse dovresti smetterla di tormentarti troppo», le disse Charles, sorridendole e allungandosi a darle un bacio. «L'ultima volta che ti sei lasciata guidare dal tuo buon cuore, ti sei ritrovata all'ospedale, picchiata e ridotta in fin di vita. Forse dovresti lasciare che siano gli altri a occuparsene. Non voglio che tu corra rischi.»

«Se non fossi finita all'ospedale, tu non mi avresti mai sposato», ribatté Grace con una certa soddisfazione nella voce, e Charles si mise a ridere.

«Non essere così sicura, sai? Ti avevo già messo gli occhi addosso da un po'. Ma non riuscivo a capire perché tu mi odiassi tanto.»

«Non ti odiavo. Avevo paura di te. È diverso.» Sorrisero ripensando ai giorni in cui si erano conosciuti e avevano cominciato a volersi bene. Da allora niente era cambiato ed erano più innamorati che mai.

Quando rientrarono a casa, quella sera, Grace riprese a parlare del suo progetto. E ne parlò per settimane, fino a quando Charles non arrivò al limite della sopportazione.

«Va bene, va bene... Ho capito. E allora, vediamo un po'... Da dove si può partire? Cerchiamo di risolvere il problema.»

Ne parlò con qualcuno dei suoi amici e qualche partner dello studio; alcune delle mogli manifestarono un certo interesse e altre offrirono informazioni e suggerimenti utili. Due mesi dopo Grace aveva una quantità incredibile di materiale di documentazione e sapeva con precisione che cosa voleva fare. Dopo aver incontrato uno psicologo e la direttrice di una scuola per bambini, capì finalmente di che cosa aveva bisogno. Riuscì perfino a riprendere i contatti con suor Eugene e lei le fornì i nomi di alcune persone che forse sarebbero state disposte a dedicarsi a quel progetto senza aspettarsi ricompense in denaro. A Grace occorrevano volontari, psicologi, insegnanti, qualche uomo d'affari, donne, e perfino vittime. Aveva intenzione di mettere insieme una équipe di persone disposte a recarsi nelle diverse comunità e informare la gente su tutto quanto era necessario sapere riguardo ai maltrattamenti e alle violenze di ogni genere contro l'infanzia.

Grace fondò così un'organizzazione e le diede un nome semplice: «Aiutiamo i bambini!» All'inizio la diresse direttamente da casa, ma dopo sei mesi affittò un ufficio in Lexington Avenue, a due isolati da dove abitava. Ormai aveva un gruppo di ventun collaboratori che tenevano conferenze nelle scuole, presso i gruppi di genitori e le associazioni degli insegnanti, senza trascurare le attività extrascolastiche come il balletto e il baseball. Rimase sbalordita quando vide tutte le richieste. La prima volta che toccò a lei parlare in pubblico, si accorse di tremare come una foglia. Doveva fare un breve discorso a un gruppo di persone che non conosceva affatto e raccontare che lei stessa, da bambina, era stata vittima di maltrattamenti e violenza, che nessuno se ne era mai accorto — o forse non aveva voluto accorgersene — mentre tutti erano convinti che suo padre fosse la persona migliore della loro piccola città. «Forse lo sarà anche stato», disse con la voce che le tremava, lottando per ricacciare indietro le lacrime, «ma certo non con me né con mia madre.» Non disse che lo aveva ucciso per salvare se stessa. Ma il suo racconto bastò a commuovere profondamente l'uditorio. Tutti i suoi conferenzieri avevano storie simili da raccontare, alcune personali, altre che riguardavano i loro studenti o i pazienti. Ma tutte le persone che collaboravano, e che accettarono di tenere queste conferenze, si dimostrarono molto abili a diffondere il loro messaggio. Ed era un messaggio che veniva dritto dritto dal cuore. Aiutiamo i bambini!

Subito dopo pensò di dotare l'ufficio anche di una linea telefonica diretta, un vero e proprio telefono amico, per chi era al corrente di maltrattamenti da parte di amici o vicini di casa, per i genitori che chiedevano un aiuto e per i bambini in situazioni difficili. Fece il possibile per raccogliere fondi e diffondere e far stampare annunci e comprare spazi pubblicitari per divulgare il numero della loro linea telefonica. Riuscì anche a ottenere che il telefono funzionasse ventiquattro ore su ventiquattro — e non era un impegno indifferente! Fu quasi un sollievo quando, un anno e mezzo dopo, anche Abigail cominciò ad andare alla scuola materna, permettendole di dedicare più tempo alla sua organizzazione. Ma Grace trovò il modo di essere occupata il mattino, per poter passare i pomeriggi con i figli. «Aiutiamo i bambini!» era ormai un'associazione importante, tanto da richiedere un ufficio non più improvvisato ma grande e ben attrezzato, e veniva finanziata da cinque fondazioni. Stavano raccogliendo fondi anche con mezzi diversi, e alcune agenzie di pubblicità avrebbero girato una serie di spot gratuiti. Fra l'altro, Grace meditava anche di organizzare una campagna televisiva per informare e sensibilizzare al problema quante più persone possibile. Quello che le premeva in modo particolare era informare i bambini maltrattati, e quanti erano al corrente dei maltrattamenti dei quali erano vittime. I genitori violenti e brutali le importavano meno. Erano soprattutto persone troppo malate per rendersi conto di avere bisogno di un aiuto medico o psichiatrico. Era più facile raggiungere l'obiettivo grazie agli osservatori e a chi seguiva da vicino la vita di quei bambini.

Era difficile valutare che tipo di risultati avessero raggiunto, il loro telefono amico era praticamente impegnato, giorno e notte, a rispondere ad appelli disperati. In genere si trattava di vicini di casa, amici, insegnanti che non sapevano se fosse opportuno uscire allo scoperto o no; ma negli ultimi tempi erano state sempre più numerose le chiamate dei bambini stessi, che raccontavano storie raccapriccianti. Grace e Charles rispondevano di persona a queste telefonate per due lunghi turni settimanali e capitava sempre più spesso che Charles tornasse a casa angosciato per quello che aveva sentito. Era impossibile non commuoversi e non provare pietà per quelle creature. Gli unici a rimanere indifferenti erano i loro genitori.

Grace era talmente indaffarata che non si rendeva neppure conto del tempo che passava ed era più felice che mai. Rimase particolarmente meravigliata quando ricevette una lettera della First Lady, in cui la elogiava per l'impegno con cui si occupava dell'organizzazione. Affermava che proprio le persone come lei facevano una grande differenza, nel mondo. Come Madre Teresa di Calcutta.

«Non starà scherzando?» esclamò ridendo imbarazzata nel mostrare la lettera a Charles, al suo ritorno a casa. Era imbarazzante, ma anche emozionante. Per lei la cosa più importante era aiutare quei bambini; ma era bello che le sue fatiche venissero riconosciute e apprezzate. Anche Charles non risparmiò le lodi, perché era davvero orgoglioso di lei. E non nascose la sua eccitazione quando vennero invitati a cena alla Casa Bianca. Poiché quello era stato dichiarato l'Anno del Bambino, si pensava di offrire un riconoscimento a Grace per il contributo da lei portato con la sua organizzazione «Aiutiamo i bambini!»

«Non posso accettare», disse lei subito, sentendosi a disagio. «Pensa a tutte le persone che collaborano con me! Pensa a quanti, in un modo o nell'altro, lavorano per noi.» Quasi nessuno veniva retribuito e la maggior parte si dedicava a quell'impegno con il cuore e con l'anima e, a volte, con offerte generose di tasca propria. «Perché il merito dovrebbe andare solo a me?» Non le pareva giusto e non voleva accettare quell'invito. Secondo lei, il premio doveva andare ad «Aiutiamo i bambini!» come organizzazione in sé e per sé, non a lei sola.

«Ricorda chi l'ha fatta nascere», replicò Charles sorridendole. Grace non immaginava assolutamente quanto importante fosse quello che lei stava facendo, e lui l'amava per questo. Quante persone, grazie a lei, avevano ritrovato la gioia di vivere dopo un'esistenza di sofferenze! Ogni momento di gioia che poteva offrire a Grace lo rendeva sempre più felice. Del resto, non era mai stato tanto sereno e contento in vita sua, e continuava ad amare profondamente sua moglie. Era una donna eccezionale e lui la rispettava e la stimava. «Io, invece, credo che dovremmo andare a Washington. Tanto per cominciare, a me piacerebbe moltissimo. Sai che cosa farò? Mi presenterò io a ritirare il premio e dirò che l'idea di creare l'organizzazione 'Aiutiamo i bambini' è stata soltanto mia!» Si burlava di lei, e lei rise divertita. Continuarono a discutere per un paio di settimane, ma Charles aveva già accettato l'invito a nome di sua moglie e alla fine, sia pure protestando, Grace si decise a prenotare una baby-sitter fidata perché si occupasse dei bambini insieme alla governante. Partirono in aereo per Washington un pomeriggio di dicembre, mentre nevicava. Grace affermò che era un presagio sinistro, che era un segno del destino, ma non appena arrivarono in Pennsylvania Avenue si rese conto di essere stata molto sciocca. L'albero di Natale della Casa Bianca scintillava davanti a loro e l'intera scena sembrava uscita da uno dei classici quadri del famoso Norman Rockwell.

Vennero introdotti nella Casa Bianca dai marines e Grace si accorse che le tremavano le gambe quando strinse la mano al presidente, prima, e poi alla First Lady. Al ricevimento Charles notò molte persone che conosceva, ma continuò a tenere Grace sottobraccio per farle coraggio e la presentò a un certo numero di avvocati e a qualche membro del Congresso. Uno di questi, anche lui di New York, cominciò a stuzzicarlo bonariamente chiedendogli perché non avesse il coraggio di buttarsi, come tanti avevano fatto, nel mare della politica. Era un ex partner dello studio legale di Charles.

«Non credo che faccia per me. Sono troppo impegnato ad accompagnare i bambini a scuola e a rispondere alle telefonate per Grace», gli rispose Charles sorridendo, ma si divertiva e finì addirittura per conversare qualche minuto con il presidente, il quale gli disse di conoscere il suo studio legale e si complimentò con lui per il modo con il quale aveva affrontato e risolto, l'anno prima, una complessa questione che riguardava alcuni contratti governativi.

Dopo la cena ci fu un ballo e alla fine uno splendido coro di bambini cantò gli inni natalizi. Erano le creature più belle e gentili che Grace avesse mai visto e per un attimo provò una gran nostalgia dei suoi figli.

L'ex collega venne di nuovo a cercare Charles, prima che se ne andassero, raccomandandogli di ripensare a quanto gli aveva detto. «L'arena politica ha bisogno di te, Charles. Sarei felice di parlarne in qualsiasi momento tu sia disponibile e voglia ascoltarmi.» Ma Charles insistette nel ripetere che stava benissimo così, che era contento del suo lavoro di avvocato. «Qui il mondo è molto grande, ben più di Park Avenue o Wall Street. Ci si dimentica di questo fatto, a volte, quando si è chiusi nella propria torre d'avorio. Potresti fare molte cose buone; fra l'altro, ci sono parecchie questioni importanti che vanno esaminate al più presto ed esigerebbero una certa attenzione. Ti telefono», concluse salutandolo. Alla fine della serata, Charles e Grace tornarono al *Willard*, dove alloggiavano. Erano stanchi, ma soddisfatti; a Grace era stata consegnata una bellissima targa come riconoscimento per il suo generoso impegno.

«Devo mostrarla ai nostri figli la prossima volta che mi diranno che sono cattiva», commentò Grace sorridendo e posandola sul tavolo della suite. Era contenta di essere venuta e si era anche divertita. Poi si misero a letto e inevitabilmente parlarono delle persone che avevano conosciuto e soprattutto dell'incontro con il presidente e la First Lady. Grace chiese anche a Charles che le raccontasse qualcosa di più del suo amico, membro del Congresso.

«Roger?» domandò lui con noncuranza. «Era uno dei partner del nostro studio. Un brava persona, mi è sempre stato simpatico.»

«Ma che cosa ne pensi della sua proposta?» Era curiosa di vedere la reazione di Charles.

«Della possibilità di entrare in politica?» Sembrava divertito. «Non penso proprio niente.»

«Perché no? Saresti magnifico!»

«Già! E magari un giorno potrei essere uno dei candidati alla Casa Bianca! Tu, comunque, saresti una bellissima First Lady», le disse scherzosamente; poi si voltò a guardarla con amore e la baciò appassionatamente. E Grace, come sempre, lo ricambiò con altrettanta passione.

Alle due del pomeriggio del giorno successivo erano di nuovo a New York. Charles decise di prolungare la vacanza e non tornò in ufficio, preferendo accompagnare Grace a casa dove i bambini li accolsero con mille feste, ansiosi di sapere se papà e mamma avevano portato un regalo per loro da quel viaggio.

«No, proprio niente», mentì Charles fissandoli con aria seria, ma loro non gli credettero. Li conoscevano troppo bene! Infatti avevano portato qualche giocattolo, comprato all'aeroporto, insieme a ricordini e gingilli. Ogni volta che Charles partiva per un viaggio di lavoro, e capitava di rado, non tornava mai a casa a mani vuote. Poi Grace descrisse nei dettagli la Casa Bianca, che cosa avevano fatto e parlò dei bambini del coro che avevano cantato e dello splendido albero di Natale tutto illuminato sul prato della Casa Bianca.

«Che cosa cantavano?» volle sapere Andrew. Quanto ad Abigail, vanitosa com'era preferì farsi descrivere i vestiti.

Mancavano soltanto otto giorni a Natale, e durante il fine settimana prepararono l'albero. Una volta completato, era davvero bellissimo. Grace e Charles pensarono ad appendere gli ornamenti sui rami più alti, lasciando che fossero i bambini a divertirsi a decorare quelli più bassi. Per finire attaccarono anche ghirlande di pop-corn e mirtilli, secondo una tradizione alla quale erano legati.

Appena iniziate le vacanze Grace accompagnò i bambini a pattinare a Rockefeller Plaza, e a vedere Babbo Natale da *Saks*, il grande magazzino sulla Quinta Strada, famoso per le sue vetrine natalizie. Fecero perfino una visita a Charles, in ufficio, e lo portarono fuori a pranzo. Andarono in un posto che si chiamava *Serendipity* sulla Sedicesima Strada, dove si rimpinzarono di panini imbottiti di würstel e senape, e gelati giganteschi. Grace ordinò il suo preferito, *banana split*, il famoso gelato guarnito di banana e panna montata, e Charles non poté fare a meno di ridere ricordando quello che le aveva comprato la prima volta che erano andati via insieme per il fine settimana. Grace lo divorò con golosità, e Charles si complimentò dichiarando che ormai era diventata anche lei socia del club dei leccapiatti.

«Mi stai prendendo in giro?» Rise, guardandolo, con un baffo di panna montata sul naso. Abigail scoppiò in una risatina irrefrenabile, quando se ne accorse, e anche Andrew si divertì moltissimo.

«No, assolutamente. Mi pare bellissimo che tu non ne voglia sprecare neppure un boccone», rispose Charles, che mai si era sentito tanto giovane e felice.

«Se non la smetti ne ordino un altro.» Del resto non aveva problemi di linea, ma dopo Capodanno gli confessò che non stava più nei vestiti. Aveva fatto numerosi turni al telefono amico, nelle settimane precedenti, poiché sapeva che quello era un periodo critico per le famiglie in difficoltà e i bambini indifesi e voleva rispondere personalmente, per quanto era possibile, alle loro chiamate. Ma come facevano tutti i suoi collaboratori, anche lei aveva mangiucchiato biscotti, dolci e pop-corn durante le interminabili ore davanti al telefono.

«Mi sento enorme», si lagnò, tirando su la lampo dei pantaloni prima di uscire per una passeggiata nel parco con suo marito al termine di un tranquillo fine settimana.

«Non immagini neppure quante donne vorrebbero essere 'enormi' come te!» Malgrado le due gravidanze continuava ad avere un fisico da indossatrice. Quanto a Charles, ne aveva appena compiuti cinquanta ed era affascinante come sempre.

Formavano davvero una splendida coppia. Grace era elegantissima, con un colbacco di volpe uguale alla giacca, che Charles le aveva regalato per Natale. L'abbigliamento perfetto per il gelido inverno di New York.

I viali erano coperti di neve. Avevano preferito lasciare i bambini a casa con una baby-sitter. A volte, la domenica, amavano fare delle lunghe camminate; oppure prendevano un taxi e scendevano fino a SoHo, entravano in un caffè o pranzavano e giravano per le gallerie d'arte guardando quadri o sculture.

Quel pomeriggio, invece, decisero di fare una passeggiata e dopo un po' si ritrovarono davanti all'*Hotel Plaza*. Decisero di fermarsi lì a prendere una cioccolata calda nella famosa Palm Court, dove entrarono tenendosi per mano e chiacchierando a mezza voce.

«I bambini non ce lo perdoneranno mai, se dovessero venire a saperlo», disse Grace con un vago senso di colpa. Adoravano Palm Court ed era romantico, di tanto in tanto, andarci da soli. Poi, cominciò a parlare a Charles di certi progetti che aveva in mente per l'organizzazione, e dell'intenzione di ampliarla nell'anno successivo. Il suo obiettivo era sensibilizzare maggiormente l'opinione pubblica. Mentre chiacchierava divorò un intero piatto di pasticcini e bevve fino all'ultima goccia due tazze di cioccolata calda con la panna montata. Poco dopo, però, si sentì male. E si pentì di essere stata tanto ingorda.

«Sei quasi peggio di Andrew», rise Charles. Gli piaceva stare solo con lei, gli pareva che fosse rimasta la ragazzina di una volta anche se, nello stesso tempo, era più che mai sexy e femminile.

Uscendo dal *Plaza*, chiamarono una carrozzella e si fecero condurre a casa. Rannicchiati sotto la coperta, non fecero che scambiarsi baci, bisbigliare e ridere, proprio come adolescenti o sposini in luna di miele. Appena arrivati a destinazione, Charles corse dentro a prendere i bambini perché si divertissero ad accarezzare il cavallo e a dargli qualcosa di buono da mangiare. Poi il cocchiere accettò di accompagnare tutti e quattro a fare il giro dell'isolato in cambio di un supplemento alla tariffa. Finalmente rientrarono, mandarono a casa la baby-sitter e Grace preparò una bella pastasciutta per cena.

Fu molto impegnata nelle settimane immediatamente successive, con i nuovi progetti e con i suoi figli, dei quali voleva assolutamente occuparsi il più possibile. Ma si meravigliava di sentirsi sempre molto stanca, al punto che dovette perfino rinunciare ad alcuni turni al telefono amico, un compito cui teneva moltissimo. Perfino Charles se ne accorse e, preoccupato, gliene domandò la ragione.

«Ti senti bene?» Qualche volta, ripensando alla vita che Grace aveva fatto e all'aggressione subìta, si domandava se un giorno o l'altro non ne avrebbe pagato lo scotto, e appena la vedeva in forma non perfetta, si preoccupava.

«Certo che sto bene», gli rispose Grace. Ma aveva le occhiaie ed era pallidissima. Charles non si sentì per nulla rassicurato. Gli pareva che avesse lo stesso aspetto dei primi tempi, quando l'aveva appena conosciuta — un po' troppo tesa e seria, e con un'aria non propriamente da persona sana e robusta.

«Voglio che tu vada dal dottore», insistette.

«Ma... sto bene!» rispose lei con fermezza.

«Dico sul serio... Non sto scherzando, sai?» replicò lui, severo.

«Va bene, va bene!» Ma Grace non gli diede retta e continuò a ripetergli che aveva troppo da fare. Alla fine fu Charles a fissarle un appuntamento con il medico e l'avvertì che se non fosse andata da sola l'avrebbe accompagnata personalmente, la mattina dopo. Ormai era passato un mese da Natale e lei era impegnata in una grossa campagna per raccogliere altri fondi per l'organizzazione. Aveva mille telefonate da fare, un milione di persone con le quali prendere contatto. «Per amor di Dio!» gli rispose irritata quando Charles le ricordò l'appuntamento. «Sono semplicemente stanca, nient'altro. Non esageriamo, adesso... Si può sapere perché sei così agitato?» esclamò, sempre più indispettita. Ma lui la prese per le spalle e la costrinse a voltarsi e a guardarlo in faccia.

«Hai idea di quanto tu sei importante per me, e per la nostra famiglia? Ti amo, Grace. Non scherzare con la tua salute. Ho bisogno di te.»

«Va bene», gli rispose lei. «Ci vado.» Ma se c'era qualcosa che detestava erano proprio le visite dal dottore. Le ricordavano lontane esperienze del passato: le violenze subìte, la notte in cui aveva ucciso suo padre, il ricovero al Bellevue dopo l'aggressione nei pressi del St. Andrew's. A parte la nascita dei suoi figli, i dottori non avevano mai significato per lei niente di buono.

«Non sai dirmi che cosa potrebbe esserci che non funziona? Come ti senti?» le domandò affabilmente il medico di famiglia, un uomo di mezza età dal viso intelligente, bonario, comprensivo. Non sapeva nulla del passato di Grace e ignorava i motivi per i quali i medici non le erano simpatici.

«Io sto bene. Sono soltanto stanca. È Charles che si fa prendere dagli isterismi», rispose Grace con un sorriso.

«Ha ragione a preoccuparsi. Nient'altro, all'infuori della stanchezza?» Lei ci pensò un momento, e alzò le spalle.

«Niente di particolare. Qualche capogiro, a volte; un po' di mal di testa.» Cercò di minimizzare i malesseri che avvertiva da qualche tempo; ma la verità era che in quell'ultimo periodo le era capitato abbastanza di frequente di avere dei capogiri e, qualche volta, di provare un gran senso di nausea. Ma l'aveva attribuito alla tensione per la raccolta di fondi della quale si stava occupando. «Sono stata abbastanza impegnata.»

«Forse dovresti prenderti una piccola vacanza.» E sorrise. Le ordinò delle vitamine, poi fece un controllo dei globuli del sangue e trovò tutto a posto. Non ritenne perciò necessario eseguire esami più approfonditi. Evidentemente Grace era giovane e sana. Aveva la pressione un po' bassa e questo, forse, poteva spiegare i mal di testa e le vertigini. «Mangia carne rossa in abbondanza», fu il suo consiglio, «e spinaci.» La pregò di salutare Charles a nome suo e lei lo chiamò subito, da un telefono pubblico, per rassicurarlo. Poi, sentendosi decisamente meglio del solito, si avviò a piedi verso casa nell'aria frizzante di gennaio. C'era un bel sole, anche se il freddo era intenso, ma lei si sentiva bene, mentre camminava. E si vergognò un po' di essere andata dal dottore. Poi sorrise, pensando a quanto era premuroso Charles con lei. Sono davvero fortunata, si disse, mentre voltava l'angolo della strada e riprendeva il cammino. Per un attimo si sentì la testa stranamente vuota, ma poiché le era già successo cercò di non badarvi. Solamente quando arrivò davanti alla porta si rese conto di non riuscire quasi a stare in piedi, tanto le girava la testa. Allungò una mano in cerca di qualcosa a cui appoggiarsi e si ritrovò aggrappata a un vecchio signore che la stava fissando con aria perplessa. Lei, invece, lo guardava come se non lo vedesse neppure. Poi tentò di fare qualche passo verso casa, mormorò qualcosa di incomprensibile e crollò di schianto, svenuta, sul marciapiede.

14

Quando Grace riprese i sensi, c'erano tre persone intorno a lei e due agenti di polizia. Il vecchio signore che per poco non aveva trascinato con sé nella caduta si era precipitato in una cabina telefonica a chiamare il 911, ma quando la polizia arrivò lei si era già ripresa e stava seduta sul marciapiede. Non si era fatta male, ma si sentiva tutta indolenzita e provava un certo imbarazzo. La testa le girava ancora e non riusciva ad alzarsi in piedi.

«Be', vediamo un po'... Che cosa è successo qui?» domandò il primo agente in tono bonario. Era un omone dall'aria cordiale che aveva subito capito qual era la situazione. Quella giovane donna non era certo ubriaca né drogata; ed era molto carina e ben vestita. «Vuole che chiamiamo un'ambulanza? O il suo dottore?»

«No, mi sento bene», rispose Grace alzandosi dal marciapiede. «Non capisco che cosa sia successo. Mi sono semplicemente sentita la testa vuota.» Aveva saltato la colazione, quel giorno, ma per il resto si sentiva bene.

«Dovrebbe proprio farsi vedere da un medico, signora. Se vuole, la possiamo accompagnare al New York Hospital. È proprio in fondo alla strada», le disse cortesemente.

«Mi creda, sto bene. E poi, abito proprio qui.» E gli indicò la palazzina che si trovava solo a pochi metri di distanza. Ringraziò il vecchio signore, scusandosi per averlo quasi fatto cadere, e lui le allungò un colpetto affettuoso sulla mano e le consiglió di riposare un po' e di fare un bel pranzo sostanzioso. Poi i due agenti la scortarono fino a casa, e non poterono fare a meno di ammirare quelle stanze così in ordine e arredate con tanto buon gusto.

«Vuole che telefoniamo a qualcuno? A suo marito? A un'amica? Una vicina ?»

«No... io...» Fu lo squillo del telefono a interromperli. Grace sollevò il ricevitore mentre erano ancora tutti e tre nel vestibolo. Era Charles.

«Come stai?»

«Sto bene», rispose lei, vergognandosi un po', visto che era appena svenuta sul marciapiede.

«Vuole che ci fermiamo qui con lei per qualche minuto?» domandò il più anziano dei due agenti, e lei fece cenno di no con la testa.

«Che cosa c'è? C'è qualcuno lì con te?» Adesso Grace aveva paura di raccontargli quello che era successo.

«No, niente. Solo che .. il dottore ha detto che sono in ottima forma. E...»

«Con chi stavi parlando?» Per tutto quanto la riguardava, Charles sembrava che avesse un sesto senso. Mentre le parlava al telefono aveva capito subito che qualcosa non andava.

«È un agente di polizia, Charles», sospirò Grace. In quel momento si sentì di nuovo male. L'agente, che la teneva d'occhio, si accorse che era diventata livida in faccia e sembrava lì lì per svenire. Fece appena in tempo a prenderla tra le braccia prima che cadesse. Quanto a Grace, continuava a non capire che cosa le stava succedendo, ma si sentiva malissimo. Troppo male perfino per continuare a parlare al telefono e, abbandonato il ricevitore, si lasciò scivolare sul pavimento cercando di abbassare la testa fra le ginocchia. Uno degli agenti andò a prenderle un bicchier d'acqua e l'altro sollevò il ricevitore.

«Pronto! Pronto! Ma si può sapere che cosa sta succedendo?» continuava a ripetere Charles, agitatissimo.

«Sono l'agente Mason. Chi parla?» domandò il poliziotto senza perdere la calma, mentre Grace, sentendosi debolissima e incapace di fare anche il minimo gesto, alzava gli occhi a guardarlo, mortificata.

«Mi chiamo Charles Mackenzie ed è mia moglie la persona che è lì con voi. Che cosa è successo?»

«Sta bene, signore. Ha avuto soltanto un piccolo problema... è svenuta proprio qui, davanti alla porta. Allora l'abbiamo accompagnata dentro, ma credo che si senta ancora un po' debole; forse le gira la testa. Probabilmente ha mangiato qualcosa che le ha fatto male, o magari un attacco di influenza... c'è una vera epidemia in questo periodo.»

«Ma... come sta?» Charles era letteralmente terrorizzato. Continuando a parlare al telefono con l'agente di polizia si alzò dalla poltrona e cercò di infilarsi la giacca.

«A me pare che stia bene. Non è voluta andare all'ospedale. Glielo abbiamo chiesto.»

«Non importa. Potreste accompagnarla al Lenox Hill?»

«Ben lieti di farlo.»

«Vi raggiungerò là fra dieci minuti.»

L'agente abbassò lo sguardo su Grace e con un sorriso le spiegò: «Suo marito vuole che l'accompagniamo al Lenox Hill, signora Mackenzie».

«Ma io non voglio andarci.» Sembrava una bambina, capricciosa, e l'agente le sorrise.

«Suo marito non ci ha lasciato alternativa, sa? Ha detto che ci raggiungerà al Lenox Hill.»

«Sto bene. Davvero.»

«Non ne dubito. Ma non sarebbe male se si sottoponesse a un piccolo controllo. Ci sono in giro un sacco di virus, uno più brutto dell'altro. Ieri una donna è svenuta da *Bloomingdale's*. Si era presa il virus di quell'influenza che viene da Hong Kong. È da molto che non si sente bene?» le domandò mentre, continuando a chiacchierare, l'aiutava ad alzarsi e la guidava verso la porta, aiutato dal suo collega.

«Davvero, mi sento bene», ripeté Grace, mentre gli agenti la facevano salire sull'auto di ronda. Di colpo pensò che chi la vedeva avrebbe avuto l'impressione che la stessero arrestando. Avrebbe riso divertita, se non le fosse tornata alla mente la notte in cui aveva ucciso suo padre... Poi, quando ormai stavano per arrivare al Lenox Hill, fu colpita da un attacco di asma, il primo dopo due anni. E non aveva l'inalatore con sé. Ormai si sentiva talmente sicura che lo lasciava quasi sempre a casa.

La condussero dentro e lei spiegò all'infermiera del pronto soccorso che soffriva di asma. Si affrettarono a portarle un inalatore. Quando finalmente Charles arrivò era bianca come un lenzuolo, un po' per l'asma un po' per i farmaci che le avevano somministrato, e le tremavano le mani.

«Che cos'è successo?» Charles sembrava sconvolto. Grace gli rispose a mezza voce: «Salire sull'auto della polizia mi ha fatto diventare nervosa».

«È per questo che sei svenuta?» Sembrava confuso e non capiva quello che era successo. Ma Grace scrollò il capo.

«No, mi ha fatto venire l'asma.»

«Ma perché sei svenuta?»

«Non lo so.»

Ormai gli agenti se n'erano andati; ma ci volle ancora un'ora prima che uno dei medici del pronto soccorso potesse occuparsi di loro. A quel punto, Grace si sentiva molto meglio, la respirazione era diventata quasi normale e non aveva capogiri. Charles le aveva portato una tazza di brodo di pollo, un po' di caramelle e un panino imbottito. Il suo appetito era buono, spiegò Grace al dottore che la visitava.

«Eccellente», confermò Charles.

Il dottore la visitò molto accuratamente e poi le fece una domanda specifica. Probabilmente si trattava di influenza, le disse, ma c'era anche un'altra possibilità. «Non potrebbe essere incinta?»

«Non credo.» Non prendeva più la pillola dall'epoca della nascita di Abby, che avrebbe compiuto sei anni in luglio. E non era più rimasta incinta. «Ne dubito.»

«Prende la pillola?» Lei fece cenno di no con la testa. «E allora, perché no? C'è qualche motivo?» chiese, lanciando un'occhiata a Charles.

«Semplicemente non credo sia così», rispose Grace con fermezza. Le sarebbe piaciuto moltissimo avere un altro figlio, ma ormai aveva finito per convincersi che non sarebbe più riuscita a rimanere incinta. Dopo sei anni, com'era possibile?

«Io, invece, credo di sì», mormorò Charles con un sorriso. Non ci aveva mai pensato, eppure i sintomi erano inequivocabili. «Non potrebbe fare un controllo?» domandò al medico.

«Se vuole, può acquistare il kit per il test di gravidanza nella farmacia qui all'angolo. Sono pronto a scommettere che abbia ragione lei, non sua moglie.» Sorrise a Grace. «Forse lei sta semplicemente rifiutando questa possibilità. Ma ci sono tutti i sintomi, nausea e giramenti di testa, aumento dell'appetito, stanchezza, insonnia, il fatto di sentirsi gonfia... Inoltre ha anche saltato le ultime mestruazioni, per quanto lei lo attribuisca alla tensione nervosa. Io credo proprio che lei aspetti un bambino. Possiamo chiamare il nostro ginecologo, se vuole fare un controllo, ma comprare il kit in farmacia e sentire che cosa ne pensa il suo medico curante è ancora più semplice.»

«Grazie», gli rispose Grace, che pareva inebetita. Dopo aver sperato per tanto tempo di avere un altro figlio, alla fine vi aveva rinunciato e si era convinta che non sarebbe mai successo.

Andarono in farmacia a comprare l'occorrente e presero un taxi per tornare a casa. Charles la tenne stretta a sé, ringraziando Dio che non le fosse accaduta qualche disgrazia. Quando aveva sentito la voce dell'agente di polizia che gli rispondeva al telefono, era stato preso dal panico e aveva temuto il peggio.

Grace seguì alla lettera le istruzioni e poi aspettarono cinque minuti esatti, usando il cronografo di Charles. Lei sorrideva. Ormai erano convinti, entrambi, che quelli fossero davvero i sintomi di una gravidanza. E infatti il risultato fu positivo.

«Quando può essere successo, secondo te?» gli domandò Grace, sempre più sbalordita. Non riusciva ancora a crederci.

«Scommetto che è stato dopo quella cena alla Casa Bianca», commentò Charles ridendo, mentre le dava un bacio.

Aveva ragione. Il giorno dopo Grace andò dall'ostetrico ed ebbe la conferma che il bambino sarebbe nato verso la fine di settembre. Charles disse che era ormai vecchio per avere un altro figlio. Stava per compiere cinquantun anni, infatti, ma Grace si rifiutò di ascoltare i suoi lamenti di «centenario».

«Sei soltanto un ragazzo», gli rispose con una risata. Ma erano molto emozionati e felici tutti e due quando nacque un bel maschietto, che assomigliava un po' al papà e un po' alla mamma, a parte il fatto che aveva i capelli biondi. Era un po' strano, affermarono Grace e Charles, in quanto nelle loro famiglie non c'era nessuno con i capelli biondi! Il nuovo arrivato fu chiamato Matthew e i fratellini se ne innamorarono immediatamente, appena lo videro. Abby non faceva che prenderlo in braccio dicendo che era «il suo bambino».

Adesso che i figli erano tre, la casa sulla Sessantanovesima era ormai troppo piccola e nell'inverno la vendettero per acquistarne una a Greenwich. Era molto graziosa, bianca, con lo steccato di paletti di legno e uno spazioso giardino sul retro. Poi Charles comprò anche un grosso labrador color cioccolato per i bambini. La loro vita era perfetta.

«Aiutiamo i bambini!» continuava a crescere e Grace andava in città un paio di volte la settimana per controllare che tutto funzionasse a perfezione, ma aveva assunto un'altra persona per mandare avanti l'ufficio. Per sé ne aprì uno più piccolo nel Connecticut, dove passava le mattinate. Quasi sempre ci portava anche il bambino più piccolo, con il passeggino.

Conducevano un'esistenza serena e piacevole, nel Connecticut, e i bambini si erano inseriti bene nella nuova scuola; Abigail e Andrew frequentavano rispettivamente la prima e la seconda elementare. Nell'estate successiva Roger Marshall, l'ex partner dello studio legale e ora membro del Congresso, si fece di nuovo vivo.

Voleva che Charles entrasse in politica; l'anno successivo si sarebbe liberato un seggio di una certa importanza per il Connecticut. Un anziano parlamentare aveva infatti deciso di ritirarsi a vita privata. Charles non riusciva a immaginare come avrebbe trovato il tempo per dedicarsi anche a quello; era impegnatissimo in ufficio e il suo lavoro gli piaceva. Diventare membro del Congresso lo avrebbe costretto a passare una buona parte del tempo a Washington — e questo non avrebbe certo fatto piacere a Grace e ai bambini. Non solo, ma le campagne politiche erano estenuanti e costose. Ne parlarono a pranzo, e Charles respinse la proposta. Ma quando un membro del Congresso — uno dei più giovani — che faceva parte della stessa circoscrizione ebbe un attacco di cuore e morì quello stesso anno, Roger si fece vivo di nuovo e questa volta Grace insistette affinché Charles riflettesse molto bene prima di rifiutare.

«Stai scherzando!» esclamò lui scrutandola guardingo. «Non credo che ti piacerebbe quella vita, sai?» Durante il matrimonio con la prima moglie, si era trovato troppo spesso sotto i riflettori, e non era stata un'esperienza piacevole. Tuttavia non poteva negare che la prospettiva l'attirava e lo incuriosiva, così come lo interessava l'ambiente di Washington.

In conclusione, rispose a Roger che ci avrebbe pensato. Ma alla fine decise di rifiutare. Grace tentò di convincerlo che avrebbe potuto contribuire a migliorare la situazione e cambiare qualcosa; non solo, ma che fare politica gli sarebbe anche piaciuto. Era sicura che fosse la scelta giusta per lui, soprattutto perché, da qualche tempo, non faceva che ripeterle di non trovare più stimolante il suo lavoro nello studio legale. Cominciava a sentirsi vecchio, adesso che stava per compiere cinquantatré anni. Le uniche cose che avessero veramente importanza per lui, erano sua moglie e i suoi figli.

«Hai bisogno di qualcosa di nuovo nella tua vita, Charles», gli disse lei con voce calma. «Qualcosa che ti dia la carica.»

«Ho te!» E le sorrise. «Ti assicuro che sei abbastanza stimolante per qualsiasi uomo. Una moglie giovane e tre bambini dovrebbero tenermi occupato almeno per i prossimi cinquant'anni! E poi, sei proprio sicura di volere questo? Non sarà facile per te e per i bambini. È come vivere in una boccia di vetro per i pesciolini rossi.»

«Se è quello che desideri, in qualche modo ce la caveremo. Washington non è sulla luna. Non è lontano. Possiamo tenere questa casa e passare qui parte del tempo. Puoi persino fare il pendolare, durante la settimana, quando ci sono le sedute del Congresso.»

Lui rise di fronte a tutti questi progetti. «Non credo che dovremo preoccuparci di tutte queste cose. C'è una buona probabilità che non vinca. Sono un'incognita, io, e nessuno mi conosce!»

«Sei un uomo rispettato in questa comunità, con idee buone, grande integrità morale e sincero interesse per le sorti del tuo paese.»

«Avrò il tuo voto?» le domandò mentre la baciava.

«Sempre.»

Così Charles informò Roger che aveva intenzione di accettare la proposta e presentare la sua candidatura. Poi cominciò a cercare i collaboratori per la campagna elettorale, che iniziò ai primi di giugno. Grace fece tutto quello che poté: appiccicò francobolli, strinse mani e distribuì opuscoli porta a porta. Decisero di puntare sul concetto dell'«uomo qualunque» e anche se non tennero mai segreto il fatto che Charles veniva da un'ottima famiglia e aveva una solida posizione finanziaria, risultò subito chiaro che era anche attento ai problemi, sincero, animato da buone intenzioni. Era una persona onesta che desiderava impegnarsi per il benessere del paese. Il pubblico dimostrò di aver fiducia in lui e riuscì a guadagnarsi anche le simpatie dei media. Davano sempre ampio spazio a tutto quello che faceva e agli avvenimenti ai quali partecipava, e parlavano di lui in tono positivo e imparziale.

«E perché non dovrebbero?» Grace si meravigliava che fosse tanto stupito del consenso dimostrato dalla stampa. Ma Charles conosceva i giornalisti molto meglio di quanto non li conoscesse lei.

«Perché non sempre sono così corretti. Aspetta. Presto o tardi mi incastreranno.»

«Non essere tanto cinico.»

Quanto a lei, cercò di rimanere il più possibile estranea alla campagna elettorale, limitandosi a intervenire nelle occasioni in cui era indispensabile la sua presenza al fianco di Charles e si mostrò disponibile anche se questo significava portare i bambini con sé durante quei continui spostamenti. Ma non provava nessun desiderio di mettersi in mostra. Il candidato era Charles e il suo impegno era la cosa più importante. Mai, nemmeno per un minuto, Grace dimenticò questo fatto.

Ormai non aveva quasi più tempo per occuparsi dei suoi progetti, e l'organizzazione «Aiutiamo i bambini!» dovette fare a meno di lei per tutto il tempo della campagna elettorale. Appena poteva riprendeva i suoi turni al telefono amico, ma lavorava soprattutto per Charles. Si era resa conto che a lui piaceva davvero quello che stava facendo. Si sentiva stimolato e pieno di entusiasmo. Presero parte a picnic e barbecue, visitarono fiere commerciali, e Charles teneva discorsi a gruppi politici, agricoltori e uomini d'affari. Bastava ascoltarlo per capire che voleva davvero aiutare la gente; e la gente gli credeva. Anche Grace piaceva alla gente. Il suo impegno con l'organizzazione «Aiutiamo i bambini» era molto nota, anche se era chiaro che le sue priorità erano il marito e i figli. E anche questo la rendeva simpatica al pubblico.

In novembre la vittoria di Charles fu clamorosa. A quel punto lui mise in amministrazione fiduciaria la propria partnership nello studio legale, e i suoi colleghi gli offrirono un grandioso ricevimento al *Pierre*, prima che li lasciasse. Poi, con Grace e i bambini, Charles si recò a Washington per cercare una casa. Pensavano di trasferirsi subito dopo Natale. I bambini avrebbero cambiato scuola — e si sentivano impauriti ed emozionati. Per loro si trattava di un grande cambiamento. Trovarono una casa deliziosa in R Street, a Georgetown.

Grace iscrisse i bambini alla scuola Sitwell Friends e in gennaio Abigail e Andrew cominciarono a frequentare rispettivamente la terza e la quarta elementare; per Matthew, che aveva da poco compiuto due anni, Grace trovò una scuola materna.

Tornavano nel Connecticut per le vacanze, nei giorni di festa e ogni volta che il Congresso non era in sessione, e naturalmente quando i bambini non andavano a scuola. Charles ci teneva a mantenere i contatti con i suoi elettori e i vecchi amici, e il lavoro al Congresso gli dava molta soddisfazione. Non appena possibile, contribuiva a far passare una nuova legge e trovava interessanti e di grande utilità tutte le numerose commissioni delle quali faceva parte. Durante il secondo anno di permanenza a Washington, Grace trovò modo di aprire un'altra sede di «Aiutiamo i bambini!» sul modello di quelle del Connecticut e di New York. Appena possibile si rendeva disponibile per i turni al telefono e più di una volta accettò di presentarsi alla televisione per parlare in qualche programma di particolare interesse. Come moglie di un membro del Congresso aveva un'influenza molto maggiore di prima, ed era felice di poterla sfruttare per le cause che lo meritavano.

Davano anche molti ricevimenti, partecipavano ad avvenimenti di carattere politico e venivano invitati regolarmente alla Casa Bianca. Gli anni di pace, per loro, potevano considerarsi finiti. Eppure riuscivano ancora a fare una vita tranquilla nel Connecticut. Anche se Charles era il rappresentante eletto di quello stato, riuscivano — bene o male — a difendere la loro vita privata.

Erano a Washington da cinque anni quando Charles ricevette una proposta che lo interessò in modo particolare. Il fatto di essere membro del Congresso aveva significato molto per lui ed era stata un'esperienza preziosa. Ma già da qualche tempo aveva anche cominciato a capire che c'erano altri poteri che influivano sui destini del paese in altri ambienti. Sentiva fortissima l'attrazione del Senato, dove aveva molti amici. Questa volta fu qualcuno molto vicino al presidente a prendere contatto con lui per sapere se fosse disposto a presentare la propria candidatura al Senato.

Ne parlò immediatamente a Grace e con lei discusse a fondo la questione. Era quello che desiderava, in fondo, ma aveva anche paura di scendere in lizza. Sarebbe stato sottoposto a pressioni maggiori, e avrebbe avuto responsabilità più pesanti. Avrebbe ricoperto una carica ben più importante, che comportava impegni pubblici, e quindi si sarebbe inevitabilmente trovato sotto i riflettori. Se, come membro del Congresso, aveva raccolto grandi simpatie e, in un certo senso, era rimasto il classico «uomo qualunque», una volta senatore avrebbe suscitato invidia e gelosia. Tutti quelli che puntavano alla presidenza lo avrebbero considerato una minaccia e quindi avrebbero cercato con ogni mezzo di eliminarlo.

«Può essere una carica pericolosa», spiegò a Grace molto candidamente. Inoltre si preoccupava per lei. Fino a quel momento l'avevano lasciata in pace. Era nota per le sue opere benefiche e il grande attaccamento alla famiglia, ma l'opinione pubblica si era occupata poco di lei. Come moglie di un senatore si sarebbe trovata in balia dei mass media, con tutto ciò che questo poteva significare. «Mai e poi mai vorrei fare qualcosa che possa danneggiarti», le disse Charles, mostrandosi preoccupato. Lei e i bambini contavano più di tutto nella vita di Charles; e Grace gli voleva ancora più bene proprio per questo.

«Non dire assurdità. Io non ho paura. Non ho niente da nascondere», gli rispose distrattamente, e Charles sorrise. Soltanto a quel punto lei capì. «E va bene... ce l'ho. Ma finora nessuno ha detto niente. Non si è mai fatto avanti nessuno a parlare del mio passato. E credo di aver pagato il mio debito. Che cosa potrebbero dire adesso?»

Era successo molto, molto tempo prima. Ormai aveva trentotto anni e si era lasciata il passato dietro le spalle... ventun anni... tutto finito... e sotto molti punti di vista a lei sembrava un sogno lontano, svanito.

«La gente, con ogni probabilità, non sa chi sei; hai un nome diverso, sei diventata una persona adulta, matura. Ma come moglie di un senatore, Grace, potrebbero cominciare a frugare nel tuo passato... Lo vuoi proprio?»

«No, ma tu vuoi che questo ti leghi le mani? È questo che desideri?» gli domandò una sera tardi, in camera da letto, mentre ne parlavano seriamente; e Charles, lentamente, fece cenno di no con la testa. «Non permettere che qualcuno o qualcosa possa fermarti. Hai il diritto di fare quello che stai facendo. E sei bravo. Non lasciare che la paura abbia il sopravvento, e domini la nostra vita», continuò con voce vibrante. «Non abbiamo nulla da temere.»

Ne erano profondamente convinti. E quindici giorni dopo Charles annunciò che in novembre avrebbe presentato la sua candidatura al Senato.

Fu una competizione impegnativa; Charles avrebbe avuto un avversario pronto a lottare senza esclusione di colpi. Il candidato occupava un seggio al Senato da molto tempo e — secondo l'opinione pubblica — era ora di un cambiamento. Charles Mackenzie era l'uomo nuovo, aveva ottimi precedenti, una reputazione senza macchia e moltissimi amici. Non solo, era anche molto gradevole e simpatico, pieno di fascino, con una famiglia che alla gente piaceva — e anche questo non guastava.

La campagna cominciò con una conferenza stampa e subito Grace notò la differenza. Le domande che vennero poste a Charles riguardavano tutte, dalla prima all'ultima, la storia della sua vita, lo studio legale del quale era stato partner, i suoi meriti personali, il suo reddito, le tasse che pagava, i suoi dipendenti e i suoi bambini. Poi l'interesse si spostò su Grace. Chiesero notizie dell'organizzazione «Aiutiamo i bambini!» e risultò che sapevano anche del suo impegno al St. Andrew's, prima ancora. Non si sa come, erano anche al corrente delle donazioni che aveva fatto. Comunque, i giornalisti sembrarono propensi a trovarla simpatica. Dalle redazioni di qualche giornale illustrato partirono richieste di interviste e di fotografie. In principio Grace rifiutò ogni invito. Non voleva occupare una posizione di primo piano nella campagna elettorale di suo marito; voleva continuare a fare quello che aveva sempre fatto prima, cioè lavorare sodo e rimanere nell'ombra. Invece il pubblico esigeva tutt'altro. Voleva sapere tutto sul nuovo candidato al Senato, un uomo di cinquantotto anni, bello come un divo del cinema e con un'affascinante moglie di vent'anni più giovane. Sulla coppia e sui loro tre figli.

«Ma io non ho voglia di rilasciare interviste!» si lamentò Grace una mattina mentre faceva colazione con il marito. «Il candidato sei tu, non io. Si può sapere che cosa vogliono da me, per amor del cielo?» gli chiese versandogli una seconda tazza di caffè. Avevano una cameriera — sia pure per mezza giornata — ma a Grace piaceva stare sola con Charles e i bambini e ogni mattina era lei a preparare la prima colazione per tutti.

«Te l'avevo detto! Lo sapevo che sarebbe andata a finire così», le rispose tranquillamente Charles. Pareva che niente avesse il potere di turbarlo, anche quando gli articoli sul suo conto non erano affatto lusinghieri — e capitava spesso, ormai. Ma la politica era una gran brutta bestia, e lui lo sapeva benissimo. Una volta che si era scesi nell'arena non c'era più scampo, bisognava fare quello che il pubblico voleva. Erano passati i bei tempi in cui doveva soltanto preoccuparsi dell'elettorato che rappresentava, e della stampa locale! Adesso c'era da affrontare la stampa nazionale, con tutte le sue esigenze e i suoi capricci, gli amori e gli odi. «A parte il fatto», e le sorrise mentre finiva di bere il caffè, «che se tu fossi brutta non ti cercherebbe nessuno! Forse dovresti smettere di essere affascinante come sei!» concluse mentre si chinava a darle un bacio.

Accompagnava lui i bambini a scuola, come aveva sempre fatto. Matthew, il più piccolo, adesso frequentava la seconda elementare. E Andrew aveva appena iniziato le superiori. Ormai avevano quasi più amici a Washington che nel Connecticut, ma si sentivano praticamente a casa propria in un posto come nell'altro.

Tutto filò liscio fino a giugno; la campagna procedeva bene e Charles ne era soddisfatto. Stavano per tornare a Greenwich per l'estate, quando un giorno Charles rientrò a casa inaspettatamente, nel pomeriggio. Era pallido e per un momento Grace temette che fosse successo qualcosa ai bambini. Quando lo aveva sentito entrare, aveva fatto di corsa le scale ed era arrivata nel vestibolo proprio mentre lui posava sul tavolo la cartella.

«Che cos'è successo?» domandò senza riprendere fiato. Forse avevano chiamato prima lui... chi poteva essere... Andy, Abigail o Matt?

«Ho brutte notizie», rispose Charles e la fissò turbato. Poi si avvicinò a lei.

«Oh, Dio, che cosa c'è?» Grace gli si aggrappò a una mano, istintivamente, con tanta forza da lasciargli il segno delle unghie.

«Ho appena ricevuto una telefonata da uno dei nostri informatori all'Associated Press...» Dunque non si trattava dei bambini. «Grace... sanno di tuo padre e della condanna che hai scontato a Dwight.» Sembrava sconvolto all'idea di essere costretto a dirglielo, ma voleva che fosse preparata. Per quanto lo riguardava, era soltanto molto addolorato di averla messa in una situazione simile. E sapeva quanto ne avrebbe sofferto. Si rese conto in quel momento che non avrebbe mai dovuto candidarsi. Era stato stupido, egoista e ingenuo a pensare che fosse possibile uscire indenni da quella campagna elettorale. Adesso la stampa stava per distruggerla.

«Oh...» fu tutto quello che Grace disse, fissandolo con gli occhi sbarrati. «Io... va bene.» Poi, lanciandogli un'altra occhiata piena di inquietudine, aggiunse: «Fino a che punto tutto questo potrà danneggiarti? Molto?»

«Non lo so. Ma non è questo che importa. Non voglio che tu debba affrontare una prova simile.» La condusse lentamente nel soggiorno, tenendole un braccio intorno alle spalle. «Daranno la notizia alle sei, durante il telegiornale della sera, e vogliono una conferenza stampa, prima, se siamo d'accordo.»

«Devo accettare?» Grace era pallidissima.

«No, assolutamente. Perché non aspettiamo? Stiamo a vedere fino a che punto è grave la situazione, e poi decideremo come affrontarla.»

«E i bambini? Che cosa dovrò dire a loro?» Grace sembrava calma, ma era bianca come un lenzuolo e le tremavano le mani.

«Sarà meglio parlarne.»

Insieme li andarono a prendere a scuola e poi li accompagnarono a casa e li fecero sedere in sala da pranzo, intorno al tavolo.

«La mamma e io abbiamo qualcosa da dirvi», esordì Charles molto semplicemente.

«Volete divorziare?» Matt sembrava terrorizzato; da un po' di tempo tutti i genitori dei suoi amici non facevano che divorziare.

«No», rispose suo padre, rivolgendogli un sorriso. «Ma non è ugualmente una buona notizia. Si tratta di qualcosa di molto doloroso e difficile per la mamma. Tuttavia abbiamo pensato che dovevamo dirlo anche a voi.» Charles aveva l'aria seria e teneva stretta una mano di Grace fra le sue.

«Sei malata?» domandò Andrew con i nervi a fior di pelle. La mamma del suo miglior amico era appena morta di cancro.

«No, sto bene.» Grace respirò a fondo e si accorse di provare quel senso di soffocamento, quella morsa che le stringeva il petto, come da tanto tempo non le succedeva più. «Riguarda qualcosa che mi è successo molto tempo fa, ed è tremendamente difficile da spiegare... e da capire. È molto difficile, per chi non era lì e non ha visto quello che succedeva.» Grace lottò per ricacciare indietro le lacrime e Charles le strinse forte la mano.

«Quando ero una bambina, più o meno dell'età di Matt, il mio papà si comportava molto male con la mia mamma, era cattivo e la picchiava», spiegò con voce calma, ma infinitamente triste.

«Vuoi dire che le dava i pugni?» chiese Matt sbalordito, fissandola con gli occhi spalancati, e Grace annuì con aria solenne.

«Sì, la picchiava tanto e le faceva male, molto male. Ha continuato a picchiarla per molto tempo, e alla fine lei si è ammalata. Stava malissimo.»

«Stava male perché la picchiava?» domandò ancora Matt.

«Probabilmente no. Aveva il cancro, come la mamma di Zack.» Conoscevano tutti l'amico di Andrew. «Ed è stata malata per molto tempo, quattro anni. Mentre lei era malata, il mio papà a volte picchiava me, e faceva tante brutte cose... e qualche volta picchiava ancora la mia mamma. Ma io pensavo che se gli avessi lasciato fare del male a me...» I suoi occhi si riempirono di lacrime e la voce le morì in gola, mentre Charles le stringeva forte la mano per infonderle coraggio. «...pensavo che se gli avessi lasciato fare del male a me, non avrebbe fatto più soffrire lei... così gli permettevo di fare tutto quello che voleva... è stato proprio terribile... e poi lei è morta. Io avevo diciassette anni, e la notte dopo il suo funerale...» chiuse gli occhi e poi li riaprì, decisa a concludere una storia che non avrebbe mai voluto raccontare ai suoi figli. Ma capiva che era un dovere, e non poteva permettere che lo facesse qualcun altro. «...la notte dopo il funerale, lui ha ricominciato a picchiarmi... mi ha fatto tanto male, e io ho avuto tanta paura... poi mi sono ricordata di una rivoltella che la mamma teneva vicino al suo letto e l'ho afferrata... pensavo che lo avrei spaventato...» ormai singhiozzava apertamente e i suoi figli la fissavano stupefatti e ammutoliti. «Non so che cosa ho pensato... ero talmente spaventata... e volevo che lui la smettesse di farmi tanto male... abbiamo lottato, perché voleva strapparmi di mano quella rivoltella... è partito un colpo accidentalmente e l'ho colpito. È morto quella notte stessa.» Respirò a fondo e Andrew, che la guardava sbalordito, esclamò: «Hai sparato al tuo papà? L'hai ucciso!!??» Grace fece cenno di sì. Avevano il diritto di saperlo. Ma avrebbe preferito evitare di parlare delle violenze sessuali alle quali l'aveva sottoposta.

«Sei andata in prigione?» fu la domanda di Matthew, che trovava molto intrigante quella storia. Un po' come quelle dei ladri e dei poliziotti che vedeva alla TV.

«Sì, sono andata in prigione», gli rispose Grace a voce bassa, e guardò sua figlia che, fino a quel momento, non aveva ancora aperto bocca. «Sono rimasta in prigione due anni e altri due anni in libertà con la condizionale a Chicago. E poi tutto è finito. Mi sono trasferita a New York, ho conosciuto il vostro papà e ci siamo sposati. Poi siete nati voi e da allora in poi tutto è stato bello e felice.» Come le sembravano semplici i quindici anni passati... e come tutto, adesso, sarebbe diventato di nuovo difficile! Ma non c'era niente da fare. Sapevano che l'ingresso in politica di Charles avrebbe comportato il rischio che la verità venisse a galla — e adesso era questo lo scotto che dovevano pagare.

«Non riesco a crederci», disse Abigail, guardandola sbalordita. «Tu sei stata in prigione!? Perché non ce lo hai mai detto?»

«Pensavo che non sarebbe stato necessario, Abby. Non era

una storia della quale mi sentissi molto fiera. Per me è stata molto dolorosa.»

«Dicevi che i tuoi genitori erano morti, ma non dicevi mai che li avevi ammazzati», la rimproverò Abigail.

«Non li ho ammazzati tutti e due. Ho ammazzato mio padre», spiegò Grace.

«Si direbbe che tu l'abbia fatto per difenderti», le obiettò sua figlia.

«Infatti.»

«E, allora, come spieghi il fatto che sei andata in prigione?»

Grace, avvilita e angosciata, replicò: «È stato così, però non mi hanno creduto».

«E io non posso credere che tu sia stata in prigione.» Abigail pensava alle sue amiche e a quello che avrebbero detto non appena fossero venute a conoscenza di tutta quella storia. Non riusciva a immaginare niente di peggio!

«Hai ammazzato anche i genitori di papà?» domandò Matt, incuriosito.

«No, naturalmente!» E Grace gli sorrise. Era davvero troppo piccolo per capire bene la situazione!

«Ma perché ce lo racconti adesso?» domandò Andrew, inquieto. Abigail aveva ragione. Non era per niente una bella storia. Chissà che impressione avrebbe fatto ai loro amici!

«Perché la stampa l'ha scoperto», rispose Charles. Fino a quel momento non aveva aperto bocca perché voleva che Grace raccontasse quello che era successo a modo suo, e lei era stata molto brava. Ma non era facile per nessuno accettare una storia del genere, tantomeno per dei bambini, soprattutto se era stata la loro mamma a viverla. «Ne parleranno nel notiziario della sera alla televisione, e volevamo dirvelo prima.»

«Diavolo, grazie tante! Dieci minuti prima che la notizia venga trasmessa. Non vi aspetterete che vada a scuola domani, vero? Io rimango a casa», esclamò Abigail, furiosa.

«Non ci vado nemmeno io», si affrettò ad aggiungere Matt, per non essere da meno, e poi si voltò verso sua madre con una strana espressione. «Ha sanguinato molto? Il tuo papà, voglio dire.» Grace scoppiò a ridere, anche se non ne aveva nessuna voglia, e Charles la imitò.

«Lascia perdere questi discorsi, Matt», disse in tono di rimprovero a suo figlio.

«Si è lamentato? Gemeva?»

«Matthew!»

«Non riesco a crederci!» ripeté Abigail scoppiando in lacrime. «Non riesco a credere che tu non ce lo abbia mai raccontato e che adesso lo diranno alla televisione e ne parleranno i giornali! Sei un'assassina, un avanzo di galera!»

«Abigail, ma tu non tieni conto delle circostanze!» esclamò Charles. «Non immagini quello che la mamma ha sofferto. Perché credi che si sia sempre interessata tanto dei bambini maltrattati?»

«Per farsi bella!» ribatté Abigail, sempre più infuriata. «E poi, che cosa ne vuoi sapere tu? Non eri là mentre succedevano tutte quelle cose, vero? E siamo in questa situazione solo per colpa tua e della tua stupida campagna elettorale! Se non fossimo stati a Washington, non sarebbe successo niente di tutto questo!» Effettivamente c'era qualcosa di vero in quello che Abigail stava dicendo e Charles si sentiva già abbastanza in colpa senza che sua figlia rigirasse il coltello nella piaga. Ma prima che avesse il tempo di risponderle, lei era già salita di corsa al piano di sopra e si era chiusa nella sua camera sbattendo la porta. Grace fece per alzarsi e seguirla, ma Charles la costrinse a sedersi di nuovo al suo posto.

«Lasciala calmare», fu il suo saggio consiglio. Andrew li guardò e poi alzò gli occhi al cielo.

«Che piccola carogna, vero? Ma come fate a sopportarla?»

«Perché le vogliamo bene, come vogliamo bene a voi», rispose Charles. «Non è facile questo momento, per nessuno di noi. Dobbiamo affrontarlo nel modo migliore, e aiutarci l'un l'altro. Sarà molto dura, ve lo assicuro, e ne vedremo di tutti i colori quando la stampa comincerà a cercare di fare a pezzi la mamma.»

«Ma noi ti saremo sempre vicini, mammina», disse Andrew con dolcezza, e corse ad abbracciarla. Matthew, invece, stava pensando a quello che aveva appena finito di ascoltare. Era una storia che, tutto sommato, gli andava abbastanza a genio.

«Magari Abby un giorno ti spara, papà», disse speranzoso, e Charles non poté fare a meno di sorridere.

«Spero di no, Matt. Nessuno vuole sparare a nessuno, qui.»

«La mamma, forse.»

Grace sorrise con tristezza, mentre guardava il figlio minore. «Tienilo presente, la prossima volta che ti dirò di mettere in ordine la tua camera o di finire quello che hai nel piatto!»

«Sicuro!» esclamò lui con una risata, rivelando due spazi vuoti al posto degli incisivi. A differenza dei due fratelli, non sembrava sconvolto. Ma forse non poteva valutare fino in fondo le implicazioni di quello che stava succedendo perché era troppo piccolo.

Dopo un po' Grace salì di sopra sperando di parlare con Abigail, che invece non volle neppure lasciarla entrare nella sua camera. Poi, alle sei, si riunirono tutti al pianterreno, nello studio di Charles, a guardare la televisione. Abby scese in silenzio a raggiungere suo padre e sua madre, si mise a sedere in fondo alla stanza e non aprì bocca.

Nelle due ore precedenti il telefono non aveva fatto che squillare, ma Grace aveva messo in funzione la segreteria telefonica. Non avevano la minima voglia di parlare con nessuno. Comunque disponevano di una linea il cui numero non compariva sull'elenco, e quindi se qualcuno dell'équipe di Charles avesse avuto bisogno di mettersi immediatamente in contatto con lui, avrebbe potuto chiamare. Infatti telefonarono parecchie volte per avvertirli di aver ricevuto ulteriori informazioni secondo le quali la televisione avrebbe mandato in onda un servizio scottante e pericoloso.

Venne presentato, infatti, come «speciale», con una immagine che riproduceva esattamente la foto segnaletica scattata a Grace in prigione. E lei trasalì rivedendosi così giovane. Era poco più di una bambina; a quell'epoca aveva solo tre anni più di Andrew e sembrava perfino più giovane di Abigail.

«Uauh, mamma! Sei tu?»

«Zitto, Matthew!» gridarono tutti insieme, e poi rimasero a guardare in silenzio il servizio che la televisione stava trasmettendo.

No, non era assolutamente una bella storia. Si aprì con la notizia che Grace Mackenzie, moglie del membro del Congresso Charles Mackenzie, candidato a un seggio al Senato nelle prossime elezioni, aveva sparato a suo padre, uccidendolo. Era stata coinvolta in una scandalosa vicenda di sesso quando aveva diciassette anni ed era stata condannata a due anni di prigione. Mostrarono fotografie che la raffiguravano mentre entrava in tribunale per il processo, ammanettata, e di suo padre, che appariva davvero molto bello. Dissero che John Adams era stato una colonna della sua comunità, che la figlia lo aveva accusato di stupro e gli aveva sparato. Lei aveva sostenuto la tesi della legittima difesa, ma la giuria non le aveva creduto. Risultato: una condanna a due anni di carcere per omicidio volontario, con le attenuanti, e due anni di libertà con la condizionale.

Poi il servizio continuò con altre fotografie di Grace, alla fine del processo, mentre, sempre ammanettata, usciva dal tribunale e partiva per il carcere, con ceppi e catene alle caviglie, e infine immagini dell'arrivo a Dwight. Il servizio proseguì descrivendo il periodo trascorso nel Correctional Center di Dwight, e la sua vita, durante la libertà vigilata, a Chicago. Successivamente non aveva più avuto altri problemi con la legge, almeno per quanto si sapeva, ma si stavano comunque approfondendo le ricerche.

«In che senso? Che cosa accidenti vogliono dire?» domandò Grace, ma Charles le fece senno di tacere perché voleva sentire che cos'altro avrebbero detto.

Infatti stavano spiegando che la gente di Watseka non aveva assolutamente creduto alla storia dello scandalo sessuale; poi seguì una breve intervista al capo della polizia che aveva formulato ufficialmente l'accusa contro di lei. Ventun anni dopo, affermava di ricordare perfettamente la notte in cui Grace era stata arrestata.

«Il pubblico ministero si dichiarò convinto che lei stesse cercando di...» si interruppe, lanciando un sorriso ammiccante. Grace si sentì nauseata ascoltandolo. «...be', diciamo di sedurre suo padre, e che è andata su tutte le furie quando lui l'ha respinta! Già allora era una ragazza malata, strana; adesso non so più niente sul suo conto... Però il lupo cambia il pelo ma non il vizio, vero?» Grace non credeva alle proprie orecchie. Le pareva incredibile che lo incoraggiassero a parlare, a dire certe cose...

Poi ripeterono, nel caso qualcuno non lo avesse già sentito, che era stata riconosciuta colpevole di assassinio. Sullo schermo apparve di nuovo la sua foto segnaletica. E poi un'altra, in cui era riuscita malissimo, vicino a Charles mentre lui prestava giuramento al Congresso. Infine ripresero la notizia che adesso Charles era candidato al Senato. E finalmente il servizio finì, mentre il notiziario si occupava di altri argomenti. Grace si abbandonò contro lo schienale della poltrona, stupefatta e inorridita. Si sentiva letteralmente svuotata. Le pareva di non provare più nessuna emozione, niente. La sua storia era tutta lì, con le foto segnaletiche e il giudizio della gente di Watseka — lo stesso che aveva manifestato il capo della polizia.

«Insomma, dicono praticamente che sono stata io a fargli violenza, ad assalirlo! Ma hai sentito che cosa raccontava quel bastardo?» Grace era indignata per il giudizio che aveva dato quando l'aveva definita «malata» e «strana» e aveva detto che lei aveva cercato di «sedurre» suo padre. «Ma non possiamo fare causa a questa gente?»

«Forse!» rispose Charles, che cercava di non perdere la calma, non solo nell'interesse di Grace ma anche per i bambini. «Ma prima dobbiamo vedere che cosa succede. È una storia che farà scalpore. Dobbiamo prepararci.»

«Ma come può diventare peggiore di quello che è?» domandò Grace su tutte le furie.

«Può, e molto», rispose lui, che non si faceva illusioni. I suoi assistenti lo avevano messo in guardia; sapeva benissimo fino a che punto la stampa poteva distruggere una persona. Lo aveva già sperimentato in passato.

Alle sette arrivarono le telecamere davanti a casa. Un canale usò perfino un megafono per rivolgersi a Grace, invitandola a uscire e a parlare con i giornalisti. Charles chiamò la polizia, che non poté far altro che scacciare i reporter dalla loro proprietà e costringerli a spostarsi sul marciapiede di fronte. Poi arrivarono al punto di far salire un paio di operatori sui rami degli alberi, in modo da riprendere qualche inquadratura attraverso le finestre delle stanze da letto. Charles salì a chiudere le imposte. Erano praticamente assediati.

«Fino a quando durerà questa storia?» domandò Grace disperata quando i bambini furono a letto. I giornalisti e i cameramen della televisione erano ancora là fuori.

«Per un po', probabilmente. Magari anche a lungo.» Poi,

quando si ritrovarono seduti l'uno di fronte all'altro in cucina, esausti, Charles le domandò se voleva uscire a parlare con i giornalisti, per raccontare la sua versione dei fatti.

«Dovrei? Non possiamo denunciarli per quello che hanno detto?»

«Non so quali siano le risposte giuste.» Aveva già provato a telefonare a due avvocati che si occupavano di cause per diffamazione, ma poi si era reso conto che qualsiasi chiamata fatta da casa poteva essere intercettata. Non voleva discutere la situazione né da casa né dal suo ufficio. Per il momento, insomma, il disastro era completo.

La mattina dopo i giornalisti erano sempre lì; Charles e Grace furono avvertiti che sarebbero andati in onda altri programmi sulle televisioni locali e nazionali, in cui si sarebbe discussa la loro posizione. In tutto il paese le notizie più clamorose e scottanti diffuse dai media furono proprio quelle che li riguardavano.

A Dwight intervistarono un paio di guardiani i quali affermarono di conoscerla molto bene. Ma erano giovani entrambi, e Grace era sicura di non averli mai visti.

«Non li ho mai visti», disse a Charles, sentendosi di nuovo nauseata. Suo marito era rimasto a casa per farle coraggio. Quanto e lei, non poteva neppure mettere il naso fuori della porta. Abby non aveva voluto addirittura alzarsi dal letto. Ma un'amica si era offerta di accompagnare Matt e Andrew a scuola e Grace provò un certo sollievo nel vederli andar via. Era già abbastanza difficile affrontare Abby e fare i conti con se stessa.

I due guardiani della prigione raccontarono che Grace aveva fatto parte di una vera e propria banda di detenute, corrotte e violente, e insinuarono, senza dirlo apertamente, che in prigione avesse anche fatto uso di droga.

«Che cosa vogliono farmi?» esclamò Grace scoppiando in lacrime e nascondendo il volto fra le mani. Non capiva. Perché quella gente raccontava tante bugie?

«Grace, a tutti fa piacere trovarsi sotto le luci della ribalta. Al centro dell'attenzione. Avere un momento di gloria. Tutto qui. Vogliono essere visti alla televisione, essere celebri come lo sei tu.»

«Io non sono celebre. Non sono una diva, ma soltanto una donna di casa», rispose Grace ingenuamente.

«Per loro sei una celebrità.» Charles ragionava molto più saggiamente di lei.

Su un altro canale stavano intervistando di nuovo il capo della polizia. E a Watseka, una ragazza che sosteneva di essere stata la migliore amica di Grace — in realtà lei non l'aveva mai vista in vita sua — raccontò che le parlava sempre di suo padre e di quanto gli voleva bene e che era gelosissima di sua madre. La conclusione che ovviamente si finiva per trarre da tutto quel discorso era che avesse ucciso il padre in un accesso di rabbia e di gelosia.

«Ma chi è pazzo in tutta questa storia? Loro o io? Quella donna sembra che abbia il doppio della mia età e non so neppure chi sia.» Perfino il suo nome non le era familiare.

Poi interrogarono uno degli agenti che l'avevano arrestata quella notte, il quale ammise che Grace aveva l'aria letteralmente terrorizzata e che, quando erano entrati, era scossa da violenti tremiti.

«A guardarla si sarebbe detto che era stata stuprata?» domandò l'intervistatore senza esitare.

«Difficile dirlo, mi capisce. Io non sono un medico», gli rispose quello intimidito. «Però non aveva niente addosso.»

«Era nuda !!??» L'intervistatore guardò direttamente la telecamera, scandalizzato, e il poliziotto fece cenno di sì.

«Già, ma non credo che i medici, all'ospedale, abbiano detto che era stata violentata. Soltanto che aveva avuto un rapporto sessuale con il suo ragazzo o qualcosa del genere. Magari il padre li aveva colti sul fatto!»

«La ringraziamo, sergente Johnson.»

Poi venne mandato in onda, su un altro canale, il pezzo forte. Un momento con Frank Wills, che sembrava ancora più viscido e ambiguo di vent'anni prima, se possibile, il quale affermò senza mezzi termini che Grace era stata una ragazza strana e aveva sempre mirato a mettere le mani sul denaro di suo padre.

«Cosa??! Lui ha fatto razzia di quello che c'era, e tutti sanno che non era sicuramente granché!» gridò Grace a Charles, e poi lasciò ricadere la testa contro la spalliera della poltrona. Era disperata.

«Grace, devi smetterla di infuriarti per tutto quello che dicono. Sai bene che non è la verità. Perché dovrebbero raccontarla?» Già, ma dov'erano David Glass e Molly? Perché nessuno diceva qualcosa di buono e di giusto su di lei? Perché nessuno le voleva bene? Perché non le avevano mai voluto bene? Perché Molly se n'era andata per sempre e David era scomparso?

«No, non riesco a sopportarlo», esclamò lei, in piena crisi isterica. Impossibile non ascoltare, scappare. Era inaccettabile. Non c'era un momento di sollievo.

«Invece devi», osservò Charles pacatamente, in tono pratico. «Non si tratta di qualcosa che scompare dalla sera alla mattina, come per un colpo di bacchetta magica.» Charles, meglio di chiunque altro, si rendeva conto che ci sarebbe voluto parecchio tempo perché lo scandalo venisse dimenticato, soprattutto perché stava dilagando a macchia d'olio.

«Ma perché devo sopportare una cosa simile?» domandò Grace, scoppiando di nuovo in lacrime.

«Perché alla gente piacciono queste cose immonde. Vanno in brodo di giuggiole. Sono pronti a bere qualsiasi cosa. Quando ero sposato con Michelle, i giornali scandalistici, la stampa da quattro soldi, le erano continuamente addosso e raccontavano fandonie, pubblicavano storie completamente inventate, facevano il possibile per tormentarla. Bisogna accettarlo. Perché il mondo è fatto così.»

«Io non posso. Lei era una stella del cinema e tutta quella attenzione le faceva piacere, ne aveva bisogno.» Grace si rifiutava di capire che le loro vite avevano molti punti di contatto.

«E si parte dal presupposto che io sia come lei, perché faccio politica.»

Grace rimase per un'ora seduta nello studio di Charles, a piangere, poi salì di sopra e cercò di parlare con Abby. Ma sua figlia la ignorò. Aveva acceso la televisione che c'era nella camera da letto di sua madre e aveva sentito tutto.

«Come hai potuto fare quelle cose?» singhiozzò mentre Grace la guardava angosciata.

«Non le ho fatte», le rispose fra le lacrime. «Ero disperata, ero sola, impaurita. Ero terrorizzata, lui mi incuteva terrore... mi picchiava... mi ha violentato per quattro anni... e io non potevo far niente! Non so neppure se avevo davvero intenzione di ucciderlo. L'ho ucciso e basta. Ero come un animale braccato, ferito. Ho colpito come potevo, ho cercato un modo per salvarmi da lui. Non avevo alternativa, Abby.» Singhiozzava e Abby, guardandola, scoppiò in lacrime anche lei. «Ma gran parte delle altre cose che hanno detto alla televisione non sono vere.» Grace si accorse di odiare tutti per quello che stavano facendo a sua figlia. «Nessuna di quelle cose è vera. Pensa che non conosco neppure quelle persone, all'infuori dell'avvocato partner di mio padre nello studio legale, e anche lui ha raccontato soltanto bugie. Si è preso tutti i soldi. A me non è stato dato quasi niente, e quello che ho ricevuto l'ho devoluto in beneficenza. Ho passato la vita cercando di dare qualcosa alle persone come me, di aiutare anche loro a sopravvivere, a salvarsi. Non dimenticherò mai quello che ho passato. E... oh, Dio, Abby...» e le buttò le braccia al collo, «...sai quanto ti voglio bene... Non sopporto che tu debba soffrire per causa mia. Mi si spezza il cuore a vederti così infelice. Abby, ho avuto una vita atroce e terribile, da piccola. Nessuno ha mai mostrato un po' di bontà nei miei confronti, fino al giorno in cui ho conosciuto tuo padre. Lui mi ha dato una vita, mi ha dato l'amore e mi ha dato voi. È uno dei pochi esseri umani che si sia mostrato po' gentile... Abby...» Adesso singhiozzava senza più riuscire a controllarsi, e sua figlia l'abbracciò con impeto, «...se tu sapessi quanto mi addolora, e quanto ti voglio bene... Ti prego, perdonami...»

«Mi dispiace di essere stata così cattiva con te... oh, come mi dispiace, mamma...»

«Non importa, non importa... adesso abbiamo chiarito tutto... Ti voglio bene...»

Charles, che le stava osservando dalla soglia della camera, aveva le guance rigate di lacrime. Ma si allontanò subito per mettersi di nuovo in contatto con i suoi legali. Quando uno di loro venne a trovarli, nel pomeriggio, non portò però buone notizie. I personaggi pubblici, che siano politici o divi del cinema, non hanno assolutamente più alcun diritto a una vita privata. Chiunque poteva dire quello che voleva sul loro conto senza avere l'obbligo di dimostrare che erano verità sacrosante. E se una persona celebre voleva denunciare o far causa a qualcuno per diffamazione, toccava a lei, e soltanto a lei, dimostrare che erano state dette bugie — il che, a volte, era impossibile — oltre a provare di aver subìto, in seguito a tali voci o accuse, una diminuzione del proprio reddito, oppure di essersi trovata nell'impossibilità di guadagnarsi da vivere, e soprattutto che quanto era stato detto sul suo conto era, e solamente, frutto di malignità e rancore nei suoi confronti. E anche le mogli o i mariti dei politici, in modo particolare se avevano contribuito alla campagna elettorale oppure erano apparsi in pubblico insieme a loro — come nel caso di Grace — si ritrovavano in pasto al pubblico.

«E questo significa», spiegò l'avvocato, «che avete le mani legate, praticamente, e non potete far nulla per quasi tutto quello che la gente sta dicendo. Se sostengono che lei ha ucciso suo padre e non è vero, la storia è diversa, anche se hanno il diritto di raccontare che lei è stata condannata proprio per quel motivo; ma se affermano che faceva parte di una banda di detenute, in prigione, tocca a lei dimostrare il contrario... Mi vuol dire in che modo pensa di riuscirci, signora Mackenzie? Procurandosi una dichiarazione scritta e giurata delle donne con le quali ha scontato la condanna a suo tempo? Lei deve dimostrare in modo chiaro e assoluto che queste cose sono state dette intenzionalmente, per farle del male e danneggiarla, e che possono aver influito negativamente sulle sue possibilità di guadagnarsi da vivere e mantenersi.»

«In altre parole, mi possono fare quello che vogliono e, a meno di non dimostrare che mentono, oltre a tutto il resto cui lei ha accennato, io non posso fare assolutamente niente. Niente di niente, insomma. È così?»

«Esatto. Non è una situazione piacevole. Ma chiunque occupi una posizione in vista e si trovi continuamente sotto gli occhi del pubblico è in pratica nella stessa barca! Purtroppo, secondo i media il pubblico esige non solamente scandali, ma anche sangue. Perciò creano dei personaggi e ne distruggono altri, fanno a pezzi le persone per poi darle in pasto a poco a poco al pubblico. Non c'è niente di personale; è solo una questione economica. Fanno soldi con i vostri cadaveri. Sono avvoltoi, disposti a pagare fino a centocinquantamila dollari una storia e poi servirla in pasto al pubblico come notizia. Le fonti non affidabili che sono pronte a farsi compensare con cifre del genere dicono di tutto pur di restare alla ribalta ed essere al centro dell'attenzione, e i soldi affluiscono nelle loro tasche. Diranno che lei ha ballato nuda sulla tomba di suo padre e che l'hanno vista con i propri occhi, se questo permetterà loro di comparire sullo schermo della televisione e di mettere le mani su un po' di soldi. Questa è la realtà. E la cosiddetta stampa legalizzata si comporta allo stesso modo, oggi. Non esiste più la correttezza. È vergognoso. Prendono persone innocenti come lei, e la sua famiglia, e le distruggono, perché così gli fa comodo. È il gioco più perverso che possa esserci, eppure la 'vera e propria intenzione criminosa', il cosiddetto 'dolo' è la cosa più difficile da provare. Anzi, non è nemmeno più dolo ma avidità, e indifferenza alla condizione umana.

«Lei ha pagato per ciò che ha fatto. Ha sofferto a sufficienza. Aveva diciassette anni. Non dovrebbe essere costretta ad affrontare un'esperienza simile, e neppure suo marito e i suoi figli. Ma c'è molto poco che io possa fare per aiutarla. Cercheremo di controllare la situazione, e se si verificasse qualche fatto per cui si possa fare una denuncia per diffamazione, interverremo. Ma deve essere preparata anche alla possibilità di perdere la causa. Le azioni legali ottengono soprattutto lo scopo di incoraggiare questo gioco al massacro. Agli squali piace il sangue.»

«Lei non è molto incoraggiante, signor Goldsmith», disse Charles, che non nascondeva di essere depresso.

«No, purtroppo», rispose lui con amarezza. Charles gli era simpatico e provava dispiacere per Grace. Ma le leggi non erano fatte per proteggere la gente come loro. Le leggi erano fatte per trasformarli in vittime.

Il gioco al massacro, come lui l'aveva definito, continuò per settimane. I bambini tornarono a scuola, di malavoglia. Per fortuna, iniziarono le vacanze e la famiglia si trasferì nel Connecticut per l'estate. Ma anche lì le cose non andarono meglio. Altri giornali scandalistici, altri giornalisti, altri fotografi. Altre interviste alla televisione a persone che si vantavano di essere state amiche di Grace e che lei non aveva mai sentito nominare. L'unica nota positiva fu che David Glass emerse dalle nebbie. Le telefonò: abitava a Van Nuys e aveva quattro figli. Si disse molto addolorato per quello che le stava succedendo.

Gli spezzava il cuore, perché sapeva perfettamente quanto avesse sofferto quando aveva dovuto affrontare quegli avvenimenti. Nessuno poteva fare niente per bloccare la pubblicazione di certi articoli, i pettegolezzi o le bugie. E sapeva bene, come lo sapeva Grace, che anche se si fosse offerto di parlare personalmente ai giornali nel suo interesse e a nome suo, ogni cosa da lui detta sarebbe stata fraintesa. Comunque era molto contento che, al di là dello scalpore che le sue vicende stavano suscitando, fosse felicemente sposata e avesse dei figli. Si scusò per non essersi fatto vivo per tanto tempo. Adesso era il partner anziano nello studio legale del defunto suocero. E alla fine ammise, vergognandosi un po', che sua moglie era stata tremendamente gelosa di Grace, quando si erano trasferiti in California. Era questo il motivo per cui aveva smesso di scriverle. Ma era contento di aver riallacciato i rapporti. Aveva considerato un dovere farsi vivo con lei, e Grace ne fu molto felice. Si trovarono pienamente d'accordo sul fatto che alla stampa non interessassero minimamente i fatti realmente accaduti, ma solamente le sudicerie e lo scandalo. Volevano sentire che lei aveva avuto un rapporto orale con i guardiani o che dormiva con donne incatenate nelle celle. A nessuno interessava sapere fino a che punto fosse stata vulnerabile, terrorizzata, traumatizzata, impaurita... Volevano soltanto notizie piccanti. David e Charles concordarono sul fatto che la soluzione migliore fosse rimanere in disparte, aspettare che lo scandalo si sgonfiasse da solo e rinunciare a qualsiasi commento.

Ma dopo un mese il passato di Grace continuava a fare scalpore. Tutta la stampa scandalistica non faceva che pubblicare articoli e foto in copertina che avevano lei come soggetto. I canali televisivi più famosi per i programmi scandalistici avevano intervistato tutti, a Dwight, e a quel punto Grace cominciò a pensare che fosse venuto il momento di uscire allo scoperto. Aiutata da Charles passò un'intera giornata a discutere con il responsabile della campagna elettorale e alla fine si trovarono d'accordo: avrebbe tenuto una conferenza stampa. Chissà che non servisse a far cessare tutta quella gazzarra.

«Non servirà, sapete», li ammonì Charles. Ma non era escluso che potesse rivelarsi almeno di qualche utilità, se fosse stata ben condotta!

La conferenza stampa venne fissata per la settimana prima del compleanno di Grace, e sarebbe stata trasmessa nel corso di un programma televisivo di grande richiamo su una delle reti più importanti. Fu talmente pubblicizzata che le telecamere cominciarono a spuntare come funghi intorno a casa Mackenzie fin dal giorno prima. Per i bambini fu un vero tormento. Adesso non volevano più vedere nessuno, neppure parlare con i loro amici. Grace li capiva fin troppo bene. Ogni volta che entrava nel negozio di alimentari del villaggio, qualcuno si avvicinava e cominciava a chiacchierare con lei. All'inizio era una conversazione amichevole, ma a poco a poco si trasformava in un interrogatorio in piena regola sulla sua vita in carcere. E non aveva importanza se cominciavano a parlare di meloni o di automobili... chissà perché si finiva sempre per tornare sullo stesso argomento... le chiedevano se fosse proprio vero che suo padre la violentava, e se c'erano sul serio tante lesbiche in prigione.

«Stai scherzando, per caso ?» Charles le domandava incredulo. Queste cose succedevano soprattuto quando era sola o con qualcuno dei suoi figli. Un giorno, mentre era ferma in una stazione di servizio per fare benzina, una sconosciuta le si era avvicinata gridando di punto in bianco: «Bang, lo hai beccato, eh, Grace?»

«Mi sento come Bonnie e Clyde», aveva detto poi a Charles. Qualche volta riusciva anche a riderci su. Invece, quando qualcuno accennava al passato di Grace parlando con Charles, generalmente non lo faceva mai con l'insistenza o la malignità con cui si rivolgeva a lei. Sembrava volessero tormentarla. Un giorno le arrivò perfino una lettera piena di livore da parte di Cheryl Swanson, da Chicago, in cui le diceva di non occuparsi più dell'agenzia e che Bob e lei avevano divorziato — cosa di cui Grace non si meravigliò affatto — e dichiarava di non capire per quale motivo non le avesse mai rivelato che era stata in prigione.

«Perché non mi avrebbe assunto», esclamò Grace mentre porgeva la lettera a Charles affinché la leggesse anche lui. Di lettere simili gliene arrivavano a pacchi, e c'erano anche le telefonate minatorie... Un giorno si vide recapitare perfino un foglio sul quale, con il sangue, era stata vergata la parola «Assassina»... Era stato subito consegnato alla polizia. Invece Winnie le scrisse una bellissima lettera da Philadelphia, piena di affetto, nella quale le manifestava tutta la sua simpatia e cercava di confortarla, e un'altra la ricevette da padre Tim, dalla Florida, dov'era cappellano in una casa di riposo per anziani. Le diceva di ricordarla sempre nelle sue preghiere e le raccomandava di avere fede.

Grace ormai non faceva che pensare al giorno dell'intervista. Era stata studiata con estrema attenzione, e orchestrata con l'appoggio dell'équipe che si occupava delle pubbliche relazioni per Charles. Ogni domanda possibile e immaginabile che avrebbero potuto farle, era stata passata in rivista e soppesata — o perlomeno così credevano. Invece si verificò un fatto misterioso: tutte quelle che erano state approvate per l'intervista non vennero poste e Grace si sentì invece domandare, prima di tutto il resto, che cosa avesse significato per lei avere dei rapporti sessuali con suo padre.

«Che cosa ha significato per me?» ripeté guardando sbalordita la persona che aveva fatto la domanda. «Che cosa ha significato? Lei non ha mai avuto a che fare con le vittime di violenze e sevizie? Non ha mai visto che cosa fanno i loro aguzzini a queste creature martirizzate? Le violentano, le mutilano... le *uccidono*... le torturano, le ustionano con la sigaretta accesa, sulle braccia o sulla faccia... o costringendole a stare sedute sui radiatori... fanno un'infinità di cose, una più brutta dell'altra... Non ha mai provato a domandare a uno di loro che cosa ha significato vedersi buttare in faccia dell'acqua bollente o ritrovarsi con un braccio slogato? Significa un mucchio di cose per un bambino. Significa che non c'è nessuno che gli voglia bene, che si sente continuamente in pericolo... significa vivere nel terrore ogni momento della giornata. Ecco quello che significa... ecco quello che ha significato per me.» Di fronte a una dichiarazione così forte, la giornalista che stava intervistando Grace rimase sconcertata.

«Ecco, veramente io... noi... sono sicura che tutti i suoi sostenitori si domandano quale sia stata la sua reazione quando la sua fedina penale è diventata di dominio pubblico.»

«Mi ha rattristato... mi ha fatto dispiacere... ero la vittima di crimini terribili, commessi all'interno di ciò che è considerato più sacro, cioè la famiglia. E io ho commesso un'azione terribile uccidendo mio padre. Ma ho pagato per quello che ho fatto, prima e anche dopo. Secondo me, rivelarlo, e in questo modo, sollevando uno scandalo e cercando di fare uno scoop sensazionale, sfruttando le angosce vissute dalla mia famiglia, e adesso tormentando i miei figli e mio marito, non serve a nulla. Perché tutto viene fatto nell'intento di mettere in difficoltà noi, non certo per informare il pubblico.» Poi cominciò a parlare delle persone che rilasciavano interviste sostenendo di conoscerla mentre lei non le aveva mai viste in vita sua, delle bugie che raccontavano per rendersi interessanti. Non ne menzionò il nome, ma dichiarò che uno dei giornali scandalistici più popolari non aveva stampato altro che fandonie nei suoi articoli, inventando ogni cosa di sana pianta. E chi la intervistava sorrise.

«Non può aspettarsi che il pubblico creda a quello che legge su un certo tipo di stampa, signora Mackenzie.»

«E allora perché lo scrivono?» rispose Grace seccamente.

L'intervistatrice continuò con una lunga serie di altre domande, una più imbarazzante dell'altra, ma finalmente chiese a Grace di parlare dell'organizzazione «Aiutiamo i bambini!» e dell'opera da lei svolta in difesa dell'infanzia maltrattata. E Grace parlò del St. Mary's, del St. Andrew's e di «Aiutiamo i bambini!» e rivolse al pubblico un appello perché mai più i bambini dovessero vivere l'esperienza che aveva vissuto lei. E per quanto i giornalisti cercassero di indagare sul suo passato — e lo fecero senza risparmiare colpi — Grace riuscì a trasformare l'intervista in un incontro commovente e pieno di calore umano tanto che, alla fine, tutti si congratularono con lei. Charles, in particolare, si dichiarò molto orgoglioso. Finalmente passarono una serata tranquilla — dopo che giornalisti e cameramen se ne furono andati — commentando l'intervista. Per Grace era stata una prova durissima, ma se non altro aveva potuto esprimere il proprio punto di vista.

Festeggiarono in casa il suo compleanno; la sera Abigail aveva invitato un po' di amici, ma soltanto perché suo padre e sua madre avevano insistito. In fondo era anche la sua festa! Grace rimase silenziosa quando andò a sedersi vicino alla piscina con Charles. Si sentiva ancora molto scossa e turbata e preferiva rimanere sola con i propri pensieri; perfino l'idea di andare in qualche posto le dava fastidio. La gente continuava a osservarla come fosse un fenomeno da baraccone perfino quando faceva la fila davanti agli sportelli della banca. Era più felice in casa, nascosta fra quelle quattro mura. Detestava dover uscire, anche se aveva Charles accanto. Malgrado la campagna elettorale, fu un'estate molto tranquilla.

Ma in agosto, finalmente, tutto sembrò rientrare nella normalità. Non c'erano più fotografi accampati fuori, e da settimane la sua fotografia non era più sulla copertina dei giornali illustrati più popolari.

«Sto cominciando a pensare che non sei più famosa come prima», disse Charles canzonandola. Era perfino riuscito a prendersi una settimana di vacanza per stare con lei, e ne era felice. Grace aveva ricominciato a soffrire di attacchi di asma, per la prima volta dopo anni, e non si sentiva bene. Sicuramente era colpa dello stress. Ma questa volta fu lei a sospettare la verità prima che Charles ci arrivasse da solo. Era in attesa di un figlio.

«Nel bel mezzo di tutto questo caos? Mi vuoi dire come hai fatto?» In un primo momento era rimasto sconvolto, ma poi non aveva nascosto la felicità. I figli avevano dato a entrambi le gioie più grandi. Tuttavia era preoccupato per Grace. Era al secondo mese di gravidanza, e il bambino doveva nascere in marzo. Questo significava che avrebbe dovuto seguirlo durante la campagna elettorale proprio nel periodo più delicato per lei. Perciò le raccomandava in continuazione di non affaticarsi, di non esagerare con gli impegni, di prendersela comoda e di non agitarsi troppo se, di ritorno a Washington, fosse stata presa di mira di nuovo dalla stampa. Ogni tanto, con un gemito, esclamava: «Quando nascerà questo bambino avrò cinquantanove anni. E ottanta quando prenderà la laurea. Oh, mio Dio!» Sorrideva tristemente, e sua moglie lo rimproverava.

«Sta' zitto! Sono io che comincio a sembrare la più vecchia fra noi due. Nessuno ti darebbe più di quarant'anni.» Ed era vero. Il tempo era stato clemente con lui, ma anche Grace, a trentanove anni, si difendeva abbastanza bene.

In settembre tornarono a Washington. Nonostante la campagna elettorale, avevano passato un'estate tranquilla. A Greenwich erano usciti qualche volta con gli amici più intimi, e un po' a causa dello scandalo che aveva coinvolto Grace, un po' per non stancare la moglie nei primi mesi di gravidanza, Charles aveva fatto quasi tutta la campagna senza di lei.

Quell'anno Abigail cominciò a frequentare il primo anno delle superiori. E Andrew il secondo. Adesso aveva una nuova amichetta, figlia dell'ambasciatore francese. Matt avrebbe frequentato la terza elementare.

Non avevano ancora parlato ai figli del nuovo fratellino; Grace era convinta che fosse troppo presto, visto che era incinta da soli tre mesi. Decisero di aspettare fino al compleanno di Matt, in settembre. Grace stava pensando di organizzargli una festa. A poco a poco aveva ricominciato a uscire e a farsi vedere in giro con Charles. Le costava molto perché non si faceva illusioni e sapeva perfettamente che il suo passato era diventato argomento di conversazione a pranzi, cene e ricevimenti. Ma ormai erano settimane che non pubblicavano niente sul suo conto, e lei si sentiva un po' in colpa perché non seguiva Charles nella sua campagna elettorale.

In un torrido pomeriggio di sabato, in settembre, il giorno prima della festa di Matthew, era andata a fare acquisti al Sutton Place Gourmet: gelati, bibite analcoliche, coltelli e forchette di plastica. Era alla cassa e stava aspettando il suo turno per pagare, quando lo vide. Per poco non svenne. Era appena uscita l'ultima edizione di uno dei rotocalchi più popolari, *Thrill*, e questa volta Charles non era stato avvertito in tempo. Proprio in copertina c'era una fotografia di Grace, nuda, con la testa buttata indietro e gli occhi chiusi. C'erano due riquadri neri che le coprivano i seni e la zona del pube, ma all'infuori di quello la fotografia non lasciava niente all'immaginazione. Aveva le gambe aperte e si sarebbe detto che fosse in pieno orgasmo. Il titolo diceva: «Moglie di un senatore attrice di film porno a Chicago». Grace ebbe paura di vomitare mentre afferrava le copie del rotocalco esposte vicino al banco e allungava al commesso una banconota da cento dollari. Per un attimo aveva perduto la testa. Sembrava che non si rendesse conto di quello che stava facendo.

«Li vuole tutti??!!» le chiese il giovane commesso, molto meravigliato. Lei fece cenno di sì. Le mancava il fiato. Per fortuna, aveva con sé l'inalatore.

«Ne avete altre copie?» gli domandò con voce rauca. E lui annuì.

«Certamente. Nel retro. Vuole anche quelle?»

«Sì.» Comperò cinquanta copie del rotocalco, tutto quello che le occorreva per la festa di Matt e poi si precipitò in macchina come se fosse convinta di avere con sé tutte le copie esistenti e di poterle nascondere. Mentre tornava a casa scoppiò in lacrime. Si era resa conto di quale stupidaggine avesse commesso. Era impossibile comprarle tutte. Come vuotare il mare con un cucchiaio.

Parcheggiata la macchina, entrò in casa di corsa; e trovò Charles seduto in cucina, con una copia del rotocalco fra le mani. Sembrava allibito. Il suo assistente glielo aveva appena portato. Nessuno li aveva avvertiti, questa volta. L'assistente se ne andò subito; quanto a Charles, quando alzò gli occhi verso di lei sembrava veramente sconvolto, sotto choc. Grace non lo aveva mai visto così: sembrava un uomo che fosse stato tradito. Era talmente turbato e avvilito che Grace credette di essere stata colpita al cuore.

«Che cos'è questo, Grace?»

«Non lo so.» Era scoppiata in lacrime mentre andava a sedersi vicino a lui, tremante. «Non lo so...»

«Non puoi essere tu.» Eppure le somigliava. Si poteva distinguere molto bene la sua faccia. Anche con gli occhi chiusi, era perfettamente riconoscibile. E poi, di colpo, le venne in mente e capì... lui doveva averle tolto tutto quello che aveva addosso... doveva averla spogliata completamente... L'unica cosa che portava era un nastrino nero intorno al collo. Probabilmente glielo aveva messo per dare una nota sexy all'immagine, mentre lei dormiva. Non mancava nemmeno il nome del fotografo: Marcus Anders. Grace diventò ancora più pallida quando lo vide. Ma a Charles non era sfuggito nulla e si rese conto che c'era sotto qualcosa di più. «Sai chi ha scattato questa foto?»

Lei fece cenno di sì. Avrebbe preferito morire piuttosto che dargli questo dolore!

«Che cos'è, Grace?» Per la prima volta, in sedici anni, la voce di Charles suonò glaciale. «Quando hai posato per questo?»

«Non sono del tutto sicura di essere stata io», gli rispose con voce tremante. Si sedette lentamente su una delle seggiole intorno al tavolo della cucina. «Io... io sono uscita qualche volta con un fotografo a Chicago. Te ne avevo parlato. Lui ha detto che voleva fotografarmi, e hanno insistito anche quelli dell'agenzia...» S'interruppe e la voce le morì in gola. Charles sembrava scandalizzato.

«Volevano che tu facessi delle fotografie porno? Ma che razza di agenzia era?»

«Si occupavano di trovare lavoro alle indossatrici», gli spiegò con un filo di voce. Non se la sentiva di continuare a lottare a quel modo; non poteva continuare a difendersi in eterno. Se era quello che Charles voleva, lo avrebbe lasciato. Era pronta a piegarsi a qualsiasi suo desiderio. «Volevano offrirmi lavoro come indossatrice e lui ha detto che mi avrebbe fatto qualche foto, in modo che avessi anch'io, come le altre, il mio book da mostrare. Eravamo amici. Mi fidavo di lui e mi piaceva. È stato il primo uomo con il quale sono uscita, dal quale ho accettato qualche appuntamento. Avevo ventun anni e nessuna esperienza, nel modo più totale e assoluto. Le ragazze con le quali dividevo l'appartamento lo odiavano — erano molto più intelligenti e furbe di me. Lui mi ha portato nel suo studio, ha messo un po' di musica, mi ha versato del vino... e mi ha drogato. Ma di tutto questo ti ho parlato tanto tempo fa.» Lui non lo ricordava più. «Credo di aver perduto i sensi. E sono rimasta svenuta per un po'. Credo che lui ne abbia approfittato per scattare le foto mentre dormivo. Però avevo addosso una camicia da uomo. Non mi sono mai spogliata.»

«Come fai a saperlo? Ne sei sicura?»

Lei lo guardò prima di rispondergli onestamente. Non gli aveva mai detto una bugia e non intendeva farlo adesso. «No. Non so niente. Pensavo che mi avesse violentato, e invece non era così. Una delle mie compagne mi ha accompagnato da una dottoressa e lei ha assicurato che non era successo niente del genere. Poi ho cercato di farmi consegnare i negativi di quelle fotografie, ma lui non ne ha voluto sapere. Si è rifiutato. Le mie compagne, alla fine, hanno detto che dovevo stare tranquilla e metterci una pietra sopra. Avrebbe avuto bisogno di una mia autorizzazione per usarle, se ero riconoscibile. In caso contrario, che importanza poteva avere? Avrei voluto che me le consegnasse, ma non potevo fare niente. C'è stato un momento in cui ha tentato di farmi credere che gli avevo rilasciato un permesso scritto, ma poi mi ha dato l'impressione che non fosse nient'affatto vero. Non sarei stata in grado di scrivere, comunque! Ero talmente intontita dai sonniferi e da tutto quello che mi aveva messo nel vino, che non riuscivo neppure a camminare, quando me ne sono andata!

«In seguito, lui ha mostrato le fotografie al proprietario dell'agenzia e quell'uomo mi ha subito fatto certe proposte... Ha cominciato dicendo che quelle foto erano davvero erotiche, ma che io avevo addosso una camicia; perciò ho pensato che non dovesse essere capitato niente di terribile. Non ho mai visto le fotografie. Non ho mai più visto neppure lui. Non avevo mai creduto che ci saremmo trovati in questa situazione, che avrei sposato un uomo importante e che saremmo stati vulnerabili.» Adesso Charles poteva fare quello che voleva. Quella era autentica pornografia. Poi, osservando meglio la fotografia, si accorse che sembrava intontita dai narcotici, drogata. Non dava l'impressione di aver partecipato coscientemente alla seduta fotografica, di aver accettato di sua volontà di lasciarsi riprendere a quel modo — almeno così le pareva. Ma un estraneo, soprattutto se ci avesse voluto vedere qualcosa di osceno, non avrebbe potuto chiedere di meglio. Grace non riusciva a credere che qualcuno potesse farle uno scherzo del genere. Con una sola fotografia aveva distrutto la sua vita. Rimase immobile a fissare Charles, con le spalle curve, disperata, perché leggeva il dolore sulla sua faccia. Uccidere suo padre per legittima difesa era già stato orribile, ma come avrebbe spiegato questo al suo elettorato, ai media, ai loro figli?

«Non so che cosa dire. Non posso credere che tu abbia fatto una cosa del genere.» Charles era smarrito, sopraffatto; gli tremava il mento per lo sforzo di ricacciare indietro le lacrime. Poi, voltando la testa dall'altra parte, mentre scoppiava in un pianto disperato, cercò di non guardarla. Non avrebbe potuto farle niente di peggio. Grace avrebbe quasi preferito che la picchiasse.

«Io non ho fatto niente, Charles», mormorò con voce fievole, scoppiando a piangere anche lei. Ormai era convinta che quella foto avrebbe segnato la fine del loro matrimonio. Per colpa delle fotografie di Marcus avrebbe perduto tutto. «Ero narcotizzata.»

«Che sciocca sei stata... che sciocca...» Sì, questo non poteva negarlo. «E che bastardo deve essere stato lui per farti una cosa simile.» Lei fece cenno di sì fra le lacrime, ma non aveva più il coraggio di dire una sola parola in propria difesa. Dopo un momento Charles, tenendo fra le mani il giornale illustrato, salì, da solo, nella loro camera da letto. Grace non lo seguì. Era sconvolta. Ma capiva che il lunedì, il giorno dopo la festa di Matt, avrebbe dovuto lasciarlo. E lasciare tutta la sua famiglia. Non poteva permettere che soffrissero a causa sua.

Quella sera, al telegiornale apparve anche il fotografo e la notizia fece un tale scalpore che ogni canale televisivo e ogni agenzia di stampa del paese cominciò a bombardarli di telefonate e di richieste. I responsabili della campagna elettorale di Charles fecero il possibile per spiegare che doveva trattarsi di un errore, che quella era semplicemente una ragazza che le somigliava e che la signora Mackenzie non avrebbe rilasciato alcuna dichiarazione. Ma fu ancora peggio il giorno dopo, quando Marcus venne intervistato. Aveva i capelli bianchi e sembrava molto invecchiato, trasandato e con gli abiti frusti. Confermò con un sorriso lascivo che quelle erano proprio le fotografie di Grace Mackenzie e a comprovarlo aveva una sua dichiarazione liberatoria firmata. La sollevò fra le mani perché tutti potessero vederla e spiegò che aveva posato per lui, a Chicago, diciotto anni prima. «Era molto calda, la ragazza, un tipino proprio piccante», disse sorridendo. Effettivamente, a giudicare dalle prove che portava non si poteva negarlo. Quelle fotografie parlavano chiaro.

«Era in ristrettezze economiche a quell'epoca?» gli domandò l'intervistatore fingendo di voler cercare una spiegazione che giustificasse una cosa simile.

«Per niente! Le piaceva pazzamente fare cose del genere», rispose Marcus sorridendo. «Con qualche donna, succede.»

«È stata lei a rilasciarle il permesso di sfruttare commercialmente queste fotografie?»

«Certo.» Sembrava addirittura offeso che glielo domandassero. Andò in onda per un attimo la fotografia incriminata e poi il notiziario riprese con un altro argomento, mentre Grace fissava lo schermo allibita. Non gli aveva mai firmato nessuna autorizzazione del genere e quando Goldsmith, l'avvocato esperto in cause per diffamazione, ritelefonò verso mezzogiorno, gli confermò di non aver mai firmato nessun documento liberatorio a Marcus Anders.

«Vedremo quello che si potrà fare, Grace. Ma se hai posato per quella fotografia e gli hai rilasciato un'autorizzazione a servirsene, abbiamo le mani legate. Non possiamo fare davvero niente.»

«Io non gli ho affatto firmato quell'autorizzazione. Non gli ho firmato niente.»

«Magari l'ha falsificata. Vedrò di fare quello che posso. Ma non si può passare un colpo di spugna su quello che è stato detto e fatto. Lo hanno visto tutti. Si tratta di qualcosa che non si può nascondere. Non lo puoi far sparire dalla circolazione. Se hai posato per quella fotografia diciotto anni fa, devi accettare l'evidenza. Purtroppo sarai perseguitata per un bel po'.» Poi, in tono preoccupato aggiunse: «Ce ne sono altre? Sai quante ne ha scattate?»

«Non ne ho nessuna idea», rispose Grace lasciandosi sfuggire un gemito.

«Se il giornale le ha acquistate da lui in buona fede, e lui ha dimostrato di avere un'autorizzazione — e l'ha addirittura fatta vedere — loro sono protetti.»

«Perché tutti sono protetti all'infuori di me? Perché sono sempre io la colpevole?» Aveva la sensazione di essere di nuovo picchiata e violentata. Era di nuovo una vittima. Non sembrava molto diverso da quando veniva stuprata, una notte dopo l'altra, da suo padre. Adesso lui non poteva più farle niente, ma c'erano gli altri. E non le sembrava giusto. Non le sembrava giusto che per il semplice fatto che Charles fosse entrato in politica avessero il diritto di distruggere lei e la sua splendida famiglia.

Avevano avuto sedici anni meravigliosi, e adesso tutto si stava trasformando in un incubo. Era come tornare al punto di partenza, ed essere messa di nuovo in prigione. Grace si sentiva indifesa, impotente, contro quelle bugie. La verità non significava nulla. Tutto ciò che lei aveva fatto e costruito non aveva più valore. Non contava.

Nel pomeriggio, poi, poté vedere una copia della famosa autorizzazione scritta: era stata proprio lei a firmarla. La calligrafia era un po' tremolante e i caratteri incerti, ma riconobbe la propria firma. Non riusciva a convincersi! Evidentemente Marcus gliela aveva fatta firmare quando non era completamente in sé e non si rendeva conto di quello che faceva.

La festa di Matt non ebbe un grosso successo; tutti avevano sentito parlare di quella storia o avevano visto la foto. E tutti i genitori che erano venuti ad accompagnare i loro bambini lanciarono a Grace strane occhiate. Perlomeno ebbe questa impressione. Anche Charles era presente ad accogliere gli invitati e a salutarli, ma fin dalla sera prima aveva scambiato solo poche parole con Grace e aveva deciso di andare a dormire nella camera degli ospiti. Sentiva un gran bisogno di restare solo a pensare.

Quel mattino avevano parlato delle fotografie ai loro figli. Matthew non aveva capito bene di che cosa si trattasse, Andrew, invece, era rimasto addolorato e sconvolto, e Abigail era scoppiata in singhiozzi.

«Come puoi rimproverarci e farci la ramanzina sul modo in cui ci comportiamo? Ci parli di moralità e di non dormire con i ragazzi, quando tu, proprio tu, hai fatto quelle cose? Suppongo che ti abbiano costretto a farle, come era già successo con tuo padre? Questa volta chi è stato, mamma?» aveva gridato Abby e Grace, non riuscendo più a controllarsi, le aveva dato uno schiaffo. Poi le aveva chiesto scusa. Ma capiva di essere al limite della sopportazione. Era stanca delle bugie, dello scotto che stavano pagando, tutti!

«Non ho mai fatto niente del genere, Abigail. Perlomeno non l'ho fatto mentre ero cosciente. Sono stata drogata e ingannata da un fotografo di Chicago quando ero molto giovane e sciocca. Ma per quanto credo di saperne, non ho mai posato per quella fotografia.»

«Già, figurarsi!» A quel punto Grace era esasperata e stanca e preferì rinunciare a discutere ancora con i suoi figli. Mezz'ora più tardi, Abigail era uscita. Avrebbe trascorso la serata con un'amica. Quanto ad Andrew aveva un appuntamento con la sua nuova fidanzatina.

Matt fu comunque felice della festa per il suo compleanno e

verso sera Grace gli preparò la cena. Abby telefonò per avvertire che avrebbe passato la notte dall'amica, e Grace non sollevò nessuna obiezione. Andrew rientrò alle nove, ma senza disturbarli.

Charles si era ritirato in biblioteca a lavorare e a quel punto Grace capì cosa le restava da fare. Quando Charles entrò in camera da letto per cercare alcune carte, finse di non meravigliarsi, ma rimase un po' perplesso nel vedere che lei stava preparando i bagagli.

«Si può sapere che cos'è questa storia, adesso?» le domandò, cercando di non dar peso alla cosa.

«Ho capito che hai sopportato anche troppo... E non mi pare giusto», mormorò lei voltandogli le spalle. Stava infilando i suoi abiti in un paio di valigie. Charles si allarmò immediatamente. Era stato duro con lei, ma aveva il pieno diritto di sentirsi sconvolto. Chiunque sarebbe rimasto scioccato. Eppure lui era ancora disposto a dimenticare il suo passato. Non glielo aveva ancora detto, ma lentamente si stava facendo una ragione di quello che era accaduto, anche se alcune cose erano più difficili da accettare di altre. Anche lui aveva bisogno di un po' di tempo per adattarsi alla nuova situazione. Pensava che Grace lo avesse capito, ma evidentemente non era così.

«E dove avresti intenzione di andare?» le domandò con tono pacato.

«Non so. A New York, credo.»

«A cercare lavoro?» Sorrise, ma Grace non lo notò.

«Precisamente, come diva di film porno. Adesso ho anche un magnifico book.»

«Su, Grace», mormorò avvicinandosi a lei, «non fare la sciocca.»

«Sciocca?» Si voltò di scatto verso di lui. «Credi che mi si possa definire così? Che vedere in giro roba del genere si possa definire una sciocchezza? Secondo te, è sciocco distruggere la carriera di tuo marito e arrivare al punto che i tuoi figli ti odiano?»

«Non ti odiano. Non capiscono. Nessuno di noi capisce. È difficile capire il motivo per cui qualcuno può volerti fare del male.»

«Perché è così. È da quando sono nata che lo fanno. Ormai

dovrei esserci abituata. Niente di eccezionale! E vedrai che senza di me vincerai le elezioni.» Sembrava addolorata e offesa, ma soprattutto sconfitta.

«Nulla, per me, è importante quanto te», le rispose Charles con dolcezza.

«Balle», replicò lei con voce dura. Ma in quel momento si odiava per tutto quello che gli aveva fatto, si pentiva perfino di amarlo o di aver creduto di potersi lasciare il passato dietro le spalle.

Charles tornò al pianterreno, convinto che fosse meglio lasciarla sola; poi passarono la notte separati, nelle rispettive camere.

La mattina dopo Grace preparò la colazione per lui, Andrew e Matt; e Charles insistette nel ripeterle in modo molto esplicito di non uscire di casa e di non andare in nessun posto. Alludeva a quello che gli aveva detto la sera prima e alle valigie che Grace aveva preparato, ma lei fece finta di non capire perché erano presenti i ragazzi. Poi tutti se ne andarono. Charles aveva una serie di riunioni importanti e sperava di buttare acqua sul fuoco con la stampa. Fu così impegnato che non trovò un minuto per chiamarla fino a mezzogiorno. Quando riuscì a telefonare non ebbe risposta.

A quell'ora Grace se n'era già andata da molto tempo. Aveva scritto una lettera a ciascuno dei figli e al marito, la sera prima, piangendo su ogni parola tanto da avere gli occhi offuscati dalle lacrime e dover ricominciare più di una volta. Voleva semplicemente dire che voleva un gran bene a tutti e le dispiaceva di aver dato un dolore così grande ai suoi cari. Raccomandò a ciascuno dei figli di voler bene al papà e di circondarlo di affetto. Per Matt fu difficile trovare le parole giuste. Era ancora così piccolo! Probabilmente non avrebbe capito perché lo lasciava. Eppure Grace lo faceva soltanto per loro. Era stata l'esca che aveva richiamato gli squali; perciò adesso doveva allontanarsi il più possibile da loro, affinché nessuno potesse farli soffrire o distruggere anche le loro vite. Si sarebbe fermata a New York per qualche giorno, più che altro per riprendere fiato. Lasciò tutte le lettere a Charles, perché pensasse lui a consegnarle ai ragazzi.

E dopo New York sarebbe magari andata a Los Angeles. Poteva trovarsi un lavoro, almeno fino alla nascita del bambino. Poi lo avrebbe affidato a Charles... o forse lui glielo avrebbe lasciato. Era confusa e piangeva quando se ne andò. La cameriera la vide uscire e sentì i suoi singhiozzi, ma preferì non intromettersi. Sapeva la ragione di quelle lacrime, o perlomeno credeva di saperla. Aveva pianto anche lei quando si era trovata sotto gli occhi quei rotocalchi.

Grace non prese la macchina. Aveva chiamato un taxi e andò ad aspettarlo davanti a casa. La cameriera vide l'automobile che si staccava dal marciapiede e si allontanava, ma non era in grado di riconoscere chi era a bordo. Era convinta che Grace fosse andata a fare un giro di commissioni prima di recarsi a prendere Matthew. Lei, invece, aveva telefonato a un'amica, incaricandola di farlo al suo posto, e aveva lasciato una lunga lettera a Charles, in camera da letto, insieme a quelle per i loro figli.

Il tassista guidò a velocità sostenuta fino all'aeroporto Dulles. Durante il tragitto non fece che chiacchierare. Oriundo dell'Iran, le confessò di essere felicissimo di vivere negli Stati Uniti e poi aggiunse che sua moglie aspettava un bambino. Non smise mai di parlare, ma Grace non lo ascoltava. Aveva avvertito un senso di nausea vedendo, sul sedile a fianco del guidatore, la sua foto — quella pubblicata sulla copertina di *Thrill*. E l'iraniano aveva la testa voltata per chiacchierare con lei quando andò a sbattere contro un altro taxi. Le due auto che lo seguivano gli finirono inevitabilmente addosso. Ci volle una buona mezz'ora prima che riuscissero a districarsi da quel groviglio di macchine sfasciate. Arrivò anche una pattuglia della polizia stradale, ma poiché nessuno sembrava né ferito né contuso, gli autisti si limitarono a scambiarsi i numeri di telefono e delle compagnie presso le quali erano assicurati. A Grace sembrò che quelle formalità durassero un'eternità. Ma, d'altra parte, non aveva nessuna fretta. Aveva deciso di prendere uno dei soliti voli per i pendolari e quindi non avrebbe avuto problemi. Erano frequenti e avrebbe certo trovato posto.

«E lei? Come sta? Tutto bene?» Il tassista sembrava preoccupato. Temeva che Grace potesse fare un reclamo alla società dei taxi, ma lei gli promise che non avrebbe fatto niente del genere. «Ehi!» esclamò poi l'uomo, indicando la copertina di

Thrill mentre Grace si sentiva cogliere all'improvviso da un'ondata di panico. «Lei assomiglia a questa qui!» Intendeva farle un complimento, ma Grace non lo apprezzò affatto. «Bella ragazza, vero? Proprio bella!» commentò, manifestando la propria ammirazione per quella donna in cui Grace, invece, non si riconosceva affatto. «Ha sposato un membro del Congresso», continuò il tassista. «Che uomo fortunato!» Intanto lei si stava domandando se quella fosse l'opinione della gente... Uomo fortunato? Peccato che Charles fosse di tutt'altro parere. Ma chi poteva dargli torto?

Il tassista la depositò davanti all'ingresso dell'aeroporto. Grace avvertiva un dolorino alla nuca, conseguenza del colpo ricevuto nel tamponamento, e le pareva di essere tutta un po' indolenzita, ma non era niente di grave. Non voleva creare guai all'iraniano. Riuscì comunque a prendere il volo previsto, appena in tempo. Solamente al momento dell'atterraggio a New York si accorse di avere qualche perdita di sangue. Non si preoccupò. Se fosse riuscita a raggiungere l'albergo e a riposare un po', tutto si sarebbe risolto. Le era già capitata una cosa del genere quando era incinta di Matt e, prima ancora, di Andrew, e il medico le aveva raccomandato di riposare molto. Le perdite erano cessate quasi subito.

Diede all'autista l'indirizzo del *Carlyle Hotel*, sulla Settantaseiesima, all'incrocio con Madison Avenue. Aveva prenotato una camera dall'aereo. Si trovava solo a sei isolati di distanza dalla casa in cui aveva abitato — e questo le faceva piacere. Anche con Charles aveva alloggiato lì una volta, e ne aveva ricordi felici. Ma aveva ricordi altrettanto felici di tutti gli altri posti in cui erano stati. Fino a giugno la loro vita era stata un idillio continuo.

Chiese la conferma della prenotazione al banco della reception. L'aspettavano. Si registrò sotto il nome di Grace Adams. La camera era piuttosto piccola, e aveva una tappezzeria in chintz con un motivo di rose. Il fattorino la raggiunse con le due valigie. Lei gli diede la mancia, e il ragazzo se ne andò. Nessuno aveva riscontrato una particolare somiglianza fra lei e quella specie di pornodiva dei rotocalchi.

Mentre si sdraiava sul letto si chiese se Charles fosse ormai tornato a casa e avesse trovato la lettera. Non gli avrebbe telefonato. Meglio andarsene così. Se avesse chiamato e parlato con loro, specialmente con Charles o Matt, sapeva che non avrebbe resistito. Non ce l'avrebbe fatta a rimanere lontana da loro.

Quando si sdraiò sul letto, pensando ai suoi cari, si accorse di essere esausta, svuotata e profondamente infelice. Il collo continuava a farle male e avvertiva anche qualche crampo al basso addome e alla schiena. Sapeva che non si trattava di niente di grave, ma si rese conto di non avere neppure la forza di raggiungere il bagno. Rimase lì distesa, sentendosi debole e infelice... poi, a poco a poco, la camera cominciò a girarle intorno e alla fine si sentì sprofondare sempre di più in una specie di vortice nero.

Quando si risvegliò, verso le quattro del mattino, i crampi erano diventati molto più forti. Si rigirò nel letto, lamentandosi. Non riusciva a sopportare il dolore. Rimase dov'era, ripiegata su se stessa, per un tempo che le parve interminabile; poi si decise a dare un'occhiata al letto sotto di sé. Era inzuppato di sangue, come i pantaloni che aveva ancora addosso. Si rese conto che doveva fare qualcosa, prima di perdere nuovamente conoscenza. Ma quando provò ad alzarsi, i dolori erano talmente forti che ebbe paura di svenire. Afferrò la borsetta e raggiunse faticosamente la porta avvolgendosi nell'impermeabile che aveva portato con sé. Barcollando, uscì nel corridoio e chiamò l'ascensore. Scese al pianterreno quasi piegata in due, ma il lift non disse niente.

Sapeva che l'ospedale era poco distante, e doveva raggiungerlo al più presto. Si accorse che i fattorini e il portiere la osservavano, ma quando uscì nell'aria calda di settembre le parve di sentirsi un po' meglio.

«Taxi, signorina?» domandò il portiere ma lei fece cenno di no con la testa. All'improvviso una fitta la lasciò senza fiato; un crampo violentissimo le tolse completamente le forze. Si accorse che stava per cadere, ma l'uomo si precipitò a sorreggerla. «Si sente bene?»

«Sì, bene... solo che ho... un problema....» In un primo momento l'uomo pensò che fosse ubriaca, ma quando la guardò in faccia si rese conto che doveva soffrire atrocemente. Fra l'altro gli parve che avesse un'aria vagamente familiare. L'albergo era frequentato da persone note e divi del cinema, e non sempre era facile ricordare tutti. «Stavo andando... all'ospedale...» mormorò Grace.

«Perché non prende un taxi? Ce n'è uno proprio qui, pronto. Verrei io ad accompagnarla, ma non posso muovermi dalla porta», si scusò. E Grace accettò la proposta. Del resto, non riusciva quasi a camminare. Il portiere diede all'autista l'indirizzo del Lenox Hill.

«Grazie, mi sentirò subito bene», tentò di rassicurarli lei. Dopo aver attraversato Park Avenue e imboccato l'ingresso del viale che portava al pronto soccorso, l'autista si voltò a guardare Grace, e in un primo momento non la vide. Era scivolata giù dal sedile e giaceva sul pavimento del taxi, svenuta.

15

Mentre, in lettiga, veniva trasferita al pronto soccorso, Grace ebbe la sensazione che mille luci le girassero vorticosamente sopra la testa, strani rumori le rimbombavano nelle orecchie. Erano suoni metallici; e qualcuno la chiamava per nome. Continuavano a ripeterlo, sempre più spesso, e poi le facevano qualcosa di terribile, e sentiva un dolore straziante. Cercò di sollevarsi e sedere, ma glielo impedirono. Che cosa stavano facendo... la uccidevano... era orribile... perché non smettevano... Non aveva mai sentito tanto male in vita sua. Urlò, e poi tutto si oscurò davanti ai suoi occhi, e calò il silenzio.

Il telefono cominciò a squillare nella casa di Washington. Erano le cinque e mezzo del mattino, ma Charles non dormiva. Era rimasto sveglio tutta la notte, pregando che Grace lo chiamasse. Che idiota era stato! Aveva sbagliato a reagire in quel modo, ma erano tutti stanchi e con i nervi a fior di pelle per gli attacchi continui della stampa scandalistica. E poi, aveva anche dovuto superare lo choc. Ma perdere Grace era l'ultima cosa al mondo che potesse desiderare. Ai ragazzi aveva spiegato che la mamma era andata a New York — per presenziare a una conferenza per «Aiutiamo i bambini!» — e che sarebbe rientrata dopo pochi giorni. Sperava nel frattempo di rintracciarla. Non sapeva dove poteva essere andata. Aveva provato a telefonare per tutta la sera nella casa del Connecticut, ma evidentemente non era lì. Aveva chiamato il *Carlyle* a New York, e si era sentito rispondere che non avevano nessuna cliente registrata sotto il cognome Mackenzie. Si domandò se Grace non avesse deciso invece di rimanere a Washington e nascondersi in qualche albergo. Poi squillò il telefono e sperò che fosse Grace.

«Signor Mackenzie?» chiese una voce sconosciuta. Il suo nome appariva su un documento d'identità che avevano trovato nel portafogli di Grace, dov'era indicato semplicemente come Charles Mackenzie. Quanto alla patente, risultava rilasciata a Grace Adams Mackenzie.

«Sì?» disse Charles, convinto che si trattasse di una delle solite telefonate di maniaci o di pazzi, e si pentì di aver risposto. Dopo la pubblicazione delle famose fotografie, avevano ricominciato a essere assillati dalle lettere e dalle telefonate.

«Abbiamo qui una certa Grace Mackenzie», si sentì dire da una voce anonima e distaccata.

«Ma chi siete?» Che l'avessero rapita? Era morta?... Oh, Dio...

«Sto chiamando dal Lenox Hill Hospital di New York. La signora Mackenzie è uscita adesso dalla sala operatoria»... Oh, Dio... no... doveva essere stato un incidente... «È stata accompagnata qui da un autista di taxi, in preda a un'emorragia piuttosto forte.» Oh no... il bambino... gli parve che una morsa di ghiaccio gli stringesse il cuore, ma tutti i suoi pensieri in quel momento furono per Grace.

«Adesso sta bene?» Si accorse che la sua voce suonava rauca e spaventata, ma l'infermiera lo tranquillizzò un po'.

«Ha perduto molto sangue. Ma abbiamo preferito non farle una trasfusione.» Adesso facevano il possibile per evitarle. «Si è ripresa e la sue condizioni si possono definire buone. Ha perduto il bambino. Mi dispiace.»

«Grazie.» Charles cercò di riprendere fiato mentre stava pensando che cosa fare. «È cosciente? Posso parlarle?»

«È in sala di rianimazione e credo che ci rimarrà fino alle otto e mezzo o le nove. Vogliono controllarle la pressione prima di trasferirla in camera, perché al momento è ancora un po' troppo bassa. Non credo che potrà muoversi di qui fino alla tarda mattinata.»

«Non può farsi dimettere, vero?»

«Non penso proprio.» L'infermiera gli lasciò capire che quella domanda la meravigliava un po'. «Penso che non si sentirà abbastanza in forze per farlo. Nella borsetta c'è la chiave di una camera del *Carlyle Hotel*. Ho chiamato anche là. Ma mi hanno detto che con lei non c'era nessuno.»

«Grazie. Grazie mille per avermi chiamato. Arriverò al più presto.» Dopo avere riagganciato, scese dal letto e scarabocchiò un biglietto per i ragazzi accennando a una riunione alla quale doveva essere presente. Si vestì in cinque minuti, senza radersi, e salì in macchina per raggiungere l'aeroporto. Arrivò là alle sei e mezzo e riuscì a prendere il volo delle sette. Parecchie hostess e assistenti di volo lo riconobbero, ma nessuno gli disse niente. Si limitarono a portargli il giornale, a servirgli la colazione come a tutti gli altri, e lo lasciarono tranquillo. Per gran parte del volo, Charles rimase a guardare fuori del finestrino.

Atterrarono alle otto e un quarto ed erano passate da poco le nove quando si presentò al Lenox Hill, proprio mentre stavano trasferendo Grace in camera. Seguì la lettiga e Grace parve meravigliata nel vederlo. Si sentiva intontita e confusa.

«Come hai fatto ad arrivare qui?» Sembrava sconcertata e le si chiudevano gli occhi ogni pochi istanti. L'infermiera e il lettighiere uscirono. Grace era pallidissima e sembrava sfinita.

«Volando», e le sorrise, accostandosi al letto. Poi le prese dolcemente una mano e la strinse. Non aveva idea se sapesse già del bambino oppure no.

«Credo di essere caduta», disse ancora lei in tono incerto. Non aveva le idee chiare.

«Dove?»

«Non ricordo... ero in taxi, a Washington, e qualcuno ci è venuto addosso...» Adesso non sapeva con sicurezza se fosse stato un sogno oppure no... «E poi, ho avuto dei dolori terribili...» Alzò gli occhi colmi di angoscia verso di lui. «Dove sono?»

«Al Lenox Hill. A New York», rispose Charles cercando di tranquillizzarla. Si sedette sulla seggiola che c'era vicino al letto, senza mai lasciarle la mano. Era preoccupato e non vedeva l'ora di avere un colloquio con il dottore.

«E come ci sono arrivata?»

«Credo che sia stato un autista di taxi ad accompagnarti. Sei svenuta mentre eri sulla macchina. Una delle tue solite sbronze, immagino.» E sorrise, senza aggiungere altro. Ma in quel momento Grace cominciò a piangere. Si era toccata il ventre e l'aveva sentito piatto. Prima c'era un piccolo rigonfiamento, che adesso era improvvisamente sparito. Poi ricordò i dolori atroci della notte precedente, e l'emorragia. Nessuno le aveva ancora detto niente del bambino. «Grace?... tesoro, ti amo... ti amo più di tutto. Più di qualsiasi cosa. Voglio che tu lo sappia. E non voglio perderti.» Intanto Grace singhiozzava disperatamente, per lui, per il bambino che avevano perduto e per i loro figli. Tutto era così difficile e così triste, adesso.

«Ho perduto il bambino... vero?» Lo guardò per averne la conferma e lui fece cenno di sì. Allora piansero insieme e Charles la prese fra le braccia.

«Quanto mi dispiace. Avrei dovuto capire che avevi davvero intenzione di andartene. Credevo che fosse un bluff, che tu avessi bisogno di stare sola con i tuoi pensieri, quella notte. Mi è sembrato di morire quando ho letto la tua lettera.»

«Hai dato le mie ai ragazzi?»

«No», rispose lui con sincerità. «Le ho tenute io. Volevo trovarti e riportarti a casa. Ma se fossi stato tanto intelligente da impedirti di andartene, non avresti avuto quell'incidente con il taxi e...» Era convinto che fosse tutta colpa sua.

«Ssshh... forse è stato soltanto lo stress... con tutto quello che abbiamo dovuto affrontare... E forse non era il momento giusto, dopo quello che è successo.»

«È sempre il momento giusto... Voglio avere un altro bambino da te», disse Charles con voce piena di tenerezza. Non aveva importanza se non erano più giovani entrambi. «Voglio la nostra vita di prima.»

«Anch'io», sussurrò lei. Chiacchierarono ancora per un po' e Charles le accarezzò i capelli e la baciò sulle guance... Poi Grace si addormentò e Charles ne approfittò per andare a cercare il dottore. Le notizie che gli diede non furono purtroppo incoraggianti. Grace aveva perduto molto sangue e per parecchio tempo sarebbe rimasta debole e senza forze; non solo, ma per quanto fosse sicuramente in grado di concepire ancora, lui non si sentiva di consigliarlo. Aveva molte, troppe cicatrici; e si era meravigliato che fosse rimasta incinta tante volte. Charles non gli fornì alcuna spiegazione per quelle cicatrici. Il dottore, poi, consigliò di farla rimanere in albergo per un paio di giorni, in riposo completo, non appena l'avessero dimessa dall'ospedale. Una volta tornata a casa, a Washington, doveva stare a letto un'altra settimana, se non due. Un aborto al terzo mesi di gravidanza, con un'emorragia come la sua, non era da prendere alla leggera.

Quel pomeriggio stesso lasciarono l'ospedale e tornarono in albergo. Grace era stupita di sentirsi tanto debole. Non riusciva quasi a camminare e Charles dovette sorreggerla. Ordinò poi che le servissero il pasto in camera. Grace era triste, ma felice di stare con lui, e la camera era comoda e accogliente. Charles telefonò ai suoi collaboratori a Washington, avvertendo che non sarebbe rientrato in città prima di un paio di giorni. Poi chiamò la cameriera, a casa, pregandola di spiegare ai ragazzi che era a New York con Grace. La donna promise di rimanere fino al loro ritorno, e gli assicurò che avrebbe pensato lei ad accompagnare Matt a scuola. Ogni problema venne così risolto.

«Tutto fatto, e nel modo più semplice. Adesso tu devi soltanto guarire e star bene. E cercare di dimenticare quello che è successo.»

Appena avevano lasciato l'ospedale, l'infermiera dell'accettazione aveva commentato con il dottore: «Ma lo sa chi sono quelli?» Lui non ne aveva la minima idea. Il loro nome non gli diceva niente. «Quello è il membro del Congresso Mackenzie, del Connecticut, con la moglie... La pornodiva... Ma non legge i rotocalchi?»

«Veramente, no», aveva risposto lui, molto poco divertito. Pornodiva o no, quella donna poteva considerarsi molto fortunata se non era morta dissanguata. E forse le sue attività «porno» avevano qualcosa a che fare con quelle brutte cicatrici. Comunque, non era un problema che lo riguardasse.

In albergo, Charles cercò di far dormire Grace il più a lungo possibile e la mattina dopo lei si sentiva già meglio. Fece colazione e si mise in poltrona; avrebbe anche voluto fare quattro passi con Charles, ma non ne aveva la forza. Poi telefonò al suo ostetrico, quello che l'aveva sempre seguita a New York, e lui acconsentì a venire a visitarla. Le ordinò pastiglie e vitamine e le consigliò di avere pazienza. Quando lo accompagnò in corridoio, Charles volle sentire il suo parere a proposito di quelle cicatrici, visto che il dottore del Lenox Hill ne era sembrato particolarmente colpito. Ma l'ostetrico non diede una grande importanza alla cosa. Le aveva da anni, ormai, senza risentirne in modo particolare.

«Piuttosto, adesso deve riguardarsi parecchio, Charles. Si direbbe che abbia perduto una grande quantità di sangue. Probabilmente è molto anemica.»

«Lo so. E poi ha passato brutti momenti, recentemente.»

«Infatti. E mi dispiace. Nessuno di voi due se lo merita.»

Il medico si congedò e Charles sedette accanto a Grace, sul divano, a guardare dei vecchi film. Ordinarono la cena in camera. Il giorno dopo Charles noleggiò una limousine e con quella raggiunsero l'aeroporto. Lì chiese una sedia a rotelle. In un primo momento aveva pensato di tornare a Washington in macchina, ma sarebbe stato un rischio. Un viaggio troppo faticoso. Presero posto in prima classe e, all'arrivo, Charles chiese di nuovo una sedia a rotelle, sulla quale fece sedere Grace per uscire più in fretta dall'aeroporto. Quando passarono davanti al chiosco dei giornali Grace gli fece cenno di fermarsi. Era agitatissima. Rimasero ammutoliti.

L'ultima edizione di un famoso rotocalco era appena uscita con un titolo a caratteri cubitali: «Moglie di senatore se la squaglia a New York per abortire». Grace, subito dopo averlo letto, scoppiò in singhiozzi e Charles rinunciò addirittura all'idea di comprarne una copia per leggere l'articolo. In prima pagina c'era una grande fotografia scattata a Grace mesi prima, durante un ricevimento del Congresso. Charles non disse niente e si limitò a farle attraversare l'aeroporto il più rapidamente possibile per raggiungere il parcheggio dove aveva lasciato la macchina due giorni prima. Grace stava ancora piangendo quando lui, teso e cupo in volto, le aprì la portiera. Perché non le davano pace? Nessuno voleva lasciarli tranquilli?

Charles l'aiutò a salire e poi girò intorno alla macchina per mettersi al volante. Soltanto allora si voltò a guardare Grace con un'espressione che la commosse profondamente. «Ti amo. Non puoi permettere a quella gente che ci distrugga... o che distrugga te... bisognerà affrontare anche questo.»

«Lo so», replicò lei. Ma non riuscì a dominarsi e continuò a piangere.

Questa volta, il telegiornale delle sei non commentò la notizia. Era materiale da giornali scandalistici, e basta. Ai ragazzi raccontarono tutto quella sera stessa, affermando che l'articolo di quel giornale era falso dal principio alla fine. Spiegarono che Grace era andata a New York e il taxi su cui era salita era rimasto coinvolto in un incidente. Praticamente era quasi tutta la verità. Effettivamente lo scontro c'era stato, ma a Washington, e lei aveva perduto il bambino. Però Grace era convinta che i loro figli non dovessero saperlo, e quindi evitarono di parlare dell'aborto.

Il giorno dopo Grace era ancora molto debole, ma i ragazzi furono molto buoni e gentili con lei e Abby volle addirittura servirle la colazione a letto. All'ora di pranzo scese a bere una tazza di tè e soltanto allora, distrattamente, guardò fuori della finestra. C'erano i picchetti allineati davanti alla casa, e innalzavano cartelli con le scritte: «Assassina!» «Killer di bambini!» accompagnate da fotografie di feti abortiti. Appena li vide Grace fu colta da un attacco di asma.

Chiamò Charles al telefono e, quando lo rintracciarono e gli raccontò quello che stava succedendo, la rassicurò dicendo che avrebbe avvertito immediatamente la polizia. Infatti gli agenti arrivarono mezz'ora dopo, ma ottennero soltanto che i picchetti si spostassero sull'altro lato della strada. Non potevano fare di più in quanto si trattava di una dimostrazione pacifica. Ma ormai la notizia si era diffusa. Arrivò una troupe televisiva con le telecamere. E scoppiò il caos. Charles tornò a casa quasi subito. Ma anche lui cominciava a domandarsi quando sarebbero riusciti ad avere di nuovo una vita normale. Si rifiutò di rilasciare qualsiasi dichiarazione, disse che sua moglie era rimasta coinvolta in un incidente stradale e stava male e che sarebbe stato molto grato a tutti se li avessero lasciati in pace. Al suo discorsetto seguirono fischi e schiamazzi.

Nel pomeriggio, però, quando i ragazzi tornarono a casa, i picchetti se n'erano andati ed erano rimasti soltanto le telecamere. Grace, mortalmente pallida, stava preparando la cena.

Charles tentò di convincerla a tornare di sopra, ma lei gli rispose fermamente di no. «Ne ho abbastanza. Non intendo permettere a quella gente di rovinarci l'esistenza. Si torna alla normalità!» Era decisa, anche se bastava guardarla per capire che non aveva ancora recuperato completamente le forze. Charles non poté fare a meno di ammirare il suo coraggio mentre le avvicinava una seggiola consigliandole, se proprio voleva preparare la cena, di farlo seduta.

«Non credi che potresti aspettare ancora una settimana prima di darci questa dimostrazione di forza?»

«No, non posso», rispose lei con fermezza. E con grande meraviglia di tutti la cena fu quasi piacevole. Sembrava che Abby, durante l'assenza di Grace, si fosse calmata, e adesso si mostrava sollecita e ansiosa di aiutare. Chissà che cosa era successo... In ogni caso, sembrava totalmente cambiata. Anche lei aveva sofferto, probabilmente si era resa conto che avevano tutti bisogno l'uno dell'altro. Andrew, poi, dopo aver fatto i suoi commenti su quei lugubri rompiscatole con i cartelli che avevano fatto i picchetti davanti a casa, dichiarò che aveva una gran voglia di mostrarsi alla finestra della sua camera da letto... a sedere nudo. Scoppiarono tutti a ridere, perfino Grace, anche se poi glielo proibì.

«Sarebbe meglio evitare altre esibizioni di nudo da parte dei Mackenzie», disse un po' rattristata.

Dopo, mentre riordinava la cucina, Abby le domandò a mezza voce: «Non era vera la storia dell'aborto, vero, mamma?» Sembrava un po' preoccupata.

«No, tesoro, no.»

«Ecco, lo pensavo anch'io.»

«Non vorrei mai abortire. Amo moltissimo il vostro papà e sarei felice di avere un altro bambino.»

«E credi che lo avrai?»

«Magari. Non so. Adesso abbiamo talmente tante cose a cui pensare. E vostro padre è sotto pressione di continuo per mille motivi.»

«Anche tu», le rispose sua figlia, mostrandosi per la prima volta comprensiva. «Ne parlavo con la mamma di Nicole e lei mi ha detto che era tanto addolorata per questa storia; che quasi sempre i giornali raccontano un sacco di fandonie e rovinano la vita della gente. Così ho capito quanto dev'essere stato terribile, per te, tutto quello che è successo. Non volevo renderti tutto più difficile, sai?» Aveva le lacrime agli occhi.

«Figurati se non l'ho capito!» E Grace si chinò a darle un bacio.

«Mi dispiace, mamma.» Rimasero abbracciate a lungo, in silenzio; poi salirono di sopra tenendosi sottobraccio e Charles sorrise, guardandole.

La vita tornò serena, almeno nei giorni immediatamente successivi, a parte le lettere di insulti per il presunto aborto che Grace continuava a ricevere. Ma alla fine della settimana ecco apparire su *Thrill* un'altra delle fotografie di Marcus. Sempre con lo stesso nastrino di velluto nero intorno al collo, sempre senza vestiti. In sostanza era la stessa fotografia che era stata già pubblicata, ma in una posizione leggermente diversa e solo un po' più piccantemente allusiva rispetto alla prima. Grace non ne rimase particolarmente scandalizzata, ma si infuriò.

«Si può sapere che cosa stiamo aspettando ancora? Un album intero?» commentò arrabbiatissima. Ma Goldsmith ripeté quello che aveva già detto prima: non potevano ricorrere alle vie legali in quanto la situazione non era cambiata rispetto alla volta precedente. Esisteva, o si presumeva esistesse, una sua «autorizzazione» firmata, e il fatto che Marcus avesse la proprietà delle foto e lei fosse una celebrità in quanto moglie di un politico, consentivano al fotografo di pubblicare tutto quello che voleva. E i Mackenzie, in quanto personaggi pubblici, non avevano comunque diritto a una vita privata e quindi ciò che stava succedendo non poteva essere interpretato come «invasione» della privacy. Per di più, non potevano dimostrare di averne ricevuto un danno dal punto di vista finanziario, né che ci fosse un'intenzione criminosa. «Che cosa ne pensi? Dovremmo provare a metterci in contatto con quel bastardo di Marcus e vedere se riusciamo a comprare le fotografie che ancora gli rimangono?» domandò Grace a Charles, ma lui scrollò la testa.

«Non puoi. Sarebbe come piegarsi a un ricatto. E lui può anche non essere disposto a vendertele. Oppure potrebbe non cederle tutte, e trattenerne qualcuna. Come si fa a saperlo? Probabilmente *Thrill* lo paga profumatamente per questo. Fotografie di una persona come te valgono un mucchio di soldi.»

«Buon per lui! Magari potremmo chiedergli una percentuale!»

Era letteralmente fuori di sé per la rabbia, ma c'era ben poco da fare. La settimana successiva accompagnò Charles ad alcune riunioni importanti per la sua campagna elettorale. Era difficile calcolare quanto danno la pubblicazione di quelle fotografie avesse fatto, ma l'accoglienza che ricevettero fu calda e affettuosa. Comunque era stata un'esperienza sconvolgente, che aveva fatto perdere la concentrazione a tutti e due.

Due settimane più tardi venne pubblicata una terza fotografia, e questa volta Matt tornò da scuola piangendo. Quando Grace gli domandò che cosa era successo, lui disse che uno dei suoi amici l'aveva chiamata con un brutto nome. Per Grace fu come ricevere uno schiaffo in faccia.

«Che genere di nome?» chiese cercando di mostrarsi calma, ma non lo era affatto.

«Lo sai», le rispose lui avvilito. «Quello che comincia con una 'p'.»

Lei sorrise amareggiata. «Non comincia con la lettera 'p'. A meno che tu non voglia dire prostituta.»

«Non era quella la parola che ha detto», le rispose lui, al colmo dell'infelicità. Ma non volle riferirgliela.

«Tesoro, quanto mi addolora tutto questo.» Lo abbracciò provando una gran voglia di scappare. Purtroppo sapeva di non poterlo fare. Doveva affrontare la situazione insieme ai suoi cari.

Quella storia si ripeté anche il giorno dopo, e poi quello successivo. E la sera Charles e Grace litigarono. Lei voleva ritornare con i figli nel Connecticut e Charles cercò di farle capire che non era possibile sparire a quel modo. Dovevano rimanere, e lottare. Ma Grace replicò dicendo che si rifiutava di distruggere la sua famiglia per colpa della sua «maledetta campagna elettorale». Purtroppo il nocciolo della questione non era quello — e lo sapevano benissimo entrambi. Erano semplicemente frustrati perché si rendevano conto di avere le mani legate e di non poter fare niente, e sentivano il bisogno di prendersela con qualcuno, visto che erano nell'impossibilità di mettere un freno a quello che stava succedendo.

Matthew, però, non poteva capirlo, e quando Grace andò a

dargli la buona notte e rimboccargli le coperte, com'era abituata a fare, non lo trovò. Domandò ad Abby dov'era andato e lei si strinse nelle spalle indicandole la sua camera. Allora Grace andò a telefonare a Nicole, ma anche lei non l'aveva visto. Come non l'aveva visto Andrew. A questo punto scese al pianterreno, da Charles, anche se si sentiva ancora in collera con lui, per chiedergli se avesse visto Matthew.

«Non è di sopra?» Si scambiarono un'occhiata e Charles intuì di colpo la preoccupazione di Grace. Cominciarono a cercarlo insieme. Ma non lo trovarono. «Impossibile che sia uscito», disse Charles, chiaramente in ansia. «Lo avremmo visto.»

«No, potremmo anche non essercene accorti.» E poi, sottovoce: «Credi che ci abbia sentito litigare?»

«Forse.» Charles sembrava più sconvolto di Grace. Temeva un rapimento se Matt si fosse messo a girare per le strade...Washington diventava una città pericolosa, la sera. Ma quando salirono di sopra trovarono il biglietto che il bambino aveva lasciato nella sua camera. «Non litigate più per colpa mia. Me ne vado. Vi voglio bene, Matt. Mamma e papà, vi voglio bene. Salutate Kisses per me.» Kisses era il loro cane, il labrador color cioccolato. Si chiamava così perché quando l'avevano preso Grace aveva detto che le sembrava un mucchietto di cioccolatini Hershey Kisses.

«Dove credi che sia andato?» domandò Grace a suo marito. Aveva l'aria terrorizzata.

«Non so. Adesso chiamo la polizia.» Charles era teso, la mascella serrata.

«Finiremo sui giornali un'altra volta», osservò Grace innervosita.

«Non me ne importa niente. Voglio trovarlo stasera, prima che succeda qualcosa.» Ormai erano in preda al panico, ma la polizia li rassicurò dicendo che glielo avrebbero riportato al più presto, sano e salvo. Capitava abbastanza spesso che i bambini di quell'età se ne andassero di casa, ma di solito non si allontanavano mai molto. Vollero un elenco dei nomi dei suoi migliori amici e una sua fotografia, poi ripartirono con un'autopattuglia per cercarlo. Charles e Grace rimasero in casa ad aspettarlo, se si fosse deciso a tornare. Ma furono gli agenti a riportarlo, mezz'ora dopo. Lo avevano trovato in un grande negozio a un paio di isolati di distanza. Sembrava pentito di quello che aveva fatto. Lo avevano notato subito e lui non aveva opposto resistenza quando gli avevano consigliato di tornare a casa con loro.

«Perché l'hai fatto?» gli domandò Grace, ancora sconvolta. Non riusciva a credere che fosse successa una cosa del genere. Nessuno dei suoi figli era mai scappato di casa. D'altra parte, era anche vero che non si erano mai trovati a dover affrontare difficoltà e tensioni di quel genere!

«Non volevo sentirti litigare con papà per colpa mia», le rispose Matt avvilito. Ma fuori di casa aveva avuto molta paura e adesso era felicissimo di esserci tornato.

«Non stavamo litigando per te. Stavamo semplicemente parlando.»

«No, niente affatto. Stavate litigando.»

«Tutti litigano di tanto in tanto», gli spiegò Charles, prendendolo sulle ginocchia. I poliziotti se n'erano appena andati promettendo che la notizia non sarebbe trapelata e la stampa non avrebbe saputo niente. Doveva pur esserci qualcosa di privato nella loro vita, anche se si trattava soltanto di un bambino di otto anni che era scappato di casa per mezz'ora.

«La mamma e io ci vogliamo bene, e lo sai!»

«Certo che lo so... però in questi ultimi tempi è stato un tale schifo... A scuola continuano a dire certe cose, e la mamma piange tutto il tempo!» Grace, ripensandoci, si sentì in colpa. Piangeva molto spesso in quei giorni, ma chi non l'avrebbe fatto?

«Ricorda quello che ti ho detto l'altro giorno», intervenne Charles. «Dobbiamo essere forti. Tutti. L'uno per l'altro. Non possiamo arrenderci. Dobbiamo semplicemente rimanere insieme, uniti.»

«D'accordo, va bene», rispose Matt, non completamente convinto ma felice di essere di nuovo con loro. L'idea di scappare era stata stupida, e adesso se ne rendeva conto.

Sua madre lo accompagnò di sopra, lo mise a letto e gli rimboccò le coperte. Anche gli altri andarono a dormire presto quella sera. Charles e Grace erano esausti. Quanto a Matthew, si addormentò appena appoggiata la testa sul guanciale. Kisses, allungato ai piedi del suo letto, ronfava piano piano.

Ma la settimana successiva venne pubblicata un'altra fotografia. Il volto di Grace era in primo piano. Aveva un espressione stupita, ma i suoi occhi erano sgranati come se qualcuno le avesse appena fatto qualcosa di straordinariamente eccitante. Erano le foto più erotiche che Grace avesse mai visto e a poco a poco la stavano portando alla follia.

A quel punto chiamò il servizio informazioni, chiedendosi perché non ci avesse pensato prima. Marcus non era a Chicago. Non era a New York. Era a Washington, così le dissero alla redazione di *Thrill*. Perfetto. Come mai non le era venuto in mente prima? Capiva di non avere assolutamente altra scelta. Quello che poteva succedere a lei non importava più. Doveva farlo.

Aprì la cassaforte e prese la pistola di Charles, poi salì in macchina e guidò fino all'indirizzo che aveva scritto su un pezzo di carta. I ragazzi erano a scuola e Charles in ufficio. Nessuno sapeva dove lei stesse andando o quello che avesse intenzione di fare. Ma lei aveva fatto i suoi piani. Valeva la pena di realizzarli, e andare fino in fondo, indipendentemente da quello che poteva costarle.

Suonò il campanello dello studio-abitazione in F Street e si meravigliò che le venisse aperto senza domandare chi fosse o come si chiamasse. Ciò significava che lo studio era molto importante, e quindi avevano molto da fare, oppure che era gente distratta, trascurata. Con un'attrezzatura costosa e di pregio come quella di un fotografo, avrebbero dovuto essere un po' più prudenti!

Era stato talmente semplice che cominciò a domandarsi come mai non ci avesse pensato prima. La porta era spalancata e dentro c'era solo Marcus. Non aveva neppure un aiutante. Le voltava le spalle, curvo su una macchina fotografica, e stava scattando una serie di immagini di una coppa piena di frutta appoggiata su un tavolo.

«Ciao, Marcus.» La sua voce gli suonò sconosciuta dopo tanti anni. Sensuale, bassa, sembrava che vibrasse di gioia nel rivederlo.

«Chi è?» Si voltò a guardarla con un sorrisetto stupito, senza riconoscerla, chiedendosi chi fosse. Era bella e gli piaceva e... poi, di colpo, si rese conto di chi si trattava e rimase impietrito. Lei gli stava puntando contro una pistola, e sorrideva.

«È qualcosa che avrei dovuto fare parecchie settimane fa», si limitò a dirgli. «Non so perché non ci ho pensato prima. E adesso posa quella macchina fotografica e non toccare l'otturatore altrimenti ti sparo. Mi dispiacerebbe rovinartela. Ho detto di posarla. Subito.» La sua voce adesso era tagliente e non aveva più niente di sensuale. Marcus depose lentamente la macchina fotografica sul tavolo che aveva alle spalle.

«Su, Grace... stai al gioco!... non devi prendertela... cerco semplicemente di guadagnarmi da vivere, lo capisci, no?»

«È il mezzo che hai scelto che non mi piace», rispose lei tranquillamente.

«Sei bellissima in quelle fotografie, ammettilo!»

«Non ammetto un bel niente. Sei un essere immondo, mi fai schifo. Mi avevi detto di non avermi tolto i vestiti, di non avermi spogliato!»

«Ho detto una bugia.»

«E devi avermi convinto a firmare quell'autorizzazione quando ero praticamente incapace di rendermi conto di quello che stavo facendo. Ero svenuta, o quasi, probabilmente.» Era furiosa, ma perfettamente controllata. Gelida. Tutto era premeditato. Questa volta sarebbe stato omicidio di primo grado. Aveva intenzione di ucciderlo, e lui se ne rese conto. Aveva esagerato, e adesso a Grace erano saltati i nervi. Non le interessava quello che potevano farle. Era già riuscita a sopravvivere una volta. E adesso ne valeva la pena.

«Su, Grace, bisogna prendere le cose con filosofia. Sono fotografie splendide. Che differenza vuoi che facciano, ormai? Ti consegno tutti i negativi.»

«Me ne infischio. Per prima cosa ti faccio saltare le palle. E poi ti ammazzo. Per questo non ho bisogno di autorizzazioni o altro. Soltanto di una pistola.»

«Per amor di Dio, Grace. Lascia perdere. Sono soltanto fotografie.»

«È con la mia vita che stai giocando... i miei figli... il mio matrimonio... mio marito...»

«Lui ha un'aria da imbecille, comunque. E dev'esserlo, per sopportare una come te... Cristo, ricordo ancora come rompevi le scatole con tutto quel tuo puritanesimo da quattro soldi, diciannove anni fa! Perfino drogata non eri divertente. Sei una vera noia, Grace...» Se Grace fosse stata meno tesa e nervosa, si sarebbe accorta che era pieno di droga fino agli occhi. E il denaro che gli dava *Thrill* gli serviva per quello. «Già a quell'epoca valevi poco anche a letto», continuò. Ma almeno su quello Grace sapeva la verità.

«Non hai mai dormito con me», gli rispose, gelida.

«Come, no! Ho le fotografie che lo provano.»

«Sei malato.» Allora Marcus cominciò a piagnucolare, protestando che lei non aveva nessun diritto di entrare in casa sua né di interferire nel modo in cui si guadagnava da vivere.

«Sei un povero imbecille vizioso», disse Grace e con una rapida mossa mise il colpo in canna. Il rumore li fece trasalire.

«Non pensi sul serio di farlo, vero, Grace?» esclamò lui con la voce che gli tremava.

«Certo che lo faccio. Te lo meriti.»

«Tornerai in prigione!» provò a ricordarle. Era davvero patetico, adesso, con il naso che gli gocciolava. In quegli anni aveva dovuto adattarsi a fare molte cose, delle quali pochissime legali.

«Non me ne importa niente», rispose lei freddamente. «Tu sarai morto. Ne vale la pena.» A quel punto Marcus crollò in ginocchio.

«Non farlo... ti consegnerò tutte le fotografie... in ogni caso, in redazione hanno deciso di stamparne soltanto un altro paio e basta... ne ho una in cui ti si vede con un tizio. È splendida... puoi averla gratis...» Piangeva.

«Chi ha le fotografie?» E di quale tizio stava parlando? Non c'era nessuno nel suo studio, con loro, oppure era arrivato mentre lei dormiva, intossicata dai narcotici? Avvertì un senso di nausea solo a pensarci!

«Le ho io. In cassaforte. Vado a prenderle.»

«Neppure per sogno! Probabilmente hai anche una pistola nella cassaforte. Non mi servono.»

«Non vuoi vederle? Sono magnifiche.»

«Tutto quello che voglio è vederti morto, coperto di sangue», rispose Grace, con la mano che le tremava. Poi, guardando Marcus, chissà perché pensò a Charles, e a Matthew... Se lo avesse ucciso, non avrebbe più potuto vivere con loro, non li avrebbe mai più visti, se non nelle ore di visita, in prigione. Rimase con il fiato sospeso, e di colpo provò soltanto una gran voglia di abbracciarli e di sentirli vicino a sé... anche Abby e Andrew... «Alzati!» gli ordinò seccamente. E lui, piagnucolando, obbedì. «E smettila con tutti questi piagnistei. Non sei che un vigliacco», gli disse.

«Grace, ti prego, non uccidermi.»

Lei indietreggiò lentamente verso la porta e Marcus pensò che volesse sparargli una volta arrivata sulla soglia. Continuò a piangere e a supplicarla di non farlo.

«Ma per che cosa vuoi vivere?» gli domandò, rabbiosa. Quell'uomo non valeva il tempo che lei gli stava dedicando. Né la sua vita. Come aveva potuto pensare il contrario? «Per quale motivo un essere schifoso e miserabile come te può aver voglia di vivere? Soltanto per i soldi? Per rovinare l'esistenza agli altri? No, non vale la pena di sprecare una pallottola per spararti e ucciderti.» Poi girò sui tacchi e scese in fretta le scale prima che lui si riprendesse e provasse a inseguirla. Ma Marcus non aveva neppure pensato a correrle dietro. Si lasciò scivolare sul pavimento e continuò a piangere, non riuscendo a credere di essere ancora vivo. Quando Grace se lo era visto davanti, tremante e in lacrime, pieno di droga fino agli occhi, aveva di colpo riacquistato tutta la lucidità mentale.

Quando fu a casa ed ebbe messo di nuovo a posto la pistola, chiamò Charles. «Devo vederti», gli disse lasciandogli capire che si trattava di un motivo urgente. Non voleva parlargliene al telefono, temendo che qualcuno potesse sentirli, ma riteneva indispensabile che lui sapesse quello che era successo. Era stato un momento di follia. Ma, grazie a Dio, era rinsavita.

«Non si può aspettare fino all'ora di pranzo?»

«Va bene.» Si sentiva ancora molto scossa. Se avesse sparato a Marcus, a quell'ora poteva già essere stata arrestata e rinchiusa in prigione per il resto dei suoi giorni. Era stata davvero stupida. Ma aveva dovuto sopportare troppo: tutte quelle bugie, l'angoscia, l'umiliazione, la sua vita messa a nudo...

«Stai bene?» Charles sembrava preoccupato.

«Sì. Non mi sentivo così bene da parecchio tempo.»

«Che cos'hai fatto?» domandò lui, in tono scherzoso. «Hai ammazzato qualcuno?»

«No, veramente, no.» Sembrava vagamente divertita.

«Ci troviamo a *Le Rivage* per l'una.»

«Ci sarò. Ti amo.»

Era parecchio tempo che non si davano appuntamento per il pranzo e Grace si sentì felice quando vide Charles che entrava nel ristorante. Lei era arrivata prima e lo stava aspettando. Charles ordinò un bicchiere di vino, ma Grace non beveva mai alcolici a pranzo, e solo raramente a cena. Passarono le ordinazioni e a questo punto Grace gli raccontò sottovoce quello che era successo. Charles diventò paurosamente pallido mentre l'ascoltava. Era sbalordito. Grace si rendeva conto dell'errore che aveva rischiato di commettere, ma per un momento, solo per un momento, le era sembrato che ne valesse la pena.

«Forse Matt ha ragione. Farò meglio a rigare dritto, altrimenti mi spari», fu il commento di Charles, e lei rise.

«Cerca di non dimenticartene.» Ma sapeva che non avrebbe mai fatto niente di simile in vita sua. Era stato solo un attimo di furore cieco, e per fortuna non era successo niente. Marcus Anders non valeva tanto.

«Ho la vaga sensazione che questo tolga un po' di interesse a quello che stavo per raccontarti.» Era stata una giornata dura per entrambi! Charles non voleva neppure pensare a quello che sarebbe accaduto se Grace avesse ucciso Anders. Per fortuna era tornata in sé. Una conferma in più che lui stava facendo la cosa giusta. In realtà non era una decisione che gli costasse molto. «Mi ritiro dalla campagna, Grace. Non ne vale la pena. Non è quello che ci vuole per noi. Ne abbiamo passate troppe! Non abbiamo bisogno di nient'altro. Torno a ripetere quello che ti avevo già detto a New York. Voglio la nostra vita di un tempo. È da allora che ci sto pensando. Quanto ancora dovremo pagare per tutto questo? Qual è il prezzo della gloria?»

«Sei sicuro?» Grace si sentiva colpevole perché capiva che suo marito si ritirava dalla politica per lei. «Che cosa farai?» gli chiese

«Qualcosa troverò», e Charles le sorrise. «Sei anni a Washington sono tanti. Mi pare che bastino, ormai.»

«Pensi di tornarci?» gli domandò rattristata. «Ci torneremo?»

«Forse, ma ne dubito. C'è un prezzo troppo alto da pagare. C'è chi esce di scena in silenzio senza farsi notare. Non noi. Ci sono troppe cose nel tuo passato, troppe persone invidiose. Il solo fatto che i nostri rapporti siano così felici e che abbiamo una splendida famiglia dà fastidio a molta gente. Se tu sapessi quante persone meschine e gelose ci sono, quanti infelici al mondo! Non ci si può crucciare in continuazione per questo. Ma non si può neppure lottare e combattere per sempre contro di loro. Ho cinquantanove anni, Grace. E sono stanco. Mi pare che sia venuto il momento di smontare le tende e tornare a casa.» Aveva già fissato una conferenza stampa per il giorno dopo, per annunciare la sua decisione.

Lo dissero ai figli quella sera stessa, e i ragazzi parvero delusi. Ormai erano abituati a vivere nel mondo della politica e non avevano voglia di tornare nel Connecticut. Lì si annoiavano, tranne d'estate.

«Veramente», confessò Charles per la prima volta, «stavo pensando che un cambiamento di scena, almeno per un po', dovrebbe farci bene. Per esempio l'Europa, Londra o la Francia. E perché non addirittura la Svizzera, per un anno o due?»

Abby si mostrò inorridita e Matthew perplesso. «Che cos'hanno in Svizzera, papà?» chiese.

«Mucche», gli rispose Abby indignata. «E cioccolata.»

«Magnifico. A me piacciono le mucche e mi piace la cioccolata. Possiamo portare Kisses con noi?»

«Certamente. Solo in Inghilterra è proibito.»

«Allora escludiamo Londra», decise Matthew in tono pratico.

Quanto ad Andrew, tutti sapevano che lui avrebbe votato per la Francia, visto che la sua fidanzatina sarebbe tornata a Parigi per un paio d'anni. Suo padre era stato trasferito al Quai d'Orsay, al ministero degli Interni, e lei gliene aveva parlato a lungo.

«Posso lavorare nell'agenzia di Parigi del nostro studio legale, oppure in quella di Londra, se dovessi riprendere il mio posto di prima. Oppure si potrebbe vivere più modestamente, senza spendere troppo, e coltivare il nostro orticello in una fattoria, da qualche parte. Abbiamo molte scelte.» Ci stava pensando da quando erano cominciati gli attacchi della stampa. Ma per qualsiasi soluzione avessero optato, era venuto il momento di lasciare Washington. Lo capivano tutti.

Aveva già telefonato a Roger Marshall scusandosi, e Roger gli aveva risposto che capiva perfettamente la situazione. Aveva anche aggiunto che, probabilmente, ci sarebbe stata qualche opportunità interessante nell'immediato futuro, ma forse era troppo presto perché Charles avesse voglia di sentirne parlare.

Durante la conferenza stampa, la mattina dopo, Charles, visibilmente sollevato, annunciò ai giornalisti di avere intenzione di ritirare la propria candidatura al Senato per motivi personali.

«La sua decisione ha qualcosa a che vedere con le fotografie per le quali sua moglie ha posato alcuni anni fa? Oppure perché nel giugno scorso è saltata fuori dagli archivi giudiziari la sua fedina penale?» Che branco di bastardi! Quello era il nuovo modo di fare giornalismo, e non c'era di che rallegrarsi. In passato niente del genere sarebbe potuto succedere. Adesso, invece, tutto si riduceva a una gran voglia di scandali, di rimestare nel torbido, sfruttando menzogne e malignità, che fossero comprovate o no. Miravano al cuore, e non aveva importanza di chi fosse quel cuore: era sufficiente farlo sanguinare. Erano convinti che fossero questi gli argomenti che interessavano al lettore.

«Per quanto ne so io», e Charles guardò dritto negli occhi il giornalista che gli aveva fatto la domanda, «mia moglie non ha mai posato per nessuna fotografia.»

«E che cosa ci dice dell'aborto? Era vero?... Tornerà al Congresso fra due anni?... Ha già qualche altro obiettivo politico in mente?... Il presidente ha detto qualcosa, se dovesse venire rieletto? È vero che sua moglie ha girato qualche film porno a Chicago?...»

«Vi ringrazio, signore e signori, per tutta la gentilezza e la cortesia dimostrate in questi ultimi sei anni. Addio, e grazie», concluse Charles da perfetto gentiluomo. Poi uscì dalla sala senza più voltarsi indietro. Nel giro di due mesi se ne sarebbe andato. E tutto sarebbe finito per sempre.

16

L'ULTIMA fotografia venne pubblicata su *Thrill* quindici giorni dopo che Charles aveva rinunciato alla carriera politica. Marcus l'aveva venduta un mese prima e, nonostante i suoi tentativi con l'editore, non aveva potuto più ritirarla. Del resto gli era già stata pagata e quei soldi li aveva spesi. Però viveva nel terrore che Grace tornasse, armata di pistola, e questa volta lo facesse fuori sul serio. Aveva perfino paura di uscire dallo studio, al punto che decise di lasciare Washington rinunciando anche a vendere la foto nella quale si vedeva Grace con il tizio di cui le aveva parlato. Era una magnifica immagine... sembrava proprio che lo facessero. Ma se l'avesse vista, Grace lo avrebbe sicuramente ammazzato. Inoltre *Thrill* non mostrava più tanto interesse per quel genere di foto. Mackenzie si era ritirato dall'arena politica, e ormai non faceva più notizia. Né lui né sua moglie.

Ma tre giorni dopo che la fotografia era apparsa sul solito rotocalco, le agenzie di stampa ricevettero una telefonata da parte di un newyorkese, proprietario di un laboratorio fotografico.

Marcus Anders lo aveva imbrogliato e si era intascato mezzo milione di dollari grazie a lui, anzi se lo era sniffato fino all'ultimo centesimo lasciandolo a bocca asciutta. Non solo, ma lui si era accorto molto presto che doveva esserci qualcosa di poco pulito in quello che Anders stava facendo. All'inizio aveva taciuto, ma poi aveva visto le fotografie... e per un sacco di ragioni non gli era sembrato giusto. Prima avevano letteralmente dato in pasto al pubblico quella povera disgraziata, poi il marito aveva abbandonato la politica!... Così aveva deciso di spifferare tutto.

Si chiamava Jose Cervantes ed era il migliore nel suo campo, a New York, forse anche in senso assoluto. Lavorava per fotografi rispettabili ed era uno specialista del ritocco. A volte accettava anche incarichi divertenti, quando lo pagavano bene, da persone come Marcus Anders. Per esempio era capace di prendere la testa di Margaret Thatcher e metterla sul corpo di Arnold Schwarzenegger, facendo un lavoro perfetto. Per le foto di Grace era bastato quel nastrino di velluto nero al collo con il quale aveva potuto unire la sua testa a corpi diversi. E ne aveva scelti di splendidi, sessualmente attraenti, in posizioni abbastanza audaci e insolite. Inizialmente Marcus gli aveva spiegato che si trattava soltanto di uno scherzo. Ma quando le aveva viste stampate su *Thrill* si era reso conto di quello che il fotografo stava facendo.

Avrebbe potuto farsi avanti allora, e rivelare tutto, ma non voleva restare coinvolto in quella storia. Correva il rischio di essere accusato di truffa, anche se non c'era niente di illegale nel suo lavoro di ritoccatore. Le fotografie truccate venivano usate in pubblicità, per riviste umoristiche, cartoline e biglietti d'auguri. Soltanto in certi casi l'uso diventava illegale. Quando c'era l'intenzione di danneggiare qualcuno.

E Marcus Anders aveva tentato di rovinare Grace, anche se non aveva avuto niente a che fare con il ritrovamento della sua fedina penale. Non ne sapeva niente e, a dire la verità, si era anche dimenticato completamente di quelle fotografie. Ma non appena aveva visto su *Thrill* l'articolo che la riguardava, e in cui si parlava dell'omicidio del padre e degli anni di carcere che Grace aveva scontato, era andato a tirar fuori le vecchie foto e aveva chiesto l'aiuto di Jose.

Quanto a Cervantes, non l'aveva riconosciuta fino al giorno in cui era apparsa la prima foto, su *Thrill*, e in quel momento aveva capito che cosa Marcus stava facendo. Ma a quel punto tutte le foto erano state truccate, dalla prima all'ultima, ed erano nelle mani di Anders. Gli originali erano come Grace li ricordava, con la camicia bianca e, in alcuni scatti, anche i jeans.

Quello che aveva funzionato a perfezione per i loro scopi, e aveva fatto tanto scalpore, era stata l'espressione del suo viso mentre, sdraiata sulla coperta di pelliccia, era drogata e semicosciente. Sembrava davvero che stesse avendo un rapporto sessuale.

Alla notizia venne dato ampio risalto e adesso *Thrill* poteva essere citata per diffamazione. Goldsmith, l'avvocato, non nascose la propria soddisfazione e poté presentare una serie di denunce per truffa contro Marcus Anders. Il fotografo, però, sembrava svanito nel nulla. Correva voce che fosse partito per l'Europa.

Marcus e *Thrill* lo avevano fatto per divertimento e soprattutto per lucro, e anche per dimostrare quanto potere avessero. Ma nessuno, né il fotografo né il redattorecapo, si era assunto alcuna responsabilità. Gli unici a soffrirne erano stati i Mackenzie.

Fortunatamente sembravano tornati quelli di prima, non solo nell'aspetto fisico ma anche nello spirito, mentre facevano i bagagli per recarsi nel Connecticut a passare le vacanze di Natale. Dopo il periodo delle feste tornarono in R Street soltanto per chiudere la casa, che era già stata venduta a un membro del Congresso dell'Alabama.

«Ti mancherà Washington?» domandò Grace mentre erano a letto. Quella era l'ultima notte che passavano nella casa di Georgetown. Charles non capiva se a Grace dispiacesse abbandonare quella città oppure no. Sotto certi aspetti, non ci teneva affatto a rimanere. Sotto qualche altro, sapeva che ne avrebbe sentito la mancanza. Era preoccupata per Charles, perché aveva paura che potesse pentirsi, in futuro, di quella decisione. Ma lui ripeteva che non era affatto così. In sei anni aveva realizzato molto, al Congresso, e imparato molte lezioni importanti. In primo luogo che la sua famiglia, per lui, valeva molto di più del lavoro, della professione. E capiva di aver preso la decisione giusta. Avevano passato tanti momenti dolorosi che sarebbero potuti bastare per tutto il resto della loro esistenza. In ogni caso erano serviti a rendere più forti anche i ragazzi, e più tenaci e saldi i legami che li univano.

Nel frattempo Charles aveva ricevuto molte altre offerte, da società private e da un paio di fondazioni importanti; naturalmente gli era anche arrivata la proposta di tornare di nuovo nel suo vecchio studio legale, ma non aveva ancora preso una decisione. Comunque, per il momento avrebbero fatto esattamente quello che lui aveva detto: avrebbero passato da sei a otto mesi in Europa.

Si sarebbero recati in Svizzera, Francia e Inghilterra. Aveva già preso contatti con un paio di scuole, per quel periodo, una a Ginevra e l'altra a Parigi. Finché che non fossero tornati a casa di nuovo, per l'estate, Kisses sarebbe rimasto affidato ad amici. Per quell'epoca Charles sperava di avere le idee più chiare riguardo il loro futuro. E forse Grace, una volta ripresasi completamente, avrebbe potuto avere un altro bambino. In ogni caso, erano felici ugualmente. Per Charles, tutte le porte erano aperte.

Il giorno dopo Grace era già in macchina con i ragazzi quando suonò il telefono. Charles stava facendo un ultimo giro di controllo, in casa, per assicurarsi che non avessero dimenticato niente, ma aveva trovato soltanto il pallone da calcio di Matt e un paio di vecchie scarpe da ginnastica sotto il portico. Tutto il resto era stato portato via. La casa era vuota.

La telefonata veniva dal Dipartimento di Stato e all'apparecchio c'era un tale che Charles conosceva soltanto vagamente. Sapeva che faceva parte del più stretto entourage del presidente, ma aveva sempre avuto pochi contatti con lui. Ricordava, comunque, che si trattava di un vecchio e buon amico di Roger Marshall.

«Il presidente vorrebbe vederla oggi stesso, se ha un po' di tempo», disse a Charles, che sorrise scrollando la testa. Probabilmente voleva semplicemente salutarlo e ringraziarlo per il buon lavoro che aveva fatto.

«Siamo in partenza per il Connecticut. Lasciamo Washington per sempre. I ragazzi sono già in macchina.»

«Non potrebbe venire con tutta la famiglia, anche solo per pochi minuti? Sono sicuro che troveremo qualcosa per occuparli. Del resto si tratta di pochissimo tempo. Il presidente ha un quarto d'ora a disposizione, alle dieci e quarantacinque, se le può andar bene.» Charles avrebbe voluto domandargli: «Perché?» ma capiva che non sarebbe stato corretto. Del resto lui non voleva andarsene sbattendo la porta — non ne aveva alcun motivo — soprattutto se si trattava di quella della Sala Ovale.

«Immagino che non sia impossibile, purché siate in grado di sopportare tre ragazzi rumorosi e un cane.»

«Io ne ho cinque», replicò il suo interlocutore ridendo, «e un maialino che mia moglie mi ha comprato per Natale.»

«Arriviamo subito.»

I ragazzi non nascosero l'eccitazione al pensiero di passare alla Casa Bianca per gli ultimi addii.

«Scommetto che non lo fa con tutti», disse Matt, orgogliosissimo, rimpiangendo di non potersene vantare con nessuno.

«Che cosa sarà questa storia?» domandò Grace mentre Charles imboccava Pennsylvania Avenue.

Invece lui stava pensando che la loro station wagon doveva essere il veicolo meno elegante che avesse mai percorso il viale d'accesso alla Casa Bianca. A Grace rispose che non aveva assolutamente la minima idea di ciò che il presidente poteva volere da lui.

«Vogliono che ti metta in corsa per la presidenza, fra quattro anni», esclamò lei, e rise. «Digli che non ne hai il tempo.»

«Già. Figurati!» Scoppiò in un risata anche Charles, mentre scendeva dalla macchina. Un aiutante venne ad accoglierli. Avevano pensato di far fare ai ragazzi una breve visita della Casa Bianca; e un marine si era offerto di portare il cane a passeggio nel giardino. L'atmosfera era quella gentile e cordiale dell'amministrazione in carica. A tutti, lì dentro, piacevano i bambini, i cani, la gente. E Charles.

Nella Sala Ovale, il presidente dichiarò che si rammaricava della rinuncia di Charles, ma che lo capiva. C'erano momenti in cui era necessario prendere le decisioni più giuste per la propria vita privata, non per il paese. Charles gli rispose che apprezzava l'appoggio che gli era stato dato, che Washington gli sarebbe mancata e sperava che avrebbero avuto, anche in seguito, l'occasione di rivedersi.

«Era quello che speravo anch'io.» Il presidente gli sorrise e gli domandò quali fossero i suoi progetti. Charles glielo disse. Partivano per la Svizzera quella settimana stessa, per due settimane di sci.

«Che cosa ne pensa della Francia ?» gli domandò il presidente, e Charles gli spiegò che intendevano visitare la Normandia e la Bretagna, e avevano già trovato le scuole per i ragazzi, a Parigi. «Quando pensa di arrivarci?» Sembrava pensieroso.

«In febbraio o marzo, probabilmente. E ci rimarremo fino a giugno, quando termineranno le lezioni. Poi pensiamo di andare in Inghilterra per un mese e infine di tornare a casa. Ho fatto il conto che per quell'epoca saremo pronti, e un giorno o l'altro anch'io vorrei riprendere il lavoro.»

«Che cosa ne pensa di aprile?»

«In che senso?» Charles non capiva il motivo di quella domanda, e il presidente sorrise.

«Le stavo domandando che cosa ne penserebbe di riprendere il lavoro in aprile.»

«A quell'epoca dovrei essere a Parigi», rispose Charles, un po' sconcertato. Non aveva la minima intenzione di tornare a Washington prima di un anno, magari due, e non avrebbe rimesso piede negli Stati Uniti fino all'estate successiva.

«Non è un problema», continuò il presidente. «L'attuale ambasciatore in Francia vorrebbe tornare a casa in aprile per ritirarsi a vita privata. Ha avuto problemi di salute, quest'anno. Che cosa ne dice di un incarico come ambasciatore in Francia per due o tre anni? E poi potremo parlare delle prossime elezioni. Avremo bisogno di brave persone come lei, fra quattro anni, Charles.»

«Ambasciatore in Francia?» Pareva che non capisse. Anzi, non riusciva neppure a immaginare una cosa del genere. Eppure sembrava l'occasione più bella di tutta una vita. «Potrei parlarne con mia moglie?»

«Sicuramente.»

«Le farò sapere qualcosa, signor presidente.»

«Ci pensi senza fretta. È un buon posto, Charles. Credo che le piacerebbe.»

«Credo che piacerebbe a tutti, in famiglia.» Charles era sbalordito. Inoltre, quando lo avesse voluto sarebbe potuto rientrare a Washington. Gli lasciavano una porta aperta.

Promise al presidente che gli avrebbe fatto sapere qualcosa nel giro di pochi giorni. Poi i due uomini si strinsero cordialmente la mano e Charles, emozionatissimo, scese al pianterreno. Grace si accorse subito che doveva essere successo qualcosa durante quel colloquio. E moriva dalla voglia di saperlo. Invece ci volle un sacco di tempo per radunare i ragazzi e farli salire di nuovo in macchina insieme al cane, ma finalmente ci riuscirono. E subito tutti domandarono in coro che cosa il presidente gli avesse detto.

«Niente di speciale», cominciò Charles per divertirsi un po' a lasciarli con il fiato sospeso. «Le solite cose, sapete. Arrivederci, si diverta, faccia un bel viaggio, non si dimentichi di scrivere a casa.»

«Papà!» esclamò Abby. Grace gli diede una gomitata e insistette: «Insomma, ce lo vuoi dire, sì o no?»

«Forse. Facciamo una scommessa?»

«Guarda che ti butto fuori dalla macchina se non ce lo racconti subito!» lo minacciò.

«Sarà meglio che tu obbedisca, papà», lo ammonì Matt mentre il cane cominciava ad abbaiare furiosamente come se volesse sapere tutto anche lui.

«Va bene, va bene! Ha detto che siete le persone più maleducate che abbia mai incontrato e guai a noi se ci facciamo vedere di nuovo da quelle parti!» Scoppiò a ridere mentre i figli e sua moglie lo rimproveravano e gli dicevano che non era affatto divertente. «Siamo un tal branco di gentaglia che, secondo lui, dovremmo rimanere in Europa.» A dire la verità era stato triste salutare gli amici di Washington, dopo sei anni, ma erano eccitatissimi all'idea di quella avventura all'estero; Andrew, poi, non desiderava altro che rivedere la sua ragazzina a Parigi.

Intanto Charles stava fissando Grace con una strana espressione. «Mi ha offerto l'incarico di ambasciatore a Parigi», le disse piano mentre i ragazzi, dietro di loro, stavano facendo un chiasso indescrivibile.

«Davvero?» Grace sembrava incredula. «Adesso?»

«In aprile.»

«E tu? Che cos'hai risposto?»

«Ho detto che dovevo domandarlo a te, e a tutti, e lui ha risposto di fargli sapere la mia decisione. Che cosa ne pensi?» le chiese mentre stava dirigendosi verso nord, verso Greenwich.

«Penso che siamo le persone più fortunate del mondo», mormorò Grace con grande sincerità. Erano venuti fuori, quasi indenni, dalle fiamme dell'inferno, e si ritrovavano ancora uniti, insieme. «E sai che cos'altro penso?» gli sussurrò.

«Che cosa?»

Lo disse a bassa voce, perché i ragazzi non potessero sentirla. «Penso di essere incinta.» Charles la guardò con un sorriso e le rispose anche lui con un bisbiglio, ma abbastanza forte perché lei potesse sentirlo malgrado il chiasso.

«Avrò ottantadue anni quando quest'ultimo uscirà dal college... Ma forse è meglio che smetta di fare conti, vero? Immagino che dovremo chiamarlo François.»

«Françoise», lo corresse lei, e Charles rise.

«Vuoi dire che andiamo?» le domandò gentilmente.

«Direi proprio di sì, non ti sembra?» I ragazzi, dietro, stavano cantando a squarciagola una canzone francese. Andy era raggiante.

«Ti preoccupa l'idea di far nascere là un figlio?» le domandò di nuovo a mezza voce.

«Affatto.» E Grace rise. «Non saprei trovare un posto che mi piaccia più di Parigi.»

«Vuole dire sì?»

Lei annuì. «Penso proprio.»

«Il presidente ha anche detto che sarebbe contento se tornassi nel giro di due o tre anni, per parlare delle prossime elezioni. Ma non sono del tutto sicuro di voler passare di nuovo quello che ho già passato.»

«Magari la prossima volta andrà tutto diversamente. Può darsi che si siano stancati.»

«Dopo lo scherzo che quell'imbecille ci ha fatto con le sue fotografie, non è escluso che finiremo per diventare noi i proprietari di *Thrill*!» e Charles sorrise con un po' di amarezza. Goldsmith avrebbe dovuto darsi da fare, e parecchio, con quella causa.

«Potremmo dargli fuoco e ridurlo in cenere. Che idea divertente!» propose Grace con un sorrisetto maligno.

«Mi piacerebbe molto», ammise Charles, e si allungò a darle un bacio. Chissà perché, ma ascoltando i ragazzi che ridevano e cantavano, e guardando sua moglie, gli sembrava quasi che l'incubo dei mesi appena passati non fosse mai esistito.

«*Au revoir*, Washington!» urlarono i ragazzi mentre attraversavano il Potomac.

Charles rivolse uno sguardo alla città in cui tanti sogni erano nati e tanti altri erano morti, e si strinse nelle spalle. «Ci rivedremo.» Grace gli si fece più vicina e sorrise mentre guardava fuori del finestrino.

FINE

L’autrice

Danielle Steel è la più popolare scrittrice americana contemporanea. I suoi romanzi, pubblicati in 47 paesi e in 28 lingue, hanno venduto finora più di 360 milioni di copie, e ispirato seguitissimi film per la Tv come *Gioielli*, che ha avuto due nomination al Golden Globe.

Nata a New York – il padre era un ricco uomo d’affari tedesco e la madre una gentildonna portoghese –, trascorre la sua adolescenza tra la Francia e gli Stati Uniti, frequentando le migliori scuole europee e completando la sua educazione alla New York University, dove si laurea in letteratura italiana e francese.

Dopo un iniziale interesse per le pubbliche relazioni e la moda – frequenta infatti la Parson School of Design creando collezioni di abiti anni Trenta e Quaranta –, decide di dedicarsi alla narrativa, diventando un fenomeno editoriale che si rinnova di anno in anno.

L’instancabile passione per la scrittura, unita a una grinta che le permette di lavorare anche venti ore al giorno, non rappresentano comunque una priorità nella sua vita. Il terzo marito e i nove figli, la sua attività di testimonial dell’American Human Association e della Commissione nazionale per la prevenzione degli abusi sui minori ne fanno un’attenta testimone di quella società che così mirabilmente viene descritta nei suoi romanzi.

I nostri suggerimenti

JANE GREEN, ***Non tutti gli uomini preferiscono le altre***

Tasha, una trentenne brillante, carina e intelligente non riesce a trovare l'Uomo Giusto, quello con cui convolare a nozze. Ma un giorno i suoi sogni sembrano finalmente realizzarsi e...

PHILLIP MARGOLIN, ***La testimone***

Un barbaro omicidio sconvolge la cittadina di Portsmouth. Le indagini non sembrano approdare a nulla di concreto, ma il detective che se ne occupa individua una testimone-chiave.

TAMI HOAG, ***Il buio del cuore***

Sul rapimento di Josh, un bimbo di otto anni, restano ancora molti interrogativi, nonostante l'arresto di un sospetto. E quella che sembrava una tranquilla provincia si rivela teatro di oscuri intrighi.

SOHEIR KHASHOGGI, ***Il miraggio dell'amore***

Jenna Sorrel è riuscita a evadere dal moderno harem in cui le consuetudini, un padre tradizionalista e un marito violento volevano confinarla. Ma il passato tornerà a minacciarla.

SALLY BEAUMAN, ***La colomba dalle ali spezzate***

Una nuova droga dagli effetti letali comincia a far vittime in Inghilterra. Un giornalista, un reporter di guerra e una redattrice di moda decidono di collaborare per far luce sulla vicenda.

OLIVIA GOLDSMITH, ***Donne sull'orlo del successo***

Mary Jane, un'attrice di talento che non riesce a sfondare, decide di affidarsi a un chirurgo plastico. Il risultato è portentoso e le frutta molti ingaggi anche se scatena gelosia e rivalità.

SHIRLEY LORD, ***Una sorella per nemica***

Quando Louise Towers, fondatrice di una famosa casa cosmetica, viene aggredita e derubata, i sospetti cadono su quanti le sono più vicini. Tutti hanno una ragione per tramare ai suoi danni.

STEPHEN KING, ***Riding the Bullet - Passaggio per il nulla***

Un ragazzo cammina sul ciglio di una strada deserta cercando disperatamente un passaggio. Si ferma una macchina. A bordo dell'auto però lo attende un'avventura sciocante...

MAEVE BINCHY, ***Il nuovo domani***

Progetti, amori e confidenze si intrecciano a Dublino fra le persone che frequentano un corso d'italiano. Una storia di gente comune narrata con eleganza e squisita sensibilità.

SUSAN ISAACS, ***La favola è finita - Lily White***

Da principessa di una favola di altri tempi, Lily White ha saputo trasformarsi in una donna di successo. E pur essendo costretta a rimettersi in gioco ha imparato a parare i colpi della vita.

Gentile lettore,

la ringraziamo per aver scelto uno dei romanzi della ricca collana Superbestseller.

Per poter soddisfare sempre meglio le sue esigenze e i suoi gusti, le chiediamo di voler gentilmente compilare il seguente questionario. Se ci fornirà anche il suo indirizzo, le invieremo tempestivamente le informazioni relative alle nuove pubblicazioni del gruppo Sperling & Kupfer e alle iniziative speciali rivolte ai nostri lettori.

Ho trovato questo questionario nel volume dal titolo

....

Ho acquistato questo volume
☐ in libreria ☐ in edicola ☐ al supermercato

Abitualmente acquisto libri
☐ in libreria ☐ in edicola ☐ al supermercato

Numero libri acquistati in un anno: ....

Di solito acquisto un libro perché:
(si possono barrare più caselle)
☐ seguo i consigli di amici/conoscenti/del mio libraio di fiducia
☐ leggo le recensioni
☐ vedo la pubblicità
☐ scelgo i titoli del mio autore preferito
☐ mi piace la copertina
☐ il libro ha vinto un premio letterario
☐ il libro è nelle classifiche dei libri più venduti
☐ ha un prezzo conveniente

Il mio autore preferito è: ....

Il mio libro preferito è: ....

Il mio genere preferito è:
☐ saggistica ☐ narrativa
- romanzi d'amore
- thriller

INFORMAZIONI ANAGRAFICHE

Età: .... Sesso: ☐M ☐F

Professione: ....

FACOLTATIVO

Nome ....
Cognome ....
Via .... n. ....
Città .... CAP ....
E-mail ....

La preghiamo di tagliare lungo la linea tratteggiata e di inviare in busta chiusa e affrancata a:

Sperling & Kupfer Editori S.p.A.
Ufficio Promozione
Via Durazzo, 4
20134 Milano

Il mittente prende atto che i suoi dati saranno trattati per l'eventuale invio di materiale d'informazione libraria, con la possibilità della cessione a terzi dei dati stessi. Resta salvo il suo diritto di conoscenza, cancellazione, rettifica, aggiornamento, integrazione e opposizione al trattamento dei dati, secondo quanto previsto dall'art. 13 della legge 675/96.

Prova d'acquisto
88-8274-168
2001